高等学校经济学管理学系列教材

# 经 济 法

张学森 主编

上海财经大学出版社

**图书在版编目(CIP)数据**

经济法/张学森主编. —上海:上海财经大学出版社,2006.8
(高等学校经济学管理学系列教材)
ISBN 7-81098-690-2/F・637

Ⅰ. 经… Ⅱ. 张… Ⅲ. 经济法-中国-高等学校-教材 Ⅳ. D922.29

中国版本图书馆 CIP 数据核字(2006)第 076632 号

□ 责任编辑　刘光本
□ 封面设计　周卫民

JING JI FA
**经 济 法**

张学森　主编

上海财经大学出版社出版发行
(上海市武东路 321 号乙　邮编 200434)
网　　址:http://www. sufep. com
电子邮箱:webmaster @ sufep. com
全国新华书店经销
同济大学印刷厂印刷
上海叶大装订厂装订
2006 年 8 月第 1 版　2006 年 8 月第 1 次印刷

787mm×960mm　1/16　31.75 印张　675 千字
印数:0 001—4 000　定价:33.00 元

西方国家高等院校经济与管理专业(包括 MBA 等),一般都开设一门法律课程,这门课程的名称叫做"商法"(Business Law)。在中国,高等院校经济与管理专业也都开设一门法律课程,而课程的名称叫做"经济法"(Economic Law)。比较发现,在这门法律课程上,中西方之间除课程名称不同之外,课程的内容体系也存在很大差异。

事实上,经济法已成为我国高等院校经济与管理专业普遍开设、学生必修的一门专业基础课,只是在"经济法"课程的教学大纲、内容体系等问题上,因为没有官方的或者学界权威的统一安排,各个院校之间存在着很大不同。相应地,所使用的《经济法》教材也是版本繁多、千差万别。可以认为,关于设置"经济法"课程的必要性,各方面已达成共识;而关于这门课程教学大纲、内容体系的安排、教材的编写等,则是众说纷纭、各行其是。这是一个需要深入研究、尽快解决的现实问题。通过研讨,在全国高校中达成对"经济法"课程教学大纲、内容体系的广泛共识,形成关于"经济法"课程教学和学科建设的基本标准,将对高等院校经济与管理专业的人才培养和学科发展都具重要意义。

一

经济法和经济法学,是一个新兴的法律部门和法学学科;在世界范围内,它只有 100 多年的历史;在中国,它是改革开放以来出现的新事物,至今不过 30 年时间。

中国的经济法,是在 20 世纪 70 年代末和 20 世纪 80 年代初,举国上下呼唤法治和经济法制,法学界解放思想,中国社会主义法学由恢复到发展、迎来一派春意盎然的大环境下应运而生的。① 自那时至今,经过研究和论争,人们对经济法的认识越来越清晰,并逐步达成了一定的共识:在我国,经济法不但是一个独立的法的部门,而且是一个重要的法的部门。

我们认为,划分法律部门的标准应当是调整对象,而不是调整手段或方法。一个国家之所以有许许多多的法律部门,是因为法律规范所调整的社会关系的多样性。根据法律规范所调整的对象(即社会关系)的不同,可以将一国现有的法律规范划分为若干类,每一类就是一个独立的法的部门。因此,每个独立的法的部门都必定有其特定的调整对象,为了对这些特定的对象加以调整,就需要各种手段或者方式。

作为一个独立的法律部门,经济法具有自己的调整对象,并且其调整对象是特定的。学者们从不同的角度对经济法的调整对象进行了探讨,只是人们对经济法调整对象的概括还存在差异,表述上还有不同。有的专家认为,应该将经济法的调整对象限定在国家履行现代经济管理职能过程中所产生的社会经济关系。具体而言,按照国家调整经济的方式来划分,通过经济法调整的社会经济关系主要包括七个方面的内容:宏观调控关系、微观规制关系、国有参与关系、对外管制关系、市场监管关系、环境与资源保护关系、劳动与社会保障关系等。② 另有专家将经济法的调整范围限定在经济组织关系、经济活动关系、经济竞争关系、经济调控关系、经济管理关系、经济监督关系和涉外经济关系等7个方面。③

以经济法这个法律部门作为研究对象,形成了一门新的法律学科,通常也叫"经济法",又称"经济法学",属于与宪法学、行政法学、民法学、刑法学等并列的一个部门法学。作为一门法律学科,经济法以专门研究一切经济法律现象为己任。所谓经济法律现象,包括经济法律意识、经济法律规范、经济法律关系和经济法律行为等。在其性质、地位和调整对象得以明确之后,无论是作为一个法律部门,还是作为一门法律学科,经济法和经济法学获得了长足的发展。

二

大约在20世纪30年代,经济法概念开始传入中国。但是,我国真正开始

---

① 参见史际春:《在改革开放和经济法治建设中产生发展的中国经济法学》,载《法学家》1999年第6期。
② 参见顾功耘:《经济法》(第二版),高等教育出版社2004年版,第7~9页。
③ 参见李昌麒、刘瑞复:《经济法》,法律出版社2004年版,第68~72页。

对经济法概念进行研究,则是20世纪70年代末和20世纪80年代初的事情。从计划经济到有计划的商品经济,再到市场经济,中国的经济法概念经历了多次的重大嬗变,一度成为中国法学领域中变化最为频繁的热点之一。时至今日,法学界还没有形成一致的经济法概念。顾功耘教授在《经济法》中的表述是:经济法是调整在市场经济运行过程当中,国家为修正市场缺陷,维护社会整体利益而履行各种现代经济管理职能所产生的社会经济关系的法律规范的总和。也就是说,经济法是植根于市场经济的,是以社会整体利益为本位的,它是国家为了修正市场缺陷,从社会整体利益的角度出发行使对经济的调控与干预的手段。通常情况下,经济法律关系中,一方主体是国家,另一方是各种市场主体。

关于经济法体系的构造,在理论上也存在很大争议。这个问题实际上是指经济法究竟应该包括哪些内容,或者经济法应该由哪些亚部门法构成。基于这种认识,经济法体系应该在经济法的调整范围内,根据其内在逻辑来进行构造。因此,经济法的体系是由宏观调控法、微观规制法、国有参与法、市场监管法、对外管制法、环境与资源保护法以及劳动与社会保障法等共同构成,其中又以宏观调控法为统率,微观规制法与国有参与法为主体,市场监管法与对外管制法为辅助,环境与资源保护法和劳动与社会保障法为必要补充,从而构成经济法的有机统一的整体。

基于上述关于经济法的概念、调整对象和体系构造等方面的认识,作为我国高等院校法学本科专业的14门核心课程之一①,"经济法"课程的内容包括经济法总论、宏观调控法、微观规制法、国有参与法、市场监管法、对外管制法、环境与资源保护法以及劳动与社会保障法等8部分内容。相应地,法学专业《经济法》教材包括经济法总论、宏观调控法、微观规制法、国有参与法、市场监管法、对外管制法、环境与资源保护法以及劳动与社会保障法等篇章。可以认为,至目前,我国高校法学专业"经济法"课程和《经济法》教材已是大同小异、基本一致。②

---

① 1998年,教育部进行专业调整,法学本科由原来的五个专业调整为一个专业。即法学专业;法学教学指导委员会确立了法学专业的14门核心课程,作为开办法学专业的最低要求。这14门核心课程是:法理学、宪法、行政法与行政诉讼法、刑法、民法、经济法、民事诉讼法、刑事诉讼法、商法、知识产权法、国际法、国际私法、国际经济法、中国法制史。

② 例如,李昌麒、刘瑞复主编的法律出版社2004年12月出版的全国法律硕士专业学位教育用书《经济法》教材共有五编,分别是经济法总论、宏观调控法律制度、市场规制法律制度、经济监管法律制度和经济法相关法律制度。

问题在于,作为高等院校经济与管理专业的"经济法"课程和教材,能够与高等院校法学专业的"经济法"课程和教材一样吗?答案显然是否定的。同时,在探究这一问题时,我们也要注意区分经济法学体系、经济法规体系和经济法教程体系(或称经济法课程内容体系)等几个重要概念和范畴。

## 三

在一般性地确定经济法课程和《经济法》教材的内容体系之前,应该首先区分作为高等院校经济与管理专业基础课程的"经济法"和作为高等院校法学专业核心课程的"经济法",并研究它们之间的联系和区别,找出其间的巨大差异。基于对这种差异的认识和把握,考虑我国法律体系的特点以及经济与管理专业学生所需的法律知识结构,借鉴西方国家培养经济管理人才的成熟经验,我们认为,作为高等院校经济与管理专业的基础课程,经济法是指直接调整各种市场经济关系的法律规范的总称,是与市场经济直接相关的各个法律部门的集合体。在内容体系上,"经济法"课程应该包括市场主体法律制度、市场行为法律制度、市场管理法律制度、市场调控法律制度、市场保障法律制度、市场争议处理制度等6个方面。相应地,《经济法》教材应该基本涵盖这些方面的法律制度。这正是本教材编写的指导思想。

正是在此思想的指导下,充分考虑了高等院校经济与管理专业学生知识结构的特点以及课程教学的实际需要,我们编写了这本《经济法》教材。本书共有17章,分别是经济法基本原理、宏观调控与微观规制法、环境与资源保护法、劳动与社会保障法、企业法律制度、公司法律制度、破产法律制度、合同法律制度、担保法律制度、票据法律制度、银行法律制度、证券法律制度、信托法律制度、商标法律制度、专利法律制度、国际经济法、诉讼与仲裁法律制度等。

值得提及的是,从1986年开始,在全国高等院校中针对非法律专业本科生开设"法律基础"课;至1998年,"法律基础"课被正式确定为大学生"两课"之一,在全国高校中普遍开设。在这种背景下,由于学生已经通过"法律基础"课程学习过法学基础理论、宪法、行政法、民商法、刑法、诉讼法、国际法等法学基础知识和基本原理,所以高等院校经济与管理专业的"经济法"课程,一般不再讲授法学基础理论和民商法基本知识,而是直接进入经济法律制度的学习。

然而,自2006年9月起,根据国家教育部社会科学研究与思想政治工作司的最新安排,原来在全国高校中普遍开设的"法律基础"课不再单独设置,而是与"思想道德修养"课合并开设为一门课。这样,非法律专业学生学习法学基础知识的课时将普遍减少,高等院校经济管理专业学生在学习"经济法"课程前法学基础知识的准备就会显得不足。同时,考虑到各企事业单位、各类社会组织以及社会各界人士学习经济法时对法学基础知识的需要,本书设置了"经济法基本原理"专章,分别对法学基础理论、民商法基础和经济法基本原理做了叙述,目的在于让学生或者读者掌握经济法的基本原理和基本知识,为后面的学习打下理论知识和基本范畴方面的坚实基础。多年的教学研究实践告诉我们,对于高等院校经济与管理专业的学生来说,"经济法"课程安排这些内容是完全必要的。

本书体系的安排和内容的编写是一个新的探索和尝试,希望本书能够更好地适应高等院校经济与管理专业"经济法"课程教与学的实际需要,并对研究"经济法"课程建设和教材编写工作有所助益。

张学森

2006 年 7 月 18 日

# 目 录

# 第一章

## 经济法基本原理

经济法基本原理是关于经济法最基本、最一般原理的研究和讨论。通过对本章的学习,掌握经济法的一般知识和理论,包括法的概念、特征及分类、法律规范、法律渊源、法的产生及历史发展、法的制定、法的实施,以及作为经济法基础的民商法基本理论和基本制度,包括民法的调整对象、民法的基本原则、民事法律关系、民事主体、民事法律行为和代理、民事权利和诉讼时效。在此基础上,学习和把握经济法的产生和发展,市场经济与法治的关系,经济法概念,经济法基本原则,经济法的体系以及经济法律关系等。

## 第一节　法学基础理论

### 一、法的起源、本质和特征

（一）法的概念

1. 法的词源

根据我国第一部字书《说文解字》,汉字"法"的古体为"灋"。"灋,刑也,平之如水,从水;廌,所以触不直者去之,从去。"从水,即公平的意思;廌,据说是形状似牛的独角兽,生性正直,古时审判案件以被廌触者为败诉。

在中国古代,开始是"刑"字的使用频率最高,以后变为"法"字,商鞅"改法为律","律"字的使用频率开始高起来,一直延续到清末,被"法律"所取代。因此,在中国古代,法与刑、法与律可以互训,含义相通,当然,三者的核心是刑。一定意义上,这是中国古代诸法合一、统一于刑的写照。现今我们所用的"法"、"法律"的含义源自于西方,它不再局限于"刑"的范围,其核心是正义、权利。

**2. 法的定义**

目前,根据我国宪法的规定,我国法律专指由全国人民代表大会及其常务委员会制定的规范性法律文件,这是狭义的法律;广义地说,我国法律泛指一切国家机关依照法定权限和程序制定的规范性法律文件。而法学中所说的法,则是一般意义上的法律,即由国家制定或认可的并以国家强制力保证实施的行为规范的总和。

**(二)法的起源**

法不是从有人类以来就有的,也不是永恒存在的,它是人类社会发展到一定历史阶段的产物,是阶级社会特有的现象。

**1. 习惯是原始公社制度下的行为规范**

在原始公社制度下,生产工具十分简陋,生产力水平极其低下,人们不能单独地同自然界和野兽作斗争。人们为了生存,不得不共同去获得生活资料。这种集体劳动的结果必然形成生产资料归集体所有;在分配方面是平均分配,共同消费,人与人之间的关系是平等的。那时没有私有制,没有剥削和阶级的划分,因此,也就不存在作为阶级专政工具的法,但却存在与当时经济基础相适应的社会组织和社会规范,即氏族组织和习惯。

氏族是原始社会的基本单位,它是以血缘关系为基础的人类社会的最初组织形式。其内部成员之间的关系是平等的,不存在任何特殊的、具有强制性的暴力机关,所有重大事务都由氏族全体成员参加的氏族会议讨论解决。氏族首领由氏族成员大会选举产生并随时撤换,他的权力不是靠暴力而是靠自己的威信以及氏族成员对他的尊重和爱戴来维持的。

原始社会制度下,习惯是人们在长期的共同劳动和生活中逐渐形成的、人们共同遵守的行为规范。它调整着氏族成员之间的相互关系,维护着氏族社会的社会秩序。因此,它与阶级社会的法有着根本的区别,它所反映的是全体氏族成员的意志和利益,具有普遍的约束力。

原始社会的氏族制度和社会规范习惯,是与当时社会生产力的发展水平相适应的。随着生产力的不断发展,生产关系发生了巨大的变化,私有制代替了原始社会的公有制,氏族制度和社会规范习惯必然要被新的制度所代替。因此,国家制度代替了氏族制度,法代替了原始社会的习惯,这是历史发展的必然趋势和结果。

**2. 法是阶级矛盾不可调和的产物**

原始社会后期,由于生产力的不断发展,引起了几次社会大分工。

第一次社会大分工,即畜牧业和农业的分离,促进了交换的发展,使偶然的交换变为经常的交换。同时由氏族长交换的制度逐渐演变为个人之间的交换。随着生产力的提高,开始出现剩余产品,于是战争的俘虏不再被杀死,而是把他们作为奴隶使用。这样,社会就逐渐地分裂为两个阶级:奴隶主和奴隶,也就是剥削者和被剥削者。

第二次社会大分工,即手工业和农业的分离,不但提高了人的劳动力价值,而且逐渐确立了土地的私有制,出现了直接以交换为目的的生产,即商品生产。同时,随着剩余产品的增多,交换日趋频繁。在交换过程中,氏族首领往往利用所掌握的权力,把交换来的一部分产品据为己有,出现了私有财产。这种交换进一步渗透到氏族内部,促使氏族内部成员之间的贫富差距越来越大。随着社会新的分工,又有了新的阶级划分,除了自由人和奴隶之间的差别以外,在自由民中间又出现了富人和穷人之间的划分。

第三次社会大分工,出现了商人阶层,进一步促进了商业的发展,逐渐出现了金属货币以及货币借贷、利息和高利贷;土地成为买卖和抵押对象等,使财富迅速集聚到少数人手中,大多数人沦为奴隶。

总之,三次社会大分工使氏族制度发生了巨大变化,这种变化主要体现在两个方面:一是氏族内部原来是血缘关系的联合,由于生产、交换的发展,这种血缘联合相对弱化。二是原来氏族内部人与人之间的关系是平等的,随着几次社会大分工,氏族内部逐渐分裂为富人和穷人、奴隶主和奴隶。而奴隶主和奴隶两个阶级之间的利益是根本对立的,他们之间的矛盾是不可调和的。三是既然出现了两个根本对立的阶级,那么原来调整氏族制度内部关系的习惯已无法调整这种新的社会关系。在这种情况下,不仅需要新的制度代替氏族制度,而且需要新的社会习惯调整人们之间的相互关系。于是国家便产生了,这是新兴的奴隶主阶级为了维护本阶级的统治、镇压奴隶阶级的反抗而建立的暴力机关,并凭借它取得政治上的统治权力,实现对整个社会的领导。与此同时,法也产生了,这是奴隶主阶级为了实现其统治,不仅要借助国家这个暴力机器,还需要有一种反映奴隶主阶级意志和利益的行为规则,并以国家作为后盾迫使社会成员共同遵守,用以调整社会分裂为阶级之后的社会关系,确立有利于奴隶主阶级的社会秩序。

总的来说,法是随着私有制、阶级和国家的产生而产生的。具体地说,法的产生主要有两个方面的原因:一,统治阶级为了维护自己统治的需要。在阶级对立的社会中,剥削阶级和被剥削阶级、统治阶级和被统治阶级之间的利益总是对立的,统治阶级为了维护对自己有利的社会关系和社会秩序,就需要一种能反映本阶级意志和利益的行为规范——法。二,随着人类社会的发展,社会公共事务愈来愈复杂和增多,为了处理这些事务,原始社会的那些极为简单的行为规范已不适应了,因而就需要一种新的行为规范——法。法一旦产生,它就是奴隶主阶级意志的体现,代表奴隶主阶级的利益,它通过国家规定人们应该做什么,不应该做什么,怎样做是合法的,怎样做是违法的,违反了法的规定,就要受到制裁。因此,法是经过国家制定或认可并依靠国家强制力保证实施的行为规范的总和。

由此可见,法的产生同国家一样,也是阶级矛盾不可调和的产物和表现,是适应阶级斗争的需要而产生的,也是适应经济发展的需要而产生的。

(三)法的本质

1. 法是上升为国家意志的统治阶级共同意志的体现。意志是人们的愿望和要求,法是人们有目的有意识进行活动的结果。法是统治阶级意志的反映,只有统治阶级才有可能把自己的意志上升为国家意志,制定为法律。统治阶级意志并不都表现为法,只有那些经过国家制定和认可的、上升为国家意志的、人人必须遵守的、由国家强制力保证实施的统治阶级意志才是法。法所体现的统治阶级意志是统治阶级整体意志或共同意志。

2. 法所反映的统治阶级意志的内容是由社会物质生活条件决定的。物质生活条件包括地理环境、人口、社会生产方式等,其中社会生产方式是决定社会面貌、性质和发展方向的主要因素,也是决定法律的本质、内容和发展方向的主要因素。法是有物质根源和物质制约性的。任何统治阶级都不可能超出它所赖以生存的物质生活条件而凭空任意立法。如果离开了一定的经济关系,统治阶级的意志便无从产生,法律也无从制定。

3. 经济以外的其他因素对法也有影响。应当指出的是,法律所体现的统治阶级意志的内容是由其物质生活条件决定的,这是从最终意义上来说的,这并不意味着法律不受其他因素的影响,相反,影响法律的因素是多方面的、复杂的。如法除了受经济制约外,还受到政治、思想、道德、文化、历史传统、民族、宗教、习惯等因素不同程度的影响。

(四)法的特征

1. 法是调节人们行为的规范

法律通过对行为的作用来调整社会关系。法律规范是一种行为规范,规范性是法的首要特征。法为人们的行为提供了一个模式、标准和方向,它规定人们的行为可以怎样做、应该怎样做或禁止怎样做,它是评价人们行为是否合法的标准,是指引人们的行为、预测未来行为及其后果的尺度,同时也是制裁违反行为的依据。

法律规范同时还具有概括性,它包括以下几种含义:(1)法是一种抽象、概括的规定,它适用的对象是一般的人或事而不是特定的人或事;(2)它在生效期间是反复适用的,而不是仅适用一次;(3)它意味着同样情况同样适用,即"法律面前人人平等"。

对于有权制定法律规范的国家机关所发布的文件,要区别规范性法律文件和非规范性法律文件。前者属于法的范围,后者如委任令、逮捕证、营业执照、调解书等,虽然也具有一定的法律效力,但不属于法的范围,不具有普遍有效性,只是适用法律规范的产物。

2. 法由国家制定或认可

法由国家制定或认可产生,制定或认可即为法产生的两种方式。国家制定的法,通称为成文法或制定法,是指国家机关通过立法活动产生新规范。习惯经国家机关依法认可具有法律效力后,即成为习惯法。

法由不同的国家机关制定或认可,因而就有宪法、法律、行政法规、地方性法规之分,它们的法律效力或法律地位是不同的。

法的国家意志性这一特征还表明法具有权威性、普遍性和统一性。权威性指法代表国家主权即最高权力的意志。普遍性和统一性则指法在主权所及范围内普遍有效并相互一致和协调。

3. 法规定人们的权利、义务

法律上的权利和义务和其他社会规范中的权利和义务相比,在内容、范围和保证实施的方式等方面,是有很大区别的。法律上的权利和义务必须明确而具体,而像宗教、道德规范等,内容比较原则、笼统,一般仅规定义务而无权利。

对于国家机关和承担一定社会公务的人员,法律所赋予他们的权利称为职责、职权。普通公民个人的民事权利,如财产继承权,可行使,也可放弃,但职权是不能放弃和随意处置的,否则就构成违法失职,所以它对于国家机关及其工作人员来说又是义务。

4. 法由国家强制力保证实施

对任何社会的法来讲,都不可能指望全体社会成员自觉守法。因此,法必须由国家强制力保证其实施,即通过对违法行为人施以不同形式的追究和制裁,保证法律上的权利、义务的实现。当然,国家强制力是一种必要的保证、威慑的力量,在守法的情况下是无须借助而且人们也感受不到国家强制力的。

(五)法的分类

法的分类是指从不同的角度,按照不同的标准,将法律规范划分为若干不同的种类。通过对法的分类,从中探索法律发展的一些带有规律性的问题。

1. 法的一般分类

法的一般分类,指的是适合于世界各国的分类,通常可从以下五个角度划分:

(1)成文法与不成文法。这主要是以法的创制方式和表现形式为标准对法所作的分类。成文法,又称制定法,是指有立法权或立法性职权的国家机关制定或认可的以规范化的成文形式出现的规范性法律文件。不成文法是指由国家有权机关认可的、不具有文字形式或虽有文字形式但却不具有规范化成文形式的法,一般指习惯法。不成文法还包括同制定法相对应的判例法,即由法院通过判决所确定的判例,对其后的同类案件具有约束力。

(2)根本法与普通法。这是以法的地位、效力、内容和制定程序为标准对法所作的分类。这种分类主要适用于成文宪法制国家。根本法指的是在整个法的渊源体系中居于最高地位的一种规范性法律文件,通常就是指宪法。普通法是宪法以外的所有法的统称。普通法中所包括的法的种类是繁多的,它们各自的地位、效力、内容和程序亦有差别。但无论何种普通法,一般说,其地位和效力低于宪法,其内容涉及的是某类社会关系而不是综合地调整多种社会关系,其程序也不及根本法那样严格和复杂。

(3)一般法与特别法。这是以法的适用范围为标准对法所作的分类。一般法指针对一般人、一般事项、一般时间、一般空间范围有效的法。特别法指对特定的人、特定事项有效,或在特定区域、特定时间有效的法。一般法和特别法的划分是相对而言的,具有相对性。如以针对人来看,民法典适用于一般人的法,其适用主体是一般主体,而继承法是针对特定的人——继承人与被继承人的法律。

(4)实体法与程序法。这是以法所规定的内容不同为标准对法所作的分类。实体法一般是指以规定主体的权利、义务关系或职权、职责关系为主要内容的法,如民法、刑法、行政法等。程序法通常指以保证主体的权利和义务得以实现或保证主体的职权和职责得以履行所需程序或手续为主要内容的法,如民事诉讼法、刑事诉讼法、行政诉讼法等。

(5)国内法与国际法。这主要是以法的创制和适用范围为标准对法所作的分类。国内法是指由国内有立法权的主体制定的、其效力范围一般不超出本国主权范围的法律、法规和其他规范性文件。国际法是由参与国际关系的两个或两个以上国家或国际组织间制定、认可或缔结的确定其相互关系中权利和义务的,并适用于它们之间的法。其主要表现形式是国际条约。

2. 法的特殊分类

法的特殊分类是相对于法的一般分类而言的、仅适用于部分国家和地区而不适合所有国家和地区的分类。国内目前对法的特殊分类主要涉及以下诸方面:

(1)公法与私法。公法与私法的划分主要存在于大陆法系,是大陆法系划分部门法的基础。公法与私法的划分源自古罗马。划分的标准按率先提出公法与私法划分学说的罗马法学家乌尔比安的观点,在于法所保护的利益是国家公益还是私人利益。凡保护国家公益的法为公法,保护私人利益的法为私法。乌尔比安的这一划分标准在大陆法系被作为传统继承下来。现代法学一般认为,凡涉及公共权力、公共利益、管理服从关系的法为公法,凡属个人利益、个人权利、平等关系的法为私法。

(2)普通法与衡平法。普通法与衡平法的划分存在于英美法系国家。这里的普通法不是法的一般分类中与根本法相对应的普通法,而是指11世纪诺曼底人入侵英国后所逐步形成的普遍适用于英格兰的一种判例法。这是产生于司法判决、由法官所创造的法。普通法是普通法法系的一个主要渊源。衡平法是普通法法系又一重要渊源,是英国法传统中与普通法相对称的一种法。它是14世纪后在英国产生和发展起来的,作为对普通法的修正和补充形式而存在并与普通法平行发展的一种判例法。

## 二、法的制定

(一)法的制定的概念、原则和阶段

1. 法的制定的概念

制定法律是国家的专有活动和基本职能之一,是指一定的国家机关依照法定职权和程序制定、修改和废止法律及其他规范性法律文件的活动。

法的制定通常又称立法,狭义的立法是专指国家的最高权力机关及其常设机关依照法定职权和程序,制定、修改和废止规范性法律文件的活动。广义的立法则指国家机关依照法定职权和程序,创制各种具有不同法律效力的规范性法律文件的活动。这就是说,凡是创制具有法律效力的规范性文件的活动均属于立法的范围。由于科技的发展和国家干预的加强不仅导致了立法活动的日益频繁,而且依法律规范内容的技术成分不断增加。

这使得作为惟一立法机关的议会面临着严峻的挑战,在不堪重负和力所难及的情况下,终于出现了立法权的转移——"授权立法"和立法权的分解——行政机关依职权立法。这就是说,立法不再是权力机关的专有活动,政府也不再是单纯的法律执行机关,行政立法已经成为政府的重要职能之一。

2. 法的制定的基本原则

立法的基本原则是指在立法过程中应当遵守的指导思想、方针和准则。我国社会主义立法,当然必须以党在社会主义初级阶段的基本路线作为总的指导思想。此外,在具体制定法律的过程中,我们还应遵循以下原则:

(1)实事求是,一切从实际出发。

(2)坚持原则性和灵活性相结合。

(3)维护法律的严肃性、稳定性和连续性。

(4)坚持群众路线,坚持领导与群众相结合。

(5)有选择地汲取和借鉴我国历史上的和外国的立法经验。

3. 法的制定的阶段

即立法程序,是指有关国家机关制定、修改和废除法律或其他规则性法律文件的法定步骤或方式。在现代世界各国,一般都将最重要的立法程序在宪法或其他法律文件中规定出来,成为制度化、法律化的立法程序。这对保证立法的合法性和提高法律的质量具有重要意义。立法程序往往因法律规范文件的类别不同而有差别,一般说来,法律规范性文件的效力地位越高,其制定程序就越严格。从最一般意义上说,立法分为四个步骤或阶段。

(1)议案的提出。提出议案是制定法律的第一个步骤。它是指享有专门权限的机关、组织或个人向立法机关提出制定、修改、废止某项法律的正式建议。其核心是提案权。也就是说,只有享有提案权的机关或个人提出的议案,才会被立法机关列入议事日程,否则就是仅供参考的一般立法建议。议案的提出意味着立法活动的开始,但议案并不等于草案,尽管在实际工作中,有可能提出议案的人已拟定了相应的法律草案。

根据我国现行宪法和全国人大组织法的规定,享有立法议案提案权的有:全国人大的代表团或30名以上的代表,全国人大主席团,全国人大常委会,全国人大各专门委员会,中央军事委员会,国务院,最高人民法院,最高人民检察院等。

(2)法律草案的审议。法律草案的审议是指立法机关对已经列入议事日程的法律草案正式进行审查和讨论。这是方法程序的第二个步骤。从我国立法实践来看,这一步骤一般要经过两个阶段:一是专门委员会的审议其中包括对法律草案的修改和补充;二是立法机关全体会议的审议。对一般的法律草案,在专门委员会提交立法机关全体会议审议之前,还要先交有关部门讨论,征求修改意见。这体现了我国立法程序的广泛的民主性。

(3)法律草案的通过。法律草案的通过是指立法机关以法定多数对法律草案表示正式同意,从而使之成为法律。这是全部立法程序中具有决定意义的步骤。世界上多数国家规定,一般性法律草案以出席立法机关会议的全体议员或代表的过半数票即可获得通过,像宪法的草案或修正案则需出席会议的全体议员或代表的 2/3 或 3/5 以上的多数票才能获得通过。在我国,宪法的修改由全国人民代表大会以全体代表 2/3 以上的多数通过。一般法律和其他议案,以全体代表的过半数通过。

(4)法律的公布。指立法机关或国家元首将已通过的法律以一定形式予以公布,以便全社会遵照执行。这是整个立法程序的最后一个步骤。我国宪法规定,中华人民共和国主席根据全国人民代表大会的决定和全国人民代表大会常务委员会的决定,公布法律。

(二)法律规范、法律体系和法律部门

1. 法律规范的概念、结构与种类

(1)法律规范的概念。"规范"一词含有约定俗成或明文规定的某种规格、标准、准则的意思,指人们在一定情况下应该遵守的各种规则。法律规范,则是具体规定人们法律权利、法律义务以及相应法律后果的行为准则。法律规范是组成法的最基本的要素,属于法的微观结构。不同形式、不同内容、不同功能的法律规范,可以构成不同的法律制度,而各种法律规范的总和就组成法的有机整体。

法律规范与规范性法律文件、法律条文既有密切联系又有区别:规范性法律文件构成的基本要素是规范,但又不限于规范,还包括法律概念、法律原则、法律技术性规定等。法律规范是以法律条文来表述的,两者的关系是形式和内容的关系。

法律规范与非规范性法律文件的区别:国家专门机关制作的判决书、搜查证、逮捕证、公证书、结婚证等法律文件,是依据法律规范制作的,但只对特定的对象有法律效力,并不具有普遍约束力;而法律规范则是调整大量同类社会关系的共同规则,具有普遍约束力。

(2)法律规范的逻辑构成。法律规范的逻辑构成是指法律规定由哪些部分组成,构成法律规范的内部要素及其相互关系。从法律规范的逻辑结构看,它分为条件、模式、后果三要素。

①条件(或称假定)是指法律规范中指出适用法律规范的条件或情况的部分。法律上并不存在无条件、绝对适用于一切场合的规则,因此,法律规范总是以一些法定事实为条件。

②模式(或称为处理或指示、行为模式)指法律规范所规定的行为规则部分。一般包括三种形态:允许做、必须做、禁止做。

③后果(或称为制裁)是指法律规范中规定的、人们在作出符合或者违反规范行为时,会带来什么法律后果的部分。分为肯定性后果和否定性后果两种形式。

条件、模式和后果是法律规范的三个有机组成部分。因为任何法律规范都是为了调整一定的社会关系而制定的,所以不能缺少条件部分。由于一切规范都是用来调整一定社会关系中人们行为的,必须有明确的规定和要求,所以模式是法律规范的核心要素,是最基本的组成部分。法律规范区别于一般社会规范的主要特点是，它具有国家强制性，只有对人们的合法行为加以赞许、保护或奖励，对人们的违法行为进行制裁，才能使法律规范所规定的行为模式在实际生活中发挥规范性作用。否则，法律就会失去规范性、严肃性和权威性，因而后果部分也是法律规范必不可少的。

（3）法律规范的种类。法律规范的种类，就是按照一定的标准或从某一角度对法律规范进行的分类。

①授权性规范、义务性规范和复合规范。按照法律规范调整方式的不同，法律规范可以分为授权性规范和义务性规范。授权性规范，就是规定人们可以作出一定的行为，或者要求他人作出或不作出某种行为的规范。义务性规范，就是规定人们必须依法为一定行为或不为一定行为的法律规范。包括作为的义务性规范和不作为的义务性规范，前者在法律条文中常以"必须"、"须"、"应该"、"应当"、"有义务"等词汇表述；后者在法律条文中多以"禁止"、"严禁"、"不得"、"不应"等词汇来表述。复合规范，又称权利义务复合规范，是兼具授予权利和设定义务的双重属性的法律规范。例如，授予国家机关以职权的法律规范就是复合性规范。在依法享有一定职权的同时，行使职权也是一种义务。

②强制性规范和任意性规范。按照法律规范的强制性程度的不同，法律规范可以分为强制性规范和任意性规范。强制性规范，指所规定的权利义务具有绝对肯定形式，不允许当事人之间相互协议或任何一方任意予以变更或违反。任意性规范，就是允许当事人自行确定其权利和义务的法律规范。

③确定性规范、委托性规范和准用性规范。按照法律规范内容确定性程度的不同，法律规范可以分为确定性规范、委托性规范和准用性规范。确定性规范，是指明确规定行为规则内容的法律规范，无需援用其他规则来确定本规范内容的法律规范。绝大多数法律规范都属于确定性规范。委托性规范，又称非确定性规范，是指规范中没有明确规定行为规则的内容，而委托某一机关加以确定的规范。准用性规范，是指没有明确规定行为规则的内容，而是规定在某个问题上可以参照、引用其他规则的法律规范。

④调整性规范和构成性规范。按照规范所调整的行为是否可能发生于该规范产生之前，可以把法律规范分为调整性规范和构成性规范。调整性规范是对已经存在的各种行为方式进行评价，并通过授予权利或设定义务来调整相关行为的法律规范。构成性规范是以本规范产生为基础而导致某些行为方式的出现，并对其加以调整的法律规范。例如，有关立法、审判等法律活动的"程序法"，其规范多是构成性的。

2. 法律体系与部门法

（1）法律体系。法律体系指在一个国家里，由按照一定的原则和标准划分的同类规范性法律文件所组成的法律部门构成的一个有机联系的整体，即部门法体系。

（2）部门法。部门法又称法律部门，是指一个国家根据一定的原则和标准划分的本国同类规范性法律文件（也可以称同类法律规范）的总称。

（3）部门法与法律规范、法律制度和规范性法律文件。法律规范是构成法律的最基本要素。法律部门是由一个个规范性法律文件构成的，而规范性法律文件是由法律规范构成的，没有法律规范就不会有规范性法律文件，也就不会有法律部门。规范性法律文件是表现法的内容的形式或者载体，部门法就是由规范性法律文件（法律、法规和规章）构成的。

（4）划分部门法的标准。根据部门法的概念，关键是要了解划分它的标准。只有掌握了它，才能比较好地理解和掌握法律体系和部门法的概念。划分部门法的标准有两个：

第一，法律所调整的社会关系种类是划分部门法的首要的、第一位标准；

第二，社会关系的法律调整的机制是划分部门法的第二位标准。

我国社会主义法律体系的基本框架或者基本结构如下：宪法及宪法相关法、行政法、民商法、经济法、社会法、刑法、诉讼与非诉讼程序法。①

**（三）法的渊源**

法的渊源也称"法律渊源"，指那些来源不同（制定与非制定法、立法机关制定与政府制定等），因而具有法的不同效力意义和作用的法的外在表现形式，因此，又称"法的形式"。

当代中国法的渊源基本上是以各种制定法为主。它们有各种不同的层次，包括：宪法、法律、行政法规、地方性法规、规章、自治条例和单行条例、特别行政区法规、经济特区法规、国际条约和国际惯例等。

1. 宪法

宪法是国家的根本大法。它是由最高国家权力机关——全国人民代表大会制定、通过和修改的。在当代中国法的渊源中，具有最高的法律地位和法律效力，是制定一切法律、法规的依据。宪法规定国家的最根本的政治、经济和社会制度，规定了公民的基本权利和义务、国家机关的组织结构和活动原则等。

2. 法律

法律是仅次于宪法的主要的法的渊源。它是由全国人民代表大会和全国人民代表大会常务委员会制定的，包括基本法律和非基本法律。基本法律，指由全国人民代表大会制定和修改的，规定或调整国家和社会生活中，在某一方面具有根本性和全面性关系的法律。它包括关于刑事、民事、国家机构的和其他的基本法律。基本法律以外的法律，又称非基本法律，是指由全国人民代表大会常务委员会制定和修改的，规定和调整除基本法律调整以外的，关于国家和社会生活某一方面具体问题的关系的法律。根据立法法的规定，全国人民代表大会常务委员会制定和修改除应当由全国人民代表大会制定的法律以外的

---

① 杨景宇：《我国的立法体制、法律体系和立法原则》，第十届全国人大常委会法制讲座第一讲，2003 年 4 月 25 日。

其他法律;在全国人民代表大会闭会期间,对全国人民代表大会制定的法律进行部分补充和修改,但是不得同该法律的基本原则相抵触。

### 3. 行政法规

行政法规,是由最高国家行政机关即国务院根据并且为实施宪法和法律而制定的关于国家行政管理活动方面的法律规范性文件,是我国重要的并且数量很大的一种法的渊源。其效力仅次于宪法和法律。

### 4. 部门规章

部门规章,是国务院各部、委员会、中国人民银行、审计署和具有行政管理职能的直属机构,根据法律和国务院的行政法规、决定、命令,在本部门的权限范围内制定的规范性法律文件。部门规章的效力低于宪法、法律和行政法规。

### 5. 地方性法规

地方性法规的立法主体——地方国家权力机关,即省、自治区、直辖市以及较大市的人大及其常委会,其他地方国家机关均无权制定地方性法规。地方性法规的根本任务——因地制宜解决地方问题,解决法律和行政法规不能独立解决或暂时不宜由法律和行政法规解决的问题;地方性法规同时需要接受宪法、法律和行政法规的规制。

地方性法规与其他法的渊源之间的关系表现为:

(1)宪法、法律和行政法规的效力高于地方性法规。

(2)地方性法规与国务院部门规章之间对同一事项的规定不一致,不能确定如何适用时,由国务院提出意见,国务院认为应当适用地方性法规的,应当决定在该地方适用地方性法规,认为应当适用部门规章的,需要提请全国人大常委会裁决。

(3)地方性法规的效力高于本级和下级地方政府规章。

(4)地方性法规内部之间的关系,较大市的人大及其常委会的地方性法规,不得同本省、自治区的地方性法规相抵触,报省、自治区人大常委会批准后执行;省、自治区、直辖市的人大有权改变或撤销它的常委会制定和批准的不适当的地方性法规。

### 6. 地方政府规章

地方政府规章分为两个层次:一是省、自治区、直辖市的政府规章;二是较大市的政府规章。地方政府规章可就两方面事项作出规定:一是为执行法律、行政法规、地方性法规的规定需要制定规章的事项;二是属于本行政区域的具体行政管理事项。

地方政府规章与宪法、法律、行政法规、地方性法规、部门规章之间的关系表现为:

(1)宪法、法律和行政法规的效力高于地方政府规章,地方政府规章不得与它们相抵触,否则无效;

(2)地方性法规的效力高于本级和下级地方政府规章;

(3)省、自治区政府规章的效力高于本行政区域内的较大市的政府规章;

(4)部门规章与地方政府规章之间具有同等的效力,在各自的权限范围内实行。

（5）部门规章与地方政府规章之间对同一事项的规定不一致时，由国务院裁决；

国务院有权改变或撤销不适当的地方政府规章；地方人大常委会有权撤销本级政府不适当的规章。

### 7. 民族自治地方的自治条例和单行条例

民族自治地方的人民代表大会有权依照当地民族的政治、经济和文化的特点，制定自治条例和单行条例。自治区的自治条例和单行条例，报全国人民代表大会常务委员会批准后生效。自治州、自治县的自治条例和单行条例，报省、自治区、直辖市的人民代表大会常务委员会批准后生效。

自治条例和单行条例可以依照当地民族的特点，对法律和行政法规的规定作出变通规定，但不得违背法律或者行政法规的基本原则，不得对宪法和民族区域自治法的规定以及其他有关法律、行政法规专门就民族自治地方所作的规定作出变通规定。

### 8. 特别行政区基本法和特别行政区法律

在当代中国法的渊源中，有两种特殊的渊源，即特别行政区基本法和特别行政区法律。我国宪法第 31 条规定，国家在必要时设立特别行政区。在特别行政区内实行的制度按照具体情况由全国人民代表大会以法律规定。目前，我国已有两部特别行政区基本法，即《中华人民共和国香港特别行政区基本法》、《中华人民共和国澳门特别行政区基本法》，前者于 1997 年 7 月 1 日生效，后者于 1999 年 12 月 20 日生效。

特别行政区法律，是指根据宪法和特别行政区基本法，在特别行政区内施行的法律。例如，香港原有法律，包括普通法、衡平法、条例、附属立法和习惯法，除同《基本法》抵触者外，采用为香港特别行政区法律。

### 9. 经济特区法规

经济特区法规，是经济特区所在地的省、市的人民代表大会及其常务委员会根据全国人民代表大会的授权决定制定的法律规范性文件，在经济特区范围内实施。

### 10. 国际条约和国际惯例

国际条约是指我国同外国缔结的双边和多边条约、协定和其他具有条约、协定性质的文件。国际条约本是国际法的渊源，但由于它对签约国有约束力，因而凡是我国政府签订的国际条约，也属我国法的渊源之一。

国际惯例的适用前提一般是我国法律或国际条约中没有明确规定的。我国有关国内法对国际条约和国际惯例的法律效力做了规定。如《民法通则》第 142 条规定："中华人民共和国缔结或者参加的国际条约同中华人民共和国的民事法律有不同规定的，适用国际条约的规定，但中华人民共和国声明保留的条款除外。中华人民共和国法律和中华人民共和国缔结或者参加的国际条约没有规定的，可以适用国际惯例。"第 150 条还规定："依照本章规定，适用外国法律或者国际惯例的，不得违背中华人民共和国的社会公共利益。"

### 三、法的实施

(一)法的实施概述

1. 概念

法律实施,又称法的实施,是指法律在社会生活中的具体运用和实现。它包括两个方面:一是要求一切国家机关、社会组织和公民个人都要严格遵守法律;二是要求国家行政机关、司法机关及其工作人员严格执行法律、运用法律,保证法律的实现。也就是说,法的实施包括守法、执法、司法、法律监督。

2. 法的适用

法的适用,又称法的执行或法律适用,是指国家行政机关、司法机关具体实施法律的活动,包括执法和司法。准确地说,法的适用是国家司法机关在宪法和法律规定的职权范围内,依照法定程序,具体运用法律审理案件的专门活动。

3. 法的适用的基本原则

(1)以事实为根据、以法律为准绳的原则。以事实为根据,是指在适用法律时,必须坚持实事求是,只能以能够用证据证明的客观事实为根据,而绝不能以主观的想像、分析和判断作为根据,更不能弄虚作假、掩盖或假造事实。

以法律为准绳,是指在适用法律时,必须严格依照法律的规定办事,切实做到有法必依、执法必严、违法必究。

(2)公民在适用法律上一律平等的原则。任何公民都必须平等地遵守宪法、法律和其他法规,不容许任何人有超越于宪法和法律之外、凌驾于法律之上的特权;所有公民依法平等地享有权利、承担义务;任何公民的合法权益都平等地受国家法律保护;任何公民的违法犯罪行为都必须同等地依法受到追究和制裁。

(3)司法机关依法独立公正行使职权的原则。国家的审判权只能由人民法院行使,国家的检察权只能由人民检察院行使,其他任何机关、团体和个人都无权行使这些权力。人民法院和人民检察院依照法律独立行使各自的职权,不受任何机关、社会团体和个人的非法干涉。人民法院和人民检察院在行使审判权和检察权的过程中,必须严格依照法律的规定,包括实体法和程序法的规定,正确适用法律。人民法院和人民检察院在行使审判权和检察权的过程中,在严格依照法律规定的前提下,应当实现社会主义的公正。

此外,国家机关及其工作人员在适用法律时应遵循的原则还包括:专门机关与群众路线相结合的原则;实事求是、有错必纠、国家赔偿的原则等。

(二)违法、法律责任和法律制裁

1. 违法的涵义、构成条件和分类

(1)违法的涵义。违法,是指国家机关、企事业组织、社会团体和公民,因违反法律规定,致使法律所保护的社会关系和社会秩序遭受破坏,依法应承担法律责任的行为。

(2)违法的构成条件。①违法必须是人们违反法律规定的行为,包括作为和不作为。作为,是指积极实施我国法律所禁止的危害社会的行为;不作为,是指有义务实施并且能够实施某种积极的行为而未实施,即应该做而且能够做却未做的情况。②违法必须是在不同程度上侵犯了法律所保护的社会关系的行为,必须是对社会造成一定危害的行为。③违法必须是行为者出于故意或过失,也就是行为人要有主观方面的过错。故意,是指行为人明知自己的行为会发生危害社会的结果,并且希望或者放任这种结果发生的一种主观心理态度。过失,是指行为人应当预见自己的行为可能发生危害社会的结果,因为疏忽大意而没有预见,或者已经预见而轻信能够避免,以致发生这种结果的一种心理态度。④违法的主体必须具有法定责任能力。

(3)违法的分类。按照违法行为的具体性质、危害程度和所承担的法律责任的不同,可将违法分为:违宪、民事违法、行政违法和刑事违法(犯罪)。

2. 法律责任

法律责任有广义、狭义。广义的法律责任与法律义务同义;狭义的法律责任,专指违法者对自己实施的违法行为必须承担的责任。按照违法行为的性质和对社会的危害程度,法律责任可以分为:违宪责任、民事责任、行政责任和刑事责任。

3. 法律制裁

法律制裁,是国家专门机关对违法者依其应当承担的法律责任而采取的惩罚措施。按照承担法律责任的不同,可以将法律制裁分为:违宪制裁、民事制裁、行政制裁和刑事制裁。法律责任与法律制裁的联系和区别是:

(1)相同点。是保护法律关系相互关联的两个方面,是在出现违法的情况下,在国家和违法者之间建立的一种特殊的权利、义务关系。都是违法行为导致的结果。

(2)不同点。法律责任司法意义上专指违法者对自己实施的违法行为必须承担的责任。法律制裁专指国家专门机关对违法者实施的法律行为在法律规定的范围内所进行的惩罚。

(三)法的作用

1. 法的规范作用

法是一种特殊的社会规范,具有一定的形式特征和独特的作用方式。根据行为主体的不同,法的规范作用可以分为以下几种:

(1)指引作用。即对本人行为的指引。对人的行为的指引可分为个别指引和规范性指引。个别指引的优势是比较具体、针对性强,缺点是不适用于关系复杂、人数较多的群体。规范性指引是建立社会秩序的一个必不可少的条件,它具有连续性、稳定性、高效率的优点,符合一般人的心理要求。法律规范可分为授权性规范和义务性规范。授权性规范代表了一种有选择的指引,义务性规范代表确定的指引。确定的指引,目的是防止人们作出违反法律指引的行为,而就有选择的指引来说,法律的目的一般是鼓励人们,至少是容许人们从事法律所指示的行为。

（2）评价作用。作为一种规范，法有判断、衡量他人行为的评价作用。在评价他人行为时，总要有一个客观的评价准则。法是一种重要的准则，通过法可以判断某个人的行为是合法还是违法（包括违反什么法、违反到什么程度等）。任何社会规范（道德、宗教规则、政策等）均具有一定的评价作用。但与其他社会规范相比，法律这种社会规范的评价作用具有概括性、公开性和稳定性，所以这种评价更客观、更明确、更具体。法律的评价作用的优越性，使法律起到了其他社会规范难以起到的维护社会秩序、促进社会发展的作用。

（3）教育作用。教育作用不同于上面所说的指引作用，也不是指法在促进文化教育领域方面的社会作用，它是指通过法的实施而对一般人的行为所发生的影响。有人因违法行为而受到制裁，固然对其他一般人有教育作用（严格地说，对那些企图违法的人来说，是一种警戒作用），反过来，人们的合法的行为及其法律后果也同样对一般人的行为有重大示范作用。

（4）预测作用。法律的预测作用表现在，人们可以根据法律规范的规定，事先估计到当事人双方将如何行为及行为的法律后果，从而对自己的行为作出合理的安排。一般而言，它分为两种情况：一是对如何行为的预测，即当事人根据法律规范的规定预计对方当事人将如何行为，自己将如何采取相应的行为。二是对行为后果的预测，由于法律规范的存在，人们可以预见到自己的行为在法律上是合法的还是非法的，在法律上是有效的还是无效的，是会受到国家肯定、鼓励、保护或奖励的，还是应受法律撤销、否定或制裁的。

（5）强制作用。这种作用的对象是违法者的行为。所有社会的法律都有由国家强制力保证实施的特征，我国社会主义法律是以广大人民自觉遵守为基础的，但强制也是一个不可缺少的条件。法的强制作用无论对法的社会作用或对法的其他规范作用来说，都有重要的意义。法律的权威性的直接表现就是对违法犯罪行为的惩罚和强制，离开了强制性，法律就失去了权威。当然，强制仅是法律实施的一种手段，对违法犯罪者制裁的最终目的是教育，防范新的违法犯罪行为。

2. 法的社会作用

法的社会作用，是指法在具体的历史条件下，由法的本质和目的所决定的发挥作用的领域和方式。从国家职能的角度看，法具有两个基本职能：一是维护阶级统治的作用；二是执行社会公共事务的作用。从法自身的职能来看，法具有调整的职能（即确认一定的社会关系并反映其发展变化的要求，通过法律规范确立社会关系的模式）和保护的职能（即保护法律所确立的社会关系模式的实现和运行，排除对法的破坏力量）。从法发挥社会作用的领域来看，法的作用可以分为政治方面的作用、经济方面的作用、社会方面的作用和文化方面的作用等。当代中国社会主义法的社会作用主要表现在如下几个方面：（1）建立社会主义市场经济法律秩序，促进国民经济的繁荣和发展；（2）健全社会主义政治制度，促进民主政治的发展,保障社会和政治秩序的稳定;(3)为社会主义精神文明的健康发展提供法律保障;(4)维护我国在国际交往中的地位和利益,促进和保障对外经济、技术和文化交流。

### 3. 法的局限性

法固然有十分重要而广泛的作用,但法绝不是万能的,它的作用范围和作用方式及效率都有一定的局限性。

首先,法的调整范围具有局限性。法具有强制性这一方面是法的优越性,使法比其他社会规范在一些领域更为有效、更有力。另一方面,这也决定了法不能调整一切社会生活领域的关系,有些领域不需要强制力量的干预,如友谊关系、恋爱关系等;有些领域不能够用强制的方式干预,如思想活动、内心信仰等,否则,法就会丧失其可靠性,成为侵害他人合法权益和破坏社会秩序的工具。

其次,法调整社会关系的方式是建立完善的法律制度,公平地分配权利和义务。它干预社会生活是以对社会生活的内在规律的认识为前提的。否则,不但无助于社会秩序的稳定而且可能破坏社会秩序。因而立法者应当把这些领域让位给道德、习俗等社会规范去调整。

最后,法具有很高的社会成本。只有在法所产生的社会收益高于法的社会成本的情况下,法才是有效率的。在其他社会规范客观上不能保证实现国家、社会所追求的收益目标,并且这种收益显著高于相应的法的社会成本时,法才是一种合理的选择。目前我国法学界对这个问题还缺乏应有的研究和重视。一般来说,法的社会成本主要包括立法成本、执法成本、司法成本和当事人的诉讼成本等。增加法方面的投入,必须与国力相适应,必须符合经济和社会发展的需要。

### (四)法的效力

法的效力范围,即法的适用范围,主要指法的空间、时间和对人的效力问题。具体讲就是法适用在什么领域、什么时间和对谁有效的问题。

### 1. 法适用的空间效力

所谓空间上的效力,是指法在哪些地方生效。根据国家主权原则,一国的法在其主权管辖的全部领域有效,包括陆地、水域及其底土和领空。此外,还包括延伸意义上的领土,即本国驻外大使馆、领事馆,在本国领域外的本国船舶和飞行器。

由于制定的机关和法的内容不同,其空间效力有所不同,法的空间效力一般可分为法的域内效力和法的域外效力两方面。

### 2. 法适用的时间效力

法适用的时间效力范围通常包括两个问题:一是关于法的生效时间和终止时间问题。二是关于法的溯及力问题。

(1)法的生效和终止的时间。法的生效时间通常有两种情况:一是法律本身就规定了生效日期;二是从公布之日起生效。法的失效时间通常有四种情况:一是法律本身就规定了失效日期;二是以新法代替旧法,规定相应事项的新法生效之日,就是规定同样事项的旧法失效之时;三是国家根据某种需要,明令宣布废除该法,并规定了废除日期;四是有权规定撤销违法的法律、法规。

(2)法的溯及力。法的溯及力,也称法律溯及既往的效力,是指法律对其生效以前的事件和行为是否适用。如果适用,就具有溯及力;如果不适用,就没有溯及力。法律是否具有溯及力,不同法律规范之间的情况是不同的。关于法律的溯及力问题,一般通行两个原则:首先,"法律不溯及既往"原则,即国家不能用现在制定的法律指导人们过去的行为,更不能由于人们过去从事某种当时是合法而现在看来是违法的行为,而依照现在的法律处罚他们。其次,"从旧兼从轻"原则作为法律不溯及既往原则的补充,法律规范的效力可以有条件地适用于既往的行为。

3. 法的适用对人的效力

法的适用对人的效力问题非常复杂。对于一个国家来讲,法的适用涉及到人的时候,有以下两种情况:一是该国公民在本国或在外国适用该国法律问题;二是非该国公民在该国或者在外国适用该国法律问题。

法律对人的效力,是指法律对谁有效力,适用于哪些人。在世界各国的法律实践中先后采用过四种对人的效力的原则,即属人主义,属地主义,保护主义,以及以属地的原则为主、与属人主义、保护主义相结合的原则这四种原则。根据我国法律,对人的效力包括对中国公民的效力和对外国人、无国籍人的效力两个方面。

(1)属人主义,即法律只适用于本国公民,不论其身在国内还是国外,非本国公民即使身在该国领域内也不适用。

(2)属地主义,法律适用于该国管辖地区内的所有人,不论是否是本国公民,都受法律约束和法律保护,本国公民不在本国,则不受本国法律的约束和保护。

(3)保护主义,即以维护本国利益作为是否适用本国法律的依据,任何侵害了本国利益的人,不论其国籍和所在地域,都要受该国法律的追究。

目前,多数国家都采取以属地原则为主,属人原则或属地与属人原则相结合为辅的做法。

**四、法律关系**

(一)法律关系的概念

法律关系是一种特殊的社会关系,是法律规范在调整人们的行为的过程中所形成的权利和义务关系。法律关系既从法律规范调整社会关系的结果,又是行为的法律结果,通过识别法律关系,不仅有助于人们找到指导自己行为的适当的法律规范和原则;而且有助于执法和司法人员确定特定法律的适用范围以及选择解决纠纷的方式。

(二)法律关系的要素

法律关系由主体、客体和内容三个要素组成。

### 1. 法律关系的主体

所谓主体,是指在法律关系中享有权利和承担义务的人,也就是法律关系的参加者。严格地说,法律关系的主体包括自然人、法人及其他社会组织。自然人,是具有生命并拥有法律人格的个人,包括中国人、外国人和无国籍人。法人,是指具有法律人格并能以自己的名义独立享有权利和承担义务的组织。此外还有一种介乎自然人和法人之间的非法人组织,如合伙组织、个人工商户以及其他不具备法人资格的企业和事业单位。

法律关系的主体依法享有的享受权利的资格通常被称为"权利能力"。自然人的权利能力因自然人的身份而异。在民主国家里,自然人从出生始至死亡都享有平等的权利能力。法人的权利能力则是由法律、法人的章程、核准登记的经营范围等决定的。主体以自己的行为行使权利或履行义务的资格,通常被称为"行为能力"。自然人的行为能力因其年龄和精神健康状况而异,我国将其分为完全行为能力、限制行为能力和无行为能力三种。法人的行为能力则与其权利能力相同。

### 2. 法律关系的客体

所谓客体,是指权利义务所指向的对象,又称权利客体或义务客体。客体是联系主体权利、义务的中介。常见的法律关系客体形态有:

(1)物。它包括一切可以成为财产权利的自然之物和人造之物。

(2)行为。它是指权利主体的权利和义务主体的义务所共同指向的作为或不作为。

(3)智力成果。它是指人们在智力活动中所创造的非物质财富,主要是知识产权所指向的对象。

### 3. 法律关系的内容

法律关系的内容,是指法律关系中的权利和义务。

法律权利,是指法律关系主体依法享有的某种权能或利益,它表现为权利享有者可以自己作出一定的行为,也可以要求他人作出或不作出一定的行为。一切法律权利都受到国家的保护,当权利受到侵害时,权利享有者有权向人民法院或者有关主管机关申诉和请求保护。

法律义务是与法律权利相对称的概念,是指法律关系主体依法承担的某种必须履行的责任,它表现为必须作出或不作出一定的行为。法律义务是国家所确认的,具有国家强制性,当人们不履行法定义务时,就会受到国家的干涉,国家保障这种义务的实现。

法律上的义务与权利具有不可分割的联系。没有权利就无所谓义务,没有义务也就没有权利。在某些法律关系中,每一个法律关系的参加者都可能同时享受权利和承担义务。例如在买卖合同中,买受人有取得一定物品为自己所有的权利,同时有付给货款的义务;出卖人则有把一定物品转移给买受人的义务,同时享有取得货款的权利。也有一些法律关系,一定的主体享受权利,而由一切人承担义务。例如在所有权关系中,一切人都承担不妨碍某一权利主体占有、使用或支配归他所有的财产的义务。在特定的场合,一种行为可以同时既是权利又是义务,例如法律授予国家机关及其公职人员的职权。

（三）法律事实

法律关系是法律规范调整人们行为过程中产生的权利义务关系。但是,仅有法律规范和权利主体,还不足以产生法律关系,而只是为其产生创造了前提,提供了可能性。要想使抽象的权利、义务转化为具体的、实然的权利义务,则必须有法律事实出现。因此,法律关系只有在法律规范、权利主体和法律事实俱全的条件下才能产生。所谓法律事实,是法律规范所规定的、能够引起法律后果的各种现象。法律事实分为两类:事件和行为。

1. 事件。事件又称法律事件,是不以当事人意志为转移,引起法律关系产生、变更、消灭的事实,主要是指某些自然灾害,如洪水、地震等。

2. 行为。行为又称法律行为,是当事人通过意志支配引起法律关系产生、变更和消灭的法律事实。法律意义上的行为,是人们有目的的活动,这种活动和相应的法律后果密切相连,可以是作为或不作为;可以是单方的或双方的;可以是有偿的或无偿的。

# 第二节　民商法基础

## 一、民商法概述

（一）民法的概念

1. 民法的概念

民法（Civil Law）一词是从罗马法中的市民法（jus civile）沿袭而来。古罗马的法律原有市民法与万民法之分。前者适用于罗马市民,后者适用于罗马市民以外的人。中世纪以来,市民法逐渐吸收万民法成为罗马法的总称。日本学者在明治维新时期引入民法的概念,中国在清朝末年维新变法时从日本引入民法一词,并开始制定近代民法。

根据我国《民法通则》第 2 条的规定,民法是调整平等主体的公民之间、法人之间、公民和法人之间的财产关系和人身关系的法律规范的总称。这一定义科学地揭示了我国民法的调整对象和内容,从而对民法与其他法律部门的界限作了明确的划分。

2. 民法的调整对象

民法的调整对象,是指由民法加以规定,可以使用民法解决其中矛盾、冲突的特定社会生活关系。我国《民法通则》第 2 条规定:"中华人民共和国民法调整平等主体的公民之间、法人之间、公民和法人之间的财产关系和人身关系。"可见,民法以平等主体之间的财产关系和人身关系作为自己的调整对象。

其一,民法调整的财产关系。财产关系是指人们在产品的生产、分配、交换和消费过程中形成的具有经济内容的关系。① 财产关系具有以下三个特征:第一,财产关系以财产为客体。随着商品经济的发展,财产的范围日益扩大,包括物质性财产和非物质性财产。物质性财产是指能够为人掌握、控制,可以在人类社会生产经营活动中和人的生活中加以利用的物质资料,包括土地、矿藏等天然资源和房屋、家具、书籍等人类劳动创造的以各种物质形态出现的产品。非物质性财产是指对人具有经济价值的非物质事物,往往被作为获得物质性财产的手段而存在。非物质性财产主要包括:(1)智慧财产,如文学作品、发明创造等。(2)具有经济价值的权利,如公益物权、股权等。(3)劳动力。第二,财产关系以经济利益为内容。体现主体的经济利益,以经济利益为内容,也是财产关系区别于其他社会关系的重要特征。第三,财产关系体现的经济利益可以与特定主体相分离。除劳动力外,其他财产是可以与主体相分离、脱离特定主体的支配转由其他主体支配的,即可以转让和继承。

其二,民法调整的人身关系。人身关系,是指人与人之间基于彼此的人格或身份而形成的、以主体的人身利益为内容的社会关系,分为人格关系和身份关系两种。人格关系,是指因民事主体的人格利益而发生的社会关系,主要包括生命权、健康权、名称权、肖像权等关系。身份关系,是指基于一定的身份而产生的社会关系,主要包括亲属、监护等关系。民法调整的人身关系具有两个特征:(1)不具有直接的经济内容,不能直接用金钱价值来衡量;(2)通常都不能转让和继承,具有一定的人身依附性。

民法调整的人身关系与财产关系有着密切的联系。某些人身权的行使,可以使公民或法人获得财产利益;某些人身权是民事主体从事的商品经济活动与他人发生经济联系的前提。所以,在确定民法的调整对象时,不能将财产关系和人身关系完全割裂开来。

3. 民法的基本原则

民法的基本原则,效力贯穿于民法始终,体现民法的基本价值。民法的基本原则集中反映了民事立法的目的和方针,是民事立法、执法、守法和研究民法的总的指导思想和基本准则。根据我国《民法通则》的规定,我国民法的基本原则包括平等原则、自愿原则、公平原则、诚实信用原则、守法原则和公序良俗原则。

其一,平等原则。我国宪法明文规定:"法律面前人人平等"。民法中的平等原则正是对这一宪法原则的具体体现。它集中反映了民事法律关系的本质特征,是民法最基础、最根本的一项原则。我国《民法通则》第 3 条规定:"当事人在民事活动中的地位平等"。所谓平等原则是指民事主体在民法上享有独立、平等的法律人格,在民事活动中享有平等的法律地位,依法取得民事权益平等的受到法律的保护。

民事主体参加民事活动的地位平等,主要表现在以下几方面:(1)民事主体参加民事活动的机会平等。(2)民事主体在民事关系中的人格平等。(3)民事主体在民事活动中所

---

① 王利明:《民法》,中国人民大学出版社 2000 年版,第 8 页。

取得的合法权益,平等地受到法律保护。

其二,自愿原则。自愿原则在西方也被称为意思自治原则。它的存在和实现是以平等原则的存在和实现为前提。只有在地位独立、平等的基础上,才能保证当事人从事民事活动时的意志自由。① 我国《民法通则》第4条中规定,民事活动应当遵循自愿的原则。自愿原则是指民事主体在法律允许的范围内,有完全的意志自由,自愿实施民事法律行为,自愿设立、变更或终止民事法律关系,不受国家和他人的非法干预。

民事主体在法律允许的范围内意志自由,主要体现在以下几方面:(1)有选择进行民事活动或不进行民事活动的自由。(2)有选择民事行为内容、方式的自由。(3)一定条件下,有选择争议解决方式的自由。(4)在涉外民事活动中,还有选择法律适用的自由。

其三,公平原则。公平是法律追求的最高价值目标,因此立法、司法和执法都必须符合公平原则。民法调整平等主体间的财产关系和人身关系,公平自然也是一项不可缺少的基本原则。同时,公平原则也以平等原则为基础,是自愿原则的有益补充。我国《民法通则》第4条中规定,民事活动应当遵循公平的原则。公平原则是指民事主体应依据社会的公平观念从事民事活动,以维持当事人之间的利益均衡。

民事主体应依据社会的公平观念从事民事活动,主要体现在以下几方面:(1)民事主体在利益或损害的分配在主观心理上应持公平的态度。(2)民事主体行为的结果不能显失公平。

其四,诚实信用原则。诚实信用是建立正常的社会交往关系的基本要求,是建立与维护市场经济秩序的基本要求。因此,诚实信用原则作为民法的一项基本原则是社会发展的客观需要。《民法通则》第4条中规定,民事活动应当遵循诚实信用的原则。诚实信用原则是指民事主体进行民事活动应当诚实、善意,不为欺诈行为,履行义务,信守承诺和法律的规定,在不损害他人利益和社会利益的前提下追求自己的利益。

民事主体在民事活动中遵循诚实信用原则,具体表现在以下几方面:(1)不为欺诈行为。(2)讲究信用、恪守诺言。(3)不得规避法律和曲解合同条款。(4)反对垄断,正当竞争。(5)尊重社会和他人的利益,不得滥用权力。

其五,守法原则。《民法通则》第6条中规定:"民事活动必须遵守法律,法律没有规定的,应当遵守国家政策。"根据这一原则,民事活动应当在守法的基础上进行,禁止任何人滥用权利,损害国家、社会和他人的合法利益,否则要承担相应的法律责任。

其六,公序良俗原则。公序良俗原则是现代民法的一项重要的法律原则,是指民事主体参加民事活动应当遵守公共秩序及善良风俗。我国《民法通则》第7条确定了这一原则,即民事活动应当尊重社会公德,不得损害社会公共利益,破坏国家经济计划,扰乱社会公共秩序。

---

① 王利明:《民法》,中国人民大学出版社2000年版,第32页。

公序良俗原则有维护国家及社会一般利益及一般道德观念的功能,具有填补法律漏洞的功效。这是因为公序良俗原则包含了法官自由裁量的因素,具有极大灵活性,因而能处理现代市场经济中发生的各种新问题,在确保国家一般利益、社会道德秩序,以及协调各种利益冲突、保护弱者、维护社会正义等方面发挥极为重要的机能。①

(二)商法的概念

1. 商法的概念

商法又称商事法(Commercial Law / Business Law),是调整有关商事关系的一系列法律规范的总称。对商法的这一定义,可以从两个方面来分析:一方面,它说明商法是以商事关系作为自己的调整对象的法律部门;另一方面,它说明商法是由一系列法律规范所构成的一个法律体系。

2. 商法的调整对象

商法的调整对象是商事关系。商事关系是指商事主体按照商事法律的规定从事各种以营利为目的的营业活动所发生的财产关系。

(1)商事关系是一种财产关系。商法是一种私法,它所调整的关系是一种私人关系,但它不调整全部私人关系,而只调整私人财产关系。② 私人财产关系是指人们在物质资料生产、分配、交换和消费过程中所形成的经济利益关系。私人财产关系具有平等性、自愿性和有偿性的特征,反映了商品经济关系的客观要求。

一切商事主体都享有一定范围的人身权,比如商事主体的名誉权等。但商事主体的人身关系并不为商法所调整,而由民法来调整。商法之所以不调整人身关系,是因为商法所调整的商事关系是以营利为目的的经营关系,人身关系不具有营利性特征。③

(2)商事关系是一种经营性财产关系。商法所调整的商事关系是一种私人财产关系,但商法并不调整全部私人财产关系,而只调整商事财产关系。营利性是商事财产关系的本质特征,非商事财产关系不具备营利性特征。由此可见,商法所调整的商事关系是商事主体以追求利润为目的而营运其财产所形成的财产关系,是一种商事经营关系,其核心特征在于它的营利性。所谓营利,是指以金钱、财物、劳务等为资本而获取经济上的利益。

3. 商法的法律体系

商法是一系列法律规范的总称,就是说,商法是由各种商事法律规范所构成的一个体系。在采用民商合一的体例下,除了有关商法的一般性规则纳入民法典之中外,其他具体商事法律均采用单行法的形式。在采用民商分立的体例下,在商法典之外,仍然有许多商事单行法存在。此外,无论是民商合一还是民商分立,都存在着相关商事法律的实施细

---

① 梁慧星:《民法总论》,法律出版社 2001 年版,第 45 页。
② 传统上,法律有公法与私法之分。公法调整的是公共管理关系,私法调整的是私人之间的关系。其中,私人关系包括私人财产关系和私人人身关系。
③ 施天涛:《商法学》(第二版),法律出版社 2004 年版,第 3~4 页。

则,构成商法的有机组成部分。

　　商法体系的构建,服从于商法所调整的社会关系。作为商法调整对象的商事关系,由商事主体和商事行为两大要素构成。相应地,商事法律体系就由商事主体法和商事行为法两大部分构成。

　　商事主体法是关于商事主体资格的取得、变更或者消灭的规则。在现代社会,商事主体主要表现为某种形态的商事组织,如商事公司、合伙企业、个人独资企业,以及国有企业、集体企业、外商投资企业和各类金融机构等。在我国,有关商事主体方面的法律主要有:公司法、合伙企业法、个人企业法、外商投资企业法,以及破产法等。

　　商事行为法是关于商事主体从事各种商事经营活动的行为规则。由于商事行为又体现为各种形式的商事交易,所以又称为商事交易法。目前,我国调整商事交易方面的法律主要有:合同法、证券法、证券投资基金法、信托法、保险法、票据法、商业银行法,以及海商法等;而期货交易法,正在起草过程中。

　　需要指出的是,一方面,关于商事主体法和商事行为法的区分,只是一种学理上和逻辑上的分析。实际上,往往商事主体法中有行为的内容,特别是那些与商事组织本身有着密切联系的交易行为;在商事交易法中除合同法属于单纯交易法外,其他各种交易法往往都存在有关主体的内容。另一方面,我国的商事立法具有明显的民商合一特征,即有关一般性的商事行为,都被固定在合同法之中。我国合同法所规定的15种有名合同中,除赠与、无偿性保管、委托、居间即个人消费买卖等合同外,其他均具有商事合同性质。由于我国法学概念中,合同法属于民法的一部分,所有的合同均被视为民事合同,人们往往容易忽略合同也是商事行为的一种,而且是一种基本的商事行为。

　　4. 商法的特征

　　关于商法的特征,可以从若干个方面进行分析,主要包括商法的私法性与公法性、国内性与国际性、实体性与程序性,以及冲突性与协调性、伦理性与技术性、稳定性与进步性等。

　　(1)商法的私法性与公法性。商法本质上属于私法,对于其所调整的私人关系主要采用自由主义,如合同自由原则、企业自治原则等;虽然现代商法以私法规定为中心,但为了保障其私法之规定的实现,又多采取强制干涉主义,从而导致了商事法的公法化倾向。

　　(2)商法的国内性与国际性。毫无疑问,商法属于国内法范畴。但自近代以来,国际贸易往来频繁,各国在长期经贸交往中逐渐形成了一些普遍接受的贸易惯例和习惯做法。商法的国际性在各种商事法律中都有不同程度的体现,在海商法、票据法等领域中,尤为明显。

　　19世纪以来,商事法律的国际法统一运动一直没有间断过,20世纪60年代以后商法的国际化倾向更加明显。各国制定了一系列有关商事的国际条约或公约,如1874年《世界邮政协约》、1910年《船舶碰撞及海难救助统一公约》、1930年《日内瓦统一票据公约》、

1931 年《日内瓦统一支票公约》、1978 年《国际海上货物运输公约》、《国际汇票和国际本票公约》、1980 年《联合国国际货物买卖合同公约》等。

（3）商法的实体性和程序性。商法当然是实体法，但同时也具有非常强烈的程序性。商法中的程序性规范有诉讼程序规范和非诉讼程序规范之分。

商法中的最为典型的诉讼程序规范有：一是破产程序（bankruptcy procedure），即在破产法中相当多的内容都是关于司法程序上的规定，如破产宣告、债权人会议、破产清算以及破产和解、破产整顿等；二是公司法中的股东派生诉讼（shareholder derivative litiga-tion），即股东间接诉讼或股东代表诉讼，是指当公司利益受到不法侵害时由股东代表公司提起的诉讼；三是证券集团诉讼（class action），在证券欺诈所引起的民事损害赔偿诉讼的原告往往人数众多，所以往往采取集团诉讼的方式，而证券法通常会对这种集团诉讼程序予以专门规定。

商法中的非诉讼程序规范，更是随处可见。例如，公司法中的公司设立程序、股东会议程序、董事会议程序、分立与合并程序、解散与清算程序等；证券法中的证券发行与交易、程序等；票据法中的票据承兑程序、见票程序、付款程序、行使追索权程序，以及票据遗失后的挂失止付程序等；保险法中的索赔与理赔程序等；商业银行法中的各种银行业务的办理程序，如银行贷款程序、结算程序，以及客户账户的查询、冻结、扣划程序等。

可见，在商法中，实体规范与程序规范并重，几乎每一个实体权利都会有相应的程序规范，其目的无非在于确保当事人权利的实现。

（三）民法与商法之间的关系

民法有广义和狭义之分，广义上的民法是指包括商法在内的所有私法之全体，狭义的民法是指除去商法及其他特别私法之部分私法。① 广义的民法包括商法和狭义的民法。

民法与商法具有十分密切的关系，所以常常被并称为"民商法"。一般而言，民法调整平等主体之间的财产关系和人身关系，而商法调整平等主体之间的商事关系，二者是一般法和特别法的关系。在商事关系的调整中，民法的一般性规定如民法中的权利能力、行为能力规定以及诚信原则等，都适用于商事关系。

同时，商法作为专门调整商事关系的特别法，在许多方面存在特殊性。首先，商法所调整的范围局限在商事关系，且是一种比较纯粹的财产关系。其次，营利性是商事行为的最主要特征，商事关系仅发生在持续的营业中，而一般的民事行为并不以营利动机为必然要素。再次，商法的效力优先于民法。商法是特别法，依照特别法优先于普通法的原则，关于商事关系，应首先适用商法的相关规定。

随着我国社会主义市场经济体制的建立和发展，商事立法也渐趋完善，其在社会经济生活中的地位也越来越重要。当前我国已经制定的主要商事法律有公司法、证券法、票据

---

① 史尚宽：《民法总论》，中国政法大学出版社 2000 年 3 月版，第 6 页。

法、保险法、海商法等。本章以下各节使用"民法",意为广义的民法。

### 二、民事法律关系

(一)民事法律关系的概念

民事法律关系是平等主体间发生的,由民事法律规范调整的,以民事权利和民事义务为内容的社会关系。民事法律关系是现代社会中最重要的一类社会关系,它不同于其他法律关系的特征在于:

1. 民事法律关系的主体具有平等性。民事法律关系发生在平等主体之间,这是区别于刑事法律关系、行政法律关系和经济法律关系的标记之一。

2. 民事法律关系的内容主要具有财产性。民事法律关系的内容包含民事权利和民事义务,这种权利和义务往往表现出财产属性。

3. 民事法律关系的保障措施具有补偿性。民事法律关系是由国家强制力保证实现的一种社会关系,当它受到破坏时,需要由遭受损害的一方当事人行使请求权,得到相应的赔偿。在我国,这种赔偿是具有补偿性的,以弥补损失为主要目的。

(二)民事法律关系的要素

民事法律关系的要素是任何一个民事法律关系不可缺少的基本要素,它包括主体、内容、客体三个要素。

1. 民事法律关系的主体(详见本节之三)

2. 民事法律关系的内容

民事法律关系的内容是指民事法律关系的主体所享有的民事权利和承担的民事义务。民事权利与民事义务是相互对立、相互联系的,当事人一方享有权利,必然有另一方承担相应的义务。

民事权利是民事主体为实现特定的利益而依法为某种行为或不为某种行为的可能性。具体表现为以下几方面:(1)权利人依法直接享有某种利益,或者实施某种行为的可能性,如物权。(2)权利人可以要求义务主体为一定行为或不为一定行为,以保证其享有实现某种利益的可能性,如债权。(3)在权利受到侵犯时,有权请求有关国家机关予以保护。

民事义务是义务人为满足权利人的利益而为一定行为或不为一定行为的必要性。义务人为一定行为或不为一定行为是基于法律的规定或者合同的约定,如果义务人违反了法律的规定或合同的约定,要承担相应的民事责任。具体表现为以下几方面:(1)义务人必须依据法律的规定或合同的约定,为一定的行为或不为一定的行为,以满足权利人的利益。(2)义务人所承担的义务仅局限于法定或约定的范围内。(3)义务人所承担的义务受到国家强制力的约束。

3. 民事法律关系的客体

民事法律关系的客体,是指民事权利和民事义务所指向的对象。民事法律关系的客体是主体和内容存在的基础,如果没有客体,民事主体所享有的民事权利和承担的民事义务就无从依托,无法实现。

根据我国《民法通则》规定,民事法律关系的客体包括:物、行为、智力劳动成果和某种权利或利益。

(1)物。作为民事法律关系客体的物是指能够为人控制、支配的具有一定价值和使用价值的物质财富,包括自然之物和人类劳动创造之物。法律之物与物理学之物不同,它必须同时具备以下几个特点:一是可为人支配、利用。二是具有稀缺性。三是不违背法律的规定。

根据不同的划分标准,民法上的物可做如下分类:主物与从物;特定物与种类物;可分物与不可分物;原物与孳息;动产与不动产;流通物和限制流通物。

(2)行为。作为民事法律关系客体的行为,是指民事法律关系中主体对权利行使和对义务履行的活动。

(3)智力劳动成果。作为民事法律关系客体的智力劳动成果包括著作、专利和商标。

(4)其他权利和利益。

(三)民事法律事实

民事法律事实是指依法能引起民事法律关系产生、变更和消灭的客观现象。根据客观现象是否与人的意志有关,可将民事法律事实分为行为和事件。事件是与当事人的意志无关,能够引起一定民事法律后果的客观现象,例如地震、海啸。行为是当事人的有意识的活动,例如签订合同。

民事法律关系的产生、变更和消灭,有时只以一个法律事实为根据,有时以两个或两个以上的法律事实的相互结合为根据。例如,房屋所有权的转移需要房屋买卖行为和房屋所有权登记行为两个法律事实共同引起。

**三、民事主体**

(一)概念

民事法律关系的主体,简称为民事主体,是指参加民事法律关系,并在其中享有民事权利和承担民事义务的人。任何民事法律关系的发生、变更和消灭,都要以人的活动为前提,因此民事主体是民事法律关系中不可分割的第一要素。

根据我国《民法通则》和有关法律的规定,民事法律关系的主体包括自然人、法人、非法人组织和国家(在特定的条件下,国家也可以成为民事法律关系的主体)。

(二)自然人

1. 自然人是基于出生而取得民事主体资格的人

自然人是与法人相对应的概念。自然人与公民不同,自然人是从人的属性角度来讲的,而公民是从国籍角度来讲的。从范围上看,凡公民都是自然人,但自然人并不是特定国家的公民。例如我国的自然人或者说适用我国民法的自然人主要是中国公民,也包括外国人和无国籍人。在民法上使用自然人比公民更准确。所以,我国《合同法》直接采用了自然人的概念,这比《民法通则》更加进步。

2. 自然人的民事权利能力

自然人的民事权利能力是指法律赋予自然人的享有民事权利和承担民事义务的资格。它是自然人参加民事法律关系、取得民事权利、承担民事义务的法律依据,也是自然人享有民事主体资格的标志。

《民法通则》第 9 条规定:"公民从出生时起到死亡时止,具有民事权利能力,依法享有民事权利,承担民事义务。"自然人的民事权利能力始于出生,终于死亡。这里所指的死亡,仅指自然死亡,不包括宣告死亡。

3. 自然人的民事行为能力

自然人的民事行为能力,是指自然人能够以自己的行为独立参加民事法律关系,取得民事权利,承担民事义务的资格。

自然人的民事行为能力通常包括两项内容:①意思能力。具有民事行为能力的人,应具有识别、判断、控制自己行为的意思能力。②行使能力。具有民事行为能力的人,均可独立实施民事法律行为。

我国《民法通则》根据自然人的年龄、智力和精神状况,将自然人的民事行为能力划分为完全民事行为能力、限制民事行为能力和无民事行为能力。

(1)完全民事行为能力,是指自然人具有完全的意思能力、能够通过自己独立的行为取得民事权利和承担民事义务的资格。根据《民法通则》第 11 条第 1 款规定:"18 周岁以上的公民是成年人,具有完全民事行为能力,可以独立进行民事活动,是完全民事行为能力人。"《民法通则》第 11 条第 2 款规定:"16 周岁以上不满 18 周岁的公民,以自己的劳动收入为主要生活来源的,视为完全民事行为能力人。"这里所指的"以自己的劳动收入作为主要生活来源"是指已满 16 周岁未满 18 周岁的人有相对固定或较为稳定的劳动收入,其收入能够维持当地公众的一般生活标准。

(2)限制民事行为能力,是指自然人具有一定的意思能力,不能完全辨认自己行为后果,可以从事与自己年龄、智力、精神状况相适应的民事活动的资格。在我国,根据《民法通则》的规定,限制民事行为能力人分为两种。第 12 条第 1 款规定:"10 周岁以上的未成年人是限制民事行为能力人,可以进行与他的年龄、智力相适应的民事活动;其他民事活动由他的法定代理人代理,或者征得他的法定代理人的同意。"第 13 条第 2 款规定:"不能完全辨认自己行为的精神病人是限制民事行为能力人,可以进行与他的精神健康状况相适应的民事活动;其他民事活动由他的法定代理人代理,或者征得他的法定代理人的同意。"根据我国法律规定,限制民事行为能力人能够独立实施的民事行为主要包括五种:①

纯粹获利行为,如接受赠与。②与其生活、学习密切相关的行为,如购买与学习相关的文具和书本。③基于其智力成果而产生的行为,如发表其作品。④经监护人同意并授权的行为。⑤标的数额不大的行为。

(3)无民事行为能力,是指自然人意思能力不健全,完全不具有以自己的独立行为实施民事活动的资格。我国无民事行为能力人包括两种,即不满10周岁的未成年人和不能辨认自己行为的精神病人。《民法通则》第12条第2款规定:"不满十周岁的未成年人是无民事行为能力人,由他的法定代理人代理民事活动。"第13条规定:"不能辨认自己行为的精神病人是无民事行为能力人,由他的法定代理人代理民事活动。"根据我国法律规定,无民事行为能力人可以接受赠与、奖励和劳动报酬,可以实施纯粹获利的行为。

4. 个体工商户与农村承包经营户

个体工商户与农村承包经营户都是自然人,作为民事主体的一种特殊形式,具有独立的民事主体资格,既不是合伙也不是法人。

自然人在法律允许的范围内,依法经核准登记,从事工商业经营的,为个体工商户。与一般的自然人有所不同,个体工商户成立的条件是通过当地工商行政管理机关核准登记,并且领取营业执照。个体工商户具有一定的商事权利能力,应当在法律允许的范围内从事生产经营活动。对外债务承担方面,个人经营的个体工商户,以其全部个人财产承担无限责任;以家庭为单位经营的个体工商户,以家庭共有财产来承担无限责任。

农村集体经济组织的成员,在法律允许的范围内,按照承包合同规定从事商品经营的,为农村承包经营户。农村承包经营户是农村集体经济组织的成员,他们依据法律和承包合同,承包集体所有的或者国家所有由集体使用的土地、森林、草原、荒地、滩涂、水面等生产资料。对外债务承担方面,以个人名义承包经营的,应以个人财产承担无限责任;以家庭名义承包经营的,应以家庭共有财产承担无限责任。

(三)法人

1. 法人的概念和特征

《民法通则》第36条规定:"法人是具有民事权利能力和民事行为能力,依法独立享有民事权利和承担民事义务的组织。"

与自然人不同,法人具有以下法律特征:(1)法人是一种独立的社会组织。法人是由人或财产组合而成的组织体,有场所、人员、财产、组织机构等。(2)法人具有独立的民事主体资格。法人能够独立享有民事权利和承担民事义务。(3)法人拥有独立的财产。法人的责任独立于其创始人和其成员的责任,以法人自己的财产对外独立承担责任。

根据《民法通则》的规定,我国的法人分为企业法人、国家机关法人、事业单位法人和社会团体法人四类。

2. 法人的成立条件

法人是一种社会组织,但不是所有的社会组织都是法人。只有符合法人条件的社会

组织按照法定程序才能够取得法人的资格。根据《民法通则》第37条的规定,法人的成立必须具备以下条件:

(1)依法成立。依法成立包括实体合法和程序合法两方面。实体合法是指符合法律规定的实体条件,如目的宗旨、组织机构、设立方式、经营范围、经营方式等符合法律规定;程序合法是指任何法人的成立都必须依照法定程序的要求,依法核准登记。

(2)有必要的财产和经费。必要的财产和经费是法人成立的重要条件,是法人享有民事权利和承担民事义务的物质基础,也是法人承担民事责任的财产保障。这里的"财产"是对企业法人的要求;"经费"是对国家机关、社会团体和事业单位法人的要求。企业法人因其性质不同,法律对其财产数额的要求也有所不同。

我国2005年修订的《公司法》对企业法人的注册资本做了相关规定,有限责任公司注册资本的最低限额为人民币3万元。股份有限公司注册资本的最低限额为人民币500万元。法律、行政法规对股份有限公司注册资本的最低限额有较高规定的,从其规定。

(3)有自己的名称、组织机构和场所。根据《民法通则》第99条的规定,法人对自己的名称享有专用权,企业法人还能依法转让自己的名称。法人组织机构是产生法人意思的法人机关,法人的场所是法人从事生产经营及其他活动的固定地点。

(4)能够独立承担民事责任。能够独立承担民事责任,是社会组织成为法人的基本要求,是法人人格的具体体现。

3. 法人的民事能力

(1)法人的民事权利能力。法人的民事权利能力,是指法人作为民事主体所具有的能够参与民事法律关系、取得民事权利和承担民事义务的资格。

法人的民事权利能力不同于自然人的民事权利能力,具有以下特点:第一,法人的民事权利能力起止的时间,从法人成立时产生,到法人终止时消灭。第二,法人的民事权利能力的范围与自然人有所不同,法人不能享有自然人的以人身为前提的某些权利能力,例如继承的权利、结婚的权利等。

(2)法人的民事行为能力。法人的民事行为能力,是指法人以自己的意思独立进行民事活动,取得权利并承担义务的资格。法人的民事行为能力是以其权利能力为前提的。

法人的民事行为能力不同于自然人的民事行为能力,具有以下特点:第一,法人的民事行为能力与法人的民事权利能力开始与终止的时间是一致的。第二,法人的民事行为能力与法人的民事权利能力的范围和内容是一致的。第三,法人的民事行为能力一般由法定代表人来实现。

(3)法人的民事责任能力。法人的民事责任能力是指法人具以独立承担民事责任的资格。法人所承担的民事责任是一种有限责任,包含两方面的内容:其一,法人参与民事活动的过程中,以法人自己的全部财产为限清偿债务。其二,法人组织的投资者或创立者仅以其投资的数额为限对法人负责任。

我国立法肯定了法人的民事责任能力,例如《最高人民法院关于贯彻执行〈中华人民共和国民法通则〉若干问题的意见(试行)》第55条规定:"企业法人的法定代表人和其他工作人员,以法人名义从事的经营活动,给他人造成经济损失的,企业法人应当承担民事责任。"

4. 法人的变更和终止

(1)法人的变更。法人的变更是指法人的合并、分立和法人其他重要事项的变更。

①法人的合并。法人的合并是指两个或两个以上的法人合并为一个法人。合并包括新设合并和吸收合并两种形式:新设合并是指两个或两个以上的法人合并为一个新的法人,原有的法人资格消灭,新的法人资格确立;吸收合并是指一个法人兼并一个或一个以上法人,被兼并的法人资格消灭,原法人资格保留。

②法人的分立。法人的分立是指一个法人分成两个或两个以上的法人。分立包括两种情况:第一,一个法人分成两个或两个以上的法人,原有的法人资格消灭,新的法人资格确立。第二,一个法人分出一个或一个以上的法人后,新法人资格确立,原法人资格保留。

③法人其他重要事项的变更。法人其他重要事项的变更主要包括变更法人名称、住所、法定代表人、注册资本等。

(2)法人的终止。法人的终止是指从法律上消灭法人作为民事主体的资格,法人终止后不再享有民事权利能力和民事行为能力,不能再以法人的名义对外进行民事活动。

根据《民法通则》第45条的规定,企业法人终止的原因主要包括四种情况:①依法被撤销。②自行解散。③依法宣告破产。④其他原因,例如战争。

无论何种原因导致法人的终止,都必须依法进行清算。《民法通则》第40条规定:"法人终止,应当依法进行清算,停止清算范围外的活动。"第47条规定:"企业法人解散,应当成立清算组织,进行清算。企业法人被撤销、被宣告破产的,应当由主管机关或者人民法院组织有关机关和有关人员成立清算组织,进行清算。"

**四、民事法律行为与代理**

(一)民事法律行为的概述

1. 民事法律行为的概念

根据《民法通则》第54条的规定:"民事法律行为是公民或者法人设立、变更、终止民事权利和民事义务的合法行为。"这一定义着重强调民事法律行为是合法行为,但民事法律行为的本质是意思表示。我国学者的学理表述更为合理:民事法律行为是民事主体实施的以设立、变更、终止民事权利义务为目的,以意思表示为基本要素的合法行为。[①]

2. 民事法律行为的特征

---

① 李开国:《民法基本问题研究》,法律出版社1997年版,第126页。

民事法律行为通常具有下述法律特征：(1)民事法律行为是合法行为。民事法律行为的合法性包括行为的形式和内容都符合法律规定。(2)民事法律行为以意思表示为基本要素。意思表示，是指行为人追求一定法律后果的想法表现于外部的行为。(3)民事法律行为以发生一定的民事法律效果为目的。从定义可以看出，民事法律行为的目的是引起民事法律关系的变动。

3. 民事法律行为的种类

(1)根据民事法律行为的成立所需意思表示构成不同，分为单方民事法律行为、双方民事法律行为和多方民事法律行为。单方民事法律行为，是指依一方当事人的意思表示就可成立的法律行为。一方当事人做出意思表示，无需再有他方当事人的同意就可成立，例如债务的免除、立遗嘱等。双方民事法律行为，是指依双方当事人意思表示一致才可成立的法律行为，例如合同行为。多方民事法律行为，是指依两个以上的当事人意思表示达成一致才可成立的法律行为，例如合伙行为。

(2)根据民事法律行为的当事人给付时是否互为对价为标准，分为有偿民事法律行为和无偿民事法律行为。有偿民事法律行为，是当事人一方享有利益，需向对方当事人支付相应代价的法律行为，例如运输、买卖、租赁等。无偿民事法律行为，是只有一方当事人负担给付义务，对方当事人无需给付相应对价的民事法律行为，例如赠与、无偿保管等。

(3)根据民事法律行为的成立是否必须具备法定形式为标准，分为要式民事法律行为和不要式民事法律行为。要式民事法律行为，是指必须具备法律要求的特定形式才能成立的民事法律行为。例如，房屋买卖需经过登记。不要式民事法律行为，是指当事人可以自由选择行为形式的民事法律行为。民事法律行为以不要式民事法律行为为主，要式民事法律行为为例外。

(4)根据民事法律行为的成立是否需要交付实物为标准，分为诺成性民事法律行为和实践性民事法律行为。诺成性民事法律行为，是指在双方民事法律行为中，仅以当事人意思表示一致即可成立的民事法律行为。例如，买卖行为、加工承揽行为等。实践性民事法律行为，是指除当事人意思表示一致，还必须交付标的物才能成立的法律行为。例如，借用行为。

(5)根据民事法律行为是否独立存在为标准，分为主民事法律行为和从民事法律行为。主民事法律行为，是指相互关联的民事法律行为中能够独立成立的民事法律行为。从民事法律行为，是指相互关联的民事法律行为中不能独立成立，而必须以主法律行为为前提才能成立的民事法律行为。

(6)其他。根据不同的分类标准，民事法律行为还可以分为财产民事法律行为和身份民事法律行为，有因民事法律行为和无因民事法律行为，生前民事法律行为和死后民事法律行为等。

（二）民事法律行为的有效要件

民事法律行为的有效要件，是指民事法律行为因符合法律规定而产生民事法律关系设立、变更和消灭的法律效力的必要事实。民事法律行为的有效要件主要包括实质有效要件和形式有效要件两方面。

1. 民事法律行为的实质有效要件

（1）行为人适格。行为人适格是指行为人在实施法律行为时，应具备相应的民事权利能力和民事行为能力。例如，与他人结婚的，需要当事人达到法定的婚龄，具备相应的民事权利能力和行为能力。

（2）意思表示真实。意思表示真实是指行为人的外部表示与其内心的真实意思相一致。将意思表示真实作为民事法律行为的有效要件，是民法中平等自愿原则的基本要求。导致意思表示不真实的原因较复杂，有主观和客观两方面原因。主观原因包括故意的不真实和非故意的不真实，前者如欺诈的行为，后者如失误。客观原因导致的意思表示不真实，如当事人被欺诈、被胁迫的情况下做出的意思表示。

（3）行为的内容不违反法律和社会公共利益。民事法律行为的内容要合法、稳妥、确定和可能，不仅不能违反法律的强行性规定、社会公共利益和社会公德，而且还要确定和可能。

2. 民事法律行为的形式有效要件

民事法律行为的形式实质上就是意思表示的形式。对于重要的民事法律行为，法律对形式的要求较严格。因此，要式民事法律行为除了应具备实质有效要件外，还应具备形式有效要件才能依法有效成立。对于一般的民事法律行为，法律允许行为人自由的选择行为的形式，但是不要式的民事法律行为也要求当事人行为的形式合法。常见的法定形式包括公证形式、书面形式、登记形式等。例如，《中华人民共和国合同法》（以下简称《合同法》）第44条规定："依法成立的合同，自成立时生效。法律、行政法规规定应当办理批准、登记等手续生效的，依照其规定。"这里的批准、登记手续即民事法律行为有效的法定形式。

（三）无效的民事行为

1. 无效的民事行为的概念

无效的民事行为，是指已经成立的民事行为因不具备民事法律行为的有效要件，自始确定和当然的完全不发生法律效力的民事行为。

2. 无效的民事行为的分类

我国《民法通则》第58条规定："下列民事行为无效：（1）无民事行为能力人实施的；（2）限制民事行为能力人依法不能独立实施的；（3）一方以欺诈、胁迫的手段或者乘人之危，使对方在违背真实意思的情况下所为的；（4）恶意串通，损害国家、集体或者第三人利益的；（5）违反法律或者社会公共利益的；（6）经济合同违反国家指令性计划的；（7）以合法形式掩盖非法目的的。"但是,《合同法》第52条规定:"有下列情形之一的,合同无效:(1)一方以欺诈、胁迫的手段订立合同,损害国家利益;(2)恶意串通,损害国家、集体或者第三人利益;(3)以合法形式掩盖非法目的;(4)损害社会公共利益;(5)违反法律、行政法规的强制性规定。"两部法律的规定有所不同,《合同法》规定的民事行为无效的范围更加体现了意思自治的民法精神。

根据法律的规定,无效的民事行为分为以下几种情况:

(1)行为人不具有相应的民事行为能力。行为人不具有相应的行为能力所实施的民事行为,主要是指无民事行为能力人实施的民事行为以及无民事主体资格的社会组织实施的民事行为。

(2)以欺诈、胁迫手段实施的损害国家利益的民事行为。欺诈,指一方当事人故意告知对方虚假情况或者隐瞒真实情况,诱使对方当事人做出错误意思表示的行为。胁迫,指一方当事人以威胁、逼迫、恐吓等方式,使他方产生恐惧而做出违背真实意思表示的行为。

(3)行为人因受到欺诈、胁迫而进行的民事行为,其意思表示是不真实的,因此将会影响到该民事行为的效力。通常情况下,这样的行为应为可变更、可撤销的民事行为。但是,为了更好地保护国家的利益,我国《合同法》规定,以欺诈、胁迫手段实施的损害国家利益的民事行为属于绝对无效的民事行为。

(4)恶意串通,损害国家、集体或者第三人利益的民事行为。恶意串通,损害国家、集体或者第三人利益的民事行为,又称双方同谋的虚伪行为,即民事行为的当事人合谋勾结,故意损害国家、集体或者第三人利益的行为。这类行为不仅会导致损害结果的发生,而且会对社会、经济秩序造成不良的影响,性质恶劣,应当为法律所禁止。例如,代理人与相对人恶意串通损害被代理人的利益而签订的合同。

(5)以合法形式掩盖非法目的的民事行为。以合法形式掩盖非法目的的民事行为,是指当事人所实施的民事行为,从表面上看是合法的,但在目的上是非法的。例如,以赠与的合法形式掩盖非法转移财产的目的,从而损害债权人利益的行为。

(6)违反法律、行政法规强制性规定的民事行为。虽然民法强调民事行为当事人的意思自治,但是,当事人的行为不得违反法律、行政法规的强制性规定。否则,国家和社会的公共利益将难以得到保护。

(7)损害社会公共利益的民事行为。损害社会公共利益的民事行为,是指当事人所实施的民事行为并未违反法律的禁止性规定和强行性规定,但是有悖于公序良俗,损害社会的公共利益。这一类民事行为也应当被认定为无效的民事行为。

(四)可撤销或可变更的民事行为

1. 可撤销或可变更的民事行为的概念

可撤销或可变更的民事行为,是指基于法定的事由,享有撤销权的当事人一方有权请求人民法院或仲裁机关对其所进行的民事行为予以撤销或变更的行为。此类行为属于相对无效的民事行为。

享有撤销权的当事人提出变更或撤销的主张并不必然导致该民事行为的无效,只有经人民法院或仲裁机关确认变更或撤销后,原行为才变更内容或追溯至该行为自始无效。在法院和仲裁机关确认之前,或者享有撤销权的当事人不提出变更或撤销主张的情况下,该行为仍然有效。

2. 可撤销或可变更的民事行为的分类

我国《民法通则》第 59 条规定:"下列民事行为,一方有权请求人民法院或者仲裁机关予以变更或者撤销:(1)行为人对行为内容有重大误解的;(2)显失公平的。被撤销的民事行为从行为开始起无效。"我国《合同法》第 54 条第 2 款又扩展了可撤销或可变更的民事行为的范围,规定:"一方以欺诈、胁迫的手段或者乘人之危,使对方在违背真实意思的情况下订立的合同,受损害方有权请求人民法院或者仲裁机构变更或者撤销。"

综合各项法律的规定,可撤销或可变更的民事行为分为以下几种情况:

(1)基于重大误解所实施的民事行为。基于重大误解所实施的民事行为,指法律行为的当事人在做出意思表示时,对涉及法律行为法律效果的重要事项存在认识上的显著缺陷。这里所指的重要事项包括行为的性质、对方当事人、标的物的品种、质量、数量等。重大误解具有如下的特征:一是主观方面,行为人的认识应与客观事实存在根本性的背离。二是客观方面,由于发生这种背离,给行为人造成了较大损失。

(2)显失公平的民事行为。显失公平的民事行为是指有偿行为中一方当事人利用优势或对方无经验,而实施的双方权利与义务明显违反公平、等价有偿原则的民事行为。显失公平的民事行为具有如下的特征:一是主观方面,得利一方当事人利用了自身优势或对方没有经验,故意实施该行为,存在过错;不利一方当事人背离了自己的真实意志,是因在交易活动中没有经验或处于劣势不得已而为之。二是客观方面,行为结果造成双方当事人利益上的不平衡,一方获得了暴利,另一方则遭受了重大损失,违反了民法中公平和诚实信用的原则。显失公平不包括一些明示风险的情况,例如在股票、期货等一些明示风险的行业中,当事人不得以显失公平为由主张撤销或变更该行为。

(3)因乘人之危而进行的民事行为。乘人之危行为,指一方当事人利用对方的急迫需要或危难处境,迫使对方违背本意做出接受对其不利后果的行为。乘人之危的民事行为具有如下的特征:一是主观方面,一方当事人明知对方当事人的危难,并且故意利用这种危难而牟取不正当利益,存在过错;不利一方当事人背离了自己的真实意思,迫于无奈。二是客观方面,行为后果显失公平,通常对危难方严重不利。

(4)因欺诈、胁迫而进行的民事行为。这类行为与无效的民事行为中"以欺诈、胁迫手段实施的损害国家利益的民事行为"相似,不同之处在于不以损害国家利益为要件。为了更好地保护民事行为当事人的利益,法律给予受欺诈、胁迫一方当事人充分的选择权,自己决定该行为产生何种效果,体现民法的自愿原则。

3. 撤销权或变更权的归属与行使

撤销权是以权利人单方意思表示消灭民事行为效力的民事权利。变更权是以权利人单方意思表示变更其原意思表示的权利。撤销权与变更权都属形成权。根据《合同法》第54条的规定，享有撤销权或变更权的当事人应是重大误解、显失公平民事行为的行为人，或是因欺诈、胁迫或乘人之危而为民事行为的利益受损方。

根据《合同法》第55条的规定，具有撤销权或变更权的当事人应自知道或者应当知道撤销事由之日起一年内行使撤销权或变更权，否则撤销权或变更权消灭。另外，具有撤销权或变更权的当事人知道撤销事由后明确表示或者以自己的行为放弃撤销权或变更权的，撤销权或变更权消灭。

（五）效力待定的民事行为

1. 效力待定的民事行为的概念

效力待定的民事行为，是指民事行为虽已成立，但是否生效尚不确定，只有经过特定当事人的行为，才能确定生效或不生效的民事行为。效力待定的民事行为其效力存在转变为不生效民事行为的可能性，也存在转变为生效民事行为的可能性。该行为是否生效取决于特定当事人的行为，如果特定当事人追认，则效力待定的民事行为成为生效的民事行为；如果特定当事人放弃追认权或在相对人确定的催告期内不为追认的明确表示，则效力待定的民事行为自始不产生效力。

2. 效力待定的民事行为的分类

（1）限制民事行为能力人所实施的依法不能独立实施的行为。根据我国《民法通则》第12条、第13条的规定，限制民事行为能力人超出了自己的年龄、智力和精神状况所实施的民事行为，只有经过其法定代理人的追认才能生效。

（2）无权代理的行为。根据我国《民法通则》第66条的规定，没有代理权、超越代理权或者代理权终止后的行为，只有经过被代理人的追认，该民事行为才对被代理人生效。未经追认的行为，由行为人承担民事责任。表见代理制度为例外情况。

（3）无权处分行为。根据《合同法》第51条的规定，无处分权的人处分他人财产或权利，只有经权利人追认或者无处分权的人通过订立合同取得处分权的，该民事行为才能生效。

（六）民事行为被确认无效或被撤销的法律后果

根据《民法通则》的规定，民事行为无效或者被撤销后，依法产生下列法律后果：

1. 返还财产，恢复原状。民事行为被确认无效或被撤销后，当事人取得财产的法律依据已经丧失，构成不当得利。当事人应当返还所得财产，使权利义务关系回复到民事行为发生前的状态。

2. 赔偿损失。民事行为被确认无效或被撤销后，有过错的一方当事人应当赔偿对方当事人所受的损失，双方都有过错的，应当各自承担相应的损失。

3. 追缴财产。在当事人双方恶意串通,实施民事行为损害国家、集体、第三人利益时,追缴双方所取得的财产,收归国家、集体所有或返还给第三人。

(七)代理

1. 代理的概念和特征

代理是指代理人在代理权限内以被代理人的名义与第三人进行表意行为,由被代理人直接承受所产生法律后果的法律制度。① 在代理制度中,以他人名义为他人实施民事行为的人,称为代理人;由他人代为实施民事行为的人,称为被代理人,也称本人;与代理人实施民事行为的人,称为第三人。

从定义中可以看到,代理制度包括三层民事法律关系:第一,代理人与被代理人之间的代理权关系。第二,代理人与第三人之间的代理行为关系。第三,被代理人与第三人之间的代理后果关系。

代理与一般民事法律关系不同,具有显著特征:

(1)代理人应以被代理人的名义实施代理行为。代理人的职责是代被代理人实施法律行为,该行为的后果归属于被代理人,第三人看重的是被代理人的信用、财务等状况,所以法律要求代理人实施代理行为时应当以被代理人的名义。

(2)代理是代理人在代理权限内独立进行的表意行为。代理权限是代理人实施代理行为的依据,也是被代理人承担代理法律后果的依据。因此,法律要求代理人在被代理人授予的代理权限内进行代理行为,并且应当为被代理人的利益独立作出意思表示。

(3)代理行为的法律后果直接归属于被代理人。被代理人通过代理制度利用代理人的知识、经验、技能等优势为自己服务,因此,代理的法律后果直接归属于被代理人。

2. 代理的种类

(1)根据代理权产生的依据不同,可以将代理分为委托代理、法定代理和指定代理。

①委托代理。委托代理又称意定代理,是基于被代理人的授权行为而产生的代理,其权限范围由授权范围而定。委托代理特征包括:一是代理人和被代理人均具有民事行为能力。二是代理人的代理权由被代理人直接授予,代理权限范围由被代理人决定。三是代理关系可以单方终止。四是委托代理授权的形式可以由双方当事人约定,书面形式、口头形式亦可,但是法律规定书面形式的,应当用书面形式。

②法定代理。法定代理是基于法律的直接规定而发生的代理。法定代理的特征包括:一是被代理人通常为无民事行为能力人或者限制民事行为能力人,代理人通常为其监护人。二是代理人的代理权来自法律的直接规定,为全权代理。三是法定代理关系不能随意终止,只能因监护关系的解除或当事人一方死亡而终止。

③指定代理。指定代理是基于有指定权力机关的指定行为而发生的代理。这里的

---

① 彭万林:《民法学》,中国政法大学出版社 2000 年 9 月版,第 114 页。

"有指定权力的机关"是指法院、未成年人所在地的居民委员会、村民委员会等。指定代理的特征包括:一是被代理人通常为无民事行为能力人或者限制民事行为能力人,其监护人未确定。二是代理人的代理权根据有指定权力机关的指定而产生。三是指定代理关系因代理事项的完成或指定机关撤销指定而终止。

(2)根据代理权的来源不同,可以将代理分为本代理和复代理。本代理是指代理权来源于被代理人直接授予,或法律的规定以及有指定权力机关指定的代理制度。

复代理又称再代理,是指代理人将代理事项的全部或部分转托他人实施,他人以被代理人的名义向第三人进行表意行为,被代理人直接承担该行为法律后果的代理制度,该他人称为复代理人。复代理的特征包括:一是复代理人的代理权基于代理人的直接授权而产生。二是复代理人的代理权范围由代理人决定,但是不得超出原代理人的代理权范围。三是复代理权是本代理权的延续,其法律后果直接由被代理人承担。

我国《民法通则》第68条规定:"委托代理人为被代理人的利益需要转托他人代理的,应当事先取得被代理人的同意。事先没有取得被代理人同意的,应当在事后及时告诉被代理人,如果被代理人不同意,由代理人对自己所转托的人的行为负民事责任,但在紧急情况下,为了保护被代理人的利益而转托他人代理的除外。"这里所指的"紧急情况"是指疾病、通信联络中断等特殊原因。

3. 代理权的行使

代理权是指代理人以被代理人的名义向第三人进行表意行为,而其后果由被代理人承担的资格。代理权是代理制度的核心,是代理关系的基础。

(1)代理人的义务。为被代理人利益,亲自实施代理行为的义务。委托代理是基于一定的信任关系而产生的,除法律规定或当事人约定外,代理人不得转委托。法定代理和指定代理的代理人也应当亲自代理。但是基于代理人能力有限、不能单方解除代理关系等情况,为了更好地维护被代理人的利益,法律赋予代理人广泛的转托权。

代理人在实施代理权的过程中,应当诚实守信,及时将代理的重要情况报告被代理人,并且对所知悉的被代理人的个人秘密和商业秘密予以保密。

(2)代理权的限制。其一,自己代理的禁止。自己代理是指代理人以被代理人的名义为自己进行表意行为。自己代理,违背了代理人应当为被代理人的利益实施代理行为的义务,因此,应当为法律所禁止。

其二,双方代理的禁止。双方代理又称同时代理,是指一个代理人同时代理双方当事人实施法律行为。双方代理中的代理人无法同时考虑两个被代理人的利益,为了保护被代理人的利益,法律禁止双方代理行为。

其三,恶意通谋代理的禁止。恶意通谋的代理是指代理人和第三人串通,损害被代理人的利益的行为。该行为以损害被代理人利益为目的,对被代理人危害极大,应当为法律所禁止。我国《民法通则》第66条第四款规定,代理人和第三人串通,损害被代理人的利益的,由代理人和第三人负连带责任。

(3)代理权的终止。根据我国《民法通则》第69条的规定,委托代理终止的情况包括:一是代理期届满或者代理事务完成;二是被代理人取消委托或者代理人辞去委托;三是代理人死亡;四是代理人丧失民事行为能力;五是作为被代理人或者代理人的法人终止。

根据我国《民法通则》第70条的规定,法定代理或者指定代理终止的情况包括:一是被代理人取得或者恢复民事行为能力;二是被代理人或者代理人死亡;三是代理人丧失民事行为能力;四是指定代理的人民法院或者指定单位取消指定;五是由其他原因引起的被代理人和代理人之间的监护关系消灭。

4. 无权代理

(1)无权代理的概述。无权代理是指行为人没有代理权而以他人名义实施代理的行为。无权代理包括三种情况:第一,行为人自始没有代理权。第二,行为人超越代理权限的范围,越权代理。第三,行为人原有的代理权终止后仍然继续实施代理行为。

我国《民法通则》第66条规定:"没有代理权、超越代理权或者代理权终止后的行为,只有经过被代理人的追认,被代理人才承担民事责任。未经追认的行为,由行为人承担民事责任。"可见,无权代理的法律后果分为两种情况:第一,被代理人行使追认权,使无权代理转化为有权代理,发生与有权代理相同的法律效果。第二,代理人不行使追认权,或者在交易相对人催告的期限内未及时行使追认权,无权代理的法律后果由无权代理人承担。

(2)表见代理。表见代理属于广义的无权代理,是指无权代理人的代理行为,存在足以使第三人信其有代理权的事由,因而法律使之产生与有权代理相同法律后果的无权代理。我国《合同法》第49条规定:"行为人没有代理权、超越代理权或者代理权终止后以被代理人名义订立合同,相对人有理由相信行为人有代理权的,该代理行为有效。"法律设置表见代理制度是为了维护交易的安全和代理制度。

表见代理具有以下法律特征:一是行为人没有代理权。二是客观上存在使相对人相信行为人有代理权的事由。三是第三人善意且无过失。四是表见代理的法律后果由被代理人承担,如果被代理人因此而遭受损失,可以要求无权代理人承担。

**五、民事权利**

民事权利包括物权、债权、人身权、知识产权等权利,本节只讨论物权和债权。

(一)物权

1. 物权的概念

物权是指直接支配特定物并享受其利益的权利。物权的本质在于,权利主体获得了法律赋予的特定物归属权后,对该特定物直接支配、享受其利益,并同时排除他人对支配与享受利益的侵害干预。物权的特征包括以下几方面:

(1)物权的性质是对物的直接支配权。物权人行使物权无须义务人积极协助,物权人以外的任何人都负有不影响、不妨害物权人行使物权的义务。因此,物权是一种支配权、绝对权和对世权。

(2)物权的客体为特定物。物权的客体通常只能是特定物,特殊情况下可能是某种特定的权利。

(3)物权的内容是对物的直接管领和支配并享受其利益。

(4)物权具有法定性。物权的法定性是指物权的类型、内容、取得及变动均由法律直接规定,禁止任何人创设,民法上称之为"物权法定"原则。

(5)物权的效力具有优先性和追及力。当客体被他人非法占有时,权利人可以直接追及到该物的占有人,要求其返还财产。

2. 物权的分类

(1)根据物权人是对自有物还是他有物享有权利,分为自物权和他物权。自物权又称所有权,是指权利人依法对自己所有的财产享有的物权。所有权具有占有、使用、收益和处分四项权能,是一种完全物权。他物权是指权力人根据法律和合同规定,依法对他人之物享有的物权,主要包括用益物权和担保物权。他物权是一种限制物权,往往只具有自物权中的部分权能。

(2)根据他物权设立的目的不同,他物权可以分为用益物权和担保物权。用益物权是以对他人财产的使用、收益为目的设定的物权,例如地役权、永佃权等。担保物权是以保障债权实现为目的设定的物权,例如抵押权、质押权等。

(3)根据物权是否具有独立性,可以将物权分为主物权和从物权。

(4)根据客体是动产还是不动产,可以将物权分为动产物权和不动产物权。

3. 物权的效力

(1)物权的排他效力。物权的排他效力是指在同一物上不得同时并存两个或两个以上内容和性质完全相同的物权,民法学上称之为"一物一权"原则。

(2)物权的优先效力。物权的优先效力是指在同一物上存在物权和其他权利时,物权优先。当物权与债权并存时,物权的效力优先于债权;当物权与物权并存时,先设立的物权优先于后设立的物权。

(3)物权的追及效力。物权的追及效力是指物权标的无论辗转落入何人之手,除法律另有规定外,物权人的追及物之所在主张物权。这里的"法律另有规定"是指善意第三人制度,目的在于维护交易安全,保障善意第三人的利益,是对物权追及效力的限制。

(4)物权的请求效力。物权的请求效力是指当物权人对物的支配因他人的妨碍而出现缺陷时,物权人有权请求排除妨碍,请求救济。物上请求权的内容包括:排除和停止妨碍请求权;返还原物请求权;恢复原状请求权。

4. 物权的变动

物权的变动是指物权的发生、变更及消灭。物权的发生即物权的取得,包括原始取得和继受取得；物权的变更包括主体的变更、客体的变更和内容的变更；物权的消灭即物权的丧失。

物权变动的原则包括公示原则和公信原则，目的是确保交易安全，维护社会经济秩序。根据物权变动的公示原则和公信原则，要求物权变动的方式必须采用法定方式：

第一，不动产物权的公示方式为不动产登记和变更登记。我国立法规定，凡不动产物权非经登记，一律不发生物权变动的效力。另外，除不动产外，动产物权中的民用航空器、船舶、机动车辆非经登记，不得对抗善意第三人。

第二，动产物权，除法律另有规定外，以占有为物权的公示方式，以交付为物权变动的公示方式。

（二）债权

1. 债权的概念

债权为请求特定人为特定行为的权利。我国《民法通则》第84条规定："债是按照合同的约定或者依照法律的规定，在当事人之间产生的特定的权利和义务关系，享有权利的人是债权人，负有义务的人是债务人。"债权人享有的权利为债权；债务人所负的义务为债务。

债权具有以下几方面的特征：（1）债权是请求权。债权是典型的请求权，债权的实现需债务人积极行为的帮助。债权人只能通过请求债务人履行特定义务，才能实现自己的权利。（2）债权是对人权。债权具有相对性，债权人只能请求负有义务的特定人为一定行为或不为一定行为。（3）债权为财产权。债权是权力人请求相对人为一定给付或受领给付的权利，反映了财产的流转关系。

2. 债的发生

能够产生债的法律事实，主要包括以下几种：

（1）合同。合同是当事人之间关于设立、变更、终止债权债务关系的协议。合同已经成立，便引起当事人之间债权债务关系，当事人必须以合同的约定履行。合同是引起债的关系的最主要的根据。

（2）侵权行为。侵权行为是指行为人不法侵害他人的财产权和人身权，导致他人受到损害，并依法应当承担民事责任的行为。受害人为债权人，有权请求加害人赔偿其因侵害而造成的损失；加害人为债务人，负有赔偿义务。

（3）不当得利。不当得利是指没有法律或合同上的根据，致他人受损并因此而获得的利益。得利人为债务人，应将不当得利返还给受损害的人；受损害的人为债权人，有权请求得利人返还该不当得利。不当得利也是引起债发生的原因之一。

（4）无因管理。无因管理是指没有法定或约定的义务，为避免他人利益受损而为他人管理事务的行为。管理人有权要求受益人返还因无因管理而支出的费用，受益人负有返还的义务。

(5)缔约过失。缔约过失是指当事人于缔结合同过程中,因过错而致合同不成立,因此造成另一方财产损失的行为。受损失的当事人有权主张缔约过失人赔偿其损失,缔约过失人负有赔偿义务。

3. 债的分类

(1)根据债发生的原因不同可以将债分为法定之债和约定之债。法定之债是基于法律规定而产生的债权债务关系,包括不当得利之债、无因管理之债、侵权行为之债、缔约过失之债等。约定之债是基于当事人约定而产生的债权债务关系,主要是合同之债。

(2)根据债关系中主体人数为标准,可以将债分为单一之债和多数人之债。单一之债是指债的关系中债权人与债务人各为一人。多数人之债是指债的关系中当事人一方或双方为两人或两人以上。

(3)在多数人之债中,根据主体间权利义务的不同,可以分为按份之债和连带之债。按份之债是指多数主体各自按照确定的份额享有债权或负担债务的债。我国《民法通则》第86条规定了按份之债:"债权人为二人以上的,按照确定的份额分享权利。债务人为二人以上的,按照确定的份额分担义务。"

连带之债是指当债的当事人一方或双方为数人时,各债权人均得请求债务人为全部债务的履行,各债务人均负有为全部履行的义务。连带之债因部分债权人获得全部清偿或者部分债务人履行了全部债务后即消灭,随之转化为债权人或者债务人内部的按份之债。

(4)根据债的标的物的不同,可以分为特定物之债和种类物之债。

(5)根据数债之间的主从关系,可以分为主债和从债。

### 六、诉讼时效

(一)诉讼时效概述

诉讼时效是指权利人在法定期间内不行使其权利,即丧失胜诉权的一种时效制度。诉讼时效的构成要素包括:

1. 权利人不行使权利。例如,债权人在债务履行期届满后不主张其债权。

2. 权利人不行使权利的状态持续、不间断的经过法律规定的期限。

3. 导致权利人丧失胜诉权的法律后果。胜诉权的丧失并不妨碍权利人向人民法院起诉。权利人的实体权利仍然存在,有权接受义务人自愿履行义务。

(二)诉讼时效的种类

1. 一般诉讼时效

一般诉讼时效又称普通诉讼时效,是指由民事基本法规定的,除法律有特别规定外可以普遍适用于各种民事法律关系的诉讼时效。我国《民法通则》第135条规定,向人民法院请求保护民事权利的诉讼时效期间为2年,法律另有规定的除外。此规定表明适用我国民事法律关系的一般诉讼时效为2年。

2. 特殊诉讼时效

特殊诉讼时效又称特别诉讼时效,是指民事法律规定的只适用于某些特定的民事法律关系的诉讼时效。根据散见于我国各民事法律条文中的特别规定,特殊诉讼时效主要包括以下几种情况:

(1)《民法通则》第136条规定:"下列的诉讼时效期间为1年:①身体受到伤害要求赔偿的;②出售质量不合格的商品未声明的;③延付或者拒付租金的;④寄存财物被丢失或者损毁的。"

(2)《合同法》第129条规定:"因国际货物买卖合同和技术进出口合同争议提起诉讼或者申请仲裁的期限为4年。"

3. 最长诉讼时效

最长诉讼时效是指民事法律对于各类民事权利予以保护的最长时效期间。根据我国《民法通则》第137条的规定,最长诉讼时效的期间是20年,从权利被侵害之日起计算,并且不适用时效中止、中断的有关法律规定,但可以适用时效延长的有关规定。

(三)诉讼时效的计算

1. 诉讼时效的起算

诉讼时效期间的开始时间直接关系到权利人的切身利益,是时效期间计算的关键点。我国《民法通则》规定诉讼时效期间的起算时间是从权利人知道或应当知道权利被侵害之日起计算。但最长诉讼时效的起算时间是从权利被侵害之日起计算,也就是说即使权利人不知道其权利被侵害,也只能在20年内获取法律的保护。这里所指的"权利人知道其权利受到损害"是指权利人现实地知道其权利受到了侵害。"应当知道权利被侵害"是指权利人有客观条件或可能知道其权利受到了侵害,却因主观过错而不知道,法律推定其知道。

2. 诉讼时效的中止

诉讼时效的中止,是指在诉讼时效进行期间,因发生法定事由阻碍权利人行使请求权,暂时停止计算诉讼时效期间,待法定事由消除后,继续计算诉讼时效期间的制度。我国《民法通则》第139条规定:"在诉讼时效期间的最后六个月内,因不可抗力或者其他障碍不能行使请求权的,诉讼时效中止。从中止时效的原因消除之日起,诉讼时效期间继续计算。"这里所指的"不可抗力"是指不能预见、不能避免和不能克服的客观情况,例如自然灾害、当事人突发疾病住院等。

3. 诉讼时效的中断

诉讼时效的中断,是指在诉讼时效期间进行中,因发生法定的事由,使已经经过的时效期间丧失效力,时效期间重新开始计算的法律制度。我国《民法通则》第140条规定:"诉讼时效因提起诉讼、当事人一方提出要求或者同意履行义务而中断。从中断时起,诉

讼时效期间重新计算。"根据这条规定,引起诉讼时效中断的法定事由包括:

(1)请求。请求即权利人直接向义务人作出请求履行义务的意思表示;权利人向义务人的代理人、保证人或财产代管人主张权利也视为向义务人请求权利。

(2)起诉。起诉即权利人依诉讼程序主张权利,请求人民法院强制义务人履行义务。与起诉相类似的行为包括申请强制执行、申请支付令等。

(3)承认。承认即义务人在诉讼时效进行中直接向权利人作出同意履行义务的意思表示。

(4)向有关机关申请调解或仲裁。

4. 诉讼时效的延长

诉讼时效延长是指人民法院基于特殊情况对已届满的诉讼时效期间归于延长的法律制度。诉讼时效延长的适用条件包括:

(1)延长诉讼时效所依据的正当理由是由人民法院依职权确认的。

(2)诉讼时效的延长适用于已经届满的诉讼时效。

# 第三节 经济法原理

## 一、市场经济与法律

### (一)经济与法

人类社会经济的发展历史以及法的产生与发展的历史告诉我们,法律与经济具有内在联系。在自然经济阶段,人们的生产主要为自己的消费,自给自足,此时人们之间发生少量的物物交换关系。随着私有制的产生,商品交换开始频繁发生。为了保证商品交换正常、顺利地进行,客观上就需要一些规则来确认主体之间的平等地位以及自由交换的环境;同时,为了防止人们的财产纠纷,出现了一些规则以确认财产的归属。这些规则随同商品经济的发展逐渐演变为法律,而法律所特有的功能又推动着经济繁荣发达。从罗马法的产生、辉煌、衰退、复兴之中,就能够看到人类社会初期经济与法的这种互动关系。最初的市场经济的法律体系也是在此过程中建立起来,以一种自由、平等理念为当时的市场经济体系提供有力保障。逐渐地,所有权神圣不可侵犯原则、契约自由原则和过失责任原则构成资本主义经济法律制度的"三大基石"。法律强调的是当事人意思自治。

经济在市场这只"看不见的手"的作用下迅速发展,然而,正当人们为自由放任经济带来的累累硕果欢欣鼓舞的时候,经济危机接连爆发,人们不得不忍受自由竞争的孪生兄弟——垄断的恶果。垄断导致私人经济力量集中,私人间经济力量不均衡,所谓的自由市场不复存在。随着经济周期性波动、社会总体运行失衡、垄断、社会不平等和社会经济活动的外部性等内生于自由竞争市场却又是市场自身无法解决的问题的产生,人们认识到市场也会失灵,市场也有缺陷。面对这种情况,国家不得不出面干预,利用其强权直接介入,对垄断这种行为加以限制和调整。由此出现一系列国家干预、调节经济的立法,这类法律突破了历来自由放任的经济原则,对于缓和当时的经济社会问题起到积极的作用。

(二)市场经济与法治

1. 市场经济条件下法律的作用

(1)确认经济发展资源的所有权。任何经济活动的前提都建立在一定的物质资料的基础上,而现有物质资源的稀缺性和人类欲望的无限性决定了现有物质资源即经济发展的物质前提的所有权必须明确。可以说,没有明确的产权,就没有市场经济。当前,在我国经济生活中,产权界定不清楚,公与公不分,私与私不分,公与私不分等产权问题大量存在。显然,通过国家法律对现有经济发展资源的所有权进行确认是解决这些问题的惟一途径。在社会主义市场经济条件下,所有权主体实现了多元化,存在着国家所有、个人所有及混合所有各种所有制。对于国家所有的财产应当确认为国家有权占有、使用、收益和处分所确认的财产,任何人都不得不经国家允许擅自占有和使用国家财产,更不能从中收益。对于个人所有(即私有)同样任何人包括国家不得随意改变个人所有的产权,虽然国家可以出于公共利益的需要改变个人所有权,但需对由于改变个人所有的产权而给个人带来的损失予以补偿,国家与个人应当是平等的关系。对于混合性的所有,即一个组织的财产权利是由多个主体共同所有,各方都拥有充分的对财产行使所有权的要求,而此时的所有权形式通常变为以股权方式获得。在社会主义市场经济中,混合性的所有权形式是一种不可缺少的方式,同样需要通过法律予以确认,需要宪法、民法、刑法、行政法、经济法等多个法律部门共同努力才可能完成。

(2)促进经济发展资源的合理流动和利用。实现经济发展,还必须将现有经济资源和人相结合,通过人的作用,使现有经济资源实现合理流动,在流动中才能实现社会财富总量的增加,从而达到经济发展的目标。在市场经济条件下,经济资源在全社会的流动,是通过一次又一次的交易活动完成的。因此,市场经济是交易经济。要实现经济发展,市场交易应当具有安全性、自由性、开放性和规范性。目前,我们国家的市场交易还存在着诸多的问题,严重地危害了我国经济发展。实现交易的安全性、自由性、开放性和规范性,归根结底需要充分发挥法律对市场交易的作用,需要一套健全有效的法律制度,并通过法律促进经济资源在全社会实现自由合理的流转,实现经济资源在全社会的优化配置,充分发挥各种经济资源的利用效率,促进社会经济的飞速发展。

(3)维护和谐的经济环境。法律以追求正义为基本价值目标,法律具有维护社会正义的功能。法律维护社会正义的功能对经济发展具有非常重要的意义,它能够维护和谐稳定的经济发展环境,创造良好的经济发展氛围。通过法律秩序的构建,维护机会公平,使每个市场主体能有平等的机会获得经济资源,获得参与市场交易、满足自身生存和发展需要的机会,实现经济发展的最大化。通过法律对社会财富的第二次强制性分配,维护社会财富分配结果的大致公平,推进平等,缩小收入差距,建立社会保障体系,从而维护稳定的社会政治环境。

**2. 市场经济的基本特征**

(1)市场经济是自主性的经济。市场经济是自主性的经济,即承认和尊重市场主体的意志自主性。这就要求用法律确认市场主体资格,明确产权,充分尊重和平等保护各类市场主体的财产权及其意志自由。同时,规定市场主体行使权力的方法、原则和保障权力的程序。如果没有法治,市场主体的财产权以及其他权力就无法实现,市场经济也就是一句空话。

(2)市场经济是契约经济。市场经济的基础在于市场,而市场交换或市场经济的具体运作,主要是通过市场主体之间经过自由、平等的协商所订立的契约来进行的。市场经济最主要的法律特征就是经济关系的契约化。通过契约的形式来建立经济关系和实现资源配置,是市场经济不同于计划经济的最本质的区别。离开了契约这种法律形式,市场经济就寸步难行。而契约在市场经济中的作用必须以法律对契约的原则、方式和结果的确认与保护为前提。

(3)市场经济是竞争经济。竞争是市场经济的命脉,没有竞争就没有市场经济。通过竞争达到优胜劣汰,合理配置资源,这是市场经济的优越性之一。竞争必须是公平、合法的竞争,否则,市场机制就可能失灵或扭曲。在竞争过程中,有些竞争者为了贪图利益,采取各种不正当的手段,这必然妨碍市场竞争的正常进行。因此必要的法律是维护正当竞争的保障。

(4)市场经济是主体地位平等的经济。与计划经济不同,市场经济中的经济主体是通过契约发生关系的,这就意味着双方当事人在地位上是平等的。因此,必须通过法律确认所有人的平等地位,至少在形式上平等地享有权利和义务。如果没有法律上的平等地位,市场主体之间的平等就失去了前提和保障。

(5)市场经济是开放经济。它一方面要求统一开放的国内市场体系,另一方面要求市场国际化。统一的、开放的市场体系必须有统一的调整手段和相应的规则。要使我国市场与国际市场接轨,就必须按照现代法治的要求,加入国际经济法律体系。

**3. 市场经济需要法治**

市场经济与法治是紧密联系的。没有法治就不可能有市场经济的建立。市场经济对于法治的依赖是由市场经济的本质决定的。市场经济要通过市场来进行社会的资源配置。在现实社会中,社会资源总是相对有限的。要对有限的资源进行配置,道德的经济调控能力远不如其他调控方式有效。至于行政手段,行政的过多介入不仅无助于经济的发展,甚至会成为经济发展的严重桎梏。市场经济的复杂性、广泛性都要求有统一的制度化的规则作为共同的准绳,成为经济良性发展的保障。

法治作为一种普遍的规则,要求有法律至上的根本原则。市场经济的利益机制是法律至上原则被普遍化要求的客观前提。市场经济中的主体都希望自己的利益能够得到保障,并能极大化。法治是这种愿望得以实现的保证。人人都希望保障自己的利益,人人都得服从共同的规则,在规则面前人人平等。众多的规则中,法律规则是最具有权威性和外在强制力的规则,因而法律就可能得到最大多数的尊崇,法律至上就会成为现实。这正是法治的根本原则和表征之所在。

市场经济的发展需要法治的保障,具体表现在以下几方面:

(1)市场秩序需要法律统一。一国之内要建立市场经济体制,其前提条件之一便是在一国的区域之内是一个统一的市场。如果市场出现分割,出现不同程度的地区封锁和行业垄断,进入不同的地区和不同的行业适用不同的交易规则,则不仅损害市场的效率,而且市场机制通过竞争来配置社会资源的作用也就荡然无存,真正的市场经济体制也就无从建立。因此,建立市场经济体制的关键之一就是要统一市场的交易规则。在一国之内的区域里,市场交易的法律规则应当是统一的,市场经营主体在他所愿意从事交易的区域内适用相同的交易规则,进行平等的竞争,这样才能做到人尽其才、物尽其用,发挥最大的市场效率。要做到这一点,首先要通过国家立法机关制定统一适用的法律制度,统一市场交易规则。

(2)市场主体需要法律规制。为了防止市场主体非理性行为,保证市场的有序化和有限资源得到高效率配置,维护社会交易安全和社会公共利益,政府有必要通过法律对市场主体的组织所实施的管理包括企业形态设定,市场主体的设立、变更和终止,市场主体章程和治理结构等内容;对与组织有关的行为所实施的管理包括公司的证券的发行、利润分配、财务管理、审计监督等内容。当然,这并不意味着政府代替企业在市场上进行运营。

(3)市场主体的权利需要法律保护。市场经济的最大特点就是市场经营主体的自主性。这就要求法律确认市场交易中主体意思自治原则,赋予主体参与经济活动的自主权,并保证其权利不受非法干涉。在保护经营主体的自主权的同时,法律也要保护消费者的自由权利。没有消费者的自由,市场经营主体的自由也不能得到充分的实现。

(4)市场经济的竞争机制需要法治保障。市场经济是竞争的经济。竞争是市场经济的核心要素。但竞争的发展结果,一方面可能导致与之相对的垄断,从而抑制市场机制的有效运作;另一方面又会在竞争中产生不正当竞争,从而损害竞争。对于这些不公平、不公正的竞争行为,就需要法律的规范,将竞争控制在适度的范围内。

(5)市场经济的宏观调控需要法治规范。市场经济并不是绝对自由的经济,单纯的市场调节也难以实现国民经济的总量平衡和社会的整体协调发展。因此,市场也需要政府的宏观调控。也就是指国家从国民经济的全局出发,引导国民经济持续、快速、健康发展,推动社会全面进步,采取一系列符合市场经济发展规律的手段,综合运用财政税收、金融、计划、收入分配等多种政策,实现对国民经济总体活动所进行的总体调节和控制。

**二、市场经济法律制度**

(一)经济法的概念

本教材所说的经济法指的是直接调整各种市场经济关系的法律规范的总称,是与市场经济直接相关的各个法律部门的集合体。基于市场经济关系的广泛性与复杂性,仅仅依靠某一个法律部门是不能对其进行有效调整的,市场经济运行中所产生的不同领域、不同性质的社会关系需要由不同的法律部门进行调整。

(二)经济法的特征

1. 经济性。经济法作用于市场经济,调整特定的经济关系。它反映经济规律,包括价值规律、投入产出规律等。它所运用的是经济手段,即经济手段法律化。

2. 干预性。在市场经济条件下,主要依靠市场的调节。市场调节能够完成的,政府就不用去干预;市场调节无法完成的,政府的权力就要介入。当然,这种干预要适度、合理,必须要有一个规则,因此经济法同时也为国家对经济生活的干预提供了一个基本的行为规则。

3. 宏观性。政府对市场经济的干预是一种宏观的干预,是要达到国民经济发展的总体目标,宏观总量平衡、公平分配以及产业结构调整与优化的目标,是对市场经济发展方向、目标的引导和校正。

4. 整体性。经济法调控的对象是国民经济整体,是从社会整体利益出发的。

5. 政策性。经济法是国家实现宏观调控目标经济政策的法律化。国家为了实现宏观调控的目标,将经济政策上升为财税、金融、固定资产投资等一系列的法律、法规加以颁布、实施。

(三)经济法的基本原则

经济法的基本原则是在经济法的立法和具体适用中所应当遵循的准则。它是经济法精神和价值的反映,是经济法宗旨和本质的具体体现。具体包括以下几个方面的内容:

1. 适度干预原则。适度干预原则回应和体现了经济法对自由价值的解释。一方面,在国家干预下,任何自由的经济行为都将受到法律的限制。单纯的市场之手或国家之手都难以实现资源的优化配置,因为两者都不是完美无缺的,都存在失灵现象。市场机制的缺陷和有时失灵为政府干预留下了作用的空间,其存在和发生作用的价值需要经济法加以确认。另一方面,适度干预原则又特别强调干预的有限性。凡是市场能够有效运行的地方,就不需要干预,市场始终是资源配置的主导力量。同时,如果干预的成本超出市场缺陷所造成的损失,也不能进行干预,因为这种干预同样没有效率。经济法作为干预经济的基本法律形式,在政府与市场的关系中,既规范政府的干预行为,又规制市场主体的经济行为。国家之手和市场之手的交互作用便孕育了经济法的诞生,干预与自由辩证统一于经济法的自由价值之中。

2. 整体利益原则。整体利益原则,意指经济法从社会整体利益出发,协调各利益主体的行为,平衡其相互利益关系,以引导、促进或强制个体目标和行为运行在社会整体发展目标和运行秩序的轨道上,从而达到经济总量的平衡、经济结构的优化和经济秩序的和谐。同时,通过对利益主体作超越形式平等的权益分配,以达实质上的利益平衡和社会公正。在经济立法和执法中,整体利益原则要求从整个国民经济的协调发展和社会整体利益出发,来调整具体经济关系,协调经济利益关系,以促进、引导或强制实现社会整体目标与个体利益目标的统一。

3. 合理竞争原则。竞争是市场经济的原动力,自由放任的市场本质上就是自由放任的竞争。但是,竞争具有否定自身的倾向,即竞争产生垄断,垄断限制竞争。由于经济人具有个人利益最大化、有限理性以及机会主义等特点,竞争将不可避免地导致垄断或寡头垄断的市场结构,不可避免地抑制技术创新、设置市场壁垒。合理竞争原则包含平等竞争、有序竞争、有效竞争的精神内核。只有平等、有序的竞争,才能使竞争效率最大化。而要实现有效竞争的市场结构,又必须借助公平、有序的竞争规则来予以构筑和保障。因此,竞争法既维护市场主体平等进入市场的权利,又反对强势市场主体对弱势市场主体竞争能力的限制。事实上,合理竞争蕴涵着秩序自由主义和实质公平的思想,合理解释了经济法意义的公平、自由、秩序等价值含义。

4. 经济可持续发展原则。经济的可持续发展原则,是指经济发展的公平性、稳定性和可持续性相统一,个体与整体、当代与后世的经济效益相统一,当代与代际的发展公平相统一的一项基本准则。法不只是巩固保护已有的权益,它也要开辟未来,为经济的可持续发展打下基础。无论是保证市场主体有一个平衡和谐的经济环境(反垄断、反不正当竞争的市场规制法),还是保证经济资源合理地分配(宏观调控法),经济法最终都是为了实现社会经济整体的可持续发展。可持续发展的核心就是协调和平衡经济社会与人的全面发展、当代人与未来人、人与自然的矛盾与冲突。只有实现上述各方面的平衡协调,可持续发展才是可能的、现实的和可行的。在平衡协调的新发展观视野下,经济增长只是发展目标之一。除经济增长外,发展还包括社会福利的增加、生态环境的改善、人的素质及生活水平的提高等。因此,只有在经济与社会、人与环境、物质与精神、当代人与未来人之间实现平衡,才能算是实现了以人为本的目标。

(四)经济法体系

1. 市场主体法律制度。市场主体是以自己的名义并以营利为目的参与市场活动的社会组织和个人。市场主体法律制度主要任务是:确立市场主体准入制度,保证其资格的合法性;确认各类市场主体的权利能力和行为能力,界定其合法行为的边界;确立市场主体的变更与市场退出制度,维护市场主体及相关主体的利益。具体包括:《全民所有制工业企业法》、《公司法》、《中外合资经营企业法》、《中外合作经营企业法》、《外资企业法》、《合伙企业法》、《个人独资企业法》、《破产法》等,构成市场主体法律制度的基本体系。

2. 市场行为法律制度。市场行为也称市场活动或经济活动,泛指一切以营利为目的的交易活动。市场行为法律制度的主要任务是:确立和统一市场交易规则,设定各种市场行为的形式,引导和规范市场主体的行为,以保证市场交易的安全与效率。具体包括:《合同法》、《担保法》、《专利法》、《商标法》、《著作权法》、《证券法》、《票据法》、《保险法》,等等。

3. 市场管理法律制度。市场管理是对市场经济运行秩序的监督与管理活动的总称。市场管理法律制度的主要任务是:确立市场竞争规则,防止和消除垄断及不正当竞争,以维护公平、自由的竞争市场;确立生产、经营规则,保护消费者权益及社会公共利益。具体包括:《反垄断法》、《反不正当竞争法》、《消费者权益保护法》、《产品质量法》,等等。

4. 市场调控法律制度。市场调控也称宏观调控,是指国家从社会公共利益出发,为了实现宏观经济变量的基本平衡和经济结构的优化,引导国民经济持续、健康、协调发展,对国民经济所进行的总体调节和控制。市场调控法律制度主要任务是:确立经济发展的总体目标,保障经济总量平衡和结构合理;明确宏观调控的方式以及政府的权力,保证干预的适度、有效。具体包括:《预算法》、《计划法》、《价格法》、《中国人民银行法》、《政府采购法》、《企业所得税法》、《个人所得税法》,等等。

5. 市场保障法律制度。市场保障是指市场经济运行中劳动与社会保障机制的总称。市场保障法律制度主要任务是:确认劳动关系,保护劳动者合法权益;确立社会保障机制,维护社会公平,促进社会和谐。具体包括:《劳动法》,以及养老、失业、医疗、工伤、生育等法规、规章。

6. 市场争议处理制度。市场争议是指市场经济运行中各个主体之间发生的争议。市场争议法律制度属于程序法范畴,主要任务是对合法权益予以救济,对违法行为予以制裁,以保障实体权利义务关系。具体包括:《民事诉讼法》、《刑事诉讼法》、《行政诉讼法》、《仲裁法》,等等。

### 三、经济法律关系

（一）经济法律关系的概念

经济法律关系是指由经济法调整的经济法主体在国家调控经济运行过程中所形成的经济权利和经济义务关系。例如,财政关系、金融关系、劳动关系、合同关系、专利关系和商标关系等,受相应的财政法、金融法、劳动法、合同法、专利法和商标法等确认和调整时,都将形成一定的权利和义务关系。上述关系都是经济法律关系。

（二）经济法律关系的构成要素

经济法律关系的构成要素,是指构成经济法律关系不可缺少的组成部分。它是由经济法律关系的主体、经济法律关系的客体和经济法律关系的内容三要素构成的。经济法律关系的这三要素是经济法律关系的三个相互联系、密不可分的有机组成部分。缺少其中一个要素，就不能构成经济法律关系；改变其中一个要素，便引起经济法律关系的变更而不再是原来的经济法律关系了。

**1. 经济法律关系的主体**

经济法律关系主体，亦称经济法主体，是指参加经济法律关系，依法享有经济权利、承担经济义务的当事人。

(1)经济法律关系主体的含义。各种经济法律关系主体中，享有权利的一方称为权利主体，承担义务的一方称为义务主体。一般情况下，权利主体在享受一定的经济权利时，也要承担相应的经济义务；义务主体在承担经济义务时，也享有相应的经济权利。但是，在经济管理法律关系中，往往只有一方享有权利，另一方承担义务。

(2)经济法律关系主体的法律资格。经济法律关系主体的法律资格是由国家法律加以规定的。这些规定，概括地说，就是对作为经济法律关系的主体所必须具备的经济权利能力和经济行为能力的规定。

经济权利能力是指经济法律关系主体依照法律规定，享有经济权利和承担经济义务的资格。权利能力和权利是两个不同的概念。根据权利主体的不同，权利能力分为自然人的权利能力和法人的权利能力。

经济行为能力是指经济法律关系主体能以自己的行为行使权利和履行义务的资格。经济行为能力以经济权利能力为前提。具有行为能力的主体首先需要有权利能力，但有权利能力的主体不一定都有行为能力。

(3)经济法律关系主体的种类。根据我国经济法的规定，能够作为经济法律关系主体的有以下几类：

①国家。国家是经济法律关系的特殊主体。它是全民所有制财产的惟一所有者和国民经济的统一管理者，在组织、领导社会主义经济建设过程中，它还是国家机关的经济管理权、国有企业生产经营权的授权者。国家在一般情况下，并不直接参与经济法律关系，只是在少数情况下，如发行公债、国库券、与外国签订经济贸易协定等，国家才直接以自己的名义参与经济法律关系。

②国家机关。国家机关是经济法律关系的重要主体。其中，经济管理机关在实现国家经济职能的过程中处于非常重要的法律地位。其主要职能是：制定经济和社会发展的战略、计划、方针和政策；制定资源开发、智力开发和技术改造的方案；协调各地区、部门、企业之间的发展计划和经济关系；部署重点工程，特别是能源、交通和原材料工业的建设；汇集和传布经济信息，掌握和运用经济调节手段；制定并监督执行经济法规；管理对外经济技术交流和合作；等等。

③企业。企业是独立自主地从事生产或经营活动的营利性经济组织，它是经济法律关系最普遍的主体。按照生产资料所有制的形式，企业可以分为：国有企业；集体所有制企业；外商投资企业，包括中外合资经营企业、中外合作经营企业和外资企业；私营企业，

包括个人独资企业、合伙企业、公司企业；经济联合体。

④事业单位和社会团体。事业单位和社会团体是指依靠国家预算拨款，从事经济活动以外的业务活动的各类组织，如学校、科研院（所）、协会等。它们不专门从事生产或流通活动，所以也称非经济组织。当它们同经济组织等在经济活动中发生经济关系时，也是经济法律关系主体。

⑤农村承包户、个体工商户和自然人。农村承包户可以以家庭或几个自然人组合的形式出现，一般以户主或组长为代表人参加经济活动。农村承包户是农村合作经济组织的一个经营层次，它是农业生产承包合同的一方主体，因此它是经济法律关系的主体。

个体工商户是指经过工商注册登记并取得营业执照的，在城市和农村从事小型手工业生产、小规模商业活动、小规模公共服务事业、小型文化商品交换等项活动的个体劳动者。个体工商户的生产经营要接受国家的指导、监督和管理，他们的活动准则是经济法规，因而他们也是经济法律关系的主体。

由于自然人（主要是指依法从事经济活动的自然人）同其他经济法主体之间也存在着各种各样的经济活动，因而自然人也是经济法律关系的主体。

⑥经济组织的内部机构和生产单位。经济组织的内部机构和生产单位，通常是指职能处（科）室、车间、班组等。虽然经济组织的内部机构和生产单位不具有独立的法人资格，但在经营管理与生产活动中所形成的纵向或横向的内部经济关系，也是经济法调整的对象，因而它们也就成了经济法律关系的主体。

2. 经济法律关系的内容

经济法律关系内容的概念。经济法律关系内容是指主体在参与市场活动中依法享有的权利和所承担的义务。经济法律关系的实质是联结各主体的纽带。正是由于各项具体的权利义务关系才使各个主体之间形成了各种具体的经济法律关系。

（1）经济权利。经济权利是指法律赋予的经济法律关系主体在一定条件下，为实现其意志和经济利益而依法为一定行为或不为一定行为，以及要求他方为或者不为一定行为的可能性。经济权利主要包括：

①经济管理权。经济管理权是一种综合性的经济权利，也是经济法律关系主体所享有的主要权利。经济管理权是管理者从事经济管理活动的依据，它实质上就是我国法律赋予国家经济领导机关的经济职权。

②财产权。财产权是具有直接的经济内容并为经济利益所决定的权益。财产权在经济生活中主要包括所有权、经营权、承包权和债权等几种具体权利。

③请求权。请求权是指经济法律关系主体享有请求他方为一定的行为或者不为一定行为的权利。请求权是与经济管理关系有着密切联系的一种权利。请求权虽然不具有等价有偿的性质，但是它与经济法律关系主体的经济利益直接相关，所以它是我国经济法赋

予经济法律关系主体的一项重要权利。

(2)经济义务。经济义务是指法律规定的经济法律关系主体在一定条件下,为使他方实现经济权利而依法需要为或不为某种行为。经济法律关系主体必须按照规定承担其应尽的经济义务必须在法律规定的范围内正确履行经济义务。如果不履行或者不适当履行,要承担相应的法律责任。

3. 经济法律关系的客体

经济法律关系客体的概念。经济法律关系客体,是指经济法律关系主体之间的经济权利和经济义务所指向的对象。经济法律关系客体是经济法律关系主体在进行经济管理和经济协作过程中享有经济权利和承担经济义务的目标。没有客体,权利和义务就会落空,主体的存在和主体的活动就失去了意义。归纳起来,可以作为经济法律关系客体的有四类:经济行为、货币和有价证券、物和科学技术成果。

(1)经济行为。经济行为是指经济法律关系主体为达到一定目的所进行的活动。它包括完成一定的工作、提供一定的劳务和经济管理行为。经济法律关系主体为实施计划、组织、指挥、监督、调节、管理和实行职能时所进行的有意识、有目的的活动(主要是指权利主体的经济职权行为)等。

(2)物。物是可以为人们控制和支配,具有一定的经济价值,能够满足人们生产和生活需要的物资。物作为经济法律关系的客体,可以从不同的角度划分为:生产资料和生活资料;限制流通物和不受限制流通物;动产和不动产;等等。

(3)科学技术成果。科学技术成果是一种智力成果,是人们脑力劳动所创造的非物质财富。例如,发明、实用新型和外观设计是专利权的客体;商标是商标权的客体。

(4)货币和有价证券。货币是由国家垄断发行、充当一般等价物的特殊商品。货币是经济法律关系的一种特殊的标的。货币具有价值尺度、流通手段、贮藏手段、支付手段和世界货币等五种职能。有价证券是具有一定的票面金额,代表一定的财产所有权或债权的证书。有价证券主要包括股票、债券、票据等。

**[案例分析]**

一、法学基础理论案例

2002 年 5 月 28 日凌晨 4 时,安徽省芜湖市园丁一区 17 栋 2 单元 102 室梁某家发生火灾。与梁家住对门的芜湖市二十五中学数学老师谢小云被呼救声惊醒。他起来后发现邻居梁某家窗口浓烟滚滚,就立即冲了出去。在妻子林金华和其他居民的协助下,经过半个小时的奋力扑救,大火被扑灭。

谢小云回到家中重新睡觉。十几分钟后,其妻林金华发现谢小云脸色异常,嘴里发出咕噜咕噜的响声,呼叫也没有反应,急忙打 120 急救电话。医生赶到时谢小云已经死亡。

谢小云见义勇为的事迹迅速传开,芜湖市主要媒体进行了采访报道,对谢小云见义勇为的事迹给予了高度评价;谢所在单位全体教师纷纷捐款表示对谢小云的敬意;芜湖市教委迅速作出了《关于开展向谢小云同志学习的决定》;他还被授予"见义勇为好公民"、"精神文明十佳人物"等光荣称号。

谢小云生前一直在学校工作,收入不高。林金华在芜湖的一家企业工作,现在要维持两人的生活年仅10岁的女儿读书。每月只有500元左右的工资,谢小云在世时还攻读在职研究生,要承担学费4000余元。加上两口子刚买房子,向学校借了2500元。原本谢小云认为自己毕业后完全有能力归还欠款,但现在还债的压力全都落到了林金华的身上。而在谢小云死后一年多时间里,梁某除了出殡时送来500元之外,仅露过一次面。

于是,林金华决定通过法律途径向导致丈夫死亡的受益人梁某索赔。2003年11月15日,林金华向芜湖市新芜区人民法院提起民事诉讼,将梁某告上法庭,请求法院判令被告梁某支付经济补偿3万元,并承担本案的全部诉讼费用。芜湖市新芜区法院2004年1月一审判决林金华胜诉。(资料来源:新华网)

请依据法学基本原理对本案的判决结果进行分析。

二、民商法基础案例

李某的父亲生前是一个集邮爱好者,去世时还留有几本邮票。李某对邮票从不感兴趣,李某觉得这些邮票不好处理。一日,李某的朋友刘某来吃饭,无意间发现了这几本邮票,刘某也是一集邮爱好者,他随即表示愿意全部购买,最后以5000元的价格将邮票全部拿走,李某对这一价格也比较满意。事过不久,李某从父亲生前的一朋友处得知,他父亲所留的邮票中,有5张相当珍贵,可能每张都值5000元;同时另一同事告诉他,刘某正在寻找买主。李某立即找到刘某,要求退还刘某的5000元钱,取回邮票,但刘某坚决不同意。双方协商不成,李某诉至法院,要求撤销合同,返还邮票。

分析:表面上看,这一买卖行为的双方当事人是平等自愿的,但是因为李某缺乏对邮票相关知识以及市场行情的了解,导致他对买卖标的物的价值有严重的误解,而刘某应该知道此邮票的价值仍以较低价格换取,显然给李某造成了重大的经济损失。因此,刘某与李某之间的买卖行为符合重大误解的民事行为的要件,属于可变更、可撤销的民事行为,该行为的效力待定。

对于可变更、可撤销的民事行为,由享有撤销权或变更权的当事人决定是否变更或撤销,以及是予以变更还是撤销。本案中李某享有撤销权或变更权,如果李某行使撤销权,该行为无效;如果李某不撤销也不变更,则该行为有效;如果李某要求变更价金条款,法院也应给予支持。因此,权利人李某要求撤销合同行为,返还邮票,人民法院应当允许。

三、经济法基础案例

在1981年和1982年初,美国航空公司(AA)和勃兰尼夫航空公司(BA)的客源竞争异常激烈,两家竞相削价以争夺市场份额。1982年2月21日,AA总裁克伦代尔与BA总裁帕特南通了一次电话,其中的关键内容是:

克:我有一个建议要给你,将你的价格提高20%,明天我也会同样提价。你会赚到更多的钞票,我也可以。

帕:我们可不能讨论定价问题。

克:哦,我们可以讨论我们想要讨论的任何事情。

克伦代尔先生没料到的是,这次通话被录了音。克伦代尔先生错了,公司首脑并不能讨论他们想讨论的任何事情,讨论定价和同意固定价格违反了美国的反垄断法案《谢尔曼法案》第一条。在了解到这次通话以后,司法部立即指控克伦代尔提议固定价格,违反了反托拉斯法,课以重罚。

请根据本案分析经济法的作用。

# 练习与思考

## 一、名词解释

1. 法学基础理论：法、法律规范、公法、私法、法律责任、法律制裁、法律关系、法律事实、法的溯及力。

2. 民商法基础：诚实信用原则、法人、民事法律关系、代理、担保物权、物权的优先效力、债权、不当得利、无因管理、侵权行为。

3. 经济法原理：经济法、经济法律关系。

## 二、简述题

1. 法学基础理论部分：

(1)法有哪些基本特征？

(2)我国目前法的渊源有哪些？

(3)简述法的分类。

(4)简述法的效力。

(5)简述法律规范的结构及种类。

(6)法律关系的要素包括哪些内容？

2. 民商法基础部分：

(1)简述民法的基本原则？

(2)民事主体的概念、特征和类型是什么？

(3)什么是民事法律行为？它有哪些成立要件和有效条件？

(4)什么是无效的民事行为和可撤销的民事行为？各有哪些具体类型？

(5)债的发生根据有哪些？

(6)诉讼时效如何计算？诉讼时效届满后会产生什么法律后果？

3. 经济法原理部分：

(1)市场经济与法律有什么关系？

(2)简述经济法的概念及特征。

(3)经济法体系包含哪些内容？

(4)简述经济法律关系构成三要素。

(5)什么是经济可持续发展原则？

# 第二章

# 宏观调控与微观规制法

通过本章学习,掌握宏观调控的概念,宏观调控法的调整对象、基本原则及主要内容。了解财政法、价格法、税收法律制度的概念及其内容。掌握微观规制法的性质与地位,了解反垄断法的基本情况及其规制对象,不正当竞争行为及其法律责任,消费者的权利和经营者的义务。

## 第一节　宏观调控法

### 一、宏观调控法概述

1. 宏观调控的含义

宏观调控是指调控主体从社会公共利益出发,为了实现宏观经济变量的基本平衡和经济结构的优化,引导国民经济持续、健康、协调发展,对国民经济所进行的总体调节和控制。

根据宪法的规定,我国实行社会主义市场经济。这是一种国家宏观调控的市场经济。其原因在于市场调节机制本身存在着局限性:

(1)市场调节机制的惟利性。在市场调节机制的作用下,经济主体总是寻求利益的最大化,这成为他们参与市场竞争的惟一动力和目的。于是,社会效益低或根本没有经济效益以及投资收益回报周期长的公共产品领域,则会出现投资不足、生产要素匮乏。

(2)市场调节的盲目性、滞后性。市场调节是一种事后调节。从价格形成、信号反馈到产品产出,有一定时滞,往往发生"蛛网原理"所描述的波动,造成经济资源巨大浪费和大量生产要素闲置。

（3）市场的外部性。所谓外部性，是指企业或个人的生产或消费活动，给与其没有直接经济关系的其他企业或个人带来了有益或有害的影响。外部性有正负之分。比如说工厂把污水排放到河里，排污企业的经济活动具有负面的外部性，因为这给附近居民和其他企业带来损害，即产生了社会成本；但该排污企业在核算成本时只计算自己的生产成本，没有为社会成本足额埋单。企业的目的是追求利润最大化。

（4）市场调节机制不能解决分配不公。市场能促进经济效率的提高和生产力的发展，但不能自动带来社会分配结构的均衡和公正，收入在贫富之间、发达与落后地区之间的差距越来越大。市场调节本身不能保障充分就业，而失业现象更加剧了贫富悬殊。

市场的"失灵"为国家介入市场经济提供了依据，要求政府制定指导性计划和产业政策，并以此为依据，运用财政、金融等经济手段影响市场主体利益，转而调节市场主体的行为，使之符合宏观经济和社会目标。因此，宏观调控是一种间接调控，并不直接作用于市场主体的行为。

2. 宏观调控法调整对象

（1）财政关系。财政是政府的经济核心，也是国家调节社会分配和经济总量，并达到社会总需求与总供给基本平衡的职能部门。政府运用财政调控手段，其中包括预算支出结构的安排、税率的提高和降低、国家信用、财政补贴等，影响社会总需求，最终实现宏观经济持续、快速增长，避免和消除通货膨胀。

（2）税收关系。税收是政府财政收入的基本来源，也是国家宏观调控的重要手段。它是调整国家、企业和公民个人分配关系最基本、最直接的方式。

（3）金融关系。由金融活动产生的金融关系是与货币流通和银行信贷相联系的经济活动中形成的一类经济关系。货币调控和信贷资金的调控是国家调整经济的极为重要的手段。因此，调整货币发行和流通关系、银行信贷关系和外汇管理关系是宏观调控法的重要任务。

（4）计划关系。在社会主义市场条件下，经济运行要以市场为主体，但这并不排斥计划的作用，计划可以弥补市场机制内在缺陷，具有预测、引导和协调的功能。

（5）价格关系。价格作为市场参数，是调节市场最有效的手段。市场价格的变化，既关系到生产者的利益，又关系着消费者的利益。要保持物价总水平的相对稳定，理顺政府定价，平抑市场价格。

（6）产业关系。国家通过对产业结构、产业组织形式和产业区域布局的规划和安排，达到对经济建设的总体的合理的布局，是宏观经济调控的目标之一。

（7）固定资产投资关系。固定资产投资膨胀，是造成国民收入超分配的重要原因。要保持经济总量的基本平衡和国民经济的协调发展，必须控制固定资产投资规模，同时不影响国家重大建设项目的安排。

3. 宏观调控法的基本原则

（1）平衡优化原则。宏观经济调控的主要目标就是要保持经济总量的基本平衡和资源优化配置。所谓经济总量的平衡，就是社会总供给与社会总需求的价值总量的平衡，是社会经济运行保持协调状态的前提条件。主要通过货币政策、财政政策、税收政策、产业政策等手段对社会总需求进行总量控制，以达到总需求与总供给基本平衡。资源优化配置实质上就是在国民经济各部门、各地区、各企业之间正确地分配人力、财力、物力资源，形成合理的产业结构、企业结构和产品结构，提供经济效益和社会效益。

（2）尊重市场原则。宏观调控必须建立在完善的市场体系基础上。宏观调控与市场调节在历史上、逻辑上都有着不可分割的密切联系。宏观调控的存在价值是弥补市场失灵，它应当以市场调节为基础，作为市场调节的补充手段而存在，决不能反客为主。这就决定了宏观调控必须尊重、符合并善于利用市场规律，进行间接调控，以经济手段为主，同时辅之以法律手段和必要的行政手段。

（3）社会公益原则。这是确立宏观调控利益取向的原则。宏观调控对象大都集中于物价、就业、经济增长速度以及国际收支等四方面，它们均服从于一个最高的原则，即社会公共利益，而且这种公共利益是高层级或者说是全体国民的公共利益，其目标是物价稳定、充分就业、经济适度增长和国际收支平衡。

（4）可持续发展原则。这是确立宏观调控目标的原则。可持续发展是既满足当代人的需要，又不对后代人满足其需要的能力构成危害的发展。其中，生态持续是基础，经济持续是条件，社会持续是目的。它促使经济体制和经济增长方式的两个根本性转变，重视在国家宏观调控下发挥市场对资源配置的基础作用，提高资源利用效率，促进资源节约和环境保护。

## 二、财政法

（一）概述

1. 财政与财政法的概念

财政，又称国家财政、公共财政、公共经济、政府经济，是为满足国家实现其职能的需要而进行的以国家为主体的分配活动及其所体现的分配关系。

财政法是调整国家在财政活动和财政管理中与财政管理相对人所形成的财政关系的法律规范的总称。

财政法的调整对象，是在国家取得、使用和管理资财的过程中发生的社会关系，即在财政收入、财政支出、财政管理过程中发生的社会关系，也就是财政关系。具体包括：财政收支管理关系，包括财政收入关系、财政支出关系和财政管理关系，是财政活动中最广泛、最重要的社会关系；财政活动程序关系，即依法定程序进行财政活动过程中形成的社会关系；财政管理体制关系，是在相关的国家机关之间进行财政管理权限横向和纵向划分过程中所发生的社会关系。

2. 财政法体系

财政法体系是由财政法的调整对象决定的。由于财政法的调整对象是在国家取得、使用和管理资财的过程中所发生的社会关系，即财政关系，因而财政法体系也就是由调整各类财政关系的各部门法所构成的和谐统一的体系。

(1)财政收支管理法。关于财政资金的筹措取得、分配使用和管理，以及在此过程中进行的宏观调控，主要由预算法、税法、国债法、转移支付法等部门法加以规定，这一部分法律规范是财政法的主体部分，是财政法中最重要的实体法。

(2)财政活动程序法。它是财政法的各部门法中有关财政活动的程序的法律规范的总称。由于财政活动属于分配领域，直接关系到各种主体的利益，因此，财政活动必须依法定程序为之，违背法定程序进行财政活动是违法的侵权行为。

(3)财政管理体制法。财政管理体制，是确定中央政府同地方政府之间及地方政府相互之间的财政分配的根本制度。财政体制在广义上包括预算体制和税收体制等，在狭义上和通常意义上则仅指预算体制。财政体制法是对上述中央政府、地方政府之间以及地方政府相互之间的财政分配制度的确认，它是国家依法进行宏观调控的制度前提。

由于各种类型的财政关系中最重要的是财政收支管理关系，其他各种类型的财政关系均为它服务并可并入其中，因此还可以把整个财政关系大略分为两类：财政收入管理关系与财政支出管理关系。在财政收入方面，最重要的收入来源是税收和国债，与此相对应，税法和国债法是调整财政收入管理关系的主要部门法。在财政支出方面，主要的途径是政府采购和转移支付，与此相对应，政府采购法和转移支付法是调整财政支出管理关系的主要部门法。此外，预算法是从总体上对财政收支活动进行规范的法律，是财政法的核心法。由此，预算法、税法、国债法、政府采购法和转移支付法等就构成了财政法体系。

但是，基于税法的特殊性，如独特的调整对象、调整手段、原则、法域、具体制度等，与财政法的其他部门法都有很多不同。再加之税法规范数量多，涉及面广，独立性强，这使得税法与财政法的其他部门法在财政法体系中所占的比重相差甚远。基于上述原因，许多学者认为，税法在许多方面有其特殊之处，有些方面已与传统财政法有渐趋分离之势，因而可以把税法独立出来。

(二)预算法

预算，又称国家预算、政府预算或财政预算，是按法定程序编制、审查和批准的国家年度财政收支计划，是国家组织分配财政资金的重要工具，也是国家宏观调控的重要经济杠杆。从形式上看，国家预算是按照一定标准将财政收入和财政支出分门别类地列入特定表格，使人们清楚地了解政府的财政活动，其功能首先是反映政府的财政收支状况。但从实际内容来看，国家预算的编制是政府对财政收支的计划安排，预算的执行是财政收支的筹措和使用过程，国家决算则是国家预算执行的总结。

预算法是调整国家在进行预算资金的筹集和取得、使用和分配、监督和管理等过程中所发生的社会关系的法律规范的总称。调整对象是国家在预算资金的筹集和取得、使用和分配、监督和管理等过程中所发生的社会关系即国家预算关系。

1995年1月1日《预算法》正式开始实施,主要规定了预算管理职权的划分、预算收支的范围、预算管理程序、预算监督以及法律责任。

（三）国债法

国债,又称国家公债,是国家以其信用为基础,按照债的一般原则,通过向社会筹集资金所形成的债权债务关系。在这种关系中,国家作为债务人,根据还本付息的信用原则,通过在国内外发行债券或向外国政府、金融机构借款等方式筹集财政资金,取得财政收入。

国债法是调整在国债的发行、使用、偿还和管理过程中发生的经济关系的法律规范的总称。国债法的调整对象是在国债的发行、使用、偿还和管理过程中发生的经济关系,简称国债关系。发行关系是因国债发行而产生的国家与其他相对应的权利主体之间的经济关系;使用关系是在国家将取得的国债收入进行使用的过程中发生的经济关系,以及国债权利主体在国债交易活动中发生的经济关系;偿还关系是在国家偿还国债本息过程中发生的经济关系;管理关系是在对国债流动过程中发生的经济关系。

我国现行的国债法是1992年国务院颁布的《国库券条例》,该条例已经不能适应社会主义市场经济的要求,要形成完整的国家信用法律制度,就应当制定《国债法》。

（四）政府采购法

政府采购,是指各级国家机关、事业单位和团体组织,使用财政性资金采购依法制定的集中采购目录以内的或者采购限额标准以上的货物、工程和服务的行为。政府采购制度是公共财政的重要组成部分,是加强财政支出管理的一项有效措施。我国《政府采购法》于2002年6月29日由全国人大常委会审议通过,自2003年1月1日起施行。

（1）政府采购主体。政府采购当事人是指在政府采购活动中享有权利和承担义务的各类主体,包括采购人、供应商和采购代理机构等。采购人是指依法进行政府采购的国家机关、事业单位、团体组织。供应商是指向采购人提供货物、工程或者服务的法人、其他组织或者自然人。采购代理机构包括集中采购机构和采购代理机构。

（2）采购对象。政府采购,是指以合同方式有偿取得货物、工程和服务的行为,包括购买、租赁、委托、雇用等。货物,是指各种形态和种类的物品,包括原材料、燃料、设备、产品等。工程,是指建设工程,包括建筑物和构筑物的新建、改建、扩建、装修、拆除、修缮等。服务,是指除货物和工程以外的其他政府采购对象。

（3）采购方式包括:公开招标;邀请招标;竞争性谈判;单一来源采购;询价;国务院政府采购监督管理部门认定的其他采购方式。其中,公开招标应作为政府采购的主要采购方式。

（4）采购程序:编制政府采购计划;发出招标书;招标;投标;开标、评标和议标;签订政府采购合同。

### 三、价格法

#### (一)价格和价格法

市场经济是在国家宏观调控下的规范有序的竞争性经济,其实质是"政府调控市场,市场形成价格,价格引导资源配置"的一种经济运行机制。市场经济的基本规律是价值规律,价格是价值的货币表现。价格与价值的这种客观联系,从根本上决定了价格在市场经济中的地位和作用。

价格法是调整价格关系的法律规范的总称。包括国家立法机关制定的价格基本法,以及国家行政机关及其价格主管部门制定的专门的价格法规和规章。1997年12月29日经八届全国人大常委会第二十九次会议审议通过的《中华人民共和国价格法》是我国价格法体系中的基本法,于1998年5月1日起实施。在此基础上,原国家发展计划委员会制定了一系列配套的规章,如2001年1月1日《关于商品和服务实行明码标价的规定》,2002年1月1日《价格违法行为举报规定》,2002年1月1日《禁止价格欺诈行为的规定》,2002年2月1日《政府制定价格行为规则(试行)》,2002年12月1日《政府价格决策听证办法》,2006年3月1日《政府制定价格成本监审办法》,等等。

#### (二)价格法的作用

(1)规范价格行为,创造公平合理竞争环境。建立和维护社会主义市场经济的公平竞争环境,前提是价格行为的规范化。经营者是市场价格的定价主体,其价格行为规范与否,关系到市场形成价格能否合理,对有序的市场价格秩序也产生一定影响。《价格法》规定了经营者在新的价格形成机制中的主导地位。与之相适应,《价格法》就经营者的不正当价格行为作出了规定,从而为规范市场主体的价格行为提供了法律依据。《价格法》对政府的价格行为也进行了规范,明确了政府指导价和政府定价的范围。《价格法》从规范价格行为、创造公平合理竞争环境出发,一方面保护有积极效应的市场价格机制的自发调节,另一方面用法律约束和干预市场主体自发调节产生的负面效应,禁止和制裁市场主体违反竞争规则的行为,以最终达到提高效率的根本目的。

(2)稳定价格总水平,加强政府宏观调控。《价格法》明确规定:"稳定市场价格总水平是国家重要的宏观经济政策目标。"价格总水平一方面是综合反映经济运行状况的一个重要经济参数,其高低直接影响利率、收入率、汇率、货币发行量等的合理确定;另一方面又能积极地作用于经济运行,调节企业和居民的经济行为。价格总水平是国民经济总量是否平衡、经济发展是否健康有序的一个重要标志。从调控方式上看,以经济手段和法律手段为主,以行政手段为辅,对价格总水平的变动进行直接或者间接的干预和约束,综合运用货币、财政、投资、消费、进出口等政策措施,对价格总水平进行调控,以保证价格总水平调控目标的实现。

（3）合理运用价格杠杆，促进资源优化配置和经济结构调整。发挥市场合理配置资源的基础性作用，依赖于价格信号的正确引导。价格的变动反映了市场供求，调节了经济利益，从而引导供求双方作出决策，这种价格形成的变动就是市场价格机制发生作用的过程，也就是资源配置的过程。同时供求的相互竞争，供求与价格的相互作用，使价格趋向于价值，使供求趋于平衡，资源得到合理配置。作为政府价格主管部门，对市场价格运行进行必要的调控干预，适时对市场价格形成作出正确引导，发布市场价格信息，指导经营者依据供求进行生产、合理定价，避免因价格过度波动和信号错误造成经济秩序紊乱以及资源的浪费。

（4）维护消费者和经营者合法权益。保护消费者合法权益是价格法立法宗旨之一。价格法对维护广大消费者的价格权益作了明确规定，明确了消费者在价格活动中的地位和参与定价的权利。明确了消费者有权对价格活动进行监督，有权对价格违法行为进行举报，并受到价格主管部门的保护。价格法还要求政府在制定关系群众切身利益的公用事业价格（如水、电、气）、公益性服务价格（如医疗、教育）以及自然垄断经营的商品价格时，不但要听取经营者的意见，还要通过听证会制度，听取消费者意见。同时，价格法严格禁止经营者的价格欺诈、价格歧视、价格垄断、牟取暴利以及变相涨价、乱涨价行为等损害消费者利益的各种不正当价格行为，明确规定经营者因价格违法行为给消费者造成损害的，要依法承担赔偿责任。消费者在价格方面的权利受到高度重视和保护，这对保障广大人民群众的合法权益将起到积极的作用，表明我国社会主义民主法制建设又向前迈出了扎实的一步。

（三）价格行为的法律规制

1. 经营者的价格行为

（1）经营者的权利。商品价格和服务价格，除按《价格法》规定适用政府指导价或者政府定价外，实行市场调节价，由经营者依照本法自主制定。包括：自主制定属于市场调节的价格；在政府指导价规定的幅度内制定价格；制定属于政府指导价、政府定价产品范围内的新产品的试销价格，特定产品除外；检举、控告侵犯其依法自主定价权利的行为。

（2）经营者的义务。经营者应当努力改进生产经营管理，降低生产经营成本，为消费者提供价格合理的商品和服务，并在市场竞争中获取合法利润；经营者进行价格活动，应当遵守价格法律、法规，执行依法制定的政府指导价、政府定价和法定的价格干预措施、紧急措施；经营者应当根据其经营条件建立、健全内部价格管理制度，准确记录与核定商品和服务的生产经营成本，不得弄虚作假；经营者销售、收购商品和提供服务，应当按照政府价格主管部门的规定明码标价，注明商品的品名、产地、规格、等级、计价单位、价格或者服务的项目、收费标准等有关情况。经营者不得在标价之外加价出售商品，不得收取任何未予标明的费用。

经营者不得有下列不正当价格行为：相互串通，操纵市场价格，损害其他经营者或者消费者的合法权益;在依法降价处理鲜活商品、季节性商品、积压商品等商品外,为了排挤竞争对手或者独占市场,以低于成本的价格倾销,扰乱正常的生产经营秩序,损害国家利益或者其他经营者的合法权益;捏造、散布涨价信息,哄抬价格,推动商品价格过高上涨的;利用虚假的或者使人误解的价格手段,诱骗消费者或者其他经营者与其进行交易;提供相同商品或者服务,对具有同等交易条件的其他经营者实行价格歧视;采取抬高等级或者压低等级等手段收购、销售商品或者提供服务,变相提高或者压低价格;违反法律、法规的规定牟取暴利;法律、行政法规禁止的其他不正当价格行为。

2. 政府的价格行为

(1)政府定价的范围:对商品和服务价格,政府在必要时可以实行政府指导价或者政府定价:与国民经济发展和人民生活关系重大的极少数商品价格;资源稀缺的少数商品价格;自然垄断经营的商品价格;重要的公用事业价格;重要的公益性服务价格。

(2)政府定价、政府指导价的权限和适用范围:政府指导价、政府定价的定价权限和具体适用范围,以中央的和地方的定价目录为依据。

(3)政府定价行为要求:

定价依据:制定政府指导价、政府定价,应当依据有关商品或者服务的社会平均成本和市场供求状况、国民经济与社会发展要求以及社会承受能力,实行合理的购销差价、批零差价、地区差价和季节差价。

调查研究:政府价格主管部门和其他有关部门制定政府指导价、政府定价,应当开展价格、成本调查,听取消费者、经营者和有关方面的意见。

相关单位的责任:政府价格主管部门开展对政府指导价、政府定价的价格、成本调查时,有关单位应当如实反映情况,提供必需的账簿、文件以及其他资料。

价格听证会制度:制定关系群众切身利益的公用事业价格、公益性服务价格、自然垄断经营的商品价格等政府指导价、政府定价,应当建立听证会制度,由政府价格主管部门主持,征求消费者、经营者和有关方面的意见,论证其必要性、可行性。

价格公布:政府指导价、政府定价制定后,由制定价格的部门向消费者、经营者公布。

价格调整:政府指导价、政府定价的具体适用范围、价格水平,应当根据经济运行情况,按照规定的定价权限和程序适时调整。消费者、经营者可以对政府指导价、政府定价提出调整建议。

(四)价格总水平调控

1. 稳定市场价格总水平是国家重要的宏观经济政策目标。国家根据国民经济发展的需要和社会承受能力,确定市场价格总水平调控目标,列入国民经济和社会发展计划,并综合运用货币、财政、投资、进出口等方面的政策和措施,予以实现。

2. 政府可以建立重要商品储备制度,设立价格调节基金,调控价格,稳定市场。

3. 为适应价格调控和管理的需要,政府价格主管部门应当建立价格监测制度,对重要商品、服务价格的变动进行监测。

4. 政府在粮食等重要农产品的市场购买价格过低时,可以在收购中实行保护价格,并采取相应的经济措施保证其实现。

5. 当重要商品和服务价格显著上涨或者有可能显著上涨,国务院和省、自治区、直辖市人民政府可以对部分价格采取限定差价率或者利润率、规定限价、实行提价申报制度和调价备案制度等干预措施。省、自治区、直辖市人民政府采取前款规定的干预措施,应当报国务院备案。

6. 当市场价格总水平出现剧烈波动等异常状态时,国务院可以在全国范围内或者部分区域内采取临时集中定价权限、部分或者全面冻结价格的紧急措施。依法实行干预措施、紧急措施的情形消除后,应当及时解除干预措施、紧急措施。

(五)价格法律责任

1. 经营者法律责任

(1)经营者不执行政府指导价、政府定价以及法定的价格干预措施、紧急措施的,责令改正,没收违法所得,可以并处违法所得五倍以下的罚款;没有违法所得的,可以处以罚款;情节严重的,责令停业整顿。

(2)经营者有《价格法》第十四条所列行为之一的,责令改正,没收违法所得,可以并处违法所得五倍以下的罚款;没有违法所得的,予以警告,可以并处罚款;情节严重的,责令停业整顿,或者由工商行政管理机关吊销营业执照。有关法律对本法第十四条所列行为的处罚及处罚机关另有规定的,可以依照有关法律的规定执行。

有《价格法》第十四条第(一)项、第(二)项所列行为,属于全国性的,由国务院价格主管部门认定;属于省及省以下区域性的,由省、自治区、直辖市人民政府价格主管部门认定。

(3)经营者因价格违法行为致使消费者或者其他经营者多付价款的,应当退还多付部分;造成损害的,应当依法承担赔偿责任。

(4)经营者违反明码标价规定的,责令改正,没收违法所得,可以并处五千元以下罚款。

(5)经营者被责令暂停相关营业而不停止的,或者转移、隐匿、销毁依法登记保存的财物的,处相关营业所得或者转移、隐匿、销毁的财物价值一倍以上三倍以下的罚款。

(6)拒绝按照规定提供监督检查所需资料或者提供虚假资料的,责令改正,予以警告;逾期不改正的,可以处以罚款。

2. 政府及其部门法律责任

地方各级人民政府或者各级人民政府有关部门违反本法规定,超越定价权限和范围擅自制定、调整价格或者不执行法定的价格干预措施、紧急措施的,责令改正,并可以通报批评;对直接负责的主管人员和其他直接责任人员,依法给予行政处分。

### 3.价格工作人员法律责任

价格工作人员泄露国家秘密、商业秘密以及滥用职权、徇私舞弊、玩忽职守、索贿受贿,构成犯罪的,依法追究刑事责任;尚不构成犯罪的,依法给予处分。

## 四、税法

### (一)税收

税收是指国家为了实现其职能,凭借政治权力,按照法定标准,强制地、无偿地、固定地取得财政收入的一种手段。

税收作为国家财政收入的一种形式,它的本质是国家为了满足社会公共需要而对剩余价值所进行的集中分配。税收具有强制性、无偿性和固定性三个基本特征。

### (二)税法

税法就是国家凭借其权力,利用税收工具参与社会产品和国民收入分配的法律规范的总称。包含三方面的内容:(1)税法的制定主体是国家权力机关和由其授权的行政机关;(2)税法调整的对象是税收关系,具体分为税收征纳关系和其他税收关系;(3)税法是调整税收关系的法律规范的总称,而非某一部特定的法律。

税法的构成要素,是指各种单行税法具有的共同的基本要素的总称。依据要素的法律属性不同,分为税收实体法构成要素和税收程序法构成要素。

### 1.税收实体法构成要素

(1)征纳主体,即税收法律关系的当事人,包括征税人和纳税人。征税人是代表国家行使征税职权的各级税务机关和其他征收机关。纳税人是税法规定的直接负纳税义务的自然人、法人或其他组织。

(2)征税对象,又称征税客体,是指税法规定对什么征税。征税对象是各个税种之间相互区别的根本标志。根据征税范围不相交叉的原则设计出来的各个税种都有其各自的征税对象,并通过税法予以明确界定。征税对象按其性质的不同,通常划分为四大类,即流转税、所得税、财产税及行为税。

(3)税率。税率是应纳税额与征税对象之间的比例,是计算应纳税额的尺度,反映了征税的程度。在征税对象既定的情况下,税率的高低直接影响到国家财政收入的多少和纳税人税收负担的轻重,反映了国家与纳税人之间的利益分配关系。因此,税率是税法的核心要素,是衡量国家税收负担是否适当的标志。税率主要有三种基本形式:

①比例税率。即对同一征税对象,不分数额大小,规定相同的征收比例。我国的增值税、营业税、资源税、企业所得税等采用的是比例税率。

②定额税率。即按征税对象确定的计算单位,直接规定一个固定的税额。目前采用定额税率的有资源税、车船使用税等。

③累进税率。即就课税对象数额的大小规定不同等级的税率。课税对象数额越大,

税率越高。它一般适用于对所得税的征税。累进税率分为超额累进税率和超率累进税率。

超额累进税率，即把征税对象按数额的大小分成若干等级，每一等级规定一个税率，税率依次提高，但每一纳税人的征税对象则依所属等级同时适用几个税率分别计算，将计算结果相加后得出应纳税款的税率。目前采用这种税率的有个人所得税。

超率累进税率，即以征税对象数额的相对率划分若干级距，分别规定相应的差别税率，相对率每超过一个级距的，对超过的部分就按高一级的税率计算征税。目前，采用这种税率的是土地增值税。

（4）纳税环节。纳税环节是指商品在整个流转过程中按照税法规定应当缴纳税款的阶段。纳税环节解决的就是在整个商品流转过程中征几道税以及在哪个环节征税的问题。它关系到税收由谁负担、税款能否足额及时入库以及纳税人纳税是否便利的问题。

（5）纳税期限。纳税期限是税法规定的纳税主体向税务机关缴纳税款的具体时间。纳税期限是衡量征纳双方是否按时行使征税权力和履行纳税义务的尺度，是税收的强制性和固定性特征在时间上的体现。除了法律、法规、规章规定的特殊情况，在纳税期限之前税务机关不能征税，纳税人也不得在纳税期限届满后拖延纳税。纳税期限一般分为按次征收和按期征收两种。在现代税制中，一般还将纳税期限分为申报期限和缴税期限，但也可以将申报期限内含于缴税期限之中。

（6）纳税地点。纳税地点是指缴纳税款的地方。纳税地点一般为纳税人的住所地，也有规定在营业地、财产所在地或特定行为发生地。纳税地点关系到税收管辖权和是否便利纳税等问题，在税法中明确规定纳税地点有助于防止漏征或重复征税。

（7）税收优惠。税收优惠是指税法对某些特定的纳税人或征税对象给予免除部分或全部纳税义务的规定，它包括减免税、税收抵免等多种形式，其实质内容就是免除纳税人依法应当履行的纳税义务中的一部分。税收优惠按照优惠目的通常可以分为照顾性和鼓励性两种，按照优惠形式可以分为税基式减免、税额式减免、税率式减免三种。

2. 税收程序法构成要素

（1）税务管理。税务机关在税收征收管理中对征纳过程实施的基础性管理制度和管理行为，包括税务登记管理、账簿凭证管理、纳税申报管理、纳税人使用的账簿、发票、完税票证和其他有关纳税资料的管理。

（2）税款征收。国家税务机关等主体依照税收法律、法规规定将纳税人依法缴纳的税款通过不同方式征集收缴入库的一系列执法过程或活动的总称，包括税款征收方式、税款征收程序等。

（3）税务检查。税务检查是税务机关依据国家税收法律、法规和财务会计制度的规定，审查和监督纳税人、扣缴义务人履行纳税义务和代扣代缴、代收代缴税款义务情况的一项管理制度，包括税务检查范围、税务检查方式、税务检查权力、税务检查责任等。

(4)税务救济。解决税收征纳过程中所发生的争议,使国家和纳税人之间重新回到势力均衡的法律救济途径,包括税收复议程序和税收行政诉讼程序。

(5)法律责任。在税收征管过程中,税务征管人、纳税人、扣缴义务人及其他当事人因违反税法所应承担的责任,包括行政责任和刑事责任。

(三)我国主要税种

自1994年财税体制改革后,我国的税种设置由原有的37个减至23个,初步实现了税制简化与高效的统一。

按课税对象,可分为流转税、所得税、财产税、资源税和行为目的税五类。流转税主要包括现行的增值税、消费税、营业税、关税等;所得税主要包括企业所得税、个人所得税和社会保险税(也称工薪税);财产税主要包括房产税、车船使用税、城镇土地使用税等;资源税则分为一般资源税和级差资源税;行为目的税包括固定资产投资方向调节税、城市维护建设税、印花税、屠宰税、耕地占用税、契税、土地增值税等。

按照征收管理体系,可分为工商税收、关税和农业税三类。工商税收包括增值税、消费税、营业税、资源税、企业所得税等;关税以进出境的货物、物品为课税对象;农业税收主要是指农(牧)业税(包括农业特产税)、耕地占用税和契税。

按照税收管理权限,可将税收分为中央税、地方税和中央地方共享三类。中央税包括现行的关税、消费税、中央企业所得税等;地方税包括现行的营业税、个人所得税、城镇土地使用税等;中央地方共享税包括现行增值税、资源税、证券交易税等。

1. 增值税

增值税是对在我国境内销售货物或者提供加工、修理修配劳务,以及进口货物的单位和个人,就其取得的货物或应税劳务销售额、进口货物金额计算税款,并实行税款抵扣制度的一种流转税。1993年12月13日国务院发布了《中华人民共和国增值税暂行条例》,12月25日财政部下发了《中华人民共和国增值税暂行条例实施细则》,于1994年1月1日起施行,从而构建了我国的增值税法律制度。按照税法规定,将纳税人按其经营规模及会计核算健全与否分为一般纳税人和小规模纳税人,并对一般纳税人和小规模纳税人采取不同的计算征收办法。一般纳税人适用基本税率,为17%或13%,有权领购使用增值税专用发票和按规定取得进项税额的抵扣权。小规模纳税人适用低税率,为6%或4%,不能领购增值税专用发票,不得抵扣进项税额。纳税人出口货物的适用零税率,但国务院另有规定的除外。

2. 消费税

消费税是对一些特定消费品和消费行为征收的一种税,是建立在增值税普遍征收的基础上,发挥特殊调节功能的重要税种。国务院于1993年12月13日颁布了《中华人民共和国消费税暂行条例》,财政部1993年12月25日颁布了《中华人民共和国消费税暂行条例实施细则》,并于1994年1月1日开征消费税。

我国消费税的征税范围有：烟、酒及酒精、化妆品、护肤护发品、贵重首饰及珠宝玉石、鞭炮焰火、汽油、柴油、汽车轮胎、摩托车、小汽车等十一种商品。消费税共设置了 11 个税目，在其中的 3 个税目下又设置了 13 个子目，列举了 25 个征税项目。

消费税的计税依据分别采用从价和从量两种计税方法。实行从价计税办法征税的应税消费品，计税依据为应税消费品的销售额。实行从量定额办法计税时，通常以每单位应税消费品的重量、容积或数量为计税依据。其中啤酒、黄酒、汽油、柴油按销售量（吨或升）来计税，实行定额计税；粮食白酒、薯类白酒、卷烟消费税税率为定额税率和比例税率复合计税；其余应税消费品按销售收入额计征，实行比例税率，最低为 3％，最高为 45％。

### 3. 营业税

营业税是对在中国境内提供应税劳务、转让无形资产或者销售不动产的单位和个人征收的一种税。1993 年 12 月 13 日国务院发布《中华人民共和国营业税暂行条例》，1993 年 12 月 27 日财政部颁布《中华人民共和国营业税暂行条例实施细则》，并从 1994 年 1 月 1 日起实行。

营业税的征税范围具体包括 9 个税目：交通运输业、建筑业、金融保险业、邮电通信业、文化体育业、娱乐业、服务业以及转让无形资产、销售不动产。其中交通运输业、建筑业、邮电通信业、文化体育业税率为 3％；金融保险业、服务业、转让无形资产、销售不动产税率为 5％，娱乐业税率为 5％～20％。

### 4. 企业所得税

企业所得税是指对中华人民共和国境内的一切企业（不包括外商投资企业和外国企业），就其来源于中国境内外的生产经营所得和其他所得而征收的一种税。现行的企业所得税法主要是 1993 年 12 月 23 日国务院发布的《中华人民共和国企业所得税暂行条例》和 1994 年 2 月 4 日财政部发布的《中华人民共和国企业所得税暂行条例实施细则》。

企业所得税的纳税人为中国境内实行独立经济核算的各类内资企业或组织。具体包括国有、集体、私营、股份制、联营企业和其他组织。

企业所得税的征税范围包括来源于中国境内的从事物质生产、交通运输、商品流通、劳务服务和其他营利事业取得的所得，以及取得的股息、利息、租金、转让资产收益、特许权使用费和营业外收益等所得。

企业所得税实行 33％的比例税率。同时，对小型企业实行两档优惠税率，即：全年应纳税所得额 3 万元以下的，税率 18％；3 万元至 10 万元的，税率为 27％；10 万元以上的，税率为 33％。

### 5. 外商投资企业和外国企业所得税

外商投资企业和外国企业所得税是对外商投资企业和外国企业的所得税征收的一种税。现行的外商投资企业和外国企业所得税是 1991 年 4 月 9 日由第七届全国人大四次会议通过并公布《中华人民共和国外商投资企业所得税法》,从 1991 年 7 月 1 日起实行的。

外商投资企业和外国企业所得税的纳税人包括外商投资企业和外国企业两类。外商投资企业,包括中外合资经营企业、中外合作经营企业、外资企业;外国企业,包括在中国境内设立机构、场所,从事生产、经营和虽未设立机构、场所,而有来源于中国境内所得的外国公司、企业和其他经济组织。香港、澳门、台湾同胞和华侨投资兴办企业,视同外资企业缴纳外商投资企业和外国企业所得税的纳税人。

外商投资企业和外国企业所得税的征税范围包括生产、经营所得和其他所得两类。生产经营所得也可以称为利润所得,它是指企业通过生产、经营活动而获得的利润。其他所得是指股息、利息、租金、转让财产收益、提供或者转让专利权、专有技术、商标权、著作权收益以及营业外收益等所得。

对外商投资企业和外国企业在中国设立的机构、场所所取得的经营所得税率为30%,地方所得税税率为 3%,总体税负是 33%。

对外国企业在中国境内未设立机构、场所而有来源于中国境内的所得,或者虽然设立机构、场所,但其所得与其机构、场所没有实际联系的,税率为 20%。

6. 个人所得税

个人所得税是以个人(自然人)取得的各项应税所得为对象征收的一种税。《中华人民共和国个人所得税法》是 1993 年 10 月 31 日第八届全国人民代表大会常务委员会公布的,自 1994 年 1 月 1 日起施行。国务院于 1994 年 1 月 28 日颁布了《中华人民共和国个人所得税法实施条例》。2005 年 10 月 27 日《中华人民共和国个人所得税法》第三次修正。

个人所得税是指在中国境内有住所,或者虽无住所但在境内居住满一年,以及无住所又不居住或居住不满一年但有从中国境内取得所得的个人,包括中国公民、个体工商户、外籍个人等。

个人所得税包括 11 个税目:工资、薪金所得;个体工商户的生产、经营所得;对企事业单位的承包经营、承租经营所得,对企事业单位的承包经营、承租经营所得;劳务报酬所得;稿酬所得;特许权使用费所得;利息、股息、红利所得;财产租赁所得;财产转让所得;偶然所得;经国务院财政部门确定征税的其他所得。

个人所得税适用超额累进税率和比例税率。工资、薪金所得适用 5%～45% 的九级超额累进税率;个体工商户的经营所得和对企事业单位的承包承租经营所得,适用 5%～35% 的五级超额累进税率;稿酬所得,适用比例税率,税率为 20%,并按应纳税额减征30%;劳务报酬所得,适用比例税率,税率为 20%。对劳务报酬所得一次收入畸高的,可以实行加成征收,具体办法由国务院规定;特许权使用费所得,利息、股息、红利所得,财产租赁所得,财产转让所得,偶然所得和其他所得,适用比例税率,税率为 20%。

# 第二节 微观规制法

## 一、微观规制法概述

### 1. 市场的缺陷

经济学家把完美的市场经济定义为:信息完全透明,用户自由选择,厂商自由竞争。最完美的市场是一个完全竞争的市场。凭借"看不见的手",那些在完全竞争的经济中追求自身利益的人就能最有效地促进公众的利益。然而,市场竞争过程中每一个市场主体均追求自身效益的最大化,甚至为了获得竞争优势滥用竞争权利,导致不规范、不正当、不道德的竞争行为破坏正常的市场秩序,于是不可避免地存在两种不良倾向:一是限制竞争;二是不正当竞争。两者都是竞争无序的表现。这些无序竞争破坏正常竞争秩序和公平的竞争关系,从而抵消市场机制对市场供求关系的调整和自由的市场交易活动发展。市场机制内在调节功能被破坏。

其次,在现实中信息往往是不对称的。市场交易过程中,交易主体双方对于交易的对象、交易方式、交易内容拥有不相同或不相等的信息,如市场经济中生产者或销售者一般具有比消费者或购买者更多的有关产品或服务的信息,因此,交易双方或一方做出交易决策时拥有的信息是不完全的,或者说市场主体掌握的信息质量未达到最优决策所需要的水平。在信息不对称的条件下,市场竞争是不对称的,所形成的价格不能正确反映社会供求,从而社会资源也不能得到最有效的配置,往往会发生"逆向选择"和"道德风险"。

事实证明,市场经济并非经济学家希望的那样完美。因此,对市场进行规制,以形成优质的市场秩序就成为十分必然的事情了。

### 2. 微观规制法的概念

规制,即规整、制约、使有条理。规制是依照规范对特定对象进行纠偏、调教和预防偏差的行为。因此,规制不等同于管理、调控和调整,它直接作用于市场主体的交易行为。微观规制法就是调整因国家规制市场主体的行为而产生的规制关系的法律规范的总和。微观规制法的调整对象是:

(1)反垄断与限制竞争关系。垄断是指垄断主体(市场主体或行政主体)对市场的经济运行过程进行排他性控制或对市场竞争进行实质性的限制,妨碍公平竞争秩序的行为或状态,包括市场独占、行政垄断等。限制竞争行为是指企业滥用优势地位,或通过订立协议、团体决定或其他方式排斥或限制市场竞争的行为,如差别对待、限制专售价格、搭售等行为。企业之间通过订立协议的形式限制自由贸易和竞争,如共同划分市场、联合定价、抵制交易等行为。

(2)反不正当竞争关系。在市场竞争中,经营者为了牟取自身的利益,采用损人利己、违背诚实信用的商业原则的竞争手段争夺市场,给市场秩序带来了极大的危害,同时也损害了其他经营者和消费者的利益。如欺骗性交易行为、虚假广告宣传行为、商业贿赂行为、诋毁他人声誉行为以及不正当低价竞销等。

3. 微观规制法的基本原则

(1)国家干预适度原则。要求国家干预经济生活要从社会公益的角度出发,把握适度、得当。干预只有适度和恰到好处才能发挥积极的作用,"干预过度"、"干预不足"都会带来很大的危害。

(2)保护公平竞争原则。微观规制法作为一种崭新的法律形式,从创设之初就以创造市场平等竞争条件和维护公平竞争秩序为己任,为当事人创造一个公平的竞争环境和竞争条件,使他们能够在相同的条件和外部环境中参与竞争,促进竞争机制在市场中发挥积极作用。

(3)社会公益原则。国家规制市场经济生活的最高价值判断标准就是社会公益。也就是说,在国家干预市场,调整市场结构,规范市场行为,维护市场秩序,保护和促进公平竞争的过程中要始终以社会公益为基本尺度。

## 二、反垄断法

### (一)反垄断法的产生与发展

现代反垄断立法开始于 19 世纪末期,当时的美国结束了国内战争,形成统一的大市场,经济也迅速地得到发展。在自由竞争的经济体制下,自由放任的市场竞争中产生了竞争的异化物——托拉斯。托拉斯控制了美国的许多经济领域。19 世纪 80 年代,美国爆发了一场抵制托拉斯的大规模群众运动。人们认识到,如果再不控制私人垄断势力,美国宪法关于对自由的保证就会成为一纸空文。这种反对垄断和保护竞争的思潮最后导致了美国于 1890 年颁布《谢尔曼法》,1914 年又通过了《克莱顿法》和《联邦贸易委员会法》。在美国影响之下,日本在第二次世界大战后也制定了一系列法令,如《经济力量过于集中排除法》、《禁止私人垄断法》,对垄断组织和垄断行为进行规制。与日本相似,德国在 1957 年颁布了《反限制竞争法》,经过多次修订,被认为是世界上最严厉的微观规制法。目前,世界上已有 80 多个国家制定了反垄断法。现代反垄断立法的发展趋势是:

(1)结构主义走向行为主义。反垄断法有结构主义与行为主义之分,它们对于垄断判定的侧重点各不相同。结构主义注重对垄断状态的判断,如果一个企业的市场集中度迅速上升或者其参与合并企业的市场份额过大就会被认定为违反反垄断法;而行为主义分析方法认为垄断并不总是损害竞争和消费者的利益的,只有在这种垄断地位是通过不公平的或者剥削性的方式获得的情况下才是反垄断法所要干预的,它关注的重点是企业是否滥用市场支配力,从事限制、排斥其他竞争者的行为。很明显,单纯以结构主义认定方法是相当严厉的,近乎于有罪推定,许多国家逐渐地有所改变。以美国为例,在许多判例中可以发现其反垄断法已经由结构主义走向行为主义。

(2)从本身违法原则向合理原则的转变。本身违法原则在美国反托拉斯法制定初期被严格执行,当企业的市场占有率超过一定份额或行为属法律禁止之列时便是违法,不存在为这类行为辩解的理由。本身违法原则作为违法确认的广泛应用导致了严格规则的产生。而合理原则则要求构成非法垄断状态须同时具备两个条件:一是行为或状态的违法性;二是行为或状态对竞争造成了垄断弊害,因此,该原则也被称为"弊害禁止原则"。纵观世界反垄断态势,大多数国家逐步放松对市场结构的规制,转而对市场行为的合理分析和适当控制。

(3)进一步扩大了反垄断法适用的除外情形。将电力、水、煤气等利用资源行业,交通运输、保险、银行等关系国计民生的产业等,作为反垄断法的适用除外,以此保障国家对重大经济命脉的掌握,实现经济安全。

(二)我国反垄断立法的现状

早在 1987 年 8 月,国务院法制局就成立了反垄断法起草小组,并于 1988 年拟定了《反对垄断和不正当竞争暂行条例草案》。1993 年 9 月,第八届全国人大常委会第三次会议通过了《中华人民共和国反不正当竞争法》,1994 年由原国家经贸委和国家工商行政管理局联合成立了反垄断法立法小组,开始了反垄断法起草工作。2003 年 3 月,十届全国人大一次会议决定组建商务部,由商务部负责"起草、拟订健全规范市场体系的法规、规章和标准,协调打破市场垄断、行业垄断和地区封锁的有关工作"。2004 年 3 月,商务部将《中华人民共和国反垄断法(送审稿)》上报国务院审议。2005 年,反垄断法被全国人大常委会列入立法规划。

因此,中国目前尚无一部专门的反垄断法。但是,现行的法律规定中已对垄断和限制竞争行为作出一系列法律规范,分布在不同的法律、法规、规章之中,主要有《反不正当竞争法》以及相关的《价格法》、《招标投标法》、《国务院关于禁止在市场经济活动中实行地区封锁的规定》等,它们涉及到禁止滥用市场支配地位、禁止限制竞争协议和地区封锁和行业垄断等方面。

(三)反垄断法的规制对象

1. 滥用市场优势地位

滥用市场支配地位是指具有一定的市场支配地位的企业对市场的其他主体进行不公正的交易或者排除竞争对手的行为。第一,价格滥用行为。价格滥用包括掠夺价、超高价格以及价格歧视三个方面。第二,强迫交易行为,即利用自己的优势地位强迫交易相对人接受与合同无关的商品或服务。强迫交易的典型表现是搭售。第三,歧视。主要是价格歧视,使处于相同地位的经营者不能享有平等的交易机会。第四,拒绝交易行为,即在没有正当理由的情况下拒绝与竞争对手签订合同。如果企业具有优势地位,又拒绝与竞争对手进行交易,这就构成了滥用优势的行为。

2. 限制竞争协议。

限制竞争协议是指两个或两个以上的行为人以协议、决议或者其他联合方式实施的限制竞争行为。横向限制竞争协议和纵向限制竞争协议是反垄断法对限制竞争协议的最基本的划分,这主要是依据协议主体之间的市场关系进行的划分。依据协议的效果进行的划分,还可以将限制竞争协议划分为促进竞争的协议与损害竞争的协议。前者是反垄断法的立法、执法、司法及理论分析普遍采用的分类。

(1)横向限制竞争协议。横向限制竞争协议是指在生产或销售过程中处于同一环节的行为人之间的限制竞争的协议。横向限制竞争协议也称之为卡特尔,主要有固定价格协议、分割市场协议、限制生产数量协议、联合抵制行为及其他横向限制竞争协议。

(2)纵向限制竞争协议。纵向协议又称垂直协议,是指处于同一产业中不同环节的行为人(即上下游企业)之间的限制竞争协议。垂直协议有限制转售协议、独家交易协议等,它们对竞争产生不同的作用。

3. 控制企业合并

企业的合并、集团的形成带来了规模经济效益,同时也使得大型国有企业的实力增强,但也形成了隐形的经济垄断,出现了以阻碍自由竞争为实质内容的联合行为,如两个以上企业以协议等手段对商品的销售或商品、服务的定价等方面作出共同限制性规定,以损害其他经营者的行为等。各国对企业合并的反垄断法规制多采用预防、控制的原则。反垄断执法机关只要根据企业在合并前所取得的市场地位,判断合并可能会产生限制竞争的后果,就可以对合并予以禁止,而不必等企业合并实现后再根据企业的市场地位和行为判断是否给与反垄断控制。

4. 行政垄断

行政垄断是指地方政府、政府经济主管部门或其他政府职能部门或是具有某些政府管理职能的行政性公司,凭借行政权力排斥、限制或妨碍市场竞争的行为。行政性垄断表现形式多种多样,主要有行业垄断、地区垄断和其他利用行政权力实施的垄断。

行业垄断是指经济行业部门的政府主管机关运用其合法拥有投资权、资源管理权、财政权、企业管理权等,限制或阻止其他行业部门的经营者或本行业部门内其他经营者从事某种经营活动,使其所支持的企业实现垄断和限制竞争。

地区垄断是指地方政府行政机关滥用行政权力,搞地区封锁、地方保护主义,限制和阻止本地区以外的经营者进入本地区市场,参与公平竞争。其手段包括对外地的经营者或其商品拒办经营执照,或随意没收、罚款,限制或禁止本地或外地的原材料和商品出入本辖区,对外地经营者采取其他各种歧视措施等。

行政性垄断还有其他许多表现形式,例如有些并非担负经济管理职能的行政机关,对其原开办的或后来形式上已经脱钩而实际上仍与其有利益关系的公司,利用其掌握的某种社会性、治安性管理权力,给予各种优惠和照顾,并限制或禁止其他经营者与其竞争。

这当中甚至掩盖着一些严重的违法和腐败行为。

（四）反垄断法的适用除外

根据各国反垄断法的规定，基于国家和社会公共利益，一些特定行业或企业的特定市场结构或特定行为不适用反垄断法，即反垄断法的适用除外。包括：

1. 特殊主体。包括：交通运输、电信、电力、石油、天然气、供热、供水、邮政等以提供公共服务为职能的自然垄断行业，其垄断的形成具有天然的合理性，而且最有效率；中小企业之间的联合协议，帮助中小企业弥补在与大企业竞争中的结构和规模的不利地位，提高中小企业的竞争力，并且未实质性地损害竞争；知识产权权利人依法行使知识产权的行为，这是由于知识产权具有法定独占性、垄断性；等等。

2. 特定行为。包括：为应付不景气，企业合理组合的共同行为；促进经济过程合理化的协议，从根本上提高参与企业在技术方面、经济方面或组织方面的工作效率或经济效率，并因此能改善对需求的满足；等等。

但是，随着科学技术和社会生产力的发展，各国反垄断立法开始缩小适用除外的范围。例如，公用事业（含电力、电信、铁路、民航等）传统上被认为是自然垄断行业，豁免适用反垄断法。但近年来，许多国家在这些行业引入竞争机制，放松管制，允许新的竞争者进入，同时限定这些行业适用除外的行为范围，即并非自然垄断行业中的所有行为都适用除外，侵害消费者权益的垄断行为同样要适用反垄断法。

### 三、反不正当竞争法

（一）不正当竞争与反不正当竞争法

不正当竞争的概念最早出现在法国。1850 年法国通过适用无正当理由而对他人造成损害必须承担责任的一般民法原则，推出了"不正当竞争"的概念。根据《法国民法典》第 1382 条，对某些侵害工业产权，但在某些商业活动中导致欺诈，或者使人误解，或对此负有责任的行为，可以构成不正当竞争行为，这是反不正当竞争法的雏形，从而拉开了反不当竞争立法的序幕。1896 年德国颁布了《反不当竞争法》，这是世界上最早作为特别法来禁止不正当竞争的法律规范。此后，1926 年波兰制定了《制止不正当竞争法》，1931 年瑞典和希腊分别制定了《反不正当竞争法》，日本于 1934 年颁布了《不正当竞争防止法》。不正当竞争行为有广义和狭义之分，广义的不正当竞争行为包括垄断、限制竞争行为在内的所有破坏竞争的行为，如匈牙利禁止不正当竞争法使用的不正当竞争的概念就是从广义上使用的。狭义的不正当竞争，则是指垄断和限制竞争行为之外的破坏竞争的行为。如德国《反不正当竞争法》、日本《不正当竞争防止法》使用的不正当竞争的概念就是从狭义上使用的。反不正当竞争法是调整在制止不正当竞争过程中发生的社会关系的法律规范的总称。反不正当竞争法的目的是维护公平的竞争秩序，保护合法经营者和消费者的利益。

我国在行政法规中使用不正当竞争的概念,最早见于1982年国务院颁布的《广告管理暂行条例》,该条例第8条规定:"禁止广告的垄断和不正当竞争。"1983年颁布的《国营工业企业暂行规定》第10条又明确指出:"国家禁止企业采用不正当竞争手段进行竞争。"这一时期我国尚无专门法律对不正当竞争行为进行规范,直至1987年国务院法制局和国家工商管理局组成联合小组,开始起草制定反不正当竞争法。历时六年,我国第一部《反不正当竞争法》于1993年9月2日颁布,同年12月1日实施。此外,国家工商行政管理局制定的相关解释和补充性规定,如1993年《关于禁止有奖销售中不正当竞争行为的若干规定》、《关于限制公用企业限制竞争行为的若干规定》、1995年《关于禁止仿冒知名商品特有的名称、包装、装潢的不正当竞争行为的若干规定》、《关于禁止侵犯商业秘密行为的若干规定》、1996年《关于禁止商业贿赂行为的暂行规定》等,以及《广告法》、《专利法》、《商标法》等对不正当竞争行为的规定,构成了我国反不正当竞争法体系。

(二)不正当竞争行为

根据《反不正当竞争法》规定,不正当竞争是指经营者违反法律规定,损害其他经营者的合法权益,扰乱社会经济秩序的行为。构成不正当竞争行为应当具备以下要件:不正当竞争行为的主体是市场经营者;不正当竞争行为侵害的对象主要是同业经营者;不正当竞争行为的违法性;不正当竞争行为的危害性。具体包括以下几种:

1. 商业混同行为

(1)商品混合。一是经营者在自己的商品上或者在其包装上假冒他人的注册商标;二是擅自使用他人知名商品的特有名称、包装、装潢,造成和他人的知名商品相混淆,使购买者误认为是该知名商品。

(2)营业主体混合。经营者在自己的经营活动中使用他人的企业名称、姓名,造成与他人的企业名称、姓名相混同,从而使消费者误认为是他人企业的商品。

(3)商品质量混合。一是伪造或冒用认证标志,指未经认证机关对其产品进行质量认证,而在其产品或产品包装上使用认证标志。二是伪造或冒用名优标志,指未经国内有关机构或权威性的社会组织经过评比程序授予名优标志称号,而擅自在自己的产品及包装上使用名优称号。三是伪造产地,指经营者对商品的原产地和出处,进行隐匿或作虚假表示的行为。四是对商品质量作引人误解的虚假表示的行为。

2. 商业贿赂

指经营者以排斥竞争对手为目的,为使自己在销售或购买商品或提供服务等业务活动中获得利益,而采取的向交易相对人及其职员或其代理人提供或许诺提供某种利益,从而实现交易的不正当竞争行为。具体包括:

(1)经营者为销售商品或购买商品提供经营性服务或接受经营性服务,采用财物贿赂对方单位或者个人的行为;

(2)提供国内外各种名义的旅游、考察等给付财物以外的其他利益的手段进行的商业贿赂行为；

(3)经营者的职工采用商业贿赂手段为经营者销售商品或者购买商品的行为；

(4)在账外暗中给予对方单位或者个人回扣的行为，对方单位或者个人在账外暗中收受回扣的行为，经营者在账外暗中给予对方单位或者个人折扣的行为；

(5)接受折扣不如实入账的行为；

(6)经营者给付对方佣金不明示、如实入账的行为，对方单位或者个人接受佣金不如实入账的行为；

(7)经营者违法在商品交易中向对方单位或者个人附赠现金或者物品的行为。

**3. 引人误解的虚假宣传**

指经营者、广告的经营者和发布者违反《反不正当竞争法》第九条规定，利用广告或者其他方法，如：雇用或者伙同他人进行欺骗性的销售诱导，现场虚假的演示和说明，张贴、散发、邮寄虚假的产品说明书和其他宣传材料，在经营场所对商品作虚假的文字标注、说明或解释，通过大众传播媒介作宣传报道，对商品的价格、质量、性能、用途、制作成分、生产者、有效期限、产地、市场信息等作引人误解的虚假宣传行为。

**4. 侵犯商业秘密**

商业秘密，是指不为公众所知悉、能为权利人带来经济利益、具有实用性并经权利人采取保密措施的技术信息和经营信息。侵犯商业秘密的行为包括：

(1)以盗窃、利诱、胁迫或者其他不正当手段获取权利人的商业秘密；

(2)披露、使用或者允许他人使用以前项手段获取的权利人的商业秘密；

(3)违反约定或者违反权利人有关保守商业秘密的要求，披露、使用或者允许他人使用其所掌握的商业秘密；

(4)第三人明知或者应知前款所列违法行为，获取、使用或者披露他人的商业秘密，视为侵犯商业秘密。

**5. 低价倾销商品**

低价倾销行为是指经营者在依法降价处理商品之外，为排挤竞争对手或独占市场，以低于成本的价格倾销商品，扰乱正常生产经营秩序，损害国家利益或者其他经营者合法权益的行为。

(1)生产企业销售商品的出厂价格低于其生产成本的，或经销企业的销售价格低于其进货成本的；

(2)采用高规格、高等级充抵低规格、低等级等手段，变相降低价格，使生产企业实际出厂价格低于其生产成本，经销企业实际销售价格低于其进货成本的；

(3)通过采取折扣、补贴等价格优惠手段，使生产企业实际出厂价格低于其生产成本，经销企业实际销售价格低于其进货成本的；

(4)进行非对等物资串换，使生产企业实际出厂价格低于其生产成本，经销企业实际

销售价格低于其进货成本的;

(5)通过以物抵债,使生产企业实际出厂价格低于其生产成本,经销企业实际销售价格低于其进货成本的;

(6)采取多发货少开票或不开票方法,使生产企业实际出厂价格低于其生产成本,经销企业实际销售价格低于其进货成本的;

(7)通过多给数量、批量优惠等方式,变相降低价格,使生产企业实际出厂价格低于其生产成本,经销企业实际销售价格低于其进货成本的;

(8)在招标投标中,采用压低标价等方式使生产企业实际出厂价格低于其生产成本,经销企业实际销售价格低于其进货成本的;

(9)采用其他方式,使生产企业实际出厂价格低于其生产成本,经销企业实际销售价格低于其进货成本的。

6. 不当有奖销售

有奖销售是经营者在销售商品或提供服务时,附带性地向购买者提供物品、金钱或者其他经济上利益的一种促销行为。不当有奖销售是指经营者在有奖销售的过程中弄虚作假或违反法律的限制向客户提供巨额奖励的行为。其主要表现为以下几种形式:

(1)欺骗性有奖销售。即经营者用欺骗的方式进行有奖销售,如谎称有奖或对所设奖励作虚假表示、内定人员中奖、人为操纵中奖程序等方式;

(2)推销质次价高的商品;

(3)不当巨型有奖销售。抽奖式的有奖销售,最高奖的金额超过五千元。

7. 诋毁商誉

它是指生产经营者自己或者利用他人,故意捏造和散布虚假事实,或通过其他不正当手段,对同业竞争者的商业信誉或商品声誉进行恶意贬低,致使其无法正常参与市场交易活动,从而削弱其市场竞争能力的行为。表现形式主要有:

(1)在市场交易中,利用散布公开信、召开新闻发布会、刊登对比性广告、声明性公告等形式,制造、散布贬损竞争对手商业信誉、商品声誉的虚假事实;

(2)在销售、业务洽谈过程中,向业务客户及消费者散布虚假事实,以贬低竞争对手;

(3)在所出售商品的包装说明上,对竞争对手的同类产品进行诋毁、诽谤;

(4)唆使他人在公众中散布竞争对手的商品质量有问题等谎言,使该商品失去公众的信赖;

(5)组织人员以消费者的名义,向有关管理部门、传播媒体作虚假投诉以增加竞争对手的社会投诉量,从而达到贬低竞争对手商业信誉的目的。

(三)法律责任

1. 民事责任

经营者违反本法规定,给被侵害的经营者造成损害的,应当承担损害赔偿责任,被侵害的经营者的损失难以计算的,赔偿额为侵权人在侵权期间因侵权所获得的利润;并应当承担被侵害的经营者因调查该经营者分割其合法权益的不正当竞争行为所支付的合理费用。

2. 行政责任

不正当竞争行为可导致的行政责任包括:责令停止违法行为,没收违法所得,罚款;可以吊销营业执照。

3. 刑事责任

实施不正当竞争行为情节严重、构成犯罪的,可依据刑法追究当事人的刑事责任。

### 四、消费者权益保护法

#### (一)消费者权益保护法概述

1899年美国成立了世界上第一个全国性的消费者组织——全国消费者同盟,1960年国际消费者组织联盟(简称 IOW)成立,它是由世界各国、各地区消费者组织参加的国际消费者问题议事中心,其宗旨为在全世界范围内做好消费者权益的一系列保护工作,在国际机构代表消费者说话。实际上,随着20世纪后半期消费者运动的高涨,世界上许多国家还相继确立了消费者权益仲裁或类似的纠纷解决机制。如在最早尝试通过仲裁方式解决消费者权益纠纷的美国,可以通过美国仲裁协会或被称为 BBB(Better Business Bureau)的企业组织进行消费者权益仲裁。美国仲裁协会在1968年接受福特基金会的资助,设立了"全国解决纠纷中心";再如瑞士,设立了由行业团体代表和消费者团体代表组成的仲裁机构。荷兰的消费纠纷仲裁委员会是专门受理消费纠纷的民间机构。另外,法国、西班牙、葡萄牙、比利时等国都设有相应的消费者权益仲裁机制。

我国消费者权益保护运动起步较晚。1984年12月中国消费者协会由国务院批准成立。之后,各省市县等各级消费者协会相继成立。中国消费者协会于1987年9月被国际消费者组织联盟接纳为正式会员。中国加入 WTO 之后,消费者权益的保护在我国有更长足的发展。随着消费者权益保护组织的发展和"3.15"宣传活动的深入,消费者权益保护意识和能力日益增强。1993年10月第八届全国人大常委会第四次会议通过了《中华人民共和国消费者权益保护法》(自1994年1月1日起施行)。我国还通过对国外相关经验的消化吸收结合我国的国情,形成了一系列由《消费者权益保护法》以及《产品质量法》、《食品卫生法》、《反不正当竞争法》等法律法规及相关司法解释组成的消费者权益保护法律体系,使消费者权益在法律上有了切实的保障。

#### (二)消费者权益保护法适用范围

我国消费者权益保护法的适用范围是:

1. 消费者为生活目的而进行的消费,包括购买、使用商品或者接受服务,其合法权益受该法保护;

2. 经营者为消费者提供其生产、销售的商品或服务，应受该法约束；

3. 农民购买、使用直接用于农业生产的生产资料，参照该法执行；

4. 消费者权益法未作规定时，应当适用其他有关法律法规。

（三）消费者权利

1. 安全权

消费者在购买、使用商品和接受服务时享有人身、财产安全不受损害的权利，简称安全权。安全权是消费者最重要的权利，也是宪法赋予公民的人身权、财产权在消费领域的具体体现。为了使这一权利真正得到实现，消费者有权要求经营者提供的商品和服务符合保障人身、财产安全的要求。消费者的这项权利不仅对应于经营者的义务，也要求国家制定相应的标准并通过监管来保障消费者的人身和财产安全。

2. 知情权

消费者享有知悉其购买、使用的商品或接受服务的真实情况的权利，简称为知情权。该项权利表明：消费者在购买、使用商品或接受服务时，有权询问、了解商品或服务的有关真实情况；提供商品或者服务的经营者有义务真实地向消费者说明有关情况。

3. 自主选择权

消费者享有自主选择商品或者服务的权利，简称为自主选择权，主要包括以下几个方面的内容：有权自主选择提供商品或者服务的经营者；有权自主选择商品品种或者服务方式；有权自主决定购买或者不购买任何一种商品、接受或者不接受任何一项服务；在自主选择商品或服务时，有权进行比较、鉴别和挑选。

4. 公平交易权

消费者享有公平交易的权利，简称公平交易权。市场交易的基本原则是：平等自愿原则，等价有偿原则，公平原则和诚实信用原则，因此，消费者和经营者都享有公平交易的权利。这项权利主要体现在以下两个方面：有权获得质量保障、价格合理、计量正确等公平交易条件；有权拒绝交易者的强制交易行为。

5. 求偿权

消费者因购买、使用商品或者接受服务受到人身、财产损害的，享有依法获得赔偿的权利，简称为求偿权。这是保障消费者实体权利的一项权利，既要求经营者在与消费者的关系中自觉承担法律责任，更要求国家建立相应的投诉、处理、调解、仲裁、诉讼等机制，以方便消费者得到救济。

6. 结社权

消费者享有依法成立维护自身合法权益的社会团体的权利，简称为结社权。赋予消费者以结社权，使消费者通过有组织的活动，维护自身合法权益是非常必要的，通过结社，消费者可以改变弱小、分散的劣势，加强与经营者抗衡的力量，在消费者运动和消费者法的发展中起到关键性作用。

### 7. 获得有关知识权

消费者享有获得有关消费和消费者权益保护方面的知识的权利,简称为获得有关知识权。这一权利包括两方面的内容:一是获得有关消费方面的知识,比如有关消费观的知识,有关商品和服务的基本知识,有关市场的基本知识;二是获得有关消费者权益保护方面的知识,比如消费者权益保护的法律、法规和政策,以及保护机构和争议解决途径等方面的知识。

### 8. 人格尊严、民族风俗习惯受尊重权

人格尊严是消费者的人身权的重要组成部分,包括姓名权、名誉权、荣誉权、肖像权等。在实践中,侵犯消费者人格尊严权的情形大量存在,为此,法律规定经营者不得对消费者进行侮辱、诽谤,不得搜查消费者的身体及其携带的物品,不得侵犯消费者的人身自由。

### 9. 监督权

消费者享有对商品和服务以及保护消费者权益工作进行监督的权利,简称监督权。这一权利可具体表现为:消费者有权检举、控告侵害消费者权益的行为和国家机关及其工作人员在保护消费者权益工作中的违法失职行为,有权对保护消费者权益工作提出批评和建议。

### (四)生产经营者的义务

#### 1. 守法和履约义务

经营者向消费者提供商品或者服务,应当依照《中华人民共和国产品质量法》和其他有关法律、法规的规定履行义务。经营者和消费者有约定的,应当按照约定履行义务,但双方的约定不得违背法律、法规的规定。

#### 2. 接受监督批评义务

经营者应当听取消费者对其提供的商品或者服务的意见,接受消费者的监督。它与消费者的监督批评权相对应。

#### 3. 保证安全义务

经营者应当保证其提供的商品或者服务符合保障人身、财产安全的要求。对可能危及人身、财产安全的商品和服务,应当向消费者作出真实的说明和明确的警示,并说明和标明正确使用商品或者接受服务的方法以及防止危害发生的方法。经营者发现其提供的商品或者服务存在严重缺陷,即使正确使用商品或者接受服务仍然可能对人身、财产安全造成危害的,应当立即向有关行政部门报告和告知消费者,并采取防止危害发生的措施。

#### 4. 提供真实信息义务

经营者应当向消费者提供有关商品或者服务的真实信息,不得作引人误解的虚假宣传。经营者对消费者就其提供的商品或者服务的质量和使用方法等问题提出的询问,应当作出真实、明确的答复。商店提供商品应当明码标价。经营者应当标明其真实名称和

标记。租赁他人柜台或者场地的经营者,应当标明其真实名称和标记。

5. 出具凭证和单据义务

经营者提供商品或者服务,应当按照国家有关规定或者商业惯例向消费者出具购货凭证或者服务单据;消费者索要购货凭证或者服务单据的,经营者必须出具。

6. 质量担保义务

经营者应当保证在正常使用商品或者接受服务的情况下其提供的商品或者服务应当具有的质量、性能、用途和有效期限;但消费者在购买该商品或者接受该服务前已经知道其存在瑕疵的除外。经营者以广告、产品说明、实物样品或者其他方式表明商品或者服务的质量状况的,应当保证其提供的商品或者服务的实际质量与表明的质量状况相符。

经营者提供商品或者服务,按照国家规定或者与消费者的约定,承担包修、包换、包退或者其他责任的,应当按照国家规定或者约定履行,不得故意拖延或者无理拒绝。

7. 不得以格式条款减免自身责任的义务

经营者不得以格式合同、通知、声明、店堂告示等方式作出对消费者不公平、不合理的规定,或者减轻、免除其损害消费者合法权益应当承担的民事责任。格式合同、通知、声明、店堂告示等含有前款所列内容的,其内容无效。

8. 尊重消费者人格的义务

消费者享有人格尊严、人身自由不受侵犯的权利,这是消费者的基本权利。经营者不得对消费者进行侮辱、诽谤,不得搜查消费者身体及其携带的物品,不得侵犯消费者的人身自由。

## [案例分析]

郭女士欲购买手机,2003 年 5 月 18 日,途经某移动电话超市,见入口处的玻璃上贴有一张告示:"郑重承诺:手机'三包',七天包退,假一罚十。"因为有这个承诺,郭女士便花 2 525 元在弘大公司购买了一部摩托罗拉 A388 手机。不久,她将手机送给朋友。在给手机充电时,郭女士的朋友发现手机电池鼓起了一块。经摩托罗拉公司鉴定,这个手机不是摩托罗拉公司原装手机。而弘大公司只同意双倍赔偿,并称"五一"期间广告已过时。郭女士便以对方存在欺诈行为为由诉至法院。

请根据相关法律分析:弘大公司是否应当按照承诺进行赔偿?

## 练习与思考

### 一、名词解释

宏观调控、财政法、政府采购、增值税、消费税、营业税、所得税、行政垄断、不正当竞争行为。

### 二、问答题

1. 简述宏观调控法的基本原则。

2. 财政法的主要内容有哪些?

3. 价格法的作用是什么？

4. 简述税收的概念和种类。

5. 简述税法的要素构成。

6. 微观规制法的调整对象是什么？

7. 反垄断法的规制对象是什么？

8. 不正当竞争行为的具体表现有哪些？

9. 消费者的权利和经营者的义务有哪些？

# 第三章

# 环境与资源保护法

通过本章学习,掌握环境与资源保护法的基本原理,包括环境问题,环境与资源保护法的概念,环境与资源保护法的基本原则、基本制度和环境标准,以及水污染、大气污染、海洋污染和固体废物污染防治的主要内容。有关自然资源保护法的基本内容,包括土地、水、矿产资源、森林、草原、野生动植物等,以及有关自然保护区、风景名胜区和城乡、农业环境的保护。

## 第一节　环境与资源保护法概述

### 一、环境与环境资源保护法

环境是人类生存、发展并表现自己的基本条件,是经济、社会发展的物质基础,是人类社会财富的源泉,是生产力的重要因素,是决定劳动生产率的重要条件。人是自然的不可分割的一个组成部分,人永远生活在环境之中,始终离不开环境,人生活于自然环境之中并从出生至死都蒙受自然的恩泽。因此人类应当树立尊重自然、保护生命、人与自然和谐相处的文明意识和伦理道德。然而,这种认识是随着社会的发展、生产力水平的提高而逐渐产生和明晰的。

工业革命以后,人们对工业革命带来的严重环境问题虽有所重视,但因受传统发展思想的影响,认为生产的不断增长能为更多的生产进一步提供潜力,地球上有足够的土地和资源供经济不断发展之所需。正是由于当时的人们还没有真正认识到环境在自身生存和发展中的价值,只是把各种污染当作彼此孤立的问题,把治理污染作为单纯的技术问题,而没有将各种污染以及污染治理与自然保护联系起来,偏重于消极、被动的污染治理,而未对开发、利用环境的经济行为有所限制,也未对公民的各种环境权益加以保障。

随着环境问题日趋严重,震惊世界的公害事件频发不断,生态资源遭到严重破坏,人们对于传统"以牺牲环境求取发展"的发展方式的种种弊端开始产生较为清醒的认识。"限制发展论"应运而生,该理论以罗马俱乐部为代表,认为如果目前的趋势继续发展下去,世界就会面临一场"灾难性的崩溃",而避免这种前景的最好办法就是限制增长,即使之成为"零的增长"。同时,各国为解决环境污染和生态破坏问题进行了艰苦的努力,提出了许多新的法律观念和理论,诸如"公共委托"理论、"污染者负担原则"、"环境侵权的无过失责任原则"、"环境举证责任的倒置原则"、"环境权"等。而在立法方面,许多国家也加快了步伐,制定了大量环境保护的专门法规,数量上远远超过了其他部门法。立法目的上,亦由原来的"目的二元论"向"目的一元论"倾斜,即由保护人体健康和促进经济社会的发展转向保护人体健康。

但是,"零增长"的观点违背了人类社会进步的根本利益而在现实中难以推行,人们又转而探寻更加适合人类生存和发展的途径。而1987年由布伦特兰夫人领导的世界环境与发展委员会在其代表作《我们共同的未来》中提出的"持续发展论",其核心思想是:既满足当代人的需要,又不对后代人满足其需要的能力构成危害。人类应享有以与自然相和谐的方式过健康而富有生产成果的生活的权利。为了公平地满足今世后代在发展与环境方面的需要,持续发展的权利必须实现。在此背景下,法律"生态化"的观念在国家立法中受到重视并向其他部门法渗透,产生了许多新的环境法和修改了一些不合时宜的环境法,并在民法、刑法、诉讼法等部门法中增加了关于保护环境的规定,从而使环境法得以不断完善。与此同时,环境法的目的也有所改变,将实现可持续发展作为环境法的终极目的而规定。因此,当代环境法以强调在环境的承载力内发展经济为出发点,试图实现人与自然的和谐,其立法精神在于"持续发展"。

## 二、我国环境资源保护法发展概况

新中国脱胎于半封建半殖民地的社会,经济十分落后。在经济发展水平低下的情况下,人们最为关注的是衣食住行,加上传统发展方式的盛行,决定了人们把向大自然的无限索取作为发展经济解决温饱问题的主要手段。新中国成立以来,我国虽曾制定过一系列关于合理开发、利用和保护、改善环境资源的法规或规范性文件,但从总体上看,这些环境资源法规比较零星分散,自然保护和污染防治被人为地割裂开来,从而缺乏有机的联系。到了20世纪70年代,在世界环境保护思潮的影响下,并在我国改革开放政策的促动下,环境保护工作受到了重视。1978年《宪法》首次规定:"国家保护和改善生产环境和生态环境,防治污染和其他公害",把环境保护纳入了法制轨道。而1979年制定的《环境保护法(试行)》更是为我国环境法的迅速发展奠定了坚实基础。在这一背景下,一系列适应环境保护的法律、法规相继出台,各有关环境保护的基本制度纷纷建立,使我国环境法制建设初具规模,其中包括《水污染防治法》、《大气污染防治法》、《噪声污染防治法》、《固体废弃物污染防治法》、《海洋环境保护法》、《野生动物保护法》、《水土保持法》、《水法》、《土地管理法》、《森林法》、《草原法》、《渔业法》、《农业法》、《文物保护法》等。由国务院制定并公布或经国务院批准而由有关主管部门公布了大批有关环境与资源保护的单项法规,其中包括为了执行环境与资源基本法和法律而制定的实施细则或条例以及对环境资源保护工作中出现的新领域、新问题所制定的单项法规,如《水污染防治法实施细则》、《森林法实施细则》、《环境噪声污染防治条例》、《征收排污费暂行办法》、《海洋倾废管理条例》、《关于加强乡镇、街道企业环境管理的规定》;由地方人大和地方人民政府结合本地区的实际情况,制定和颁布了 600 多项环境保护的地方性法规。另外,我国还制定了环境质量标准、污染物排放标准、环境基础标准、样品标准和方法标准,基本上建立了环境标准的法律体系。到 1995 年底,我国颁布了 364 项各类国家环境标准。

为了加强环境资源保护领域的国际合作,维护国家的环境权益,承担应尽的环境保护义务,我国缔结和参加了《保护臭氧层维也纳公约》、《控制危险废物越境转移及其处置的巴塞尔公约》、《核材料实物保护公约》、《南太平洋无核区公约》、《气候变化框架公约》、《东南亚及太平洋区植物保护协定》等几十项国际条约、公约、协定。

虽然我国已经基本上形成了以《宪法》为核心,以《环境保护法》为基本法,以环境与资源保护的有关法律、法规为主要内容,以我国缔结参加的有关国际环境与资源保护的条约、公约、协定为辅的较为完备的环境与资源法的法律体系,但随着社会主义市场经济体制的建立,市场主体为了达到个人的经济利益,往往忽视社会效益和环境保护,加之我国环境和资源的立法也存在一些问题,需要进一步研究,这就使我国的环境与资源法的法律体系面临严重的挑战。

但是,随着我国社会主义市场经济体制的建立和持续发展战略的实施,现行环境法体系已显露出不足之处。现行《宪法》虽然以国家根本大法的形式规定了国家保护环境、防治污染和其他公害以及国家保护自然资源的原则,但不足的是没有明确将可持续发展作为环境与资源保护的指导思想。《环境保护法》第 1 条中将"促进社会主义现代化建设的发展"作为立法目的,其他有关环境保护、防治污染和自然资源保护的法律、法规,同样也存在这个问题。这一立法上的重大缺失导致了环境保护的不力,并随着人口的增加和经济的发展,造成了以城市为中心的环境污染的加剧,并且逐步向农村蔓延,生态环境恶化的范围日趋扩大,水土流失、荒漠化等不同程度的加重,耕地减少,森林破坏,草原退化,水资源短缺,矿产资源后备不足等严重环境问题。

### 三、环境资源保护法基本原则

环境资源保护法的基本原则,是指为环境资源保护法所确认并体现环境资源保护法本质和特征的基本原则。它贯穿于整个环境法体系,对贯彻和实施环境法具有普遍的指导作用。其基本原则主要有环境保护同经济、社会持续发展相协调原则，预防为主、防治结合、综合治理原则，全面规划、合理利用自然资源原则，污染者负担原则，国家干预原则。

### 1. 可持续发展原则

20 世纪 80 年代初，联合国针对当代人类面临的三大挑战：南北问题、裁军与安全、环境与发展，成立了由当时的联邦德国总理勃兰特、瑞典首相帕尔梅和挪威首相布伦特兰为首的三个高级专家委员会，分别发表了《我们共同的危机》、《我们共同的安全》、《我们共同的未来》三个著名的纲领性文件。这三个文件都不约而同地得出了世界各国必须组织实施新的可持续发展战略的同样结论。他们一再强调可持续发展是 20 世纪末更是 21 世纪，不论是发达国家还是发展中国家的共同发展战略，是整个人类求得生存与发展的惟一可供选择的途径。《我们的共同未来》将"可持续发展"定义为：既满足当代人的需要，又不对后代人满足其需要的能力构成威胁和危害的发展。可持续发展本质上反映了生态文明的发展观与实现观。它具有三个明显的特点：一是它要求在生态环境承受能力可以支撑的前提下，解决当代经济社会与生态发展的协调关系；二是它要求在不危及后代人需要的前提下，解决当代经济发展与后代经济发展的协调关系；三是它要求在不危害全人类整体经济发展的前提下，解决当代不同国家、不同地区以及各国内部各地区和各种经济发展的协调关系，从而真正把现代经济发展建立在节约资源、增强环境支撑能力、生态良性循环的基础之上，使人类经济活动和发展行为保持在地球资源环境的承载能力和极限之内，确保非持续发展向可持续发展转变，最终实现可持续发展。也就是说，可持续发展包含两个方面的内容：从横向关系上，当代经济、社会与环境的可持续、协调发展；纵向关系上，是代际之间的公平、持续发展。两者的目的都是为了保证社会的持续发展，既满足当代人的需要，又不对后代人构成危害。

### 2. 预防为主原则

环境侵害往往是长期环境污染和生态破坏的结果，其危害结果常常要经过相当长的复杂变化过程才显现出来，而一旦形成危害就很难治理和恢复，且治理所耗费的时间和金钱的代价亦相当高，预先采取防范措施要比事后治理经济得多，也有效得多。因此，在环境保护工作中，应当把工作重点放在预防环境污染和破坏上；同时对已经造成的环境污染和破坏，应当积极采取多种手段，进行综合治理。只有防治结合，才能不断改善环境质量。仅有治理难以根治环境问题，更重要的是防治发生新的环境污染和破坏。针对环境污染和破坏结果的滞后性、严重性和不可逆转性，预防原则从污染损害预防扩展至风险预防的原则，不仅重视采取措施防范环境损害，而且重视采取合理措施防范环境恶化的可能性。

### 3. 污染者负担、开发者养护、受益者补偿的原则

在过去很长一段时间内，造成环境污染或环境破坏的人只要没有对具体的人或财产造成直接损害就无须承担任何责任。随着环境污染和环境破坏的加剧，国家对环境保护的投资也越来越大。于是，有人开始对这种做法提出质疑和反对，认为国家投资实际上是

全体纳税人的投资,凭什么由个别人造成的环境污染或破坏要由全体社会成员来为其负担呢? 针对这一问题,由 24 个国家组成的经济合作与发展组织环境委员会于 1972 年首次提出了"污染者负担原则"(或称为"污染者赔偿原则"),主要追究肇事者的责任,即谁污染了环境,谁就应当承担赔偿的责任。由于该原则有利于实现社会公平和防治环境污染,所以很快被一些国家确定为环境保护的一项基本原则。开发者养护,是指对环境和自然资源进行开发利用的组织或者个人,有责任对其进行恢复、整治和养护。受益者补偿,则是指因污染环境和生态保护、恢复而受益者应当直接或间接地支付一定的费用。

### 4. 公众参与原则

公众参与原则的确立具有内外两层原因:就外因而言,在传统经济理论影响下,环境保护被视为仅能由政府提供的公共产品,从而形成了政府对环境保护的垄断,并将广大民众排斥在外。而政府本身也存在着失灵现象,特别是实现任期制的政府,为显示政绩甚至可能会采取破坏环境的短期行为。再加之环境问题本身具有广泛性、社会性等特点,决定了环境问题的解决必须依靠广大民众的共同参与。就内因而言,环境权是公民重要的基本权利,其核心在于保证人基本的生存和发展权利。环境是人类得以存在的物质基础,环境权因此也成为人首要且基本的权利,是不容限制或被剥夺,以各种形式参与环境保护成为环境权的重要内容之一。很多国家在宪法、环境法中也都明确规定了公民的"环境权",环境权既是一种实体性的权利,又是一种程序性的权利。作为实体性权利的环境权包括两个方面的内容:一是与公民个人生存和健康直接相关并与个人生活密切联系的阳光权、通风权、眺望权等;二是既与公民个人生存和健康直接相关又与公益性或公共性密切联系的清洁空气权、清洁水权、风景权、历史文化遗产瞻仰权等。作为程序性权利的环境权,具体内容包括:环境知情权,环境立法参与权,环境行政执法参与权,环境诉讼参与权。环境法上的公众参与还包括公众直接或间接进行环保投资,或者以自己的消费决策和消费偏好来影响和改变生产者的决策。

### 四、环境资源保护法的基本制度

### 1. 环境影响评价制度

环境影响评价是对环境质量的预断性评估,是在进行某项人为活动之前对实施该活动可能给环境质量造成的影响进行调查、预测和估价的活动,其目的是为了提出相应的处理意见和对策。根据我国环境保护法律和有关行政法规的规定,建设项目对环境可能造成重大影响的,应当编制环境影响报告书,对建设项目产生的污染和对环境的影响进行全面、详细的评价。环境影响评价不是一般的预测评价,它要求可能对环境有影响的建设开发者,必须事先通过调查、预测和评价,对项目的选址、对周围环境产生的影响以及应采取的防范措施等提出建设项目环境影响报告书,经过审查批准后,才能进行开发和建设。1992 年以后,我国环境影响评价从单纯的建设项目评价发展至区域综合评价,又扩展至对经济社会发展的重大决策所产生的环境影响进行评价；从对污染影响的评价，发展到对生态影响的评价。2002 年我国制定了环境影响评价的专门性法律《环境影响评价法》，自 2003 年 9 月 1 日起施行。《环境影响评价法》的颁行，对我国实施可持续发展战略，预防因规划和建设项目实施后对环境造成不良影响，促进经济、社会和环境的协调发展产生重大影响。另外，在各种污染防治的单行法规中，如《海洋环境保护法》、《大气污染防治法》、《水污染防治法》中，也都对环境影响评价制度做了规定。

2.“三同时”制度

凡是从事对环境有影响的建设项目，其防治污染及其他公害的设施，必须与主体工程同时设计、同时施工、同时投产，这一规定简称为“三同时”制度。“三同时”是在基本建设项目和技术改造项目中严格控制新污染、防止环境遭受新污染和破坏的根本性措施和重要的环境保护法律制度。它与环境影响评价制度相辅相成，是防止环境免遭新污染和破坏的“法宝”，是我国环境保护法“以预防为主”的基本原则的具体化、制度化、规范化，是加强开发建设项目环境管理的重要措施，是防止我国环境质量继续恶化的有效经济手段和法律手段。

3. 排污收费制度。

排污收费制度是指国家以筹集治理污染资金为目的，按照污染物的种类、数量和浓度，依据法定的征收标准，对向环境排放污染物或者超过法定排放标准排放污染物的排污者征收费用的制度。排污收费制度是“污染者付费”原则的体现，可以使污染防治责任与排污者的经济利益直接挂钩，促进经济效益、社会效益和环境效益的统一。征收的排污费作为重点污染源治理补助资金和环境综合整治资金。排污单位出于自身经济利益的考虑，必然加强经营管理，提高管理水平，以减少排污，并通过技术改造和资源能源综合利用以及开展节约活动，改变落后的生产工艺和技术，淘汰落后设备。大力开展综合利用和节约资源、能源，提高资源、能源的利用率，推动企业、事业单位的技术进步，提高经济和环境效益。目前我国现行的五部有关环境污染防治的专门法律，即《大气污染防治法》、《水污染防治法》、《环境噪声污染防治法》、《固体废物污染环境防治法》、《海洋环境保护法》，对排放废气、废水、废渣制定了相应的排污收费规定。《排污费征收使用管理条例》对排污费的征收、使用程序做了规定。

4. 环境目标责任制度

环境保护目标责任制是一种具体落实地方各级人民政府和有污染的单位对环境质量负责的行政管理制度，以社会主义初级阶段的基本国情为基础，以现行法律为依据，以责任制为核心，以行政制约为机制，把责任、权力、利益和义务有机地结合在一起，明确了地方行政首长在改善环境质量上的权力、责任和义务。这项制度确定了一个区域、一个部门乃至一个单位环境保护的主要责任者和责任范围，运用目标化、定量化、制度化的管理方法，把贯彻执行环境保护这一基本国策作为各级领导的行为规范，推动环境保护工作的全面、深入发展。《环境保护法》第16条中明确规定:地方各级人民政府,应当对本辖区的环境质量负责,采取措施改善环境质量。《国务院关于环境保护若干问题的决定》在第1项中强调:"明确目标,实行环境质量行政领导负责制。"并规定:地方各级人民政府及其主要领导人要依法履行环境保护职责,并将辖区环境质量作为考核政府主要领导人工作的重要内容。

5. 限期治理制度

限期治理制度是对造成环境严重污染的企业事业单位,限定一段时间进行污染治理的环境保护法律制度。环境保护法规定,对造成环境严重污染的企业事业单位,限期治理。中央或者省、自治区、直辖市人民政府直接管辖的企业事业单位的限期治理由省、自治区、直辖市人民政府决定。市、县或者市、县以下人民政府管辖的企业事业单位的限期治理,由市、县人民政府决定。被限期治理的企业事业单位必须如期完成治理任务。对经限期治理逾期未完成治理任务的企业事业单位,除依照国家规定加收超标准排污费外,可以根据所造成的危害后果处以罚款,或者责令停业、关闭。《海洋环境保护法》、《水污染防治法》、《大气污染防治法》、《固体废物污染环境防治法》、《环境噪声污染防治法》中都有类似的规定。

6. 环境许可证制度

凡是对环境有不良影响的各种规划、开发、建设项目、排污设施或经营活动,其建设者或经营者需要事先提出申请,经主管部门审查批准,颁发许可证后才能从事该项活动,这就是许可证制度。在环境管理中使用的许可证种类繁多,使用最广泛的是排污许可证。《大气污染防治法》规定:对大气污染物总量控制区内企业事业单位的主要大气污染物排放核发主要大气污染物排放许可证。有大气污染物总量控制任务的企业事业单位,必须按照核定的主要大气污染物排放总量和许可证规定的排放条件排放污染物。《海洋环境保护法》规定:需要倾倒废弃物的单位,必须向国家海洋行政主管部门提出书面申请,经国家海洋行政主管部门审查批准,发给许可证后,方可倾倒。《固体废物污染环境防治法》规定:从事收集、贮存、处置危险废物经营活动的单位,必须按国务院规定的管理办法,向县级以上人民政府环境保护行政主管部门申请领取经营许可证。禁止无经营许可证或者不按照经营许可证规定从事危险废物收集、贮存、处置的经营活动。禁止将危险废物提供或者委托给无经营许可证的单位从事收集、贮存、处置的经营活动。

7. 环境标准制度

环境标准是为了保护人群健康、社会财物和生态良性循环,对环境中的污染物(或有害因素)水平及其排放源应规定的限量阈值或技术规范,是有关控制污染保护环境的各种标准的总和。包括两方面的内容:一是人群健康及与其密切相关的生态系统和社会财物不受损害的适宜条件;二是人类的生产、消费活动对环境影响和干扰的限度。我国的环境标准由三类两级组成。所谓三类是指环境质量标准、污染物排放标准和方法标准。所谓两级是指国家和地方两级。环境质量标准,是指为了保护人民健康、社会物质财富和维持生态平衡而制定的,规定其环境要素中所含有害物质或者因素的最高限额的标准。污染物排放标准,是指为了实现环境质量标准,结合技术经济条件或者环境特点而制定的,规定污染源允许排放的污染物的最高限额。环保基础和方法标准,是指为确定环境质量标准、污染物排放标准以及其他环境保护工作而制定的各种有指导意义的符号、指南、导则以及关于抽样、分析、试验、监测的方法。

8. 清洁生产制度

清洁生产实质是指将废物"三化",即减量化、资源化和无害化。它借鉴了国内外在污染预防、资源综合利用、废物回收利用和循环经济等领域的立法经验。推行清洁生产,可以节约资源,削减污染,降低污染治理设施的建设和运转费用,提高企业经济效益和竞争能力,可以将污染物消除在源头和生产过程中,有效解决污染转移的问题。清洁生产制度充分体现了市场经济和可持续发展的追求价值。它充分发挥资源的循环利用,既发展了经济,又节约了资源、保护了环境,有效解决了经济发展与环境保护的矛盾。我国于2002年制定了《清洁生产促进法》,明确规定国务院和县级以上地方人民政府,应当将清洁生产纳入国民经济和社会发展计划以及环境保护、资源利用、产业发展、区域开发等规划。在推行清洁生产时,我国将其与工业产业结构、产品结构的调整相结合,要求在制定产业政策时,严格限制或禁止可能造成严重污染的产业、企业和产品,要求工业企业采用能耗物耗小、污染物产生量少的有利于环境的原料和先进工艺、技术和设备,采用节约用水、节约用能、节约用地的生产方式。《固体废物污染环境防治法》、《大气污染防治法》、《海洋环境保护法》等均有相关规定。

# 第二节 环境污染防治法

## 一、环境污染

环境污染是指由于某种物质或能量的介入,使环境质量恶化的现象。能够引起环境污染的物质被称为污染物,如二氧化硫等有害气体,铅、汞等重金属等。污染物质对环境的污染有一个从量变到质变的发展过程,当某种能造成污染的物质的浓度或其总量超过环境的自净能力,就会产生危害,环境就受到了污染。能量的介入也会使环境质量恶化,如热污染、噪声污染、电磁辐射污染等。

我国《环境保护法》第二十四条以列举的方式对环境污染进行了规定,包括废气、废水、废渣、粉尘、恶臭气体、放射性物质以及噪声振动、电磁波辐射等对环境的污染和危害。经济合作与发展组织(OECD)在1974年的一份建议书中提出了为成员国共同接受的定义。该建议书认为,所谓环境污染,是指被人们利用的物质或者能量直接或间接地进入环境,导致对自然的有害影响,以至于危及人类健康、危害生命资源和生态系统,以及损害或者妨害舒适性和环境的其他合法用途的现象。

环境污染的类型,按环境要素可分为大气污染、水体污染和土壤污染等;按污染的性质可分为生物污染、化学污染和物理污染;按污染物的形态可分为废气污染、废水污染、固体废物污染以及噪声污染、辐射污染等;按污染产生的来源可分为工业污染、农业污染、交通运输污染和生活污染等;按污染物的分布范围分,又可分为全球性污染、区域性污染、局部性污染等。

### 二、大气污染防治法

大气污染,是指大气因某种物质的介入,而导致其化学、物理、生物或者放射性等方面特性的改变,从而影响大气的有效利用,危害人体健康或财产安全,以及破坏自然生态系统、造成质量恶化的现象。

环境污染防治立法中所说的大气污染(空气污染)都只是指由人为因素所引起的大气污染,而自然在自身的变化过程中所发生的大气污染则不是法律控制的对象,主要针对烟尘、废气、粉尘和恶臭污染进行防治规定。

大气污染防治的监督管理制度主要包括:

(1)项目的环境影响报告书及项目验收制度。新建、扩建、改建向大气排放污染物的项目,必须遵守国家有关建设项目环境保护管理的规定。建设项目的环境影响报告书,必须对建设项目可能产生的大气污染和对生态环境的影响作出评价,规定防治措施,并按照规定的程序报环境保护行政主管部门审查批准。建设项目投入生产或者使用之前,其大气污染防治设施必须经过环境保护行政主管部门验收,达不到国家有关建设项目环境保护管理规定的要求的建设项目,不得投入生产或者使用。

(2)排污申报及收费制度。向大气排放污染物的单位,必须按照国务院环境保护行政主管部门的规定向所在地的环境保护行政主管部门申报拥有的污染物排放设施、处理设施和在正常作业条件下排放污染物的种类、数量、浓度,并提供防治大气污染方面的有关技术资料。向大气排放污染物的,其污染物排放浓度不得超过国家和地方规定的排放标准。国家实行按照向大气排放污染物的种类和数量征收排污费的制度,根据加强大气污染防治的要求和国家的经济、技术条件合理制定排污费的征收标准。

(3)总量控制制度。国务院和省、自治区、直辖市人民政府对尚未达到规定的大气环境质量标准的区域和国务院批准划定的酸雨控制区、二氧化硫污染控制区,可以划定为主要大气污染物排放总量控制区。主要大气污染物排放总量控制的具体办法由国务院规定。大气污染物总量控制区内有关地方人民政府依照国务院规定的条件和程序,按照公开、公平、公正的原则,核定企业事业单位的主要大气污染物排放总量,核发主要大气污染物排放许可证。有大气污染物总量控制任务的企业事业单位,必须按照核定的主要大气污染物排放总量和许可证规定的排放条件排放污染物。

(4)特别保护区制度。在国务院和省、自治区、直辖市人民政府划定的风景名胜区、自然保护区、文物保护单位附近地区和其他需要特别保护的区域内,不得建设污染环境的工业生产设施;建设其他设施,其污染物排放不得超过规定的排放标准。

(5)落后生产工艺和设备淘汰制度。国家对严重污染大气环境的落后生产工艺和严重污染大气环境的落后设备实行淘汰制度。国务院经济综合主管部门会同国务院有关部门公布限期禁止采用的严重污染大气环境的工艺名录和限期禁止生产、禁止销售、禁止进口、禁止使用的严重污染大气环境的设备名录。

(6)突发性事故应急制度。单位因发生事故或者其他突然性事件,排放和泄漏有毒有害气体和放射性物质,造成或者可能造成大气污染事故、危害人体健康的,必须立即采取防治大气污染危害的应急措施,通报可能受到大气污染危害的单位和居民,并报告当地环境保护行政主管部门,接受调查处理。在大气受到严重污染、危害人体健康和安全的紧急情况下,当地人民政府应当及时向当地居民公告,采取强制性应急措施,包括责令有关排污单位停止排放污染物。

(7)现场检查及污染测试制度。环境保护行政主管部门和其他监督管理部门有权对管辖范围内的排污单位进行现场检查,被检查单位必须如实反映情况,提供必要的资料。检查部门有义务为被检查单位保守技术秘密和业务秘密。

### 三、海洋环境保护法

海洋环境污染,是指直接或间接地将物质或者能量引入海洋环境,产生损害海洋生物资源,危害人体健康,妨碍渔业和海上其他合法活动,损坏海水使用素质和减损环境质量等有害影响的现象。

海洋环境保护法律制度主要包括:

(1)海洋环境监督管理。包括:海洋功能区划及海洋环境保护规划制度,海洋环境质量标准制度,排污制度,落后生产工艺和落后设备淘汰制度,环境监测制度,突发性事件应急制度。

(2)海洋生态保护。包括:红树林、珊瑚礁、滨海湿地、海岛、海湾、入海河口、重要渔业水域等具有典型性、代表性的海洋生态系统,珍稀、濒危海洋生物的天然集中分布区,具有重要经济价值的海洋生物生存区域及有重大科学文化价值的海洋自然历史遗迹和自然景观。根据保护海洋生态的需要,选划、建立海洋自然保护区。

(3)防治陆源污染物对海洋环境的污染损害。向海域排放陆源污染物,必须严格执行国家或者地方规定的标准和有关规定。在海洋自然保护区、重要渔业水域、海滨风景名胜区和其他需要特别保护的区域,不得新建排污口。排放陆源污染物的单位,必须向环境保护行政主管部门申报拥有的陆源污染物排放设施、处理设施和在正常作业条件下排放陆源污染物的种类、数量和浓度,并提供防治海洋环境污染方面的有关技术和资料。禁止向海域排放油类、酸液、碱液、剧毒废液和高、中水平放射性废水。

(4)防治海岸工程建设项目对海洋环境的污染损害。新建、改建、扩建海岸工程建设项目,必须遵守国家有关建设项目环境保护管理的规定,并把防治污染所需资金纳入建设项目投资计划。在依法划定的海洋自然保护区、海滨风景名胜区、重要渔业水域及其他需要特别保护的区域,不得从事污染环境、破坏景观的海岸工程项目建设或者其他活动。兴建海岸工程建设项目,必须采取有效措施,保护国家和地方重点保护的野生动植物及其生存环境和海洋水产资源。海洋工程建设项目必须符合海洋功能区划、海洋环境保护规划和国家有关环境保护标准,在可行性研究阶段,编报海洋环境影响报告书,由海洋行政主管部门核准,并报环境保护行政主管部门备案,接受环境保护行政主管部门监督。海洋工程建设项目,不得使用含超标准放射性物质或者易溶出有毒有害物质的材料。

(5)防治倾倒废弃物对海洋环境的污染损害。任何单位未经国家海洋行政主管部门批准,不得向中华人民共和国管辖海域倾倒任何废弃物。需要倾倒废弃物的单位,必须向国家海洋行政主管部门提出书面申请,经国家海洋行政主管部门审查批准,发给许可证后,方可倾倒。禁止中华人民共和国境外的废弃物在中华人民共和国管辖海域倾倒。国家海洋行政主管部门根据废弃物的毒性、有毒物质含量和对海洋环境影响程度,制定海洋倾倒废弃物评价程序和标准。向海洋倾倒废弃物,应当按照废弃物的类别和数量实行分级管理。

(6)防治船舶及有关作业活动对海洋环境的污染损害。在中华人民共和国管辖海域,任何船舶及相关作业不得违反本法规定向海洋排放污染物、废弃物和压载水、船舶垃圾及其他有害物质。所有船舶均有监视海上污染的义务,在发现海上污染事故或者违反本法规定的行为时,必须立即向就近的依照本法规定行使海洋环境监督管理权的部门报告。

## 四、水污染防治法

水污染是指水体因某种物质的介入,而导致其化学、物理、生物或者放射性等方面特性的改变,从而影响水的有效利用,危害人体健康或者破坏生态环境,造成水质恶化的现象。

法律规定的水污染监督管理制度主要有:

(1)水环境质量标准制度。国务院环境保护部门和省、自治区、直辖市人民政府,应当根据水污染防治的要求和国家经济、技术条件,适时修订水环境质量标准和污染物排放标准。

(2)水体保护区制度。县级以上人民政府可以对风景名胜区水体、重要渔业水体和其他具有特殊经济文化价值的水体,划定保护区,并采取措施,保证保护区的水质符合规定用途的水质标准。在生活饮用水源地、风景名胜区水体、重要渔业水体和其他有特殊经济文化价值的水体的保护区内,不得新建排污口。在保护区附近新建排污口,必须保证保护区水体不受污染。

(3)环境影响报告书制度。环境影响报告书中,应当有该建设项目所在地单位和居民的意见。

(4)排污制度。直接或者间接向水体排放污染物的企业事业单位,应当按照国务院环境保护部门的规定,向所在地的环境保护部门申报登记拥有的污染物排放设施、处理设施和在正常作业条件下排放污染物的种类、数量和浓度,并提供防治水污染方面的有关技术资料。企业事业单位向水体排放污染物的,按照国家规定缴纳排污费;超过国家或者地方规定的污染物排放标准的,按照国家规定缴纳超标准排污费。

(5)城市污水应当进行集中处理。城市污水集中处理设施按照国家规定向排污者提供污水处理的有偿服务,收取污水处理费用,以保证污水集中处理设施的正常运行。向城市污水集中处理设施排放污水、缴纳污水处理费用的,不再缴纳排污费。

(6)强制应急措施制度。在生活饮用水源受到严重污染、威胁供水安全等紧急情况下,环境保护部门应当报经同级人民政府批准,采取强制性的应急措施,包括责令有关企业事业单位减少或者停止排放污染物。

**五、环境噪声污染防治法**

环境噪声,是指在工业生产、建筑施工、交通运输和社会生活中所产生的干扰周围生活环境的声音。环境噪声污染,是指所产生的环境噪声超过国家规定的环境噪声排放标准,并干扰他人正常生活、工作和学习的现象。

主要法律制度包括:

(1)监督管理制度。包括:声环境质量标准及环境噪声排放标准制度,环境影响报告书制度,排污制度,限期治理制度,落后设备实行淘汰制度,环境噪声监测制度,现场检查制度。

(2)工业噪声污染防治。工业噪声,是指在工业生产活动中使用固定的设备时产生的干扰周围生活环境的声音。在城市范围内向周围生活环境排放工业噪声的,应当符合国家规定的工业企业厂界环境噪声排放标准。产生环境噪声污染的工业企业,应当采取有效措施,减轻噪声对周围生活环境的影响。

(3)建筑施工噪声污染防治。建筑施工噪声,是指在建筑施工过程中产生的干扰周围生活环境的声音。在城市市区范围内向周围生活环境排放建筑施工噪声的,应当符合国家规定的《建筑施工场界环境噪声排放标准》、《城市区域环境噪声标准》。在城市市区噪声敏感建筑物集中区域内,禁止夜间进行产生环境噪声污染的建筑施工作业,但抢修、抢险作业和因生产工艺上要求或者特殊需要必须连续作业的除外。因特殊需要必须连续作业的,必须有县级以上人民政府或者其有关主管部门的证明,并且公告附近居民。

(4)交通运输噪声污染防治。交通运输噪声,是指机动车辆、铁路机车、机动船舶、航空器等交通运输工具在运行时所产生的干扰周围生活环境的声音。在城市市区范围内行驶的机动车辆的消声器和喇叭必须符合国家规定的要求。警车、消防车、工程抢险车、救护车等机动车辆安装、使用警报器,必须符合国务院公安部门的规定;在执行非紧急任务时,禁止使用警报器。建设经过已有的噪声敏感建筑物集中区域的高速公路和城市高架、轻轨道路,有可能造成环境噪声污染的,应当设置声屏障或者采取其他有效的控制环境噪声污染的措施。除起飞、降落或者依法规定的情形以外,民用航空器不得飞越城市市区上空。

(5)社会生活噪声污染防治。社会生活噪声,是指人为活动所产生的除工业噪声、建筑施工噪声和交通运输噪声之外的干扰周围生活环境的声音。禁止在商业经营活动中使用高声广播喇叭或者采用其他发出高噪声的方法招揽顾客。在商业经营活动中使用空调器、冷却塔等可能产生环境噪声的设备、设施的,其经营管理者应当采取措施,使其边界噪声不超过国家规定的环境噪声排放标准。禁止任何单位、个人在城市市区噪声敏感建筑物集中区域内使用高音广播喇叭。使用家用电器、乐器或者进行其他家庭内娱乐活动时,应当控制音量或者采取其他有效措施,避免对周围居民造成环境噪声污染。在已竣工交付使用的住宅楼进行室内装修活动,应当限制作业时间,并采取其他有效措施,以减轻、避免对周围居民造成环境噪声污染。

### 六、固体废物污染环境防治法

固体废物是指被丢弃的固体和泥状物质,包括从废水、废气中分离出来的固体颗粒,简称废物,通常也称作废弃物。固体废物污染是指因对固体废物的处置不当而使其进入环境,从而导致危害人体健康或财产安全,以及破坏自然生态系统、造成环境质量恶化的现象。

防治固体废物污染环境的主要法律规定有:

(1)监督管理。包括:环境监测制度,环境影响报告书及验收制度,现场检查制度。

(2)工业固体废物污染环境的防治。国家实行工业固体废物申报登记制度。产生工业固体废物的单位必须按照国务院环境保护行政主管部门的规定,向所在地县级以上地方人民政府环境保护行政主管部门提供工业固体废物的产生量、流向、贮存、处置等有关资料。企业事业单位对其产生的不能利用或者暂时不利用的工业固体废物,必须按照国务院环境保护行政主管部门的规定建设贮存或者处置的设施、场所。露天贮存冶炼渣、化工渣、燃煤灰渣、废矿石、尾矿和其他工业固体废物的,应当设置专用的贮存设施、场所。

(3)城市生活垃圾污染环境的防治。任何单位和个人应当遵守城市人民政府环境卫生行政主管部门的规定,在指定的地点倾倒、堆放城市生活垃圾,不得随意扔撒或者堆放。禁止擅自关闭、闲置或者拆除城市生活垃圾处置设施、场所;确有必要关闭、闲置或者拆除的,必须经所在地县级以上地方人民政府环境卫生行政主管部门和环境保护行政主管部门核准,并采取措施,防止污染环境。施工单位应当及时清运、处置建筑施工过程中产生的垃圾,并采取措施,防止污染环境。

(4)危险废物污染环境防治的特别规定。对危险废物的容器和包装物以及收集、贮存、运输、处置危险废物的设施、场所,必须设置危险废物识别标志。产生危险废物的单位,必须按照国家有关规定申报登记。产生危险废物的单位,必须按照国家有关规定处置,城市人民政府应当组织建设对危险废物进行集中处置的设施。禁止经我国过境转移危险废物。

## 第三节　自然资源保护法

### 一、自然资源保护

自然资源,是指在一定的经济技术条件下,自然界对人类有用的一切物质和能量,比如土、水、大气、森林、草原、野生动植物等。所谓"对人类有用",是指能够产生经济价值并提高人类当前和未来福利。自然资源具有经济性、自然性、整体性、相对有限性的特点。所谓自然资源保护法,是指有关保护和管理、合理开发和利用自然资源的法律规范的总称。当前,我国已经形成了一个颇具规模的自然资源保护法体系。其构成包括:宪法性法律规范,环境基本法中有关自然资源保护的规定,各种单项自然保护法的规定,如:《土地管理法》、《水土保持法》、《森林法》、《草原法》、《水法》、《矿产资源法》、《渔业法》、《野生动物保护法》等。此外,还有其他法律部门有关自然资源保护利用的规定,以及我国缔结或参加的国际条约的相关规定。

### 二、土地资源保护法

土地资源,是指在当前和可预见的未来对人类有用的土地。目前,土地资源主要由耕地、林地、草地、荒地、滩涂、山岭、各种建设用地、军事用地组成。

土地资源保护的法律规定包括:

(1)实行土地用途管制制度。国家编制土地利用总体规划,规定土地用途,将土地分为农用地、建设用地和未利用地。严格限制农用地转为建设用地,控制建设用地总量,对耕地实行特殊保护。

(2)土地权属制度。城市市区的土地属于国家所有。农村和城市郊区的土地,除由法律规定属于国家所有的以外,属于农民集体所有;宅基地和自留地、自留山,属于农民集体所有。农民集体所有的土地,由县级人民政府登记造册,核发证书,确认所有权。农民集体所有的土地依法用于非农业建设的,由县级人民政府登记造册,核发证书,确认建设用地使用权。单位和个人依法使用的国有土地,由县级以上人民政府登记造册,核发证书,确认使用权。

(3)土地承包制度。农民集体所有的土地由本集体经济组织的成员承包经营,从事种植业、林业、畜牧业、渔业生产。土地承包经营期限为三十年。发包方和承包方应当订立承包合同,约定双方的权利和义务。承包经营土地的农民有保护和按照承包合同约定的用途合理利用土地的义务。农民的土地承包经营权受法律保护。国有土地可以由单位或者个人承包经营,从事种植业、林业、畜牧业、渔业生产。

(4)土地利用总体规划制度。应当依据国民经济和社会发展规划、国土整治和资源环境保护的要求、土地供给能力以及各项建设对土地的需求,组织编制土地利用总体规划。编制的土地利用总体规划中的建设用地总量不得超过上一级土地利用总体规划确定的控制指标,耕地保有量不得低于上一级土地利用总体规划确定的控制指标。

(5)耕地保护制度。国家保护耕地,严格控制耕地转为非耕地。国家实行占用耕地补偿制度。非农业建设经批准占用耕地的,按照"占多少,垦多少"的原则,由占用耕地的单位负责开垦与所占用耕地的数量和质量相当的耕地;没有条件开垦或者开垦的耕地不符合要求的,应当按照省、自治区、直辖市的规定缴纳耕地开垦费,专款用于开垦新的耕地。国家实行基本农田保护制度,各省、自治区、直辖市划定的基本农田应当占本行政区域内耕地的百分之八十以上。

(6)土地征用制度。征用下列土地的,由国务院批准:基本农田,基本农田以外的耕地超过三十五公顷的,其他土地超过七十公顷的。征用其他土地的,由省、自治区、直辖市人民政府批准,并报国务院备案。征用土地的,按照被征用土地的原用途给予补偿。

(7)监督检查制度。县级以上人民政府土地行政主管部门对违反土地管理法律、法规的行为进行监督检查,并规定了调查权、制止权及处罚权等。

### 三、水资源保护法

水资源,是指地表水和地下水。具体有江河、湖泊、水塘、水库、渠道中的水、洪水、所有的地下水。

水资源保护法律规定包括:

(1)水资源权属制度。水资源属于国家所有,即全民所有。农业集体经济组织所有的水塘、水库中水,属于集体所有。

(2)水资源宏观管理和配置。国家对水资源实行统一管理与分级、分部门管理相结合的制度。开发利用水资源和防治水害,应当按流域或者区域进行统一规划,统筹兼顾、综合利用、讲求效益,发挥水资源的多种功能。国家实行计划用水,厉行节约用水。

(3)水资源开发利用。开发利用水资源,应当服从防洪的总体安排,实行兴利与除害相结合的原则,兼顾上下游、左右岸和地区之间的利益,充分发挥水资源的综合效益。应当首先满足城乡居民生活用水,统筹兼顾农业、工业用水和航运需要。在水源不足地区,应当限制城市规模和耗水量大的工业、农业的发展。建设水力发电站,应当保护生态环境,兼顾防洪、供水、灌溉、航运、竹木流放和渔业等方面的需要。

(4)水、水域和水工程的保护。开发、利用、调度水资源应注意维持江河的合理流量和湖泊、水库以及地下水的合理水位,维护水体自然净化能力。开采地下水必须在水资源调查评价的基础上,实行统一规划,加强监督管理。禁止围湖造田。禁止围垦河流,确需围垦的,必须经过科学论证,并经省级以上人民政府批准。

(5)用水管理。调蓄径流和分配水量,应当兼顾上下游和左右岸用水、航运、竹木流放、渔业和保护生态环境的需要。国家对直接从地下或者江河、湖泊取水的,实行取水许可制度。为家庭生活、畜禽饮用取水和其他少量取水的,不需要申请取水许可,使用供水工程供应的水,应当按照规定向供水单位缴纳水费。

**四、森林资源保护法**

森林资源,包括森林、林木、林地以及依托森林、林木、林地生存的野生动物、植物和微生物。根据用途不同,森林分为五类:(1)防护林:以防护为主要目的的森林、林木和灌木丛,包括水源涵养林,水土保持林,防风固沙林,农田、牧场防护林,护岸林,护路林;(2)用材林:以生产木材为主要目的的森林和林木,包括以生产竹材为主要目的的竹林;(3)经济林:以生产果品,食用油料、饮料、调料,工业原料和药材等为主要目的的林木;(4)薪炭林:以生产燃料为主要目的的林木;(5)特种用途林:以国防、环境保护、科学实验等为主要目的的森林和林木,包括国防林、实验林、母树林、环境保护林、风景林,名胜古迹和革命纪念地的林木,自然保护区的森林。

森林资源保护法律规定包括:

(1)林权管理。森林资源属于国家所有,由法律规定属于集体所有的除外。集体所有制单位营造的林木,归该单位所有。农村居民在房前屋后、自留地、自留山种植的林木,归个人所有。城镇居民和职工在自有房屋的庭院内种植的林木,归个人所有。集体或者个人承包国家所有和集体所有的宜林荒山荒地造林的,承包后种植的林木归承包的集体或者个人所有;承包合同另有规定的,按照承包合同的规定执行。国家依法实行森林、林木和林地登记发证制度。依法登记的森林、林木和林地的所有权、使用权受法律保护,任何单位和个人不得侵犯。

(2)森林资源保护措施。对森林实行限额采伐,鼓励植树造林、封山育林,扩大森林覆盖面积;地方各级人民政府应当组织有关部门建立护林组织,负责护林工作;建立森林防火制度,森林防火工作实行"预防为主,积极消灭"的方针。设立国家和地方防火组织;建立森林病虫害防治制度,"谁经营,谁防治",各级林业主管部门负责组织森林病虫害防治工作;建立林业基金制度,设立森林生态效益补偿基金,用于提供生态效益的防护林和特种用途林的森林资源、林木的营造、抚育、保护和管理。

（3）植树造林。各级人民政府应当制定植树造林规划,因地制宜地确定本地区提高森林覆盖率的奋斗目标。国家对造林绿化实行部门和单位负责制。铁路公路两旁、江河两岸、湖泊水库周围,各有关主管单位是造林绿化的责任单位。工矿区,机关、学校用地,部队营区以及农场、牧场、渔场经营地区,各该单位是造林绿化的责任单位。

（4）森林采伐。依照用材林的消耗量低于生长量的原则,国家严格控制森林年采伐量。采伐林木必须申请采伐许可证,按许可证的规定进行采伐;农村居民采伐自留地和房前屋后个人所有的零星林木除外。采伐林木的单位或者个人,必须按照采伐许可证规定的面积、株数、树种、期限完成更新造林任务,更新造林的面积和株数不得少于采伐的面积和株数。

### 五、渔业资源保护法

渔业资源是指水域中可以作为渔业生产经营的对象以及具有科学研究价值的水生生物的总称。渔业资源主要有鱼类、虾蟹类、贝类、海藻类、淡水食用水生植物类以及其他类等六大类。

渔业资源保护法律规定包括:

（1）发展养殖业。国家鼓励全民所有制单位、集体所有制的单位和个人充分利用适于养殖的水域、滩涂,发展养殖业。国家对水域利用进行统一规划,确定可以用于养殖业的水域和滩涂。集体所有的或者全民所有由农业集体经济组织使用的水域、滩涂,可以由个人或者集体承包,从事养殖生产。

（2）扶持捕捞业。国家在财政、信贷和税收等方面采取措施,鼓励、扶持远洋捕捞业的发展,并根据渔业资源的可捕捞量,安排内水和近海捕捞力量。根据捕捞量低于渔业资源增长量的原则,国家确定渔业资源的总可捕捞量,实行捕捞限额制度,实行捕捞许可证制度。

（3）渔业资源的增殖和保护。渔业资源按其自然生长规律可以再生,国家采取措施增殖和保护渔业资源,禁止使用炸鱼、毒鱼、电鱼等破坏渔业资源的方法进行捕捞,禁止在禁渔区、禁渔期进行捕捞,禁止使用小于最小网目尺寸的网具进行捕捞,禁止捕捞有重要经济价值的水生动物苗种等。

### 六、矿产资源保护法

所谓矿产资源,是指由地质作用形成的,具有利用价值的,呈固态、液态、气态的自然资源。矿产资源分为能源矿产、金属矿产、非金属矿产和水汽矿产四类。

矿产资源保护法律规定包括:

（1）矿产资源权属制度。矿产资源属于国家所有,由国务院行使国家对矿产资源的所有权。地表或者地下的矿产资源的国家所有权,不因其所依附的土地的所有权或者使用权的不同而改变。勘查、开采矿产资源,必须依法分别申请、经批准取得探矿权、采矿权,并办理登记。国家实行探矿权、采矿权有偿取得的制度,开采矿产资源,必须按照国家有关规定缴纳资源税和资源补偿费。

(2)矿产资源的管理制度。国家对矿产资源的勘查、开发实行统一规划、合理布局、综合勘查、合理开采和综合利用的方针。国务院地质矿产主管部门主管全国矿产资源勘查、开采的监督管理工作。实行矿产资源勘查的登记和开采的审批制度。

(3)集体矿山企业和个体采矿管理制度。国家对集体矿山企业和个体采矿实行积极扶持、合理规划、正确引导、加强管理的方针,鼓励集体矿山企业开采国家指定范围内的矿产资源,允许个人采挖零星分散资源和只能用作普通建筑材料的砂、石、黏土以及为生活自用采挖少量矿产。开采矿产资源,必须遵守国家劳动安全卫生规定,具备保障安全生产的必要条件,采取合理的开采顺序、开采方法和选矿工艺。

**七、野生动植物资源保护法**

1. 野生动物保护法

野生动物,是指珍贵、濒危的陆生、水生野生动物和有益的或者有重要经济、科学研究价值的陆生野生动物。珍贵、濒危的水生野生动物以外的其他水生野生动物的保护,适用渔业法的规定。

(1)野生动物权属。野生动物资源属于国家所有。

(2)野生动物保护监督管理体制。国务院林业、渔业行政主管部门分别主管全国陆生、水生野生动物管理工作。省、自治区、直辖市政府林业行政主管部门主管本行政区域内陆生野生动物管理工作。自治州、县和市政府陆生野生动物管理工作的行政主管部门,由省、自治区、直辖市政府确定。县级以上地方政府渔业行政主管部门主管本行政区域内水生野生动物管理工作。

(3)野生动物生态环境保护制度。国家保护野生动物及其生存环境,禁止任何单位和个人非法猎捕或者破坏。划定自然保护区,加强对野生动物生存环境监测。

(4)珍贵、濒危野生动物重点保护制度。国家对珍贵、濒危的野生动物实行重点保护。国家重点保护的野生动物分为一级保护野生动物和二级保护野生动物。国家重点保护的野生动物名录及其调整,由国务院野生动物行政主管部门制定,报国务院批准公布。

(5)野生动物猎捕许可证制度。禁止猎捕、杀害国家重点保护野生动物。因科学研究、驯养繁殖、展览或者其他特殊情况,需要捕捉、捕捞国家一级保护野生动物的,必须向国务院野生动物行政主管部门申请特许猎捕证;猎捕国家二级保护野生动物的,必须向省、自治区、直辖市政府野生动物行政主管部门申请特许猎捕证。猎捕非国家重点保护野生动物的,必须取得狩猎证,并且服从猎捕量限额管理。持枪猎捕的,必须取得县、市公安机关核发的持枪证。

(6)野生动物经营利用、进出口制度。禁止出售、收购国家重点保护野生动物或者其产品。运输、携带国家重点保护野生动物或者其产品出县境的,必须经省、自治区、直辖市政府野生动物行政主管部门或者其授权的单位批准。出口国家重点保护野生动物或者其产品的,进出口中国参加的国际公约所限制进出口的野生动物或者其产品的,必须经国务院野生动物行政主管部门或者国务院批准,并取得国家濒危物种进出口管理机构核发的允许进出口证明书。海关凭允许进出口证明书查验放行。经营利用野生动物或者其产品的,应当缴纳野生动物资源保护管理费。

2. 野生植物保护法

野生植物,是指原生地天然生长的珍贵植物和原生地天然生长并具有重要经济、科学研究、文化价值的濒危、稀有植物。

(1)野生植物权属。野生植物资源属于国家所有。

(2)野生植物保护监督管理体制。国务院林业行政主管部门主管全国林区内野生植物和林区外珍贵野生树木的监督管理工作。国务院农业行政主管部门主管全国其他野生植物的监督管理工作。国务院建设行政部门负责城市园林、风景名胜区内野生植物的监督管理工作。国务院环境保护部门负责对全国野生植物环境保护工作的协调和监督。国务院其他有关部门依照职责分工负责有关的野生植物保护工作。

(3)重点保护野生植物名录制度和分级保护制度。野生植物分为国家重点保护野生植物和地方重点保护野生植物。国家重点保护野生植物分为国家一级保护野生植物和国家二级保护野生植物。国家重点保护野生植物名录,由国务院林业行政主管部门、农业行政主管部门商国务院环境保护、建设等有关部门制定,报国务院批准公布。地方重点保护野生植物,是指国家重点保护野生植物以外,由省、自治区、直辖市保护的野生植物。地方重点保护野生植物名录,由省、自治区、直辖市人民政府制定并公布,报国务院备案。

(4)野生植物生长环境保护制度。在国家重点保护野生植物物种和地方重点保护野生植物物种的天然集中分布区域,应当依照有关法律、行政法规的规定,建立自然保护区;在其他区域,县级以上地方人民政府野生植物行政主管部门和其他有关部门可以根据实际情况建立国家重点保护野生植物和地方重点保护野生植物的保护点或者设立保护标志。野生植物行政主管部门及其他有关部门应当监视、监测环境对国家重点保护野生植物生长和地方重点保护野生植物生长的影响,并采取措施,维护和改善国家重点保护野生植物和地方重点保护野生植物的生长条件。

(5)重点保护野生植物采集证制度。禁止采集国家一级保护野生植物。因科学研究、人工培育、文化交流等特殊需要,采集国家一级保护野生植物的,必须经采集地的省、自治区、直辖市人民政府野生植物行政主管部门签署意见后,向国务院野生植物行政主管部门或者其授权的机构申请采集证。采集国家二级保护野生植物的,必须经采集地的县级人民政府野生植物行政主管部门签署意见后，向省、自治区、直辖市人民政府野生植物行政主管部门或者其授权的机构申请采集证。

（6）控制野生植物经营利用和进出口制度。禁止出售、收购国家一级保护野生植物。出售、收购国家二级保护野生植物的，必须经省、自治区、直辖市人民政府野生植物行政主管部门或者其授权的机构批准。出口国家重点保护野生植物或者进出口中国参加的国际公约所限制进出口的野生植物的，必须经进出口者所在地的省、自治区、直辖市人民政府野生植物行政主管部门审核，报国务院野生植物行政主管部门批准，并取得国家濒危物种进出口管理机构核发的允许进出口证明书或者标签。海关凭允许进出口证明书或者标签查验放行。

## [案例分析]

2001 年 6 月，与天顺花园居民区一墙之隔的安顺花园破土动工。从此，这里的居民便没过上一天清静日子。建筑工地日夜施工。夜间，工地上的探照灯将居民家中照得亮如白昼，刺耳的噪音更是使附近的居民夜不能寐、痛苦不堪。这里的居民以老人和孩子居多，睡眠不足使得老人身体每况愈下，孩子的健康和学业也受到影响。居民们不堪忍受建筑噪声，愤而向"环保 110"投诉。环保部门接到投诉后，进行了实地勘察和监测。经查明，该工程是由某建筑公司承建的。该建筑公司在开工前，未向该市环境保护行政主管部门进行申报。环保部门到工地查处时，发现工地正在夜间施工，对此该建筑公司负责人申辩：他们并未在夜间大规模施工，只是混凝土浇铸因工艺的特殊需要，开始之后就无法中止，即便是夜间也不能停工。但是该建筑公司并没有办理相关的夜间开工手续。经环保部门监测，该工地昼间噪声为 70 分贝，夜间噪声为 54 分贝，未超过国家规定的建筑施工噪声源的噪声排放标准。于是环保部门进行了调解，并对该建筑公司未依法进行申报和办理夜间开工手续作出处罚。但是，建筑工地的噪声污染并没有得到改善，广大居民依然处于噪声污染之中。在向律师事务所咨询以后，天顺花园小区 27 户居民以相邻权受到侵害为由向人民法院提起诉讼，要求法院判令被告停止噪音污染，赔偿损失。（源自环境保护网）

请根据相关法律分析天顺花园小区 27 户居民能否得到支持。

## 练习与思考

**一、名词解释**

环境污染、可持续发展、三同时、环境噪声、固体废物、自然资源、野生动物、野生植物。

**二、问答题**

1. 环境保护法的基本原则有哪些？
2. 环境保护法的基本制度有哪些？
3. 我国防治污染的基本法律制度有哪些？

# 第四章

# 劳动与社会保障法

劳动与社会保障法律制度是我国法律的重要组成部分,是社会主义市场经济建立和完善的必要法律制度,也是保持社会公平的重要保障。保护劳动力的再生产和合理配置劳动力资源是市场经济的客观要求,这需要劳动法律制度的调控;而社会保障措施则可以弥补市场经济的缺陷,缓和社会矛盾,维护社会公平。通过本章学习,学生应该了解国家有关劳动与社会保障法律制度的基本内容和精神,对自己今后依法进行劳动就业的法律问题有所掌握,并掌握维护劳动者合法权益的各项内容。

## 第一节　劳动法概述

### 一、劳动法的概念

劳动法是调整劳动关系以及与劳动关系有密切联系的其他关系的法律规范的总称。劳动法有狭义和广义两种理解。狭义的劳动法,专指专门规定劳动问题的法律,即《中华人民共和国劳动法》(以下简称《劳动法》),该法于 1994 年 7 月 5 日由第八届全国人民代表大会常务委员会第八次会议通过,自 1995 年 1 月 1 日起施行。广义的劳动法,还包括宪法、法律、行政法规、地方法规中对劳动问题所作的规定的总称。根据《劳动法》第 106条,省、自治区、直辖市人民政府根据《劳动法》和本地区的实际情况,规定劳动合同制度的实施步骤,报国务院备案。据此,2001 年 11 月 15 日上海市第十一届人民代表大会常务委员会第三十三次会议通过了《上海市劳动合同条例》(以下简称《条例》),并于 2002 年 5月 1 日实施。以下就以《劳动法》规定为主,以《条例》为补充对我国的劳动法律制度作出介绍。

劳动法调整的劳动关系是指劳动者与用人单位在实现劳动过程中而发生的社会关系,其具有以下特征:(1)劳动关系是在实现劳动过程中所发生的关系,与劳动者有着直接的联系;(2)劳动关系的双方当事人,一方是劳动者,另一方是提供生产资料的用人单位;(3)劳动关系既有人身关系又有财产关系的属性;(4)劳动关系具有从属性,劳动关系双方形成管理与被管理、支配与被支配的关系。

除劳动关系外,劳动法还调整与劳动关系有密切联系的其他关系,这些关系是随着劳动关系产生、变更、消灭而附带产生的,主要包括:(1)管理劳动力方面的关系;(2)社会保险方面的关系;(3)处理劳动争议所发生的关系;(4)因组织工会和工会活动而发生的关系;(5)因监督劳动法规的执行而发生的关系。

## 二、劳动法的适用范围

《劳动法》第2条规定,在中华人民共和国境内的企业、个体经济组织(以下统称用人单位)和与之形成劳动关系的劳动者,适用本法。同时,国家机关、事业组织、社会团体和与之建立劳动合同关系的劳动者,依照《劳动法》执行;根据劳动部解释的规定,这些劳动者主要包括国家机关、事业组织、社会团体的工勤人员,实行企业化管理的事业组织的非工勤人员以及其他通过劳动合同(包括聘用合同)与国家机关、事业单位、社会团体建立劳动关系的劳动者。[①]

此外,公务员和比照实行公务员制度的事业组织和社会的工作人员,以及农业劳动者、现役军人和家庭保姆等则不适用《劳动法》。

另外,根据上海市人民政府颁布的《〈上海市劳动合同条例〉实施细则》的规定,家政服务人员、职业保险代理人、从事有收入劳动的在校学生、劳务人员等不属于建立劳动合同关系范围的,不适用《条例》。

## 三、劳动者的基本权利和义务

劳动者享有的基本权利主要包括:平等就业和选择职业的权利,取得劳动报酬的权利,休息休假的权利,获得劳动安全卫生保护的权利,接受职业技能培训的权利,享受社会保险和福利的权利,提请劳动争议处理的权利,参加和组织工会的权利,参加职工民主管理的权利,参加社会义务劳动的权利,参加劳动竞赛的权利,提出合理化建议的权利,从事科学研究、技术革新、发明创造的权利,依法解除劳动合同的权利,对用人单位管理人员违章指挥、强令冒险作业有拒绝执行的权利,对危害生命安全和身体健康的行为有权提出批评、检举和控告的权利,对违反劳动法的行为进行监督的权利等。值得注意的是,"劳动报

---

① 《劳动部关于〈中华人民共和国劳动法〉若干条文的说明》第2条第4款。

酬"是指劳动者从用人单位得到的全部工资收入。①

劳动者承担的基本义务包括:完成劳动任务,提高职业技能,执行劳动安全卫生规程,遵守劳动纪律和职业道德。

### 四、促进就业

促进就业是保障劳动者合法权益的根本问题,为保障劳动者的合法权益,劳动法对国家、用人单位和劳动者的相关措施和行为都作了明确规定。

首先,劳动法明确国务院劳动行政部门主管全国劳动工作,县级以上地方人民政府劳动行政部门主管本行政区域内的劳动工作,包括劳动就业、劳动合同和集体合同、工时和休息休假、工资、劳动安全卫生、女职工和未成年工特殊保护、职业培训、社会保险和福利、劳动争议处理、劳动监督检查以及依照法律责任追究违法后果等劳动工作。并且规定国家采取各种措施,促进劳动就业,发展职业教育,制定劳动标准,调节社会收入,完善社会保险,协调劳动关系,逐步提高劳动者的生活水平。而地方各级人民政府也应当采取措施,发展多种类型的职业介绍机构,例如劳动部门、非劳动部门和个人开办的职业介绍机构,各级劳动就业服务机构开办的职业介绍机构,非劳动部门针对不同的求职对象开办的职业介绍机构等。这些机构可以为劳动者提供全面、高效、便捷的就业服务,主要包括:为劳动力供求双方相互选择、实现就业而提供的各类职业介绍服务;为提高劳动者职业技术和就业能力的多层次、多形式的就业训练和转业训练服务;为保障失业者基本生活和帮助其再就业的失业保险服务;组织劳动者开展生产自救和创业的劳动就业服务企业。

此外,国家应通过促进经济和社会发展,创造就业条件,扩大就业机会;并且鼓励企业、事业组织、社会团体在《劳动就业服务企业管理规定》、《全民所有制工业企业转换经营机制条例》、《城镇集体所有制企业条例》、《个体工商户管理条例》、《关于广开门路、搞活经济解决城镇就业问题的若干决定》等法律、行政法规规定的范围内兴办产业或者拓展经营,增加就业;还支持劳动者自愿通过兴办各种类型的经济组织实现就业和从事个体经营实现就业,并对这类经济组织实行在资金、货源、场地、原辅材料、税收等方面给予支持和照顾的政策。

同时,国家提倡劳动者参加社会义务劳动,开展劳动竞赛和合理化建议活动,鼓励和保护劳动者进行科学研究、技术革新和发明创造,表彰和奖励劳动模范和先进工作者。

其次,劳动法要求用人单位应当依照宪法、法律、行政法规、地方法规、民族自治地方的自治条例和单行条例以及关于劳动方面的行政规章等的规定,建立和完善规章制度,保障劳动者享有劳动权利和履行劳动义务。

再次,劳动法规定劳动者有权依法参加和组织工会。工会代表要维护劳动者的合法

---

① 《劳动部关于〈中华人民共和国劳动法〉若干条文的说明》第3条第3款。

权益,依法独立自主地开展活动。劳动者可以依照《中华人民共和国外资企业法》、《中华人民共和国中外合资企业法》、《中华人民共和国中外合作企业法》、《中华人民共和国全民所有制工业企业法》等法律的规定,通过职工大会、职工代表大会或者通过工会、推举代表等形式,参与民主管理或者就保护劳动者合法权益与用人单位进行平等协商。

最后,劳动法还规定了对劳动者就业,不因民族、种族、性别、宗教信仰不同而受歧视。还特别强调,妇女享有与男子平等的就业权利。在录用职工时,除国家规定的不适合妇女的工种或者岗位外,不得以性别为由拒绝录用妇女或者提高对妇女的录用标准。[①] 但是,对于特殊的劳动者,例如残疾人、少数民族人员、退出现役的军人的就业,根据《中华人民共和国残疾人保障法》、《中国人民解放军志愿兵退出现役安置暂行办法》、《退伍义务兵安置条例》以及《民族区域自治法》等法律、法规有特别规定的,从其规定。并且,禁止用人单位招用未满16周岁的未成年人。[②] 如果文艺、体育和特种工艺单位招用未满16周岁的未成年人,则必须依照《关于界定文艺工作者、运动员、艺徒概念的通知》和《关于禁止使用童工的罚款标准》等国家有关规定,履行审批手续,并保障其接受义务教育的权利。

## 第二节　劳动合同和集体合同

### 一、劳动合同的概念和特征

劳动合同是劳动者与用人单位确立劳动关系、明确双方权利和义务的协议。劳动合同与一般合同相比较,具有以下特征:

第一,劳动合同的主体特定。劳动合同的一方当事人是劳动者,而另一方当事人则是用人单位。

第二,劳动合同是要式合同。建立劳动关系应当订立劳动合同,并且应当以书面形式订立。但是,法律、法规特别规定的情况下,也可以不采用书面形式。如《条例》第47条规定:"订立非全日制劳动合同可以采用书面形式,也可采用其他形式。劳动合同一方提出采用书面形式的,应当采用书面形式。"并且,该《条例》第27条还规定:"应当订立书面劳动合同而未订立,但劳动者按照用人单位要求履行了劳动义务的,当事人的劳动合同关系成立。"

第三,劳动合同的内容具有强制性。不仅劳动合同的形式必须符合特定要求,其内容也受法律、法规的约束。一般的民事合同,当事人可以对合同内容进行比较自由的协商;而劳动合同中的许多内容当事人可进行自由协商的程度比较低,如工作时间、劳动保护、

---

① "国家规定的不适合妇女的工种或者岗位"具体规定详见劳动部颁布的《女职工禁忌劳动范围的规定》(劳安字(1990)2号)。

② 具体规定见国务院第364号令《禁止使用童工规定》。

工资报酬、劳动合同与集体合同的关系等都不得违反法律、法规的强制性规定。

## 二、劳动合同的订立

### (一)劳动合同订立的概况

劳动合同的订立,是指劳动者与用人单位之间为劳动关系,依法就双方的权利义务协商一致,签订劳动合同的法律行为。

劳动者在订立劳动合同前,有权了解用人单位相关的规章制度、劳动条件、劳动报酬等情况,用人单位应当如实说明。同样,用人单位在招用劳动者时,也有权了解劳动者健康状况、知识技能和工作经历等情况,劳动者应当如实说明。

在订立劳动合同时,应当遵循平等自愿、协商一致的原则,不得违反法律、行政法规的规定。如果劳动合同违反法律、行政法规或者采取欺诈、威胁等手段订立的,则无效。这里"欺诈"是指:一方当事人故意告知对方当事人虚假的情况,或者故意隐瞒真实的情况,诱使对方当事人作出错误意思表示的行为;"威胁"是指以给公民及其亲友的生命健康、荣誉、名誉、财产等造成损害为要挟,迫使对方作出违背真实的意思表示的行为。但是,劳动合同的无效,经仲裁未引起诉讼的,由劳动争议仲裁委员会认定;经仲裁引起诉讼的,由人民法院认定。并且,无效的劳动合同,从订立的时候起,就没有法律约束力。确认劳动合同部分无效的,如果不影响其余部分的效力,其余部分仍然有效。

### (二)劳动合同的文本

根据《条例》第9条,劳动合同文本可以由用人单位提供,也可以由用人单位与劳动者共同拟订。由用人单位提供的合同文本,应当遵循公平原则,不得损害劳动者的合法权益。劳动合同应当用中文书写,也可以同时用外文书写,双方当事人另有约定的,从其约定。同时用中、外文书写的劳动合同文本,内容不一致的,以中文劳动合同文本为准。劳动合同一式两份,当事人各执一份。

### (三)劳动合同的内容

劳动合同的内容,是当事人双方达成的关于劳动权利和义务的具体约定。它一般可分为必备条款和补充条款。

#### 1. 必备条款

必备条款又称为法定条款,是劳动法律、法规规定的劳动合同必须具备的条款,主要包括:劳动合同期限、工作内容、劳动保护和劳动条件、劳动报酬、劳动纪律、劳动合同终止的条件、违反劳动合同的责任等。值得注意的是,劳动合同的必备条款中没有规定社会保险一项,这是由于社会保险在全社会范围内依法执行,并不是订立合同的双方当事人所能协商解决的。

#### 2. 补充条款

补充条款,是指劳动合同中的约定条款,即劳动合同双方当事人除依据本法就劳动合同的必备条款达成一致外,如果认为某些方面与劳动合同有关的内容仍需协调,便可将协商一致的内容写进合同,这些内容是合同当事人自愿协商确定的,而不是法定的。例如,试用期、保守用人单位商业秘密、竞业限制等。

(1)试用期。对于试用期,劳动部的解释第 21 条规定,试用期最长不得超过 6 个月,并且只适用于初次就业或再次就业时改变劳动岗位或工种的劳动者。《条例》第 13 条和第 19 条进一步规定:劳动合同期限不满 6 个月的,不得设试用期;满 6 个月不满 1 年的,试用期不得超过 1 个月;满 1 年不满 3 年的,试用期不得超过 3 个月;满 3 年的,试用期不得超过 6 个月。劳动合同当事人仅约定试用期的,试用期不成立,该期限即为劳动合同期限。并且,续订劳动合同不得约定试用期。

(2)保守用人单位商业秘密。《条例》第 15 条规定,劳动合同当事人可以在劳动合同中约定保密条款或者单独签订保密协议。但商业秘密进入公知状态后,保密条款、保密协议约定的内容自行失效。对负有保守用人单位商业秘密义务的劳动者,劳动合同当事人可以就劳动者要求解除劳动合同的提前通知期在劳动合同或者保密协议中作出约定,但提前通知期不得超过 6 个月。在此期间,用人单位可以采取相应的脱密措施。

(3)竞业禁止。《条例》第 16 条还规定,对负有保守用人单位商业秘密义务的劳动者,劳动合同当事人可以在劳动合同或者保密协议中约定竞业限制条款,并约定在终止或者解除劳动合同后,给予劳动者经济补偿。竞业限制的范围仅限于劳动者在离开用人单位一定期限内不得自营或者为他人经营与原用人单位有竞争的业务。竞业限制的期限由劳动合同当事人约定,最长不得超过 3 年,但法律、行政法规另有规定的除外。但劳动合同双方当事人约定竞业限制的,不得再约定解除劳动合同的提前通知期;并且,竞业限制的约定不得违反法律、法规的规定。

(四)劳动合同的期限

劳动合同的期限,是指当事人约定的合同有效期间。通常,劳动合同自双方当事人签字之日起生效;如果当事人对生效的期限或者条件有约定的,从其约定。对于劳动合同约定的期限,可以有固定期限、无固定期限和以完成一定的工作为期限三种:

1. 固定期限。这是指劳动合同双方当事人在合同中约定了合同的有效起止日期的劳动合同。当事人约定的劳动合同可以是几个月,也可以是几年,法律没有特别限制。劳动合同期限届满,劳动合同即终止。

2. 无固定期限。这是指劳动合同双方当事人在合同中没有约定合同的有效终止日期的劳动合同。对于无固定期限的劳动合同,如果双方当事人没有约定解除、终止合同的条件,则除法律、法规有特别规定的情况下,合同一直有效。但是,劳动者在同一用人单位连续工作满 10 年以上,当事人双方同意续延劳动合同的,如果劳动者提出订立无固定期限的劳动合同,应当订立无固定期限的劳动合同。

3. 完成一定的工作。这是指劳动合同双方当事人将完成某项工作或工程作为合同终止日期的劳动合同。当某项工作或工程完成后,劳动合同自行终止。

### 三、劳动合同的履行、变更、解除和终止

**(一)劳动合同的履行**

劳动合同依法订立即具有法律约束力,当事人必须履行劳动合同规定的义务,任何第三方不得非法干预劳动合同的履行。劳动合同当事人应当按照合同约定的起始时间履行劳动合同。劳动合同约定的起始时间与实际履行的起始时间不一致的,按实际履行的起始时间确认。《条例》第24条规定,用人单位合并、分立的,劳动合同由合并、分立后的用人单位继续履行。

**(二)劳动合同的变更**

劳动合同的变更,是指合同双方当事人对依法成立、尚未履行或尚未完全履行的劳动合同条款所作的修改或增减。

劳动合同订立以后,当事人双方必须全面履行合同中约定的双方的各自义务,任何一方不得擅自变更劳动合同的内容。但是,在履行过程中,如果劳动合同订立时所依据的客观情况发生重大变化,致使原劳动合同无法履行,则可以变更合同内容。但劳动合同的变更与订立一样,应当遵循平等自愿、协商一致的原则,不得违反法律、行政法规的规定。另外,《条例》第23条规定,变更劳动合同,应当经双方当事人协商一致,并采用书面形式;如果当事人协商不成的,劳动合同应当继续履行,但法律、法规另有规定的除外。

**(三)劳动合同的解除**

劳动合同的解除,是指合同当事人双方提前终止劳动合同、解除双方的权利义务关系的法律行为。劳动合同经当事人协商一致,可以解除,这称为约定解除。更多的时候,只要符合法律、法规或劳动合同的规定,当事人就可以单方解除,这称为法定解除。

**1. 用人单位单方解除劳动合同**

用人单位单方解除劳动合同的情况又分为三类:

第一,用人单位可以随时通知而解除劳动合同。这主要包括劳动者有下列四种情形之一的:(1)在试用期间被证明不符合录用条件的;(2)严重违反劳动纪律或者用人单位规章制度的;(3)严重失职,营私舞弊,对用人单位利益造成重大损害的;(4)被依法追究刑事责任的。

第二,用人单位应当提前30日以书面形式通知劳动者本人才能解除劳动合同。这主要包括以下三种情形之一的:(1)劳动者患病或者非因工负伤,医疗期满后,不能从事原工作也不能从事由用人单位另行安排的工作的;(2)劳动者不能胜任工作,经过培训或者调整工作岗位,仍不能胜任工作的;(3)劳动合同订立时所依据的客观情况发生重大变化,致使原劳动合同无法履行,经当事人协商不能就变更劳动合同达成协议的。《条例》第32条第3款还特别规定,如果用人单位解除合同未按规定提前30日通知劳动者的,自通知之

日起 30 日内,用人单位应当对劳动者承担劳动合同约定的义务。

第三,用人单位在解除劳动合同时应当经过法定的程序。这主要指,用人单位濒临破产进行法定整顿期间或者生产经营状况发生严重困难,确需裁减人员的。在这种情况下,用人单位应当提前 30 日向工会或者全体职工说明情况,听取工会或者职工的意见,经向劳动行政部门报告后,可以裁减人员。但是,如果用人单位在 6 个月内录用人员的,应当优先录用被裁减的人员。

为了保证劳动者在特殊情况下的权益不受侵害,《劳动法》第 29 条还特别规定了用人单位不得单方解除合同的情形。如果劳动者有下列四种情形之一的,则用人单位不得依据前述用人单位单方解除的后两类情况的规定解除劳动合同:(1)患职业病或者因工负伤并被确认丧失或者部分丧失劳动能力的;(2)患病或者负伤;(3)在规定的医疗期内的,女职工在孕期、产期、哺乳期内的;(4)法律、行政法规规定的其他情形。并且,根据劳动部解释第 29 条第 2 款的规定,如果在前述第(2)项、第(3)项规定的情形下劳动合同到期的,应延续劳动合同到医疗期满或女职工"三期"届满为止。此外,对于用人单位解除劳动合同,如果工会认为不适当的,有权提出意见。如果用人单位违反法律、法规或者劳动合同,工会有权要求重新处理;劳动者申请仲裁或者提起诉讼的,工会应当依法给予支持和帮助。

2. 劳动者单方解除劳动合同

不仅用人单位可以单方解除劳动合同,劳动者也可以单方解除劳动合同。劳动者单方解除劳动合同的情况分两类。第一,一般情况下劳动者解除劳动合同的,应当提前 30 日以书面形式通知用人单位。第二,有下列三种情形之一的,劳动者可以随时通知用人单位解除劳动合同:在试用期内的,用人单位以暴力、威胁或者非法限制人身自由的手段强迫劳动的,用人单位未按照劳动合同约定支付劳动报酬或者提供劳动条件的。

3. 劳动合同解除的经济补偿

根据《劳动法》第 28 条,对于约定解除和用人单位单方解除的后两类情况,用人单位还应当依照国家有关规定给予经济补偿。

经济补偿金额的具体计算办法,根据劳动部 1994 年 12 月 3 日颁布的《违反和解除劳动合同的经济补偿办法》(以下简称《经济补偿办法》)可以归纳为三种:(1)对于经劳动合同当事人协商一致,以及劳动者不能胜任工作,经过培训或者调整工作岗位仍不能胜任工作,而由用人单位解除劳动合同的,用人单位应根据劳动者在本单位工作年限,每满 1 年发给相当于 1 个月工资的经济补偿金,最多不超过 12 个月。工作时间不满 1 年的按 1 年的标准发给经济补偿金。(2)劳动者患病或者非因工负伤,经劳动鉴定委员会确认不能从事原工作、也不能从事用人单位另行安排的工作而解除劳动合同的,用人单位应按其在本单位的工作年限,每满 1 年发给相当于 1 个月工资的经济补偿金,同时还应发给不低于 6 个月工资的医疗补助费。患重病和绝症的还应增加医疗补助费,患重病的增加部分不低于医疗补助费的 50%,患绝症的增加部分不低于医疗补助费的 100%。(3)对于劳动合同订立时所依据的客观情况发生重大变化,致使原劳动合同无法履行,经当事人协商不能就变更劳动合同达成协议,由用人单位解除劳动合同的,以及用人单位濒临破产进行法定整顿期间或者生产经营状况发生严重困难,必须裁减人员的,用人单位按劳动者被裁减人员在本单位工作的年限,工作时间每满1年发给相当于1个月工资的经济补偿金。

此外,《经济补偿办法》还规定,经济补偿金的工资计算标准是指企业正常生产情况下劳动者解除合同前12个月的月平均工资。对劳动者的经济补偿金,由用人单位一次性发给。如果用人单位未按规定给予劳动者经济补偿的,除全额发给经济补偿金外,还须按该经济补偿金数额的50%支付额外经济补偿金。

另外,《条例》第42条进一步规定,对于因用人单位以暴力、威胁或者非法限制人身自由的手段强迫劳动,或者用人单位未按照劳动合同约定支付劳动报酬或者提供劳动条件,而由劳动者解除劳动合同的,用人单位应当根据劳动者在本单位工作年限,每满1年给予劳动者本人1个月工资收入的经济补偿,但补偿总额一般不超过劳动者12个月的工资收入,但当事人约定超过的,从其约定。并且,工作满6个月不满1年的,按1年计算。

(四)劳动合同的终止

劳动合同的终止,是指当法律规定或当事人约定的情况下,劳动合同的法律效力终止。《条例》对劳动合同终止的情况规定的比较详细,主要包括以下几种情况:劳动合同期限届满的,劳动者约定的劳动合同终止条件出现的,用人单位破产、解散或者被撤销的,劳动者退休、退职、死亡的。

出现下列两种情况之一的,劳动合同也可以终止:如果劳动合同当事人实际已不履行劳动合同满3个月的;劳动者患职业病、因工负伤,被确认为部分丧失劳动能力,用人单位按照规定支付伤残就业补助金的。

值得注意的是,对于应当订立劳动合同而未订立的,劳动者可以随时终止劳动关系。

## 四、集体合同

(一)集体合同的概念及其原则

根据2003年12月30日经劳动和社会保障部第7次部务会议通过的《集体劳动合同规定》第3条,集体合同是指用人单位与本单位职工根据法律、法规、规章的规定,就劳动报酬、工作时间、休息休假、劳动安全卫生、职业培训、保险福利等事项,通过集体协商签订的书面协议。另外,指用人单位也可以与本单位职工根据法律、法规、规章的规定,就集体协商的某项内容签订专项书面协议,这称为专项集体合同。

签订集体合同或专项集体合同,应进行集体协商,并遵循下列原则:(1)遵守法律、法规、规章及国家有关规定;(2)相互尊重,平等协商;(3)诚实守信,公平合作;(4)兼顾双方合法权益;(5)不得采取过激行为。

（二）集体合同的内容

集体合同的内容主要包括以下几个方面：(1)劳动报酬；(2)工作时间；(3)休息休假；(4)劳动安全与卫生；(5)补充保险和福利；(6)女职工和未成年工特殊保护；(7)职业技能培训；(8)劳动合同管理；(9)奖惩；(10)裁员；(11)集体合同期限；(12)变更、解除集体合同的程序；(13)履行集体合同发生争议时的协商处理办法；(14)违反集体合同的责任；(15)双方认为应当协商的其他内容。

（三）集体合同的签订与效力

集体合同草案应当提交职工代表大会或者全体职工讨论通过。通过之后，由工会代表职工与企业签订；没有建立工会的企业，由职工推举的代表与企业签订。签订后，应当报送劳动行政部门；劳动行政部门自收到集体合同文本之日起 15 日内未提出异议的，集体合同即行生效。

依法签订的集体合同对企业和企业全体职工具有约束力。但是，集体合同中劳动条件和劳动报酬的规定不得违背国家法律法规的规定；职工个人与企业订立的劳动合同中劳动条件和劳动报酬等标准不得低于集体合同的规定，即集体合同的法律效力高于劳动合同，劳动法律、法规的法律效力高于集体合同。

## 第三节　工资和劳动保护

### 一、工资

（一）工资概述

工资是用人单位依国家规定或集体合同、劳动合同约定，以法定方式直接支付给劳动者的劳动报酬。通常包括计时工资、计件工资、奖金、津贴等。

在分配工资时，应当遵循以下几个基本原则：按劳分配，实行同工同酬；工资水平在经济发展的基础上逐步提高；国家对工资总量实行宏观调控；用人单位根据本单位的生产经营特点和经济效益，依法自主确定本单位的工资分配方式和工资水平。

（二）延长工作时间的工资

根据《劳动法》第 44 条，对于有下列情形之一的，用人单位应当按照下列标准支付高于劳动者正常工作时间工资的工资报酬：安排劳动者延长工作时间的，支付不低于工资的 150％的工资报酬；休息日安排劳动者工作又不能安排补休的，支付不低于工资的 200％的工资报酬；法定休假日安排劳动者工作的，支付不低于工资的 300％的工资报酬。

这里所指的工资，对于实行计时工资的用人单位，指的是用人单位规定的其本人的基本工资，其计算方法是：用月基本工资除以月法定工作天数即得日工资，用日工资除以日工作时间即得小时工资；实行计件工资的用人单位，指的是劳动者在加班加点的工作时间内应得的计件工资。

（三）最低工资

最低工资，是指劳动者在法定工作时间内履行了正常劳动义务的前提下，由其所在单位支付的最低劳动报酬。最低工资包括基本工资和奖金、津贴、补贴，但不包括加班加点工资、特殊劳动条件下的津贴，国家规定的社会保险和福利待遇排除在外。《劳动法》第48条规定，国家实行最低工资保障制度。用人单位支付劳动者的工资不得低于当地最低工资标准。最低工资的具体标准由省、自治区、直辖市人民政府规定，报国务院备案。确定和调整最低工资标准应当综合参考下列因素：劳动者本人及平均赡养人口的最低生活费用、社会平均工资水平、劳动生产率、就业状况、地区之间经济发展水平的差异。

为了执行最低工资保障制度，以维护劳动者取得劳动报酬的合法权益，保障劳动者个人及其家庭成员的基本生活，劳动和社会保障部于2004年1月24日还颁布了《最低工资规定》。

（四）工资支付

工资应当以货币形式按月支付给劳动者本人，也即不得以实物、有价证券等形式发放，也不得克扣或者无故拖欠劳动者的工资。根据《违反和解除劳动合同的经济补偿办法》第3条，如果用人单位克扣或者无故拖欠劳动者工资的，以及拒不支付劳动者延长工作时间工资报酬的，除在规定的时间内全额支付劳动者工资报酬外，还需加发相当于工资报酬25％的经济补偿金。

而且，劳动者在法定休假日和婚丧假期间以及依法参加社会活动期间，用人单位也应当依法支付工资。

## 二、工作时间

工作时间是指法律规定的劳动者在一日内或一周内从事劳动的时间，也即劳动者每日应工作的时数或每周应工作的时数。

1. 一般规定

《劳动法》第36条规定，国家实行劳动者每日工作时间不超过8小时、平均每周工作时间不超过44小时的工时制度。同时，根据《国务院关于职工工作时间的规定》，1995年5月1日起，职工每日工作8小时、每周工作40小时。而对于实行计件工作的劳动者，用人单位应当根据前述工时制度合理确定其劳动定额和计件报酬标准。如果企业因生产特点不能实行前述规定的，经劳动行政部门批准，可以实行其他工作办法。

由于工作性质和职责的限制，不宜实行定时工作制的职工，由国务院行业系统主管部门提出意见，报国务院劳动、人事行政主管部门批准，可以实行不定时工作制。例如，出租车驾驶员、森林巡视员等。

### 2. 延长工作时间规定

对于延长工作时间，《劳动法》第 41 条规定，用人单位由于生产经营需要，经与工会和劳动者协商后可以延长工作时间，一般每日不得超过 1 小时；因特殊原因需要延长工作时间的，在保障劳动者身体健康的条件下延长工作时间每日不得超过 3 小时，但是每月不得超过 36 小时。

但在特殊情况下，延长工作时间不受上述《劳动法》第 41 条规定的限制，根据劳动部的解释第 42 条及《〈国务院关于职工工作时间的规定〉的实施办法》第 7 条，主要包括：(1)发生自然灾害、事故或者因其他原因，威胁劳动者生命健康和财产安全，需要紧急处理的；(2)生产设备、交通运输线路、公共设施发生故障，影响生产和公众利益，必须及时抢修的；(3)在法定节日和公休假日内工作不能间断，必须连续生产、运输或者营业的；(4)必须利用法定节日或公休假日的停产期间进行设备检修、保养的；(5)为完成国防紧急任务的；(6)为完成国家下达的其他紧急生产任务的；(7)商业、供销企业在旺季完成收购、运输、加工农副产品紧急任务的；(8)法律、行政法规规定的其他情形。用人单位不得违反劳动法的规定延长劳动者的工作时间。

### 三、休息休假

休息休假又称休息时间，是指劳动者在国家规定的法定工作时间外自行支配的时间。包括劳动者每天休息的时数、每周休息的天数、节假日、年休假、探亲假等。

《劳动法》第 38 条规定，用人单位应当保证劳动者每周至少休息 1 日，也即用人单位必须保证劳动者每周至少有一次 24 小时不间断的休息。此外，根据《全国年节及纪念日放假办法》第 2 条的规定，用人单位在下列全体公民放假的节日应当依法安排劳动者休假：新年，放假 1 天(1 月 1 日)；春节，放假 3 天(农历正月初一、初二、初三)；劳动节，放假 3 天(5 月 1 日、2 日、3 日)；国庆节，放假 3 天(10 月 1 日、2 日、3 日)。此外，妇女节，放假半天；少数民族习惯的假日，由少数民族集居地区的地区人民政府，规定放假日期。其他纪念日，不放假。全体公民放假的假日，如果适逢星期六、星期日，应当在工作日补假。部分公民放假的假日，如果适逢星期六、星期日，则不补假。休假节日不包括职工的带薪年休假。

我国实行带薪休假制度。如果劳动者连续工作 1 年以上的，则享受带薪休假，具体办法由国务院规定。

### 四、劳动安全卫生

劳动安全卫生制度是国家为改善劳动条件、保证劳动者安全健康而制定的规章制度的总称。

《劳动法》第 52 条明确规定，用人单位必须建立、健全劳动安全卫生制度，严格执行国家劳动安全卫生规程和标准,对劳动者进行劳动安全卫生教育,防止劳动过程中的事故,减少职业危害。并且,劳动安全卫生设施必须符合国家规定的标准。对于新建、改建、扩建工程的劳动安全卫生设施必须与主体工程同时设计、同时施工、同时投入生产和使用。此外,用人单位还必须为劳动者提供符合国家规定的劳动安全卫生条件和必要的劳动防护用品,对从事有职业危害作业的劳动者应当定期进行健康检查。

《劳动法》第55条强调,从事特种作业的劳动者必须经过专门培训并取得特种作业资格。而且,劳动者在劳动过程中必须严格遵守安全操作规程。劳动者对用人单位管理人员违章指挥、强令冒险作业,有权拒绝执行;对危害生命安全和身体健康的行为,有权提出批评、检举和控告。

《劳动法》第57条规定,国家建立伤亡事故和职业病统计报告和处理制度。县级以上各级人民政府劳动行政部门、有关部门和用人单位应当依法对劳动者在劳动过程中发生的伤亡事故和劳动者的职业病状况,进行统计、报告和处理。

### 五、对女职工和未成年工的特殊保护

考虑到女职工和年满16周岁未满18周岁的未成年劳动者作为社会弱势群体需要特殊照顾,劳动法对他们实行特殊的劳动保护。

对于女职工,劳动法明确不得安排她们从事矿山井下、国家规定的第四级体力劳动强度的劳动和其他禁忌从事的劳动。并且,考虑到女职工的特殊生理和抚育子女需要,还规定了对他们"四期"的特殊保护:经期保护,禁止安排女职工在经期从事高处、低温、冷水作业和国家规定的第三级体力劳动强度的劳动;孕期保护,不得安排她们在怀孕期间从事国家规定的第三级体力劳动强度的劳动和孕期禁忌从事的劳动,并且对怀孕7个月以上的女职工,不得安排其延长工作时间和夜班劳动;产期保护,女职工生育享受不少于90天的产假;哺乳期保护,不得安排女职工在哺乳未满一周岁的婴儿期间从事国家规定的第三级体力劳动强度的劳动和哺乳期禁忌从事的其他劳动,也不得安排其延长工作时间和夜班劳动。

对于未成年工,考虑到其未成年,还处于成长期间,所以也给予特殊照顾。《劳动法》规定,不得安排未成年工从事矿山井下、有毒有害、国家规定的第四级体力劳动强度的劳动和其他禁忌从事的劳动。并且,用人单位应当对未成年工定期进行健康检查。

## 第四节 劳动争议处理

### 一、劳动争议的概念

劳动争议,又称劳动纠纷,是指劳动关系当事人之间因实现劳动权利、履行劳动义务

而发生的纠纷。

### 二、劳动争议的处理

根据《劳动法》第77条和第79条的规定,用人单位与劳动者发生劳动争议,当事人可以依法申请调解、仲裁、提起诉讼,也可以协商解决。

劳动争议的处理有协商、调解、仲裁和诉讼四种。但不管采取何种方式解决争议,都应当根据合法、公正、及时处理的原则,依法维护劳动争议当事人的合法权益。

（一）协商

如果当事人之间发生劳动纠纷,一般可先进行协商,但协商并非劳动争议的必经程序。如果当事人不愿意协商或协商不成的,则可以申请调解或仲裁。

（二）调解

劳动争议发生后,当事人可以向本单位劳动争议调解委员会申请调解,但调解也不是劳动争议的必经程序。根据劳动法的规定,在用人单位内,可以设立劳动争议调解委员会。劳动争议调解委员会由职工代表、用人单位代表和工会代表组成。劳动争议调解委员会主任由工会代表担任。

如果劳动争议经调解达成协议,则当事人应当履行。如果当事人不愿意调解,可以直接向劳动争议仲裁委员会申请仲裁,或者调解不成,也可以向劳动争议仲裁委员会申请仲裁。特别注意的是,调解原则也适用于仲裁和诉讼程序。

（三）仲裁

劳动仲裁是解决劳动争议的必经程序。发生劳动纠纷后,提出仲裁要求的一方应当自劳动争议发生之日起60日内向劳动争议仲裁委员会提出书面申请。劳动争议仲裁委员会由劳动行政部门代表、同级工会代表、用人单位方面的代表组成。劳动争议仲裁委员会主任由劳动行政部门代表担任。

仲裁裁决一般应在收到仲裁申请的60日内作出。如果当事人对仲裁裁决无异议,则必须履行;如果对仲裁裁决不服,则可以可以向人民法院提起诉讼。

（四）诉讼

法院诉讼是劳动争议解决的最后阶段。如果劳动争议当事人对仲裁裁决不服的,可以自收到仲裁裁决书之日起15日内向人民法院提起诉讼。一方当事人在法定期限内不起诉又不履行仲裁裁决的,另一方当事人可以申请人民法院强制执行。

另外,根据《劳动法》第84条的规定,因签订集体合同发生争议,当事人协商解决不成的,当地人民政府劳动行政部门可以组织有关各方协调处理。因履行集体合同发生争议,当事人协商解决不成的,可以向劳动争议仲裁委员会申请仲裁;对仲裁裁决不服的,可以自收到仲裁裁决书之日起15日内向人民法院提起诉讼。

# 第五节　劳动监督检查和法律责任

## 一、监督检查

监督检查,是指专门的监督机关和其他监督主体对用人单位执行劳动法律制度情况的监督和检查。劳动监督检查制度是劳动法律制度得以执行的重要保障,其主要规定如下:

1. 县级以上各级人民政府劳动行政部门依法对用人单位遵守劳动法律、法规的情况进行监督检查,对违反劳动法律、法规的行为有权制止,并责令改正。县级以上各级人民政府劳动行政部门监督检查人员在执行公务时,有权进入用人单位了解执行劳动法律、法规的情况,查阅必要的资料,并对劳动场所进行检查。但是,县级以上各级人民政府劳动行政部门监督检查人员执行公务,必须出示证件,秉公执法并遵守有关规定。

2. 县级以上各级人民政府有关部门在各自职责范围内,对用人单位遵守劳动法律、法规的情况进行监督。

3. 各级工会依法维护劳动者的合法权益,对用人单位遵守劳动法律、法规的情况进行监督。

4. 任何组织和个人对于违反劳动法律、法规的行为有权检举和控告。

## 二、法律责任

劳动法律制度是专门对劳动关系设定、变更、终止等方面的具体规定,如果任何个人或组织违反劳动法的相关规定,则应要求承担相应的法律责任,以保障劳动法律制度的各项内容得以遵守。劳动法对违反劳动法律制度所规定的法律责任包含了民事责任、行政责任和刑事责任,主要包括如下规定:

1. 用人单位制定的劳动规章制度违反法律、法规规定的,由劳动行政部门给予警告,责令改正;对劳动者造成损害的,应当承担赔偿责任。

2. 用人单位违反劳动法规定,延长劳动者工作时间的,由劳动行政部门给予警告,责令改正,并可以处以罚款。

3. 用人单位有下列侵害劳动者合法权益情形之一的,由劳动行政部门责令支付劳动者的工资报酬、经济补偿,并可以责令支付赔偿金:

(1)克扣或者无故拖欠劳动者工资的;

(2)拒不支付劳动者延长工作时间工资报酬的;

(3)低于当地最低工资标准支付劳动者工资的;

(4)解除劳动合同后,未依照本法规定给予劳动者经济补偿的。

4. 用人单位的劳动安全设施和劳动卫生条件不符合国家规定或者未向劳动者提供必要的劳动防护用品和劳动保护设施的,由劳动行政部门或者有关部门责令改正,可以处以罚款;情节严重的,提请县级以上人民政府决定责令停产整顿;对事故隐患不采取措施,致使发生重大事故,造成劳动者生命和财产损失的,对责任人员比照刑法第 187 条的规定追究刑事责任。

5. 用人单位强令劳动者违章冒险作业,发生重大伤亡事故,造成严重后果的,对责任人员依法追究刑事责任。

6. 用人单位非法招用未满 16 周岁的未成年人的,由劳动行政部门责令改正,处以罚款;情节严重的,由工商行政管理部门吊销营业执照。

7. 用人单位违反劳动法对女职工和未成年工的保护规定,侵害其合法权益的,由劳动行政部门责令改正,处以罚款;对女职工或者未成年工造成损害的,应当承担赔偿责任。

8. 用人单位有下列行为之一,由公安机关对责任人员处以 15 日以下拘留、罚款或者警告;构成犯罪的,对责任人员依法追究刑事责任:

(1)以暴力、威胁或者非法限制人身自由的手段强迫劳动的;

(2)侮辱、体罚、殴打、非法搜查和拘禁劳动者的。

9. 由于用人单位的原因订立的无效合同,对劳动者造成损害的,应当承担赔偿责任。

10. 用人单位违反劳动法规定的条件解除劳动合同或者故意拖延不订立劳动合同的,由劳动行政部门责令改正;对劳动者造成损害的,应当承担赔偿责任。

11. 用人单位招用尚未解除劳动合同的劳动者,对原用人单位造成经济损失的,该用人单位应当依法承担连带赔偿责任。

12. 用人单位无故不缴纳社会保险费的,由劳动行政部门责令其限期缴纳,逾期不缴的,可以加收滞纳金。

13. 用人单位无理阻挠劳动行政部门、有关部门及其工作人员行使监督检查权,打击报复举报人员的,由劳动行政部门或者有关部门处以罚款;构成犯罪的,对责任人员依法追究刑事责任。

14. 劳动者违反劳动法规定的条件解除劳动合同或者违反劳动合同中约定的保密事项,对用人单位造成经济损失的,应当依法承担赔偿责任。

15. 劳动行政部门或者有关部门的工作人员滥用职权、玩忽职守、徇私舞弊,构成犯罪的,依法追究刑事责任;不构成犯罪的,给予行政处分。

16. 国家工作人员和社会保险基金经办机构的工作人员挪用社会保险基金,构成犯罪的,依法追究刑事责任。

17. 违反本法规定侵害劳动者合法权益,其他法律、法规已规定处罚的,依照该法律、行政法规的规定处罚。

## 第六节 社会保障法

### 一、社会保障法概述

#### (一)社会保障法的概念

社会保障法,是指国家通过法律强制规定,对社会成员提供保护,在社会成员生、老、病、死、伤残、失业、生育、丧失劳动能力或因自然灾害面临生活困难时给予物质帮助,以此来保障每个公民的基本生活需要的一种保障制度。

社会保障一词,由英语"Social Security"翻译而来,也可译为社会安全。该词作为法律术语最早出现于美国1935年的《社会保障法》,我国最早使用这一概念的官方文件则是1985年的《国民经济和社会发展第七个五年计划》。现在,随着国家社会保障体系的逐步建立和完善,社会保障一词经常为人所提及,而社会保障法也成为经济法制制度的一个重要组成部分而为人们所熟知。

#### (二)社会保障法的内容

社会保障体系主要包括社会保险、社会福利、社会救济、社会优抚四个方面。

社会保险,是指国家通过法律对劳动者在遇到生、老、病、死、失业、丧失劳动能力时,给予物质帮助的制度。社会保险主要包括养老保险、失业保险、工伤保险、医疗保险、生育保险和遗属保险等。

社会福利,是指国家为全体社会成员提供的各种福利性补贴和举办各种福利事业的总称。社会福利主要包括职业福利、住宅福利、特殊群体福利等。

社会救济,是指国家对那些因自身、自然和社会原因不能维持最低生活标准的贫困者提供帮助,以保障他们基本生活的制度。社会救济主要包括灾害救济、扶贫救济和特殊群体救济等。

社会优抚,是国家对维护国家安全或社会秩序作出特殊贡献或牺牲的人员及其家属在物质上给予优待和抚恤的制度。社会优抚主要包括军人优抚、烈属优抚、伤残抚恤和死亡抚恤等。

我国在十一届三中全会以后,由计划经济向市场经济转化。由此,开始通过一系列法律法规而逐步建立起与社会主义市场经济相适应的社会保障法律体系,这些法律法规主要包括:1980年的《革命烈士褒扬条例》、1991年的《国务院关于企业职工养老保险制度改革的决定》、1993年的《国有企业职工待业保险规定》、1995年的《企业职工生育保险暂行条例》、1996年的《企业职工工伤保险暂行条例》、1998年的《国务院关于建立城镇职工基本医疗保险制度的决定》、1999年的《失业保险条例》、1999年的《城市居民最低生活保障条例》、2003年的《工伤保险条例》、2004年的《劳动保障监察条例》、2005年的《国务院关于完善企业职工基本养老保险制度的决定》、2006 年的《农村五保供养工作条例》等。

（三）社会保障法的特征

社会保障法作为一个完整的法律体系，其发展与其他法律发展相比在时间上相对较晚，而且与其他经济法律制度相比较，也有着明显的不同特征，主要表现如下：

1. 具有广泛的社会性。这主要指社会保障法的权利和义务涉及到整个社会成员，不管该社会成员是否是劳动者，也不管其是否愿意，均要受社会保障法所保护和约束。社会保障法不只是对社会中的特殊人员如伤残人员给予帮助，它针对的对象是社会每个成员。从根本上讲，国家制定社会保障制度的目的也就在于通过对整个社会的宏观调控，以达到保障社会每个公民的基本物质生活，从而维护整个社会安定。

2. 具有复杂的规范性。由于对整个社会成员构成复杂，保障他们基本物质生活需要也要从各个不同角度出发，因此社会保障法的内容及组成都相当复杂。不像票据、证券等法律制度，只需要一部完整的法规就可以把所有相关内容包含在其中。社会保障法保障的是公民的基本生活需要，因此，在宪法中所规定的公民基本权利中就涉及到，如宪法第 44 条对社会成员的退休养老保障做了规定，第 45 条对国家和社会给予社会成员物质帮助和发展社会保险、社会救助、医疗卫生事业、社会福利事业等也作了原则性规定。此外，国家立法机关还通过了《中华人民共和国残疾人保障法》、《中华人民共和国妇女权益保障法》、《中华人民共和国老年人权益保障法》等专门性法律，国家行政机关也制定了《中华人民共和国劳动保险条例》、《军人抚恤优待条例》、《农村五保供养工作条例》等专门的行政法规。另外，在《劳动法》等法律法规中也对社会保障体系作了相应规定。

3. 具有严格的强制性。社会保障制度的许多具体内容都有国家法律、法规的强制性规定，不允许当事人进行任何协商或为变更。与劳动法的公法兼私法性质不一样，社会保障法是纯粹的公法性质，是国家对社会保障体系的强烈干预。任何个人或组织不得擅自改变国家对社会保障内容的具体规定；如果违反，则要受到制裁。

4. 具体内容以行政法规为主。社会保障制度的许多内容都由国务院制定公布实施，而不是由国家专门立法机关制定。虽然在《宪法》、《残疾人保障法》等专门立法机关通过的法律中对社会保障体系的内容做了规定，但这些规定仅仅是指导性原则性的内容，即使涉及到具体内容，但也是整个社会保障体系中的一小部分。由于社会保障的具体内容就是国家对社会成员提供的各种物质保障，而国务院及其所属的具体部委就是具体负责这些事务的国家代表，因此，我国的绝大部分社会保障制度的内容都是国务院及其部委制定的相关行政法规、规章。

（四）社会保障法的意义

社会保障制度是建立和完善市场经济的必备条件。保护劳动力的再生产和合理配置劳动力资源是市场经济的客观要求。在市场经济条件下，竞争机制所形成的优胜劣汰必然造成部分劳动者退出劳动岗位，从而使其本人及其家庭陷入生存危机。社会保障法通过提供各种帮助使这部分人得到基本的生活资料,从而保障市场经济劳动力的再生产。

社会保障制度也是维护社会正义的具体体现。市场经济条件下,由于竞争加强,必然产生贫富差距,并且随着竞争激烈,还可能进一步出现贫富差距。为解决贫富差距拉大,就需要国家通过社会保障制度,对社会成员的收入进行再分配,以缩小贫富差距,维持社会公正。

### 二、社会保险、社会福利、社会救济和社会优抚

(一)社会保险概述

1. 社会保险制度设立的依据

社会保险,是我国社会保障制度的重要组成部分之一,其目的是预防劳动风险。我国《宪法》第45条规定:"中华人民共和国公民在年老、疾病或者丧失劳动能力的情况下,有从国家和社会获得物质帮助的权利。"宪法赋予公民的这一基本权利,主要通过社会保险来实现。《劳动法》第70条也规定:"国家发展社会保险事业,建立社会保险制度,设立社会保险基金,使劳动者在年老、患病、工伤、失业、生育等情况下获得帮助和补偿。"

在建立社会保险制度的时候,国家应当充分考虑到社会保险水平与社会经济发展水平和社会承受能力,并保证前者与后者相适应。因此,《劳动法》第72条规定,用人单位和劳动者必须依法参加社会保险,缴纳社会保险费。同时又规定,社会保险基金按照保险类型确定资金来源,逐步实行社会统筹。

2. 社会保险的享受

对于劳动者可以依法享受社会保险待遇的情况,主要包括:退休,患病、负伤,因工伤残或者患职业病,失业,生育。如果劳动者死亡,则其遗属依法享受遗属津贴。而对于劳动者享受社会保险待遇的条件和标准由法律、法规规定。

但是,劳动者享受的社会保险金必须按时足额支付。另外,国家鼓励用人单位根据本单位实际情况为劳动者建立补充保险。国家提倡劳动者个人进行储蓄性保险。

3. 社会保险基金

社会保险基金经办机构依照法律规定收支、管理和运营社会保险基金,并负有使社会保险基金保值增值的责任。社会保险基金监督机构依照法律规定,对社会保险基金的收支、管理和运营实施监督。社会保险基金经办机构和社会保险基金监督机构的设立和职能由法律规定。任何组织和个人不得挪用社会保险基金。

(二)社会福利概述

社会福利的目的在于提高生活质量。《劳动法》第76条也规定,国家发展社会福利事业,兴建公共福利设施,为劳动者休息、休养和疗养提供条件。用人单位应当创造条件,改善集体福利,提高劳动者的福利待遇。

1. 公共福利的内容

公共福利,是国家和社会为维持和提高整个社会成员的共同物质和精神生活质量,而由政府和非政府公共机构向全社会的成员提供公益设施和公共服务的福利。其具体内容包括住房福利、教育福利、卫生福利、社会补贴、社区服务、老年人福利、儿童福利、妇女福利、残疾人福利等。

值得一提的是,现阶段我国农村及经济欠发达地区的公共福利与城镇及经济发达地区的公共福利差距较大。农村及经济欠发达地区的公共福利项目少,水平低,而城镇及经济发达地区的公共福利相对项目众多,水平较高。

2. 职业福利的内容

职业福利,又称为职工福利或劳动福利,是指用人单位和有关社会服务机构为满足劳动者生活的共同需要和特殊需要,在工资和社会保险之外向职工及其家属提供一定货币、实物、服务等形式的物质帮助。主要包括为减少劳动者生活开支和减轻职工家务负担而提供的生活设施和服务,为活跃劳动者文化生活而提供的文化设施和服务。

(三)社会救济概述

作为一种社会保障制度,社会救济针对的对象并不是整个社会成员,而只是特定的对象,其目标是缓解特定社会成员的生活困难。

1. 社会救济的模式

社会救济的模式通常有民间救济、官方救济和官方民间结合救济三种。民间救济,又称慈善机构救济或慈善事业,是指民间公益团体或机构以社会捐献的财产,对其所认定的生存困难者所提供的救济。官方救济,又称为政府救济,是指政府以国家财政支出为主,对法律所规定的特定救济对象提供的救济。官方民间结合救济,是指由官方救济与民间救济相互补充而组成的对生存困难者所提供的救济。

2. 社会救济的种类

社会救济主要包括灾害救济和贫困救济两种。灾害救济,是指国家和社会对因自然灾害而造成生存危机的社会成员进行抢救和援助,以维持其最低生活水平并使其脱离灾难和危险的社会救济制度。贫困救济,是指国家和社会对实际生活长期或暂时处在法定最低生活水平线或其以下的社会成员所提供的维持其基本生活需要的救济。

(四)社会优抚概述

社会优抚与社会救济一样,其适用对象都是特殊的主体。但其适用的是有特殊贡献者及其家属,主要包括:现役军人、革命伤残人员、退役军人、烈属、病故军人家属、现役军人家属、见义勇为人员等。但是,不同的优抚制度针对的对象各不相同,其享受优抚的条件和具体内容也各不相同。

[案例分析]

2003年7月李某大学毕业后与甲公司签订了劳动合同,劳动合同期限为5年。第二年10月,甲公司将李某送往美国培训半年,并补充约定了违约金条款,规定若李某提前解除合同,按服务期未满的年限,一年须支付 2 万元违约金。2006 年 3 月,李某未经甲公司同意跳槽到另一家公司。甲公司认为李某是业务骨干,不同意其离开,双方为此发生劳动争议。

问题:

1. 李某是否能解除与甲公司的劳动合同?

2. 违约金条款是否有效?

3. 本案的法律程序如何?

## 练习与思考

**一、名词解释**

集体合同、劳动调解、社会保障、社会保险、社会救济、社会福利、社会优抚。

**二、简述题**

1. 试述劳动合同的变更与解除。

2. 试述劳动争议的处理程序和方式。

# 第五章

# 企业法律制度

本章主要介绍我国全民所有制企业法、个人独资企业法、合伙企业法、外商投资企业法等企业法律制度。通过本章学习,要求了解各类企业设立的条件、设立程序、组织结构、企业的事务管理、企业的解散和清算等问题。重点掌握各类企业的设立条件、组织结构及法律对各类企业的特殊规定。

## 第一节　全民所有制工业企业法律制度

### 一、全民所有制工业企业概念及其特征

全民所有制工业企业即国有企业,是依法自主经营、自负盈亏、独立核算的社会主义商品生产和经营单位。国有企业的特征概括如下:

第一,企业的财产属于全民所有,国家依照所有权和经营权分离的原则授予企业经营管理,企业对国家授予其经营管理的财产享有占有、使用和依法处分的权利。

第二,企业依法取得法人资格,以国家授予其经营管理的财产承担民事责任。企业根据政府主管部门的决定,可以采取承包、租赁等经营责任制形式。

国有企业的概念经历了一个演变过程。我国在实行计划经济时期,称之为国营企业;20 世纪 80 年代中期,我们对国有体制进行了许多反思,就称谓而言,我们开始称之为全民所有制工业企业,并在规范性文件中开始大量使用,包括《全民所有制工业企业法》;20 世纪 90 年代,我们确立社会主义市场经济体制,全民所有制企业的称谓演变为国有企业,一直沿用至今。本章节仍然使用全民所有制企业称谓,目的在于与法律法规的称谓相同。

## 二、立法状况

《中华人民共和国全民所有制工业企业法》是全民所有制企业的基本法,是第七届全国人民代表大会第一次会议于 1988 年 4 月 13 日通过,并于 1988 年 8 月 1 日施行,共 8 章,69 条。该法适用于全民所有制的交通运输、邮电、地质勘探、建筑安装、商业、外贸、物资、农林、水利企业。除此之外,国务院相继发布并施行了《全民所有制工业企业厂长工作条例》《全民所有制工业企业转换经营机制条例》《中华人民共和国企业法人登记管理条例》等一系列有关于全民所有制工业企业的规定,共同构成对全民所有制工业企业的规范。

## 三、全民所有制工业企业的设立、变更和终止

### (一)全民所有制工业企业设立的条件

设立全民所有制工业企业必须具备以下条件:(1)产品为社会所需要;(2)有能源、原材料、交通运输的必要条件;(3)有自己的名称和生产经营场所;(4)有符合国家规定的资金;(5)有自己的组织机构;(6)有明确的经营范围;(7)法律、法规规定的其他条件。

除上述条件外,设立企业还必须依照法律和国务院规定,报请政府或者政府主管部门审核批准。经工商行政管理部门核准登记、发给营业执照,企业取得法人资格。企业应当在核准登记的经营范围内从事生产经营活动。

### (二)全民所有制工业企业的变更和终止

全民所有制工业企业的变更是指企业登记事项的变化,包括企业组织的分立、合并及企业其他重要事项的变更。这些事项的变更,须经工商行政管理部门核准登记。企业合并或者分立,依照法律、行政法规的规定,由政府或者政府主管部门批准;企业其他重要事项变更是指企业的名称、住所、生产经营场所、法定代表人、资金、经营范围、经营方式、注册资金和经营期限的改变。

全民所有制工业企业的终止是指企业法人资格的消灭。根据规定,企业由于下列原因之一终止:(1)违反法律、法规被责令撤销;(2)政府主管部门依照法律、法规的规定决定解散;(3)依法被宣告破产;(4)其他原因。

企业合并、分立或者终止时,必须保护其财产,依法清理债权、债务。企业终止时办理企业注销登记。

## 四、全民所有制工业企业的权利、义务和责任

### (一)全民所有制工业企业的权利

企业按照国家规定的资产经营形式,依法行使经营权。企业经营权是指企业对国家授予其经营管理的财产享有占有、使用和依法处分的权利。

全民所有制工业企业的权利,具体表现为以下权利:

1. **生产经营决策权。**企业根据国家宏观计划指导和市场需要,可以自主作出生产经营决策,生产产品和为社会提供服务,可以自主决定在本行业内或者跨行业调整生产经营范围。国家可以根据需要向企业下达指令性计划,企业执行指令性计划有权要求在政府有关部门的组织下,与需方企业签订合同,也可以根据国家规定,要求与政府指定的单位签订国家订货合同,需方企业或者政府指定的单位不签订合同的,企业可以不安排生产。企业对缺乏应当由国家计划保证的能源、主要物资供应和运输条件的指令性计划,可以根据自身承受能力和市场变化要求调整,计划下达部门不予调整的,企业可以不执行。除国务院和省级政府计划部门直接下达的,或者授权有关部门下达的指令性计划以外,企业有权不执行任何部门下达的指令性计划。

2. **产品、劳务定价权。**企业生产的日用工业消费品、生产资料,除国务院物价部门和省级政府物价部门管理价格的个别产品外,由企业自主定价;企业提供的加工、维修、技术协作等劳务,由企业自主定价。

3. **产品销售权。**企业可以在全国范围内自主销售本企业生产的指令性计划以外的产品,任何部门和地方政府不得对其采取封锁、限制和其他歧视性措施。企业根据指令性计划生产的产品,应当按照计划规定的范围销售,需方企业或者政府指定的单位不履行合同的,企业有权停止生产,已经生产的产品,企业可以自行销售;企业在完成指令性计划的产品生产任务后,超产部分可以自行销售。企业生产国家规定由特定单位收购的产品,有权要求与政府指定的收购单位签订合同,已经按照合同生产的产品,收购单位不按照合同收购的,企业可以自行销售。

4. **物资采购权。**企业对指令性计划供应的物资,有权要求与生产企业或者其他供货方签订合同。对指令性计划以外所需的物资,可以自行选择供货单位、供货形式、供货品种和数量,自主签订订货合同,并可以自主进行物资调剂。企业有权拒绝执行任何部门和地方政府以任何方式为企业指定指令性计划以外的供货单位和供货渠道。

5. **进出口权。**企业可以在全国范围内自行选择外贸代理企业从事进出口业务。企业根据国家外汇管理的有关规定,自主使用留成外汇和进行外汇调剂,任何部门和单位不得平调和截留企业的留成外汇,不得截留企业有偿上交外汇后应当返还的人民币。企业根据国家规定,可以在境外承揽工程、进行技术合作或者提供其他劳务,可以进口自用的设备和物资。具备条件的企业,经政府有关部门批准,依法享有进出口经营权。有进出口经营权的企业,享有与外贸企业在获得进出口配额、许可证等方面同等的待遇;有权根据业务需要,确定本企业经常出入境的业务人员名额;经国务院授权,可以自行审批出境人员或者邀请境外有关人员来华从事商务活动。企业可以根据开展对外业务的实际需要,自主使用自有外汇安排业务人员出境。

6. **投资决策权。**企业依照法律和国务院有关规定,有权以留用资金、实物、土地使用权、工业产权和非专利技术等向国内各地区、各行业的企业、事业单位投资,购买和持有其他企业的股份。经政府有关部门批准,企业可以向境外投资或者在境外开办企业。企业遵照国家产业政策和行业、地区发展规划,以留用资金和自行筹措的资金从事生产性建设,能够自行解决建设和生产条件的,由企业自主决定立项,报政府有关部门备案并接受监督;企业从事生产性建设,不能自行解决建设和生产条件或者需要政府投资的,报政府有关部门批准。需要银行贷款或者向社会发行债券的,按照国家有关规定,报政府有关部门会同银行审批或者由银行审批;需要使用境外贷款的,报政府有关部门审批。

7. 留用资金支配权。企业在保证实现企业财产保值、增殖的前提下,有权自主确定税后留用利润中各项基金的比例和用途,报政府有关部门备案。企业可以将生产发展基金用于购置固定资产、进行技术改造、开发新产品或者补充流动资金,也可以将折旧费、大修理费和其他生产性资金合并用于技术改造或者生产性投资。企业有权拒绝任何部门和单位无偿调拨企业留用资金或者强令企业以折旧费、大修理费补交上缴利润。

8. 资产处置权。企业根据生产经营的需要,对一般固定资产,可以自主决定出租、抵押或者有偿转让,对关键设备、成套设备或者重要建筑物可以出租,经政府主管部门批准也可以抵押、有偿转让。

9. 联营、兼并权。企业有权按照下列方式与其他企业、事业单位联营:(1)与其他企业、事业单位组成新的经济实体,独立承担民事责任、具备法人条件的,经政府有关部门核准登记,取得法人资格;(2)与其他企业、事业单位共同经营,联营各方按照出资比例或者协议的约定,承担民事责任;(3)与其他企业、事业单位订立联营合同,确立各方的权利和义务。联营各方各自独立经营,各自承担民事责任。企业按照自愿、有偿的原则,可以兼并其他企业,报政府主管部门备案。

10. 劳动用工权。企业按照面向社会、公开招收、全面考核、择优录用的原则,自主决定招工的时间、条件、方式、数量。企业有权决定用工形式,有权依照法律、法规和企业规章,解除劳动合同,辞退、开除职工。

11. 人事管理权。企业按照德才兼备、任人唯贤的原则和责任与权利相统一的要求,自主行使人事管理权。企业对管理人员和技术人员可以实行聘用制、考核制。企业有权根据实际需要,设置在本企业内有效的专业技术职务。企业中层行政管理人员,由厂长按照国家的规定任免,副厂级行政管理人员,由厂长按照国家的规定提请政府主管部门任免,或者经政府主管部门授权,由厂长任免,报政府主管部门备案。

12. 工资、奖金分配权。企业的工资总额依照政府规定的工资总额与经济效益挂钩办法确定,企业在相应提取的工资总额内,有权自主使用、自主分配工资和奖金。企业有权根据职工的劳动技能、劳动强度、劳动责任、劳动条件和实际贡献,决定工资、奖金的分配档次,选择适合本企业的具体分配形式。企业有权制定职工晋级增薪、降级减薪的办法,自主决定晋级增薪、降级减薪的条件和时间。除国务院另有规定外,企业有权拒绝任何部门和单位提出的,由企业对职工发放奖金和晋级增薪的要求。

13. 内部机构设置权。企业有权决定内部机构的设立、调整和撤销,决定企业的人员编制。企业有权拒绝任何部门和单位提出的设置对口机构、规定人员编制和级别待遇的要求。

14. 拒绝摊派权。企业有权拒绝任何部门和单位向企业摊派人力、物力、财力。企业可以向审计部门或者其他政府有关部门控告、检举、揭发摊派行为,要求作出处理。除法律和国务院另有规定外,企业有权抵制任何部门和单位对企业进行检查、评比、评优、达标、升级、鉴定、考试、考核。

(二)全民所有制工业企业的义务

全民所有制工业企业的义务,概括起来主要包括以下几个方面:企业必须完成指令性计划;企业必须履行依法订立的合同;企业必须保障固定资产的正常维修,改进和更新设备;企业必须遵守国家关于财务、劳动工资和物价管理等方面的规定,接受财政、审计、劳动工资和物价等机关的监督;企业必须保证产品质量和服务质量,对用户和消费者负责;企业必须提高劳动效率,节约能源和原材料,努力降低成本;企业必须加强保卫工作,维护生产秩序,保护国家财产;企业必须贯彻安全生产制度,改善劳动条件,做好劳动保护和环境保护工作,做到安全生产和文明生产;企业应当加强思想政治教育、法制教育、国防教育、科学文化教育和技术业务培训,提高职工队伍的素质;企业应当支持和奖励职工进行科学研究、发明创造,开展技术革新、合理化建议和社会主义劳动竞赛活动。

(三)全民所有制工业企业的责任

1. 企业对外的民事责任。企业以国家授予其经营管理的财产,承担民事责任。企业对其法定代表人和其他工作人员,以法人名义从事的经营活动,承担民事责任。

2. 企业的经营责任。企业必须坚持工资总额增长幅度低于本企业经济效益(依据实现利税计算)增长幅度、职工实际平均工资增长幅度低于本企业劳动生产率(依据净产值计算)增长幅度的原则。企业必须根据经济效益的增减,决定职工收入的增减。企业职工工资总额基数的确定与调整,应当报政府有关部门审查核准。亏损企业发放的工资总额不得超过政府有关部门核定的工资总额。企业应当每年从工资总额的新增部分中提取不少于10%的数额,作为企业工资储备基金,由企业自主使用。工资储备基金累计达到本企业一年工资总额的,不再提取。实行承包经营责任制的企业,未完成上缴利润任务的,应当以企业风险抵押金、工资储备基金、留利补交;实行租赁经营责任制的企业,承租方在租赁期内达不到租赁经营合同规定的经营总目标或者欠交租金时,应当以企业的风险保证金、预支的生活费或者承租成员的年度收入抵补,不足部分由承租方、保证人提供的担保财产抵补。

企业由于经营管理不善造成经营性亏损的,厂长、其他厂级领导和职工应当根据责任大小,承担相应的责任。

企业必须严格执行国家财政、税收和国有资产管理的法律、法规,定期进行财产盘点和审计,做到账实相符,如实反映企业经营成果。企业应当依照国家有关规定,建立资产负债和损益考核制度,编制年度财务会计报表,报政府有关部门审批。企业必须依照国家有关规定,准确核算成本,足额提取折旧费、大修理费和补充流动资金。企业的生产性折旧费、大修理费、新产品开发基金以及处置生产性固定资产所得收入,不得用于发放工资、奖金或者增加集体福利。

### 五、全民所有制工业企业的内部领导制度

(一)厂长(经理)负责制

厂长(经理)负责制是指企业的生产经营管理和行政工作由厂长(经理)统一领导和全面负责的一种领导制度。厂长(经理)处于企业的中心地位,是企业的法定代表人。

1. 厂长(经理)的产生

厂长(经理)的产生,除国务院另有规定外,由政府主管部门根据企业的情况决定采取下列一种方式:(1)政府主管部门委任或者招聘;(2)企业职工代表大会选举。政府主管部门委任或者招聘的厂长人选,须征求职工代表的意见。企业职工代表大会选举的厂长,须报政府主管部门批准。政府主管部门委任或者招聘的厂长,由政府主管部门免职或者解聘,并须征求职工代表的意见;企业职工代表大会选举的厂长,由职工代表大会罢免,并须报政府主管部门批准。

2. 厂长(经理)的职权

厂长(经理)领导企业的生产经营管理工作,行使下列职权:(1)依照法律和国务院规定,决定或者报请审查批准企业的各项计划。(2)决定企业行政机构的设置。(3)提请政府主管部门任免副厂级行政领导干部。(4)任免企业中层行政领导干部。(5)提出工资调整方案、奖金分配方案和重要的规章制度,提请职工代表大会审查同意。提出福利基金使用方案和其他有关职工生活福利的重大事项的建议,提请职工代表大会审议决定。(6)依法奖惩职工,提请政府主管部门奖惩副厂级行政领导干部。

3. 厂长与企业管理委员会的关系

企业设立管理委员会或者通过其他形式,协助厂长决定企业的重大问题。管理委员会由企业各方面的负责人和职工代表组成。厂长任管理委员会主任。厂长提出重大问题的讨论方案,重大问题包括:(1)经营方针、长远规划和年度计划、基本建设方案和重大技术改造方案,职工培训计划,工资调整方案,留用资金分配和使用方案,承包和租赁经营责任制方案;(2)工资列入企业成本开支的企业人员编制和行政机构的设置和调整;(3)制定、修改和废除重要规章制度的方案。

(二)职工代表大会

职工代表大会是企业实行民主管理的基本形式,是职工行使民主管理权力的机构。

职工代表大会的工作机构是企业的工会委员会。企业工会委员会负责职工代表大会的日常工作。

职工代表大会行使下列职权：(1)听取和审议厂长关于企业的经营方针、长远规划、年度计划、基本建设方案、重大技术改造方案、职工培训计划、留用资金分配和使用方案、承包和租赁经营责任制方案的报告，提出意见和建议；(2)审查同意或者否决企业的工资调整方案、奖金分配方案、劳动保护措施、奖惩办法以及其他重要的规章制度；(3)审议决定职工福利基金使用方案、职工住宅分配方案和其他有关职工生活福利的重大事项；(4)评议、监督企业各级行政领导干部，提出奖惩和任免的建议；(5)根据政府主管部门的决定选举厂长，报政府主管部门批准。

(三)党组织的保证监督

中国共产党在企业中的基层组织，对党和国家的方针、政策在本企业的贯彻执行实行保证监督。

## 第二节　个人独资企业法律制度

### 一、个人独资企业的概念及其特征

个人独资企业是指依照《个人独资企业法》在中国境内设立，由一个自然人投资，财产为投资人个人所有，投资人以其个人财产对企业债务承担无限责任的经营实体。其特点是：第一，独资企业的投资者仅为一个自然人。个人独资企业初始的资产为投资人所有，而且企业成立后存续期间的所有财产都归投资人所有。第二，投资人对企业的债务承担无限责任。第三，企业内部机构设置简单，经营管理方式灵活。法律对个人独资企业的内部机构和经营管理方式不像对公司和其他企业那样加以严格规定。第四，个人独资企业是非法人企业。个人独资企业不具有法人资格，无独立承担民事责任的能力，但它是独立的民事主体，可以自己的名义从事民事活动。

《个人独资企业法》于1999年8月30日第九届全国人民代表大会常务委员会第十一次会议通过，共6章48条，自2000年1月1日起施行。

### 二、个人独资企业的设立条件

设立个人独资企业应当具备下列条件：(1)投资人为一个自然人；(2)有合法的企业名称，企业名称中不可以出现"有限"或"有限责任"的字样；(3)有投资人申报的出资；(4)有固定的生产经营场所和必要的生产经营条件；(5)有必要的从业人员。

申请设立个人独资企业，应当由投资人或者其委托的代理人向个人独资企业所在地的登记机关提交设立申请书、投资人身份证明、生产经营场所使用证明等文件。个人独资企业设立申请书应当载明下列事项：（1）企业的名称和住所；（2）投资人的姓名和居所；（3）投资人的出资额和出资方式；（4）经营范围。从事法律、行政法规规定须报经有关部门审批的业务，应当在申请设立登记时提交有关部门的批准文件。

登记机关应当在收到设立申请文件之日起 15 日内，对符合《个人独资企业法》规定条件的，予以登记，发给营业执照；对不符合《个人独资企业法》规定条件的，不予登记，并应当给予书面答复，说明理由。个人独资企业的营业执照的签发日期，为个人独资企业成立日期。在领取个人独资企业营业执照前，投资人不得以个人独资企业名义从事经营活动。

个人独资企业设立分支机构，应当由投资人或者其委托的代理人向分支机构所在地的登记机关申请登记，领取营业执照。分支机构经核准登记后，应将登记情况报该分支机构隶属的个人独资企业的登记机关备案。分支机构的民事责任由设立该分支机构的个人独资企业承担。

### 三、个人独资企业的投资人及事务管理

（一）个人独资企业投资人的资格限制

1. 法律、行政法规禁止从事营利性活动的人，如国家公务员、党政机关领导干部、警官、法官、检察官等，不得作为投资人申请设立个人独资企业。

2. 个人独资企业的投资人须具有完全民事行为能力。

（二）个人独资企业投资人的权利和义务

1. 个人独资企业投资人的权利。个人独资企业投资人对本企业的财产依法享有所有权，其有关权利可以依法进行转让或继承。个人独资企业投资人可以自行管理企业事务，也可以委托或者聘用其他具有民事行为能力的人负责企业的事务管理。

2. 个人独资企业投资人的义务和责任。个人独资企业的投资者应当依法开展经营活动；设置会计账簿，进行会计核算；与职工签订劳动合同，保障职工的劳动安全，按时、足额发放职工工资；按照国家规定参加社会保险，为职工缴纳社会保险费。

投资者对企业债务承担无限责任，个人独资企业投资人在申请企业设立登记时明确以其家庭共有财产作为个人出资的，应当依法以家庭共有财产对企业债务承担无限责任。

（三）个人独资企业的事务管理

个人独资企业投资人可以自行管理企业事务，也可以委托或者聘用其他具有民事行为能力的人负责企业的事务管理。投资人委托或者聘用他人管理个人独资企业事务，应当与受托人或者被聘用的人签订书面合同，明确委托的具体内容和授予的权利范围。受托人或者被聘用的人员应当履行诚信、勤勉义务，按照与投资人签订的合同负责个人独资企业的事务管理。

投资人对受托人或者被聘用的人员职权的限制，不得对抗善意第三人。投资人委托或者聘用的管理个人独资企业事务的人员不得有下列行为：（1）利用职务上的便利，索取或者

收受贿赂;(2)利用职务或者工作上的便利侵占企业财产;(3)挪用企业的资金归个人使用或者借贷给他人;(4)擅自将企业资金以个人名义或者以他人名义开立账户储存;(5)擅自以企业财产提供担保;(6)未经投资人同意,从事与本企业相竞争的业务;(7)未经投资人同意,同本企业订立合同或者进行交易;(8)未经投资人同意,擅自将企业商标或者其他知识产权转让给他人使用;(9)泄露本企业的商业秘密;(10)法律、行政法规禁止的其他行为。

### 四、个人独资企业的解散和清算

#### (一)个人独资企业的解散

个人独资企业有下列情形之一时,应当解散:(1)投资人决定解散;(2)投资人死亡或者被宣告死亡,无继承人或者继承人决定放弃继承;(3)被依法吊销营业执照;(4)法律、行政法规规定的其他情形。个人独资企业解散后,原投资人对个人独资企业存续期间的债务仍应承担偿还责任,但债权人在5年内未向债务人提出偿债请求的,该责任消灭。

#### (二)个人独资企业的清算

个人独资企业解散,由投资人自行清算或者由债权人申请人民法院指定清算人进行清算。投资人自行清算的,应当在清算前15日内书面通知债权人,无法通知的,应当予以公告。债权人应当在接到通知之日起30日内,未接到通知的应当在公告之日起60日内,向投资人申报其债权。个人独资企业解散的,财产应当按照下列顺序清偿:(1)所欠职工工资和社会保险费用;(2)所欠税款;(3)其他债务。

清算期间,个人独资企业不得开展与清算目的无关的经营活动。在按前条规定清偿债务前,投资人不得转移、隐匿财产。个人独资企业财产不足以清偿债务的,投资人应当以其个人的其他财产予以清偿。个人独资企业清算结束后,投资人或者人民法院指定的清算人应当编制清算报告,并于15日内到登记机关办理注销登记。

## 第三节 合伙企业法律制度

### 一、合伙企业的概念及其特征

合伙企业,是指依照《合伙企业法》在中国境内设立的由各合伙人订立合伙协议,共同出资、合伙经营、共享收益、共担风险,并对合伙企业债务承担无限连带责任的营利性组织。

合伙企业具有以下特征:第一,它是两个以上的合伙人出资的经济组织;第二,企业财产属于合伙人所有,利润共享、风险同担;第三,合伙人对企业债务承担无限连带责任;第四,合伙企业是独立的民事主体。

《合伙企业法》由中华人民共和国第八届全国人民代表大会常务委员会第二十四次会议于 1997 年 2 月 23 日通过,共 9 章 78 条,自 1997 年 8 月 1 日起施行。

### 二、合伙企业的设立

(一)合伙企业的设立条件

设立合伙企业,应当具备下列条件:

1. 有两个以上合伙人,并且都是依法承担无限责任者。合伙人应当为具有完全民事行为能力的人,法律、行政法规禁止从事营利性活动的人,如国家公务员、党政机关领导干部、警官、法官、检察官等,不得成为合伙企业的合伙人。

2. 有书面合伙协议。合伙协议应当遵循自愿、平等、公平、诚实信用原则,由全体合伙人协商一致,以书面形式订立。合伙协议应当载明下列事项:(1)合伙企业的名称和主要经营场所的地点;(2)合伙目的和合伙企业的经营范围;(3)合伙人的姓名及其住所;(4)合伙人出资的方式、数额和缴付出资的期限;(5)利润分配和亏损分担办法;(6)合伙企业事务的执行;(7)入伙与退伙;(8)合伙企业的解散与清算;(9)违约责任。

合伙协议可以载明合伙企业的经营期限和合伙人争议的解决方式,合伙协议经全体合伙人签名、盖章后生效。合伙人依照合伙协议享有权利,承担义务。

3. 有各合伙人实际缴付的出资。合伙人可以用货币、实物、土地使用权、知识产权或者其他财产权利出资。经全体合伙人协商一致,合伙人也可以用劳务出资,其评估办法由全体合伙人协商确定。对货币以外的出资需要评估作价的,可以由全体合伙人协商确定,也可以由全体合伙人委托法定评估机构进行评估。合伙人应当按照合伙协议约定的出资方式、数额和缴付出资的期限,履行出资义务。各合伙人按照合伙协议实际缴付的出资,为对合伙企业的出资。与公司不同,合伙企业不存在法定最低注册资本的问题。

4. 有合伙企业的名称。合同企业在成立时必须确定其合伙名称,合伙企业在其名称中不得使用"有限"或者"有限责任"的字样。

5. 有经营场所和从事合伙经营的必要条件。

(二)合伙企业设立的程序

设立合伙企业,应当由全体合伙人指定的代表或者共同委托的代理人向企业登记机关申请设立登记。合伙企业的登记事项应当包括:合伙企业的名称、经营场所、经营范围、经营方式和合伙人的姓名及住所、出资额及出资方式;合伙企业确定执行合伙企业事务的合伙人或者设立分支机构的,登记事项还应当包括执行合伙企业事务的合伙人或者分支机构的情况。

申请设立合伙企业,应当向企业登记机关提交下列文件:(1)全体合伙人签署的设立登记申请书;(2)全体合伙人的身份证明;(3)全体合伙人指定申请合伙企业登记的代表或者共同委托的代理人的委托书;(4)合伙协议;(5)出资权属证明;(6)经营场所证明;(7)国务院工商行政管理部门规定提交的其他文件。法律、行政法规规定设立合伙企业须报经审批的，还应当提交有关批准文件。合伙协议约定或者全体合伙人决定，委托一名或者数名合伙人执行合伙企业事务的，还应当提交全体合伙人的委托书。

企业登记机关应当自收到申请登记文件之日起30日内，作出是否登记的决定。对符合《合伙企业法》规定条件的，予以登记，发给营业执照；对不符合《合伙企业法》规定条件的，不予登记，并应当给予书面答复，说明理由。合伙企业的营业执照签发日期，为合伙企业成立日期。合伙企业领取营业执照前，合伙人不得以合伙企业名义从事经营活动。

合伙企业设立分支机构，应当向分支机构所在地的企业登记机关申请登记，领取营业执照。

### 三、合伙企业的财产

**（一）合伙企业财产的范围**

合伙企业的财产包括两部分：一是全体合伙人为设立合伙企业而认缴的投资额；二是合伙企业存续期间以合伙企业名义取得的收益。

**（二）合伙企业财产的管理和使用**

合伙企业的财产由全体合伙人共同管理和使用。合伙企业进行清算前，合伙人不得请求分割合伙企业的财产。

合伙企业存续期间，合伙人向合伙人以外的人转让其在合伙企业中的全部或者部分财产份额时，须经其他合伙人一致同意。合伙人之间转让在合伙企业中的全部或者部分财产份额时，应当通知其他合伙人。合伙人依法转让其财产份额的，在同等条件下，其他合伙人有优先受让的权利。经全体合伙人同意，合伙人以外的人依法受让合伙企业财产份额的，经修改合伙协议即成为合伙企业的合伙人，依照修改后的合伙协议享有权利，承担责任。

合伙人以其在合伙企业中的财产份额出质的，须经其他合伙人一致同意。未经其他合伙人一致同意，合伙人以其在合伙企业中的财产份额出质的，其行为无效，或者作为退伙处理，由此给其他合伙人造成损失的，依法承担赔偿责任。

合伙人在合伙企业清算前私自转移或者处分合伙企业财产的，合伙企业不得以此对抗不知情的善意第三人。

### 四、合伙企业的事务执行

**（一）合伙企业事务的执行方式**

合伙人对执行合伙企业事务享有同等的权利。具体事务的执行方式有四种：第一是由全体合伙人共同执行合伙企业事务；第二是由合伙协议约定或者全体合伙人决定，委托一名合伙人执行合伙企业事务；第三是由合伙协议约定或者全体合伙人决定，委托数名合伙人执行合伙企业事务;第四是合伙协议约定或者经全体合伙人决定,合伙人分别执行合伙企业事务。

(二)合伙人的权利和义务

1. 合伙人的权利。合伙人的权利包括:合伙人对执行合伙企业事务享有同等的权利;执行合伙事务的合伙人对外代表合伙企业的权利;不参加执行合伙事务的合伙人享有监督和检查执行事务的权利;合伙人为了解合伙企业的经营状况和财务状况,有权查阅账簿;合伙人提出异议的权利和撤销委托执行事务的权利,合伙协议约定或者经全体合伙人决定,合伙人分别执行合伙企业事务时,合伙人可以对其他合伙人执行的事务提出异议,提出异议时,应暂停该项事务的执行,如果发生争议,可由全体合伙人共同决定,被委托执行合伙企业事务的合伙人不按照合伙协议或者全体合伙人的决定执行事务的,其他合伙人可以决定撤销该委托。

2. 合伙人的义务。合伙人的义务包括:(1)合伙企业事务的执行人依照约定向其他不参加执行事务的合伙人报告事务执行情况以及合伙企业的经营状况和财务状况;(2)竞业禁止的义务,合伙人不得自营或者同他人合作经营与本合伙企业相竞争的业务;(3)除合伙协议另有约定或者经全体合伙人同意外,合伙人不得同本合伙企业进行交易;(4)合伙人不得从事损害本合伙企业利益的活动。

执行合伙企业事务所产生的收益归全体合伙人,所产生的亏损或者民事责任由全体合伙人承担。

(三)合伙企业事务的决定

合伙企业的下列事务必须经全体合伙人同意:(1)处分合伙企业的不动产;(2)改变合伙企业名称;(3)转让或者处分合伙企业的知识产权和其他财产权利;(4)向企业登记机关申请办理变更登记手续;(5)以合伙企业名义为他人提供担保;(6)聘任合伙人以外的人担任合伙企业的经营管理人员;(7)依照合伙协议约定的有关事项。

合伙企业的其他事务依照合伙协议或者合伙人的约定执行。

(四)合伙企业的损益分配

合伙企业的利润和亏损,由合伙人依照合伙协议约定的比例分配和分担;合伙协议未约定利润分配和亏损分担比例的,由各合伙人平均分配和分担。合伙协议不得约定将全部利润分配给部分合伙人或者由部分合伙人承担全部亏损。合伙企业存续期间,合伙人依照合伙协议的约定或者经全体合伙人决定,可以增加对合伙企业的出资,用于扩大经营规模或者弥补亏损。

## 五、合伙企业与第三人关系

(一)合伙人连带责任的承担

合伙企业对合伙人执行合伙企业事务以及对外代表合伙企业权利的限制,不得对抗不知情的善意第三人。合伙企业对其债务,应先以其全部财产进行清偿,合伙企业财产不足清偿到期债务的,各合伙人应当承担无限连带清偿责任。以合伙企业财产清偿合伙企业债务时,其不足的部分,用其在合伙企业出资以外的财产依照合伙协议约定的比例承担清偿责任;合伙协议未约定分担比例的,由各合伙人平均承担清偿责任。合伙人由于承担连带责任,所清偿数额超过其应当承担的数额时,有权向其他合伙人追偿。

### (二)其他规定

合伙企业中某一合伙人的债权人,不得以该债权抵消其对合伙企业的债务。合伙人个人负有债务,其债权人不得代位行使该合伙人在合伙企业中的权利。合伙人个人财产不足清偿其个人所负债务的,该合伙人只能以其从合伙企业中分取的收益用于清偿;债权人也可以依法请求人民法院强制执行该合伙人在合伙企业中的财产份额用于清偿。对该合伙人的财产份额,其他合伙人有优先受让的权利。

## 六、入伙和退伙

### (一)入伙

入伙是指在合伙企业存续期间,合伙人以外的第三人经其他合伙人同意,而取得合伙人资格的民事行为。入伙人入伙,须经全体合伙人同意,并依法订立书面入伙协议。订立入伙协议时,原合伙人应当向新合伙人告知原合伙企业的经营状况和财务状况。入伙的新合伙人与原合伙人享有同等权利,承担同等责任。入伙协议另有约定的,从其约定。入伙的新合伙人对入伙前合伙企业的债务承担连带责任。

### (二)退伙

#### 1. 退伙的概念

退伙是指使已经取得合伙人身份的人丧失其合伙人身份的法律行为。

#### 2. 退伙的形式

退伙一般分为任意退伙、法定退伙两种情形。

任意退伙也称为声明退伙、自愿退伙,是指合伙人依自己的意思表示而退伙。我国《合伙法》规定,合伙协议约定合伙企业的经营期限的,有下列情形之一时,合伙人可以退伙:(1)合伙协议约定的退伙事由出现;(2)经全体合伙人同意退伙;(3)发生合伙人难于继续参加合伙企业的事由;(4)其他合伙人严重违反合伙协议约定的义务。合伙协议未约定合伙企业的经营期限的,合伙人在不给合伙企业事务执行造成不利影响的情况下,可以退伙,但应当提前30日通知其他合伙人。合伙人违反上述规定,擅自退伙的,应当赔偿由此给其他合伙人造成的损失。

法定退伙是指基于法律规定而退伙。法定退伙包括当然退伙和除名退伙两种情形。

当然退伙是指在下列任一情形下发生的退伙:(1)死亡或者被依法宣告死亡;(2)被依法宣告为无民事行为能力人;(3)个人丧失偿债能力;(4)被人民法院强制执行在合伙企业

中的全部财产份额。退伙以实际发生之日为退伙生效日。

除名退伙是指合伙人因危害合伙企业利益或违反合伙协议而被其他合伙人一致决定开除的行为。根据《合伙法》规定,合伙人有下列情形之一的,经其他合伙人一致同意,可以决议将其除名:(1)未履行出资义务;(2)因故意或者重大过失给合伙企业造成损失;(3)执行合伙企业事务时有不正当行为;(4)合伙协议约定的其他事由。对合伙人的除名决议应当书面通知被除名人。被除名人自接到除名通知之日起,除名生效,被除名人退伙。被除名人对除名决议有异议的,可以在接到除名通知之日起30日内,向人民法院起诉。

3. 退伙的效力

合伙人退伙后,就丧失合伙人身份。合伙人退伙的,其他合伙人应当与该退伙人按照退伙时合伙企业的财产状况进行结算,退还退伙人的财产份额。退伙时有未了结的合伙企业事务的,待了结后进行结算。退伙人在合伙企业中财产份额的退还办法,由合伙协议约定或者由全体合伙人决定,可以退还货币,也可以退还实物。

合伙人退伙时,合伙企业财产少于合伙企业债务的,退伙人应当按照合伙协议约定的比例分担亏损,如果没有约定比例的,合伙人平均分担亏损。退伙人对其退伙前已发生的合伙企业债务,与其他合伙人承担连带责任。

退伙并不必然导致合伙的解散,只有在合伙人为两人的情况下,其中一人退伙则导致合伙的解散。合伙企业登记事项因退伙发生变更或者需要重新登记的,应当于作出变更决定或者发生变更事由之日起15日内,向企业登记机关办理有关登记手续。

### 七、合伙财产的继承

合伙人死亡或者被依法宣告死亡的,对该合伙人在合伙企业中的财产份额享有合法继承权的继承人,依照合伙协议的约定或者经全体合伙人同意,从继承开始之日起,即取得该合伙企业的合伙人资格。合法继承人不愿意成为该合伙企业的合伙人的,合伙企业应退还其依法继承的财产份额。合法继承人为未成年人的,经其他合伙人一致同意,可以在其未成年时由监护人代行其权利。

### 八、合伙企业的解散和清算

(一)合伙企业的解散

合伙企业有下列情形之一时,应当解散:(1)合伙协议约定的经营期限届满,合伙人不愿继续经营的;(2)合伙协议约定的解散事由出现;(3)全体合伙人决定解散;(4)合伙人已不具备法定人数;(5)合伙协议约定的合伙目的已经实现或者无法实现;(6)被依法吊销营业执照;(7)出现法律、行政法规规定的合伙企业解散的其他原因。

(二)合伙企业的清算

1. 通知和公告债权人。合伙企业解散后应当进行清算,并通知和公告债权人。

2. 清算人的组成。合伙企业解散,清算人由全体合伙人担任;未能由全体合伙人担任清算人的,经全体合伙人过半数同意,可以自合伙企业解散后 15 日内指定一名或者数名合伙人,或者委托第三人,担任清算人。15 日内未确定清算人的,合伙人或者其他利害关系人可以申请人民法院指定清算人。

3. 清算人的职责。清算人在清算期间执行下列事务:(1)清理合伙企业财产,分别编制资产负债表和财产清单;(2)处理与清算有关的合伙企业未了结的事务;(3)清缴所欠税款;(4)清理债权、债务;(5)处理合伙企业清偿债务后的剩余财产;(6)代表合伙企业参与民事诉讼活动。

4. 财产清偿的顺序。合伙企业财产在支付清算费用后,按下列顺序清偿:(1)合伙企业所欠招用的职工工资和劳动保险费用;(2)合伙企业所欠税款;(3)合伙企业的债务;(4)返还合伙人的出资。合伙企业财产按上述顺序清偿后仍有剩余的,应当按照合伙协议约定的比例进行分配,如果没有约定比例的,合伙人平均进行分配。

5. 清算结束。清算结束,应当编制清算报告,经全体合伙人签名、盖章后,在 15 日内向企业登记机关报送清算报告,办理合伙企业注销登记。

合伙企业解散后,原合伙人对合伙企业存续期间的债务仍应承担连带责任,但债权人在 5 年内未向债务人提出偿债请求的,该责任消灭。

# 第四节　中外合资经营企业法律制度

## 一、中外合资经营企业的概念和特征

中外合资经营企业是指外国公司、企业和其他经济组织或个人,按照平等互利的原则,经中国政府批准,在中华人民共和国境内,同中国的公司、企业或其他经济组织共同举办的合营企业形式。

中外合资经营企业具有以下特征:第一,企业投资主体具有不同国籍,一方为中方,一方为外方。外国合营者包括外国公司、企业和其他经济组织或个人;中国合营者只包括中国的公司、企业或其他经济组织,不包括个人。第二,中外合营各方共同投资,共同经营,按照出资比例分享利润,承担风险。第三,合营企业的组织形式是有限责任公司。公司不设股东会,其最高权力机构是由中外合营者组成的董事会,实行董事会领导下的总经理负责制。第四,合营企业是经中国政府批准设立的中国法人,应当遵守中国的法律法规,其合法权益受中国法律法规的保护。

《中华人民共和国中外合资经营企业法》于 1979 年 7 月 1 日第五届全国人民代表大会第二次会议通过,1990 年 4 月 4 日第七届全国人民代表大会第三次会议做了第一次修正,2001 年 3 月 15 日第九届全国人民代表大会第四次会议做了第二次修正。

### 二、中外合资经营企业的设立

1. 合营各方签订合营协议、合同、章程。

2. 审核批准。合营各方签订合营协议、合同、章程应报国家审查批准机关批准。审查批准机关应在 3 个月内决定批准或不批准。在中国境内设立的合营企业,应当能够促进中国经济的发展和科学技术水平的提高。国家鼓励、允许、限制或者禁止设立合营企业的行业,按照国家指导外商投资方向的规定及外商投资产业指导目录执行。

申请设立合营企业有下列情况之一的,不予批准:(1)有损中国主权的;(2)违反中国法律的;(3)不符合中国国民经济发展要求的;(4)造成环境污染的;(5)签订的协议、合同、章程显属不公平,损害合营一方权益的。

3. 注册登记。合营企业经批准后,申请者应当自收到批准证书之日起 1 个月内,按照国家有关规定,向工商行政管理机关办理登记手续,领取营业执照,开始营业。合营企业的营业执照签发日期,即为该合营企业的成立日期。

### 三、中外合资经营企业的投资

**(一)注册资本**

合营企业的注册资本,是指为设立合营企业在登记管理机构登记的资本总额,应为合营各方认缴的出资额之和。合营企业的注册资本一般应当以人民币表示,也可以用合营各方约定的外币表示。合营各方应当遵守以下规定:(1)在合营企业的注册资本中,外国合营者的投资比例一般不低于 25%。(2)合营企业在合营期内不得减少其注册资本。因投资总额和生产经营规模等发生变化,确需减少的,须经审批机构批准。(3)注册资本应符合公司法的相关规定。

**(二)出资方式**

合营企业各方可以现金、实物、工业产权等进行投资。合营各方按照合营合同的规定向合营企业认缴的出资,必须是合营者自己所有的现金,自己所有并且未设立任何担保物权的实物、工业产权、专有技术等。凡是以实物、工业产权、专有技术作价出资的,出资者应当出具拥有所有权和处置权的有效证明。合营企业任何一方不得用以合营企业名义取得的贷款、租赁的设备或者其他财产以及合营者以外的他人财产作为自己的出资,也不得以合营企业的财产和权益或者合营他方的财产和权益为其出资担保。

外国合营者作为投资的技术和设备必须确实是适合我国需要的先进技术和设备,如果有意以落后的技术和设备进行欺骗,造成损失的,应赔偿损失。中国合营者的投资可包括为合营企业经营期间提供的场地使用权,如果场地使用权未作为中国合营者投资的一部分,合营企业应向中国政府缴纳使用费。上述各项投资应在合营企业的合同和章程中加以规定,其价格(场地除外)由合营各方评议商定。合营者的注册资本如果转让必须经合营各方同意。

（三）出资期限

合营各方应当在合营合同中订明出资期限，并且应当按照合营合同规定的期限缴清各自的出资。合营合同中规定一次缴清出资的，合营各方应当从营业执照签发之日起6个月内缴清。合营合同中规定分期缴付出资的，合营各方第一期出资，不得低于各自认缴出资额的15％，并且应当在营业执照签发之日起3个月内缴清。逾期未缴或者未缴清的，应当按合同规定支付迟延利息或者赔偿损失。

合营各方未能在规定的期限内缴付出资的，视同合营企业自动解散，合营企业批准证书自动失效。

合营各方缴付第一期出资后，超过合营合同规定的其他任何一期出资期限3个月，仍未出资或者出资不足时，工商行政管理机关应当会同原审批机关发出通知，要求合营各方在1个月内缴清出资。未按照通知期限缴清出资的，原审批机关有权撤销对该合营企业的批准证书。

合营一方未按照合营合同的规定如期缴付或者未缴清其出资的，即构成违约。守约方应当催告违约方在1个月内缴付或者缴清出资，逾期仍未缴付或者缴清的，视同违约方放弃在合营合同中的一切权利，自动退出合营企业。守约方应当在逾期后1个月内，向原审批机关申请批准解散合营企业或者申请批准另找合营者承担违约方在合营合同中的权利和义务。守约方可以依法要求违约方赔偿因未缴付或者缴清出资造成的经济损失。违约方已经按照合营合同规定缴付部分出资的，由合营企业对该出资进行清理。

守约方未按照规定向原审批机关申请批准解散合营企业或者申请批准另找合营者的，审批机关有权撤销对该合营企业的批准证书。

在上述批准证书失效或被撤销的情形下，合营企业应当向工商行政管理机关办理注销登记手续，缴销营业执照；不办理注销登记手续和缴销营业执照的，由工商行政管理机关吊销其营业执照，并予以公告。

**四、中外合资经营企业的组织结构**

（一）董事会

1. 董事会的组成

合营企业设董事会。董事会成员不得少于3人，具体人数组成由合营各方协商，在合同、章程中确定。董事名额的分配由合营各方参照出资比例协商确定。董事的任期为4年，由合营各方委派和撤换，经合营各方继续委派可以连任。

董事长和副董事长由合营各方协商确定或由董事会选举产生。中外合营者的一方担任董事长的，由他方担任副董事长。董事长是合营企业的法定代表人。董事长不能履行职责时，应当授权副董事长或者其他董事代表合营企业。

2. 董事会的职权和董事会会议

董事会是合营企业的最高权力机构。董事会的职权是按合营企业章程规定,根据平等互利的原则,讨论决定合营企业的一切重大问题:企业发展规划、生产经营活动方案、收支预算、利润分配、劳动工资计划、停业,以及总经理、副总经理、总工程师、总会计师、审计师的任命或聘请及其职权和待遇等。下列事项由出席董事会会议的董事一致通过方可作出决议:(1)合营企业章程的修改;(2)合营企业的中止、解散;(3)合营企业注册资本的增加、减少;(4)合营企业的合并、分立。其他事项,可以根据合营企业章程载明的议事规则作出决议。

董事会会议每年至少召开 1 次,由董事长负责召集并主持。董事长不能召集时,由董事长委托副董事长或者其他董事负责召集并主持董事会会议。经 1/3 以上董事提议,可以由董事长召开董事会临时会议。董事会会议应当有 2/3 以上董事出席方能举行。董事不能出席的,可以出具委托书委托他人代表其出席和表决。

(二)经理

合营企业设经营管理机构,负责企业的日常经营管理工作。经营管理机构设总经理 1 人,副总经理若干人。副总经理协助总经理工作。合营企业的正副总经理(或正副厂长)由合营各方分别担任。总经理执行董事会会议的各项决议,组织领导合营企业的日常经营管理工作。在董事会授权范围内,总经理对外代表合营企业,对内任免下属人员,行使董事会授予的其他职权。总经理或者副总经理不得兼任其他经济组织的总经理或者副总经理,不得参与其他经济组织对本企业的商业竞争。

**五、中外合资经营企业的解散和清算**

(一)合营企业的合营期限

合营企业的合营期限,按不同行业、合营企业的合营期限不同情况,作不同的约定。有的行业的合营企业,应当约定合营期限,如服务性行业、从事土地开发及经营房地产的合营企业等;有的行业的合营企业,可以约定合营期限,也可以不约定合营期限。

约定合营期限的合营企业,合营各方同意延长合营期限的,应在距合营期满 6 个月前向审查批准机关提出申请。审查批准机关应自接到申请之日起 1 个月内决定批准或不批准。

(二)合营企业的解散

合营企业在下列情况下解散:(1)合营期限届满;(2)企业发生严重亏损,无力继续经营;(3)合营一方不履行合营企业协议、合同、章程规定的义务,致使企业无法继续经营;(4)因自然灾害、战争等不可抗力遭受严重损失,无法继续经营;(5)合营企业未达到其经营目的,同时又无发展前途;(6)合营企业合同、章程所规定的其他解散原因已经出现。

如果发生第(2)、(4)、(5)、(6)项情况的,由董事会提出解散申请书,报审批机构批准;

如果发生第（3）项情况的，由履行合同的一方提出申请，报审批机构批准。

（三）合营企业的清算

合营企业宣告解散时，应当进行清算。合营企业应当按照《外商投资企业清算办法》的规定成立清算委员会，由清算委员会负责清算事宜。清算委员会的成员一般应当在合营企业的董事中选任。董事不能担任或者不适合担任清算委员会成员时，合营企业可以聘请中国的注册会计师、律师担任。审批机构认为必要时，可以派人进行监督。清算费用和清算委员会成员的酬劳应当从合营企业现存财产中优先支付。

清算委员会的任务是对合营企业的财产、债权、债务进行全面清查，编制资产负债表和财产目录，提出财产作价和计算依据，制定清算方案，提请董事会会议通过后执行。清算期间，清算委员会代表该合营企业起诉和应诉。合营企业以其全部资产对其债务承担责任。合营企业清偿债务后的剩余财产按照合营各方的出资比例进行分配，但合营企业协议、合同、章程另有规定的除外。合营企业解散时，其资产净额或者剩余财产减除企业未分配利润、各项基金和清算费用后的余额，超过实缴资本的部分为清算所得，应当依法缴纳所得税。合营企业的清算工作结束后，由清算委员会提出清算结束报告，提请董事会会议通过后，报告审批机构，并向登记管理机构办理注销登记手续，缴销营业执照。合营企业解散后，各项账册及文件应当由原中国合营者保存。

### 六、争议的解决

合营各方在解释或者履行合营企业协议、合同、章程时发生争议的，应当尽量通过友好协商或者调解解决。经过协商或者调解无效的，提请仲裁或者司法解决。合营各方根据有关仲裁的书面协议，可以在中国的仲裁机构进行仲裁，也可以在其他仲裁机构仲裁。合营各方之间没有有关仲裁的书面协议的，发生争议的任何一方都可以依法向人民法院起诉。在解决争议期间，除争议事项外，合营各方应当继续履行合营企业协议、合同、章程所规定的其他各项条款。

# 第五节　中外合作经营企业法律制度

### 一、中外合作经营企业的概念和特征

中外合作经营企业是指外国的企业和其他经济组织或者个人按照平等互利的原则，同中华人民共和国的企业或者其他经济组织在中国境内共同举办的合作企业形式。

中外合作经营企业具有以下特征：第一，合作企业属于契约式企业。在合作企业中，合作企业合同占据主导地位，合作双方权利和义务的确定、合作企业的运转都以合作合同作为依据。第二，合作企业包括依法取得法人资格的合作企业和不具有法人资格的合作

企业。两种合作企业分别采取不同的管理方式。第三,通过合同约定,外方合作者在合作期的前期可以分得较大比例的利润,并可以在合作期内优先收回投资本金。但在合作企业的亏损未弥补前,外国合作者不得先行收回投资。第四,中方合作方提供的场地使用权,不以货币计算价值和费用,不以整个合作经营期间的场地使用费一次总算计作投资比例和利润分配比例,而在合作期满后以企业剩余财产作为补偿。第五,合作期满后,在外方合作者已经收回投资本金并取得相应利润的前提下,企业的全部财产不再作价,为中国合作者所有。

《中华人民共和国中外合作经营企业法》于 1988 年 4 月 13 日第七届全国人民代表大会第一次会议通过,后于 2000 年 10 月 31 日第九届全国人民代表大会常务委员会第十八次会议进行了修正。

### 二、中外合作经营企业的设立

1. 中外合作者签订协议、合同、章程等文件。

2. 审核批准。设立合作企业,应当由中国合作者向审查批准机关报送下列文件:(1)设立合作企业的项目建议书,并附送主管部门审查同意的文件;(2)合作各方共同编制的可行性研究报告,并附送主管部门审查同意的文件;(3)由合作各方法定代表人或其授权的代表签署的合作企业协议、合同、章程;(4)合作各方的营业执照或者注册登记证明、资信证明及法定代表人的有效证明文件,外国合作者是自然人的,应当提供有关其身份、履历和资信情况的有效证明文件;(5)合作各方协商确定的合作企业董事长、副董事长、董事或者联合管理委员会主任、副主任、委员的人选名单;(6)审查批准机关要求报送的其他文件。审查批准机关应当自接到申请之日起 45 天内决定批准或者不批准。

国家鼓励举办产品出口的或者技术先进的生产型合作企业。申请设立合作企业,有下列情形之一的,不予批准:(1)损害国家主权或者社会公共利益的;(2)危害国家安全的;(3)对环境造成污染损害的;(4)有违反法律、行政法规或者国家产业政策的其他情形的。

3. 注册登记。设立合作企业的申请经批准后,应当自接到批准证书之日起 30 天内向工商行政管理机关申请登记,领取营业执照。合作企业的营业执照签发日期,为该企业的成立日期。合作企业应当自成立之日起 30 天内向税务机关办理税务登记。

### 三、中外合作企业的合同和章程

#### (一)中外合作企业的合同

中外合作企业的协议,是指合作各方对设立合作企业的原则和主要事项达成一致意见后形成的书面文件。中外合作企业的合同,是指合作各方为设立合作企业就相互之间的权利、义务关系达成一致意见后形成的书面文件。合作企业协议、合同自审查批准机关颁发批准证书之日起生效。在合作期限内,合作企业协议、合同有重大变更的,须经审查批准机关批准。

合作企业合同应当载明下列事项:(1)合作各方的名称、注册地、住所及法定代表人姓名、职务、国籍;(2)合作企业的名称、住所、经营范围;(3)合作企业的投资总额,注册资本,合作各方投资或者提供合作条件的方式、期限;(4)合作各方投资或者提供的合作条件的转让;(5)合作各方收益或者产品的分配,风险或者亏损的分担;(6)合作企业董事会或者联合管理委员会的组成以及董事或者联合管理委员会委员名额的分配,总经理及其他高级管理人员的职责和聘任、解聘办法;(7)采用的主要生产设备、生产技术及其来源;(8)产品在中国境内销售和境外销售的安排;(9)合作企业外汇收支的安排;(10)合作企业的期限、解散和清算;(11)合作各方其他义务以及违反合同的责任;(12)财务、会计、审计的处理原则;(13)合作各方之间争议的处理;(14)合作企业合同的修改程序。

(二)中外合作企业的章程

中外合作企业的章程,是指按照合作企业合同的约定,经合作各方一致同意,约定合作企业的组织原则、经营管理方法等事项的书面文件。合作企业协议、章程的内容与合作企业合同不一致的,以合作企业合同为准。合作企业章程自审查批准机关颁发批准证书之日起生效。在合作期限内,合作企业章程有重大变更的,须经审查批准机关批准。

合作企业章程应当载明下列事项:(1)合作企业名称及住所;(2)合作企业的经营范围和合作期限;(3)合作各方的名称、注册地、住所及法定代表人的姓名、职务和国籍;(4)合作企业的投资总额,注册资本,合作各方投资或者提供合作条件的方式、期限;(5)合作各方收益或者产品的分配,风险或者亏损的分担;(6)合作企业董事会或者联合管理委员会的组成、职权和议事规则,董事会董事或者联合管理委员会委员的任期,董事长、副董事长或联合管理委员会主任、副主任的职责;(7)经营管理机构的设置、职权、办事规则,总经理及其他高级管理人员的职责和聘任、解聘办法;(8)有关职工招聘、培训、劳动合同、工资、社会保险、福利、职业安全卫生等劳动管理事项的规定;(9)合作企业财务、会计和审计制度;(10)合作企业解散和清算办法;(11)合作企业章程的修改程序。

**四、中外合作企业的投资与合作条件**

(一)中外合作企业注册资本

中外合作企业的注册资本,是指为设立合作企业,在工商行政管理机关登记的合作各方认缴的出资额之和。注册资本以人民币表示,也可以用合作各方约定的一种可自由兑换的外币表示。合作企业注册资本在合作期限内不得减少。但是,因投资总额和生产经营规模等变化,确需减少的,须经审查批准机关批准。

(二)合作各方的投资

中外合作者的投资或者提供的合作条件可以是现金、实物、土地使用权、工业产权、非专利技术和其他财产权利。中国合作者的投资或者提供的合作条件,属于国有资产的,应当依照有关法律、行政法规的规定进行资产评估。在依法取得中国法人资格的合作企业中,外国合作者的投资一般不低于合作企业注册资本的 25%;在不具有法人资格的合作企业中,对合作各方向合作企业投资或者提供合作条件的具体要求,由主管部门规定。合作各方应当以其自有的财产或者财产权利作为投资或者合作条件,对该投资或者合作条件不得设置抵押权或者其他形式的担保。

不具有法人资格的合作企业的合作各方的投资或者提供的合作条件,为合作各方分别所有。经合作各方约定,也可以共有,或者部分分别所有、部分共有。合作企业经营积累的财产,归合作各方共有。不具有法人资格的合作企业合作各方的投资或者提供的合作条件由合作企业统一管理和使用。未经合作他方同意,任何一方不得擅自处理。

未按照合作企业合同约定缴纳投资或者提供合作条件的一方,应当向已按照合作企业合同约定缴纳投资或者提供合作条件的地方承担违约责任。

(三)合作各方的权利转让

合作各方之间相互转让或者合作一方向合作他方以外的他人转让属于其在合作企业合同中全部或者部分权利的,须经合作他方书面同意,并报审查批准机关批准。审查批准机关应当自收到有关转让文件之日起 30 天内决定批准或者不批准。

**五、中外合作企业的组织机构与议事规则**

(一)组织管理形式

合作企业在组织机构的设置上有较大的灵活性,与中外合资经营企业有很大区别。合作企业的组织管理形式有三种:一是董事会制,这一制度适用于具有法人资格的合作企业;二是联合管理制,这一制度适用于不具有法人资格的合作企业;三是委托管理制,合作企业可以委托一方或者合作方以外的第三方经营管理。

(二)议事规则

合作企业设董事会或者联合管理委员会。董事会或者联合管理委员会是合作企业的权力机构,按照合作企业章程的规定,决定合作企业的重大问题。董事会或者联合管理委员会成员不得少于 3 人,其名额的分配由中外合作者参照其投资或者提供的合作条件协商确定。

董事会董事或者联合管理委员会委员由合作各方自行委派或者撤换。董事会董事长、副董事长或者联合管理委员会主任、副主任的产生办法由合作企业章程规定;中外合作者的一方担任董事长、主任的,副董事长、副主任由他方担任。董事长或者主任是合作企业的法定代表人。董事长或者主任因特殊原因不能履行职务时,应当授权副董事长、副主任或者其他董事、委员对外代表合作企业。董事或者委员的任期由合作企业章程规定;但是,每届任期不得超过 3 年。董事或者委员任期届满,委派方继续委派的,可以连任。

董事会会议或者联合管理委员会会议每年至少召开 1 次。由董事长或者主任召集并主持。董事长或者主任因特殊原因不能履行职务时,由董事长或者主任指定副董事长、副主任或者其他董事、委员召集并主持。1/3以上董事或者委员可以提议召开董事会会议或者联合管理委员会会议。董事会会议或者联合管理委员会会议应当有2/3以上董事或者委员出席方能举行,不能出席董事会会议或者联合管理委员会会议的董事或者委员应当书面委托他人代表其出席和表决。董事会会议或者联合管理委员会会议作出决议,须经全体董事或者委员的过半数通过。董事或者委员无正当理由不参加又不委托他人代表其参加董事会会议或者联合管理委员会会议的,视为出席董事会会议或者联合管理委员会会议并在表决中弃权。召开董事会会议或者联合管理委员会会议,应当在会议召开的10天前通知全体董事或者委员。董事会或者联合管理委员会也可以通讯的方式作出决议。

下列事项由出席董事会会议或者联合管理委员会会议的董事或者委员一致通过,方可作出决议:(1)合作企业章程的修改;(2)合作企业注册资本的增加或者减少;(3)合作企业的解散;(4)合作企业的资产抵押;(5)合作企业合并、分立和变更组织形式;(6)合作各方约定由董事会会议或者联合管理委员会会议一致通过方可作出决议的其他事项。

### 六、中外合作企业的收益分配和投资回收

(一)收益分配

中外合作者依照合作企业合同的约定,分配收益或者产品,承担风险和亏损。中外合作者可以采用分配利润、分配产品或者合作各方共同商定的其他方式分配收益。

(二)投资回收

中外合作者在合作企业合同中约定合作期满时合作企业的全部固定资产归中国合作者所有的,可以在合作企业合同中约定外国合作者在合作期限内先行回收投资的办法。合作企业合同约定外国合作者在缴纳所得税前回收投资的,必须向财政税务机关提出申请,由财政税务机关依照国家有关税收的规定审查批准。外国合作者在合作期限内先行回收投资的,中外合作者应当依照有关法律的规定和合作企业合同的约定对合作企业的债务承担责任。

外国合作者在履行法律规定和合作企业合同约定的义务后分得的利润、其他合法收入和合作企业终止时分得的资金,可以依法汇往国外。

### 七、中外合作企业的期限和解散

(一)期限

中外合作企业的期限由中外合作者协商确定,并在合作企业合同中订明。合作企业期限届满,合作各方协商同意要求延长合作期限的,应当在期限届满的180天前向审查批准机关提出申请,说明原合作企业合同执行情况,延长合同期限的原因,同时报送合作各方就延长的期限内各方的权利、义务等事项所达成的协议。审查批准机关应当直接到申

请之日起 30 天内,决定批准或者不批准。经批准延长合作期限的,合作企业凭批准文件向工商行政管理机关办理变更登记手续,延长的期限从期限届满后的第一天起计算。合作企业合同约定外国合作者先行回收投资,并且投资已经回收完毕的,合作企业期限届满不再延长;但是,外国合作者增加投资的,经合作各方协商同意,可以向审查批准机关申请延长合作期限。

(二)解散

合作企业因下列情形之一出现时解散:(1)合作期限届满;(2)合作企业发生严重亏损,或者因不可抗力遭受严重损失,无力继续经营;(3)中外合作者一方或者数方不履行合作企业合同、章程规定的义务,致使合作企业无法继续经营;(4)合作企业合同、章程中规定的其他解散原因已经出现;(5)合作企业违反法律、行政法规,被依法责令关闭。

合作企业期满或者提前终止时,应当依照法定程序对资产和债权、债务进行清算。中外合作者应当依照合作企业合同的约定确定合作企业财产的归属。合作企业期满或者提前终止,应当向工商行政管理机关和税务机关办理注销登记手续。

# 第六节 外资企业法律制度

## 一、外资企业的概念与特征

外资企业是指依照中国有关法律在中国境内设立的全部资本由外国投资者投资的企业,不包括外国的企业和其他经济组织在中国境内的分支机构。其组织形式为有限责任公司制,经批准也可以为其他责任形式。

外资企业具有以下特征:第一,外资企业的全部资本由外国投资者投资,外国投资者可以是公司、企业及其他组织和个人;第二,外资企业是外国投资者依照中国的法律在中国境内设立的;第三,外资企业在中国可以自己的名义自主经营,自担风险。

## 二、外资企业的设立

(一)提交报告

外国投资者向拟设立外资企业所在地的县级或者县级以上地方人民政府提交报告。报告内容包括:设立外资企业的宗旨;经营范围、规模;生产产品;使用的技术设备;产品在中国和国外市场的销售比例;用地面积及要求;需要用水、电、煤、煤气或者其他能源的条件及数量;对公共设施的要求等。县级或者县级以上地方人民政府应当在收到外国投资者提交的报告之日起 30 天内以书面形式答复外国投资者。

(二)审核批准

外国投资者设立外资企业,应当通过拟设立外资企业所在地的县级或者县级以上地方人民政府向审批机关提出申请,并报送下列条件:(1)设立外资企业申请书;(2)可行性研究报告;(3)外资企业章程;(4)外资企业法定代表人(或者董事会人选)名单;(5)外国投资者的法律证明文件和资信证明文件;(6)拟设立外资企业所在地的县级或者县级以上地方人民政府的书面答复;(7)需要进口的物资清单;(8)其他需要报送的文件。

设立外资企业,必须有利于中国国民经济的发展,能够取得显著的经济效益。国家鼓励外资企业采用先进技术和设备,从事新产品开发,实现产品升级换代,节约能源和原材料,并鼓励举办产品出口的外资企业。申请设立外资企业,有下列情况之一的,不予批准:(1)有损中国主权或者社会公共利益的;(2)危及中国国家安全的;(3)违反中国法律、法规的;(4)不符合中国国民经济发展要求的;(5)可能造成环境污染的。

两个或者两个以上外国投资者共同申请设立投资企业,应当将其签订的合同副本报送审批机关备案。

审批机关应当在收到申请设立外资企业的全部文件之日起90天内决定批准或者不批准。审批机关如果发现上述文件不齐备或者有不当之处,可以要求限期补报或者修改。

(三)注册登记

设立外资企业的申请经审批机关批准后,外国投资者应当在收到批准证书之日起30天内向工商行政管理机关申请登记,领取营业执照。外资企业的管理执照签发日期为该企业成立日期。外国投资者在收到批准证书之日起30日未向工商行政管理机关申请登记的,外资企业批准证书自动失效。外资企业符合中国法律关于法人条件的规定的,依法取得中国法人资格。

### 三、外资企业的出资

(一)注册资本

外资企业的注册资本,是指为设立外资企业在工商行政管理机关登记的资本总额,即外国投资者认缴的全部出资额。外资企业的注册资本要与其经营规模相适应,注册资本与投资总额的比例应当符合中国有关规定。外资企业在经营期内不得减少其注册资本。但是,因投资总额和生产经营规模等发生变化,确需减少的,须经审批机关批准。外资企业注册资本的增加、转让,须经审批机关批准,并向工商行政管理机关办理变更登记手续。外资企业将其财产或者权益对外抵押、转让,须经审批机关批准并向工商行政管理机关备案。

(二)出资方式

外国投资者可以用可自由兑换的外币出资,也可以用机器设备、工业产权、专有技术等作价出资。经审批机关批准,外国投资者也可以用其从中国境内举办的其他外商投资企业获得的人民币利润出资。

外国投资者以机器设备作价出资的,该机器设备应当是外资企业生产所必需的设备,其作价不得高于同类机器设备当时的国际市场正常价格。对作价出资的机器设备,应当列出详细的作价出资清单,包括名称、种类、数量、作价等,作为设立外资企业申请书的附件一并报送审批机关。

外国投资者以工业产权、专有技术作价出资的,该工业产权、专有技术应当为外国投资者所有,其作价应当与国际上通常的作价原则相一致,其作价金额不得超过外资企业注册资本的20%。对作价出资的工业产权、专有技术,应当备有详细资料,包括所有权证书的复制件,有效状况及其技术性能、实用价值,作价的计算根据和标准等,作为设立外资企业申请书的附件一并报送审批机关。

(三)出资期限

外国投资者缴付出资的期限应当在设立外资企业申请书和外资企业章程中载明。外国投资者可以分期缴付出资,但最后一期出资应当在营业执照签发之日起3年内缴清。其中第一期出资不得少于外国投资者认缴出资额的15%,并应当在外资企业营业执照签发之日起90天内缴清。第一期出资后的其他各期的出资,外国投资者应当如期缴付。外国投资者未能在规定的期限内缴付第一期出资的,或者在第一期出资后其他各期的出资无正当理由逾期30天不出资的,外资企业批准证书即自动失效。外资企业应当向工商行政管理机关办理注销登记手续,缴销营业执照,不办理注销登记手续和缴销营业执照的,由工商行政管理机关吊销其营业执照,并予以公告。外国投资者有正当理由要求延期出资的,应当经审批机关同意,并报工商行政管理机关备案。

### 四、外资企业的用地

外资企业的用地,由外资企业所在地的县级或者县级以上地方人民政府根据本地区的情况审核后,予以安排。外资企业应当在营业执照签发之日起30天内,持批准证书和营业执照到外资企业所在地县级或者县级以上地方人民政府的土地管理部门办理土地使用手续,领取土地证书。土地证书为外资企业使用土地的法律凭证。外资企业在经营期限内未经批准,其土地使用权不得转让。外资企业在领取土地证书时,应当向其所在地土地管理部门缴纳土地使用费。外资企业使用经过开发的土地,应当缴付土地开发费。外资企业使用未经开发的土地,可以自行开发或者委托中国有关单位开发。外资企业的土地使用年限,与经批准的该外资企业的经营期限相同。

### 五、外资企业的组织形式和经营管理

(一)外资企业的组织形式

外资企业的组织形式为有限责任公司。经批准也可以为其他责任形式。外资企业为有限责任公司的,外国投资者对企业的责任以其认缴的出资额为限。外资企业为其他责

任形式的,外国投资者对企业的责任适用中国法律、法规的规定。

外资企业的法定代表人是依照其章程规定,代表外资企业行使职权的负责人。法定代表人无法履行其职权时,应当以书面形式委托代理人,代其行使职权。

(二)外资企业的经营管理

外资企业依照经批准的章程进行经营管理活动,不受干涉。

1. 物资的购买与销售。外资企业有权自行决定购买本企业自用的机器设备、原材料、燃料、零部件、配套件、元器件、运输工具和办公用品等物资,可以在国内市场或者在国际市场购买。外资企业可以在中国市场销售其产品。国家鼓励外资企业出口其生产的产品。外资企业有权自行出口本企业生产的产品,也可以委托中国的外贸公司代销或者委托中国境外的公司代销。

2. 税务。外资企业和职工应当依照中国法律、法规的规定,缴纳税款。外资企业进口的物资,可以依照中国税法的有关规定减税、免税。

3. 外汇管理。外资企业的外汇事宜,应当依照中国有关外汇管理的法规办理。外资企业凭工商行政管理机关发给的营业执照,在中国境内可以经营外汇业务的银行开立账户,由开户银行监督收付。外资企业因生产和经营需要在中国境外的银行开立外汇账户,须经中国外汇管理机关批准,并依照中国外汇管理机关的规定定期报告外汇收付情况和提供银行对账单。

4. 财务会计。外资企业独立核算。外资企业应当依照中国法律、法规和财政机关的规定,建立财务会计制度并报其所在地财政、税务机关备案。外资企业的会计年度自公历年的 1 月 1 日起至 12 月 31 日止。外资企业依照中国税法规定缴纳所得税后的利润,应当提取储备基金和职工奖励及福利基金。储备基金的提取比例不得低于税后利润的 10％,当累计提取金额达到注册资本的 50％时,可以不再提取。职工奖励及福利基金的提取比例由外资企业自行确定。外资企业以往会计年度的亏损未弥补前,不得分配利润;以往会计年度未分配的利润,可与本会计年度可供分配的利润一并分配。外资企业的年度会计报表和清算会计报表,连同中国的注册会计师出具的报告,应当在规定的时间内报送财政、税务机关,并报审批机关和工商行政管理机关备案。外资企业还应当向财政、税务机关报送年度资产负债表和损益表,并报审批机关和工商行政管理机关备案。

5. 职工与工会。外资企业在中国境内雇用职工,企业和职工双方应当依照中国的法律、法规签订劳动合同。合同中应当订明雇用、辞退、报酬、福利、劳动保护、劳动保险等事项。

外资企业的职工有权依照《中华人民共和国工会法》的规定,建立基层工会组织,开展工会活动。外资企业工会是职工利益的代表,有权代表职工同本企业签订劳动合同,并监督劳动合同的执行。外资企业研究决定有关职工奖惩、工资制度、生活福利、劳动保护和保险问题时,工会代表有权列席会议。外资企业应当听取工会的意见,取得工会的合作。外资企业应当积极支持本企业工会的工作,依照《中华人民共和国工会法》的规定,为工会组织提供必要的房屋和设备,用于办公、会议、举办职工集体福利、文化、体育事业。外资企业每月按照企业职工实发工资总额的 2‰ 拨交工会经费,由本企业工会依照中华全国总工会制定的有关工会经费管理办法使用。

### 六、外资企业的经营期限、终止与清算

#### (一)外资企业的经营期限

外资企业的经营期限由外国投资者申报,由审查批准机关批准。期满需要延长的,应当在期满 180 天以前向审查批准机关提出申请。审查批准机关应当在接到申请之日起 30 天内决定批准或者不批准。

#### (二)外资企业的终止

外资企业有下列情形之一的,应予终止:(1)经营期限届满;(2)经营不善,严重亏损,外国投资者决定解散;(3)因自然灾害、战争等不可抗力而遭受严重损失,无法继续经营;(4)破产;(5)违反中国法律、法规,危害社会公共利益被依法撤销;(6)外资企业章程规定其他解散事由已经出现。

外资企业如存在第(2)、(3)、(4)项所列情形,应当自行提交终止申请书,报审批机关核准。审批机关作出核准的日期为企业的终止日期。

#### (三)外资企业的清算

外资企业如果出现上述第(1)、(2)、(3)、(6)项的规定终止的,应当在终止之日起 15 天内对外公告并通知债权人,并在终止公告发出之日起 15 天内,提出清算程序、原则和清算委员会人选,报审批机关审核后进行清算。清算委员会应当由外资企业的法定代表人、债权人代表以及有关主管机关的代表组成,并聘请中国的注册会计师、律师等参加;如果出现第(4)、(5)项的规定终止的,按照破产法和其他有关规定处理。

清算费用从外资企业现存财产中优先支付。清算委员会行使下列职权:(1)召集债权人会议;(2)接管并清理企业财产,编制资产负债表和财产目录;(3)提出财产作价和计算依据;(4)制定清算方案;(5)收回债权和清偿债务;(6)追回股东应缴而未缴的款项;(7)分配剩余财产;(8)代表外资企业起诉和应诉。

外资企业在清算结束之前,外国投资者不得将该企业的资金汇出或者携出中国境外,不得自行处理企业的财产。清算结束后,其资产净额和剩余财产超过注册资本的部分视同利润,应当依照中国税法缴纳所得税,并且应当向工商行政管理机关办理注销登记手续,缴销营业执照。

### [案例分析]

甲、乙、丙三人协商达成书面合伙协议,集资 10 万元共同开设某商店,其中甲出资 2 万元,乙出资 3

万元,丙出资 5 万元,三人约定按出资比例分享盈利,分摊亏损。该商店 1998 年 1 月经核准注册,取得营业执照。到 1999 年 6 月为止,因经营不善,该商店负债累累,欠某百货批发公司 4 万元钱没有偿还。甲个人投资经营长途运输损失 2 万元。此时,甲提出退伙,乙、丙二人不同意,甲未经允许便提走其出资 2 万元,自行退出合伙商店。2000 年 1 月,该商店共计亏损 6 万元。该店的债权方某百货批发公司找到甲,要求其偿还 4 万元钱,但甲认为自己已经退伙,不承担责任;批发公司找到乙和丙,乙和丙表示按照合伙协议约定的比例承担责任。为此,百货公司诉至法院,要求乙和丙偿还 4 万元钱。

问题:

1. 甲的退伙是否有效?

2. 乙和丙是否应当向百货公司承担责任? 为什么?

3. 甲对其退出合伙商店后产生的 2 万元损失是否承担赔偿责任? 为什么?

## 练习与思考

### 一、名词解释

全民所有制工业企业、合伙企业、退伙、个人独资企业、外资企业、中外合作企业合同。

### 二、思考题

1. 简述全民所有制工业企业的权利、义务和责任。

2. 简述讨论个人独资企业经营中存在的主要违法现象有哪些?

3. 简述比较个人独资企业与一人公司。

4. 简述合伙企业的特征及其设立的条件。

5. 简述中外合资企业与中外合作企业的区别。

6. 简述中外合作企业的组织管理形式和议事规则。

7. 简述外资企业的设立程序。

# 第六章

# 公司法律制度

本章主要介绍我国的公司法律制度。通过本章学习,要求对公司法的基本概念和基本原理、公司的基本形式、有限责任公司和股份公司成立的条件和程序、公司的组织机构有比较清楚的了解。重点掌握公司法的基本概念和原理,以及有限责任公司和股份有限公司各自的设立条件、组织结构和设立程序。

## 第一节  公司概述

### 一、公司的概念与特征

公司就是以营利为目的而依法设立的具有法人资格的商事组织。按照这一定义,公司具有以下几个基本特征:

1. 公司应依法设立。公司依法设立包括公司应当符合公司法规定的公司设立的实体要件和程序要件,履行相关的申请和审批登记手续。

2. 公司以营利为目的,同时承担社会责任。公司营利就是通过自己的生产、经营、服务等活动获取经济上的利益。这也是公司与机关、事业单位和社会团体法人的主要区别所在。公司为营利组织,但不妨碍其从事一定的公益行为。例如,公司可以设置奖学金,从事慈善事业等。同时公司法明确规定:公司从事经营活动,必须遵守法律、行政法规,遵守社会公德、商业道德,诚实守信,接受政府和社会公众的监督,承担社会责任。

3. 公司具有法人资格。公司是具有法人资格的企业,这是公司与其他商事组织(如独资企业、合伙企业)的主要区别。公司的法人属性使公司的财产与公司成员的财产相分离,公司能够独立地以自己的名义享有权利和承担义务,公司的股东对公司的债务仅以其出资额为限承担有限责任。

## 二、公司的种类

公司以不同的标准可分为不同的种类。

### (一)以出资人的责任形式划分

以出资人的责任划分,公司可分为无限公司、两合公司、股份两合公司、有限责任公司和股份有限公司。

无限公司是全部由无限责任股东组成的公司,全体无限责任股东除对公司负有一定的出资义务外,还对公司债务承担连带无限责任。所谓连带无限责任,是指公司财产不足清偿其债务时,股东应以其个人财产清偿公司债务。在这种情况下,公司的债权人有权请求公司股东中的任何一人或数人承担全部清偿责任。

两合公司是由无限责任股东与有限责任股东两种成员组成的公司。无限责任股东对公司债务承担连带无限责任;有限责任股东以其对公司的出资额为限度对公司债务承担有限责任。两合公司是无限公司的一种变形,无限责任股东经营企业,有限责任股东仅提供资本和分享利润,并不参与公司事务。

股份两合公司是指由一人以上无限责任股东和若干有限责任股东所组成的公司。在股份两合公司中,有限责任股东必须是多人,有限责任股份采取公开发行的形式募集。

有限责任公司是指股东以其认缴的出资额为限对公司承担责任,公司以其全部资产对公司债务承担责任的企业法人。

股份有限公司是指将全部资本划分为等额股份,股东以其认购的股份为限对公司承担责任,公司以其全部资产对公司债务承担责任的企业法人。

在这几种公司中,无限公司和两合公司是比较古老的公司形式,目前在各国数量已经逐渐减少,而股份两合公司也基本上不再存在。目前各国公司采取的形式主要是有限责任公司和股份有限公司。我国公司法只规定了两种公司,即有限责任公司和股份有限公司。

### (二)以信用基础划分

以信用基础划分,将公司分为人合公司和资合公司,也可以分为人合公司、资合公司和人合兼资合公司三种。这种分类不是公司法上的分类,而是一种理论上的分类。

人合公司是指以股东个人信用为基础的公司。无限公司是最典型的人合公司。人合公司的对外信用不在于公司资本的多少,而在于股东个人信用如何。因此人合公司中股东的人身信任依赖性是很强的。

资合公司是指以其资本额作为其信用基础的公司。股份有限公司是最典型的资合公司。资合公司与人合公司的对外信用正相反,不在于股东个人信用如何,而在于公司资本的多少。

人合兼资合公司是指兼具人的信用和资本信用两种因素的公司。有限责任公司是这种公司的典型。

**（三）以公司内部管辖关系划分**

以公司内部管辖关系划分，公司可分为本公司和分公司。本公司和分公司是同一公司在内部组织系统上的不同，并非各具法人资格互相独立的两个公司。

本公司也称总公司，是指领导管理整个公司事务的总机构，本公司具有法人资格。

本公司可以设立分公司。分公司是受总公司管理的分支机构，分公司不具有法人资格，其民事责任由公司承担。分公司没有独立的财产，其财产属本公司所有；分公司不独立享受权利和承担义务，其经营所得归属于本公司，其债务和其他责任也归属于本公司；分公司可以在本公司授权范围内以自己的名义进行业务活动，也可以代表本公司进行诉讼，但其行为和诉讼的效力当然及于本公司。

**（四）以公司之间的控制和依附关系划分**

以公司之间的控制和依附关系划分，公司可以分为母公司和子公司。当一个公司拥有另一公司的多数股份因而能够对其实际控制时，前者称为母公司，后者成为子公司。母公司又称为控股公司，子公司则被称为附属公司。一个母公司可以拥有若干子公司，一个子公司又可以成为别的公司的母公司。母公司和子公司可以形成企业集团关系和关联企业关系。通过层层控股的办法，可以吸收大量资金，可以减少投资者的风险。

子公司具有法人资格，拥有独立的财产，能够独立享有权利和承担责任。

**（五）以国籍划分**

以国籍划分，公司可以分为本国公司、外国公司和跨国公司。

本国公司是指具有本国国籍的公司。各国认定国籍的标准不完全相同。主要有以下认定标准：一是以住所地为标准，即公司的住所在哪一个国家，便属于该国公司。二是以登记国为标准，即公司依据哪一个国家法律创立的，便取得该国国籍。三是以设立人的国籍为标准，即以公司设立人的国籍来确定公司的国籍。四是以控制国家为标准，即公司实际上由哪个国家控制，公司的国籍即为该国。五是复合标准，即把公司的住所地和注册登记地结合起来作为公司国籍的确定标准。

我国确定公司国籍依据第五种标准，即复合标准。依照中国法律组成并且在中国境内设立的公司才能属于中国公司并受中国公司法调整。因此，中外合资经营企业、具有法人资格的中外合作经营企业和外资企业，属于中国公司。

外国公司是指具有外国国籍的公司，根据我国公司法规定，外国公司是指依照外国法律在中国境外设立的公司。外国公司在中国境内设立分支机构，必须向中国主管机关提出申请，并提交其公司章程、所属国的公司登记证书等有关文件，经批准后，向公司登记机关依法办理登记，领取营业执照。外国公司在中国境内设立的分支机构不具有中国法人资格。外国公司对其分支机构在中国境内进行经营活动承担民事责任。

　　跨国公司也称多国公司,是由母公司和设在各国的一些子公司组成。母公司是在其本国国内注册登记的法人,子公司则是在按照所在地国法律注册登记的法人。

# 第二节　公司法概述

## 一、公司法概念

　　公司法是规定各种公司的设立、组织活动和解散以及与公司组织有关的对内对外关系的法律规范的总称。

　　公司法有广义和狭义之分。广义的公司法是调整公司在设立、变更和终止过程中所发生的组织管理关系以及调整股东和公司在出资、集资和转资过程中所发生的资本运营关系的法律、法规和规则的总称。除了公司法外,有关于公司法的配套法律法规如《公司登记管理条例》等;有关于外商投资的法律法规如《中外合资经营企业法》等;有关于调整特种公司的法律法规如《商业银行法》等;还有其他相关法中关于公司的法律规定如《证券法》、《反垄断法》中有关公司的内容。狭义的公司法仅指《公司法》。

　　1993 年 12 月 29 日第八届全国人民代表大会常务委员会第五次会议通过的《中华人民共和国公司法》,自 1994 年 7 月 1 日起施行。1999 年 12 月 25 日第九届全国人民代表大会常务委员会第十三次会议进行了第一次修正,2004 年 8 月 28 日第十届全国人民代表大会常务委员会第十一次会议进行了第二次修正,2005 年 10 月 27 日第十届全国人民代表大会常务委员会第十八次会议进行了第三次修正,修改后的公司法在 2006 年 1 月 1 日起施行,共 13 章,219 条。

## 二、公司法的性质

　　1. 公司法是组织法。公司法调整的对象是公司,而公司是社会多种经济组织形式中的一种。公司法作为组织法,首先是作为调整和规范公司在市场经济中主体地位的法,公司法规定公司的类型,公司的设立、变更和终止,规定公司的章程、权利能力和行为能力,规定它的组织结构和法律地位等。其次是作为调整公司内部关系的法,公司法规范公司的股东相互之间的关系以及股东与公司之间的关系,规范公司内部的组织和管理等。

　　2. 公司法是行为法。公司以营利为目的,因此公司必然要参与经营和交易活动。公司的经营和交易活动可以分为两类:一类是与公司组织特点无关的活动,如商品买卖、借贷关系等;另一类是与公司组织特点有关的活动,如公司债券和股票的发行、转让等。前者不由公司法调整,而是由其他法律如合同法等调整,后者由公司法调整。

　　3. 公司法是私法和公法的结合。公司法具有私法和公法融合的特点。公司是私人间基于私的利益而组织的营利组织,在公司法中体现了公司设立自由、营业自由、竞业自由、解散和转让股份的自由等,因而公司法是建立在当事人意思自治这个私法原则基础上的。

但是,公司作为市场经济中的主体,对社会各方面的利益都会产生巨大的影响,并且随着市场经济的发展作用越来越大,对国家的经济影响力也越来越大,因此国家有必要对公司的行为进行干预。这种干预表现为设立登记、最低资本额的严格限制、章程规定必要记载事项、提取法定公积金等方面。在这个意义上,公司法也表现出公法的特点。

### 三、公司的名称和住所

#### 1. 公司的名称

公司名称是公司的称谓,与个人的姓名一样具有主体识别的作用,可以自由选用,但公司名称属于公司章程绝对必要记载事项之一,也为公司登记事项之一。公司名称必须标明公司的种类即有限责任公司或股份有限公司,若为外国公司的名称,除必须译成中文之外,还必须注明公司的国籍和公司种类。企业只准使用一个名称,在登记主管机关辖区内不得与已登记注册的同行业企业名称相同或者近似,经公司登记机关核准登记的公司名称受法律保护。公司名称中应当冠以公司登记地的地名,在国家工商局注册的公司,其名称可以冠以"中国"、"中华"、"国际"字样。公司的名称应显示出公司的主营业务或行业性质。根据企业名称登记管理规定,企业名称不得含有下列内容和文字:(1)有损于国家、社会公共利益的;(2)可能对公众造成欺骗或者误解的;(3)外国国家(地区)名称、国际组织名称;(4)政党名称、党政军机关名称、群众组织名称、社会团体名称及部队番号;(5)汉语拼音字母(外文名称中使用的除外)、数字;(6)其他法律、行政法规规定禁止的。除此之外,公司名称也是公司商誉的重要组成部分。经营者通过诚实的经营和良好的质量与服务在市场经济中树立商誉,不断吸引广大客户,公司名称成为商誉的载体之一,能够给公司带来一定经济效益。公司名称可以转让。

#### 2. 公司住所

公司住所是公司的主要办事机构所在地。公司住所是公司法律关系的中心地域,凡涉及公司债务的清偿、诉讼管辖、法律文书的送达都以此为标准。在公司章程中必须要明确公司的住所,在公司登记注册时也必须提交住所证明,证明公司对其住所享有使用权,公司的住所以公司的登记为准。如果公司有位于不同地方的两个以上的办事机构,则应确定其中一个为主要办事机构。

### 四、公司的权利能力和行为能力

我国《民法通则》规定:法人是具有民事权利能力和民事行为能力,依法独立享有民事权利和承担民事义务的组织。公司取得法人资格,即具有民事权利能力和民事行为能力。

(一)公司的权利能力

权利能力是民事法律关系主体享有权利和承担义务的资格。公司的权利能力和自然人有所不同。一些权利是专属于自然人的,如生命权、健康权、亲属权等;其次,公司的权利能力受到法律的严格限制,这些限制包括:

1. 公司经营范围的限制。公司的经营范围由公司章程规定,并依法登记。公司的经营范围中属于法律、行政法规限制的项目,应当依法经过批准。例如,经营金融业务,必须经过中国人民银行的批准;经营香烟零售业务,必须经过烟草专卖局的批准。公司应当在登记的经营范围内从事经营活动。

2. 公司转投资的限定。根据公司法的规定,公司可以向其他公司投资,但是应当遵守以下规则:公司只能以出资额为限对所投资公司承担责任,也就是说,公司承担有限责任,但是法律另有规定的除外。

（二）公司的行为能力

公司的行为能力是公司通过自己的行为取得权利并且承担义务的资格。公司是法人,能够像自然人一样按照自己的意志实施行为。公司作为法人,其意思是通过公司机关来实现的。公司机关是由股东会、董事会和监事会组成的,它们依照各自的职责,相互配合、相互制约,组成一个有机整体。公司能够以自己的意思表示,设立、变更或消灭民事法律关系,独立地享有权利和承担义务。其次,公司具有侵权行为能力,公司因自己的行为致人损害时,应当承担民事责任。第三,公司具有犯罪能力,即公司的行为违反法律、构成犯罪时,公司也应依法承担刑事责任。

### 五、公司资本

公司资本是经政府批准的公司章程所确定的由股东认购股份出资所构成的公司财产总额。在公司设立、营运以及管理的过程中,为确保公司资本的真实、安全,公司法规定公司必须遵循的公司资本原则。这些原则包括:(1)资本确定原则,是指公司设立时应在章程中载明的公司资本总额,并由发起人认足或募足,否则公司不能成立;(2)资本维持原则,又称资本充实原则,是指公司在其存续过程中,应当经常保持与其资本额相当的财产;(3)资本不变原则,是指公司资本总额一旦确定,非经法定程序,不得任意变动。

### 六、公司债券

（一）公司债券的定义

公司债券,是指公司依照法定程序发行,约定在一定期限还本付息的有价证券。公司债券是公司以借贷方式向公众筹集资金的一个重要方式,与股票相比,公司债券利率固定,到期还本付息。

（二）公司债券的种类

1. 记名债券和不记名债券

公司可以发行记名债券,也可以发行无记名债券。记名公司债券由债券持有人以背书方式或者法律、行政法规规定的其他方式转让,转让后由公司将受让人的姓名或者名称及住所记载于公司债券存根簿。无记名公司债券的转让,由债券持有人将该债券交付给受让人后即发生转让的效力。

2. 可转换公司债券、非转换公司债券

可转换公司债券是指可以转换为公司股份的公司债券。上市公司经股东大会决议可以发行可转换公司债券,在公司债券募集办法中规定具体的转换办法,并且应当报国务院证券监督管理机构核准。发行可转换公司债券,应当在债券上标明可转换公司债券字样,并在公司债券存根簿上载明可转换公司债券的数额。持有人可以在一定时间向公司办理转换手续,从而由债权人变为股东。公司应当按照其转换办法向债券持有人换发股票,但债券持有人对转换股票或者不转换股票有选择权。

非转换公司债券是指不能够转换为公司股份的公司债券。凡未标明为可转换公司债券的均为非转换公司债券。

(三)公司债券的发行

发行公司债券的申请经国务院授权的部门核准后,应当公告公司债券募集办法。公司发行公司债券应当遵守《中华人民共和国证券法》规定的发行条件。公司债券募集办法中应当载明下列主要事项:(1)公司名称;(2)债券募集资金的用途;(3)债券总额和债券的票面金额;(4)债券利率的确定方式;(5)还本付息的期限和方式;(6)债券担保情况;(7)债券的发行价格、发行的起止日期;(8)公司净资产额;(9)已发行的尚未到期的公司债券总额;(10)公司债券的承销机构。

公司以实物券方式发行公司债券的,必须在债券上载明公司名称、债券票面金额、利率、偿还期限等事项,并由法定代表人签名,公司盖章。

公司发行公司债券应当置备公司债券存根簿。发行记名公司债券的,应当在公司债券存根簿上载明下列事项:(1)债券持有人的姓名或者名称及住所;(2)债券持有人取得债券的日期及债券的编号;(3)债券总额,债券的票面金额、利率、还本付息的期限和方式;(4)债券的发行日期。发行无记名公司债券的,应当在公司债券存根簿上载明债券总额、利率、偿还期限和方式、发行日期及债券的编号。

公司债券可以转让,转让价格由转让人与受让人约定。公司债券在证券交易所上市交易的,按照证券交易所的交易规则转让。

七、公司财务、会计

(一)财务、会计制度的定义

财务、会计制度是公司法上的重要制度。财务制度是公司的资金管理、成本费用计算、营业收入分配、货币管理、财务报告、纳税等方面的规范。会计制度是指公司会计记账、会计核算、会计监督等方面的规范。会计制度是公司财务制度的具体体现。公司应当依照法律、行政法规和国务院财政部门的规定建立本公司的财务、会计制度,主要涉及《会计法》、《企业会计准则》、《税收征收管理法》、《审计法实施条例》等。

(二)财务报告制度

公司应当在每一会计年度终了时编制财务会计报告,并依法经会计师事务所审计。财务会计报告应当依照法律、行政法规和国务院财政部门的规定制作,主要包括资产负债表、损益表、财务状况变动表、财务情况说明书和利润分配表。

有限责任公司应当依照公司章程规定的期限将财务会计报告送交各股东。股份有限公司的财务会计报告应当在召开股东大会年会的 20 日前置备于本公司,供股东查阅,公开发行股票的股份有限公司必须公告其财务会计报告。

(三)公积金制度。

1. 公积金的定义。公积金是公司依法从营业利润和其他收入中提取的一种储备金。公积金主要是为巩固公司财产基础,加强公司信用,充实公司资本,其性质属于附加资本。

2. 公积金的分类。以公积金的提取是否依照法律强制规定为标准,公积金可以分为法定公积金和任意公积金。法定公积金是指依据法律规定而强制提取的公积金;任意公积金是指根据公司章程或者股东大会决议而于法定公积金外自由提取的公积金。以公积金的来源为标准,可以分为盈余公积金和资本公积金。盈余公积金是指公司从其税后的营业利润中提取的公积金;资本公积金是指来源于盈余之外提取的公积金,依据企业会计制度,资本公积金包括资本(或股本)溢价、接受捐赠财产、拨款转入、外币资本折算差额等。

3. 公积金的提取。公司分配当年税后利润时,应当提取利润的 10% 列入公司法定公积金。公司法定公积金累计额为公司注册资本的 50% 以上的,可以不再提取。公司的法定公积金不足以弥补以前年度亏损的,在提取法定公积金之前,应当先用当年利润弥补亏损。公司从税后利润中提取法定公积金后,经股东会或者股东大会决议,还可以从税后利润中提取任意公积金。股东会、股东大会或者董事会违反规定,在公司弥补亏损和提取法定公积金之前向股东分配利润的,股东必须将违反规定分配的利润退还公司。

4. 公积金的用途。公司的公积金用于弥补公司的亏损、扩大公司生产经营或者转为增加公司资本。但是,资本公积金不得用于弥补公司的亏损。法定公积金转为资本时,所留存的该项公积金不得少于转增前公司注册资本的 25%。

(四)会计制度的相关规定

公司聘用、解聘承办公司审计业务的会计师事务所,由股东会、股东大会或者董事会决定。公司股东会、股东大会或者董事会就解聘会计师事务所进行表决时,应当允许会计师事务所陈述意见。

公司应当向聘用的会计师事务所提供真实、完整的会计凭证、会计账簿、财务会计报告及其他会计资料,不得拒绝、隐匿、谎报。公司除法定的会计账簿外,不得另立会计账簿。对公司资产,不得以任何个人名义开立账户存储。

## 八、公司合并、分立

### (一)公司合并

公司合并可以分为吸收合并或者新设合并。吸收合并是指一个公司吸收其他公司,被吸收的公司解散;新设合并是指两个以上公司合并设立一个新的公司,合并各方解散。

公司合并,应当由合并各方股东会作出决议,签订合并协议,并编制资产负债表及财产清单。公司应当自作出合并决议之日起 10 日内通知债权人,并于 30 日内在报纸上公告。债权人自接到通知书之日起 30 日内,未接到通知书的自公告之日起 45 日内,可以要求公司清偿债务或者提供相应的担保。公司合并时,合并各方的债权、债务,应当由合并后存续的公司或者新设的公司承继。

### (二)公司分立

公司分立,应当编制资产负债表及财产清单。公司应当自作出分立决议之日起 10 日内通知债权人,并于 30 日内在报纸上公告。公司分立前的债务由分立后的公司承担连带责任。但是,公司在分立前与债权人就债务清偿达成的书面协议另有约定的除外。

## 九、公司的解散、清算

### (一)公司解散

公司解散是指由于法定的事由使已经成立的公司丧失营业能力的法律行为。公司解散的事由可以分为两类:一是自愿解散,二是强制解散。

自愿解散包括三种情形:(1)公司章程规定的营业期限届满或者公司章程规定的其他解散事由出现;(2)股东会或者股东大会决议解散;(3)因公司合并或者分立需要解散。

强制解散包括两种情形:(1)依法被吊销营业执照、责令关闭或者被撤销。例如虚报注册资本,情节严重的,公司登记机关可以撤销公司登记或者吊销营业执照。(2)公司经营管理发生严重困难,继续存续会使股东利益受到重大损失,通过其他途径不能解决的,持有公司全部股东表决权 10%以上的股东,可以请求人民法院解散公司。这是修改后的公司法赋予股东的权利。

### (二)公司清算

公司清算分为破产清算和非破产清算,前者适用破产法的规定,后者适用公司法规定的程序。公司法规定的清算程序包括以下程序:

1. 成立清算组。除公司合并或分立需要解散的之外,在其他解散的情形下,公司应当在解散事由出现之日起 15 日内成立清算组,开始清算。有限责任公司的清算组由股东组成,股份有限公司的清算组由董事或者股东大会确定的人员组成。逾期不成立清算组进行清算的,债权人可以申请人民法院指定有关人员组成清算组进行清算。人民法院应当受理该申请,并及时组织清算组进行清算。

2. 清算组的职权和义务。清算组在清算期间行使下列职权:(1)清理公司财产,分别编制资产负债表和财产清单;(2)通知、公告债权人;(3)处理与清算有关的公司未了结的业务;(4)清缴所欠税款以及清算过程中产生的税款;(5)清理债权、债务;(6)处理公司清偿债务后的剩余财产;(7)代表公司参与民事诉讼活动。清算组的义务包括:清算期间,公司存续,但不得开展与清算无关的经营活动;公司清算结束后,清算组应当制作清算报告,报股东会、股东大会或者人民法院确认,并报送公司登记机关,申请注销公司登记,公告公司终止;清算组成员应当忠于职守,依法履行清算义务。清算组成员不得利用职权收受贿赂或者其他非法收入,不得侵占公司财产。清算组成员因故意或者重大过失给公司或者债权人造成损失的,应当承担赔偿责任。

3. 申报债权。清算组应当自成立之日起10日内通知债权人,并于60日内在报纸上公告。债权人应当自接到通知书之日起30日内,未接到通知书的自公告之日起45日内,向清算组申报其债权。债权人申报债权,应当说明债权的有关事项,并提供证明材料。清算组应当对债权进行登记。在申报债权期间,清算组不得对债权人进行清偿。

4. 财产分配。清算组在清理公司财产、编制资产负债表和财产清单后,应当制定清算方案,并报股东会、股东大会或者人民法院确认。公司财产在分别支付清算费用、职工的工资、社会保险费用和法定补偿金,缴纳所欠税款,清偿公司债务后的剩余财产,有限责任公司按照股东的出资比例分配,股份有限公司按照股东持有的股份比例分配。公司财产在未依照规定清偿前,不得分配给股东。

5. 清算的终止。清算由于两种原因而终止,一是公司具备破产原因,即清算组在清理公司财产、编制资产负债表和财产清单后,发现公司财产不足清偿债务的,应当依法向人民法院申请宣告破产,公司经人民法院裁定宣告破产后,清算组应当将清算事务移交给人民法院;二是公司不具备破产原因,清算结束后,清算组应当制作清算报告,报股东会、股东大会或者人民法院确认,并报送公司登记机关,申请注销公司登记,公告公司终止。

# 第三节　有限责任公司

## 一、有限责任公司的概念及特征

有限责任公司是指股东以其认缴的出资额为限对公司承担责任,公司以其全部资产对公司债务承担责任的企业法人。在公司立法史上,有限责任公司的出现较晚。有限责任公司在1892年首创于德国,以后为许多国家所采用。有限责任公司的特征在于:第一,股份不公开发行;第二,股份转让受到一定限制;第三,股东人数受一定限制。这些限制使得有限公司成员相对稳定,内部凝聚力较强。

## 二、公司立法体例

公司设立的立法体例在历史上有四种类型:第一是自由设立主义,也称放任主义,是指公司的设立任凭当事人自由决定,法律不加干涉。这一体例弊端甚多,各国已摒弃这一体例。第二是特许主义,是指公司的设立需要经过国家元首颁布特许状或者国会通过特别法案予以授权。这一体例由于限制太多,机会不均,也已被许多国家所摒弃,但是英国至今仍保留这一立法体例。第三是核准主义,又称许可主义,是指公司成立除具备法律所规定的条件之外,还应经过主管机关审批核准。第四是准则主义,又称登记主义,是指公司的设立,只要符合法律规定的条件,就可以取得法人资格。这一体例在1862年被英国公司法首先采用,以后为大多数现代国家所接受。

根据我国公司法规定,设立公司应当依法向公司登记机关申请设立登记,符合公司法规定的设立条件的,由公司登记机关分别登记为有限责任公司或者股份有限公司。法律、行政法规规定设立公司必须报经批准的,应当在公司登记前依法办理批准手续。我国公司的立法体例采用了核准主义和准则主义。

## 三、有限责任公司的设立

(一)设立条件

根据《公司法》的规定,设立有限责任公司,应当具备以下条件:

1. 股东符合法定人数。《公司法》规定:有限责任公司由50个以下股东出资设立。该规定对股东人数上限作出限制,对下限未作规定,允许一人有限责任公司的合法存在。

2. 股东出资达到法定资本最低限额。有限责任公司的注册资本为在公司登记机关登记的全体股东认缴的出资额。有限责任公司注册资本的最低限额为人民币3万元。法律、行政法规对有限责任公司注册资本的最低限额有较高规定的,从其规定。公司全体股东的首次出资额不得低于注册资本的20%,也不得低于法定的注册资本最低限额,其余部分由股东自公司成立之日起2年内缴足;其中,投资公司可以在5年内缴足。修改后的公司法降低了公司设立门槛,有助于方便企业和公民投资创业,广泛吸引社会资金。

股东可以用货币出资,也可以用实物、知识产权、土地使用权等可以用货币估价并可以依法转让的非货币财产作价出资;但是,法律、行政法规规定不得作为出资的财产除外。全体股东的货币出资金额不得低于有限责任公司注册资本的30%。对作为出资的非货币财产应当评估作价,核实财产,不得高估或者低估作价。股东应当按期足额缴纳公司章程中规定的各自所认缴的出资额。股东以货币出资的,应当将货币出资足额存入有限责任公司在银行开设的账户;以非货币财产出资的,应当依法办理其财产权的转移手续。股东不按照规定缴纳出资的，除应当向公司足额缴纳外，还应当向已按期足额缴纳出资的股东承担违约责任。

3. 股东共同制定公司章程。有限责任公司的章程由全体股东制定。有限责任公司章程应当载明下列事项：(1)公司名称和住所；(2)公司经营范围；(3)公司注册资本；(4)股东的姓名或者名称；(5)股东的出资方式、出资额和出资时间；(6)公司的机构及其产生办法、职权、议事规则；(7)公司法定代表人；(8)股东会会议认为需要规定的其他事项。股东应当在公司章程上签名、盖章。

4. 有公司名称，建立符合有限责任公司要求的组织机构。公司名称必须标明有限责任公司或者有限公司字样。公司应当按照公司法规定，建立公司的组织机构，即股东会、董事会(或执行董事)和监事会(或监事)。

5. 有公司住所。

(二)公司设立程序

1. 发起人发起。有限责任公司只能由发起人发起设立。发起人有数人时，应签订发起人协议，协议是明确发起人在公司设立过程中权利义务的书面文件。发起人在公司未成立前，应对他人承担连带无限责任。

2. 草拟章程。章程主要是规范公司成立后各方行为的，根据公司法规定，有限责任公司的章程由全体股东制定，股东应当在公司章程上签名、盖章。

3. 必要的行政审批。在大多数情况下，只要不涉及法律、法规的特别要求，有限责任公司注册登记即可成立。但是法律、行政法规或者国务院决定规定设立有限责任公司必须报经批准的，应当自批准之日起90日内向公司登记机关申请设立登记；逾期申请设立登记的，申请人应当报批准机关确认原批准文件的效力或者另行报批。

4. 缴纳出资和验资。股东以货币出资的，应当将货币出资足额存入有限责任公司在银行开设的账户；以非货币财产出资的，应当依法办理其财产权的转移手续。股东缴纳出资后，必须经依法设立的验资机构验资并出具证明。有限责任公司成立后，发现作为设立公司出资的非货币财产的实际价额显著低于公司章程所定价额的，应当由交付该出资的股东补足其差额；公司设立时的其他股东承担连带责任。

5. 申请设立登记。股东的首次出资经依法设立的验资机构验资后，由全体股东指定的代表或者共同委托的代理人向公司登记机关报送公司登记申请书、公司章程、验资证明等文件，申请设立登记。申请设立有限责任公司，应当向公司登记机关提交下列文件：(1)公司法定代表人签署的设立登记申请书；(2)全体股东指定代表或者共同委托代理人的证明；(3)公司章程；(4)依法设立的验资机构出具的验资证明，法律、行政法规另有规定的除外；(5)股东首次出资是非货币财产的，应当在公司设立登记时提交已办理其财产权转移手续的证明文件；(6)股东的主体资格证明或者自然人身份证明；(7)载明公司董事、监事、经理的姓名、住所的文件以及有关委派、选举或者聘用的证明；(8)公司法定代表人任职文件和身份证明;(9)企业名称预先核准通知书;(10)公司住所证明;(11)国家工商行政管理总局规定要求提交的其他文件。

外商投资的有限责任公司的股东首次出资额应当符合法律、行政法规的规定,其余部分应当自公司成立之日起 2 年内缴足,其中,投资公司可以在 5 年内缴足。

法律、行政法规或者国务院决定规定设立有限责任公司必须报经批准的,还应当提交有关批准文件。公司申请登记的经营范围中属于法律、行政法规或者国务院决定规定在登记前须经批准的项目的,应当在申请登记前报经国家有关部门批准,并向公司登记机关提交有关批准文件。

6. 登记并颁发营业执照。依法设立的公司,由公司登记机关发给《企业法人营业执照》。公司营业执照签发日期为公司成立日期。公司凭公司登记机关核发的《企业法人营业执照》刻制印章,开立银行账户,申请纳税登记。

### 四、有限公司的组织结构

有限责任公司的组织结构包括三部分:股东会、董事会及经理、监事会,即权力机构、执行机构、监察机构。为适应小型企业的需要,公司法规定,股东人数较少或者规模较小的有限责任公司,可以设一名执行董事,不设董事会,执行董事可以兼任公司经理;股东人数较少或者规模较小的有限责任公司,可以设一至二名监事,不设监事会。

(一)股东会

1. 股东会的组成和职权

有限责任公司股东会由全体股东组成。股东会是公司的权力机构,依照公司法行使职权。股东会行使下列职权:(1)决定公司的经营方针和投资计划;(2)选举和更换非由职工代表担任的董事、监事,决定有关董事、监事的报酬事项;(3)审议批准董事会的报告;(4)审议批准监事会或者监事的报告;(5)审议批准公司的年度财务预算方案、决算方案;(6)审议批准公司的利润分配方案和弥补亏损方案;(7)对公司增加或者减少注册资本作出决议;(8)对发行公司债券作出决议;(9)对公司合并、分立、解散、清算或者变更公司形式作出决议;(10)修改公司章程;(11)公司章程规定的其他职权。对以上所列事项股东以书面形式一致表示同意的,可以不召开股东会会议,直接作出决定,并由全体股东在决定文件上签名、盖章。

2. 股东会议的召开

首次股东会会议由出资最多的股东召集和主持,依照公司法规定行使职权。股东会会议分为定期会议和临时会议。定期会议应当依照公司章程的规定按时召开;代表 1/10 以上表决权的股东,1/3 以上的董事,监事会或者不设监事会的公司的监事提议召开临时会议的,应当召开临时会议。

有限责任公司设立董事会的,股东会会议由董事会召集,董事长主持;董事长不能履行职务或者不履行职务的,由副董事长主持;副董事长不能履行职务或者不履行职务的,由半数以上董事共同推举 1 名董事主持。有限责任公司不设董事会的,股东会会议由执行董事召集和主持。董事会或者执行董事不能履行或者不履行召集股东会会议职责的,由监事会或者不设监事会的公司的监事召集和主持;监事会或者监事不召集和主持的,代表 1/10 以上表决权的股东可以自行召集和主持。

召开股东会会议,应当于会议召开 15 日前通知全体股东;但是,公司章程另有规定或者全体股东另有约定的除外。股东会应当对所议事项的决定作成会议记录,出席会议的股东应当在会议记录上签名。

3. 股东会的表决程序

股东会会议由股东按照出资比例行使表决权,但是,公司章程另有规定的除外。股东会的议事方式和表决程序,除公司法有规定的外,由公司章程规定。股东会会议作出修改公司章程、增加或者减少注册资本的决议,以及公司合并、分立、解散或者变更公司形式的决议,必须经代表 2/3 以上表决权的股东通过。

(二)董事会及经理

1. 董事会的组成和职权

有限责任公司设董事会,其成员为 3 人至 13 人;但是,股东人数较少或者规模较小的有限责任公司,可以设 1 名执行董事,不设董事会,执行董事可以兼任公司经理。执行董事的职权由公司章程规定。

两个以上的国有企业或者两个以上的其他国有投资主体投资设立的有限责任公司,其董事会成员中应当有公司职工代表;其他有限责任公司董事会成员中可以有公司职工代表。董事会中的职工代表由公司职工通过职工代表大会、职工大会或者其他形式民主选举产生。

董事会设董事长 1 人,可以设副董事长。董事长、副董事长的产生办法由公司章程规定。董事任期由公司章程规定,但每届任期不得超过 3 年。董事任期届满,连选可以连任。董事任期届满未及时改选,或者董事在任期内辞职导致董事会成员低于法定人数的,在改选出的董事就任前,原董事仍应当依照法律、行政法规和公司章程的规定,履行董事职务。

董事会对股东会负责,行使下列职权:(1)召集股东会会议,并向股东会报告工作;(2)执行股东会的决议;(3)决定公司的经营计划和投资方案;(4)制定公司的年度财务预算方案、决算方案;(5)制定公司的利润分配方案和弥补亏损方案;(6)制定公司增加或者减少注册资本以及发行公司债券的方案;(7)制定公司合并、分立、解散或者变更公司形式的方案;(8)决定公司内部管理机构的设置;(9)决定聘任或者解聘公司经理及其报酬事项,并根据经理的提名决定聘任或者解聘公司副经理、财务负责人及其报酬事项;(10)制定公司的基本管理制度;(11)公司章程规定的其他职权。

2. 董事会会议

董事会会议由董事长召集和主持；董事长不能履行职务或者不履行职务的，由副董事长召集和主持；副董事长不能履行职务或者不履行职务的，由半数以上董事共同推举1名董事召集和主持。董事会的议事方式和表决程序，除公司法有规定的外，由公司章程规定。董事会应当对所议事项的决定作成会议记录，出席会议的董事应当在会议记录上签名。董事会决议的表决，实行一人一票。

3. 经理

有限责任公司可以设经理，由董事会决定聘任或者解聘。经理对董事会负责，行使下列职权：(1)主持公司的生产经营管理工作，组织实施董事会决议；(2)组织实施公司年度经营计划和投资方案；(3)拟订公司内部管理机构设置方案；(4)拟订公司的基本管理制度；(5)制定公司的具体规章；(6)提请聘任或者解聘公司副经理、财务负责人；(7)决定聘任或者解聘除应由董事会决定聘任或者解聘以外的负责管理人员；(8)董事会授予的其他职权。公司章程对经理职权另有规定的，从其规定。经理列席董事会会议。

(三)监事会

1. 监事会的组成和职权

有限责任公司设监事会，其成员不得少于3人。股东人数较少或者规模较小的有限责任公司，可以设1至2名监事，不设监事会。监事会应当包括股东代表和适当比例的公司职工代表，其中职工代表的比例不得低于1/3，具体比例由公司章程规定。监事会中的职工代表由公司职工通过职工代表大会、职工大会或者其他形式民主选举产生。

监事会设主席1人，由全体监事过半数选举产生。董事、高级管理人员不得兼任监事。

监事的任期每届为3年。监事任期届满，连选可以连任。监事任期届满未及时改选，或者监事在任期内辞职导致监事会成员低于法定人数的，在改选出的监事就任前，原监事仍应当依照法律、行政法规和公司章程的规定，履行监事职务。监事会、不设监事会的公司的监事行使下列职权：(1)检查公司财务；(2)对董事、高级管理人员执行公司职务的行为进行监督，对违反法律、行政法规、公司章程或者股东会决议的董事、高级管理人员提出罢免的建议；(3)当董事、高级管理人员的行为损害公司的利益时，要求董事、高级管理人员予以纠正；(4)提议召开临时股东会会议，在董事会不履行本法规定的召集和主持股东会会议职责时召集和主持股东会会议；(5)向股东会会议提出提案；(6)董事、高级管理人员执行公司职务时违反法律、行政法规或者公司章程的规定，给公司造成损失的，监事会或者不设监事会的有限责任公司的监事有权向人民法院提起诉讼；(7)公司章程规定的其他职权。

监事可以列席董事会会议，并对董事会决议事项提出质询或者建议。监事会、不设监事会的公司的监事发现公司经营情况异常，可以进行调查；必要时，可以聘请会计师事务所等协助其工作，费用由公司承担。监事会、不设监事会的公司的监事行使职权所必需的费用,由公司承担。

2. 监事会会议

监事会主席召集和主持监事会会议;监事会主席不能履行职务或者不履行职务的,由半数以上监事共同推举 1 名监事召集和主持监事会会议。监事会每年度至少召开 1 次会议,监事可以提议召开临时监事会会议。监事会决议应当经半数以上监事通过。监事会应当对所议事项的决定作成会议记录,出席会议的监事应当在会议记录上签名。监事会的议事方式和表决程序,除公司法有规定的外,由公司章程规定。

### 五、有限责任公司的股权转让

#### (一)股权转让的一般规定

有限责任公司的股东之间可以相互转让其全部或者部分股权。股东向股东以外的人转让股权,应当经其他股东过半数同意。股东应就其股权转让事项书面通知其他股东征求同意,其他股东自接到书面通知之日起满 30 日未答复的,视为同意转让。其他股东半数以上不同意转让的,不同意的股东应当购买该转让的股权;不购买的,视为同意转让。

经股东同意转让的股权,在同等条件下,其他股东有优先购买权。2 个以上股东主张行使优先购买权的,协商确定各自的购买比例;协商不成的,按照转让时各自的出资比例行使优先购买权。公司章程对股权转让另有规定的,从其规定。

#### (二)强制执行的股权转让

人民法院依照法律规定的强制执行程序转让股东的股权时,应当通知公司及全体股东,其他股东在同等条件下有优先购买权。其他股东自人民法院通知之日起满 20 日不行使优先购买权的,视为放弃优先购买权。

股权转让后,公司应当注销原股东的出资证明书,向新股东签发出资证明书,并相应修改公司章程和股东名册中有关股东及其出资额的记载。对公司章程的该项修改不需再由股东会表决。

#### (三)股权的收购

有下列情形之一的,对股东会该项决议投反对票的股东可以请求公司按照合理的价格收购其股权:(1)公司连续 5 年不向股东分配利润,而公司该 5 年连续盈利,并且符合本法规定的分配利润条件的;(2)公司合并、分立、转让主要财产的;(3)公司章程规定的营业期限届满或者章程规定的其他解散事由出现,股东会会议通过决议修改章程使公司存续的。自股东会会议决议通过之日起 60 日内,股东与公司不能达成股权收购协议的,股东可以自股东会会议决议通过之日起 90 日内向人民法院提起诉讼。

#### (四)股权的继承

自然人股东死亡后,其合法继承人可以继承股东资格;但是,公司章程另有规定的除外。

## 六、一人公司

### (一)一人公司的概念

一人有限责任公司,是指只有一个自然人股东或者一个法人股东的有限责任公司。

### (二)一人公司的设立和组织机构

一人有限责任公司的注册资本最低限额为人民币 10 万元。股东应当一次足额缴纳公司章程规定的出资额。一个自然人只能投资设立一个一人有限责任公司。该一人有限责任公司不能投资设立新的一人有限责任公司。一人有限责任公司应当在公司登记中注明自然人独资或者法人独资,并在公司营业执照中载明。一人有限责任公司章程由股东制定。一人有限责任公司不设股东会。股东行使职权时应当采用书面形式,并由股东签名后置备于公司。

一人有限责任公司的设立和组织机构除要遵守上述规定外,适用有限责任公司的一般规定。

### (三)一人公司的财务和股东责任

一人有限责任公司应当在每一会计年度终了时编制财务会计报告,并经会计师事务所审计。一人有限责任公司的股东不能证明公司财产独立于股东自己的财产的,应当对公司债务承担连带责任。

## 七、国有独资公司

### (一)国有独资公司的概念

国有独资公司是指国家单独出资、由国务院或者地方人民政府授权本级人民政府国有资产监督管理机构履行出资人职责的有限责任公司。

### (二)国有独资公司的设立和组织机构

1. 国有独资公司的设立

国有独资公司的章程由国有资产监督管理机构制定,或者由董事会制定报国有资产监督管理机构批准。国有独资公司的设立除要遵守上述规定外,适用有限责任公司的一般规定。

2. 国有独资公司的组织机构

(1)国有资产监督管理机构。国有独资公司不设股东会,由国有资产监督管理机构行使股东会职权。国有资产监督管理机构可以授权公司董事会行使股东会的部分职权,决定公司的重大事项,但公司的合并、分立、解散、增加或者减少注册资本和发行公司债券,必须由国有资产监督管理机构决定。其中,重要的国有独资公司合并、分立、解散、申请破产的,应当由国有资产监督管理机构审核后,报本级人民政府批准。

(2)董事会及经理。国有独资公司设董事会。董事会成员由国有资产监督管理机构委派。但是,董事会成员中应当有公司职工代表,职工代表由公司职工代表大会选举产生。董事每届任期不得超过 3 年。董事会设董事长一人,可以设副董事长。董事长、副董事长由国有资产监督管理机构从董事会成员中指定。国有独资公司董事会的职权与一般有限责任公司董事会的职权基本相同,除此之外,国有独资公司董事会还可以获得国有资产监督管理机构的授权行使股东会的部分职权,决定公司的重大事项。

国有独资公司设经理,由董事会聘任或者解聘。经理行使与一般有限责任公司经理相同的职权。经国有资产监督管理机构同意,董事会成员可以兼任经理。

国有独资公司的董事长、副董事长、董事、高级管理人员,未经国有资产监督管理机构同意,不得在其他有限责任公司、股份有限公司或者其他经济组织兼职。

(3)监事会。国有独资公司监事会成员不得少于 5 人,其中职工代表的比例不得低于1/3,具体比例由公司章程规定。监事会成员由国有资产监督管理机构委派;但是,监事会成员中的职工代表由公司职工代表大会选举产生。监事会主席由国有资产监督管理机构从监事会成员中指定。

监事会行使如下职权:第一,检查公司财务;第二,对董事、高级管理人员执行公司职务的行为进行监督,对违反法律、行政法规、公司章程或者股东会决议的董事、高级管理人员提出罢免的建议;第三,当董事、高级管理人员的行为损害公司的利益时,要求董事、高级管理人员予以纠正;第四,国务院规定的其他职权。国有独资公司的组织机构除要遵守上述规定外,适用有限责任公司的一般规定。

# 第四节　股份有限公司

## 一、股份有限公司的概念及特征

股份有限公司,是指其全部资本分为等额股份,股东以其所持股份为限对公司承担责任,公司以其全部资产对公司的债务承担责任的企业法人。股份有限公司的雏形,是1600 年英国的东印度公司和 1602 年荷兰的东印度公司。自产业革命后,股份有限公司风行西方各国,成为现代企业的主要组织形式。成熟的现代股份有限公司,有以下几个特征:第一,资本证券化,股份有限公司的全部资本分为等额股份,以股票形式公开发行,并允许自由转让;第二,个人财产与公司财产相分离,股东除了负出资义务外,对公司债务不承担任何责任;第三,所有权和经营权相分离,股东虽然拥有资本所有权,但没有业务执行权,股东会不参与公司的经营,公司的经营权由董事会和经理掌握。

## 二、股份有限公司的设立

### (一)设立方式和条件

股份有限公司的设立,可以采取发起设立或者募集设立的方式。发起设立,是指由发起人认购公司应发行的全部股份而设立公司。募集设立,是指由发起人认购公司应发行股份的一部分,其余股份向社会公开募集或者向特定对象募集而设立公司。

设立股份有限公司,应当具备下列条件:

1. 发起人符合法定人数。发起人是指发起并从事创办公司的人,发起人可以是自然人,也可以是法人。公司法规定,设立股份有限公司,应当有2人以上200人以下为发起人,其中须有半数以上的发起人在中国境内有住所。

在公司设立阶段,发起人应当签订发起人协议,明确各自在公司设立过程中的权利和义务。发起人对外代表设立中的公司,发起人的行为经成立后的公司确认后,由公司享有相应权利和承担义务。根据公司法规定,股份有限公司的发起人应当承担下列责任:(1)公司不能成立时,对设立行为所产生的债务和费用负连带责任;(2)公司不能成立时,对认股人已缴纳的股款,负返还股款并加算银行同期存款利息的连带责任;(3)在公司设立过程中,由于发起人的过失致使公司利益受到损害的,应当对公司承担赔偿责任。

2. 发起人认购和募集的股本达到法定资本最低限额。股份有限公司成立的一个重要条件是公司股本总额达到法定资本最低限额。公司法规定,股份有限公司注册资本的最低限额为人民币500万元;法律、行政法规对股份有限公司注册资本的最低限额有较高规定的,从其规定。由于股份有限公司的设立方式有发起设立和募集设立两种,公司法规定,股份有限公司采取发起设立方式设立的,注册资本为在公司登记机关登记的全体发起人认购的股本总额,公司全体发起人的首次出资额不得低于注册资本的20%,其余部分由发起人自公司成立之日起2年内缴足;其中,投资公司可以在5年内缴足,在缴足前,不得向他人募集股份。而对于股份有限公司采取募集方式设立的,注册资本则为在公司登记机关登记的实收股本总额。

3. 股份发行、筹办事项符合法律规定。股份有限公司的股份发行、筹办事项除了依照公司法的相关规定之外,还必须遵守《证券法》、《股票发行与交易管理暂行条例》等法律法规。

4. 发起人制定公司章程,采用募集方式设立的经创立大会通过。公司章程由全体发起人共同制定,采用发起设立的股份有限公司由于全体发起人就是公司成立之时的全体股东,所以其公司章程不再需要创立大会通过;而采用募集方式设立的股份有限公司,由于公司成立时的全体股东除了全体发起人之外还有公众认股人,众多的公众认股人不可能参与公司章程的具体起草和制定,因而其公司章程需要经过创立大会通过。股份有限公司章程应当载明下列事项:(1)公司名称和住所;(2)公司经营范围;(3)公司设立方式;(4)公司股份总数、每股金额和注册资本;(5)发起人的姓名或者名称、认购的股份数、出资方式和出资时间;(6)董事会的组成、职权和议事规则;(7)公司法定代表人;(8)监事会的组成、职权和议事规则;(9)公司利润分配办法;(10)公司的解散事由与清算办法;(11)公司的通知和公告办法;(12)股东大会会议认为需要规定的其他事项。

5. 有公司名称,建立符合股份有限公司要求的组织机构。公司名称必须标明股份有限公司或者股份公司字样。公司应当按照公司法规定,建立公司的组织机构,即股东大会、董事会和监事会。

6. 有公司住所。

(二)设立程序

1. 发起设立的程序

(1)发起人发起。股份有限公司发起人承担公司筹办事务,发起人应当签订发起人协议,明确各自在公司设立过程中的权利和义务。全体发起人在遵守有关法律法规的前提下,共同制定公司章程。

(2)发起人认购股份。以发起设立方式设立股份有限公司的,发起人应当认足公司章程规定其认购的股份。认购应当采用书面形式,经认股人填写并签名或盖章后,即具有法律约束力。

(3)缴纳股款。一次缴纳的,应即缴纳全部出资;分期缴纳的,应即缴纳首期出资。以非货币财产出资的,应当依法办理其财产权的转移手续。发起人不依照规定缴纳出资的,应当按照发起人协议承担违约责任。发起人首次缴纳出资后,由依法设定的验资机构出具验资证明。

(4)召开创立大会。发起人缴纳股款并验资后,应当召开创立大会,选举董事会和监事会。

(5)申请设立登记。董事会选举产生后,应当由董事会向公司登记机关申请设立登记。申请设立股份有限公司,应当向公司登记机关提交下列文件:①公司法定代表人签署的设立登记申请书;②董事会指定代表或者共同委托代理人的证明;③公司章程;④依法设立的验资机构出具的验资证明;⑤发起人首次出资是非货币财产的,应当在公司设立登记时提交已办理其财产权转移手续的证明文件;⑥发起人的主体资格证明或者自然人身份证明;⑦载明公司董事、监事、经理姓名、住所的文件以及有关委派、选举或者聘用的证明;⑧公司法定代表人任职文件和身份证明;⑨企业名称预先核准通知书;⑩公司住所证明以及国家工商行政管理总局规定要求提交的其他文件。公司住所证明是指能够证明公司对其住所享有使用权的文件。法律、行政法规或者国务院决定规定设立股份有限公司必须报经批准的,还应当提交有关批准文件。

2. 募集设立的程序

募集设立,是指由发起人认购公司应发行股份的一部分,其余股份向社会公开募集或者向特定对象募集而设立公司。

(1)发起人发起。同发起设立的程序相同。

(2)发起人认购股份。以募集设立方式设立股份有限公司的,发起人认购的股份不得少于公司股份总数的 35%;但是,法律、行政法规另有规定的,从其规定。

（3）制作招股说明书。发起人向社会公开募集股份，必须公告招股说明书，并制作认股书。认股书应当载明如下事项：①发起人认购的股份数；②每股的票面金额和发行价格；③无记名股票的发行总数；④募集资金的用途；⑤认股人的权利、义务；⑥本次募股的起止期限及逾期未募足时认股人可以撤回所认股份的说明。认股人填写认购股数、金额、住所，并签名、盖章。认股人按照所认购股数缴纳股款。招股说明书应当附有发起人制定的公司章程，并载明认股书中的全部事项。

（4）签订承销协议和代收股款协议。发起人向社会公开募集股份，应当由依法设立的证券公司承销，签订承销协议，并且应当同银行签订代收股款协议。代收股款的银行应当按照协议代收和保存股款，向缴纳股款的认股人出具收款单据，并负有向有关部门出具收款证明的义务。

（5）公开募股并验资。发起人公开向社会募股时，应当申请国务院证券监督管理机构的核准。发行人获准募股后，应当公告招股说明书，并制作认股书。发行股份的股款缴足后，必须经依法设立的验资机构验资并出具证明。发行的股份超过招股说明书规定的截止期限尚未募足的，或者发行股份的股款缴足后，发起人在 30 日内未召开创立大会的，或者创立大会决议不设立公司，认股人可以按照所缴股款并加算银行同期存款利息，要求发起人返还。

（6）召开创立大会。发起人应当自股款缴足之日起 30 日内主持召开公司创立大会。创立大会由发起人、认股人组成。发起人应当在创立大会召开 15 日前将会议日期通知各认股人或者予以公告。创立大会应有代表股份总数过半数的发起人、认股人出席，方可举行。

创立大会行使下列职权：①审议发起人关于公司筹办情况的报告；②通过公司章程；③选举董事会成员；④选举监事会成员；⑤对公司的设立费用进行审核；⑥对发起人用于抵作股款的财产的作价进行审核；⑦发生不可抗力或者经营条件发生重大变化直接影响公司设立的，可以作出不设立公司的决议。

创立大会对上述所列事项作出决议，必须经出席会议的认股人所持表决权过半数通过。

（7）申请设立登记。董事会应于创立大会结束后 30 日内，向公司登记机关申请设立登记。申请时提交的文件除发起设立时应提交的文件之外，还应当向公司登记机关报送国务院证券监督管理机构的核准文件。

**三、股份有限公司的组织结构**

股份有限公司的组织结构由三部分构成：股东大会、董事会和监事会。

（一）股东大会

1. 股东大会的组成和职权

股份有限公司股东大会由全体股东组成。股东大会是公司的权力机构。关于有限责任公司股东会职权的规定,适用于股份有限公司股东大会。

2. 股东大会的召开

股东大会应当每年召开1次年会。有下列情形之一的,应当在2个月内召开临时股东大会:(1)董事人数不足本法规定人数或者公司章程所定人数的2/3时;(2)公司未弥补的亏损达实收股本总额1/3时;(3)单独或者合计持有公司10%以上股份的股东请求时;(4)董事会认为必要时;(5)监事会提议召开时;(6)公司章程规定的其他情形。

股东大会会议由董事会召集,董事长主持;董事长不能履行职务或者不履行职务的,由副董事长主持;副董事长不能履行职务或者不履行职务的,由半数以上董事共同推举1名董事主持。董事会不能履行或者不履行召集股东大会会议职责的,监事会应当及时召集和主持;监事会不召集和主持的,连续90日以上单独或者合计持有公司10%以上股份的股东可以自行召集和主持。召开股东大会会议,应当将会议召开的时间、地点和审议的事项于会议召开20日前通知各股东;临时股东大会应当于会议召开15日前通知各股东;发行无记名股票的,应当于会议召开30日前公告会议召开的时间、地点和审议事项。

单独或者合计持有公司3%以上股份的股东,可以在股东大会召开10日前提出临时提案并书面提交董事会;董事会应当在收到提案后2日内通知其他股东,并将该临时提案提交股东大会审议。临时提案的内容应当属于股东大会职权范围,并有明确议题和具体决议事项。股东大会不得对通知中未列明的事项作出决议。

无记名股票持有人出席股东大会会议的,应当于会议召开5日前至股东大会闭会时将股票交存于公司。

3. 股东大会的表决程序

股东出席股东大会会议,所持每一股份有一表决权。但是,公司持有的本公司股份没有表决权。股东大会作出决议,必须经出席会议的股东所持表决权过半数通过。但是,股东大会作出修改公司章程、增加或者减少注册资本的决议,以及公司合并、分立、解散或者变更公司形式的决议,必须经出席会议的股东所持表决权的2/3以上通过。公司法和公司章程规定公司转让、受让重大资产或者对外提供担保等事项必须经股东大会作出决议的,董事会应当及时召集股东大会会议,由股东大会就上述事项进行表决。

股东大会选举董事、监事,可以依照公司章程的规定或者股东大会的决议,实行累积投票制。累积投票制是指股东大会选举董事或者监事时,每一股份拥有与应选董事或者监事人数相同的表决权,股东拥有的表决权可以集中使用。股东可以委托代理人出席股东大会会议,代理人应当向公司提交股东授权委托书,并在授权范围内行使表决权。股东大会应当对所议事项的决定作成会议记录,主持人、出席会议的董事应当在会议记录上签名。会议记录应当与出席股东的签名册及代理出席的委托书一并保存。

(二)董事会及经理

1. 董事会的组成和职权

股份有限公司设董事会,其成员为 5 人至 19 人。董事会成员中可以有公司职工代表。董事会中的职工代表由公司职工通过职工代表大会、职工大会或者其他形式民主选举产生。董事任期由公司章程规定,但每届任期不得超过 3 年。董事任期届满,连选可以连任。董事任期届满未及时改选,或者董事在任期内辞职导致董事会成员低于法定人数的,在改选出的董事就任前,原董事仍应当依照法律、行政法规和公司章程的规定,履行董事职务。股份有限公司董事会适用有限责任公司董事会职权的规定。董事会设董事长 1 人,可以设副董事长。董事长和副董事长由董事会以全体董事的过半数选举产生。

2. 董事会会议

董事长召集和主持董事会会议,检查董事会决议的实施情况。副董事长协助董事长工作,董事长不能履行职务或者不履行职务的,由副董事长履行职务;副董事长不能履行职务或者不履行职务的,由半数以上董事共同推举 1 名董事履行职务。董事会每年度至少召开 2 次会议,每次会议应当于会议召开 10 日前通知全体董事和监事。代表 1/10 以上表决权的股东、1/3 以上董事或者监事会,可以提议召开董事会临时会议。董事长应当自接到提议后 10 日内,召集和主持董事会会议。董事会召开临时会议,可以另定召集董事会的通知方式和通知时限。

董事会会议应有过半数的董事出席方可举行。董事会作出决议,必须经全体董事的过半数通过。董事会决议的表决,实行一人一票。董事会会议,应由董事本人出席;董事因故不能出席,可以书面委托其他董事代为出席,委托书中应载明授权范围。

董事会应当对会议所议事项的决定作成会议记录,出席会议的董事应当在会议记录上签名。董事应当对董事会的决议承担责任。董事会的决议违反法律、行政法规或者公司章程、股东大会决议,致使公司遭受严重损失的,参与决议的董事对公司负赔偿责任。但经证明在表决时曾表明异议并记载于会议记录的,该董事可以免除责任。

3. 经理

股份有限公司设经理,由董事会决定聘任或者解聘。有限责任公司经理职权的规定适用于股份有限公司经理。公司董事会可以决定由董事会成员兼任经理。

(三)监事会

1. 监事会的组成和职权

股份有限公司设监事会,其成员不得少于 3 人。监事会应当包括股东代表和适当比例的公司职工代表,其中职工代表的比例不得低于 1/3,具体比例由公司章程规定。监事会中的职工代表由公司职工通过职工代表大会、职工大会或者其他形式民主选举产生。

监事会设主席 1 人,可以设副主席。监事会主席和副主席由全体监事过半数选举产生。董事、高级管理人员不得兼任监事。监事的任期每届为 3 年。监事任期届满,连选可以连任。监事任期届满未及时改选,或者监事在任期内辞职导致监事会成员低于法定人数的,在改选出的监事就任前,原监事仍应当依照法律、行政法规和公司章程的规定,履行监事职务。有限责任公司监事职权的规定适用于股份有限公司经理。监事会行使职权所必需的费用,由公司承担。

2. 监事会会议

监事会主席召集和主持监事会会议;监事会主席不能履行职务或者不履行职务的,由监事会副主席召集和主持监事会会议;监事会副主席不能履行职务或者不履行职务的,由半数以上监事共同推举一名监事召集和主持监事会会议。监事会每6个月至少召开1次会议。监事可以提议召开临时监事会会议。监事会的议事方式和表决程序,除公司法有规定的外,由公司章程规定。监事会决议应当经半数以上监事通过。监事会应当对所议事项的决定作成会议记录,出席会议的监事应当在会议记录上签名。

### 四、股份有限公司的股份发行和转让

(一)股份有限公司的股份发行

1. 股份及其形式。股份有限公司的资本划分为股份,每1股的金额相等。公司的股份采取股票的形式。股票是公司签发的证明股东所持股份的凭证。股份的发行,实行公平、公正的原则,同种类的每一股份应当具有同等权利。同次发行的同种类股票,每股的发行条件和价格应当相同;任何单位或者个人所认购的股份,每股应当支付相同价额。股票发行价格可以按票面金额,也可以超过票面金额,但不得低于票面金额。股票采用纸面形式或者国务院证券监督管理机构规定的其他形式。股票应当载明下列主要事项:(1)公司名称;(2)公司成立日期;(3)股票种类、票面金额及代表的股份数;(4)股票的编号。股票由法定代表人签名,公司盖章。发起人的股票,应当标明发起人股票字样。

2. 股票的种类。公司发行的股票,可以为记名股票,也可以为无记名股票。公司向发起人、法人发行的股票,应当为记名股票,并应当记载该发起人、法人的名称或者姓名,不得另立户名或者以代表人姓名记名,以避免发起人逃避财产责任和公司将法人股化为私有。记名股票应当置备股东名册,并记载下列事项:(1)股东的姓名或者名称及住所;(2)各股东所持股份数;(3)各股东所持股票的编号;(4)各股东取得股份的日期。发行无记名股票的,公司应当记载其股票数量、编号及发行日期。其他种类的股份发行由国务院另行作出规定。

3. 股票的交付。股份有限公司成立后,即向股东正式交付股票。公司成立前不得向股东交付股票。

4. 新股发行。首先,股东大会应当对下列事项作出决议:(1)新股种类及数额;(2)新股发行价格;(3)新股发行的起止日期;(4)向原有股东发行新股的种类及数额。新股发行

价格可以根据公司经营情况和财务状况,确定其作价方案。其次,公司向国务院证券监督管理机构申请核准公开发行新股,公司经批准后,公告新股招股说明书和财务会计报告,并制作认股书。如果公司公开发行新股,还应当与依法设立的证券公司签订承销协议,与银行签订代收股款协议。最后,公司发行新股募足股款后,向公司登记机关办理变更登记,并予以公告。

（二）股份有限公司的股份转让

1. 股份转让的一般性规定

股东持有的股份可以依法转让。原则上股份转让自由,但是为维护交易当事人和公司利益,公司法规定,发起人持有的本公司股份,自公司成立之日起1年内不得转让。公司公开发行股份前已发行的股份,自公司股票在证券交易所上市交易之日起1年内不得转让。公司董事、监事、高级管理人员应当向公司申报所持有的本公司的股份及其变动情况,在任职期间每年转让的股份不得超过其所持有本公司股份总数的25%;所持本公司股份自公司股票上市交易之日起1年内不得转让。上述人员离职后半年内,不得转让其所持有的本公司股份。公司章程可以对公司董事、监事、高级管理人员转让其所持有的本公司股份作出其他限制性规定。

股东转让其股份,应当在依法设立的证券交易场所进行或者按照国务院规定的其他方式进行。

2. 记名股票和不记名股票的转让

记名股票,由股东以背书方式或者法律、行政法规规定的其他方式转让;转让后由公司将受让人的姓名或者名称及住所记载于股东名册。股东大会召开前20日内或者公司决定分配股利的基准日前5日内,不得进行前款规定的股东名册的变更登记。但是,法律对上市公司股东名册变更登记另有规定的,从其规定。

无记名股票的转让,由股东将该股票交付给受让人后即发生转让的效力。

3. 对公司股份收购的限制

公司不得收购本公司股份。但是,有下列情形之一的除外:(1)减少公司注册资本;(2)与持有本公司股份的其他公司合并;(3)将股份奖励给本公司职工;(4)股东因对股东大会作出的公司合并、分立决议持异议,要求公司收购其股份的。公司因第(1)项至第(3)项的原因收购本公司股份的,应当经股东大会决议。公司收购本公司股份后,属于第(1)项情形的,应当自收购之日起十日内注销;属于第(2)项、第(4)项情形的,应当在6个月内转让或者注销。公司依照第(3)项规定收购的本公司股份,不得超过本公司已发行股份总额的5%;用于收购的资金应当从公司的税后利润中支出,所收购的股份应当在1年内转让给职工。

公司不得接受本公司的股票作为质押权的标的。因为一旦质押权实现,该股票即转归公司所有,这实际上是变相的收购本公司股票。

### 五、上市公司

#### (一)上市公司的定义

上市公司,是指其股票在证券交易所上市交易的股份有限公司。上市公司的股票,依照有关法律、行政法规及证券交易所交易规则上市交易。

上市公司在1年内购买、出售重大资产或者担保金额超过公司资产总额30%的,应当由股东大会作出决议,并经出席会议的股东所持表决权的2/3以上通过。

#### (二)独立董事和董事会秘书

上市公司要求设立独立董事,具体办法由国务院规定。同时要求设董事会秘书,负责公司股东大会和董事会会议的筹备、文件保管以及公司股东资料的管理,办理信息披露事务等事宜。

#### (三)关联交易的表决

上市公司董事与董事会会议决议事项所涉及的企业有关联关系的,不得对该项决议行使表决权,也不得代理其他董事行使表决权。关联关系是指公司控股股东、实际控制人、董事、监事、高级管理人员与其直接或者间接控制的企业之间的关系,以及可能导致公司利益转移的其他关系。但是,国家控股的企业之间不仅因为同受国家控股而具有关联关系。董事会会议由过半数的无关联关系董事出席即可举行,董事会会议所作决议须经无关联关系董事过半数通过。出席董事会的无关联关系董事人数不足3人的,应将该事项提交上市公司股东大会审议。

#### (四)信息公开制度

上市公司必须依照法律、行政法规的规定,公开其财务状况、经营情况及重大诉讼,在每会计年度内半年公布1次财务会计报告。公司在依法向有关主管部门提供的财务会计报告等材料上作虚假记载或者隐瞒重要事实的,由有关主管部门对直接负责的主管人员和其他直接责任人员处以3万元以上30万元以下的罚款。

# 第五节　外国公司的分支机构

## 一、外国公司分支机构的概念和法律地位

外国公司是指依照外国法律在中国境外设立的公司。外国公司在中国境内设立的分支机构不具有中国法人资格。外国公司对其分支机构在中国境内进行经营活动承担民事责任。

## 二、外国公司分支机构的设立

外国公司要在中国设立分支机构,应当符合以下要求:

1. 外国公司的有关文件。外国公司在中国境内设立分支机构,必须向中国主管机关提出申请,并提交其公司章程、所属国的公司登记证书等有关文件,并且应当在本机构中置备该外国公司章程。

2. 分支机构的名称。外国公司的分支机构应当在其名称中标明该外国公司的国籍及责任形式。

3. 分支机构的代表人或者代理人。外国公司在中国境内设立分支机构,必须在中国境内指定负责该分支机构的代表人或者代理人。

4. 分支机构的资金。外国公司应当向分支机构拨付与其所从事的经营活动相适应的资金。对外国公司分支机构的经营资金需要规定最低限额的,由国务院另行规定。

5. 分支机构的业务活动。经我国主管部门批准设立的外国公司分支机构,在中国境内从事业务活动,必须遵守中国的法律,不得损害中国的社会公共利益,其合法权益受中国法律保护。

### 三、外国公司分支机构的撤销与清算

外国公司撤销其在中国境内的分支机构时,必须依法清偿债务,依照有关公司清算程序的规定进行清算。未清偿债务之前,不得将其分支机构的财产移至中国境外。

### [案例分析]

甲、乙、丙、丁、戊共同组建有限责任性质的咨询公司,注册资本 200 万元,其中甲以货币出资 80 万元,乙以货币出资 40 万元;丙以实物出资,经评估机构评估为 30 万元;丁以其技术出资,作价 40 万元;戊以劳务出资,经全体出资人同意作价 10 万元。公司拟设立董事会,由甲、乙组成。不设监事会,由丙担任公司的监事。

咨询公司成立后,经营一直不景气,丁决定退出公司,将其股份转让给富华公司,并写信告知其他股东,但是其他股东不同意。2 个月后,丁将股份转让给这家公司。后咨询公司增资扩股,但是公司未通知富华公司,其他股东到会一致同意并通过股东会决议。甲在公司经营期间,认为自己作为执行董事十分辛苦,于是决定给自己增加报酬 3 万元,乙未与他人商量,私自以咨询公司的名义为其好友的一笔 20 万元债务提供了担保。

问题:

1. 咨询公司设立需具备哪些条件?

2. 咨询公司组建过程中,各股东的出资是否符合公司法的规定? 为什么?

3. 咨询公司的组织机构设置是否符合公司法的规定? 为什么?

4. 丁的股份转让是否符合规定? 为什么?

5. 公司有关增资扩股的股东会决议是否有效? 为什么?

6. 甲为自己增加报酬是否具有法律效力?

7. 咨询公司提供的担保是否有效? 应该如何处理?

# 练习与思考

## 一、名词解释

公司、公司资本制度、公司章程、公司债券、公司立法体例、有限责任公司、股份有限公司。

## 二、思考题

1. 简述公司的种类。
2. 简述公司与个人独资企业、合伙企业的区别。
3. 公司债券的概念和分类。
4. 简述公司清算的种类和程序。
5. 简述有限责任公司的设立条件和程序。
6. 简述有限责任公司股东对外转让出资的条件。
7. 简述有限责任公司组织机构的设置及其职权。
8. 简述对一人公司的特殊规定。
9. 简述股份有限公司的特征、设立条件和程序。
10. 简述股份有限公司组织机构的设置及其职权。
11. 简述外国公司分支机构的概念和法律地位。
12. 简述外国公司分支机构的设立条件和程序。

# 第七章

# 破产法律制度

本章主要介绍我国的破产法律制度。通过本章学习,要求对破产法的基本概念和基本原理、破产案件的申请和受理、债权人会议、和解和整顿程序、破产宣告与清算等有比较清楚的了解。重点掌握破产法的适用范围、破产案件的申请和受理、债权人会议的职权、破产宣告和清算。

## 第一节 破产程序概述

### 一、破产和破产法

破产是商品经济社会发展到一定阶段必然出现的现象,它是商品经济法律体系中重要的组成部分。我国的破产法诞生之后,对市场经济建设和经济体制改革起了重要作用。在传统破产法中,"破产"的含义首先意味着是一种法律地位,它必然伴随着倒闭起算的结果;其次,它还意味着在债务人无力清偿的情况下以其财产对债权人进行公平清偿的法律程序。在传统破产法上,这种法律程序主要是指破产清算程序,它的基本目的是将债务人的全部财产公平清偿全体债权人,这也是破产制度的基本原则。在现代破产法上,"破产"是一种事实状态,它并非一定导致破产清算程序的发生。当债务人无力清偿债务时,债务人和债权人有不同选择,或是协商解决,或是依照破产法提出破产申请;其次破产案件受理后,并不一定进入倒闭清算程序,债务人可以通过再建程序,如和解和整顿程序来解决债务问题。因此现代意义的破产是指债务人不能清偿到期债务或负债超过资产时,由法院强制执行其全部财产,公平清偿全体债权人,或者在法院主持下,由债务人与债权人会议达成和解协议,避免导致清算的法律制度。破产法是规定债务人不能清偿到期债务或负债超过资产时,由法院宣告其破产,并主持对其全部财产强制进行清算,公平清偿全体债权人,或由债务人与债权人会议达成和解协议,进行企业重整,避免破产的法律规范的总称。现代意义上的破产法是由破产清算和破产避免的法律制度共同组成的。

破产法是兼有实体法和程序法的综合性法律规范。破产法所要解决的基本问题是法院如何通过破产程序来处理债务清偿不能的客观事实,保障债的最终公平清偿。它包括了大量的实体性规范,如破产原因、破产财产、破产债权以及破产中的取回权、别除权、抵消权等,这些实体规范是破产法的一个重要内容。同时,破产法又兼有程序法的性质,其程序性规范主要有:破产案件的管辖、破产申请的提出和受理、破产宣告、债权人会议、清算组、破产财产的处理与分配、和解与整顿程序、破产程序的终结等。因此,破产法是兼有程序法和实体法双重性质的综合性法律。

### 二、破产制度的作用

破产法作为规范商事主体退出市场的法律制度,其意义主要表现为以下几方面:

1. 对债权人来说,通过破产程序,可以使他们的债权请求得到公平的待遇,避免了在缺乏公平清偿秩序的情况下可能受到的损害。

2. 对债务人企业来说,破产制度可以起到两方面作用:一是通过破产淘汰落后;二是通过和解、重整、破产企业的整体变价等破产程序及制度,使企业能够获得复苏机会,并重新发展。而对于自然人来说,破产制度还为他们提供了重新开始的机会。

3. 对社会来说,破产制度的意义,首先在于能够实现优胜劣汰的市场竞争机制,使市场资源能有效地、合理地利用,促进社会经济的发展;其次,妥善处理破产事件,尽量减少因企业破产给社会带来的消极影响,合理解决破产企业职工的安置、就业问题,有利于社会的安定。

### 三、我国破产法律规范及其适用

我国的破产法律制度是在计划经济体制向市场经济体制的过渡中,伴随着企业法人制度的逐步确立和完善而建立起来的。我国目前破产法律制度主要由以下几部分构成:

1.《中华人民共和国企业破产法(试行)》。该法于 1986 年 12 月提交第六届全国人大常委会第十八次会议审议,并最终获得通过。自 1988 年 11 月 1 日正式试行,但仅适用于全民所有制企业。

2.《中华人民共和国民事诉讼法》第 19 章规定的"企业法人破产还债程序"。鉴于《破产法》仅适用于全民所有制企业,而全民所有制企业以外的其他企业同样需要破产法的调整,因此在该法中作出了上述规定,它适用于非国有的法人企业的破产还债,如具有法人资格的集体企业、联营企业、私人企业以及设在中国领域内的中外合资经营企业、中外合作经营企业和外资企业等企业的破产案件,但不包括非法人的企业、个体工商户、农村承包经营户和个人合伙。

3. 有关破产的司法解释。主要包括最高人民法院发布的《关于贯彻执行〈中华人民共和国企业破产法（试行）〉若干问题的意见》《关于适用〈中华人民共和国民事诉讼法〉若干问题的意见》《关于人民法院审理企业破产案件若干问题的紧急通知》和《关于当前人民法院审理企业破产案件应当注意的几个问题的通知》，这些司法解释对国有企业和非国有法人企业的破产还债作了许多具体的说明和解释，对破产案件正确适用法律具有重要的指导意义。

4. 国务院及各部委颁布的破产行政法规与规章。主要有国务院发布的《关于在若干城市试行国有企业破产有关问题的通知》，国家经贸委、中国人民银行发布的《关于试行国有企业兼并破产中若干问题的通知》和国务院发布的《关于在若干城市试行国有企业兼并破产和职工再就业有关问题的补充通知》，这些行政法规与规章对破产企业职工的安置、破产财产的处置、银行贷款损失处理、银行代表参加政府制定破产预案、试点破产的组织领导等破产法实施中的一些难点作出了较为具体的规定，使破产试点工作能够顺利进行。

5. 有关破产的地方性行政法规。

此外，我国公司法、企业法中也有对公司、企业的破产和清算的法律规定，这些规定也是我国现行破产法律体系的组成部分。

根据现行的相关破产法律制度的规定，只有全民所有制企业、具有法人资格的集体企业、联营企业、私人企业以及设在中国领域内的中外合资经营企业、中外合作经营企业和外资企业才能适用破产制度，其他企业和自然人并不适用。随着我国社会经济的发展，这些对破产主体的限制规定越来越不适应形势发展的需要。目前许多国家规定破产主体既包括法人，也包括自然人。我国也应当借鉴国外破产法律制度的立法经验，规定合伙企业、个人独资企业等和自然人均可以破产，扩大破产主体的范围。

### 四、破产案件的管辖

破产案件的管辖是指法院内部对破产案件受理上的分工，包括地域管辖和级别管辖。

**(一)破产案件的地域管辖**

根据法律规定，企业破产案件属于一般地域管辖，无论是债权人还是债务人提出申请，均由作为债务人的企业法人住所地人民法院管辖。债务人住所地是指债务人的主要办事机构所在地。债务人无办事机构的，由其注册地人民法院管辖。

**(二)破产案件的级别管辖**

关于破产案件的级别管辖，最高法院《关于审理企业破产案件若干问题的规定》第2条、第3条规定：(1)基层法院一般管辖县、县级市或区的工商行政管理机关核准登记企业的破产案件。(2)中级法院一般管辖地区、地级市(含本级)以上工商行政管理机关核准登记企业的破产案件；纳入国家计划调整的企业的破产案件，由中级人民法院管辖。(3)个别案件的级别管辖,上级人民法院有权审理下级人民法院管辖的企业破产案件,也可以将本院管辖的企业破产案件移交下级人民法院审理。下级人民法院管辖的企业破产案件,认为需要由上级人民法院审理的,可以报请上级人民法院审理。省、自治区、直辖市范围内因特殊情况需对个别企业破产案件的地域管辖作调整的,必须经共同的上级人民法院批准。

1994 年全国人大财经委员会根据第八届人大常委会立法规划的要求,拟订了《中华人民共和国破产法(草案)》,并于 1995 年 9 月将该草案提交全国人大常委会,从公布的第八届全国人大常委会的立法规划来看,破产法应属于 1995 年出台的立法文件之一,但由于各种原因,一直未能付诸审议。目前,新破产法的起草工作仍在进行之中。

# 第二节　破产案件的申请和受理

## 一、破产原因

破产原因,又称破产界限,是指在什么情况下法院可以宣告债务人破产。企业只有达到了法定的破产界限,债权人或者债务人才能提出破产申请,法院也才能进行破产宣告。这是法院受理破产案件的条件。目前各国关于破产原因的立法通例是以债务人不能清偿到期债务为其原因。我国现行立法关于破产的原因由于主体的不同而有所不同。

（一）国有企业

《破产法》第 3 条规定:"企业因经营管理不善造成严重亏损,不能清偿到期债务的,依照本法规定宣告破产。"按照此规定,企业破产需要具备三个要件:一是企业经营不善;二是严重亏损;三是不能清偿到期债务。这意味着,首先不能清偿到期债务如果不是由于经营不善而导致的,不具备破产条件;其次必须要达到严重亏损状态,否则不具备破产条件。但是目前尚无对于"经营管理不善"以及"严重亏损"的认定标准,排除了因其他原因导致清偿不能实行破产的可能性,在实践中也难以操作。

关于"不能清偿到期债务",是指债务人对请求偿还的到期债务,因丧失清偿能力而无法偿还的客观经济状况。其内容包括:(1)债务人不能清偿的是期限已经届满的债务,且不限于金钱债务;(2)债权人已提出清偿要求;(3)债务人明显丧失清偿能力,不能以财产、信用或能力等任何方法清偿债务。债务人停止支付到期债务并呈连续状态,如无相反证据,可以推定为"不能清偿到期债务"。

（二）非国有企业

《民事诉讼法》第 199 条规定:"企业法人因严重亏损,无力清偿到期债务",即达破产界限。按照此规定,企业破产需要具备两个要件:一是严重亏损;二是不能清偿到期债务。在非国有企业中,如果企业的组织形式是公司,应当按照公司法的相关规定。新修改的

《公司法》第 188 条规定："清算组在清理公司财产、编制资产负债表和财产清单后,发现公司财产不能清偿债务的,应当依法向人民法院申请宣告破产。"对于公司而言,破产只需具备不能清偿债务一项法律事实。

破产界限是法院裁定并宣告债务人破产的法律标准,但并非所有达到破产界限的企业均应被宣告破产。各国出于社会政策的需要,通常都规定不予宣告破产的某些特殊情形。我国对债权人申请宣告破产的企业作了两项不予宣告破产和一项中止破产程序的规定:一是公用企业和与国计民生有重大关系的企业,政府有关部门给予资助或者采取其他措施帮助清偿债务的,不予宣告破产;二是取得担保,自破产申请之日起 6 个月内清偿债务的,不予宣告破产;三是企业的上级主管部门申请整顿并且经企业与债权人会议达成和解协议的,中止破产程序。这一规定充分体现了我国企业破产法着眼于对濒临破产的企业的整顿和挽救,尽量减少破产所带来的负面作用,减少社会资源的浪费。

## 二、破产案件的申请

破产申请,是指债权人或者债务人向人民法院提出宣告债务人破产的请求。申请(被申请)破产的债务人应当具备法人资格,不具备法人资格的企业、个体工商户、合伙组织、农村承包经营户不具备破产主体资格。破产申请必须采用书面形式提出。债权人和债务人均可以提出破产申请。

### (一)债权人申请

根据《企业破产法》第 7 条规定,当债务人不能清偿到期债务时,债权人有权提出破产申请。债权人提出破产申请时,其申请应包括以下内容:(1)债权发生事实及有关证据;(2)债权性质、数额,有无财产担保,有财产担保的,应当提供证据;(3)债务人不能清偿到期债务的证据。

### (二)债务人申请

根据《企业破产法》第 8 条规定,债务人经其上级主管部门同意,可以申请宣告破产。根据最高法院《关于审理企业破产案件若干问题的规定》第 5 条、第 6 条的规定,债务人申请破产,应当向人民法院提交下列材料:(1)书面破产申请;(2)企业主体资格证明;(3)企业法定代表人与主要负责人名单;(4)企业职工情况和安置预案;(5)企业亏损情况的书面说明,并附审计报告;(6)企业至破产申请日的资产状况明细表,包括有形资产、无形资产和企业投资情况等;(7)企业在金融机构开设账户的详细情况,包括开户审批材料、账号、资金等;(8)企业债权情况表,列明企业的债务人名称、住所、债务数额、发生时间和催讨偿还情况;(9)企业债务情况表,列明企业的债权人名称、住所、债权数额、发生时间;(10)企业涉及的担保情况;(11)企业已发生的诉讼情况;(12)人民法院认为应当提交的其他材料。

此外,全民所有制企业向人民法院申请破产时,应当提交该企业的上级主管部门同意其破产的文件；其他企业向人民法院申请破产时，应当提供其开办人或者股东会议决定企业破产的文件。申请人还应当按照规定向人民法院缴纳破产案件的受理费，此费用属于垫付性质，在破产程序开始后从破产财产中拨还。

申请人提出破产申请后，可以在法院受理前请求撤回，是否准许，由法院裁定。经法院准许的撤回破产申请的，不影响申请人以后再次提出破产申请。人民法院受理破产案件后，破产程序即告开始。破产程序是涉及到众多债权人的受偿程序，只有在具备法定事由时才能够予以终止，申请人请求撤回申请不是破产程序的法定终止事由，因此在人民法院受理破产案件后，申请人在法院受理破产案件后申请撤回，法院会予以驳回。

### 三、破产案件的受理

#### （一）人民法院对破产申请的审查

破产案件的受理是指人民法院就破产申请进行审查后，对其中符合法定申请条件和要求的案件予以立案的行为，由此开始破产程序的司法行为。人民法院收到破产申请后，应当在7日内进行审查并决定是否立案：人民法院经审查，认为符合受理条件的，应当在7日内予以立案；认为不符合受理条件的，也应当在7日内通知申请人，并说明理由。如果破产申请人提交的材料需要更正、补充的，人民法院可以限期申请人更正、补充。按期更正、补充材料的，人民法院自收到更正、补充材料之日起7日内决定是否立案；未按期更正、补充的，视为撤回申请。在人民法院决定受理企业破产案件前，破产申请人可以请求撤回破产申请。人民法院决定受理企业破产案件的，应当制作案件受理通知书，并送达申请人和债务人。法院制作通知书的时间，为破产案件受理的时间。

对破产案件申请的审查包括形式审查和实质审查。

1. 形式审查

形式审查是判定破产申请是否具备法律规定的破产申请形式要件的工作程序。形式审查主要包括以下几项内容：(1)申请人是否具备破产申请的资格(即是否是债权人或债务人)；(2)申请材料是否符合法律规定；(3)本法院是否对案件有管辖权；(4)债务人是否属于破产法适用范围内的民事主体。

2. 实质审查

实质审查是判定破产申请是否具备法律规定的实质要件的工作程序。这是法律事实的审查，对这些事实的确定需要一个调查和证明的过程，而这个过程的完成只能在破产程序开始后才可能进行。因此破产案件受理过程中的实质审查是一种表面事实的审查。

人民法院经审查发现有下列情况的，应当作出不予受理破产申请的裁定：(1)债务人有隐匿、转移财产等行为，为了逃避债务而申请破产的；(2)债权人借破产申请毁损债务人商业信誉，意图损害公平竞争的。

如果人民法院受理企业破产案件后，发现有下列情形的之一的，应当裁定驳回破产申请：(1)不符合法律规定的破产案件受理条件；(2)债务人有隐匿、转移财产等行为，为了逃避债务而申请破产的；(3)债权人借破产申请毁损债务人商业信誉，意图损害公平竞争的；(4)债务人巨额财产下落不明且不能合理解释财产去向的。

根据最高法院《关于审理企业破产案件若干问题的规定》第13条、第14条的规定，破产申请人对不予受理破产申请的裁定和驳回破产申请的裁定不服的，可以在裁定送达之日起10日内向上一级人民法院提起上诉。

（二）人民法院受理破产案件后的工作

法院受理破产案件后，应依法组成合议庭进行审理，合议庭在法定期限内应完成以下工作：

1. 发出开始破产程序的公告。公告应包括以下内容：(1)立案时间；(2)破产案件的债务人；(3)债权人申请债权的期限、地点和逾期未申报的法律后果；(4)第一次债权人会议召开的时间、地点及其他具体事项。

2. 合议庭应于作出受理破产案件的裁定后10日内通知债务人，在收到债务人提交的债务清册后10日内通知已知的债权人申报债权。

3. 向债务人的开户银行发出协助执行通知书，通知要求银行停止办理债务人清偿债务的结算业务。开户银行支付维持债务人正常生产经营所必需的费用，需经法院许可。

4. 应当向破产企业职工发布公告，要求他们保护好企业财产，不得非法处理企业的账册、文书、资料和印章，不得隐匿、私分、无偿转让、非正常压价出售企业的财产。

5. 通知债务人自收到通知之日起停止清偿债务，在清算组接管破产企业之前，正常生产经营必须偿付的，须经法院审查批准。

6. 应当自宣告企业破产之日起15日内依法成立清算组，接管破产企业。

7. 通知破产企业的法定代表人向清算组办理交接手续，在破产程序终结前，不得擅离职守。

（三）人民法院受理破产案件的法律后果

人民法院受理破产案件后，产生以下法律后果：

1. 对债务人的约束

自破产案件受理后，债务人应当承担以下义务：

(1)妥善保管企业财产及相关资料的义务、说明义务、提交资料的义务。债务人掌握着企业财产、经营和其他方面的重要信息，这些是正确审理破产案件的重要条件。因此，保护企业的财产和相关资料，如账册、文书、资料和印章等，如实地说明企业的情况并提交相关资料，是债务人在企业破产过程中的重要义务。

(2)不得对个别债权人清偿的义务。破产程序开始后，未经人民法院许可，债务人不得对个别债权人清偿债务。债务人正常生产经营所必需的费用（如水电费等），需经人民法院审查批准，方可支付。

## 2. 对债权人的约束

破产程序的重要任务就是维护全体债权人公平受偿。因此破产程序的一个重要法律后果就是停止债权人的个别追索行为。这主要表现为：

(1)破产案件受理后，债权人只能通过破产程序行使权利，债权人不得向债务人进行个别追索。债权人在法院公告指定的期限内申报登记债权。根据破产法的规定，债权人应当在收到通知后1个月内，未收到通知的债权人应当在公告之日起3个月内，向法院申请债权，说明债权的数额和有无财产担保，并提交有关材料，逾期未申报的，视为自动放弃债权。

(2)债务人的开户银行，不得扣划债务人的存款和汇入款抵还贷款。违反此规定，扣划无效，银行应当退回扣划的款项。

## 3. 对其他人的约束

法院受理破产案件后，对与破产债务人有其他关系的人也会产生一定的法律效力。

(1)债务人开户银行的协助义务。破产案件受理后，人民法院向开户银行发出协助执行通知书，银行应当停止办理债务人清偿债务的结算业务；支付债务人维护正常业务所必需的费用时，需经人民法院许可。

(2)债务人企业职工保护企业财产的义务。破产案件受理后，人民法院应当向企业职工发布公告。企业职工应当保护好企业财产，不得非法处理企业的账册、文书、资料和印章，不得隐匿、私分、无偿转让、非正常压价出售企业的财产。

(3)债务人对其承担保证责任的债权人。根据有关司法解释，破产企业债务人担任其他单位保证人的，债务人应当在收到法院破产案件立案通知后5日内转告有关当事人。债权人得知保证人(债务人)破产的情事后，享有是否将其债权作为破产债权的选择权。债权人既不参加破产程序又不告知保证人的，保证人的保证义务即自行终止，此后债权人只能向主债务人追究民事责任。债权人参加破产程序的，债权人在破产宣告时所享有的债权额即为破产债权，参加分配后仍可就其未受清偿的债权向被保证的主债务人要求清偿。

## 4. 对其他民事程序的影响

法院受理破产案件后，正在进行的对债务人财产的其他民事诉讼程序和执行程序必须中止或终结。根据最高人民法院的司法解释，法院受理破产案件后，以破产企业为债务人的其他经济纠纷案件，根据下列不同情况分别处理：(1)已经审结但未执行的，应当中止执行，由债权人凭生效的法律文书向受理破产案件的法院申报债权。(2)尚未审结且另无连带责任人的，应当终结诉讼，由债权人向受理破产案件的法院申报债权。(3)尚未审结且另有连带责任人的，应当中止诉讼，由债权人向受理破产案件的法院申报债权，待破产程序终结后，恢复审理。(4)以破产企业为债权人的其他经济纠纷，受诉法院不能在3个月内结案时，应当移送受理破产案件的法院，由受理破产案件的法院按照最高人民法院司法解释中对破产企业债务人的有关规定办理,解决债务问题。法院受理破产案件后,发现破产企业作为债权人的案件在其他法院受理,并且在 3 个月内难以审结的,应通知该法院向其移送案件。(5)法院发布公告后,债权人只能向受理破产案件的法院申报债权,不得另行提起新的诉讼。(6)破产案件受理后,对债务人财产的其他民事诉讼程序必须中止,包括未执行或未执行完毕的民事生效判决、民事生效裁定及经公证机关公证的依法可强制执行的债权文书。(7)对于已经查封、扣押、冻结或者以其他方式予以保全的债务人的财产,应当解除保全措施,纳入破产财产的管理。

## 第三节　债权人会议

### 一、债权人会议的概念及其组成

债权人会议,是在法院指导和监督下,表达全体债权人意志,代表债权人整体利益而参与破产程序并集体行使权力的决议机构。自治原则是债权人会议的基本原则。根据这一原则,债权人会议能够就债权人有关权利的行使和处分独立地作出决议,债权人在债权人会议上享有充分的自由表达和自由表决的权利,可以就债权确认、与债务人和解、破产财产变价和分配等重大事项作出决议。同时,也是全体债权人对有关破产事项行使监督权的组织形式。

所有债权人都是债权人会议成员。这里所说的债权人,是指在法定期限内,已向法院申报债权的人,包括有财产担保的债权人、无财产担保的债权人和代替债务人清偿债务后的保证人等,不包括放弃债权的债权人。依其成员是否享有表决权可分为两类:一是享有表决权的债权人,包括无财产担保的债权人,有财产担保但放弃其优先受偿权利的债权人,担保物价款不足以清偿其担保债权的债权人就其未受清偿的债权享有表决权,债务人的保证人代替债务人清偿债务后,可以作为债权人,享有表决权;二是无表决权的债权人,主要指有财产担保的债权人,由于其就担保物享有优先受偿权,其受偿与破产程序无关,故不享有表决权。

债权人会议设有主席,债权人会议主席由人民法院在有表决权的债权人中指定。债权人会议主席通常由与债务人无特别关系,债权数额较大,与债务人同处一地的债权人担任较为适宜。债权人会议主席主持债权人会议,在其认为必要时有权决定召开债权人会议。同时,债权人会议主席应亲自行使职权,不得委托他人代理。如果其本人不能主持,可以由法院临时指定会议主席,必要时也可以由人民法院另行指定债权人会议主席。在某些情况下,人民法院可以指定多名债权人会议主席,成立债权人会议主席委员会。债权人可以委托代理人出席债权人会议,并可以授权代理人行使表决权,但应当向人民法院或者债权人会议主席提交授权委托书。债务人的上级主管部门可以派员列席债权人会议。

债务人的法定代表人必须列席债权人会议,回答债权人的询问;拒绝列席的,人民法院可以依照规定拘传。

第一次债权人会议应当在人民法院受理破产案件公告 3 个月期满后召开,由人民法院召集并主持。以后的债权人会议在人民法院或者债权人会议主席认为必要时召开,也可以在清算组或者占无财产担保债权总额 1/4 以上的债权人要求时召开。第一次债权人会议后又召开债权人会议的,债权人会议主席应当在发出会议通知前 3 日报告人民法院,并由会议召集人在开会前 15 日将会议时间、地点、内容、目的等事项通知债权人。除债务人的财产不足以支付破产费用,破产程序提前终结的以外,不得以一般债权的清偿率为零为理由取消债权人会议。

### 二、债权人会议的职权

根据《企业破产法》第 15 条的规定,债权人会议享有以下三项职权:

1. 审查有关债权的证明材料,确认债权有无财产担保及其数额。这项职权是债权人会议的首要职权。在债权人会议上,人民法院应当提供债权表和所有证明材料,方便债权人随时查阅。债权人对个别债权的成立、性质、数额及担保有疑问或异议的,可以向申报人提出询问或异议。债权人申报的债权经审查无异议的,通过债权人会议决议加以确认。对于债权未被确认或者对确认的债权数额有异议的,可以请求人民法院裁决。

2. 讨论通过和解协议草案。债权人有权对债务人提交的和解协议草案进行讨论,并作出是否接受的决议。和解协议经债权人会议形成决议发生法律效力。因此,对于和解协议草案不得以债权人的私下意思表示或法院的决定代替债权人会议的决议。

3. 讨论通过破产财产的处理和分配方案。破产财产的变价和分配方案,直接关系到债权人清偿利益的实现,因而这项权利只能由债权人会议行使。按照我国现行破产程序,破产财产的处理和分配,由清算组提出方案,交债权人会议讨论通过。在实践中,由于债权人之间既有利益一致性,又有差异,如果长时间无法通过决议,则必将增加费用,从而损害债权人利益。按照最高人民法院司法解释,清算组提出破产财产分配方案,经债权人会议多次讨论仍未通过的,人民法院应当根据具体案件情况及时作出裁定。

### 三、债权人会议的召集

#### (一)债权人会议的召集

第一次债权人会议由法院主持,以后的债权人会议由会议主席主持。第一次债权人会议应当在债权申报期限届满后 15 日内召开,法院不能提前或无故推迟召开第一次债权人会议。以后的债权人会议在法院或会议主席认为必要时召开,也可以在清算组或者占无财产担保债权总额的 1/4 以上的债权人要求时召开。

人民法院召集第一次债权人会议时,应当宣布债权人资格审查结果,指定并宣布债权人会议主席,宣布债权人会议的职权及其他有关事项,并通报债务人的生产、经营、财产、债务的基本情况。召开债权人会议,召集人应在开会前7日,外地应为20日,将会议的时间、地点、内容、目的等事项通知债权人。债权人可以委托代理人出席债权人会议,行使表决权。代理人应向人民法院或债权人会议主席提交由委托人签名盖章的授权委托书。债务人的上级主管部门可以派员列席债权人会议。债务人的法定代表人必须列席债权人会议,并有义务回答债权人等的询问,拒绝列席会议的,法院可依据民事诉讼法的有关规定对其拘传,强制列席。

根据最高人民法院《关于审理企业破产案件若干问题的规定》第42条的规定,债权人会议一般包括以下内容:

1. 宣布债权人会议职权和其他有关事项;

2. 宣布债权人资格审查结果;

3. 指定并宣布债权人会议主席;

4. 安排债务人法定代表人或者负责人接受债权人询问;

5. 由清算组通报债务人的生产经营、财产、债务情况并作清算工作报告及提出财产处理方案及分配方案;

6. 讨论并审查债权的证明材料、债权的财产担保情况及数额,讨论通过和解协议,审阅清算组的清算报告,讨论通过破产财产的处理方案与分配方案等;

7. 根据讨论情况,依照《企业破产法》第16条的规定进行表决。债权人会议讨论的内容应当笔录。

(二)债权人会议的议决程序

《企业破产法》第十六条规定:"债权人会议的决议,由出席会议的有表决权的债权人过半数通过,并且其所代表的债权额,必须占无财产担保债权总额的半数以上,但是通过和解协议草案的决议,必须占无财产担保债权总额的2/3以上。"由此可见,债权人会议决议的通过,应当同时具备两个条件:一是出席会议的有表决权的债权人的人数过半;二是所代表的债权数额占的财产担保债权总额的过半或2/3,和解协议草案决议的通过相对一般决议的通过更为严格,这是因为和解协议将对全体债权人的利益产生重大影响,必须体现绝大多数债权人的意愿。这里所说的"过半数"不包括本数,"半数以上"和"2/3以上"均包括本数。

(三)债权人会议决议及其效力

我国《企业破产法》第16条第2款规定:"债权人会议的决议,对于全体债权人均有约束力。"债权人会议决议是债权人会议代表全体债权人所实施的民事法律行为,债权人会议的决议一旦按法定程序通过,全体债权人都必须遵守,即使未出席会议参加表决的债权人和虽然已经出席债权人会议但不同意该决议的债权人也不能例外。

为了保证债权人会议决议的正确性,最高人民法院《关于审理企业破产案件若干问题的规定》第 43 条规定了决议违法时如何纠正的方法："债权人认为债权人会议决议违反法律规定或者侵害其合法权益的,可以在债权人会议作出决议后 7 日内向人民法院提出,由人民法院依法裁定。"法院接到债权人的申请后,应当就会议的召集、表决的程序、决议的内容等事项进行审查。如认为决议确实违法的,应当裁定撤销,命债权人会议重新作出决议;如认为决议不违法,则裁定驳回申请,维持原决议。债权人会议决议在未被人民法院裁定撤销前,不停止执行。

根据最高人民法院的司法解释,行使表决权的债权人所代表的债权额,按债权人会议确定的债权额计算。对此有争议的,由人民法院审查后裁定,并按裁定所确定的债权额计算。清算组提出的财产分配方案经债权人会议两次讨论未获通过的,由人民法院依法裁定。对此裁定,占无财产担保债权总额半数以上债权的债权人有异议的,可以在人民法院作出裁定之日起 10 日内向上一级人民法院申诉。上一级人民法院应当组成合议庭进行审理,并在 30 日内作出裁定。在债权人会议不能就债务人继续营业、债务人财产管理方案、破产财产变价方案等事项形成决议时,人民法院有权裁定。

# 第四节　和解和整顿

破产制度在维护社会经济秩序,保障债权人、债务人合法利益等方面有重要意义。但是破产制度也会带来一些消极影响。破产清算可能导致债权人实际获得的清偿不多,债务人破产不仅造成职工大量失业,而且对社会财富和生产力发展来说也可能造成浪费。因此,破产和解、整顿制度应运而生。

## 一、破产和解制度的概念及特征

破产和解,是指破产程序开始后,经由债务人与债权人会议达成协议,就债务人延期清偿债务、减免债务、进行整顿等事项达成协议,以中止破产程序,挽救企业的法律行为。和解是一种特殊的法律行为,不仅需要债权人会议与债务人意思表示一致,而且要经过人民法院的裁定认可,方能生效。

（一）破产和解制度的法律特征

1. 破产和解适用于已具备破产原因的债务。传统的破产制度是以债权人为中心的强制偿债制度,强调的是债权人利益的绝对维护,未能兼顾债务人的利益和破产所带来的社会影响。而破产和解制度则给予了债务人以复苏的机会,能够减少破产给社会带来的不利影响。

2. 破产和解通常由债务人提出。

3. 破产和解以避免破产清算为目的的。在符合法律规定的前提下,债务人为避免破产清算进行的破产和解是法律所允许的。破产和解的目的在于尽可能地减少破产清算案件带来的消极后果。债务人破产可能导致债权人获得比例很低的清偿,债权人因此蒙受巨大的损失,破产和解不失为债权人和债务人了结债务、重新开始的一种选择。

4. 破产和解的内容一般是延期、分期偿还债务,以及免除或者部分免除债务。通过债权人的让步,不仅使债务人获得了拯救的机会,而且往往能够使债权人获得比在破产清算时更多的清偿。

5. 破产和解须由债务人与债权人团体之间达成协议。和解的协议草案应由债务人提出,经由债权人会议表决通过,达成和解协议。和解协议是债务人与债权人团体之间有关债务清偿的具有法律拘束力的协议。

6. 破产和解程序受法定机关监督。和解协议一经债权人会议表决通过,该和解协议即对全体债权人有约束力。为保证和解协议的公正,各国将和解程序置于一定机关的监督之下,其监督范围通常包括:对和解协议的认可;债权人会议的召开;对已经达成的债权人会议和解决议的认可以及对执行和解协议的监督。

(二)我国破产和解的特点

1. 和解程序与整顿程序相结合。所谓整顿,是指在债权人提出破产申请后,破产企业的上级主管部门为了挽救债务人,经由债务人和债权人会议达成协议后,实施的旨在对破产企业进行挽救和复苏的活动。和解与整顿相结合,更有利于保障和解协议的执行。

2. 并非法院作出破产宣告的必经程序,是否进入和解程序完全由当事人自行决定。

3. 和解和整顿只适用于债权人申请破产的案件。根据《企业破产法》的规定,债务人企业只有在得到上级主管部门批准后才能提出破产申请,而整顿申请又只能由债务人的上级主管部门主持。既然主管部门已经决定一个企业申请破产,那么也就意味着这个企业没有挽救的希望;反之,债务人的上级主管部门如果认为企业仍然有挽救的希望,那么就不会批准企业申请破产。因此,和解和整顿只适用于债权人申请破产的案件。

## 二、和解的内容

根据我国破产法的有关规定,国有企业达到破产界限,由债权人申请破产的,在法院受理案件后 3 个月内,其上级主管部门可以申请对该企业进行整顿,整顿期限不超过两年。整顿申请提出后,债务人应当向债权人会议提出和解协议草案,经由债务人与债权人会议达成和解协议,整顿程序才能开始。非国有法人企业破产,无论是债权人还是债务人提出破产申请,在法院受理破产案件后,债务人都可以提出和解协议草案交由债权人会议讨论。债务人提出的和解协议草案应当包括:(1)清偿债务的财产来源;(2)债务人清偿债务的方法;(3)债务人清偿债务的期限。

根据破产法律的相关规定,国有企业上级主管部门申请对债务人企业进行整顿时,应当向法院、债权人会议提交整顿方案。企业无上级主管部门的,企业的股东会议可以通过决议并以股东会议名义申请对企业进行整顿。

### 三、和解的程序

#### (一)和解程序的申请

人民法院受理企业破产案件后,在破产程序终结前,债务人可以向人民法院申请和解,提出和解协议草案。人民法院在破产案件审理过程中,也可以根据债权人、债务人的具体情况向双方提出和解建议。

根据《企业破产法》的规定,和解程序的申请需要符合一定的条件:

1. 必须是人民法院已经受理的破产案件。这是破产和解的实质要件之一,如果法院尚未受理或裁定不予受理,当事人便不能按照破产和解程序处理有关事项。

2. 申请和解的案件必须是债权人提出破产申请的案件。

3. 当债务人是全民所有制企业时,有权提出和解整顿申请的是被申请破产企业的上级主管部门。现在我国企业制度已经向现代企业制度转化,企业破产和解的申请权也不应再由企业的上级行政主管部门行使,应当政企分开,以适应市场经济发展的需要。

4. 破产和解应当在破产案件受理后3个月内向人民法院提出,超出法定期限即丧失申请权利。这一规定目的在于保障破产程序顺利、迅速地进行。

#### (二)和解协议的法律效力

和解协议是由债务人以和解协议草案的形式提出,经由债权人会议通过。债权人会议通过和解协议草案需符合"由出席会议的有表决权的债权人的过半数通过,并且其所代表的债权额占无担保债权总额的2/3以上"的条件。该和解协议经人民法院认可方发生法律效力。这一规定意在保护债权人合法利益和维护公正。生效的和解协议具有以下法律效果:

1. 破产程序中止。债权人会议表决通过和解协议的,应当报请法院审查认可,法院经审查认为协议符合法律规定,应予以认可,作出中止破产程序的裁定,并且发布公告,和解协议自公告之日起具有法律效力。债务人享有继续占有、使用和处分财产的权利。但是企业财产同时也受到破产法的保护,债务人不得向个别债权人清偿债务,相关的个别企业请求给付的民事诉讼、民事执行程序均不得进行。

2. 债务人和债权人受和解协议的约束。债务人和全体债权人必须遵守协议内容,不得擅自变更。和解协议对债务人的约束力主要体现为:债务人必须切实保护企业财产;必须严格地履行和解协议的内容;债务人只能按照和解协议清偿债务,不得给个别债权人以任何特别利益,但公平地给全体债权人以清偿上的利益除外。

和解协议对债权人的约束力主要体现为:和解协议成立前产生的债权人只能按和解协议的规定接受债务清偿,如果债务人不按和解协议规定的内容清偿全部债务的,相关债权人可以申请人民法院强制执行,但和解协议成立后产生的债权人不受协议约束;和解协议无强制执行效力,如债务人不履行协议,债权人只能请求法院终结整顿,宣告其破产。

如果是在人民法院作出破产宣告裁定后,债权人会议与债务人才达成和解协议并经人民法院裁定认可的,人民法院应当裁定中止执行破产宣告的裁定,并公告中止破产程序。债务人不履行或者不能履行和解协议的,经债权人申请,人民法院应当裁定恢复破产程序。

### 四、整顿

#### (一)整顿的概念

所谓整顿,是指破产申请提出并被人民法院受理后,破产债务人的上级主管部门或者股东会议为挽救企业,履行和解协议,向法院提出整顿申请,按照企业制定的计划和方案采取的一系列措施,使企业走出严重亏损的困境,恢复活力。和解与整顿两者密切联系,不可分离。和解是整顿的前提,它为整顿提供了机会,而整顿的目的则是为了保证和解协议的实现。和解协议生效时起,整顿方案付诸实施。我国的破产法律制度将和解与整顿密切结合起来。根据《企业破产法》规定,在这段时期,主要呈现以下特点:首先,企业的整顿由企业的上级主管部门主持,具有行政行为的特点,但同时企业对其他民事主体的关系上仍然具有民事行为特点,企业可以占有、使用、处分财产,可以对外签订合同。其次,债权人会议在企业整顿的过程中享有知情权,企业的整顿状况应当定期向债权人会议报告,但是没有任何决定或干预的权利,根据规定,在整顿期间如果债权人会议发现企业财务状况继续恶化,可以申请终结整顿并宣告企业破产。最后,法院在企业整顿过程中有监督和干预的权力。

#### (二)整顿的申请

申请整顿的主体,企业有上级主管部门的,由被申请宣告破产企业的上级主管部门申请;企业无上级主管部门的,企业股东会议可以通过决议并以股东会议的名义申请对企业进行整顿。申请整顿的有效期限,必须是在人民法院受理案件后3个月内提出,超过此期限即丧失申请整顿的权利。申请整顿时,申请人应当向人民法院、债权人会议提交整顿方案。整顿方案应当具有下列内容:第一,对企业达到破产界限的原因分析;第二,调整或者组建企业新的领导班子的计划;第三,改善经营管理的措施和改造、转产措施的可行性;第四,扭亏增盈的办法;第五,整顿的期限(不得超过2年)和目标等。

人民法院受理破产案件后,被申请破产的企业的上级主管部门不申请整顿,或者虽然申请整顿但被申请破产的企业与债权人会议达不成和解协议的,即可依法宣告被申请破产的企业破产。

#### (三)整顿的进行

根据《企业破产法》第17条规定,对企业进行整顿的期限不超过2年。整顿的主持机关为企业的上级主管部门。没有上级主管部门的,整顿工作由股东会议指定人员负责实施。企业整顿期间,企业的上级主管部门或者负责实施整顿方案的人员应当定期向债权人会议和人民法院报告整顿情况、和解协议执行情况。为了保证整顿工作达到预期的目的,必须加强对整顿工作的监督。对整顿工作的监督体现在两个方面:一是企业的整顿方案应当经过企业职工代表大会讨论,同时企业整顿的情况应当向企业职工代表大会报告,并听取意见;二是企业整顿期间,企业的上级主管部门或者负责实施整顿方案的人员应当定期向债权人会议和人民法院报告整顿情况、和解协议执行情况。

(四)整顿的终结

企业整顿的终结,是指企业整顿期限届满,或者在整顿期间出现法定事由,而结束对该企业的整顿。整顿的终结包括正常终结和非正常终结两种情况。两者的区别在于:前者达到了整顿的预期目的,或者虽未达到整顿的预期目的但整顿期限已经届满;后者则是在整顿期限尚未届满前,因出现某种妨碍整顿的情况而不再继续进行整顿。

整顿的正常终结适用于两种情况:一是经过整顿,企业能够按照和解协议清偿债务;二是整顿期满,企业不能按照和解协议清偿债务。但这两种情况所产生的法律后果不同:对于前者,人民法院应当裁定终结对该企业的破产程序,并且予以公告。对于后者,人民法院应当裁定宣告该企业破产,并依照《企业破产法》第9条的规定重新登记债权和依照《企业破产法》第24条的规定成立清算组,接管破产企业,做好破产财产清理和分配的各项准备工作。

整顿的非正常终结适用于三种情况:第一,整顿期间,企业不执行和解协议的。第二,整顿期间,企业财务状况继续恶化,债权人会议申请终结整顿的。第三,整顿期间企业严重损害债权人利益的,如隐匿、私分或者无偿转让财产,非正常压价出售财产,对原来没有财产担保的债务提供财产担保,对未到期的债务提前清偿,放弃自己的债权等。对于上述三种情况,人民法院应当裁定终结对该企业的整顿,宣告其破产。在上述第一种和第三种情况下,部分债权人或者债权人会议均有权申请终结整顿。由此可见,整顿非正常终结的法律后果是导致破产程序的恢复,并直接进入破产宣告和破产清算阶段。

**五、重整制度**

与和解整顿制度相联系的是重整制度。所谓重整是指已具有破产原因又有再生希望的债务人实施的旨在挽救其生存的积极程序。从破产制度的历史发展来看,单纯以清偿债务为立法目的的破产法越来越无法解决公司及企业破产所带来的一系列社会问题。于是,产生了具有积极拯救功能的制度,即重整制度,它不是单纯以清偿债务的目的,也不像和解制度那样只是消极地避免债务人受破产宣告,而是对其进行积极的挽救,以企再生。从世界破产立法的发展来看,破产、和解与重整已成为现代破产制度的三大基石。重整一般适用于公司,故有学者直接称之为公司的重整。我国《企业破产法》规定的整顿制度,虽然其目的亦旨在挽救破产企业,但是,由于其仅适用于国有企业的破产整顿,并且是由破产企业的上级主管部门提出并主持,带有强烈的行政色彩,而其他国家的重整制度本质上是一种商事行为,因此二者的重整制度是有根本区别的。

# 第五节 破产宣告、破产清算与破产终结

## 一、破产宣告

### (一)破产宣告的概念和特征

破产宣告,是指人民法院在对破产案件审理后认为债务人具备了法定的破产条件,从而作出裁定宣告其破产的法律行为。破产宣告构成破产法上的一个重要事件,这一事件使破产案件不可逆转地进入清算程序,债务人无可挽回地陷入破产倒闭的标志。破产宣告具有以下特征:

1. 破产宣告对于破产案件意味着其进入破产清算程序。在破产案件受理后、破产宣告前,债务人还可以通过提供担保、和解等其他方式避免进入破产清算程序,而一旦破产宣告,则破产案件不可逆转地进入破产清算程序。此时,适用和解与整顿程序等已经无法挽救企业,惟有通过破产清算才能使债权人得到公平清偿,使债务人退出市场。

2. 破产宣告是法院审理破产案件的司法行为。只有法院才能依据其审判职权依法作出债务人破产的裁定。

### (二)破产宣告的依据

债务人具备破产原因,是债务人破产宣告的基本依据和必要条件。根据《企业破产法》第 23 条规定,在以下情形下,法院应当以书面裁定宣告债务人企业破产:

1. 企业不能清偿到期债务,又不具备法律规定的不予宣告破产条件的;

2. 企业被依法终结整顿;

3. 整顿期满,不能按和解协议清偿债务的。

法院宣告企业破产应公开进行,并应发布公告,公告应具有下列内容:(1)破产企业的名称、住所地址;(2)企业亏损、资产负债状况;(3)宣告企业破产的理由和法律依据;(4)宣告企业破产日期;(5)宣告企业破产后企业的财产、账册、文书、资料和印章的保护。

### (三)破产宣告的效力

1. 对破产程序的效力。在破产案件受理后、破产宣告前,债务人还可以通过和解或者其他方式(如取得担保,在短期内清偿债务)而避免破产清算,而一旦宣告破产,则破产案件只能进入破产清算程序,不能逆转。

2. 对债务人的效力。在宣告破产后债务人即成为破产人,其财产亦成为破产财产,债务人丧失对财产和事务的管理权,债务人的财产和事务都由清算人全面接管。

3. 对债权人的效力。破产宣告后,因破产宣告以前的原因而发生的请求权,应当依照破产程序规定受偿。破产法对破产宣告后的债权行使作出了一些特别规定:(1)破产宣告时未到期的债权视为已到期的债权,但应减去未到期之利息;(2)有财产担保的债权人

可以由担保物获得清偿,未获清偿的部分可以申报破产债权;(3)对破产企业负有债务的债权人享有破产抵消权;(4)无担保的债权人只能依破产清算分配方案获得清偿。

4. 对其他人的效力。破产宣告后,与破产人有其他民事关系的第三人,根据破产法的规定,享有相应的权利或承担相应的义务。包括:(1)破产企业的债务人或财产持有人只能向清算组清偿债务或支付财产。(2)破产人占有的属于他人的财产,其权利人可以行使取回权。(3)破产企业的开户银行应当将破产人银行账户供清算人专用。(4)破产企业未履行的合同,由清算组决定解除或者继续履行。(5)破产无效行为的受益人应当返还其受领的利益。如隐匿、私分或者无偿转让财产;非正常压价出售财产;对原来没有财产担保的债务提供财产担保;对未到期的债务提前清偿;放弃自己的债权等行为,均属无效的法律行为。(6)法院应当指定破产企业必要的留守人员。破产企业的法定代表人和财会、统计、保管、保卫人员必须留守,其他需要留守人员及留守人数由清算组决定,并通知破产企业的法定代表人做好移交准备。

根据最高人民法院《关于审理企业破产案件若干问题的规定》第 38 条,破产宣告后,债权人或者债务人对破产宣告有异议的,可以在人民法院宣告企业破产之日起 10 日内,向上一级人民法院申诉。上一级人民法院应当组成合议庭进行审理,并在 30 日内作出裁定。

## 二、破产清算组

### (一)破产清算组的性质和组成

破产清算组是指企业被宣告破产后,由法院指定的,对破产财产实施保管、清理、处理和分配等行为的机构。根据《企业破产法》和最高人民法院司法解释的规定,法院应当自宣告债务人企业破产之日起 15 日内成立清算组,接管破产企业,清算组由法院从企业上级主管部门、财政、工商行政管理、计委、审计、税务、物价、劳动、人事等部门和有关专业人员中指定,清算组可以聘任会计师事务所的会计师及其他必要工作人员。清算组对人民法院负责并且报告工作,接受人民法院的监督。人民法院应当及时指导清算组的工作,明确清算组的职权与责任,帮助清算组拟订工作计划,听取清算组汇报工作。清算组有损害债权人利益的行为或者其他违法行为的,人民法院可以根据债权人的申请或者依职权予以纠正。同时,人民法院还可以根据债权人的申请或者依职权更换不称职的清算组成员。

### (二)破产清算组的职责

清算组是破产企业财产的惟一合法管理者,专门负责破产财产的管理、变价和分配工作,也称为破产管理人。清算组的主要职责是:(1)接管破产企业。包括向破产企业原法定代表人及留守人员接收原登记造册的资产明细表、有形资产清册,接管所有财产、账册、文书档案、印章、证照和有关资料。破产宣告前成立企业监管组的,由企业监管组和企业原法定代表人向清算组进行移交。(2)清理破产企业财产,编制财产明细表和资产负债表,编制债权债务清册,组织破产财产的评估、拍卖、变现。(3)回收破产企业的财产,向破产企业的债务人、财产持有人依法行使财产权利。(4)管理、处分破产财产,决定是否履行合同和在清算范围内进行经营活动并确认别除权、抵消权、取回权。(5)进行破产财产的委托评估、拍卖及其他变现工作。(6)依法提出并执行破产财产处理和分配方案。(7)向人民法院提交清算报告。(8)代表破产企业参加诉讼和仲裁活动。(9)办理企业注销登记等破产终结事宜。(10)完成人民法院依法指定的其他事项。

### 三、破产财产

要进行破产清算,必须对破产财产和破产债权进行清理,确定破产财产和破产债权的范围。

#### (一)破产财产的概念及范围

所谓破产财产,是指在破产程序中依法可以清算和分配的破产企业的全部财产,它包括破产企业被宣告破产时经营管理的财产和依法应由其享有的财产权利。破产财产有以下法律特征:(1)破产财产必须是破产人享有财产权的财产,不仅包括具有所有权的财产,也包括企业享有经营管理权的财产。(2)破产财产是可用于破产分配的财产。(3)破产财产是由清算人占有和支配的财产。债务人被宣告破产后,其财产即应由依法设立的破产清算人接管和支配,未经清算人许可,债务人无权对其破产财产加以支配和利用。(4)破产财产是法定范围内的财产。

依据规定,破产财产由下列财产构成:

1. 宣告破产时破产企业经营管理的全部财产。主要包括:(1)有形财产。如厂房、机器设备、运输工具、原材料、产品等。(2)无形财产。如土地使用权、专利权、商标权、著作权、专有技术等。(3)货币和有价证券。(4)投资权益。如在其他公司中享有的股权,债务人设立的分支机构和没有法人资格的全资机构的财产应当一并纳入破产程序进行清理。

2. 破产企业在破产宣告后至破产程序终结前取得的财产。主要包括:(1)因破产企业的债务人的清偿和财产持有人的交还而取得的财产。(2)因合同的继续履行而取得的财产。(3)因破产财产所生的孳息。(4)清算期间继续营业的收益。(5)基于其他合法原因而取得的财产。如因他人侵犯破产企业的专利权而获得的赔偿,破产企业收回的合营投资份额等。

3. 应当由破产企业行使的其他财产权利。主要包括:(1)应当由破产企业行使的合同债权。如因他人违约行为所生的违约金、赔偿金的请求权。(2)应当由企业行使的非合同债权。如基于他人的侵权行为的损害赔偿请求权、不当得利请求权等。(3)应当由破产企业行使的票据权利,包括破产企业作为持票人所享有的付款请求权和追索权。(4)应当由破产企业行使的其他请求权。如企业对股东欠缴出资的请求权,企业对税收机关应退税的请求权,企业持有的专利权。

此外,企业分立时,以自己的一部分财产设立与自己无产权关系的新企业,如果未能按照《公司法》或其他有关法律的规定订立分立协议,对企业分立前的债务进行合理分担,并且通知债权人,或者债权人在法定期间内要求企业清偿债务或提供相应担保,而企业不能清偿或不提供相应担保的,分立协议应为无效,分离出去的财产原则上应属于破产财产。对企业以其资产投资设立的下属企业或者以合资、联营、参股等方式与他人共同设立企业的,由于是基于投资行为所形成的财产权,应当以属于其应得的投资权益作为破产财产。

根据破产相关法律规定,下列财产不属于破产财产:(1)债务人基于仓储、保管、加工承揽、委托交易、代销、借用、寄存、租赁等法律关系占有、使用的他人财产。(2)破产企业已作为债务的担保物。但担保物价款超过其所担保的债务额的,超过部分属于破产财产。(3)担保物灭失后产生的保险金、补偿金、赔偿金等代位物。(4)依照法律规定存在优先权的财产,但权利人放弃优先受偿权或者优先偿付特定债权剩余的部分除外。(5)特定物买卖中,尚未转移占有但相对人已完全支付对价的特定物。(6)尚未办理产权证或者产权过户手续但已向买方交付的财产。(7)债务人在所有权保留买卖中尚未取得所有权的财产。(8)所有权专属于国家且不得转让的财产。(9)破产企业工会所有的财产。破产企业内党、团、工会等社团组织的经费及其所购置的财产。(10)企业在破产前为维持生产经营,向职工筹措的款项,视为破产企业所欠职工工资处理。但职工在企业破产前作为资本金投资的款项除外。(11)破产企业的学校、幼儿园、医院等社会福利性设施,按照国家有关规定处理,不作为破产财产分配。(12)对职工住房,已经签订合同、交付房款、进行房改给个人的,不属于破产财产。未进行房改的,可由清算组向有关部门申请办理房改事项,向职工出售。按照国家规定不具备房改条件,或者职工在房改中不购买住房的,由清算组根据实际情况处理。(13)依法属于限制流通的破产财产,应当由国家指定的部门收购或者按照有关法律规定处理。

(二)破产财产中的土地使用权处置

破产企业土地使用权的处置,是破产财产中一个非常重要的问题。为了妥善安置破产企业职工,保障破产法的顺利实施,国务院对企业土地使用权的处置作出了特殊规定。根据规定,国有企业破产时,企业依法取得的土地使用权,应当以拍卖或者招标方式为主依法转让,转让所得属于破产财产,但应首先用于破产企业职工的安置,安置破产企业职工后有剩余的,剩余部分列入破产财产,用于分配。

此外,破产企业以土地使用权为抵押物的,其转让所得也应首先用于安置职工,不足以支付的,不足部分从处置无抵押财产、抵押财产所得中依次支付。破产企业财产拍卖所得安置职工仍不足的,按照企业隶属关系,由同级人民政府负担。

### 四、破产债权

(一)破产债权的概念及构成

破产债权,是指债权人在破产宣告前成立并经依法确认,可以通过破产程序公平受偿的财产请求权。构成破产债权必须同时具备以下三个条件,缺一不可:第一,破产债权是在破产宣告前成立的债权。第二,破产债权必须是不享有优先受偿权的债权,即无财产担保或者虽然有财产担保但放弃了优先受偿权的债权。第三,破产债权是根据破产程序行使的债权。根据规定下列债权为破产债权:(1)破产宣告前发生的无财产担保的债权。(2)破产宣告前发生的虽有财产担保但是债权人放弃优先受偿的债权。(3)破产宣告前发生的虽有财产担保但是债权数额超过担保物价值部分的债权。(4)票据债权。破产企业作为票据(汇票、本票、支票)发票人或背书人被宣告破产,而付款人或承兑人不知其破产事实而付款或承兑,由此产生的债权作为破产债权。票据出票人被宣告破产,付款人或者承兑人不知其事实而向持票人付款或者承兑所产生的债权。(5)清算组解除合同,对方当事人依法或者依照合同约定产生的对债务人可以用货币计算的债权。此项债权以实际损失为计算原则。违约金不作为破产债权,定金不再适用定金罚则。(6)债务人的受托人在债务人破产后,为债务人的利益处理委托事务所发生的债权。(7)债务人发行债券形成的债权。(8)债务人的保证人代替债务人清偿债务后依法可以向债务人追偿的债权。(9)债务人的保证人按照《中华人民共和国担保法》第32条的规定预先行使追偿权而申报的债权。(10)债务人为保证人的,在破产宣告前已经被生效的法律文书确定承担的保证责任。(11)债务人在破产宣告前因侵权、违约给他人造成财产损失而产生的赔偿责任。(12)人民法院认可的其他债权。

根据规定,下列债权不属于破产债权:(1)行政、司法机关对破产企业的罚款、罚金以及其他有关费用;(2)人民法院受理破产案件后债务人未支付应付款项的滞纳金,包括债务人未执行生效法律文书应当加倍支付的迟延利息和劳动保险金的滞纳金;(3)破产宣告后的债务利息;(4)债权人参加破产程序所支出的费用;(5)破产企业的股权、股票持有人在股权、股票上的权利;(6)破产财产分配开始后向清算组申报的债权;(7)超过诉讼时效的债权;(8)债务人开办单位对债务人未收取的管理费、承包费。

(二)与破产债权相关的其他几种权利

1. 取回权。它是指财产权利人对于属自己所有非破产企业所有的财产,依法通过清算组取回的权利。一般取回权可以基于财产共有、委任、寄托、承揽、租赁、借用、无因管理等原因而财产被破产人合法占有发生,也可因侵权行为、不当得利等原因使财产被破产人非法占有而发生。

2. 别除权。它是指债权人所享有的,可以不依破产程序而能从破产人的特定财产上得到优先受偿的权利。别除权实际上是民法担保制度在破产程序中的实现,主要是指破产宣告前成立的有财产担保的债权,债权人就担保物所享有的优先受偿的权利,包括因抵押、质押、留置等财产担保方式而产生的别除权。

3. 抵消权。它是指债权人与破产企业互有债务时,债权人享有的不依破产程序而以自己的破产债权与该债务进行抵消的权利。破产抵消权有三个主要特点:(1)享有破产抵消权的人,须为破产债权人。(2)破产债权人应于清算分配前主张对债务人所负债务的抵消。(3)破产抵消权的行使,不受债的种类和履行期限的限制,不论是否属同种类债务,也不管是否均已到履行期限,破产债权人均可以行使。

### 五、破产费用

破产费用,是指在破产程序中,为债权人的共同利益需要,保证破产程序正常进行而支付的各种费用的总和。在破产财产分配前,应当从破产财产中优先拨付破产费用。破产费用可以随时支付,破产财产不足以支付破产费用的,人民法院根据清算组的申请裁定终结破产程序。因此,清算组在提出破产财产的分配方案之前,应当作出破产费用的预算。

破产费用的范围包括:(1)破产财产的管理、变卖、分配所需要的费用;(2)破产案件的受理费;(3)债权人会议费用;(4)催收债务所需费用;(5)为债权人的共同利益而在破产程序中支付的其他费用。

### 六、破产财产的分配

(一)破产财产分配的概念

破产财产的分配是指清算组将破产财产按照一定的顺序和比例,公平地清偿给债权人。它是破产清算的最后阶段和实质性的阶段。清算组应当根据清算结果制作破产财产明细表、资产负债表,并提出破产财产的分配方案。分配方案经债权人会议通过,由清算组负责执行。

(二)破产财产的分配方案

破产财产分配方案应当包括以下内容:(1)可供破产分配的财产种类、总值,已经变现的财产和未变现的财产;(2)债权清偿顺序、各顺序的种类与数额,包括破产企业所欠职工工资、劳动保险费用和破产企业所欠税款的数额和计算依据,纳入国家计划调整的企业破产,还应当说明职工安置费的数额和计算依据;(3)破产债权总额和清偿比例;(4)破产分配的方式、时间;(5)对将来能够追回的财产拟进行追加分配的说明。

(三)破产财产的分配顺序

清算组提出破产财产的分配方案,经债权人会议表决同意后,报请法院裁定认可,然后由清算组执行。破产财产在优先拨付破产费用后,按以下顺序清偿:1. 破产企业所欠职工工资和劳动保险费用;2. 破产企业所欠税款;3. 破产债权。破产财产不足清偿同一顺序清偿要求的,按照同一比例清偿。

### 七、破产程序的终结

破产程序的终结,是指正在进行的破产程序由于某种法定事由的出现而结束,以后不再继续进行。破产程序终结包括下列三种情况：

1. 因执行和解协议而终结破产程序。这种情形下债务人的法律人格依然存在,且此种终结具有阻止破产宣告的效力。

2. 因破产财产分配完毕而终结破产程序。这种情形下债务人的法律人格归于消灭。

3. 因破产财产不足以支付破产费用而终结破产程序。这种情形下继续进行破产程序已经毫无意义,属于破产程序的非正常终结。

## [案例分析]

海富公司是一家国有企业,因经营管理不善,不能清偿到期债务,向其公司所在地人民法院提出破产申请。经查:①属于企业的实物、现金等 50 万元;②办公楼价值 120 万元已作为 100 万元贷款抵押;③作为联营一方投入其他企业 30 万元;④他人欠该企业贷款 40 万元。在债务方面:①欠银行贷款 100 万元及利息 30 万元;②欠税款 60 万元;③欠其他企业货款 300 万元;④欠职工工资 15 万元。

问题:

1. 海富公司如果破产需要具备哪些条件? 海富公司能否自己提出破产申请?

2. 海富公司所在地人民法院能否审理该破产案件?

3. 哪些属于破产财产? 那些属于破产债权?

4. 该案如何清偿?

## 练习与思考

### 一、名词解释

破产,破产原因,债权人会议,和解、整顿制度,清算组,破产债权,别除权,破产财产,破产分配。

### 二、思考题

1. 简述我国破产法立法状况。

2. 什么是申请宣告破产? 申请宣告破产应符合哪些要求?

3. 法院受理破产案件后将产生什么法律后果?

4. 债权人会议的职权是什么?

5. 和解协议生效后有何法律后果?

6. 清算组的职权是如何规定的?

7. 在什么情况下,破产程序应予终结?

# 第八章

# 合同法律制度

合同法是经济活动中的重要规则,离开了合同法,经济活动的往来就缺少了保障。本章主要介绍合同的一些基本原理,包括合同的种类、订立、效力、履行、变更和转让、终止以及违约责任。另外,限于篇幅,对于合同法分则规定的各类合同的具体规定我们不作一一介绍,只对其中四类常见的合同作简要概述。通过学习合同法基本原理,学生应了解合同法的基本概况,掌握基本的合同制度,可以依法进行合同活动。

## 第一节 合同法概述

### 一、合同的概念与特征

《中华人民共和国合同法》(以下简称《合同法》)第 2 条规定,合同是平等主体的自然人、法人、其他组织之间设立、变更、终止民事权利义务关系的协议。由此,可以看出合同具有以下几个基本特征:

1. 合同是一种民事法律行为。合同的基本目的就是在当事人之间设立、变更或终止民事法律关系。

2. 合同是双方或多方当事人之间意思表示一致的民事法律行为。合同是一种协议,因此当事人之间的意思表示必须达成一致。即使是赠与行为,也必须经被赠与人同意之后,赠与合同才成立。

3. 合同各方当事人在合同关系中的法律地位平等。合同行为是民事行为的一种,合同当事人的法律地位必须平等,否则所达成的合同可能无效或被撤销。

### 二、合同的种类

合同的种类繁多,形式多样,根据不同的标准可以对合同进行不同的分类,主要分类包括如下:

#### (一)有名合同和无名合同

这是根据具体合同的名称是否在法律上已经约定俗成而作出的区别。有名合同,是指法律上或经济生活习惯上按其类型已确定了一定名称的合同,又称典型合同。我国合同法分则规定了15种有名合同:买卖合同,供用电、水、气、热力合同,赠与合同,借款合同,租赁合同,融资租赁合同,承揽合同,建设工程合同,运输合同,技术合同,保管合同,仓储合同,委托合同,行纪合同和居间合同等。无名合同,是指法律上尚未予以确定一定名称的合同,又称非典型合同。

有名合同是企事业单位和自然人在生产经营和生活中普遍发生的、常用的合同。《合同法》分则对这些合同的规定,为当事人订立、履行合同提供了具体规范,也为人民法院、仲裁机构审理合同纠纷案件提供了具体依据。而无名合同则是不常见的或新型的合同,因此可适用合同法总则,并可以参照合同法分则或者其他法律最相类似的规定。

#### (二)要式合同和不要式合同

这是根据法律对合同的形式是否有特别要求而作出的区别。要式合同,是指法律、法规规定了合同的特定形式,如果合同不以该形式订立则不具备法律效力的合同。例如《合同法》规定应当采用书面合同的有:借款合同(自然人之间借款另有约定的除外)、租赁期限6个月以上的租赁合同、融资租赁合同、建设工程合同、技术开发合同和技术转让合同等。此外,我国担保法也规定保证合同、抵押合同、动产质押合同和定金合同应当采用书面形式;还有劳动合同以及涉及到不动产的合同等,都要求采用书面形式。另外,还有一些合同,法律特别规定应当办理批准、登记手续。不要式合同,是指法律、法规对合同的形式没有特别规定的合同。我国1981年制定的《经济合同法》曾要求合同应当采用书面形式,但1999年制定的《合同法》第10条规定:"当事人订立合同,有书面形式、口头形式和其他形式。法律、行政法规规定采用书面形式的,应当采用书面形式。当事人约定采用书面形式的,应当采用书面形式。"可见,如果法律、法规没有特别规定的,合同是不要式合同。

对于不要式合同,其形式对合同成立或生效没有影响;而对于要式合同,如果不具备特定的形式,则未成立或生效。如《合同法》第44条规定,法律、行政法规规定应当办理批准、登记等手续生效的,依照其规定。

#### (三)有偿合同与无偿合同

这是根据合同当事人在享受合同权利时是否要付出一定的代价或者承担一定的义务而作出的区别。有偿合同,是指合同一方通过履行合同约定的义务而给付对方利益,对方获得利益时必须支付相应的对价的合同。无偿合同,是指一方根据合同获得利益时不必支付相应的对价,或者说不用承担义务。现实生活中绝大部分合同都是有偿合同,但仍有少数合同是无偿合同,如无条件的赠与合同、无偿的借款合同、未约定保管费的保管合同等。

在英美法系中,合同一般要求必须给付对价(consideration,又称为约因),如果一方不给付对价,则合同并不是有效的。而我国对此并没有限制,但是有偿合同和无偿合同还是有一定的差别。首先,对当事人承担的义务要求不同。如果是有偿合同,当事人承担的义务相对比较重;而对无偿合同中履行义务的当事人而言,其承担的义务较轻。如《合同法》第 191 条规定,对于无偿的赠与合同,赠与的财产有瑕疵的,赠与人不承担责任,除非赠与人故意不告知瑕疵或者保证无瑕疵从而造成受赠人损失的,才要承担损害赔偿责任;而对于有偿合同,如附义务的赠与,赠与的财产有瑕疵的,赠与人在附义务的限度内承担与出卖人相同的责任。第 374 条也规定,保管期间,因保管人保管不善造成保管物毁损、灭失的,保管人应当承担损害赔偿责任,但保管是无偿的,保管人证明自己没有重大过失的,不承担损害赔偿责任。第 406 条规定,有偿的委托合同,因受托人的过错给委托人造成损失的,委托人可以要求赔偿损失;而对于无偿的委托合同,只有当因受托人的故意或者重大过失给委托人造成损失的,委托人才可以要求赔偿损失。其次,对于特殊情况下合同的效力有影响。如对于一般有偿合同,如果当事人未具备完全的民事行为能力,则合同并不是有效的;而《合同法》第 47 条规定,对于限制民事行为能力人签订的"纯获利益的合同",相关司法解释规定无民事行为能力和限制民事行为能力获得赠与的行为有效。[1] 又如,根据《合同法》第 74 条,债务人无偿转让财产对债权人造成损害的,债权人可以要求人民法院撤销该行为,而对于有偿转让,只有当受让人恶意并且价格明显不合理时,才可以申请撤销。另外,理论上对善意取得的前提是要求通过有偿合同,而如果通过无偿合同,则不存在善意取得。

(四)诺成合同与实践合同

这是根据合同的成立是否以交付标的物为成立或生效条件而作出的区别。诺成合同,是指合同当事人意思表示达成一致时即成立并生效的合同。而实践合同,则指除合同当事人意思表示达成一致,还要求标的物交付时才成立或生效的合同。根据《合同法》第 44 条第 1 款,依法成立的合同,自成立时生效,可见我国绝大部分合同是诺成合同。但是也有少数合同法律特别规定在交付标的物后才成立或生效,如一般的赠与合同、[2]自然人之间的借款合同、保管合同、[3]动产质押合同、定金合同等。

区分诺成合同和实践合同的意义在于确认合同成立和生效的时间不一样。对于赠与

---

[1] 见最高人民法院《关于贯彻执行〈中华人民共和国民法通则〉若干问题的意见(试行)》第 8 条。
[2] 《合同法》虽未明确规定赠与合同在交付标的物后才生效,但其第 186 条规定,对于一般的赠与合同,赠与人在赠与财产的权利转移之前可以撤销赠与。
[3] 《合同法》第 367 条规定,保管合同自保管物交付时成立,但当事人另有约定的除外。

合同、自然人之间的借款合同以及保管合同而言,仅仅是合同当事人之间意思表示达成一致时,合同尚未成立,需要交付标的物后合同才成立。而对于动产质押合同和定金合同而言,只有交付质物或定金之后合同才生效。

（五）主合同和从合同

这是根据合同能否独立存在而作出的区别。主合同,是指不依赖其他合同而独立存在的合同。从合同,是指以主合同的有效存在为存在前提的合同,又称附随合同。值得注意的是,主合同是与从合同相对而言,如果没有从合同,也就无所谓主合同。担保合同是典型的从合同。例如,当事人为购房而向银行贷款时,借款合同可以单独存在;但是,借款合同中的银行往往担心其合同权利无法实现而要求对方提供担保,担保合同就要依赖前面的借款合同而存在了,也就是借款合同是主合同,而担保合同是从合同。

区分主合同和从合同的意义在于,主合同的变化对从合同的命运有决定作用。首先,主合同无效,担保合同无效。也就是说,如果主合同由于某种原因归于无效,则从合同即使符合合同生效的一般要件,也必然无效。反之,如果从合同无效,则并不影响主合同的效力。其次,主合同转让的,从合同随之转让。《合同法》第81条规定,债权人转让权利的,受让人取得与债权有关的从权利,但该从权利专属于债权人自身的除外。

（六）格式合同与商议合同

这是根据合同中的条款是否由一方当事人预告固定而对合同作出的区别。合同是一种协议,因此合同的订立需要当事人对合同内容作出充分的协商。但在有的情况下,一方当事人需要反复与其他人订立内容大致一样的合同,为简化协商过程,通常把一些合同内容固定下来,而只对其他合同内容与对方当事人进行协商。那些当事人为了重复使用而预先拟定,并在订立合同时未与对方协商的条款,称为格式条款。而如果一份合同中包含有格式条款,当事人之间没有通过充分协商就订立的合同,则就属于格式合同;如果合同中不包含有格式条款,而是通过当事人充分协商而订立的合同,就称为商议合同。

区分格式合同和商议合同的意义在于,对格式合同的条款有一定限制,并且对格式合同提供者的权利也有一定的限制。虽然格式合同具备手续简便、节省交易费用等优势,但是,格式合同也存在着一定缺陷,容易为格式条款提供者所利用以免除或限制自身责任而加重对方的责任或排除对方主要权利。为此,需要对格式合同加以一定限制,以保证合同的公平。

### 三、我国合同法的概况

在从计划经济向市场经济转变过程之初,随着市场交易的频繁,我国就开始着手制定相关的合同法律。1981年12月13日第五届全国人民代表大会通过《中华人民共和国经济合同法》,对经济合同的订立、变更、履行等作出详细规定,并在1993年9月2日对该法进行了修订;1985年3月21日第六届全国人民代表大会常务委员会通过了《中华人民共和国涉外经济合同法》,解决了涉外经济合同的问题;1987年6月23日第六届全国人民代表大会常务委员会通过《中华人民共和国技术合同法》,对原有经济合同法作出补充规定。1986年4月12日第六届全国人民代表大会通过的《中华人民共和国民法通则》中也对合同作了简要规定。

随着社会主义市场经济体制的初步建立,原有的三部合同法律已逐渐不能适应社会的需要。因此,1999年3月15日第九届全国人民代表大会第二次会议通过了《中华人民共和国合同法》,取代原有的三部合同法。最高人民法院还于1999年12月1日通过了《关于适用〈中华人民共和国合同法〉若干问题的解释(一)》,于2003年3月24日通过了《关于审理商品房买卖合同纠纷案件适用法律若干问题的解释》,于2004年11月30日通过了《关于审理技术合同纠纷案件适用法律若干问题的解释》。这一合同法及相关司法解释,使得我国合同法律制度更加适合经济发展的需要。

目前的《合同法》自1999年10月1日起实施。该法共23章、428条,分有总则、分则和附则三部分,其中第一章至第八章是关于合同总则的一般规定,第九章至二十三章是关于十五种有名合同的具体规定。

### 四、合同法的调整对象

合同法调整的对象是平等主体之间利用合同进行交易而产生的法律关系,包括合同的订立、效力、履行、解除、终止和违约责任等。

值得注意的是,《合同法》第2条第2款明确:婚姻、收养、监护等有关身份关系的协议,不适用合同法,适用其他法律。而且,《担保法》、《著作权法》等其他法律对担保合同、著作权许可使用合同的特殊性问题做了规定的,依照其规定,这也是合同法律适用上一般法与特别法关系。而对于涉外合同,当事人可以选择处理合同争议所适用的法律,但法律另有规定的除外。如果涉外合同的当事人没有选择的,则适用与合同有最密切联系的国家的法律。但在中华人民共和国境内履行的中外合资经营企业合同、中外合作经营企业合同、中外合作勘探开发自然资源合同,应适用中华人民共和国法律。

### 五、合同法的基本原则

合同法的基本原则,是指合同当事人在合同活动中应当遵守的基本准则,也是人民法院和仲裁机构审理案件时应当遵循的基本准则。合同法的制定、执行、解释都应当根据合同法的基本原则。了解和掌握合同法的基本原则,对于正常理解合同法的相关内容,以及对于合同立法、执法、司法和守法都有重大意义。《合同法》第3条至第8条规定了平等、自愿、公平、诚信和遵守公序良俗五个基本原则。

(一)平等原则

平等原则是法律面前人人平等这一基本法律原则在合同法中的具体表现,其具体内容是指合同当事人的法律地位平等,一方不得将自己的意志强加给另一方。民法本身就是指调整平等主体之间的人身关系和财产关系的法律,作为民法的重要组成部分之一的合同法,自然要求当事人之间的法律地位平等。当事人地位平等了,才可以自由地进行合同活动,协商设立、变更、终止合同关系。因此,平等是合同法的首要基本原则。

### (二)自愿原则

自愿与平等紧密联系在一起,合同当事人地位平等了,就可以自愿协商订立、变更或终止合同关系。这一原则也是近代法律思想中所提倡的"契约自由"原则的演化,是民法作为私法与公法的最大区别。因此,《合同法》第4条规定,当事人依法享有自愿订立合同的权利,任何单位和个人不得非法干预。值得注意的是,自愿也不是没有任何限制,当事人的自愿必须建立在遵守法律、法规的基础上。

### (三)公平原则

公平是法律最基本的价值取向,离开了公平,人们就不会相信法律、依赖法律实施自己的行为。我国合同法规定,当事人应当遵循公平原则确定各方的权利和义务。如果合同法不保障当事人的权利和义务的公平,则失去了其存在的意义。公平原则作为一项基本原则,可以弥补法律规范的不足以及合同约定的不足。

### (四)诚信原则

诚信是对人们行为的基本要求,也是履行合同中应当遵守的基本原则。合同法规定,当事人行使权利、履行义务应当遵循诚实信用原则。如果当事人不遵守诚信原则,则合同订立的目标无法实现。为此,合同法还规定,不论是在订立合同、履行合同时,还是在履行合同后,都要诚实信用,善意行使权利并履行义务,要根据合同约定或交易习惯,履行通知、协助、保密等义务。

### (五)遵守公序良俗原则

法律是建立在尊重社会公德、风俗习惯的基础上而制定,合同法的通过本身也是为了促进合同交易,促进社会经济发展,但不能因此损害社会公德、风俗习惯。虽然合同的订立是当事人之间的私人行为,与国家、社会关系利益不大,国家通常情况下对此不进行干预;但是,如果合同行为损害公共利益、破坏经济秩序,则国家仍然要对合同进行一定的干预。因此,合同法规定,当事人订立、履行合同,应当遵守法律、行政法规、尊重社会公德,不得扰乱社会经济秩序,损害社会公共利益。

# 第二节 合同的订立

## 一、合同订立的概念

合同是一份协议,是各方当事人意思表示达成一致的结果。因此,合同的订立,也就是合同各方当事人对合同的内容进行协商达成一致的过程。通常,当事人通过要约和承诺这两个阶段使得各方的意思表示达成一致。

## 二、要约与承诺

### (一)要约(Offer)

1. 要约的概念

要约又称为发盘、出盘或报价等,是指当事人希望和他人订立合同的意思表示。发出该意思表示的当事人通常称之为要约人(Offeror),而要约人所发出要约的对象称之为受要约人(Offeree)。

2. 要约的构成要件

虽然要约是一种意思表示,但并非当事人所发出的任何一个意思表示都可以构成要约,一项意思表示要构成有效的要约必须符合一定的要件:

(1)要约必须是以订立合同为目的的意思表示。要约的目的本身就在于希望与他人订立合同,因此要约的前提条件就是要包含有订立合同的意思表示,或者说,要约必须表明经受要约人承诺,要约人即受该意思表示约束。要约具有了这一目的之后,则一经受要约人承诺,即受该意思表示约束,发生法律效力,也就是这时合同当事人之间对民事权利义务的内容达成一致协议,合同成立了。

(2)要约必须由特定人发出。通常要约发出以后,如果被受要约人承诺,则当事人之间意思表示达成一致,由此合同成立并生效。因此,要约人必须确定,否则合同当事人无法确定。另外,发出要约的当事人必须具备完全民事行为能力,这样才能使合同有效成立。

(3)要约必须向相对人发出。要约被承诺之后,合同成立,这时要约人为一方合同当事人,而受要约人为另一方合同当事人。为此,在发出要约时,要约人必然是向其希望与之订立合同的相对人发出。通常,要约人都会向某一特定的相对人发出要约,但是,并不是所有的相对人都是特定的。在特定情况下,如果要约人对合同的另一方当事人没有特别要求,则也可以向不特定的人发出。例如,自动售货机的设置、悬赏广告等,就属于向不特定的相对人发出要约。

(4)要约的内容必须具体确定。要约是订立合同的意思表示,一经受要约人承诺,合同即成立,因此,要约中必须包含合同的具体条款。否则,如果要约经受要约人承诺,双方对合同的内容还是未达成一致意见,合同还未成立。

3. 要约与要约邀请的区别

要约邀请又称为要约引诱,指的是希望他人向自己发出要约的意思表示。在订立合同之前,当事人通常都会对订立合同发出一定的意思表示,但并不是所有的意思表示都构成要约。如果要约内容不具体确定或者没有表明订立合同的目的,则一般认定为是一种要约邀请,而非要约。通常,寄送的价目表、拍卖公告、招标公告、商业广告等都视为要约邀请。要约与要约邀请的区分一般有以下几个方面:第一,目的不同。要约的目的很明确,在于与受要约人订立合同,因此希望受要约人对此作出承诺。而要约邀请的目的则不同,它在于希望对方注意到自己订立合同的欲望,从而向自己发出要约。因此,虽然价目表中价格等因素可能明确,但因寄送价目表的当事人仅仅是向他人显示其订立合同的欲望,希望引起他人向自己发出订立合同的意思表示,因此只能属于要约邀请。第二,内容不同。要约因为具有订立合同的目的,因此包含了订立合同的具体内容;而要约邀请仅仅是吸引别人注意到其订立合同欲望的意思表示,因此,其内容可以比较含糊。比如拍卖公告、招标公告和商业广告等,一般对合同的具体内容都不会十分具体。而如果商业广告内容具体确定,则也可以认定是要约。也正因为要约与要约邀请的上述不同,所以两者最终的法律后果也不一样。要约一旦发出,就会产生一定的法律效力,要约人应受到要约的约束,不得随意撤销。而要约邀请则不同,发出之后仅仅起到与对方一起协商合同的效果。

### 4. 要约生效的时间及其效力

对要约的生效时间理论上有不同观点,有主张要约一旦发出即生效,这被称为发信主义;而另一种观点则认为,要约只有在到达受要约人时才生效,这被称为受信主义。通常各国理论和实践都侧倾向于受信主义,我国合同法也采纳这一观点。其第 16 条规定,要约到达受要约人时生效。而对于采用数据电文形式订立的合同,收件人指定特定系统接收数据电文的,该数据电文进入该特定系统的时间,视为到达时间;未指定特定系统的,该数据电文进入收件人的任何系统的首次时间,视为到达时间。

要约生效之后,要约人即受到要约的约束,不得随意撤销或变更要约。同时,要约生效后,受要约人可以对要约作出承诺,使之成立合同。

### 5. 要约的有效期限

要约的有效期限也就是承诺的生效期间,通常要约中都会规定其有效期限。如果要约中没有明确规定其有效期限的,则推定是在合理的时间内,而对于以对话方式作出的要约,其期限推定为当场。

### 6. 要约的撤回与撤销

要约的撤回,是指要约人在要约发出之后、到达受要约人之前或同时,取消要约的行为。要约是当事人希望与他人订立合同的意思表示,可能在当事人发出要约之后、到达受要约人之前,由于某种原因而对该意思表示感到后悔,这时要约尚未生效,因此通常应该允许其取消该意思表示。《合同法》第 17 条规定,要约可以撤回。撤回要约的通知应当在要约到达受要约人之前或者与要约同时到达受要约人。要约的撤回,使得要约自始不发生法律效力。

要约的撤销,是指要约生效后,要约人取消要约效力的行为。要约到达受要约人之后就生效,对要约人产生约束力,一般不允许要约人随意取消要约,以免损害受要约人的权利。但是,如果绝对不允许要约人撤销,则又违背当事人意思,也有失公平。因此,《合同法》第 18 条规定,要约可以撤销,但是,撤销要约的通知应当在受要约人发出承诺通知之前到达受要约人。同时,为防止对受要约人的不公平,《合同法》第 19 条又对要约的撤销作了一定限制,如果具备一定情况的,则要约不得撤销:要约人确定了承诺期限或以其他方式表明不可撤销的;受要约人有理由认为要约不可撤销的,并已经为履行合同作了准备工作的。要约撤销的效力要追溯到其生效之时,也即要约一经撤销,则视为要约自始不生效。

7. 要约的失效

要约的失效,是指要约生效后,由于某种原因导致其效力终止。要约生效后即产生一定的法律效力,对要约人产生一定的约束,但其不可能无期限有效,因此总归有效力终止的情况。《合同法》第 20 条规定了要约失效的四种情况:

(1)拒绝要约的通知到达要约人。要约被受要约人拒绝,则当然不会再对要约人有约束力,也即失效。

(2)要约人依法撤销要约。如果要约人能够依照法律的规定撤销要约,则说明其取消要约效力的行为成功,由此,其不再受要约约束了。

(3)承诺期限届满,受要约人未作出承诺。在有效的承诺期限届满,受要约人未作出承诺,表明其默示拒绝要约,则要约失效。

(4)受要约人对要约的内容作出实质性变更。这又称为反要约或新要约,对原有要约内容作出实质性变更,说明受要约人不同意原有的要约,并且向原要约人发出一份新要约,由此原要约失效。通常,对要约中的标的、数量、质量、价款或报酬、履行期限、履行地点和方式、违约责任和解决争议方法等作出变化的,可认为对要约的内容作出实质性变更。

(二)承诺(Acceptance)

1. 承诺的概念

《合同法》第 21 条规定,承诺是受要约人同意要约的意思表示。要约人发出希望订立合同的意思表示后,如果受要约人对该意思表示作出完全同意的意思表示,则要约人与受要约人之间对合同的内容达成一致意见。所以,要约一经承诺,合同即成立。

2. 承诺的要件

虽然承诺是同意要约的意思表示,但并非所有的这种意思表示均可构成承诺。一项同意要约的意思表示要构成有效的承诺,并达到特定的法律后果,必须具备特定的条件:

(1)承诺必须由受要约人作出。要约人之所以向相对的受要约人发出,就是希望能和这一相对人订立合同,这是要约人对合同当事人的选择。因此要约人并不希望与其他人订立合同,其他人不具备作出承诺的资格。如果其他人对要约作出了同意要约的意思表示,则只能认定为该其他人对原要约人发出的另一份内容相同的要约。

（2）承诺必须在要约的有效期限内到达。要约生效后，对要约人有一定的约束力，但并非该约束力无任何期限。只有在要约的有效期限内作出同意要约的意思表示，才会产生特定效果，当事人之间对合同的意思表示才达成一致。在认定承诺在要约的有效期限内到达这一点上，有三个问题值得注意：第一，根据《合同法》第24条的规定，如果要约以信件或电报方式作出的，承诺期限自信件载明的日期或电报交发之日开始计算；如果信件未载明日期的，自投寄该信件的邮戳日期开始计算；如果要约以电话、传真等快速通讯方式作出的，承诺期限自要约人到达受要约人时开始计算。第二，如果受要约人超过承诺期限发出承诺，则这并不是要约人所希望订立合同的时间，因此，除非要约人及时通知受要约人该承诺有效的以外，只能认定为新要约。第三，如果受要约人在承诺期限内发出承诺，按照通常情形能够及时到达要约人，但因其他原因承诺到达要约人时超过承诺期限的，则考虑到受要约人确实根据要约的内容作出承诺，所以《合同法》第29条特别规定，除要约人及时通知受要约人因承诺超过期限不接受该承诺的，该承诺有效。

（3）承诺的内容必须与要约的内容一致。只有承诺的内容与要约的内容一致，才能说明双方对合同的内容达成一致。如果受要约人对要约的内容作出实质性变更的，则表明受要约人对要约表示拒绝，因而可认定该意思表示为受要约人向要约人发出的一份内容不同的新要约。但是，考虑到合同的内容繁杂而其中只有实质性内容才对合同有重大影响，因此《合同法》第31条规定，承诺对要约的内容作出非实质性变更的，除非要约人及时表示反对或者要约表明承诺不得对要约的内容作出任何变更的以外，该承诺有效，合同的内容以承诺的内容为准。

3. 承诺方式

民事法律行为通常只能以明示方式作出才会发出法律效力，承诺也不例外。合同法规定，承诺应当以通知方式做出，但根据交易习惯或要约表明可以通过行为作出的除外。比如，在无人售票的公交车上投币的行为，就是一种承诺。

4. 承诺生效的时间及其效力

与要约的生效一样，承诺生效时间在理论上也有不同观点。一种观点主张承诺一旦发出即生效，这被称为发信主义或到达主义；而另一种观点则认为，承诺只有在到达要约人时才生效，这被称为受信主义或投邮主义。德国、意大利等大陆法系国家一般采取了到达主义；而英美法系国家则认为邮电机构为接受承诺者的代理人，因此采取了投邮主义。我国也采用了到达主义。《合同法》第26条规定，承诺通知到达要约人时生效；如果承诺不需要通知的，根据交易习惯或要约的要求作出承诺的行为时生效；如果采用数据电文形式订立的合同，承诺到达的时间与要约的规定一样，收件人指定特定系统接收数据电文的，该数据电文进入该特定系统的时间，视为到达时间，未指定特定系统的，该数据电文进入收件人的任何系统的首次时间，视为到达时间。

承诺生效时，要约人与受要约人对合同的内容意思表示达成一致，因而产生了特定的法律效力,即合同成立。

5. 承诺的撤回

与要约的撤回一样,承诺的撤回是指承诺发出后、到达要约人之前或同时,取消承诺的行为。承诺是受要约人同意与要约人订立合同的意思表示,可能在受要约人发出承诺之后、到达要约人之前,由于某种原因受要约人对该意思表示感到后悔,这时承诺尚未生效,因此通常应该允许其取消该意思表示。《合同法》第27条规定,承诺可以撤回,但撤回承诺的通知应当在承诺通知到达要约人之前或者与承诺通知同时到达要约人。承诺的撤回,使得承诺不发生效力,也即合同并不因此成立。

### 三、合同的形式

法律、法规没有特别规定或当事人没有特别约定的合同,都是不要式合同,因此,当事人可以书面、口头或其他形式订立合同。

口头形式的合同具有简便易行的优点,在现实生活中大量存在;但是,一旦发生纠纷,则无法证明合同的存在和内容。因此,对于不能结清的、数额较大的交易,不宜采用口头形式。

书面形式的合同因为采取有形的方式记载合同内容,因此有据可查,在发生纠纷时,便于分清责任。一般对于比较重大的合同,采用书面合同比较合适。合同法以及其他法律、法规也规定了一些比较重大或复杂的合同应当采用书面形式订立。为适应科技发展和社会生活的现实情况,《合同法》第11条对书面形式的界定较为广泛,指合同书、信件、数据电文(包括电报、电传、传真、电子数据交换和电子邮件)等可以有形地表现所载内容的形式。

其他形式的合同,法律没有明确规定,通常指当事人通过行为方式直接达成一致意见的。比如,《合同法》第236条规定,租赁期间届满,承租人继续使用租赁物,出租人没有提出异议的,原租赁合同继续有效,但租赁期限为不定期。可见,双方不必通过口头和书面形式,只要通过行为也可以订立合同。

### 四、合同的内容

合同的内容要通过合同的条款来确定,合同具体需要制定哪些条款由当事人自己决定。但是,为了方便当事人制定相关的合同条款以确定合同权利义务,我国合同法对合同的条款作出了相关规定。

(一)提示条款

这是指在通常情况下合同应当具备的条款,这些条款对于当事人权利和义务的明确特别重要,因此《合同法》第12条予以列举,主要包括:当事人的名称或者姓名和住所,标的,数量,质量,价款或者报酬,履行期限、地点和方式,违约责任,解决争议的方法等。

## (二)格式条款

格式条款,是指当事人为了重复使用而预先拟定,并在订立合同时未与对方协商的条款。这是一方当事人考虑到要重复与其他当事人订立内容大致一样的合同,为简化协商过程,而制定出来的条款。考虑到该条款未与对方协商,容易造成对方不公平,因此,合同法对格式条款作了一些限制。首先,《合同法》第39条规定,采用格式条款订立合同的,提供格式条款的一方应当遵循公平原则确定当事人之间的权利和义务,并采取合理的方式提请对方注意免除或者限制其责任的条款,按照对方的要求,对该条款予以说明。其次,《合同法》第40条规定,如果格式条款中包含有造成对方人身伤害的、因故意或者重大过失造成对方财产损失而免除责任的条款的,或者提供格式条款一方免除其责任、加重对方责任、排除对方主要权利的,这些条款都属无效。最后,《合同法》第41条还规定,如果当事人对格式条款的理解发生争议,并且对格式条款有两种以上解释的,则应当作出不利于提供格式条款一方的解释;格式条款和非格式条款不一致的,应当采用非格式条款。

## (三)合同条款的解释

合同订立时,可能当事人考虑欠周,合同的条款比较模糊,难以确定其内容。这时,对合同条款的理解有争议的,应当按照合同所使用的词句、合同的有关条款、合同的目的、交易习惯以及诚实信用原则,确定该条款的真实意思。如果合同文本采用两种以上文字订立并约定具有同等效力的,对各文本使用的词句推定具有相同含义。如果各文本使用的词句不一致的,应当根据合同的目的予以解释。

### 五、合同成立的时间和地点

#### (一)合同成立的时间

合同的成立,也即双方对合同的内容达成一致意见。合同的成立一般还决定着合同的生效时间,因此,有比较重要的法律意义。承诺生效时,也即承诺通知到达受要约人时,当事人之间对合同内容达成了一致意见,因此合同成立。具体而言,如果当事人采用合同书形式订立合同,则自双方当事人签字或者盖章时合同成立;如果当事人采用信件、数据电文等形式订立合同的,可以在合同成立之前要求签订确认书,在这种情况下,签订确认书时合同成立;如果法律、行政法规规定或者当事人约定采用书面形式订立合同,当事人未采用书面形式但一方已经履行主要义务,对方接受的,该合同成立;如果采用合同书形式订立合同,在签字或者盖章之前,当事人一方已经履行主要义务,对方接受的,该合同成立。

#### (二)合同成立的地点

承诺生效时合同成立,因此承诺的地点即合同成立的地点。具体而言,如果采用数据电文形式订立合同的,收件人的主营业地为合同成立的地点,对于没有主营业地的,其经常居住地为合同成立的地点;如果当事人另有约定的,按照其约定;如果当事人采用合同书形式订立合同的,双方当事人签字或者盖章的地点为合同成立的地点。

### 六、缔约过失责任

缔约过失责任,是指当事人一方因于缔结合同之时具有过失,致使合同不成立、无效或被撤销,而对他方承担的损害赔偿责任。如果一方在缔结合同之际的过错,造成对方损失,但是合同最终又没有成立或生效,则当事人无法通过违约责任追究对方的责任,在此情况下,法律通过缔约过失责任来达到公平的结果。比如,甲公司得知乙公司正在与丙公司谈判。甲公司本来并不需要这个合同,但为排挤乙公司,就向丙公司提出了更好的条件。乙公司退出后,甲公司也借故中止谈判,给丙公司造成了损失。在这种情况下,丙公司不能通过违约等方式弥补损失,但可以通过缔约过失责任要求甲公司赔偿损失。

《合同法》第42条规定了三种情况要承担缔约过失责任:假借订立合同,恶意进行磋商;故意隐瞒与订立合同有关的重要事实或提供虚假情况;有其他违背诚实信用原则的行为。

## 第三节 合同的效力

### 一、合同效力概述

(一)合同效力的概念

合同的效力是指依法成立的合同是否有效,是否具有法律约束力。通常,依法成立的合同,受法律保护,对当事人具有法律约束力。但是,如果合同成立之后,由于缺乏生效要件或者其他原因,可能合同并不一定生效。根据合同的效力情况,可将合同分为有效合同、效力待定合同、可撤销合同和无效合同。

(二)合同的生效与合同的成立

通常情况下合同成立后即生效,但二者并不等同。合同成立只有说明当事人之间对合同内容达成一致意见,如果不符合相关的条件,则该合同可能并未生效。

(三)合同生效的时间

一般情况下,依法成立的合同,自成立时生效。如果法律、行政法规规定应当办理批准、登记等手续生效的,依照其规定。比如,担保法规定当事人以土地使用权、房地产、林木等财产作抵押的,应当办理抵押物登记,抵押合同自登记之日起生效。如果合同附生效的条件,则自条件成就时生效。如果合同附生效的期限,则自期限届至时生效。

### 二、合同的生效要件

合同的生效要件,是指已经成立的合同如果要生效所应当具备的法律条件。合同的生效要件通常包括以下三种:第一,行为人具有相应的民事行为能力。也就是说,通常情况下,行为人必须具备完全民事行为能力;如果是限制民事行为能力人,则只能订立与其年龄、智力、健康相适应的合同,当然,对于纯获利益的合同则不受此限制。第二,意思表示真实。也就是说,该合同是行为人真实的意思表示,并非受到胁迫或欺诈而订立。第三,合同内容合法。这是指合同没有违反法律或者社会公共利益。另外,对于法律规定为要式的合同,则还要符合法律规定的形式。

### 三、效力待定合同

效力待定合同,是指合同订立后,由于欠缺某些生效要件,而使合同效力无法确定,有待于其他行为使之有效的合同。效力待定合同主要包括以下几种:

#### (一)附条件的合同

附条件的合同,是指当事人在合同中约定一定的条件,以该条件的成就与否来确定合同的效力。如果当事人约定的条件成就合同才生效的,则称之为附生效条件的合同;如果当事人约定的条件成就则合同失效的,则称之为附解除条件的合同。合同法还规定,当事人为自己的利益不正当地阻止条件成就的,视为条件已成就;不正当地促成条件成就的,视为条件不成就。

#### (二)附期限的合同

附期限的合同,是指当事人约定以确定到来的事实来确定合同的效力。如果当事人约定的事实发生合同才生效的,则称之为附始期的合同;如果当事人约定的事实发生则合同失效的,称之为附终期的合同。

#### (三)行为人不具备相应民事行为能力

如果限制行为能力人订立了与其年龄、智力、健康不相适应的合同,则该合同必须经过其法定代理人追认后,合同才生效。当然,在法定代理人追认之前,相对人可以催告法定代理人在1个月内予以追认。法定代理人未作表示的,视为拒绝追认。同时,合同被追认之前,善意相对人也享有以通知方式撤销合同的权利。

#### (四)无权代理订立的合同

如果行为人没有代理权、超越代理权或者代理权终止后以被代理人名义订立的合同,未经被代理人追认,对被代理人不发生效力,由行为人承担责任。但是,相对人可以催告被代理人在1个月内予以追认。被代理人未作表示的,视为拒绝追认。同时,合同被追认之前,善意相对人也享有以通知方式撤销合同的权利。

特别值得注意的是,如果行为人没有代理权、超越代理权或者代理权终止后以被代理人名义订立合同,相对人有理由相信行为人有代理权的,这属于表见代理,该代理行为有效。

另外,法人或者其他组织的法定代表人、负责人超越权限订立的合同,除相对人知道或者应当知道其超越权限的以外,该代理行为有效。

#### (五)无处分权人订立的合同

无处分权的人处分他人财产,经权利人追认或者无处分权的人订立合同后取得处分权的,该合同有效;反之,则合同没有生效。

### 四、无效合同

无效合同,是指合同虽已成立,但因其严重欠缺合同生效要件而自始确定其没有法律效力。无效合同主要包括以下几种:一方以欺诈、胁迫的手段订立合同,损害国家利益;恶意串通,损害国家、集体或者第三人利益;以合法形式掩盖非法目的;损害社会公共利益;违反法律、行政法规的强制性规定。

无效的合同自始没有法律约束力;但是如果合同部分无效,不影响其他部分效力的,其他部分仍然有效。并且,合同的无效,不影响合同中独立存在的有关解决争议方法的条款的效力。

对于无效的合同,因该合同取得的财产,应当予以返还;不能返还或者没有必要返还的,应当折价补偿。有过错的一方应当赔偿对方因此所受到的损失,双方都有过错的,应当各自承担相应的责任。当事人恶意串通,损害国家、集体或者第三人利益的,因此取得的财产收归国家所有或者返还集体或第三人。

### 五、可撤销合同

可撤销合同又称为可变更、可撤销合同,是指由于当事人的意思表示不真实,可以请求人民法院或仲裁机构予以变更或撤销的合同。可撤销合同主要包括以下几种:因重大误解订立的;在订立合同时显失公平的;一方以欺诈、胁迫的手段或者乘人之危,使对方在违背真实意思的情况下订立的。

可撤销合同,只允许受损害方有权请求人民法院或者仲裁机构变更或者撤销。而且,当事人请求变更的,人民法院或者仲裁机构不得撤销。

如果具有撤销权的当事人知道撤销事由后明确表示或者以自己的行为放弃撤销权的,则不能再行使撤销权;而且,当事人应当在其知道或者应当知道撤销事由之日起 1 年内行使该撤销权,过期则丧失该撤销权。

如果当事人请求人民法院或仲裁机构变更合同的,经确认后,应当依照变更后的合同内容履行;如果当事人请求人民法院或仲裁机构撤销合同的,经确认后,合同自成立时无效,其法律后果与无效合同一样。

# 第四节　合同的履行

### 一、合同的履行及其原则

合同的履行,是指合同当事人正确适当地完成合同中约定的义务,使合同债权债务得以消灭的行为。当事人订立合同的目的就是在于约定相互之间的权利和义务,合同依法成立后,对当事人具有法律约束力。当事人应当按照约定履行自己的义务,不得擅自变更或者解除合同。

当事人在按照合同的约定履行各自义务的时候,还要遵循一定的原则:

第一,全面履行的原则。《合同法》第60条第1款规定,当事人应当按照约定全面履行自己的义务,这主要指合同当事人应当按照合同关于履行主体、标的、期限、地点、方式等内容全面完成自己的义务。例如,《合同法》第64条规定,当事人约定由债务人向第三人履行债务的,债务人未向第三人履行债务或者履行债务不符合约定,应当向债权人承担违约责任。同样,当事人约定由第三人向债权人履行债务的,第三人不履行债务或者履行债务不符合约定,债务人应当向债权人承担违约责任。但是,合同生效后,当事人不得因姓名、名称的变更或者法定代表人、负责人、承办人的变动而不履行合同义务。如果当事人订立合同后合并的,由合并后的法人或者其他组织行使合同权利,履行合同义务;当事人订立合同后分立的,除债权人和债务人另有约定的以外,由分立的法人或者其他组织对合同的权利和义务享有连带债权,承担连带债务。值得注意的是,债权人可以拒绝债务人提前履行债务,但提前履行不损害债权人利益的除外,并且债务人提前履行债务给债权人增加的费用,由债务人负担。债权人也可以拒绝债务人部分履行债务,但部分履行不损害债权人利益的同样除外,并且债务人部分履行债务给债权人增加的费用,由债务人负担。

第二,诚实信用原则。这是指合同当事人在履行合同义务时,应当根据合同的性质、目的和交易习惯履行通知、协助、保密等义务。例如,债权人分立、合并或者变更住所应当及时通知债务人,如果没有通知债务人致使履行债务发生困难的,则债务人可以中止履行或者将标的物提存。另外,合同生效后,如果当事人就质量、价款或者报酬、履行地点等内容没有约定或者约定不明确的,可以协议补充;不能达成补充协议的,应按照合同有关条款或者交易习惯确定。

### 二、合同履行中的特殊规则

#### (一)合同内容约定不明确时的履行

如果当事人就有关合同内容约定不明确,依照诚实信用原则,无法达成补充协议,也无法按照合同有关条款或者交易习惯确定的,则适用下列规定:

1. 质量要求不明确的,按照国家标准、行业标准履行;没有国家标准、行业标准的,按照通常标准或者符合合同目的的特定标准履行。

2. 价款或者报酬不明确的,按照订立合同时履行地的市场价格履行;依法应当执行政府定价或者政府指导价的,按照规定履行。

3. 履行地点不明确,给付货币的,在接受货币一方所在地履行;交付不动产的,在不动产所在地履行；其他标的，在履行义务一方所在地履行。

4. 履行期限不明确的，债务人可以随时履行，债权人也可以随时要求履行，但应当给予对方必要的准备时间。

5. 履行方式不明确的，按照有利于实现合同目的的方式履行。

6. 履行费用的负担不明确的，由履行义务一方负担。

**(二)价格发生变动时的合同履行**

对于一般的合同，价格变动不影响合同的履行，但是，对于执行政府定价或指导价的，可能就产生一定的影响。《合同法》第 63 条规定，执行政府定价或者政府指导价的，在合同约定的交付期限内政府价格调整时，按照交付时的价格计价。逾期交付标的物的，遇价格上涨时，按照原价格执行；价格下降时，按照新价格执行。逾期提取标的物或者逾期付款的，遇价格上涨时，按照新价格执行；价格下降时，按照原价格执行。

### 三、合同履行中的抗辩权

合同履行中的抗辩权，是指当事人在各个符合法定条件时，暂时拒绝履行其债务的权利。根据不同的情况，当事人可能享有同时履行抗辩权、顺序履行抗辩权和不安抗辩权。

**(一)同时履行抗辩权**

《合同法》第 66 条规定，当事人互负债务，没有先后履行顺序的，应当同时履行。一方在对方履行之前有权拒绝其履行要求；一方在对方履行债务不符合约定时，有权拒绝其相应的履行要求。

**(二)顺序履行抗辩权**

《合同法》第 67 条规定，当事人互负债务，有先后履行顺序，先履行一方未履行的，后履行一方有权拒绝其履行要求。先履行一方履行债务不符合约定的，后履行一方有权拒绝其相应的履行要求。因为享有该权利的是后履行义务的一方当事人，所以又称之为后履行抗辩权。

**(三)不安抗辩权**

《合同法》第 68 条和第 69 条规定，应当先履行债务的当事人，有确切证据证明对方将来有不履行或无能力履行的可能，可以中止履行，并应当及时通知对方。因为享有该权利的是先履行义务的一方当事人，所以又称之为先履行抗辩权。

当事人可能不履行或无能力履行的主要是指：经营状况严重恶化，转移财产、抽逃资金，逃避债务，丧失商业信誉，有丧失或者可能丧失履行债务能力的其他情形。

在通知对方后，不安抗辩权发生法律效力，当事人可以暂时中止履行合同义务。但是，如果当事人没有确切证据中止履行的，应当承担违约责任。并且，当对方提供适当担保时，应当恢复履行。如果中止履行后，对方在合理期限内未恢复履行能力并且未提供适当担保的，中止履行的一方可以解除合同。

### 四、合同履行中的代位权和撤销权

代位权,是指因债务人怠于行使其到期债权,对债权人造成损害的,债权人可以向人民法院请求以自己的名义代位行使债务人的债权。但是,对于专属于债务人自身的债权不能行使代位权。

撤销权,指因债务人放弃其到期债权或者无偿转让财产,或者债务人以明显不合理的低价转让财产,对债权人造成损害,并且受让人知道该情形的,债权人可以请求人民法院撤销债务人的行为。撤销权自债权人知道或者应当知道撤销事由之日起 1 年内行使;但自债务人的行为发生之日起 5 年内没有行使撤销权的,该撤销权消灭。

代位权和撤销权的行使范围以债权人的债权为限。债权人行使代位权、撤销权的必要费用,由债务人负担。

## 第五节　合同的变更和转让

### 一、合同的变更

合同的变更,指的是合同成立后,在尚未履行或完全履行以前,当事人就合同内容所达成的修改和补充协议。《合同法》第 77 条规定,当事人协商一致,可以变更合同。但法律、行政法规规定变更合同应当办理批准、登记等手续的,依照其规定。如果当事人对合同变更的内容约定不明确的,推定为未变更。

### 二、合同的转让

合同的转让,是合同主体的变更,指的是当事人依法将合同中的权利和义务全部或部分转让给他人的行为。转让合同时,转让的内容是权利还是义务,对当事人影响不同,因此,合同法对权利转让和义务转让作出不同规定。

#### (一)合同权利的转让

如果当事人转让合同权利,债务人仍然要按合同的约定履行义务,只不过向受让人而不是债权人履行,这对债务人没有太大的影响。因此,合同法规定,债权人可以将合同的权利全部或者部分转让给第三人,并且只要通知债务人后就生效。如果未经通知,则该转让对债务人不发生效力。而债权人转让权利的通知不得撤销,但经受让人同意的除外。

合同权利转让之后,受让人取得与债权有关的从权利,但该从权利专属于债权人自身的除外;同样,债务人对让与人的抗辩,可以向受让人主张。另外,如果债务人对让与人享有债权,并且债务人的债权先于转让的债权到期或者同时到期的,债务人可以向受让人主张抵消。

但是,如果根据合同性质不得转让、按照当事人约定不得转让或者依照法律规定不得转让的,当事人不得单方转让合同权利。

(二)合同义务的转让

如果当事人转让合同义务,则由受让人向债权人履行,但受让人履行债务的能力并未得到保障,这对债权人债权的实现可能有影响。因此,合同法规定,债务人将合同的义务全部或者部分转移给第三人的,应当经债权人同意。并且,如果法律、行政法规规定转让权利或者转移义务应当办理批准、登记等手续的,应依照其规定。

如果合同义务经同意转让后,新债务人可以主张原债务人对债权人的抗辩;新债务人应当承担与主债务有关的从债务,但该从债务专属于原债务人自身的除外。

(三)合同权利和义务一并转让

如果当事人一方经对方同意,也可以将自己在合同中的权利和义务一并转让给第三人。对于权利和义务一并转让的,适用前述权利转让和义务转让的规定。

# 第六节　合同的终止

## 一、合同终止概述

合同终止,是指合同当事人之间合同关系的结束,当事人之间的权利义务归于消灭。合同的终止主要包括以下几种原因:债务已经按照约定履行,合同解除,债务相互抵消,债务人依法将标的物提存,债权人免除债务,债权债务同归于一人,法律规定或者当事人约定终止的其他情形。合同的权利义务终止后,当事人还应当遵循诚实信用原则,根据交易习惯履行通知、协助、保密等义务。

合同的履行作为合同终止的原因在前面已经详细论述,这里只就合同终止的其他原因进行介绍。

## 二、合同的解除

(一)合同解除的概念

合同的解除,是指根据法定条件或当事人协议,提前终止合同权利义务关系的行为。根据合同解除原因的不同,可以分为协议解除和法定解除两种。

1. 协议解除

协议解除,是指当事人之间协商同意解除合同的行为。《合同法》第 93 条规定,当事人协商一致,可以解除合同。当事人可以在订立合同之际,就约定一方解除合同的条件,该解除合同的条件成就时,解除权人可以解除合同。当事人也可以在合同履行过程中协商一致,解除合同。

2. 法定解除

即使当事人对合同解除没有达成一致意见,但是,如果符合法律规定的条件时,当事人也可以单方解除合同。主要包括以下几种情形:因不可抗力致使不能实现合同目的;在履行期限届满之前,当事人一方明确表示或者以自己的行为表明不履行主要债务;当事人一方迟延履行主要债务,经催告后在合理期限内仍未履行;当事人一方迟延履行债务或者有其他违约行为致使不能实现合同目的;法律规定的其他情形。

（二）合同解除的程序和结果

解除合同时,当事人应当在法律规定或者当事人约定的解除权行使期限内行使解除权,期限届满当事人不行使的,该权利消灭。法律没有规定或者当事人没有约定解除权行使期限,经对方催告后在合理期限内不行使的,该权利消灭。

当事人主张解除合同时,应当通知对方。合同自通知到达对方时解除;如果对方有异议的,可以请求人民法院或者仲裁机构确认解除合同的效力。如果法律、行政法规规定解除合同应当办理批准、登记等手续的,依照其规定。

合同解除后,合同义务尚未履行的,终止履行;已经履行的,根据履行情况和合同性质,当事人可以要求恢复原状、采取其他补救措施,并有权要求赔偿损失。

另外,合同的权利义务终止,不影响合同中结算和清理条款的效力。

### 三、抵消

抵消,是指债权人与债务人由于不同的法律关系互相负有债务,各自以其债权充当其债务的清偿。根据发生抵消的条件不同,可以将抵消分为法定抵消和协议抵消。

法定抵消,是指当事人互负到期债务,该债务的标的物种类、品质相同的,任何一方可以将自己的债务与对方的债务抵消。这是当事人依照法律规定单方行使抵消权的情况,但是,依照法律规定或者按照合同性质不得抵消的除外。当事人在行使抵消权的,应当通知对方,通知到达对方时抵消生效。但是,抵消不得附条件或者附期限。

协议抵消,是指当事人互负债务,但标的物种类、品质不相同的,经双方协商一致而产生的抵消。

### 四、提存

提存,是指由于债权人的原因而无法向其交付标的物时,债务人将标的物交付给特定的提存机构而使合同权利义务终止的一项法律制度。

提存的发生是由于债权人的原因,使得债务人难以履行债务,主要包括以下几种:债权人无正当理由拒绝受领,债权人下落不明,债权人死亡未确定继承人或者丧失民事行为能力未确定监护人,债权人分立、合并或者变更住所没有通知债务人的以及法律规定的其他情形。但是,标的物不适于提存或者提存费用过高的,债务人可以依法拍卖或者变卖标的物,提存所得的价款。

标的物提存后，除债权人下落不明的以外，债务人还应当及时通知债权人或者债权人的继承人、监护人。此后，标的物毁损、灭失的风险由债权人承担；同样，提存期间标的物的孳息归债权人所有，提存费用也由债权人负担。

提存后，债权人可以随时领取提存物，但债权人对债务人负有到期债务的，在债权人未履行债务或者提供担保之前，提存部门根据债务人的要求应当拒绝其领取提存物。如果债权人自提存之日起 5 年内不行使领取提存物的权利，则期满该权利消灭，提存物扣除提存费用后归国家所有。

### 五、债务免除

债务免除，是指债权人自愿放弃请求债务人履行债务的权利。《合同法》第 105 条规定，债权人免除债务人部分或者全部债务的，合同的权利义务部分或者全部终止。

### 六、混同

混同，是指债权债务同归一人而使债权债务关系消灭的情况。例如企业合并等情况。《合同法》第 106 条规定，债权和债务同归于一人的，合同的权利义务终止，但涉及第三人利益的除外。

# 第七节　违约责任

### 一、违约责任的概念

违约责任，也即违反合同的民事责任，是指合同当事人不履行合同义务或履行合同义务不符合约定时应承担的民事责任。违约责任对于保障合同的履行至关重要，如果没有违约责任的约束，则当事人不履行合同行为将严重损害对方当事人的利益，从而破坏合同制度的存在。

### 二、违约责任的前提和构成要件

#### (一)违约责任的前提

当事人承担违约责任的前提，是其违反了合同义务。如果没有合同义务，则不可能违反合同义务，也就不会产生违约责任。合同义务的产生，则在合同成立生效之时。因此，如果在合同成立之前，行为人的过错损害对方当事人利益的，则只能以缔约过失责任追究对方的法律责任。

#### (二)违约责任的构成要件

违约责任的构成要件，是指行为人在何种情况下应当承担违约责任。

根据《合同法》第 107 条,通常只要当事人一方不履行合同义务或者履行合同义务不符合约定的,就应当承担违约责任。即使当事人主观上没有过错,如果没有特别规定,只要客观上有违约行为,则就应当承担相应的违约责任。因此,通常认为我国合同法对违约责任采用的是无过错责任的归责原则。

但是,特殊情况下,如果当事人主观上没有过错,则也不应承担违约责任。如《合同法》第 117 条规定,因不能预见、不能避免并不能克服的客观情况,也即不可抗力,而不能履行合同的,根据不可抗力的影响,部分或者全部免除责任,但法律另有规定的除外。而如果当事人迟延履行后发生不可抗力的,则说明主观有过错,因而不能免除责任。此外,当事人一方因不可抗力不能履行合同的,应当及时通知对方,以减轻可能给对方造成的损失,并应当在合理期限内提供证明。

### 三、违约行为的形式

如果合同一方当事人不履行义务或履行义务不符合约定,这就是违约行为的基本形式。但是,还存在预期违约、双方违约和第三方原因违约的特殊情形。

预期违约,是指合同生效之后履行期届满之前,当事人一方明确表示或者以自己的行为表明不履行合同义务的。此时,对方可以要求其承担违约责任。

双方违约,是指当事人都不履行义务或履行义务都不符合约定的情况。对于双方违约,双方应各自承担相应责任。

第三方原因违约,是指合同一方违约是由于第三人的原因造成的情况。对于第三方原因而违约的,当事人应当向对方承担违约责任。至于当事人一方和第三人之间的纠纷,依照法律规定或者按照约定解决。

当事人一方违约后,对方应当采取适当措施防止损失的扩大;没有采取适当措施致使损失扩大的,不得就扩大的损失要求赔偿。当事人因防止损失扩大而支出的合理费用,由违约方承担。

### 四、违约责任的承担方式

合同当事人违约之后,应当承担相应的违约责任。设定违约责任的主要目的是通过弥补守约方的损失,而保障合同当事人的利益。其具体违约责任的承担方式根据当事人的违约情况和双方约定而定,主要包括以下几种承担方式:

#### (一)继续履行

如果一方当事人不履行合同义务,则最直接的补救措施就是要求违约方继续履行。《合同法》第 109 规定,当事人一方未支付价款或者报酬的,对方可以要求其支付价款或者报酬。第 110 条规定,当事人一方不履行非金钱债务或者履行非金钱债务不符合约定的,对方也可以要求履行;但是特殊情况下则不能要求继续履行,如法律上或者事实上不能履行、债务的标的不适于强制履行或者履行费用过高、债权人在合理期限内未要求履行。

（二）补救措施

如果一方当事人履行合同义务不符合约定，则最直接的补救措施就是要求对方采取合适的补救措施。《合同法》第111条规定，质量不符合约定的，应当按照当事人的约定承担违约责任。对违约责任没有约定或者约定不明确，依照合同法的相关规定仍不能确定的，受损害方根据标的的性质以及损失的大小，可以合理选择要求对方承担修理、更换、重作、退货、减少价款或者报酬等违约责任。

（三）赔偿损失

如果在违约方继续履行义务或者采取补救措施后，守约方还有其他损失的，违约方还应当赔偿其损失。损失赔偿额应当相当于因违约所造成的损失，包括合同履行后可以获得的利益，但不得超过违反合同一方订立合同时预见到或者应当预见到的因违反合同可能造成的损失。而对于经营者对消费者提供商品或者服务有欺诈行为的，则应依照《中华人民共和国消费者权益保护法》的规定承担损害赔偿责任。

（四）违约金

由于违约方的违约行为造成守约方的损失往往难以计算，因此，合同法规定，当事人可以约定一方违约时应当根据违约情况向对方支付一定数额的违约金，也可以约定因违约产生的损失赔偿额的计算方法。同时，如果约定的违约金低于造成的损失的，当事人可以请求人民法院或者仲裁机构予以增加；约定的违约金过分高于造成的损失的，当事人可以请求人民法院或者仲裁机构予以适当减少。

如果当事人就迟延履行约定违约金的，违约方支付违约金后，还应当履行债务。

（五）定金

当事人可以依照《中华人民共和国担保法》约定一方向对方给付定金作为债权的担保。定金既有担保作用，也有违约金的作用。债务人履行债务后，定金应当抵作价款或者收回。给付定金的一方不履行约定的债务的，无权要求返还定金；收受定金的一方不履行约定的债务的，应当双倍返还定金。

但是，如果当事人既约定违约金，又约定定金的，一方违约时，对方可以选择适用违约金或者定金条款。

### 五、违约与侵权的竞合

违约与侵权的竞合，是指当事人一方的同一行为既构成违约，又构成侵权。不管违约也好，侵权也好，要求行为人承担民事责任的目的都是出于对受害方利益的补偿，因此，如果要求行为人同时承担违约责任和侵权责任，则不合理。《合同法》第122条规定，因当事人一方的违约行为，侵害对方人身、财产权益的，受损害方有权选择依照本法要求其承担违约责任或者依照其他法律要求其承担侵权责任。

# 第八节 几种常见的合同

## 一、买卖合同

### (一)概念

买卖合同是出卖人转移标的物的所有权于买受人、买受人支付价款的合同。买卖合同的内容除依照合同法规定的提示条款以外,还可以包括包装方式、检验标准和方法、结算方式、合同使用的文字及其效力等条款。

### (二)买卖双方的权利和义务

作为一种双务合同,买卖双方都应当承担相应的义务;并且,一方所承担的义务即是对方所享有的权利。

1. 出卖人的义务。第一,出卖人应当保证出卖的标的物,属于其所有或者有权对其处分。并且,出卖人就交付的标的物,负有保证第三人不得向买受人主张任何权利的义务,但是法律另有规定的,或者买受人订立合同时知道或者应当知道第三人对买卖的标的物享有权利的除外。第二,出卖人应当履行向买受人交付标的物或者交付提取标的物的单证,并转移标的物的所有权。出卖人还应当按照约定或者交易习惯向买受人交付提取标的物单证以外的有关单证和资料。第三,出卖人应当按照约定的期限交付标的物。约定交付期间的,出卖人可以在该交付期间内的任何时间交付。第四,出卖人应当按照约定的地点交付标的物。当事人没有约定交付地点或者约定不明确,则根据标的物是否运输来确定。如果标的物需要运输的,出卖人应当将标的物交付给第一承运人以运交给买受人。如果标的物不需要运输,出卖人和买受人订立合同时知道标的物在某一地点的,出卖人应当在该地点交付标的物;不知道标的物在某一地点的,应当在出卖人订立合同时的营业地交付标的物。第五,出卖人应当按照约定的质量要求和包装方式交付标的物。出卖人提供有关标的物质量说明的,交付的标的物应当符合该说明的质量要求;当事人对包装方式没有约定或者约定不明确,依照合同法的相关规定仍不能确定的,应当按照通用的方式包装,没有通用方式的,应当采取足以保护标的物的包装方式。

2. 买受人的义务。第一,买受人应当按照约定的数额、地点和时间支付价款。对支付地点没有约定或者约定不明确,依照合同法的规定仍不能确定的,买受人应当在出卖人的营业地支付,但约定支付价款以交付标的物或者交付提取标的物单证为条件的,在交付标的物或者交付提取标的物单证的所在地支付。对支付时间没有约定或者约定不明确,依照合同法的规定仍不能确定的,买受人应当在收到标的物或者提取标的物单证的同时支付。第二,在检验期内检验标的物的义务。买受人收到标的物时应当在约定的检验期间内检验;没有约定检验期间的,应当及时检验。当事人约定检验期间的,买受人应当在检验期间内将标的物的数量或者质量不符合约定的情形通知出卖人。买受人怠于通知的,视为标的物的数量或者质量符合约定。当事人没有约定检验期间的,买受人应当在发现或者应当发现标的物的数量或者质量不符合约定的合理期间内通知出卖人。买受人在合理期间内未通知或者自标的物收到之日起2年内未通知出卖人的,视为标的物的数量或者质量符合约定,但对标的物有质量保证期的,适用质量保证期,不适用该规定。出卖人知道或者应当知道提供的标的物不符合约定的,买受人不受前两述规定的通知时间的限制。

（三）标的物的转让与风险的承担

标的物的所有权自标的物交付时起转移,但法律另有规定或者当事人另有约定的除外。当事人也可以在买卖合同中约定买受人未履行支付价款或者其他义务的,标的物的所有权属于出卖人。

标的物毁损、灭失的风险,在标的物交付之前由出卖人承担,交付之后由买受人承担,但法律另有规定或者当事人另有约定的除外。因买受人的原因致使标的物不能按照约定的期限交付的,买受人应当自违反约定之日起承担标的物毁损、灭失的风险。出卖人出卖交由承运人运输的在途标的物,除当事人另有约定的以外,毁损、灭失的风险自合同成立时起由买受人承担。当事人没有约定交付地点或者约定不明确,依合同法的规定标的物需要运输的,出卖人将标的物交付给第一承运人后,标的物毁损、灭失的风险由买受人承担。出卖人按照约定或者依照本合同法的规定将标的物置于交付地点,买受人违反约定没有收取的,标的物毁损、灭失的风险自违反约定之日起由买受人承担。出卖人按照约定未交付有关标的物的单证和资料的,不影响标的物毁损、灭失风险的转移。

## 二、赠与合同

（一）赠与合同的概念

赠与合同是赠与人将自己的财产无偿给予受赠人,受赠人表示接受赠与的合同。

（二）赠与合同的撤销

赠与人在赠与财产的权利转移之前可以撤销赠与。但是,具有救灾、扶贫等社会公益、道德义务性质的赠与合同或者经过公证的赠与合同,不得任意撤销。

在特殊情况下,赠与人在赠与财产的权利转移后仍可以撤销赠与,主要包括:严重侵害赠与人或者赠与人的近亲属,对赠与人有扶养义务而不履行,不履行赠与合同约定的义务。并且,赠与人的这种撤销权,自知道或者应当知道撤销原因之日起1年内行使。

## 三、借款合同

（一）借款合同的概念

借款合同是借款人向贷款人借款,到期返还借款并支付利息的合同。借款的利息不得预先在本金中扣除。利息预先在本金中扣除的,应当按照实际借款数额返还借款并计算利息。对于自然人之间的借款合同对支付利息没有约定或者约定不明确的,视为不支付利息。

（二）借款人的主要义务

第一,借款人未按照约定的日期、数额收取借款的,应当按照约定的日期、数额支付利息。第二,借款人未按照约定的借款用途使用借款的,贷款人可以停止发放借款、提前收回借款或者解除合同。第三,借款人应当按照约定的期限支付利息。对支付利息的期限没有约定或者约定不明确,依合同法的规定仍不能确定,借款期间不满 1 年的,应当在返还借款时一并支付;借款期间 1 年以上的,应当在每届满 1 年时支付,剩余期间不满 1 年的,应当在返还借款时一并支付。第四,借款人应当按照约定的期限返还借款。对借款期限没有约定或者约定不明确,依照合同法的规定仍不能确定的,借款人可以随时返还;贷款人可以催告借款人在合理期限内返还。借款人未按照约定的期限返还借款的,应当按照约定或者国家有关规定支付逾期利息。对于借款人提前偿还借款的,除当事人另有约定的以外,应当按照实际借款的期间计算利息。

**四、租赁合同**

（一）租赁合同概念

租赁合同是出租人将租赁物交付承租人使用、收益,承租人支付租金的合同。租赁期限不得超过 20 年;超过 20 年的,超过部分无效。

（二）承租人的主要义务

第一,承租人应当按照约定的方法使用租赁物。对租赁物的使用方法没有约定或者约定不明确,依照合同法的规定仍不能确定的,应当按照租赁物的性质使用。承租人按照约定的方法或者租赁物的性质使用租赁物,致使租赁物受到损耗的,不承担损害赔偿责任;承租人未按照约定的方法或者租赁物的性质使用租赁物,致使租赁物受到损失的,出租人可以解除合同并要求赔偿损失。第二,承租人应当妥善保管租赁物,因保管不善造成租赁物毁损、灭失的,应当承担损害赔偿责任。第三,承租人未经同意不得转租租赁物。如果转租的,出租人可以解除合同。第四,承租人应当按照约定的期限支付租金。对支付期限没有约定或者约定不明确,依照合同法的规定仍不能确定,租赁期间不满 1 年的,应当在租赁期间届满时支付;租赁期间 1 年以上的,应当在每届满 1 年时支付,剩余期间不满 1 年的,应当在租赁期间届满时支付。承租人无正当理由未支付或者迟延支付租金的,出租人可以要求承租人在合理期限内支付。承租人逾期不支付的,出租人可以解除合同。

**[案例分析]**

甲公司向乙公司发出一份电子邮件,表示:"本司销售某型号耳机,每批价格 40 元,如需订购,请与我司联系。"此时,乙公司正需一批耳机,故立即回复传真:"本司愿订购你司该型号耳机300副,每副单价40元,但务必在耳机上附加一个音量调节器。"之后,甲公司将300副耳机发往乙公司,但乙公司验货时发现这批耳机上没有装音量调节器,于是拒收。为此,甲公司以乙公司违约为由诉之法院。

问题:

乙公司是否违约? 理由是什么?

## 练习与思考

### 一、名词解释

要约、要约邀请、承诺、代位权、撤销权。

### 二、简述题

1. 试述要约与要约邀请的区别。

2. 试述违约责任的方式。

## 第九章

# 担保法律制度

担保法是实现债权的重要保障,也是物权法的重要组成部分。本章对保证、抵押、质押、留置和定金五种担保方式的设定、形式、内容以及效力等作了介绍。通过本章学习,学生应当掌握五种担保方式的区别,重点把握五种担保方式生效的条件、债权人和担保人的权利义务。

## 第一节　担保法概述

### 一、担保及其特征

担保是经济活动中为保障债权实现的一种法律制度。当事人在设定债权时,往往担心其债权到期得不到实现,为此希望债务人或第三人能为其债权的实现提供保障,这种在债权之外为保障其债权实现而设定的权利就是担保权。担保制度是民法制度的重要组成部分,它具有以下两个特征:

1. 从属性。这是指担保附属于其所保障的债权。设定担保的目的在于保障债权的实现,因此,主债权是担保权存在的前提,如果主债权不存在了,则担保权就没有存在的必要。我国《担保法》第5条明确规定,担保合同是主合同的从合同,主合同无效,担保合同无效。

2. 补充性。这是指设定担保的目的在于,当债权无法实现时,担保权起到一个补充作用。如果当事人能顺利实现债权,则不必再行使担保权;如果当事人不能实现债权,则可通过担保权的行使来补充其未实现的债权。

## 二、我国担保法概况及其适用

担保作为一种重要的债权担保制度，在我国 1986 年 4 月 12 日第六届全国人民代表大会第四次会议通过的《中华人民共和国民法通则》"债权"中的第 89 条作出明确规定，该条款对保证、抵押、定金和留置四种担保方式作了简要规定。之后，在 1988 年 1 月 26 日最高人民法院审判委员会讨论通过的《关于贯彻执行〈中华人民共和国民法通则〉若干问题的意见（试行）的通知》中，专门用 12 个条文对担保制度作出进一步规定。

然而，这些零星的条文对担保制度的简单规定无法满足经济社会发展的需要，因此，在 1995 年 6 月 30 日第八届全国人民代表大会常务委员会第十四次会议通过了《中华人民共和国担保法》（以下简称《担保法》）。这部《担保法》自 1995 年 10 月 1 起施行，一直到现在仍然生效并且没有修订过。该《担保法》共 7 章 96 条，第一章和最后一章分别是总则和附则，中间五章对保证、抵押、质押、留置和定金五种担保方式分别作出详细规定。

为了便于对《担保法》的统一理解，2000 年 9 月 29 日最高人民法院审判委员会第 1133 次会议通过了《关于适用〈中华人民共和国担保法〉若干问题的解释》（以下简称司法解释）。该司法解释根据《担保法》七章的内容对七个部分分别作出十分详尽的解释，总共有 134 条之多，比《担保法》本身还要多。

《担保法》第 2 条规定，在借贷、买卖、货物运输、加工承揽等经济活动中，债权人需要以担保方式保障其债权实现的，可以依法设定担保；司法解释第 1 条也规定，当事人对由民事关系产生的债权，在不违反法律、法规强制性规定的情况下，以担保法规定的方式设定担保的，可以认定为有效。另外，《担保法》第 95 条特别规定，海商法等法律对担保有特别规定的，依照其规定。

## 三、担保的种类

担保的种类可以根据不同的标准而作出不同的区分，主要包括以下几种：

（一）人的担保、物的担保和金钱担保

这是根据担保标的的不同而对担保作出的区分。人的担保，是指债务人之外的第三人以自己的信用对债务人的债务进行担保。也就是说，如果债务人不履行债务或无法履行债务，则债权人可以要求担保人履行债务。由于人的担保是以担保人的信用作担保，因此，担保人通常都是信用较好的个人或企业。在我国，人的担保指的是保证。

物的担保，是指债务人或第三人以特定的动产、不动产或其他财产权利对债务人的债务进行担保。也就是说，如果债务人不履行债务或无法履行债务，则债权人可以对该特定的担保财产行使担保物权，即从该担保物的变价款中获得优先清偿债务的权利。目前我国物的担保包括抵押、质押和留置三种。

金钱担保，是指债务人以一定的金钱为其债务的履行作担保。我国的金钱担保指的是定金。

**(二)法定担保和约定担保**

这是根据担保的产生是根据法律直接规定还是双方自愿约定而对担保作出的区分。法定担保,是指根据法律规定直接产生的担保方式。对于法定担保,除非当事人另有特别约定,是否产生担保、如何实现担保等都有法律明确规定。我国的法定担保主要指留置。约定担保,是指通过当事人签订担保合同而产生的担保方式。对于约定担保,当事人应当自行约定是否设定担保、设定何种担保、如何实现担保等事项。约定担保包括保证、抵押、质押和定金。

**(三)一般担保和反担保**

这是根据债务人与担保人的关系而对担保作出的区分。一般担保,是指债权人通过担保权实现债权之后,担保人直接向债务人行使追偿权的担保。反担保,是指债务人或第三人对担保人的追偿权再设定的担保。也就是说,在一般担保中,债权人通过担保权实现债权之后,担保人可以向债务人行使追偿权,但如果无法实现该追偿权时,就可以通过反担保权实现该追偿权。反担保方式可以是债务人提供的抵押或者质押,也可以是其他人提供的保证、抵押或者质押。根据《担保法》第4条第2款的规定,反担保适用《担保法》中有关担保的规定。

**(四)对外担保和普通担保**

这是根据债权人的性质对担保作出的区分。对外担保,是指中国境内机构,向中国境外机构或境内的外资金融机构所提供的担保。除此之外的,都是普通的担保。由于对外担保涉及到境外债权人对境内担保人实现担保权,因此对此类担保有一定限制。司法解释第6条就特别规定,特定情况下对外担保合同无效:未经国家有关主管部门批准或者登记对外担保的;未经国家有关主管部门批准或者登记,为境外机构向境内债权人提供担保的;为外商投资企业注册资本、外商投资企业中的外方投资部分的对外债务提供担保的;无权经营外汇担保业务的金融机构、无外汇收入的非金融性质的企业法人提供外汇担保的;主合同变更或者债权人将对外担保合同项下的权利转让,未经担保人同意和国家有关主管部门批准的,担保人不再承担担保责任,但法律、法规另有规定的除外。

**四、担保合同的无效及担保责任的承担**

担保合同的生效除了要符合担保法对具体担保种类的特别规定之外,还要符合担保法的基本原理。

国家机关和以公益为目的的事业单位、社会团体违反法律规定提供担保的,担保合同无效,因此给债权人造成损失的,应当根据其过错承担相应的民事责任。公司企业的董事、经理以公司资产为本公司的股东或者其他个人债务提供担保的,担保合同无效;除债权人知道或者应当知道的外,债务人、担保人应当对债权人的损失承担连带赔偿责任。以法律、法规禁止流通的财产或者不可转让的财产设定担保的,担保合同无效。法人或者其他组织的法定代表人、负责人超越权限订立的担保合同,如果相对人知道或者应当知道其超越权限的,该代表行为无效。

如果主合同有效而担保合同无效,并且债权人无过错的,担保人与债务人对主合同债权人的经济损失,承担连带赔偿责任;如果债权人、担保人有过错,则担保人承担民事责任的部分,不应超过债务人不能清偿部分的二分之一。

由于担保合同是主合同的从合同,因此,主合同无效则导致担保合同无效。当然,担保合同另有约定的,按照约定。担保合同被确认无效后,债务人、担保人、债权人有过错的,应当根据其过错各自承担相应的民事责任。如果担保人无过错,则不承担民事责任;如果担保人有过错,则其承担民事责任的部分,不应超过债务人不能清偿部分的三分之一。

担保人因无效担保合同向债权人承担赔偿责任后,可以向债务人追偿,或者在承担赔偿责任的范围内,要求有过错的反担保人承担赔偿责任。

# 第二节　保　证

## 一、保证和保证人

### (一)保证

保证,是指保证人和债权人约定,当债务人不履行债务时,保证人按照约定履行债务或者承担责任的行为。保证涉及三方当事人,主合同中的债权人和债务人,以及为该债权承担担保的第三人,即保证人。

### (二)保证人

由于保证是以保证人的个人信用提供担保,因此,对保证人的资格有较为严格的要求。一般而言,能够作为保证人的是具有代为清偿债务能力的法人、其他组织或者公民,包括依法登记领取营业执照的独资企业、合伙企业、联营企业、中外合作经营企业,经民政部门核准登记的社会团体,经核准登记领取营业执照的乡镇、街道、村办企业等。但《担保法》及其司法解释对保证人的资格又作出特别规定,具体规定如下:

1. 国家机关不得为保证人,但经国务院批准为使用外国政府或者国际经济组织贷款进行转贷的除外。

2. 学校、幼儿园、医院等以公益为目的的事业单位、社会团体不得为保证人,但从事经营活动的事业单位、社会团体为保证人的,如无其他导致保证合同无效的情况,其所签订的保证合同应当认定为有效。

3. 企业法人的分支机构不得为保证人,但企业法人的分支机构有法人书面授权的,可以在授权范围内提供保证。如果法人的书面授权范围不明,法人的分支机构应当对保证合同约定的全部债务承担保证责任;如果企业法人的分支机构经营管理的财产不足以承担保证责任的,由企业法人承担民事责任。如果企业法人的分支机构未经法人书面授权或者超出授权范围与债权人订立保证合同的,该合同无效或者超出授权范围的部分无效,保证无效后应当承担赔偿责任的,由分支机构经营管理的财产承担。债权人和企业法人有过错的,应当根据其过错各自承担相应的民事责任;债权人无过错的,由企业法人承担民事责任。

4. 企业法人的职能部门不能作为保证人,债权人知道或者应当知道保证人为企业法人的职能部门的,因此造成的损失由债权人自行承担。债权人不知保证人为企业法人的职能部门,因此造成的损失,可以根据债权人和企业法人的过错分担相应的责任,债权人无过错的,可由企业法人承担民事责任。

值得注意的是,不具有完全代偿能力的法人、其他组织或者自然人,以保证人身份订立保证合同后,又以自己没有代偿能力要求免除保证责任的,法院不予支持。

(三)共同保证

共同保证,是指两个以上保证人对同一债务同时或者分别提供保证。

共同保证的保证人在保证合同中约定保证份额的,称为按份共同保证。对此,保证人应当按照保证合同约定的保证份额,承担保证责任。按份共同保证的保证人按照保证合同约定的保证份额承担保证责任后,在其履行保证责任的范围内对债务人行使追偿权。

共同保证的各保证人与债权人没有约定保证份额的,则应认定为连带共同保证。对此,保证人应承担连带责任,即债权人可以要求任何一个保证人承担全部保证责任,保证人都负有担保全部债权实现的义务,不得以其相互之间约定各自承担的份额对抗债权人。连带共同保证的债务人在主合同规定的债务履行期届满没有履行债务的,债权人可以要求债务人履行债务,也可以要求任何一个保证人承担全部保证责任。连带共同保证的保证人承担保证责任后,向债务人不能追偿的部分,由各连带保证人按其内部约定的比例分担。如果保证人之间没有约定比例的,由各保证人平均分担。

## 二、保证合同和保证方式

### (一)保证合同的形式

保证合同是一种要式合同,保证人与债权人应当以书面形式订立保证合同。保证合同可以单独订立,包括当事人之间的具有担保性质的信函、传真等,也可以是主合同中的保证条款。① 如果保证人在订有保证条款的主合同上签字或盖章的,保证合同成立;在没有保证条款的主合同上以保证人身份签字或盖章的,也视为保证合同成立。如果第三人

---

① 根据《担保法》第93条,这两种担保合同订立的形式同样适用于抵押、质押、定金等法定担保合同。

单方以书面形式向债权人出具担保书,债权人接受且未提出异议的,保证合同也成立。

保证人与债权人可以就单个主合同分别订立保证合同,也可以协议在最高债权额限度内就一定期间连续发生的借款合同或者某项商品交易合同订立一个保证合同。最高额保证合同的不特定债权确定后,保证人应当对在最高债权额限度内就一定期间连续发生的债权余额承担保证责任。

(二)保证合同的内容

保证合同的内容是债权人与保证人确定各自权利义务的依据,因此必须具体明确。根据《担保法》第15条之规定,保证合同应当包括以下内容:被保证的主债权种类、数额,债务人履行债务的期限,保证的方式,保证担保的范围,保证的期间,双方认为需要约定的其他事项。如果保证合同不完全具备前述规定内容的,可以补正。

(三)保证方式

保证方式可以根据保证人承担责任的不同,分为一般保证和连带责任保证。

1. 一般保证

当事人在保证合同中约定,债务人不能履行债务时,由保证人承担保证责任的,称为一般保证。一般保证的保证人在主合同纠纷未经审判或者仲裁,并就债务人财产依法强制执行仍不能履行债务前,对债权人可以拒绝承担保证责任。一般保证人享有的这种拒绝承担保证责任的权利,称为先诉抗辩权。但是,保证人行使先诉抗辩权也有一定的限制,主要包括以下情形:债务人住所变更,致使债权人要求其履行债务发生重大困难的(重大困难包括债务人下落不明、移居境外,且无财产可供执行);法院受理债务人破产案件,中止执行程序的;保证人以书面形式放弃前款规定的权利的。

如果一般保证的保证人在主债权履行期间届满后,向债权人提供了债务人可供执行财产的真实情况的,债权人放弃或者怠于行使权利致使该财产不能被执行,则保证人可以请求法院在其提供可供执行财产的实际价值范围内免除保证责任。

2. 连带责任保证

当事人在保证合同中约定保证人与债务人对债务承担连带责任的,称为连带责任保证。连带责任保证的债务人在主合同规定的债务履行期届满没有履行债务的,债权人可以要求债务人履行债务,也可以要求保证人在其保证范围内承担保证责任。

与一般保证相比,连带责任保证的保证人不享有先诉抗辩权,只要债务人不履行债务,而不管出于什么原因不履行债务,保证人就要根据债权人的要求承担保证责任,因此,其保证责任相应比较重。为此,担保法规定,如果当事人对保证方式没有约定或者约定不明确的,按照连带责任保证承担保证责任。

(四)保证人的抗辩权

保证人的抗辩权,是指债权人行使债权时,保证人根据法定事由,对抗债权人行使请求权的权利。不管是一般保证还是连带责任保证,保证人均享有债务人的抗辩权。债务人放弃对债务的抗辩权的,保证人仍有权抗辩。而对于一般保证的保证人,还享有先诉抗辩权。

### 三、保证责任

#### (一)保证范围

保证担保的范围包括主债权及利息、违约金、损害赔偿金和实现债权的费用。保证合同另有约定的,按照约定。当事人对保证担保的范围没有约定或者约定不明确的,保证人应当对全部债务承担责任。

#### (二)主合同转让、变更时保证人的保证责任

1. 主合同债权转让。保证期间,债权人依法将主债权转让给第三人的,由于债务人履行债务的情况未发生变化,由此保证人承担保证的责任不发生任何变化,因此,保证人仍应在原保证担保的范围内继续对受让人承担保证责任。但是,保证人与债权人事先约定仅对特定的债权人承担保证责任或者禁止债权转让的,保证人不再承担保证责任。

2. 主合同债务转让。保证期间,债权人许可债务人转让债务的,由于履行债务的主体发生变化,保证人保证的对象发生变化,因此,应当取得保证人书面同意,保证人对未经其同意转让的债务,不再承担保证责任。但是,保证人仍应当对未转让部分的债务承担保证责任。

3. 主合同变更。保证期间,债权人与债务人对主合同数量、价款、币种、利率等内容作了变动,未经保证人同意的,如果减轻债务人的债务的,保证人仍应当对变更后的合同承担保证责任;如果加重债务人的债务的,保证人对加重的部分不承担保证责任。债权人与债务人对主合同履行期限作了变动,未经保证人书面同意的,保证期间为原合同约定的或者法律规定的期间。如果债权人与债务人协议变动主合同内容,但并未实际履行的,保证人仍应当承担保证责任。如果主合同当事人双方协议以新贷偿还旧贷,除保证人知道或者应当知道的外,保证人不承担民事责任,但新贷与旧贷系同一保证人保证的,不在此限。

#### (三)保证期间

当事人可以在保证合同中对保证期间进行约定。如果约定的保证期间早于或者等于主债务履行期限的,则视为没有约定,保证期间为主债务履行期届满之日起 6 个月;如果保证合同约定保证人承担保证责任直至主债务本息还清时为止等类似内容的,则视为约定不明,保证期间为主债务履行期届满之日起 2 年。主合同对主债务履行期限没有约定或者约定不明的,保证期间自债权人要求债务人履行义务的宽限期届满之日起计算。

一般保证的保证人在合同约定的保证期间或法律规定的保证期间,债权人未对债务人提起诉讼或者申请仲裁的,保证人免除保证责任。如果债权人在保证期间届满前对债务人提起诉讼或者申请仲裁的,保证期间适用诉讼时效中断的规定。保证合同的诉讼时

效从判决或者仲裁裁决生效之日起开始计算。

连带责任保证的保证人在合同约定的保证期间和法律规定的保证期间,债权人未要求保证人承担保证责任的,保证人免除保证责任。如果连带责任保证的债权人在保证期间届满前要求保证人承担保证责任的,从债权人要求保证人承担保证责任之日起,开始计算保证合同的诉讼时效。

最高额保证合同对保证期间没有约定或者约定不明的,如最高额保证合同约定有保证人清偿债务期限的,保证期间为清偿期限届满之日起 6 个月。没有约定债务清偿期限的,保证期间自最高额保证终止之日或自债权人收到保证人终止保证合同的书面通知到达之日起 6 个月。

值得注意的是,与民法上的诉讼时效规定一样,如果保证人对已经超过诉讼时效的债务承担保证责任或者提供保证的,又以超过诉讼时效为由抗辩的,人民法院不予支持。

(四)其他规定

1. 特殊保证合同的保证责任

保证合同中约定保证人代为履行非金钱债务的,如果保证人不能实际代为履行,对债权人因此造成的损失,保证人应当承担赔偿责任。

第三人向债权人保证监督支付专款专用的,在履行了监督支付专款专用的义务后,不再承担责任。未尽监督义务造成资金流失的,应当对流失的资金承担补充赔偿责任。

保证人对债务人的注册资金提供保证的,债务人的实际投资与注册资金不符,或者抽逃转移注册资金的,保证人在注册资金不足或者抽逃转移注册资金的范围内承担连带保证责任。

2. 同一债权既有保证又有物的担保的保证责任

对于这种双份担保,保证人只对物的担保以外的债权承担保证责任。如果债权人放弃物的担保的,保证人在债权人放弃权利的范围内免除保证责任;如果债权人在主合同履行期届满后怠于行使担保物权,致使担保物的价值减少或者毁损、灭失的,视为债权人放弃部分或者全部物的担保。保证人在债权人放弃权利的范围内减轻或者免除保证责任。

3. 可撤销的合同

债务人与保证人共同欺骗债权人,订立主合同和保证合同的,债权人可以请求法院予以撤销。因此给债权人造成损失的,由保证人与债务人承担连带赔偿责任。

4. 保证人不承担民事责任的情况

有以下情形之一的,保证人不承担民事责任:主合同当事人双方串通,骗取保证人提供保证的;主合同债权人采取欺诈、胁迫等手段,使保证人在违背真实意思的情况下提供保证的;主合同债务人采取欺诈、胁迫等手段,使保证人在违背真实意思的情况下提供保证的,债权人知道或者应当知道欺诈、胁迫事实的。

### 四、保证人的追偿权

保证人承担保证责任后,可以向债务人行使追偿权。如果法院受理债务人破产案件后,债权人未申报债权的,保证人可以参加破产财产分配,预先行使追偿权。如果债权人知道或者应当知道债务人破产,既未申报债权也未通知保证人,致使保证人不能预先行使追偿权的,保证人在该债权在破产程序中可能受偿的范围内免除保证责任。

但是,如果保证人自行履行保证责任时,且其实际清偿额大于主债权范围的,保证人只能在主债权范围内对债务人行使追偿权。

# 第三节 抵 押

### 一、抵押和抵押物

#### (一)抵押

抵押,是指债务人或者第三人不转移对财产的占有,将该财产作为债权的担保。债务人不履行债务时,债权人有权依法以该财产折价或者以拍卖、变卖该财产的价款优先受偿。在抵押法律关系中,主合同的债权人称为抵押权人,进行抵押的财产称为抵押物,而提供抵押物进行抵押的人称为抵押人,抵押人可以是主债务人,也可以是第三人。

#### (二)抵押物

1. 可抵押的财产

根据《担保法》第34条的规定,可以进行抵押的财产包括:抵押人所有的房屋和其他地上定着物,抵押人所有的机器、交通运输工具和其他财产,抵押人依法有权处分的国有的土地使用权、房屋和其他地上定着物,抵押人依法有权处分的国有的机器、交通运输工具和其他财产,抵押人依法承包并经发包方同意抵押的荒山、荒沟、荒丘、荒滩等荒地的土地使用权以及依法可以抵押的其他财产。并且,在抵押时,抵押人可以将前述财产一并抵押。

2. 不可抵押的财产

由于抵押权的实现要通过对抵押物进行折价、拍卖或变卖,因此,对于一些无法转让所有权的财产就不得设定抵押。根据《担保法》第37条的规定,不得抵押的财产主要包括:土地所有权,耕地、宅基地、自留地、自留山等集体所有的土地使用权,但法律特别规定的除外;学校、幼儿园、医院等以公益为目的的事业单位、社会团体的教育设施、医疗卫生设施和其他社会公益设施;所有权、使用权不明或者有争议的财产;依法被查封、扣押、监管的财产以及依法不得抵押的其他财产。

值得注意的是,学校、幼儿园、医院等以公益为目的的事业单位、社会团体,以其教育设施、医疗卫生设施和其他社会公益设施以外的财产为自身债务设定抵押的,人民法院可以认定抵押有效。按份共有人以其共有财产中享有的份额设定抵押的,抵押有效。如果共同共有人以其共有财产设定抵押,未经其他共有人的同意,抵押无效;但是,其他共有人知道或者应当知道而未提出异议的视为同意,抵押有效。以依法获准尚未建造的或者正在建造中的房屋或者其他建筑物抵押的,当事人办理了抵押物登记,人民法院可以认定抵押有效。以尚未办理权属证书的财产抵押的,在第一审法庭辩论终结前能够提供权利证书或者补办登记手续的,可以认定抵押有效。并且,已经设定抵押的财产被采取查封、扣押等财产保全或者执行措施的,不影响抵押权的效力。

但是,以法定程序确认为违法、违章的建筑物抵押的,抵押无效。当事人以农作物和与其尚未分离的土地使用权同时抵押的,土地使用权部分的抵押无效。

3. 与土地使用权有关的抵押

如果以依法取得的国有土地上的房屋抵押的,该房屋占用范围内的国有土地使用权同时抵押。如果以出让方式取得的国有土地使用权抵押的,应当将抵押时该国有土地上的房屋同时抵押。而乡(镇)、村企业的土地使用权不得单独抵押。如果以乡(镇)、村企业的厂房等建筑物抵押的,其占用范围内的土地使用权同时抵押。

4. 超出抵押

抵押人所担保的债权不得超出其抵押物的价值;如果抵押人所担保的债权超出其抵押物价值,超出的部分不具有优先受偿的效力。财产抵押后,该财产的价值大于所担保债权的余额部分,可以再次抵押,但不得超出其余额部分。

## 二、抵押合同和抵押物登记

(一)抵押合同的形式

与保证合同一样,抵押人和抵押权人应当以书面形式订立抵押合同,并且抵押合同可以是单独订立的书面合同,包括当事人之间的具有担保性质的信函、传真等,也可以是主合同中的担保条款。

(二)抵押合同的内容

根据《担保法》第39条,抵押合同应当包括以下内容:被担保的主债权种类、数额,债务人履行债务的期限,抵押物的名称、数量、质量、状况、所在地、所有权权属或者使用权权属,抵押担保的范围,当事人认为需要约定的其他事项。如果抵押合同不完全具备前述规定内容的,可以补正。

但是,如果抵押合同对被担保的主债权种类、抵押财产没有约定或者约定不明,根据主合同和抵押合同不能补正或者无法推定的,则抵押不成立。

当事人在抵押合同中约定,债务履行期届满抵押权人未受清偿时,抵押物的所有权转移为债权人所有的内容无效。该内容的无效不影响抵押合同其他部分内容的效力。但是,债务履行期届满后抵押权人未受清偿时,抵押权人和抵押人可以协议以抵押物折价取得抵押物。

（三）抵押合同的生效时间

抵押合同的生效时间根据抵押物性质的不同分为两种:

1. 登记生效。对于不动产以及价值比较重大的准不动产,按担保法的规定应当办理抵押物登记,抵押合同自登记之日起生效。法律规定登记生效的抵押合同签订后,抵押人违背诚实信用原则拒绝办理抵押登记致使债权人受到损失的,抵押人应当承担赔偿责任。

2. 签订生效。对于一般的动产,当事人可以不办理抵押物登记,也可以自愿办理抵押物登记,抵押合同一律自签订之日起生效。如果当事人办理抵押物登记的,登记部门为抵押人所在地的公证部门。但是,如果当事人未办理抵押物登记的,不得对抗第三人。

（四）抵押物的登记

由于进行抵押时,抵押物仍由抵押人占有,这不利于债权人抵押权的实现。因此,担保法对不动产等部分抵押物规定为必须经过登记。根据《担保法》第 42 条,需要登记的抵押物及其登记部门如下:

1. 以无地上定着物的土地使用权抵押的,为核发土地使用权证书的土地管理部门;

2. 以城市房地产或者乡（镇）、村企业的厂房等建筑物抵押的,为县级以上地方人民政府规定的部门;

3. 以林木抵押的,为县级以上林木主管部门;

4. 以航空器、船舶、车辆抵押的,为运输工具的登记部门;

5. 以企业的设备和其他动产抵押的,为财产所在地的工商行政管理部门。

在办理抵押物登记时,当事人应提供主合同和抵押合同以及抵押物的所有权或者使用权证书的原件或复印件。

另外,如果抵押物登记记载的内容与抵押合同约定的内容不一致的,以登记记载的内容为准。

## 三、抵押的效力

（一）抵押担保和抵押权效力的范围

抵押担保的范围包括主债权及利息、违约金、损害赔偿金和实现抵押权的费用。抵押合同另有约定的,按照约定。

在实现抵押权时,抵押权效力的范围自然包括抵押物本身,但除此之外,还包括其他的物或财产,主要有如下几种情况:

1. 如果抵押物因附和、混合或者加工使抵押物的所有权为第三人所有的,抵押权的效力及于补偿金;抵押物所有人为附和物、混合物或者加工物的所有人的,抵押权的效力及于附和物、混合物或者加工物;第三人与抵押物所有人为附和物、混合物或者加工物的共有人的,抵押权的效力及于抵押人对共有物享有的份额。

2. 抵押权设定前为抵押物的从物的,抵押权的效力及于抵押物的从物。但是,抵押物与其从物为两个以上的人分别所有时,抵押权的效力不及于抵押物的从物。

3. 债务履行期届满,债务人不履行债务致使抵押物被人民法院依法扣押的,自扣押之日起抵押权人有权收取由抵押物分离的天然孳息以及抵押人就抵押物可以收取的法定孳息;但是,收取的孳息应当先用于清偿收取孳息的费用,然后再清偿主债权的利息和主债权本身。如果抵押权人未将扣押抵押物的事实通知应当清偿法定孳息的义务人的,抵押权的效力不及于该孳息。

4. 在抵押物灭失、毁损或者被征用的情况下,抵押权人可以就该抵押物的保险金、赔偿金或者补偿金优先受偿。

（二）抵押物的出租

抵押人可以对抵押物享有占有、使用、收益和处分的四种权利,对抵押物设定抵押权之后,并不阻止其对抵押享有的占有权和使用权,因此,抵押物的抵押和出租可以同时进行。但是,如果债权人在实现抵押权时,抵押物仍处于租赁状态,则债权人的抵押权与承租人的使用权就会发生冲突。为此,《担保法》及其司法解释根据抵押与租赁设定的先后顺序,对此作出不同的规定:

1. 抵押人将已出租的财产抵押的,应当书面告知承租人;抵押权实现后,租赁合同在有效期内对抵押物的受让人继续有效。

2. 抵押人将已抵押的财产出租的,抵押权实现后,租赁合同对受让人不具有约束力。抵押人将已抵押的财产出租时,如果抵押人未书面告知承租人该财产已抵押的,抵押人对出租抵押物造成承租人的损失承担赔偿责任;如果抵押人已书面告知承租人该财产已抵押的,抵押权实现造成承租人的损失,由承租人自己承担。

（三）抵押物的转让

抵押期间,如果抵押人转让抵押物,则可能影响债权人抵押权的实现;如果在抵押物转让时保护抵押权的实现,则又可能妨碍善意受让人的合法权利;而如果完全禁止抵押人转让抵押物,又可能影响其对抵押物所有权的实现。为此,对于抵押物转让的效力,担保法根据不同情况规定了三种情况:

1. 抵押期间,抵押人转让已办理登记的抵押物的,应当通知抵押权人并告知受让人转让物已经抵押的情况。如果抵押人未通知抵押权人或者未告知受让人的,转让行为无效,抵押权人仍可以行使抵押权;但是取得抵押物所有权的受让人,可以代替债务人清偿其全部债务,使抵押权消灭。受让人清偿债务后可以向抵押人追偿。

转让抵押物的价款明显低于其价值的,抵押权人可以要求抵押人提供相应的担保;抵押人不提供的,不得转让抵押物。抵押人转让抵押物所得的价款,应当向抵押权人提前清偿所担保的债权或者向与抵押权人约定的第三人提存。超过债权数额的部分,归抵押人所有,不足部分由债务人清偿。

2. 如果抵押人转让未经登记的抵押物,抵押权不得对抗受让人,因此给抵押权人造成损失的,由抵押人承担赔偿责任。

3. 如果抵押物依法被继承或者赠与的,抵押权不受影响。

(四)抵押物价值减少

设定抵押的目的,就是以抵押物的价值对债权人的债权作担保,在债务人不履行债务时,债权人可以就抵押物的价值实现其债权。因此,如果抵押物价值由于某种原因而减少时,势必影响债权人抵押权的实现。为此,担保法规定,如果抵押人的行为足以使抵押物价值减少的,抵押权人有权要求抵押人停止其行为。抵押物价值减少时,抵押权人有权要求抵押人恢复抵押物的价值,或者提供与减少的价值相当的担保。抵押权人请求抵押人恢复原状或提供担保遭到拒绝时,抵押权人可以请求债务人履行债务,也可以请求提前行使抵押权。如果抵押人对抵押物价值减少无过错的,抵押权人只能在抵押人因损害而得到的赔偿范围内要求提供担保。抵押物价值未减少的部分,仍作为债权的担保。

### 四、抵押权的实现

(一)抵押权实现的方式

债务履行期届满抵押权人未受清偿的,可以与抵押人协议以抵押物折价或者以拍卖、变卖该抵押物所得的价款受偿;协议不成的,抵押权人可以向人民法院提起诉讼。抵押物折价或者拍卖、变卖后,其价款超过债权数额的部分归抵押人所有,不足部分由债务人清偿。

(二)抵押权实现的顺序

同一财产向两个以上债权人抵押的,如果拍卖、变卖抵押物所得的价款不足以偿还所有的债权,就有必要确定抵押权实现的先后顺序。因此,《担保法》第54条根据抵押物是否进行登记按照不同规则确定清偿顺序:抵押物已登记的先于未登记的受偿;如果抵押物都登记的,按照抵押物登记的先后顺序清偿,顺序相同的,按照债权比例清偿;如果抵押物都未登记的,按照合同生效时间的先后顺序清偿,顺序相同的,按照债权比例清偿。但是,如果抵押物都未登记,都不能对抗第三人,因此,司法解释第76条又特别规定,同一动产向两个以上债权人抵押的,当事人未办理抵押物登记,实现抵押权时,各抵押权人按照债权比例受偿。

如果当事人同一天在不同的法定登记部门办理抵押物登记的,视为顺序相同。如果因登记部门的原因致使抵押物进行连续登记的,抵押物第一次登记的日期,视为抵押登记的日期,并依此确定抵押权的顺序。如果当事人办理抵押物登记手续时,因登记部门的原因致使其无法办理抵押物登记,抵押人向债权人交付权利凭证的,可以认定债权人对该财产有优先受偿权;但是,未办理抵押物登记的,不得对抗第三人。

同一财产向两个以上债权人抵押时,如果顺序在后的抵押权所担保的债权先到期的,抵押权人只能就抵押物价值超出顺序在先的抵押担保债权的部分受偿。如果顺序在先的抵押权所担保的债权先到期的,抵押权实现后的剩余价款应予提存,留待清偿顺序在后的抵押担保债权。

如果同一财产法定登记的抵押权与质权并存时,抵押权人优先于质权人受偿。如果同一财产抵押权与留置权并存时,留置权人优先于抵押权人受偿。

（三）双份抵押或多份抵押的特殊规定

如果同一债权有两个以上抵押人的,当事人对其提供的抵押财产所担保的债权份额或者顺序没有约定或者约定不明的,抵押权人可以就其中任一或者各个财产行使抵押权。如果此时债权人放弃债务人提供的抵押担保的,其他抵押人可以请求人民法院减轻或者免除其应当承担的担保责任。抵押人承担担保责任后,可以向债务人追偿,也可以要求其他抵押人清偿其应当承担的份额。

**五、最高额抵押**

最高额抵押,是指抵押人与抵押权人协议,在最高债权额限度内,以抵押物对一定期间内连续发生的债权作担保。借款合同以及债权人与债务人就某项商品在一定期间内连续发生交易而签订的合同,可以附最高额抵押合同。

最高额抵押的主合同债权不得转让。当事人对最高额抵押合同的最高限额、最高额抵押期间进行变更,以其变更对抗顺序在后的抵押权人的,法院不予支持。

最高额抵押权所担保的债权范围,不包括抵押物因财产保全或者执行程序被查封后或债务人、抵押人破产后发生的债权。

最高额抵押权所担保的不特定债权,在特定后,债权已届清偿期的,最高额抵押权人可以根据普通抵押权的规定行使其抵押权。抵押权人实现最高额抵押权时,如果实际发生的债权余额高于最高限额的,以最高限额为限,超过部分不具有优先受偿的效力;如果实际发生的债权余额低于最高限额的,以实际发生的债权余额为限对抵押物优先受偿。

# 第四节　质　押

**一、质押概述**

（一）质押的概念及其分类

质押,是指债务人或者第三人将其动产或权利移交债权人占有,将该动产或权利作为债权的担保。债务人不履行债务时,债权人有权依法以该动产或权利折价或者以拍卖、变卖该动产的价款优先受偿。

在质押法律关系中,提供动产或权利的主合同债务人或者第三人为出质人,债权人为质权人,移交质权人占有的动产为质物。

质押可以根据质权对象的不同,分为动产质押和权利质押。前者是以动产进行质押,而后者是以权利进行质押,二者在合同的内容等诸多方面相同,因此《担保法》第 81 条规定,对权利质押没有特别规定的,适用动产质押的相关规定。但是,二者在成立方式、效力范围以及实现方式等方面都有所不同。

(二)质押与抵押的关系

质押与抵押最明显的差别就在于担保对象的不同以及是否转移对担保对象的占有。质物的对象是动产和权利,而抵押的对象包括动产和不动产。质押以占有动产或权利为前提,并以此为质押合同生效时间(有的权利质押合同以登记作为生效时间);抵押的设立不发生对抵押物的占有,但对于部分抵押物要进行登记以确保抵押权的实现。

正因为抵押和质押在许多内容方面的相同,因此,我国在 1995 年《担保法》制定前,《民法通则》把抵押和质押规定在一起,统称为"抵押",在《担保法》制定后才把二者区分开来。即使如此,根据担保法的司法解释第 96 条,有 8 个条款适用于抵押的解释也同时适用于动产质押。

(三)质押合同的内容

根据《担保法》第 65 条,质押合同应当包括以下内容:被担保的主债权种类、数额,债务人履行债务的期限,质物的名称、数量、质量、状况,质押担保的范围,质物移交的时间,当事人认为需要约定的其他事项。如果质押合同不完全具备前款规定内容的,可以补正。

出质人和质权人在合同中不得约定在债务履行期届满质权人未受清偿时,质物的所有权转移为质权人所有。

## 二、动产质押

### (一)动产质押合同的形式和生效

动产质押合同与其他担保合同一样都是要式合同,应当以书面形式订立。但动产质押合同不是诺成性合同而是实践性合同,动产质押合同自质物移交于质权人占有时生效。

如果由出质人代质权人占有质物,则动产质押合同不生效;但质权人将质物返还于出质人后,以其质权对抗第三人的,人民法院不予支持。如果出质人以间接占有的财产出质的,动产质押合同自书面通知送达占有人时视为移交;占有人收到出质通知后,仍接受出质人的指示处分出质财产的,该行为无效。

如果动产质押合同中对质押的财产约定不明,或者约定的出质财产与实际移交的财产不一致的,以实际交付占有的财产为准。

### (二)动产质押的范围

动产质押的担保范围包括主债权及利息、违约金、损害赔偿金、质物保管费用和实现质权的费用。但动产质押合同另有约定的,按照约定。

动产质权的效力及于质物的从物。但从物未随同质物移交质权人占有的,质权的效力不及于从物。有关质物附和、混合、加工、灭失、毁损或被征用时的效力以及对孳息的效力,适用前述有关抵押物的相关规定。

（三）出质人的义务

质权最终需要通过处置质物而实现,因此,出质人提供的质物影响质押关系的产生及质权的实现。担保法对出质人依法提供质物的义务及相应责任作出规定,主要如下:

1. 及时交付质物的义务。债务人或者第三人未按动产质押合同约定的时间移交质物的,因此给质权人造成损失的,出质人应当根据其过错承担赔偿责任。

2. 保证对质物享有所有权的义务。出质人以其不具有所有权但合法占有的动产出质的,不知出质人无处分权的质权人行使质权后,因此给动产所有人造成损失的,由出质人承担赔偿责任。

3. 保证质物没有瑕疵的义务。质物有隐蔽瑕疵造成质权人其他财产损害的,应由出质人承担赔偿责任。但是,质权人在质物移交时明知质物有瑕疵而予以接受的除外。

（四）质权人的权利

在质押中,质权人的主要权利就是通过占有质物而保障其债权的最终实现。为保障债权人债权的实现,担保法规定质权人享有以下几项主要权利:

1. 依法占有质物的权利。如果因不可归责于质权人的事由而丧失对质物的占有的,质权人可以向不当占有人请求停止侵害、恢复原状、返还质物。

2. 依法保障质权的权利。质物有损坏或者价值明显减少的可能,足以危害质权人权利的,质权人可以要求出质人提供相应的担保。出质人不提供的,质权人可以拍卖或者变卖质物,并与出质人协议将拍卖或者变卖所得的价款用于提前清偿所担保的债权或者向与出质人约定的第三人提存。

3. 依法转质押的权利。质权人在质权存续期间,为担保自己的债务,经出质人同意,可以以其所占有的质物为第三人设定质权的,这称之为转质押。但是,转质押应当在原质权所担保的债权范围之内,超过的部分不具有优先受偿的效力。并且,转质权的效力优于原质权。

4. 依法收取孳息的权利。质权人有权收取质物所生的孳息。动产质押合同另有约定的,按照约定。但是,孳息应当先充抵收取孳息的费用。

5. 依法行使质权的权利。债务履行期届满质权人未受清偿的,质权人可以继续留置质物,并以质物的全部行使权利。在行使质权时,质权人可以与出质人协议以质物折价,也可以依法拍卖、变卖质物。如果债务人或者第三人将其金钱以保证金等形式特定化后,移交债权人占有作为债权的担保,债务人不履行债务时,债权人可以以该金钱优先受偿。

（五）质权人的义务

在质押中,出质人的质物由质权人占有,为保障出质人对质物所享有的合法权利不被

侵害,担保法对质权人占有质物期间行为作出一定限制,主要如下:

1. 妥善保管质物的义务。因保管不善致使质物灭失或者毁损的,质权人应当承担民事责任。质权人不能妥善保管质物可能致使其灭失或者毁损的,出质人可以要求质权人将质物提存,或者要求提前清偿债权而返还质物。

2. 不得擅自处分质物的义务。质权人在质权存续期间,未经出质人同意,擅自使用、出租、处分质物,因此给出质人造成损失的,由质权人承担赔偿责任。同样,未经出质人同意,为担保自己的债务,在其所占有的质物上为第三人设定质权的无效,质权人还应对因转质而发生的损害承担赔偿责任。

3. 积极行使权利的义务。债务履行期届满,出质人请求质权人及时行使权利,而质权人怠于行使权利致使质物价格下跌的,由此造成的损失,质权人应当承担赔偿责任。

4. 质权消灭后返还质物的义务。质权与其担保的债权同时存在,债权消灭的,质权也消灭。因此,债务履行期届满债务人履行债务的,或者出质人提前清偿所担保的债权的,质权人应当返还质物。

（六）质权的消灭

首先,质权会因质物灭失而消灭,但因灭失所得的赔偿金,应当作为出质财产。其次,质权也会因债权的消灭而消灭,由此质权人应当返还质物。最后,质权人通过依法折价、变卖、拍卖质物实现质权也使得质权消灭,此时,为债务人质押担保的第三人,有权向债务人追偿。

## 三、权利质押

（一）可以质押的权利

根据《担保法》第75条以及司法解释,可以质押的权利包括:汇票、支票、本票、债券、存款单、仓单、提单;依法可以转让的股份、股票;依法可以转让的商标专用权,专利权、著作权中的财产权;公路桥梁、公路隧道或者公路渡口等不动产收益权以及其他依法可以质押的其他权利。

（二）权利质押合同的形式和生效

对权利质押合同形式的要求根据质押权利的不同而不同,有的是要式合同要求签订书面合同,有的要求登记才生效,有的属于实践性合同以权利凭证交付为生效条件。具体规定如下:

1. 以汇票、支票、本票、债券、存款单、仓单、提单等票证出质的,应当在合同约定的期限内将权利凭证交付质权人。质押合同自权利凭证交付之日起生效。另外,以汇票、支票、本票出质,出质人与质权人没有背书记载"质押"字样,以票据出质对抗善意第三人的,人民法院不予支持;以公司债券出质的,出质人与质权人没有背书记载"质押"字样,以债券出质对抗公司和第三人的,人民法院也不予支持。

2. 以依法可以转让的股票出质的,出质人与质权人应当订立书面合同,并向证券登记机构办理出质登记,质押合同自登记之日起生效。以有限责任公司的股份出质的,质押合同自股份出质记载于股东名册之日起生效。以上市公司的股份出质的,质押合同自股份出质向证券登记机构办理出质登记之日起生效。以非上市公司的股份出质的,质押合同自股份出质记载于股东名册之日起生效。

3. 以依法可以转让的商标专用权,专利权、著作权中的财产权出质的,出质人与质权人应当订立书面合同;并向其管理部门办理出质登记。质押合同自登记之日起生效。

**(三)质押权利的转让及质权的实现**

由于进行质押的权利种类差异较大,因此对于权利质押的具体要求不同,如何实现这些质权也有差异。具体规定如下:

1. 以票据、债券、存款单、仓单、提单出质的,质权人再转让或者质押的无效。以载明兑现或者提货日期的汇票、支票、本票、债券、存款单、仓单、提单出质的,如果其兑现或者提货日期先于债务履行期的,质权人可以在债务履行期届满前兑现或者提货,并与出质人协议将兑现的价款或者提取的货物用于提前清偿所担保的债权或者向与出质人约定的第三人提存;如果其兑现或者提货日期后于债务履行期的,质权人只能在兑现或者提货日期届满时兑现款项或者提取货物。

2. 股票出质后,不得转让,但经出质人与质权人协商同意的可以转让。出质人转让股票所得的价款应当向质权人提前清偿所担保的债权或者向与质权人约定的第三人提存。以有限责任公司的股份出质的,适用公司法股份转让的有关规定。并且,以依法可以转让的股份、股票出质的,质权的效力及于股份、股票的法定孳息。

3. 以商标专用权、专利权和著作权中的财产权出质后,出质人未经质权人同意而转让或者许可他人使用已出质权利的,应当认定为无效。因此给质权人或者第三人造成损失的,由出质人承担民事责任。但经出质人与质权人协商同意的,可以转让或者许可他人使用。出质人所得的转让费、许可费应当向质权人提前清偿所担保的债权或者向与质权人约定的第三人提存。

特别注意的是,以存款单出质的,签发银行核押后又受理挂失并造成存款流失的,应承担民事责任。

# 第五节　留　置

## 一、留置概述

留置,是指在法律规定可以留置的合同中,债权人按照合同约定占有债务人的动产,债务人不按照合同约定的期限履行债务的,债权人有权依法留置该财产,以该财产折价或者以拍卖、变卖该财产的价款优先受偿。在留置法律关系中,债权人称为留置权人,留置权人所留置的动产称为留置物。

留置是一种法定担保方式,只能由法律规定哪些债权可适用留置。根据《担保法》第84条以及《合同法》第422条等规定,可适用留置的是因保管合同、运输合同、加工承揽合同、行纪合同等而发生的债权。但是,当事人也可以在合同中约定不得留置的物,通过当事人在合同中的约定而排除法定的留置权;债权人行使留置权与其承担的义务或者合同的特殊约定相抵触的,人民法院不予支持。

### 二、留置担保的范围

留置所担保的范围应该只涉及与留置的动产有牵连关系的债权,包括主债权及利息、违约金、损害赔偿金,以及留置物保管费用和实现留置权的费用。

### 三、留置发生的条件

留置作为一种法定担保方式,只有在具备法定条件时,当事人才可以行使留置权。对动产的留置除了要遵守基本的公共利益和善良风俗之外,当事人取得留置权的条件还包括:

1. 债权已届清偿期。如果债权未届清偿期,则不需要对债权进行保障,也就没有必要行使留置权。只有当债权已届清偿期而债务人仍不履行债务时,债权人才可以出于保障债权实现之目的而行使留置权。

2. 债权人须依法占有债务人的动产。债权人占有留置物是发生留置的前提条件,如果债权人不占有留置物,则无从留置,这与质押的规定一样。因此,根据司法解释,如果债务人代留置权人占有留置物的,留置不生效;留置权人将留置物返还给债务人后,以其留置权对抗第三人的,人民法院不予支持。但因不可归责于留置权人的事由而丧失对留置物的占有,留置权人可以向不当占有人请求停止侵害、恢复原状、返还质物。

同时,债权人对债务人动产的占有必须基于合同的约定,而不是基于其他原因取得。债权人合法占有债务人交付的动产时,即使不知债务人无处分该动产的权利,也可以享有留置权。

3. 留置的动产必须与该债权有牵连关系。法律规定留置权的目的在于通过赋予债权人对与其债权发生有牵连的物以支配性权利,以保障其特定债权的实现。因此,债权只有对与债权有牵连关系的动产行使留置权才符合公平正义原则以及立法目的。另外,从《担保法》第82条对留置的定义以及《合同法》第264条、第315条、第380条和第422条对四种可留置合同的具体规定中,可以看出,留置的动产必须与该债权有牵连关系。

### 四、留置权人的权利和义务

1. 留置权人在留置法律关系中的主要权利就是实现留置权,担保法对于留置权人的权利规定如下：

（1）留置留置物的权利。留置权人在债权未受全部清偿前，留置物为不可分物的，留置权人可以就其留置物的全部行使留置权；如果留置的财产为可分物的，留置物的价值应当相当于债务的金额。如果债权人的债权未届清偿期，其交付占有标的物的义务已届履行期的，不能行使留置权；但是，债权人能够证明债务人无支付能力的除外。

（2）收取留置物的孳息。这与动产质押中的规定一样，这里不再赘述。

（3）就留置物优先受偿的权利。这也是留置权的实现。债务人超过规定的期限不履行债务时，债权人可以与债务人协议以留置物折价，也可以依法拍卖、变卖留置物。留置物折价或者拍卖、变卖后，其价款超过债权数额的部分归债务人所有，不足部分由债务人清偿。

2. 留置权人在享受相关权利的同时，也必须承担保管留置等相关义务，主要如下：

（1）留置权人负有妥善保管留置物的义务。因保管不善致使留置物灭失或者毁损的，留置权人应当承担民事责任。

（2）不得擅自处分留置物的义务。这与动产质押的规定一样。

（3）通知债务人在合理期限内履行债务的义务。债权人与债务人应当在合同中约定，债权人留置财产后，债务人应当在不少于 2 个月的期限内履行债务。如果双方在合同中约定宽限期的，债权人可以不经通知，直接行使留置权。债权人与债务人在合同中未约定宽限期的，债权人留置债务人财产后，应当确定 2 个月以上的期限，通知债务人在该期限内履行债务。如果债权人未按规定的期限通知债务人履行义务，直接变价处分留置物的，应当对此造成的损失承担赔偿责任。

# 第六节 定 金

## 一、定金概述

定金，是指合同当事人一方为了担保合同的订立或履行，预先支付给另一方的一笔金钱。当事人可以约定一方向对方给付定金作为债权的担保。

## 二、定金的形式、内容

定金合同也是一种要式合同，应当以书面形式约定。当事人交付留置金、担保金、保证金、订约金、押金或者定金等，但没有约定定金性质的，当事人主张定金权利的，人民法院不予支持。

定金的数额由当事人约定，但不得超过主合同标的额的 20%。如果当事人约定的定金数额超过主合同标的额 20%的，超过的部分，人民法院不予支持。

### 三、定金合同的生效

定金合同是一种实践合同,当事人在定金合同中应当约定交付定金的期限,定金合同从实际交付定金之日起生效。如果实际交付的定金数额多于或者少于约定数额,视为变更定金合同;收受定金一方提出异议并拒绝接受定金的,定金合同不生效。

当事人约定以交付定金作为主合同成立或者生效要件的,给付定金的一方未支付定金,但主合同已经履行或者已经履行主要部分的,不影响主合同的成立或者生效。

### 四、定金的种类及其效力

定金可以根据其担保目的的不同,分为立约定金和违约定金。

立约定金,是指为保证合同订立而交付的定金。司法解释第115条规定,当事人约定以交付定金作为订立主合同担保的,给付定金的一方拒绝订立主合同的,无权要求返还定金;收受定金的一方拒绝订立合同的,应当双倍返还定金。

违约定金,是指当事人为保证合同义务的履行而交付的定金。对于这种订金,给付定金的一方不履行约定的债务的,无权要求返还定金;收受定金的一方不履行约定的债务的,应当双倍返还定金。这也被称为定金罚则。并且,债务人履行债务后,定金应当抵作价款或者收回。

定金交付后,交付定金的一方可以按照合同的约定以丧失定金为代价而解除主合同,收受定金的一方可以双倍返还定金为代价而解除主合同。

因当事人一方迟延履行或者其他违约行为,致使合同目的不能实现,可以适用定金罚则。但法律另有规定或者当事人另有约定的除外。当事人一方不完全履行合同的,应当按照未履行部分所占合同约定内容的比例,适用定金罚则。因不可抗力、意外事件致使主合同不能履行的,不适用定金罚则。因合同关系以外第三人的过错,致使主合同不能履行的,适用定金罚则。受定金处罚的一方当事人,可以依法向第三人追偿。

另外,根据《合同法》116条的规定,当事人既约定违约金,又约定定金的,一方违约时,对方可以选择适用违约金或者定金条款。

## [案例分析]

李某于2002年1月向潘某借款5万元,借期一年半;同年6月李某向建设银行贷款10万元,以一处在市区的产权房作为抵押,约定一年后还本付息,订立抵押合同后进行了登记;半年后,李某又向赵某借款4万元,仍以该房抵押,双方订立书面抵押合同并约定半年后还清本息。上述借款全部到期后,李某无力还款,只得变卖房屋,但仅卖得14万元。

问题:

1. 建设银行、潘某、赵某的债权应如何受偿?

2. 若该房是李某的朋友托其看管的,抵押合同有无效力?

3. 若2003年2月该抵押房屋因意外火灾被烧毁,李某获得保险公司赔偿10万元。此笔款项应该如何处理?

## 练习与思考

### 一、名词解释

保证、抵押、质押、留置、定金。

### 二、简述题

1. 试述一般保证与连带责任保证的区别。

2. 试论抵押与质押的异同点。

3. 试述抵押权实现的先后顺序。

# 第十章

# 票据法律制度

本章围绕票据法基本理论以及三种票据的出票、背书、承兑、保证等票据行为以及付款、追索权等内容对票据法律制度作简要介绍。其中各种票据行为的具体内容是学生学习票据法律制度的重点,而三种票据之间的异同点是学习的重点和难点。通过本章的学习,学生应该理解票据的重要性,掌握票据行为的基本内容。

## 第一节　票据法概述

### 一、票据的概念与特征

#### (一)票据的概念

票据有广义和狭义之分。广义的票据泛指商业活动凭证,是体现商事权利或具有财产价值的书面凭证,如发票、提单、托运单、股票、债券、国库券、存折、汇票、本票、支票等。而狭义的票据仅指支付一定金额为目的的票据,是指一方当事人依法签发的、约定由自己或委托他人在见票时或指定日期无条件支付一定金额的有价证券,即汇票、本票和支票。我国票据法上所称的票据是狭义上的票据。《中华人民共和国票据法》(以下简称《票据法》)第 2 条第 2 款规定:"本法所称票据,是指汇票、本票和支票。"[①]

#### (二)票据的特征

1. 票据是一种有价证券。有价证券是指代表一定民事财产权利,依法可以自由流转

---

[①]　特别注意的是,不同国家对票据的种类规定有所不同,如美国把存款单也规定为票据,见汪世虎著:《票据法律制度比较研究》,法律出版社 2003 年版,第 2 页。

的权利证书。票据体现的是一种财产权利,其所表示的权利是支付一定的金额给权利人的债权,这种权利与票据本身不可分离。票据权利体现在票据上,离开了票据,票据权利就无所依附。持票人拥有票据即拥有票据上的权利,行使票据权利必须持有票据;票据权利的转移,必须交付、转移票据。

2. 票据是一种设权证券。这是指票据权利产生的前提是制作证券,在证券制成之前不存在任何票据上的权利,而只有在票据制作完成时才同时产生票据权利。没有票据,也就没有票据上的权利。设权证券有别于证权证券,在证权证券中,有关权利在制作证券之前就已经存在,制作证券是为了进一步证明权利的存在。例如,提货单就是证权证券,货主对货物本来就享有物权,其持有提货单仅仅是为了证明其与运输者之间的关系。

3. 票据为债权证券。根据民商法理论,有价证券依其权利的法律属性可分为物权证券、社员证券及债权证券。物权证券持有人享有的是证券所代表的物权,例如仓单和提货单等;社员证券又称为团体证券,其持有人享有的是证券所代表的社员权,例如公司股票等;债权证券持有人享有的是证券所代表的债权。票据所创设的权利是金钱债权,票据持有人可以对票据记载的一定金额向票据的债务人(付款人或出票人)行使请求付款的权利,所以票据为债权证券。

4. 票据为金钱证券。如前所述,票据所创设的债权以给付一定数量的金钱为标的,因此,从某种意义上说,票据就意味着票据记载的金钱。也即,票据所代表的请求权是以给付一定数量的金钱为内容的,故可以说票据为金钱证券。

5. 票据是无因证券。票据是一种单纯的金钱支付凭证,票据关系具有独立性和无因性,其效力原则上不受原因关系和资金关系效力的影响。也就是说,只要权利人持有票据,就享受票据权利,就可以行使票据上的权利。至于权利人持有票据或取得票据的原因以及票据权利发生的原因,则不予以考虑。这对保障形式合法票据效力的确定性,对保障票据流转的安全性都十分必要。值得注意的是,《票据法》第12条规定以欺诈、偷盗或胁迫等手段取得票据的,不得享有票据权利,这使得流通中票据的效力具有了不确定性;而英美法系国家则往往规定,小偷对偷盗而来的无记名票据仍享有票据权利。[1]

6. 票据是文义证券。票据所创设的一切权利和义务,要完全地、严格地依票据上所记载的文字为准,不得离开票据上的记载文字,以其他事实或因素来解释或确定。即使票据上记载的文义有错,也要以该文义为准,而不得以当事人的意思或其他有关事项来确定票据上的权利义务关系。

7. 票据是要式证券。为了维护票据设权的明确和统一,避免票据文义的混乱或欠缺,票据的形式和记载事项,必须遵照法定方式,才能产生效力;不依法定方式制作的票据,会对票据产生一定的负面影响。例如《票据法》第108条规定汇票、本票、支票的格式

---

[1] Everett & Mccracken, *Banking & Financial Institutions Law*, Lawbook Co. ,2004, Sixth Edition, p. 403.

应当统一。票据凭证的格式和印制管理办法,由中国人民银行规定。第22条规定了汇票必须记载的7个事项,还规定如果有任一事项未记载,则该汇票无效。此外,票据的转让、承兑、付款、追索等行为,也必须严格按照票据法规定的程序和方式进行。

**二、票据的种类和作用**

(一)票据的种类

票据的种类,一般可以从票据法上和票据法理论上进行分类。

1. 票据法上的分类

各国对票据的种类均采取法定主义,即票据法对票据的种类作出明文规定,不允许有法律规定以外的票据存在。但是,不同国家票据法对票据的种类规定不完全一样。德国、法国、日本等大陆法系国家的票据法以及日内瓦《统一汇票本票法》将票据分为汇票和本票,不包括支票,而把支票列为与票据并立的另一种有价证券,这一立法被称之为"分离主义"。而英美法系国家的票据立法则往往采用"包括主义",即把汇票、本票和支票等有价证券均规定为票据。例如,美国《统一商法典》第三编"商业证券"(Commercial Paper)包括汇票、本票、支票和存款单四种证券;英国同样规定汇票、本票和支票均属于流通票据。我国《票据法》则明确规定票据有汇票、本票和支票三种。

2. 票据法理论上的分类

在票据法理论上,也可根据不同的标准,对票据作出不同的分类。

(1)根据票据对权利人的不同记载方式,可将票据分为记名式、无记名式和指示式三种。记名式票据,是指在票据上记明特定的人为权利人,即只能由该特定的人行使权利的票据。记名式票据只能以背书交付方式转让。无记名式票据,是指在票据上不记载权利人的姓名,或者将权利人称为"持票人"或"来人",只要持有票据就可以享有和行使票据权利。记名式票据以单纯交付的方式转让。指示式票据,是指在票据上记载"特定人或其指定的人"为权利人,这种票据应以背书方式转让,出票人、背书人不得作"禁止转让"的记载。

(2)根据票据上所记载的付款到期日的不同,可将票据分为即期票据与远期票据。即期票据,是指出票人签发的,以出票日为付款到期日,由付款人见票即付的票据。远期票据,是指出票人依法签发的,以出票日后的某个日期为付款到期日,付款人在到期后方付款的票据。远期票据依据其到期日之记载方式,又可分为出票后定日付款的票据、出票后定期付款的票据和见票后定期付款的票据三种。出票后定日付款的票据,是指出票人依法在票据上记载的,以出票日后的某一日期为付款到期日的远期票据;出票后定期付款的票据,是指出票人依法在票据上记载的,以出票日起一定期间届满为到期日的远期票据;见票后定期付款的票据,是指根据出票人在票据上的记载,持票人须在提示期间首先向付款人提示承兑,并以承兑日起一定期间届满时为付款到期日的远期票据。即期票据的主要作用是对交易提供支付工具,而远期票据的主要作用是对出票日至付款到期日之间提供期间信用。我国票据法目前规定的银行汇票、支票和本票均属于即期票据,仅商业汇票为远期汇票。按照《票据法》的规定,我国远期票据的付款到期日可由出票人依法在票据上载明,但是自出票日起,付款期限最长不超过 6 个月,而见票后定期付款票据的付款期限自出票日起最长可达 7 个月。

(3)根据出票人是否同时是付款人,可将票据分为自付证券和委托证券。凡是出票人约定由自己支付票据金额的票据即为自付证券,例如本票。凡是约定出票人自己不是付款人,而是委托他人支付票据金额的票据,即委托证券,例如汇票、支票。

（二）票据的作用

票据的作用,是指票据在经济上的功能。票据之所以能成为市场经济制度的一种重要工具,就是因为它在经济生活中发挥着多种作用。这些作用主要体现在以下四个方面:

1. 支付作用。票据最简单、最基本的作用是作为支付手段,代替现金使用。用票据代替现金作为支付工具,既可以避免携带大量现金的不安全性,又可以避免清点现钞可能产生的错误和所花费的时间。汇票、本票和支票体现了不同商业交易中对各种交易支付工具的不同要求。票据的支付作用也体现在其汇兑作用方面,即票据可以作为异地支付的手段使用。在商业交易中,双方当事人往往分处在不同的地区甚至不同的国家,因此经常会在异地之间兑换或转移金钱。如果一方向另一方输送大量的现金,不仅非常麻烦,而且也极不安全。而使用票据,则可以充分利用票据的简化支付和安全支付的特点。票据的这种克服地域距离的汇兑作用,特别明显地体现在汇票的使用上。在现代社会中,票据的汇兑功能因其他汇兑方式的兴起而有所减弱,但在国际贸易中仍起着重要的作用。

2. 流通作用。票据在英文上即被称为"可流通票据"(Negotiable Instruments),也就是因为其具有流通的重要作用,是一种流通证券。票据可以作为信用货币代替现金用于支付和流通,从而节约商品流通环节中的货币资金,加快商品周转速度。同时,由于按照背书制度,背书人对票据付款负有担保义务,因此背书次数越多,对票据负责的人数也越多,该票据的可靠性也越高,这样就提高了票据的流通性,使票据的流通日益频繁和广泛。

3. 信用作用。票据的信用作用是指票据具有使出票人将未来取得资金的信用能力转变为当前支付能力的作用。票据的信用作用主要体现在远期票据中。如果买卖合同中的买方欲先行取货,在取得货物后的某个期间再付款,则就可以开出一张远期票据。这时票据就体现出一种信用,实际即卖方向买方提供了货款。同时,如果票据持有人急需现金,也可以将未到期的票据予以贴现换取现金,银行在扣除到期日以前票据金额的利息以后,把票据金额支付给持票人。如果持票人在票据到期日以前需要履行债务,也可以将票据转让给债权人,以达到履行债务的目的。此外,票据的背书制度在客观上也增加了票据的信用作用。因为在票据上背书的人,都对票据持有人负有付款担保义务,因此票据上背书的人越多,票据的信用就越高。

4. 融资作用。票据的融资作用是指票据当事人可通过票据转让和贴现来融通资金的作用。票据的融资作用建立在票据自由流转规则和贴现规则的基础上,它实际上是将远期票据的信用力短期贴现为货币资金。但我国现有法律对票据的融资作用有极大的限制。一方面,我国《票据法》对种类票据规定了较短的付款期限,其可以转让的期间最长不得超过 6 个月。另一方面,由于我国《票据法》并未完全认可票据关系的无因性,因此,远期票据实际上处于效力不确定的状态,即使是经过承兑的票据也存在着被退票的风险。

### 三、票据法的概念和国内外立法状况

#### (一)票据法的概念

票据法,是指调整票据在签发和流通过程中发生的票据法律关系的法律法规的总称。票据法有广义和狭义之分。广义的票据法,是指一切有关票据法律关系的规定的总和,不仅包括狭义的票据法,还包括民法、刑法、行政法、破产法、税法等法律中有关票据的相关规定。而狭义的票据法,则指有关票据法律关系的专门立法。

#### (二)我国票据法的立法状况

改革开放之前,由于实行计划经济,所以无需制定票据法。20 世纪 80 年代,随着经济的发展,票据制度得以逐步确立。1988 年 6 月 8 日,上海市人民政府发布了《上海市票据暂行规定》,这是新中国成立以来第一个比较全面的地方性票据法规,对汇票、本票等制度做了规定。同年 12 月,中国人民银行颁发了《银行结算办法》,规定在全国推行汇票、商业汇票、银行本票和支票。1995 年 5 月 10 日,八届全国人大常委会第十三次会议审议通过了《中华人民共和国票据法》,自 1996 年 1 月 1 日起施行。

《票据法》施行以后,1997 年 6 月 23 日,经国务院批准,中国人民银行于 1997 年 8 月21 日发布了《票据管理实施办法》,自 1997 年 10 月 1 日起施行。同年 9 月 17 日,中国人民银行又制定《支付结算办法》,以维护支付结算秩序。2000 年 2 月 24 日,最高人民法院通过了《关于审理票据纠纷案件若干问题的规定》(以下简称司法解释),对票据纠纷案件的受理和管辖、票据保全、举证责任、票据权利及抗辩、失票救济、票据效力、票据背书、票据保证、法律适用、法律责任等问题作出了解释。2004 年 8 月 28 日第十届全国人民代表大会常务委员会第十一次会议决定对《票据法》作出修订。除此之外,在《中华人民共和国刑法》、《中华人民共和国民事诉讼法》等法律中都有关于票据的相关规定。由此,我国形成了一个比较完善的票据法律体系,为保障票据在经济生活中正常流转起到了重要的作用。

#### (三)外国票据立法概况及国际趋势

在 20 世纪 30 年代以前,世界上存在着三大票据立法体系,即法国法系、德国法系和英美法系。法国法系的最大特点是将汇票、本票主要作为汇兑工具,且不对票据关系和票

据基础关系作分离,即不承认票据的无因性。德国法系注重票据的信用作用和流通作用,为此将票据关系与基础关系分离,使票据成为无因证券。德国法系后来成为欧洲大陆法系的代表,影响日益扩大。英美法系则注重票据的信用作用、流通作用和无因性,强调对正当持票人的保护,但与德国法系重视形式相比更重视实际。在立法体例上,法国法系与德国法系都将汇票和本票统一立法,此外还单独制定一部支票法,而英美法系则采取汇票、本票和支票合一的立法形式。

第一次世界大战以后,国际联盟着手推动票据法的国际统一运动。1930 年和 1931 年,国际联盟在日内瓦先后召开了国际票据法统一会议,分别通过了《统一汇票本票法公约》《统一支票法公约》等一系列票据法公约,统称为“日内瓦票据公约”。公约主要以德国票据法系为基础,签署或参加公约的国家基本上都是大陆法系国家,包括德国、法国、日本和绝大部分欧洲大陆国家及部分拉丁美洲国家。至此,在国际上形成了日内瓦统一票据法体系。然而,英国和美国没有派代表参加日内瓦会议,也一直拒绝参加这些公约,仍然坚持自己的票据法传统。所以,直至今天,世界上仍然存在着日内瓦统一票据法体系和英美票据法体系这两大票据法体系。为了进一步加强各国票据法的国际统一,扩大票据的国际流通,联合国国际贸易法委员会于 1971 年开始着手起草国际统一适用的票据法草案。1988 年 12 月,联合国第 43 次大会通过了《联合国国际汇票本票公约》。该公约规定,须经至少 10 个国家送交批准文件或者加入文件后才能生效,而至今只有几内亚、墨西哥、洪都拉斯、加蓬和利比里亚五个国家加入,因此该公约仍然尚未生效。但是,随着世界经济的一体化,各国票据法的统一将是不可避免的。

### 四、票据行为

#### (一)票据行为的概念

《票据法》第 1 条即规定了立法宗旨和任务之一就是为了规范票据行为,但对票据行为未下一确切定义。在票据法理论上,严格意义上的票据行为是指能产生票据债权债务关系的法律行为,包括出票、背书、承兑、参加承兑、保证和保付六种行为,其中出票、背书和保证行为为三种票据所共有,承兑和参加承兑行为仅限于汇票,而保付则限于支票。一般又认为这是狭义的票据行为。值得注意的是,我国《票据法》对参加承兑和保付行为未作明确规定。广义的票据行为是指以发生、变更或消灭票据债权债务关系为目的的法律行为,除包括狭义之票据行为外,还包括付款、更改、涂销、禁止背书(三种票据所共有)、划线(仅限于支票)、见票(仅限于本票)等行为。这里所讲的票据行为指狭义的票据行为。

票据行为又可以分为基本票据行为和附属票据行为两类。基本票据行为又称为主票据行为,是指创设票据权利的行为,即出票行为。附属票据行为也称为从票据行为,是指在出票行为完成的基础上,在已实际存在的票据上所为的其他行为,如背书、承兑、保证等。

（二）票据行为的特征

票据行为属于民事法律行为，具有民事法律行为的一般特征。但由于其是一种特殊的民事法律行为，因此，还具有一般民事法律行为所不具备的特征。

1. 要式性。一般民事法律行为的形式自由，没有特别的限制。而票据行为必须遵循法定的、严格的形式，不允许当事人自主决定或变更，否则不能产生票据法上的效力。也正因为如此，票据被认为是一种要式证券。票据行为的要式性主要体现在三个方面：首先，任何一种票据行为都必须以书面形式作成；其次，任何一种票据行为都有一定的格式，即每一种票据行为应该记载票据法规定的事项，并且其记载的文句、顺序、位置等都是固定的，不允许行为人有任何变化；最后，任何一种票据行为都必须由行为人签名或盖章。

2. 文义性。这是指票据行为的内容完全以票据上记载的文义为准，即使文字记载与实际情况不符，仍应以文字的记载为准，不允许票据当事人以票据以外的事实或证据对票据上的文字记载作变更或补充。例如，《票据法》第4条第1款规定，票据出票人按照票据上所记载的事项承担责任。也正因为此，票据也被认为是一种文义证券。

3. 独立性。这是指在同一张票据上的几个不同当事人的票据行为，都各自依其在票据上所记载文义独立发生效力，互相不发生影响。也就是说，某一当事人的票据行为无效，不影响其他当事人票据行为的效力。但是，如果票据的形式有缺陷，则可能因为违反票据行为的形式要求而无效。例如，票据的出票人未记载全部的法定必须记载事项，就将票据交付收款人，则此后在票据上的行为，由于出票行为不符要求导致票据无效，而全部无效。我国票据行为的独立性体现在四个方面：首先，如果无民事行为能力人或限制民事行为能力人在票据上签章的，其签章无效，但是不影响其他签章的效力。[1] 其次，没有代理权而以代理人名义在票据上签章的，应当由签章人承担票据责任；代理人超越代理权限的，应当就其超越权限的部分承担票据责任。[2] 也即，代理行为无效不影响其他票据行为的效力。再次，票据上有伪造、变造的签章的，不影响票据上其他真实签章的效力。[3] 最后，保证人对合法取得汇票的持票人所享有的汇票权利，承担保证责任。但是，被保证人的债务因汇票记载事项欠缺而无效的除外。[4] 也即，即使被保证人的债务无效，也不影响保证人的担保责任。

4. 无因性，也称为抽象性。这是指票据行为只要具备法律规定的形式即自行产生效力，而不问其基于的原因关系或基础关系存在与否或是否有效。票据行为大都是以买卖、借贷或其他原因关系为前提，然而票据行为一旦成立，则该原因关系有效与否，甚至存在与否都不会影响票据行为的效力。但我国票据法对此有限制。《票据法》第12规定："以

---

[1] 见《票据法》第6条和司法解释第46条。
[2] 见《票据法》第5条第2款。
[3] 见《票据法》第14条第2款。
[4] 见《票据法》第49条。

欺诈、偷盗或者胁迫等手段取得票据的，或者明知有前列情形，出于恶意取得票据的，不得享有票据权利。持票人因重大过失取得不符合本法规定的票据的，也不得享有票据权利。"

（三）票据行为的要件

票据行为作为一种特殊的民事法律行为，除具备一般民事法律有效成立的要件之外，还必须具备票据法规定的特别要件，包括实质要件和形式要件：

1. 实质要件

票据行为人必须具备票据能力，其意思表示也必须真实。《票据法》第 6 条规定："无民事行为能力人或者限制民事行为能力人在票据上签章的，其签章无效。"可见，自然人只有具备完全民事行为能力才具备票据行为能力，其票据行为才有效。同样，《票据法》第 7 条第 2 款规定，法人和其他单位，依法也享有票据行为能力。

票据行为人作出的票据行为必须真实、自愿。一方因欺诈、胁迫或乘人之危，使对方在违背真实意思的情况下所为的票据行为，在直接当事人之间可作为抗辩事由，主张票据行为无效。《票据法》第 12 条规定，通过欺诈、胁迫、恶意或重大过失取得票据的，不享有票据权利。由于票据是流通证券，经常在不特定的当事人之间流转，为保护善意第三人的权利，促进票据流通，票据法更强调对行为人的意思作客观的、规范的解释。如果行为人意思表示与其本意不符，但其外观上已足以使人相信其意思表示是真实的，则法律保护信赖意思表示外观的善意或无过失的持票人。行为人不得以意思表示不真实对抗善意取得票据的持票人。为此，《票据法》第 13 条第 1 款规定，票据债务人不得以自己与出票人或者与持票人的前手之间的抗辩事由，对抗善意的持票人。

2. 形式要件

票据行为的形式要件包括书面、签章、记载事项和交付四项。票据作为文义证券，各种票据行为必须以书面形式作成才能生效，并且票据法对票据格式等还有要求。《票据法》第 108 条规定，汇票、本票、支票的格式应当统一，而且票据凭证的格式和印制管理办法，由中国人民银行规定。

对于票据上的签章，根据《票据法》第 7 条，可以是签名、盖章或者签名加盖章，并且签名必须是当事人的本名；而对于法人和其他使用票据的单位在票据上的签章，则必须是该法人或者该单位的盖章加其法定代表人或者其授权的代理人的签章。商业汇票上的出票人的签章，为该法人或者该单位的财务专用章或者公章加其法定代表人、单位负责人或者其授权的代理人的签名或者盖章；银行汇票上的出票人的签章和银行承兑汇票的承兑人的签章，为该银行汇票专用章加其法定代表人或者其授权的代理人的签名或者盖章；银行本票上的出票人的签章，为该银行的本票专用章加其法定代表人或者其授权的代理人的签名或者盖章；支票上的出票人的签章，出票人为单位的，为与该单位在银行预留签章一致的财务专用章或者公章加其法定代表人或者其授权的代理人的签名或者盖章；出票人为个人的,为与该个人在银行预留签章一致的签名或者盖章。①

票据上的记载事项分为必须记载事项、可以记载事项和禁止记载事项。必须记载事项又分为绝对必须记载事项和相对必须记载事项。前者是指必须在票据上记载的事项,欠缺此类事项之一的,票据无效;如《票据法》第 22 条、第 75 条和第 84 条分别规定了汇票、本票和支票上的绝对必须记载事项,主要包括确定的金额、出票人签章等。后者指某些事项虽然票据法规定应予记载,但如果票据上不作记载,法律另有补充规定,票据不因此无效;如《票据法》第 23 条、第 76 条和第 86 条分别规定了汇票、本票和支票的相对必须记载事项,主要包括出票地和付款地等。可以记载事项是指出票人可以自由选择是否记载的事项,但是一经记载即发生票据法上的效力。禁止记载事项是指出票人不得记载的事项,否则不具有汇票上的效力。

最后,票据行为人要将票据交付给收款人,这时票据行为才发生法律效力。在票据交付之前发生被盗或遗失等情况,则票据行为人对善意取得票据的持有人仍要负票据责任。

(四)票据行为的代理

票据行为属于民事法律行为,故民法中有关民事法律行为代理的相关规定也适用于票据行为。但是,由于票据重视流通性,注意保护善意持票人的权利,以确保交易的安全稳定,因此票据法对票据行为还作出特别的规定。《票据法》第 5 条规定,票据当事人可以委托其代理人在票据上签章,并应当在票据上表明其代理关系。没有代理权而以代理人名义在票据上签章的,应当由签章人承担票据责任;代理人超越代理权限的,应当就其超越权限的部分承担票据责任。

**五、票据权利**

(一)票据权利的概念和特征

票据权利,是指持票人向票据债务人请求支付票据金额的权利,包括付款请求权和追索权。② 特别需要注意的是,票据权利与票据法上的权利是两个不同的概念。票据法上的权利,是指票据法规定的、票据权利以外的有关票据的权利,如票据返还请求权、票据利益返还请求权等。

根据票据权利的定义,可以看出票据权利具有以下两个特征:

1. 票据权利是一种金钱债权。这是指票据权利的内容是请求票据债务人支付票据金额。

2. 票据权利是一种两次性权利。这是指票据权利人可以对两个以上的不同债务人行使两次请求权。第一次请求权是付款请求权,即票据权利人对票据主债务人或其他付

---

① 见司法解释第 41 条。
② 见《票据法》第 4 条第 4 款。

款义务人请求支付票据金额的权利。第二次请求权是追索权,即票据权利人在付款请求权得不到实现时,可以向付款人以外的票据债务人要求支付票据金额和其他有关费用的权利。①

(二)票据权利的取得

根据票据权利取得的途径和方法不同,票据权利的取得可以分为:

1. 原始取得。这是指持票人最初取得票据权利,而不是从其他前手权利人处受让票据权利。出票人作成票据后并将该票据交付给收款人,收款人由此成为基本票据关系人,取得票据权利,这种原始取得票据权利的方式称为出票取得。还有一种称为善意取得的原始取得方式,是指持票人从无处分权人手中受让票据,从而取得票据权利。比如说,甲遗失票据,乙拾得票据后经背书转让给丙,如果丙在获得该票据时不知乙为无处分权人即没有恶意,也不存在重大过失,则丙即善意取得票据权利。

2. 继受取得。这是指持票人从有处分权的前手处,依照背书交付或直接交付方式受让票据权利。如果持票人由于继承、赠与或税收等原因受让票据的,又称为非票据法上的继受取得。

特别注意的是,合法取得票据,才能依法享有票据权利。合法取得票据权利包括四个条件:第一,依票据法规定的票据转让和背书的连续取得票据;第二,在票据到期日之前取得票据;第三,善意而非恶意或重大过失取得票据;第四,给付对价取得票据。根据《票据法》第11条规定,因税收、继承、赠与可以依法无偿取得票据的,不受给付对价的限制。但是,所享有的票据权利不得优于其前手的权利。

(三)票据权利的行使和保全

票据权利的行使,是指票据权利人请求票据义务人履行票据义务的行为。包括向付款人提示票据请求承兑、向承兑人或付款人提示票据行使付款请求权、向票据债务人行使追索权。按照《票据法》第4条第2款之规定,持票人行使票据权利,应当按照法定程序在票据上签章,并出示票据。

票据权利的保全,是指票据权利人为防止票据权利的丧失而为的一切行为。票据债权人在法定期限内向主债务人提示承兑和付款,可以保全付款请求权和追索权;当被拒绝承兑或付款或有其他法定原因不能实现付款请求权时,票据债权人应依法制作有效拒绝证明书,以保全追索权。根据《票据法》第66条的规定,持票人应当自收到被拒绝承兑或者被拒绝付款的有关证明之日起3日内,将被拒绝事由书面通知其前手;其前手应当自收到通知之日起3日内书面通知其再前手。持票人也可以同时向各汇票债务人发出书面通知。未按照规定期限通知的,持票人仍可以行使追索权。因延期通知给其前手或者出票人造成损失的,由没有按照规定期限通知的汇票当事人,承担对该损失的赔偿责任,但是

---

① 详见司法解释第5条。

所赔偿的金额以汇票金额为限。

此外,根据《票据法》第 16 条,持票人对票据债务人行使票据权利,或者保全票据权利,应当在票据当事人的营业场所和营业时间内进行,票据当事人无营业场所的,应当在其住所进行。

**(四)票据权利的时效**

票据权利的时效,是指票据权利的有效期间。《票据法》第 17 条规定,票据权利在下列期限内不行使而消灭:

1. 持票人对票据的出票人和承兑人的权利,自票据到期日起 2 年;见票即付的汇票、本票,自出票日起 2 年。

2. 持票人对支票出票人的权利,自出票日起 6 个月。

3. 持票人对前手的追索权,自被拒绝承兑或者被拒绝付款之日起 6 个月。

4. 持票人对前手的再追索权,自清偿日或者被提起诉讼之日起 3 个月。

票据的出票日、到期日由票据当事人依法确定。

### 六、票据的抗辩

**(一)票据抗辩的概念**

根据《票据法》第 13 条第 3 款规定,所谓票据抗辩,是指票据债务人根据票据法规定对票据债权人拒绝履行义务的行为。票据抗辩所依据的原因,称为抗辩原因;票据债务人享有的这种拒绝债权人行使权利的权利,称为抗辩权。票据法特别注重票据的流通性,重视保护票据权利人的利益,因此票据法对票据抗辩的规定实质上是为了限制债务人的抗辩权,确保票据权利人实现其票据权利。

**(二)票据抗辩的种类**

票据法理论根据不同的抗辩原因,一般将票据抗辩分为物的抗辩和人的抗辩两种。

1. 物的抗辩

也称为绝对的抗辩、客观的抗辩,是指基于票据本身的事由发生的抗辩。票据债务人可以以物的抗辩对抗一切票据债权人,并不因持票人的变更而受到影响。物的抗辩主要包括以下几种:

(1)票据欠缺票据法规定的绝对必须记载事项,或者不符合法定格式的。这类票据由于不符合规定而无效。

(2)票据债权已消灭或票据已失效。如果票据债务人已经支付了票据金额或将票据金额进行了提存,则票据债权消灭,其票据责任也消灭。如果持票人由于某种原因丧失对票据占有时,可申请法院作除权判决,法院依法作出的除权判决生效后,票据即失效,此后债务人只对除权判决的申请人支付票据金额,而不必对其他持票人支付票据金额。

(3)持票人不依票据文义而提出请求的。票据是文义证券,票据债权的内容应依票据文义而行使或享有,不得不依票据文义而任意提出请求。例如,票据的到期日未至,或票据上记载的付款地与持票人请求付款的地点不符等。

(4)超过票据权利时效。由于过了票据权利时效期间,票据权利就丧失了。值得注意的是,票据权利时效期间只对特定债务人有效,例如持票人对前手的追索权,自被拒绝承兑或者被拒绝付款之日起 6 个月,这一期间只对前手而不对其他债务人有效。

2. 人的抗辩

也称为相对的抗辩、主观的抗辩,是指基于人的事由而发生的抗辩。人的抗辩是基于票据债务人和特定的票据债权人之间的关系而发生的抗辩。人的抗辩主要包括以下几种:

(1)持票人缺乏实质上受领票据金额的资格。例如,《票据法》第 12 条规定,当持票人以欺诈、偷盗或者胁迫等手段取得票据的,明知有前列情形,出于恶意取得票据的,或者因重大过失取得不符合票据法规定的票据的,不享有票据权利;根据《票据法》第 13 条第 1 款,明知票据债务人与出票人或者与持票人的前手之间存在抗辩事由而取得票据的,票据债务人也可对持票人提出抗辩。

(2)持票人缺乏形式上受领票据金额的资格。例如《票据法》第 31 条第 1 款规定,以背书转让的汇票,背书应当连续。因此,只有在符合背书连续这一条件时,汇票债权人才具有形式上受领汇票金额的资格。

(3)原因关系直接当事人之间的特别抗辩。虽然票据是无因证券,票据原因关系原则上不影响票据权利,但根据《票据法》第 13 条第 2 款,票据债务人可以对不履行约定义务的与自己有直接债权债务关系的持票人,进行抗辩。

### 七、票据的伪造、变造与更改

#### (一)票据的伪造、变造

票据的伪造,是指假冒他人的名义而实施的票据行为,包括假冒出票人名义签发票据的行为,以及假冒他人名义而为的背书、承兑、保证等其他票据行为。票据的变造,是指无变更权的人对票据上签章以外的有关记载事项进行的变更行为。

根据《票据法》第 14 条第 2 款和第 3 款的规定,票据上有伪造、变造的签章的,不影响票据上其他真实签章的效力。票据上其他记载事项被变造的,在变造之前签章的人,对原记载事项负责;在变造之后签章的人,对变造之后的记载事项负责;不能辨别是在票据被变造之前或者之后签章的,视同在变造之前签章。这是由票据行为的独立性和文义性所决定的,也即在伪造、变造的票据上签章的人,仍然依票据的文义对票据负责。

但同时,票据伪造人或变造人应承担相应的法律责任。根据司法解释第 67 条,伪造、变造票据者除应当依法承担刑事、行政责任外,给他人造成损失的,还应当承担民事赔偿责任。

## （二）票据的更改

票据的更改，是指有合法更改权限的人，更改票据上记载事项的行为。根据《票据法》第9条第2款，票据金额、日期、收款人名称不得更改，如果更改则票据无效。但对票据上的其他记载事项，原记载人可以更改，更改时应当由原记载人签章证明。

如果行为人依票据法的规定对票据进行更改，则合法更改后记载的事项代替原记载事项，并产生票据法律效力。而如果未按照票据法的规定对票据进行更改，则票据无效，并且如果付款人或者代理付款人对此类票据付款的，应当承担责任。

### 八、票据的丧失与补救

票据的丧失，是指票据持票人并非出于自己的本意而丧失对票据的占有，也就是说，票据在没有持票人放弃占有之意思的情况下，脱离持票人的占有。票据丧失还分为绝对丧失和相对丧失两种。前者指票据物质形态的毁灭，后者指票据在物质形态上仍然存在，只是脱离了权利人的占有。

由于票据是有价证券，票据权利人必须提示票据才能行使票据权利，因此票据的丧失，也就意味着票据有票人无法依照票据法规定的程序行使票据权利了。但是，票据丧失并非出于持票人的本意，因此《票据法》对此规定了一些相关补救措施。

《票据法》第15条规定，票据丧失，失票人可以及时通知票据的付款人挂失止付，但是，未记载付款人或者无法确定付款人及其代理付款人的票据除外。收到挂失止付通知的付款人，应当暂停支付。失票人应当在通知挂失止付后3日内，也可以在票据丧失后，依法向人民法院申请公示催告，或者向人民法院提起诉讼。可以看出，我国票据丧失的补救方法有三种。

### （一）挂失止付

挂失止付，是指失票人将票据丧失的情况通知付款人，并要求其停止付款的行为。挂失止付通知必须采用书面形式，由丧失票据的票据权利人在票据丧失后及时向付款人发出。付款人接到挂失止付通知后，不得再履行付款义务，否则应自负责任。但止付仅仅是一种临时措施，失票人的票据权利不能由此得到恢复。

### （二）公示催告

公示催告，是指失票人在丧失票据后申请法院宣告票据无效，从而使票据权利与票据本身相分离。票据丧失后可以向票据支付地的基层人民法院申请公示催告。在公示催告期间，由人民法院根据民事诉讼法的相关规定予以确定。如果在公示催告期间届满后，没有人申报权利，人民法院应当根据当事人的申请，作出除权判决，宣告票据无效。失票人则可以依法院的除权判决向付款人请求支付票据金额。

### （三）诉讼

失票人在丧失票据后，可以直接向人民法院提起民事诉讼，要求法院判令票据债务人向其支付票据金额。根据司法解释,票据丧失后,失票人在票据权利时效届满以前可以请求出票人补发票据,或者请求债务人付款。如果失票人向人民法院提起诉讼的,除向人民法院说明曾经持有票据及丧失票据的情形外,还应当提供担保。担保的数额相当于票据载明的金额。

# 第二节 汇 票

## 一、汇票及其种类

根据《票据法》第 19 条的规定,汇票是出票人签发的,委托付款人在见票时或者在指定日期无条件支付确定的金额给收款人或者持票人的票据。汇票是票据中最典型的一种,英美法系国家一般认为汇票是无附带条件的书面命令,它由发票人签名而向付款人开出,要求付款人见票即付、定期支付或在将来某个可确定的日期付给某特定受款人、其指定人或持票人一笔定额现金。[①] 一般认为,汇票得以发展并仍然使用主要有三个方面的原因:第一,汇票能避免现实货币的多次转让,而这种多次转让即使不是危险的,也会是不实用的。第二,汇票在商业上被视为像现金一样成熟。第三,汇票通常可在将来特定时间而不是见票即付,因此提供了一个信用因素,这种信用要素维持了现代汇票的使用。此外,国际汇票通过规定在到期以约定的货币付款,避免了货币汇率的波动。[②]

汇票按照其性质、内容等的不同,可以分成不同的类型。其中较为重要的分类有以下几种:

1. 根据汇票对收款人记载方式的不同,可以分为记名汇票、指示汇票和无记名汇票。如果出票人在汇票上明确记载了收款人姓名或名称的汇票,就是记名汇票,又称为抬头汇票;如果不仅记载了收款人姓名或名称,还附有"或其指定人"的汇票,则属于指示汇票;如果汇票上未记载收款人姓名或名称,或者仅抽象记载"来人"或"持票人",则是无记名汇票,又称为来人汇票或空白汇票。《票据法》第 22 条规定,收款人名称是汇票绝对必须记载事项,因此我国只有记名汇票。

2. 根据汇票对付款期限的不同记载,可以分为即期汇票与远期汇票。见票即付的汇票是即期汇票。如果汇票上记载了付款期限,则属于远期汇票。一般远期汇票付款期限记载有三种:定日付款,出票后定期付款,见票后定期付款。

3. 根据汇票出票人的不同,可以分为银行汇票和商业汇票。如果汇票由银行签发,则是银行汇票;反之,则是商业汇票。商业汇票根据承兑人的不同,还可以分为银行承兑

---

① 董安生等编绎:《英国商法》,法律出版社 1991 年版,第 389。
② Everett & Mccracken, 2004, *Banking & Financial Institutions Law*, Lawbook Co., 378—379.

汇票和商业承兑汇票。

## 二、出票

### (一)出票的概念

根据《票据法》第 20 条,汇票出票是指出票人签发票据并将其交付给收款人的票据行为。出票又称为发票,是最基本的票据行为,也是背书、承兑、保证等票据行为的前提。

《票据法》第 10 条规定,票据的签发、取得和转让,应当遵循诚实信用的原则,具有真实的交易关系和债权债务关系。同时第 21 条还规定,汇票的出票人必须与付款人具有真实的委托付款关系,并且具有支付汇票金额的可靠资金来源。不得签发无对价的汇票用以骗取银行或者其他票据当事人的资金。这些规定都对出票人的出票行为作了明确规范。但是,付款人不得因为前述原因对业经背书转让票据的持票人进行抗辩。

### (二)出票的记载事项

汇票作为要式证券,出票是要式行为,必须依照票据法的规定记载一定事项,具体规定如下:

#### 1. 绝对必须记载事项

根据《票据法》第 22 条之规定,汇票上必须记载表明"汇票"的字样、无条件支付的委托、确定的金额、付款人名称、收款人名称、出票日期、出票人签章等 7 项内容,如果欠缺任何一项,则汇票无效。同时,根据《票据法》第 8 条之规定,记载的金额如果以中文大写和数码同时记载,二者必须一致,二者不一致的,票据无效。值得注意的是,对此其他国家规定则不一样,澳大利亚的规定是以低的金额为准,英国则规定以文字为准。[①]

#### 2. 相对必须记载事项

根据《票据法》第 23 条,汇票上记载付款日期、付款地、出票地等事项的,应当清楚、明确。汇票上未记载付款日期的,为见票即付;汇票上未记载付款地的,付款人的营业场所、住所或者经常居住地为付款地;汇票上未记载出票地的,出票人的营业场所、住所或者经常居住地为出票地。

#### 3. 可以记载事项

根据《票据法》第 27 条第 2 款的规定,出票人可以在汇票上记载"不得转让"字样的,由此汇票不得转让。

#### 4. 不得记载事项

根据《票据法》第 24 条,汇票上所记载的票据法规定事项以外的其他出票事项,不具有汇票上的效力。

---

① Everett & Mccracken,2004,*Banking & Financial Institutions Law*,Lawbook Co.,392。余振龙、姚念慈主编:《国外票据法》,上海社会科学院出版社 1991 年版,第 76 页。

（三）出票的法律效力

出票完成后，即可对汇票当事人产生票据法上的效力。根据《票据法》第26条，出票人签发汇票后，即承担保证该汇票承兑和付款的责任。出票人在汇票得不到承兑或者付款时，应当向持票人清偿汇票金额及相关费用。同时，持票人也便取得了汇票上的权利，包括付款请求权和追索权。但持票人的付款请求权在付款人承兑之前仅仅是一种期待权，付款人只有在对汇票承兑后才成为汇票的第一债务人，如果出票后付款人并不承兑，则并不负付款义务。

## 三、背书

（一）背书的概念和种类

根据《票据法》第27条第3款，汇票背书是指在票据背面或者粘单上记载有关事项并签章的票据行为。通过背书，持票人可以将汇票权利转让给他人或者将一定的汇票权利授予他人行使。

按照背书的目的、方式等的不同，可以将背书进行不同的分类，主要分类如下：

1. 根据背书目的的不同，可分为转让背书和非转让背书。如果持票人以完全转让汇票权利为目的而在票据上进行背书的，即是转让背书；反之，则是非转让背书。非转让背书又可分为设质背书和委任背书。前者是持票人以汇票权利设定质押而进行的背书，后者是持票人授予他人代理行使一定票据权利所进行的背书。根据《票据法》第35条之规定，委任背书和设质背书应分别载明"委托收款"、"质押"字样，因而，如果背书上未载明上述字样，则推定为是转让背书。

2. 根据背书记载事项完全与否，可分为记名背书与空白背书。如果汇票背书时同时记载背书人和被背书人名称的，称为记名背书，或完全背书；如果汇票背书时只记载背书人的名称而不记载被背书人的名称，则是空白背书，或不完全背书。《票据法》第29条和第30条规定，背书时必须记载背书人和被背书人名称，故我国只承认记名背书。但司法解释第49条规定，如果背书人未记载被背书人名称即将票据交付他人的，则持票人在票据被背书人栏内记载自己的名称与背书人记载具有同等法律效力。

（二）背书的记载事项和方式

背书的记载事项同样有必须记载事项、可以记载事项和禁止记载事项。

1. 必须记载事项。背书时，背书人应当签章、记载背书日期以及被背书人名称。如果背书未记载日期的，视为在汇票到期日前背书。

2. 可以记载事项。背书人可以在汇票上记载"不得转让"字样，其后手如果再背书转让的，原背书人对后手的被背书人不承担保证责任。

3. 禁止记载事项。背书人在背书时不得附有条件。如果背书附有条件的，所附条件不具有汇票上的效力。此外，将汇票金额的一部分转让的背书或者将汇票金额分别转让给两人以上的背书无效。

考虑到票据的背书是完全背书,记载事较多,《票据法》第 28 条规定,如果票据凭证不能满足背书人记载事项的需要,可以加附粘单,粘附于票据凭证上。粘单上的第一记载人,应当在汇票和粘单的粘接处签章。此外,对于委任背书,被背书人不得再以背书转让汇票权利。而对于汇票被拒绝承兑、被拒绝付款或者超过付款提示期限的,也不得背书转让;如果背书转让的,背书人应当承担汇票责任。

**(三)背书的法律效力**

首先,通过背书,持票人可以将汇票权利转让给他人或者将一定的汇票权利授予他人行使,这是背书最主要的法律效力。

其次,背书人以背书转让汇票后,即承担保证其后手所持汇票得到承兑和付款的责任。背书人在汇票得不到承兑或者付款时,应当向持票人清偿汇票金额和相关费用。也即,通过背书,背书人成为汇票的第二债务人。

最后,背书还有权利证明的法律效力。由于我国只承认完全背书,故《票据法》第 31 条规定,以背书转让的汇票,背书应当连续,也即在票据转让中,转让汇票的背书人与受让汇票的被背书人在汇票上的签章依次前后衔接。持票人以背书的连续,证明其汇票权利;非经背书转让,而以其他合法方式取得汇票的,依法举证,证明其汇票权利。

**四、承兑**

**(一)承兑的概念**

根据《票据法》第 38 条,汇票承兑是指汇票付款人承诺在汇票到期日支付汇票金额的票据行为。汇票的承兑以汇票的出票为前提,是汇票付款人表示愿意在汇票到期日支付汇票金额的票据行为,其他票据的付款人不可能为承兑行为,因此这是汇票特有的一项制度。出票行为是出票人的单方法律行为,对付款人不当然产生约束力,只有当付款人承兑后,才承担到期付款的责任。

**(二)承兑的程序和方式**

**1. 提示承兑**

提示承兑是指持票人向付款人出示汇票,并要求付款人承诺付款的行为。《票据法》第 39 条和第 40 条规定,见票即付的汇票无需提示承兑;见票后定期付款的汇票,持票人应当自出票日起 1 个月内向付款人提示承兑;定日付款或者出票后定期付款的汇票,持票人应当在汇票到期日前向付款人提示承兑。如果汇票未按照规定期限提示承兑的,则持票人丧失对其前手的追索权,但并不丧失对出票人的追索权。

付款人收到持票人提示承兑的汇票时,应当向持票人签发收到汇票的回单。回单上应当记明汇票提示承兑日期并签章。

**2. 承兑和拒绝承兑**

《票据法》第41条规定,付款人对向其提示承兑的汇票,应当自收到提示承兑的汇票之日起3日内承兑或者拒绝承兑。如果付款人同意承兑,应当在汇票正面记载"承兑"字样和承兑日期并签章;见票后定期付款的汇票,应当在承兑时记载付款日期。如果汇票上未记载承兑日期的,根据《票据法》第41第1款和第42条第2款之规定,则以持票人提示承兑之日起的第3日为承兑日期。但是,付款人承兑汇票时,不得附有条件;如果附有条件,则视为拒绝承兑。如果承兑人拒绝承兑,则承兑人必须出具拒绝证明,或者出具退票理由书。未出具拒绝证明或者退票理由书的,应当承担由此产生的民事责任。

(三)承兑的法律效力

付款人承兑汇票并将汇票交还给持票人后,承兑即发生法律效力。由此,付款人要承担到期付款的责任,也即成为汇票的第一债务人;而出票人和背书人则成为汇票的第二债务人。也即持票人必须首先向承兑人请求付款,只有在其付款请求被拒绝的情况下,才可依拒绝证明书向出票人和背书人行使追索权。同时,持票人对付款人的付款请求权就成为一种现实的权利。

**五、保证**

(一)保证的概念

汇票保证是指汇票债务人以外的其他人为担保特定汇票债务人债务的履行,而在汇票上作出的保证记载的票据行为。对于被保证的汇票,保证人应当与被保证人对持票人承担连带责任。

(二)保证的记载事项

票据保证是一种要式行为,保证人应当根据《票据法》第46条的规定在汇票或者粘单上记载表明"保证"的字样、保证人名称和住所、被保证人的名称、保证日期和保证人签章等五项事项。如果保证人在汇票或者粘单上未记载被保证人名称的,已承兑的汇票,承兑人为被保证人;未承兑的汇票,出票人为被保证人。如果未记载保证日期的,出票日期为保证日期。

《票据法》第48条还规定,保证不得附有条件;附有条件的,不影响对汇票的保证责任。

(三)保证的法律效力

汇票保证依法作成后,保证人应当与被保证人对合法取得汇票的持票人所享有的汇票权承担连带责任。也就是说,如果汇票到期后得不到付款的,持票人有权直接向保证人请求付款,保证人应当足额付款。但是,如果被保证人的债务因汇票记载事项欠缺而无效的,则保证人不承担责任。

如果保证人为两人以上的,则保证人之间承担连带责任。保证人在清偿汇票债务后,可以行使持票人对被保证人及其前手的追索权。

## 六、付款

### (一)付款的概念

汇票付款是指付款人或其代理付款人支付汇票金额,以消灭票据关系的行为。付款的目的在于消灭票据关系,是完成汇票使命的最后阶段。

### (二)付款的程序

完整的付款程序包括提示付款、实际付款与交回汇票。

#### 1. 提示付款

提示付款是指持票人向付款人或其代理付款人依法出示汇票并向其请求付款的行为。持票人可以亲自提示付款,也可以通过委托收款银行或者通过票据交换系统向付款人提示付款,两者效力一样。根据《票据法》第56条第1款,持票人委托的收款银行的责任,限于按照汇票上记载事项将汇票金额转入持票人账户。

根据《票据法》第53条第1款的规定,持票人应当按照下列期限提示付款:见票即付的汇票,自出票日起1个月内向付款人提示付款;定日付款、出票后定期付款或者见票后定期付款的汇票,自到期日起10日内向承兑人提示付款。但是,如果持票人未按照上述规定的期限提示付款,在作出说明后,承兑人或者付款人仍应当继续对持票人承担付款责任。

#### 2. 实际付款

根据《票据法》第54条的规定,持票人依照规定提示付款后,付款人必须在当日足额付款。付款时,应当以人民币支付,如果汇票金额为外币的,按照付款日的市场汇价,则以人民币支付。但是,汇票当事人对汇票支付的货币种类另有约定的,从其约定。

付款人及其代理付款人付款时,应首先审查汇票背书的连续,并审查提示收款人的合法身份证明或者有效证件。如果付款人及其代理付款人以恶意或者有重大过失付款,例如付款人或者代理付款人未能识别出伪造、变造的票据或者身份证件而错误付款,则应当自行承担责任。也就是说,如果给持票人造成损失的,应当依法承担民事责任;但是,付款人或者代理付款人承担责任后有权向伪造者、变造者依法追偿。对于定日付款、出票后定期付款或者见票后定期付款的汇票,付款人如果在到期日前付款,也应自行承担所产生的责任。

#### 3. 交回汇票

持票人获得付款的,应当在汇票上签收,并将汇票交给付款人。持票人委托银行收款的,受委托的银行将代收的汇票金额转账收入持票人账户,视同签收。

### (三)付款的法律效力

《票据法》第60条规定,付款人依法足额付款后,全体汇票债务人的责任解除。也即是汇票法律关系全部归于消灭,付款人和全体汇票债务人的票据责任因此而解除。

如果持票人的提示付款被拒绝,则付款人必须出具拒绝证明,或者出具退票理由书。未出具拒绝证明或者退票理由书的,应当承担由此产生的民事责任。

### 七、追索权

#### (一)追索权的概念

汇票追索权,是指汇票持有人在法定期限内提示承兑或提示付款而遭拒绝,或有其他无法行使汇票权利的法定原因时,依法向其背书人、出票人以及汇票的其他债务人请求支付汇票金额、利息及相关费用的一种票据上的权利。追索权是汇票上的第二顺序权利,是为了补充汇票上的第一顺序权利即付款请求权而设立的。因此只有当持票人行使第一顺序的付款请求权未获得实现时才能行使第二顺序的追索权;如果持票人不先行使付款请求权,则不能行使追索权,除非有特别规定。

持票人在行使追索权时,必须确定被追索的人。根据《票据法》第 68 条第 1 款,汇票的出票人、背书人、承兑人和保证人对持票人承担连带责任,也即是被追索人。同时,持票人还可以不按照汇票债务人的先后顺序,对其中任何一人、数人或者全体行使追索权,这称为选择追索权。并且,如果持票人对汇票债务人中的一人或者数人已经进行追索的,对其他汇票债务人仍可以行使追索权,这称为变更追索权。而被追索人清偿债务后,与持票人享有同一权利,可以对其前手债务人行使追索权,这称为代位追索权。值得注意的是,如果持票人为出票人的,则对其前手无追索权;持票人为背书人的,对其后手无追索权。

#### (二)追索权发生的条件

根据《票据法》第 61 条的规定,通常情况下,由于汇票到期被拒绝付款,汇票持票人无法行使第一顺序的付款权,所以才对背书人、出票人以及汇票的其他债务人行使追索权。但是,如果持票人未按照票据法规定的期限提示承兑和提示付款的,则丧失其对前手的追索权。

同时,如果在汇票到期前客观上发生了某些情况,使得持票人的付款请求权无法实现,则也可以在到期日前行使追索权。例如汇票被拒绝承兑的,承兑人或者付款人死亡、逃匿的,承兑人或者付款人被依法宣告破产的或者因违法被责令终止业务活动的。

值得注意的是,汇票权利人还应该在票据权利的有效期间内对其前手行使追索权。

#### (三)追索程序

持票人在行使追索权时,要先取得拒绝证明,然后再发出拒绝事由的通知,最后再得到支付并交回汇票。

持票人在行使追索权时,首先应当提供被拒绝承兑或者被拒绝付款的有关证明。这主要指承兑人或付款人出具的拒绝证明或者退票理由书。如果持票人因承兑人或者付款人死亡、逃匿或者其他原因,不能取得拒绝证明的,可以依法取得其他有关证明。例如,人民法院出具的宣告承兑人、付款人失踪或者死亡的证明、法律文书,公安机关出具的承兑人、付款人逃匿或者下落不明的证明,医院或者有关单位出具的承兑人、付款人死亡的证明,人民法院依法作出的宣告破产裁定书或者能够证明付款人或者承兑人破产的其他证据,有关行政主管部门的处罚决定,公证机构出具的具有拒绝证明效力的文书等。① 如果持票人不能出示拒绝证明、退票理由书或者未按照规定期限提供其他合法证明的,则丧失对其前手的追索权。但是,承兑人或者付款人仍应当对持票人承担责任。

持票人还应当自收到被拒绝承兑或者被拒绝付款的有关证明之日起 3 日内,将被拒绝事由书面通知其前手,该书面通知应当记明汇票的主要记载事项,并说明该汇票已被退票;接着,持票人的前手应当自收到通知之日起 3 日内书面通知其再前手。持票人也可以同时向各汇票债务人发出书面通知。如果是在规定期限内将通知按照法定地址或者约定的地址邮寄的,视为已经发出通知。如果未按照前述规定期限通知的,持票人仍可以行使追索权。但因延期通知给其前手或者出票人造成损失的,由没有按照规定期限通知的汇票当事人,承担对该损失的赔偿责任,只是所赔偿的金额以汇票金额为限。

持票人行使追索权时,可以请求被追索人支付的金额和费用包括:被拒绝付款的汇票金额;汇票金额自到期日或者提示付款日起至清偿日止,按照中国人民银行规定的利率计算的利息;取得有关拒绝证明和发出通知书的费用。被追索人清偿债务时,持票人应当交出汇票和有关拒绝证明,并出具所收到利息和费用的收据。被追索人依照规定清偿后,也可以向其他汇票债务人行使再追索权。其请求其他汇票债务人支付的金额和费用包括:已清偿的全部金额;前项金额自清偿日起至再追索清偿日止,按照中国人民银行规定的利率计算的利息;发出通知书的费用。行使再追索权的被追索人获得清偿时,应当交出汇票和有关拒绝证明,并出具所收到利息和费用的收据。

# 第三节　本　票

## 一、本票及其种类

根据《票据法》第 73 条的规定,本票是出票人签发的,承诺自己在见票时无条件支付确定的金额给收款人或者持票人的票据。

与汇票一样,本票也可以根据对收款人记载方式的不同分为记名本票、指示本票和无记名本票;根据汇票对付款期限的不同记载,可以分为即期本票与远期本票;根据出票人的不同,可以分为银行本票和商业本票。与汇票一样,我国只有记名本票,但不同的是,我国的本票只有即期本票,并且,我国只有银行本票而没有商业本票。

---

① 详见《票据法》第 64 条、司法解释第 11 条和第 71 条。

## 二、出票

本票的出票,从形式上看与汇票的出票相同,都包括作成票据和交付票据,也都要求具有票据金额的可靠资金来源。但是,汇票的出票是出票人委托付款人向收款人支付一定金额的票据行为,而本票的出票则是指出票人保证自己支付本票金额的票据行为。

根据《票据法》第 75 条的规定,本票的绝对必须记载事项包括表明"本票"的字样、无条件支付的承诺、确定的金额、收款人名称、出票日期、出票人签章等 6 项。与汇票相比,由于本票的付款人即出票人,所以仅少了付款人一项。本票的相对必须记载事项包括付款地和出票地。与汇票相比,因为只有即期本票,所以少了付款时间一项。同时,由于本票的出票人为银行,所以如果本票上未记载付款地的,出票人的营业场所为付款地;未记载出票地的,出票人的营业场所为出票地。本票的可以记载事项和不得记载事项同汇票完全一样。

## 三、付款

根据《票据法》第 77 条,本票的出票人在持票人提示见票时,必须承担付款的责任。并且,本票的持票人必须在本票出票日起 12 个月内提示见票,否则丧失对出票人以外的前手的追索权。

## 四、本票与汇票的比较

本票与汇票相比,除了不具有承兑行为外,其他各项行为与汇票基本相同。因此,各国票据立法为了避免法律条款的重复,一般都以汇票的规定为中心内容,除对本票有特别规定外,其他有关规定都适用汇票的规定。我国《票据法》第 80 条第 1 款也规定:"本票的背书、保证、付款行为和追索权的行使,除本章规定外,适用本法第二章有关汇票的规定。"因此,本票的背书、保证、付款行为和追索权的行为,除本节规定之外,适用第二节有关汇票的规定。

# 第四节　支　票

## 一、支票及其种类

根据《票据法》第 81 条的规定,支票是出票人签发的,委托办理支票存款业务的银行或者其他金融机构在见票时无条件支付确定的金额给收款人或者持票人的票据。

支票按照不同的标准,可以分成不同的类型。其中较为重要的分类有以下几种:

1. 根据支票对付款期限的不同记载,可以分为即期支票与远期支票。根据《票据法》第 90 条,支票限于见票即付,不得另行记载付款日期。另行记载付款日期的,该记载无效。可见,我国只有即期支票而没有远期支票。

2. 根据支票对收款人记载方式的不同,分为记名支票、无记名支票。无记名支票又称为空白支票,出票人在支票上不记载收款人的名称,在转让时不适用背书转让规则,可直接依票据交付行为实现支票的转让。根据《票据法》第 84 和第 86 条的规定,我国允许签发无记名支票;但是《支付结算办法》第 119 条又规定,支票的金额、收款人名称在补记前不得背书转让和提示付款。

3. 根据支票对付款方式的不同,可分为现金支票、转账支票、普通支票和划线支票。现金支票是指支票上印有"现金"字样、只能用于支取现金的支票;转账支票是指支票上印有"转账"字样、只能用于转账的支票;普通支票是指未印有"现金"或"转账"字样、可以用于支取现金,也可以用于转账的支票;划线支票指支票左上角划两条平行线的、只能用于转账的支票。

## 二、出票

支票的出票,从形式上看与汇票的出票相同,都包括作成票据和交付票据。但为强化支票的流通功能,确保交易安全,对支票的出票人有严格的资格要求。《票据法》第 82 条第 2 款规定,开立支票存款账户和领用支票,应当有可靠的资信,并存入一定的资金。《票据管理实施办法》第 11 条更明确规定,支票的出票人,为在经中国人民银行批准办理支票存款业务的银行、城市信用合作社和农村信用合作社开立支票存款账户的企业、其他组织和个人。如果出票人签发的支票金额超过其付款时在付款人处实有的存款金额的,称为空头支票,这为票据法所禁止。此外,出票人在开立支票存款账户时,必须使用其本名,并提交证明其身份的合法证件,还应当预留其本名的签名式样和印鉴;出票人不得签发与其预留本名的签名式样或者印鉴不符的支票。

根据《票据法》第 84 条的规定,支票的绝对必须记载事项包括表明"支票"的字样、无条件支付的委托、确定的金额、付款人名称、出票日期、出票人签章等 6 项。与汇票、本票相比,支票可以是无记名支票,所以少了收款人一项。支票的相对必须记载事项包括付款地和出票地,与本票一样,如果未记载付款地的,出票人的营业场所为付款地;未记载出票地的,出票人的营业场所为出票地。另外,支票的可以记载事项和不得记载事项则与汇票、本票完全一样。值得注意的是,票据法特别规定出票人可以在支票上记载自己为收款人。

根据《票据法》第 93 条第 2 款以及第 26 条的规定,支票出票人承担的责任与汇票的一样,签发支票后,即承担保证该支票付款的责任。出票人在支票得不到付款时,应当向持票人清偿支票金额和相关费用。

### 三、付款

《票据法》第 89 条规定，出票人必须按照签发的支票金额承担保证向该持票人付款的责任。如果出票人在付款人处的存款足以支付支票金额时，付款人应当在当日足额付款。

对于提示付款的期限，《票据法》第 91 条规定，支票的持票人应当自出票日起十日内提示付款；异地使用的支票，其提示付款的期限由中国人民银行另行规定。如果超过提示付款期限的，付款人可以不予付款，但出票人仍应当对持票人承担票据责任。

如果付款人依法支付支票金额，则对出票人不再承担受委托付款的责任，对持票人不再承担付款的责任。但是，付款人以恶意或者有重大过失付款的除外。

### 四、支票与汇票的比较

我国票据法将汇票、本票和支票统一规定在一部票据法中，并以汇票的规定为中心内容。对支票与汇票相同的内容，票据法采用了与本票相同的适用汇票规定的立法技术。《票据法》第 93 条第 1 款规定："支票的背书、保证、付款行为和追索权的行使，除本章规定外，适用本法第二章有关汇票的规定。"因此，支票的背书、保证、付款行为和追索权的行为，除本节规定之外，适用第二节有关汇票的规定。

### ［案例分析］

1997 年，某港口城市甲公司因与王某发生过代理出口业务关系，曾为王某垫付部分运输费，尚有 5 万元未结算。1997 年 12 月 24 日，王某交给甲公司一张转账支票，面额为 5 万元。该支票除填写明确的金额外，还记载下列事项：出票日期为 1998 年 1 月 10 日（大写），有效期为 10 天，票据金额大写与数字一致，出票人为乙公司。该支票还记载：上列事项请从我账目内支付。支票上记载的事项未作更改，该支票亦未背书。甲公司收到该支票后，即在支票的收款人处填写丙公司（甲公司的下属单位）。1998 年 1 月 12 日，甲公司持该支票提示付款，银行以该支票账户存款余额不足为由退票。当甲公司向王某索款时，王某已于 1998 年 1 月 8 日因故死亡。为此，甲公司起诉到基层法院，要求乙公司票面金额 5 万元的给付义务。另查明，第三人李某因与乙公司存在购销关系，于 1997 年 12 月 21 日向乙公司索要转账支票一张，即上述支票。李某在该支票存根上签字，用途为货款，并于当日向乙公司出具收条，收货款 5 万元。李某取得该支票后，即借给其好友王某。

法院经审理认为：原告甲公司所持被告乙公司签发的转账支票，是李某、王某以交付转让方式交给原告，原先票据的取得是合法的，该票据被告应当承担主要责任。现原告要求被告承担支票给付责任，理由正当，应予支持。为此，判决如下：被告支付原告欠款人民币 5 万元及利息（自 1998 年 1 月 13 日起至欠款付清日止，按中国人民银行同期活期利息计算）。逾期付款，按中国人民银行同期借款最高利率加倍计算。

请分析法院的判决是否正确。

# 练习与思考

**一、名词解释**

汇票、本票、支票，远期票据、即期票据、追索权。

**二、简述题**

1. 试述汇票、本票和支票的异同点。
2. 试述票据的种类。

# 第十一章

# 银行法律制度

银行法律制度是现代金融法律制度的重要组成部分,其发展演变与现代经济和银行金融的发展密切相关。通过本章,学生将理解现代银行法的基本理论知识,掌握我国各类银行的基本法律制度和实务运作规则,强化金融法治观念,提高分析问题和解决问题的能力。

本章主要内容包括银行法基本原理、中央银行法、商业银行法、政策性银行法、非银行金融机构法等。

## 第一节　银行法概述

### 一、银行法概述

#### (一)银行法的概念

银行(bank)是专门经营存款、贷款、汇兑、结算等金融业务,充当信用中介和支付中介的金融机构。它是随着商品经济的发展而最早产生的金融机构,在现代金融体系中居中心地位。

银行法是调整银行信用和货币流通等金融关系的法律规范的总称。具体而言,银行法调整银行组织机构、业务经营和监督管理过程中发生的各种社会关系。银行法是金融法体系的核心,是金融法中的基本法。

#### (二)银行法的调整对象

银行法的调整对象是指银行法的效力所及的社会关系,当某类社会关系被纳入银行法的调整范围时,它便成为银行法的调整对象。从银行法调整社会关系的性质来看,在其调整的银行组织关系、银行经营业务关系和银行管理关系中,既有平等性的银行经营业务关系,又有带管理性的银行组织关系和银行管理关系,既涉及储户、商业银行等社会个体的利益,又涉及社会整体和国家的利益。

（三）银行法的体系和内容

1. 银行法的体系

一个国家的金融机构体系包括各类银行机构和非银行金融机构。我国现行的金融体系是以作为中央银行的中国人民银行为领导,商业银行、政策性银行和证券机构、保险机构、信托机构等非银行金融机构为主体,信用合作机构等为补充的金融组织体系,又称为广义的银行体系。

与此相适应,关于各类银行及非银行金融机构的法律制度构成了广义上的银行法律体系。我国现行的银行体系及其法律体系包括:中央银行法、普通银行法、涉外金融机构法、非银行金融机构法、银行业监督管理法等。

2. 银行法的内容

银行法的调整对象是银行和非银行金融机构在组织机构和业务活动中所发生的各种社会关系。因此,银行的设立、组织,银行的业务活动及其规则,以及银行的监管规则,成为银行法的内容。按照法律制度的性质和功能,银行法可以分为银行组织法、银行业务法和调控监管法等。

**二、银行法的基本原则**

作为一个独立的法律部门,银行法的基本原则是指有关银行立法、执法以及从事银行金融活动时必须遵守的最基本的准则,这些银行法的基本原则是银行法的本质和内容最集中的表现,对银行法律体系中的各项法律制度都有普遍指导意义。银行法有四个基本原则:维护货币政策的稳定并保障其实现,促进资金流动的有效性和完全性,维护客户的合法权益,维护国家主权和尊重国际惯例等原则。

# 第二节　中央银行

**一、中央银行的概念、性质与职能**

（一）中央银行的概念

中央银行是一国金融体制中居于核心地位,依法制定和执行国家货币金融政策,实施金融调控与监管的特殊金融机关。在现代社会中,一般具有发行的银行、银行的银行、政府的银行、金融调控与监管的银行等重要职能。

（二）中央银行的性质

从世界各国实践来看,中央银行是调节宏观经济、监管金融行业的特殊国家机关。作为国家机关,中央银行与一般政府机关相比,有着显著的特殊性:它带有银行的性质,执行着金融机构的业务。作为金融机构,中央银行虽然具有银行(金融企业)的一般性质,但它和普通银行相比,又更多地体现出国家机关的性质。

《中国人民银行法》第 2 条规定:"中国人民银行是中华人民共和国的中央银行。中国人民银行在国务院领导下制定和实施货币政策,防范和化解金融风险,维护金融稳定。"该法第八条规定:"中国人民银行的全部资本由国家出资,属于国家所有。"由此可见,中国人民银行是我国的中央银行,是特殊的国家机关。

(三)中央银行的职能

中央银行的职能,是指中央银行作为特殊的国家机关应有的作用,是中央银行的性质的具体反映。

1. 中央银行的主要职能

中央银行的职能可分为调控职能、监管职能和服务职能,而其服务职能又可分为发行的银行、银行的银行、政府的银行三大职能。

(1)作为发行的银行,中央银行垄断全国钞票的发行权,根据国民经济发展的要求,发行全国统一的本位货币,并负责控制信用,调节货币流通。

(2)作为银行的银行,是指中央银行只与普通银行等金融机构发生业务往来,不与一般工商企业产生直接的信用关系。具体体现为:集中保管各金融机构的存款准备金(包括法定准备金存款和超额准备金存款),成为金融机构的现金准备中心;在各金融机构存款的基础上,办理它们相互间的转账结算,成为全国金融业的票据清算中心;以准备金存款和货币发行为资金来源,对金融机构放款,充当最后贷款人。

(3)作为政府的银行,是指中央银行履行政府管理职能,并把政府作为其直接的客户。其主要表现为:中央银行代表政府制定和实施货币金融政策,调节宏观经济运行;管理普通银行等金融机构,行使金融监管职责;充当政府的经济金融政策顾问;代表政府从事国际金融活动;为政府开立存款账户,并在此基础上代理财政金库,代理政府办理出纳业务和政府债券的发行、兑付业务;在政府财政需要时,向政府提供贷款或以其他方式为政府筹集资金。

发行的银行、银行的银行、政府的银行的职能实际上都体现了中央银行的服务职能,所以,中央银行具有发行的银行、银行的银行、政府的银行、金融调控与监管的银行四大职能。

2. 中国人民银行的职能与职责

按《中国人民银行法》第 2 条的规定,人民银行的基本职能是制定和执行货币政策,防范和化解金融风险,维护金融稳定;第 4 条又规定了人民银行的具体职责。《中国人民银行法》第 4 条规定的人民银行的 13 项职责包括发布与履行其职责有关的命令和规章;依法制定和执行货币政策;发行人民币,管理人民币流通;监督管理银行间同业拆借市场和银行间债券市场;实施外汇管理,监督管理银行间外汇市场;监督管理黄金市场;持有、管理、经营国家外汇储备、黄金储备;经理国库;维护支付、清算系统的正常运行;指导、部署金融业反洗钱工作,负责反洗钱的资金监测;负责金融业的统计、调查、分析和预测;作为国家的中央银行,从事有关的国际金融活动;国务院规定的其他职责。

## 二、中央银行的法律地位

中央银行的法律地位,是指各国通过立法规定中央银行在国家机构体系中的地位。中央银行的法律地位如何,决定了其权限大小及其在国民经济调节体系中的地位。评判一国中央银行的法律地位,主要从它与国会、政府和财政的关系加以考察,特别是从其在制定和执行货币政策、开展业务时享有多大的权力或有多大独立性方面加以判明。

(一)中央银行的独立性

中央银行是否应具有独立性,或者说应该有多大的独立性,历来是一个颇具争议的问题。因为各国对中央银行独立性理解的不同,以及各国经济、金融和政治体制不同,决定了各国立法对中央银行地位的规定也不尽相同。概括起来主要有三种类型。

1. 直接向国会负责、独立性较强型

该类型的中央银行直接对国会负责,可以独立地制定和执行货币政策。政府不能对它直接发布命令,不得直接干预货币政策的制定和执行。当中央银行的货币政策与政府发生矛盾时,则通过协商来解决。这一类型的国家主要有美国、德国、瑞典、瑞士等。其中尤以德意志联邦银行和美国联邦储备体系最为典型。

2. 名义上属于财政部但实际上具有相对独立性型

该类型的中央银行,立法上虽规定隶属于政府财政部门,但在实际业务操作中却保持较大的独立性。英国、日本、加拿大、挪威、马来西亚等国的中央银行属于这种类型。

3. 隶属于政府、不具有独立性型

该类中央银行,不论在组织管理的隶属关系上还是在货币政策的制定和执行上,都受政府严格控制。货币政策的制定和执行需经政府批准,政府有权暂停甚至否决中央银行的决议。属于这一类型的国家有意大利、澳大利亚、比利时等。

(二)中国人民银行的法律地位

中国人民银行的性质,及我国现行的政治体制结构,决定了人民银行的法律地位只能是在国务院领导下具有相对独立性的国家金融调控机关。

1. 对中央政府的行政隶属性。《中国人民银行法》第2条第2款规定:"中国人民银行在国务院领导下,制定和执行货币政策,防范和化解金融风险,维护金融稳定。"这就明确表明了人民银行是国务院的直属机构,是在其领导下对金融业实施调控的一个职能部门。人民银行的行长由国务院总理提名,副行长须由国务院总理任免等规定,都进一步说明了人民银行对国务院的行政隶属性。

2. 依法享有相对独立性。人民银行虽然隶属国务院,但它作为中央银行,负有制定和执行货币政策、调控宏观经济的重大职能,因而决定了它与其他政府部门相比,应有较大的独立性。这些独立性突出表现在它与各级政府、与财政部、与社会团体和个人的关系及间接向全国人大常委会负责的规定上。《中国人民银行法》第7条规定:"人民银行在国务院领导下依法独立执行货币政策,履行职责,开展业务,不受地方政府、各级政府部门、社会团体和个人的干涉。"第29条规定:"政府财政不得向人民银行透支,人民银行不得直接认购、包销政府债券和其他政府债券。"第13条规定:"人民银行分支机构是总行派出机构,根据总行的授权,维护本辖区的金融稳定,承办有关业务,不受地方政府干预。"第6条规定:"人民银行应当向全国人大常委会提出有关货币政策情况和金融业运行情况的工作报告。"从而在法律上保证了人民银行相对于国务院其他部委和地方政府的明显的独立性。

### 三、中央银行的组织机构

#### (一)中国人民银行的组织机构

一般而言,中央银行的组织机构主要包括最高权力机构(包括决策和执行机构)、内部职能机构、外部分支机构。《中国人民银行法》就人民银行的领导机构、外部分支机构和咨询机构的设置作了原则规定,对内部职能机构则未作规定。

1. 领导机构。人民银行的领导机构是人民银行的决策机构和执行机构,包括行长一人,副行长若干人。行长根据国务院总理提名,由全国人大决定;人大闭会期间,由全国人大常委会决定,由国家主席任免。副行长由国务院总理任免。人民银行实行行长负责制,行长领导人民银行工作,副行长协助行长工作。

2. 分支机构。人民银行根据履行职责的需要设置分支机构,作为人民银行的派出机构,人民银行对分支机构实行集中统一领导和管理。分支机构根据中国人民银行的授权,维护本辖区的金融稳定,承办有关业务。

#### (二)咨询机构——货币政策委员会

依据《中国人民银行法》第12条和1997年4月15日国务院发布的《中国人民银行货币政策委员会条例》的规定,人民银行还设有货币政策委员会,作为中国人民银行制定货币政策的咨询议事机构。

货币政策委员会委员由人民银行行长,副行长2人,国务院副秘书长1人,国家发展和改革委员会副主任1人,财政部副部长1人,国家统计局局长、国家外汇管理局局长、中国银监会主席、中国证监会主席、中国保监会主席、中国银行业协会会长、中国银行行长,金融专家1人,共14人组成。

货币政策委员会的主要职责是:根据国家的宏观经济调控目标,讨论货币政策的制定和调整,讨论一定时期内的货币政策控制目标、货币政策工具的运用、有关货币政策的重要措施、货币政策与其他宏观经济政策的协调等涉及货币政策的重大事项,提出制定和实施货币政策的建议。

### 四、货币政策及货币政策工具

(一)货币政策的概念

货币政策,或称金融政策,是指主权国家为实现其特定的经济目标而采用的各种调节货币供应量或管制信用规模的方针、政策和措施的总称,是一国主要的宏观经济政策。由于制定和实施货币政策是中央银行的核心职责,所以,人们一般称货币政策为中央银行的货币政策。

(二)货币政策目标

1. 货币政策目标

货币政策目标是中央银行实施货币政策所预定要对宏观经济产生的明确效果,包括最终目标、中介目标和操作目标。目前,各国货币政策的中介目标主要是货币供应量。

2. 中国人民银行的货币政策目标

《中国人民银行法》第3条规定:"货币政策目标是保持货币币值的稳定,并以此促进经济增长。"对此可从三方面理解:(1)人民银行首要的和直接的货币政策目标是保持货币币值的稳定,这是人民银行制定和执行货币政策的出发点和归宿点。(2)人民银行制定和执行货币政策,并不是为稳定币值而稳定币值,而是为了促进经济增长而稳定币值。(3)稳定币值目标和经济增长目标在货币政策目标序列中并不是并列的,而是有主次之分的。人民银行的货币政策以稳定币值为主,以此为经济增长创造条件。稳定币值是货币政策的第一层次,促进经济增长是货币政策目标的第二层次。

在货币政策中介目标方面,世界各国广为采用的是以货币供应量作为中介目标。我国过去的货币政策惯于把信贷规模、现金发行作为中介目标。但随着体制改革的深入,1993年12月,国务院发布的《关于金融体制改革的决定》中指出:"货币政策中介目标和操作目标是货币供应量、信用总量、同业拆借利率和银行备付金率。"这里货币供应量和信用总量即为中介目标。

(三)货币政策工具

货币政策工具是中央银行实现其货币政策目标的政策手段。货币政策工具可分为常规性货币政策工具、选择性货币政策工具和补充性货币政策工具三类。

《中国人民银行法》第23条规定了人民银行可以运用的六种货币政策工具,包括存款准备金制度、中央银行基准利率、再贴现政策、再贷款政策、公开市场业务、其他货币政策工具。

### 五、货币发行制度

(一)货币发行概述

当今世界,几乎所有国家的货币都是由政府垄断发行。在实行中央银行制度的国家,货币发行是中央银行最重要的负债业务。通过这项业务,中央银行既为商品流通和交换提供流通手段和支付手段,也相应筹集了社会资金,满足中央银行履行其各项职能的需要。

中央银行发行货币必须坚持三条原则:一是垄断发行的原则,即货币发行权高度集中于中央银行,只有这样才能防止由多头发行造成的货币流通混乱,保证国内统一的通货形式,以便于中央银行制定和执行货币政策。二是信用保证原则,指货币发行要有一定的外汇、黄金或有价证券作保证,即通过建立一定的发行准备制度来保证中央银行独立发行。三是弹性发行的原则,指货币发行要具有一定的伸缩性和灵活性,使货币发行动态地适应经济状况变化的需要,具有一定的操作空间。

各国货币发行制度有着若干共同特点,如都实行经济发行,不作财政发行;都规定货币发行要有十足的资产作保证;都规定发行的最高限额。

(二)人民币发行制度

1. 人民币的法律地位。《中国人民银行法》第 16 条规定:"中华人民共和国的法定货币是人民币,以人民币支付中华人民共和国境内的一切公共的和私人的债务,任何单位和个人不得拒收。"这一规定,明确地表明了人民币的法律地位,即人民币是中华人民共和国的法定货币。

人民币作为我国的法定货币,一方面具有无限清偿能力,以人民币支付中国境内的一切公共的和私人的债务,任何单位和个人不得拒收;另一方面,又是我国惟一的合法货币,"任何单位和个人不得印制、发售代币票券,以代替人民币在市场上流通"。

2. 人民币发行的原则。为保证人民币币值稳定,促进国民经济协调、稳定、健康的发展,我国人民币的发行历来坚持集中统一发行原则、计划发行原则、经济发行原则等三大发行原则。

3. 人民币发行的程序。人民币发行程序是指人民币发行的步骤和方法,是属于人民币发行制度的重要组成部分。人民币的具体发行由中国人民银行设置的发行基金保管库(简称发行库)来办理。

4. 发行库与业务库。发行库是人民银行为保管货币发行基金而设置的金库,是办理货币发行的具体机构。我国实行四级发行库体制,依次分为总库、分库、中心支库和支库。业务库是各银行基层分、支行和处、所为办理日常现金收付而设置的金库。业务库保管的货币是流通中的货币,处于周转状态。

## 六、财务会计和法律责任

(一)中国人民银行的财务会计制度

中国人民银行的财务会计制度,由财务预算管理、财务收支与会计事务、年度报表及年度报告三方面的内容构成。

1. 财务预算管理

《中国人民银行法》第38条、第39条规定,人民银行实行独立的财务预算管理制度,其预算经国务院财政部门审核后,纳入中央预算,接受国务院财政部门的预算执行监督。人民银行每一会计年度的收入减除该年度支出,并按照国务院财政部门核定的比例提取总准备金后的净利润,全部上缴中央财政,其亏损由中央财政拨款弥补。这一规定表明两点:

(1)人民银行的财务预算隶属于中央预算,也要实行收支预算制,接受国务院财政部门的预算执行监督。这反映了人民银行作为国家金融监管机关、国务院职能部门的要求。

(2)人民银行的财务预算是一种相对独立的预算。它不像一般国家机关一样要国家财政预算拨款;也不像一般商业银行和其他金融机构一样,要向国家缴纳税收。它有自己的资本和业务利润,其年度收入减除年度支出,并按规定比例提取总准备金后的净利润全部上缴中央财政,亏损亦由中央财政弥补。这是由人民银行是中央银行、是特殊的银行的性质所决定的。

2. 财务收支与会计事务

《中国人民银行法》第40条规定:"人民银行的财务收支和会计事务,应当执行法律、行政法规和国家统一的财务会计制度,接受国务院审计机关和财政部门依法分别进行的审计和监督。"因此,人民银行的财务收支和会计事务也必须执行我国《会计法》、《审计法》和《预算法》等法律、法规的规定,加强财务会计工作的管理与监督。

3. 年度报表与年度报告

财务会计报告是反映人民银行业务状况和财务成果的总结性书面文件。《中国人民银行法》第41条规定,人民银行应当于每一会计年度(自公历1月1日起至12月31日止)结束后的3个月内,编制资产负债表、损益表和相关的财务会计报表,并编制年度报告,按国家规定予以公告。

(二)违反《中国人民银行法》的法律责任

《中国人民银行法》针对各类主体的各种违法行为,以一章的篇幅专章规定了各种违法行为应当承担的法律责任(包括民事、行政和刑事责任),体现了违法必究的精神。

# 第三节　商业银行

## 一、商业银行法概述

### (一)商业银行的概念

商业银行(Commercial Bank)是从事吸收存款、发放贷款、办理结算等业务,以获取利润为经营目的的信用中介机构。根据我国《商业银行法》第2条的定义,商业银行是企业法人。

商业银行所从事的业务主要有吸收资金来源的业务,运用资金的业务和以代理人身份办理委托事项、从中收取手续费的业务,这三类业务分别被称为负债业务、资产业务和中间业务。目前,我国商业银行最典型、最主要的负债业务、资产业务和中间业务分别是吸收公众存款、发放贷款和办理结算。这样就明确了商业银行的主要业务范围,从而将商业银行与其他金融企业、非银行金融机构区分开来。

(二)商业银行的法律地位

我国《商业银行法》第2条规定,商业银行是依法设立的吸收公众存款、发放贷款、办理结算等业务的企业法人,明确了商业银行的企业法人地位。本条第3款规定,商业银行以其全部法人财产独立承担民事责任。商业银行以其全部法人财产独立承担民事责任,是指:(1)银行承担有限责任;(2)银行以其全部法人财产承担有限责任;(3)银行独立承担有限责任,国家以其出资额承担有限责任,不承担无限连带责任。

(三)商业银行的业务范围

根据《商业银行法》第3条规定,商业银行的业务可分为四大类:

1. 传统业务,包括吸收公众存款;发放短期、中期和长期贷款;办理国内外结算;办理票据承兑与贴现。

2. 特定业务,包括发行金融债券;代理发行、代理兑付、承销政府债券;买卖政府债券;从事同业拆借。

3. 中间业务,包括买卖、代理买卖外汇;提供信用证服务及担保;代理收付款项及代理保险业务;提供保管箱服务。

4. 经国务院银行业监督管理机构批准的其他业务,如银行卡业务、咨询业务、私人理财业务、海外投资顾问,以及基金和债券托管业务等。商业银行法第3条第14款规定,商业银行可以从事经国务院银行业监督管理机构批准的其他业务,这是我国商业银行法关于商业银行业务范围的兜底条款。

(四)商业银行的经营原则

根据我国《商业银行法》第4条第1款规定,商业银行应遵循业务经营的"三性原则",即商业银行以效益性、安全性、流动性为经营原则。

1. 效益性。商业银行作为经营货币资金,结算和创造信用的特殊企业,在业务活动过程中,其最基本的、首要的动机和目标是获取最大限度的利润。

2. 安全性。银行应尽可能地规避风险,排除各种不确定性因素对其资产、负债、利润、信誉及一切经营发展条件的影响,保证收益的安全与稳定,使其健康安全地发展。

3. 流动性。保持流动性对商业银行来说至关重要,因为商业银行在经营中面临着负债和资产的不稳定性,一旦商业银行的本金与利息收回额与其准备金额之和还不能应付客户提存与贷款需求及银行本身需求时,就会出现流动性危机。流动性危机将严重损害商业银行的信誉,影响其业务量并增加经营成本,妨碍其进一步发展。

（五）商业银行法概述

1. 商业银行法的概念

商业银行法是调整商业银行的组织及其业务经营的法律规范的总称。广义上，商业银行法是指一切关于商业银行的组织及其业务经营的法律、法规、行政规章的总称，除《商业银行法》外，还包括其他法律、法规、规章中关于商业银行的组织及其业务经营的规定，如《中国人民银行法》、《银行业监督管理法》、《储蓄管理条例》、《外汇管理条例》、《贷款规则》等。

狭义上的商业银行法仅指冠以"商业银行法"名称的专门性法律，在我国指 1995 年 5 月 10 日八届全国人大常委会第十三次会议通过、自同年 7 月 1 日起实行的《中华人民共和国商业银行法》，2003 年 12 月 27 日十届全国人大常委会第六次会议对该法进行了修改。

2. 商业银行法的调整范围

我国商业银行法的调整对象是商业银行在设立、变更、终止及其业务经营活动和监督管理过程中发生的社会关系。其调整范围包括国有商业银行、合作银行、外资商业银行、中外合资商业银行、外国商业银行分行和其他商业银行等。

根据我国《商业银行法》规定，城市信用合作社、农村信用合作社办理存款、贷款和结算业务，以及邮政企业办理邮政储蓄业务、汇款业务，都属于商业银行业务性质，也应该适用《商业银行法》的有关规定。

根据我国有关法律规定，我国金融业实行"分业经营、分业管理"的经营管理体制，《商业银行法》只调整我国银行业，对于证券业、信托业、保险业等非银行金融机构，国家分别制定《证券法》、《信托法》、《保险法》予以调整。对于政策性银行，由于其具有政策性、非营利性等特点，一般不列入《商业银行法》的调整范围，而是以单行法规进行调整和规范。

**二、商业银行的组织机构**

（一）商业银行的设立审批

1. 商业银行的设立审批。我国《商业银行法》第 11 条规定，设立商业银行，应当经国务院银行业监督管理机构审查批准。未经国务院银行业监督管理机构批准，任何单位和个人不得从事吸收公众存款等商业银行业务，任何单位不得在名称中使用"银行"字样。商业银行是一个特许经营的金融业，它的设立应当经过银行业监管机构的审查批准，并取得经营金融业许可证。

2. 商业银行的设立条件。商业银行的设立，是指组建商业银行的一系列法律行为。我国《商业银行法》第 12 条具体规定了设立商业银行应当具备的条件。

（二）商业银行的组织机构

我国《商业银行法》第 17 条规定："商业银行的组织形式、组织机构适用《中华人民共和国公司法》的规定。"商业银行按照组织形式划分,可以分为有限责任公司形式的商业银行、国有独资的商业银行和股份有限公司形式的商业银行。

1. 股份有限公司形式的商业银行。股份有限责任公司形式的商业银行简称股份商业银行,是指依照公司法和商业银行法设立的,全部资本由等额股份组成,股份由发起人认购或以股票形式公开发行和转让,股东各方以其所认购股份对商业银行承担责任,商业银行以其全部资产对其债务承担责任的商业银行。

2. 有限责任公司形式的商业银行。有限责任公司是由两个以上股东共同出资,每个股东以其所认缴的出资额对公司承担有限责任,公司以其全部资产对其债务承担责任的企业法人。商业银行作为有限责任公司,其组织机构主要包括:股东会、董事会或者执行董事、监事会或者监事。

3. 国有独资商业银行。国有独资商业银行是指国家授权投资的机构或者国家授权的部门单独投资设立的承担有限责任的商业银行。按照我国《公司法》和《商业银行法》的规定,国有独资商业银行的组织机构包括董事会、监事会和经理。

(三)商业银行的分支机构

1. 商业银行分支机构的设立条件。《关于设置银行及其分支机构的暂行规定》对商业银行设立境内分支机构应具备的主要条件做了规定。

我国为了加强对境外金融机构的管理,规范境外金融机构,维护金融体系的稳健运行,中国人民银行总行受国务院委托,制定并发布了《境外金融机构管理办法》,该办法已于 1990 年 3 月 12 日经国务院批准,并于 1990 年 4 月 13 日起施行。

2. 商业银行分支机构的法律地位。商业银行的分支机构是商业银行的组成部分,分支机构不具备法人资格。我国《商业银行法》第 22 条第 2 款规定;"商业银行分支机构不具有法人资格,在总行授权范围内依法开展业务,其民事责任由总行承担。"

3. 商业银行分支机构的管理。《商业银行法》第 22 条第 1 款规定,商业银行对其分支机构实行全行统一核算,统一调度资金,分级管理的财务制度。

(四)商业银行的分立与合并

1. 商业银行的分立,是指商业银行依照法律、法规的规定,分成两个或两个以上的银行的商业法律行为。商业银行分立有新设分立和派生分立两种形式。所谓新设分立,是指一个银行将其全部资产,分割设立两个或两个以上银行的法律行为。所谓派生分立,是指一个银行以其部分资产,另外设立一个银行的法律行为。

2. 商业银行的合并。商业银行的合并,是指两个或两个以上的银行,依照法律规定归并为一个银行或创设一个新的银行的法律行为。商业银行合并的形式有两种,即吸收合并和新设合并。所谓吸收合并,是指两个或两个以上的银行合并后,其中有一个银行(吸收方)存续,而其他银行(被吸收方)解散。所谓新设合并,又称创设合并,是指两个或两个以上的银行合并后,在合并各方都归于消灭的同时,另外创设出一个新的银行。

### 三、商业银行与客户之间的法律关系

**(一)商业银行的客户**

银行客户是指在银行开立账户办理存款、贷款或结算业务的单位或个人。根据所进行的业务内容不同,可将银行客户分为存款人、借款人、寄托人和委托人。

1. 存款人是指在银行开立账户存款的单位或个人。存款人和银行之间形成债权债务关系,银行是债务人,负有到期支付存款本息的义务;存款人是债权人,享有要求银行支付存款本金及利息的权利。在银行的实际业务中,为避免过高的谈判和交易成本,银行推出不同的存款类型,作为与客户间权利义务的标准化约定。

2. 借款人是指在银行开立账户,按照一定的利率和约定期限,向银行借款,并到期归还本金及利息的银行客户。在贷款关系中,银行是债权人,享有要求借款人到期向其支付本金及利息的权利;借款人债务人,负有到期向商业银行归还本金及利息的义务。

3. 寄托人是指将物品交给银行保管并支付报酬的银行客户。比如,在银行开设的保管箱业务中,客户可以将贵重物品交由银行保管,由此产生寄托关系:客户为寄托人,银行是受托人。

4. 委托人包括结算业务客户和委托银行办理其他业务的客户。结算业务客户是指在银行开立账户,通过银行办理结算业务的单位或个人;委托业务客户可以委托商业银行办理其他业务,比如委托贷款和委托投资业务,委托发行各类有价证券业务,委托买卖有价证券、买卖外汇,委托收付款项,委托进行保险业务等。

**(二)商业银行与客户间法律关系的性质**

1. 商业银行与客户间关系的性质。从表面来看,商业银行与客户间的关系是资金融通关系,但本质上是债权债务关系,属于民事法律关系的范畴。我国《商业银行法》第5条规定,商业银行与客户的业务往来,应当遵循平等、自愿、公平和诚实信用的原则。由此,我国《商业银行法》也确定了银行与客户间债权债务关系的民事法律关系性质。

2. 商业银行与客户地位平等的法理依据。商业银行与客户的法律地位是平等的。商业银行是依照《公司法》设立的公司法人,它是经营金融业务的特殊的公司。除根据《商业银行法》规定可以经营金融业务外,商业银行同其他公司一样都是企业法人,在法律地位上同任何一个客户一样,都是平等的法律主体,平等地享有民事权利、承担民事义务。

**(三)商业银行与客户业务往来应遵循的原则**

1. 自愿原则。自愿是指当事人在经济交往中,自主与自由协商达成协议的主观态度和行为过程。自愿原则是民法中的一项基本原则,商业银行与客户的法律关系作为一种民事法律关系,必须要遵循这一原则。

2. 公平原则。公平原则是指商业银行与客户的业务往来要公允合理。首先,商业银行与其客户在权利义务的承担上要对等。其次,商业银行与其客户在承担民事责任上要

公平合理,按照过错原则承担相应的责任,商业银行不能利用其优势而免除其应负的责任。

3. 诚实信用原则。商业银行诚实信用原则是订立合同的一项基本原则,要求当事人在订立和履行合同时,要诚实不欺、恪守信用。商业银行与客户间民事法律关系的性质,决定了其应当遵守诚实信用原则。

**四、商业银行存贷款法律制度**

(一)存款法律制度

1. 存款及其种类

存款是机关、团体、企业、事业单位或个人根据可以收回的原则,把货币资金存入银行或其他信用机构并获取存款利息的一种信用活动形式。存款业务是商业银行筹集信贷资金最主要、最基本的形式,是商业银行最重要的负债业务,占到了其中的 70%～80%。

存款按不同标准可分为以下几类:(1)根据期限不同,存款可分为活期存款和定期存款。活期存款是指存款人可以随时存取的存款,定期存款是指银行与存款人对存款的期限和提取方式事先约定的存款。(2)根据货币种类不同,可将存款划分为人民币存款和外汇存款。(3)根据支取方式不同,存款可以划分为支票存款、存单(折)存款、银行卡存款、通知存款、透支存款、存贷合一存款、特种存款等。其中通知存款是指存款人在存入款项时不约定存期,支取时需提前通知金融机构,约定支取存款日期和金额方能支取的存款。

2. 商业银行存款业务的基本原则

存款业务在商业银行各项业务中非常重要,而且涉及社会生活的很多方面,对我国金融业和市场经济都有重要影响,所以我国法律、法规对存款业务作了详尽和严格的规定,商业银行在办理存款业务时应该严格遵守这些原则:

(1)存款业务特许经营原则。我国《商业银行法》第 11 条第 2 款规定:"未经国务院银行业监督管理机构批准,任何单位和个人不得从事吸收公众存款等商业银行业务,任何单位不得在名称中使用'银行'字样。"这说明商业银行开展存款业务必须经由国务院银行业监督管理机构审核批准。目前,我国能从事存款业务的金融机构有:商业银行、信用合作社、邮政储蓄机构等。

(2)依法交存存款准备金原则。存款准备金是商业银行依据法律和中央银行的规定,按吸收存款的一定比例缴存于中央银行的存款,其目的是为了应付存款人的提款。这种存款一般不计利息。我国《商业银行法》第 32 条规定:"商业银行应当按照中国人民银行的规定,向中国人民银行交存存款准备金,留足备付金。"

(3)存款利率法定与公告原则。中国人民银行是国家利率管理的惟一机构,商业银行的存款利率必须遵循人民银行的规定,如若自行决定,调节利率,则会受到行政处罚。《商业银行法》第 31 条规定:"商业银行应当按照中国人民银行规定的存款利率的上下限,确定存款利率,并予以公告。"

(4)财政性存款专营原则。财政性存款由中国人民银行专营,不计利息,各受托银行应及时将金额划转人民银行,不得截留、分用。1998年3月,中国人民银行明确存款机构吸收的中央预算收入、地方金库存款和代理发行国债款项等财政存款,应划转人民银行。

(5)合法正当吸存原则。《商业银行法》第47条规定:"商业银行不得违反规定提高或者降低利率以及采用其他不正当手段,吸收存款,发放贷款。"

3. 保护存款人的合法权益

《商业银行法》第6条明确规定:"商业银行应当保障存款人的合法权益不受任何单位和个人的侵犯。"这一原则要求具体体现在我国《商业银行法》第三章"对存款人的保护"中,该章从第29条到第53条,共有25条规定。

4. 机构存款的法律规则

机构存款,即单位存款,是指企事业单位、国家机关和社会团体将暂时闲置的货币资金存入银行的法律行为。我国法律法规对机构存款有若干具体规定:(1)财政性存款。财政性存款由中国人民银行专营,各受托银行应及时全额划转人民银行,不得截留、分用。(2)强制存入。各单位的现金,除核定的库存限额外,必须存入银行。强制单位现金必须存入银行,这是我国金融法规的一贯规定,其目的就是为了加强对单位现金的管理和监督。(3)限制支出。单位定期存款不得办理提前支取手续,银行转账结算起点以下且可以支取现金除外,其余开支必须通过银行办理转账结算方式。(4)监督使用,支取存款,必须在有关凭证上注明用途,违法不予支付。

5. 商业银行存款利率

商业银行应当按照中国人民银行规定的存款利率的上下限,确定存款利率,不得超过权限和以任何形式变相越权浮动利率。

(二)贷款法律制度

1. 贷款及其种类

贷款是指金融机构依法把货币资金按一定的利率贷放给客户,并约定期限由客户偿还本息的一种信用活动。贷款是商业银行的资产业务,也是商业银行业务的核心。商业银行利润的主要来源是贷款利息收入。贷款可分为人民币贷款和外币贷款。

根据《贷款通则》规定的贷款种类的划分规则,贷款还可分为:短期贷款、中期贷款、长期贷款,信用贷款、担保贷款和票据贴现,自营贷款、委托贷款和特定贷款,等等。

2. 商业银行从事贷款业务应遵循的原则

为规范金融机构的贷款业务,建立健全贷款管理秩序,维护借贷双方合法权益,《贷款通则》规定了金融机构经营贷款业务应当遵守的六项原则:合法原则,自主经营原则,效益性、安全性、流动性原则,平等、自愿、公平、诚信原则,公平竞争原则,有担保原则等。

3. 商业银行"审贷分离,分级审批"的贷款管理制度

《商业银行法》第 35 条第 2 款规定:"商业银行贷款,应当实行审贷分离、分级审批的制度。"这一制度的具体内容是:

(1)审贷分离制度。审贷分离的基本要求是商业银行在贷款管理上应将对贷款对象信用状况的调查和对贷款对象借款申请的批准权归属于不同的职能部门。

(2)分级审批制度。分级审批的基本要求是商业银行应按其分支机构资产或负债规模和结构的不同,以及考虑各自经营管理水平的高低确定与其状况相适应的贷款审批权限。这一制度的目的也在于保证银行信贷资产的质量,避免人情贷款、以贷牟私等危及贷款安全的行为。商业银行的董事长或总经理以授权这一法律形式确定其分支机构行长的贷款审批权限,各分支机构的行长在授权限额内有权自行决定贷款的发放与否,而超出授权限额的贷款申请须报其上级有权审批部门决定。

4. 商业银行与借款人之间的借款合同

《商业银行法》第 37 条规定:"商业银行贷款,应当与借款人订立书面合同。"商业银行与借款人订立的合同,作为借款合同的一种,具有有偿性、要式性、诺成性的法律特征。商业银行与借款人订立的借款合同的主要内容,根据《商业银行法》第 30 条规定:"商业银行贷款,应当与借款人订立书面合同。合同应当约定贷款种类、借款用途、金额、利率、还款期限、还款方式、违约责任和双方认为需要约定的其他事项。"

5. 商业银行的贷款利率

贷款利率是一定时期内利息额与贷出本金的比率,贷款利息是借款人生产或经营成本的重要组成部分。自新中国成立以来,中国人民银行就采取官定利率的模式。1990 年 12 月 11 日中国人民银行发布了《利率管理暂行规定》,专门对银行贷款利率作出规定。

6. 贷款期限的法律规定

贷款期限是指贷款人将贷款贷给借款人后到贷款收回时这一段时间的期限。它是借款人对贷款的实际使用期限。关于贷款期限,《商业银行法》第 42 条和《贷款通则》第 11 条作出了规定,贷款期限根据借款人的生产经营周期、还款能力和贷款人的资金供给能力,由借贷双方共同商议后确定,并在借款合同中载明。

7. 商业银行资产负债比例管理

资产负债比例管理,是指以金融机构(主要是商业银行)的资本及其负债来制约机构的资产总量及结构的原则,它是通过监测一系列的指标来实现的。我国《商业银行法》中规定了资本充足率、存贷款比例、流动性比例、单个贷款比例四个指标。除此之外,还有中长期贷款比例、拆借资金比例、股东贷款比例和贷款质量比例等。这些指标在人民银行 1994 年 2 月 15 日发布的《关于商业银行实行资产负债比例管理的通知》的附件《商业银行资产负债比例管理暂行监控指标》中有明确的规定。

我国《商业银行法》第 39 条规定,商业银行贷款应当遵守下列资产负债比例管理的规定:(1)资本充足率不得低于 8%;(2)贷款余额与存款余额的比例不得超过 75%;(3)流动性资产余额与流动性负债余额的比例不得低于 25％；(4)对同一借款人的贷款余额与商业银行资本余额的比例不得超过 10％；(5)国务院银行业监督管理机构对资产负债比例管理的其他规定。该法第 76 条进一步规定了违反规定的法律责任。

8. 商业银行的资本充足率

资本充足率是指资本总额与加权风险资产总额的比例，它反映着商业银行在存款人和债权人的资产遭到损失之前，该银行能以自有资本承担损失的程度。我国《商业银行法》规定，商业银行的资本充足率不得低于 8％。规定该项指标的目的在于抑制风险资产的过度膨胀，保护存款人和其他债权人的利益。

商业银行的资本包括核心资本和附属资本。其中，核心资本包括实收资本、资本公积金、盈余公积金和未分配利润，附属资本是指贷款准备金。除了《商业银行法》对商业银行的资本充足率有规定外，人民银行在其发布的《商业银行资产负债比例管理暂行监控指标》中更明确规定了商业银行的资本充足率指标：资本总额与加权风险资产总额的比例不得低于 8％，其中核心资本不得低于 4％，附属资本不得超过核心资本的 100％，即资本总额月末平均余额与加权风险资产月末平均余额之间的比例应大于或等于 8％；核心资本月末平均余额与加权风险资产月末平均余额的比例应大于或等于 4％。

9. 商业银行对关系人发放贷款的禁止性规定

所谓商业银行的关系人，是指与商业银行有直接利害关系，而且能利用这种利害关系或特殊身份直接影响商业银行经营或管理活动的人。《商业银行法》第 40 条第 2 款明确规定，所称关系人是指：(1)商业银行的董事、监事、管理人员、信贷业务人员及其近亲属；(2)前项所列人员投资或者担任高级管理职务的公司、企业和其他经济组织。

《商业银行法》第 40 条第 1 款规定："商业银行不得向关系人发放信用贷款；向关系人发放担保贷款的条件不得优于其他借款人同类贷款的条件。"第 74 条又明确规定："向关系人发放信用贷款或者发放担保贷款的条件优于其他借款人同类贷款的条件的"，要承担法律责任。

10. 借款人不按期归还贷款本息或提前归还贷款的处理

根据我国《商业银行法》规定，借款人不按期归还贷款本息或提前归还贷款，按照如下原则处理：

(1)担保贷款。《商业银行法》第 42 条规定："借款人应当按期归还贷款的本金和利息。借款人到期不归还担保贷款的，商业银行依法享有要求保证人归还贷款本金和利息或者就该担保物优先受偿的权利。商业银行因行使抵押权、质权而取得的不动产或者股票，应当自取得之日起一年内予以处分。借款人到期不归还信用贷款的，应当按照合同约定承担责任。"

(2)信用贷款。信用贷款是相对于担保贷款而言的，是指商业银行仅根据借款人的信用状况，不要求其提供担保而发放的一种贷款。对于信用贷款，借款人应该按照合同的约定按期偿还贷款的本金和利息,否则应承担相应的违约责任。

（3）提前还贷。借款人提前归还贷款,应与贷款人协商,确保借贷双方的合法利益不受损害。贷款人的资金来源和运用的管理有严格计划,一笔资金什么时候到期,然后再安排在到期日以后用出去,以获得盈利;如果借款人提前归还贷款,在提前的这一段时间内,贷款人就有可能产生因资金闲置在自己账户上用不出去的利息损失。

### 五、商业银行的其他业务规则

（一）商业银行投资业务的法律限定

《商业银行法》第 43 条规定:"商业银行在中华人民共和国境内不得从事信托投资和股票业务,不得投资于非自用不动产。商业银行在中华人民共和国境内不得向非银行金融机构和企业投资。但是,国务院另有规定的除外。"应该指出,上述限制是指在中华人民共和国境内,在中国境外能否从事信托投资业务和股票业务,本条并未限制。此外,上述限制是指不允许向非银行金融机构和企业投资,但对银行之间的投资未加限制。

（二）商业银行的结算业务

1. 商业银行结算业务基本原则

结算是指对因商品交易、提供劳务以及资金调拨等而发生的货币资金的收付行为进行了结和清算。银行结算是指银行作为社会各项资金结算的中介而开展的业务。

《商业银行法》第 44 条是关于商业银行的结算业务的规定:"商业银行办理票据承兑、汇兑、委托收款等结算业务,应当按照规定的期限兑现,收付入账,不得压单、压票或者违反规定退票。有关兑现、收付入账期限的规定应当公布。"

商业银行在办理结算业务时应遵循贯彻三项基本原则:(1)恪守信用,履约付款。(2)谁的钱进谁的账,由谁支配。(3)银行不予垫付。

同时,银行结算要遵守三项纪律:不准出租、出借账户;不准签发空头支票和远期支票;不准套取银行信用。

2. 银行汇票及其结算

银行汇票是出票银行签发的,由其在见票时按照实际结算金额无条件支付给收款人或者持票人的票据。银行汇票的出票人为经人民银行批准办理银行汇票业务的银行,银行汇票的出票银行即为银行汇票的付款。

3. 商业汇票及其结算

商业汇票是出票人签发的,委托付款人在指定付款日期无条件支付确定金额给收款人或持票人的票据。商业汇票分为商业承兑汇票和银行承兑汇票两种,商业承兑汇票由银行以外的付款人承兑,银行承兑汇票由银行承兑。商业汇票的付款人即为承兑人。

4. 银行本票及其结算

本票是由出票人签发的、承诺自己在见票时无条件支付确定的金额给收款人或者持票人的票据。相应地,银行本票是银行签发的、承诺自己在见票时无条件支付确定的金额给收款人或者持票人的票据。单位和个人在同一票据交换区域需要支付各种款项,均可以使用银行本票。银行本票分为定额银行本票和不定额银行本票。

5. 银行支票及其结算

支票是出票人签发的,委托办理支票存款业务的银行或其他金融机构在见票时,无条件支付确定的金额给收款人或持票人的票据。支票与汇票、本票相比较,有两个典型的特征:支票的付款人只能是金融机构;支票的付款方式只有一种,即见票即付,付款提示期限为 10 天。

6. 汇兑结算

汇兑是汇款人委托银行将款项汇给收款人的结算方式。汇兑便于汇款人向异地的收款人主动付款。单位和个人的各种款项的结算,均可使用汇兑结算方式。汇兑分为信汇和电汇两种,电汇的汇款速度比信汇快,汇款人可以根据实际需要选择使用其中之一。

7. 委托收款

委托收款是收款人委托银行向付款人收取款项的结算方式,是银行支付结算的重要手段之一。委托收款便于收款人主动收款,在同城或异地均可使用,既适用于单位和个体经济户各种款项的结算,也适用于水电、电话等劳务款项的结算,因其灵活、简便而被企业和个体工商户广泛使用。

8. 托收承付结算

托收承付也称异地托收承付,是指根据购销合同由收款人发货后委托银行向异地付款人收取款项,由付款人向银行承认付款的结算方式。

(三)信用证业务

信用证是银行应买方的请求,开给卖方的一种保证付款的书面凭证。《商业银行法》第 3 条第 11 款规定:"商业银行提供信用证服务及担保。"《国内信用证结算办法》第 2 条规定:"信用证是指开证行依照申请人的申请开出的,凭符合信用证条款的单据支付的付款承诺。"

信用证结算与前述托收、汇兑和托收承付结算均不相同。后者是商业信用,银行虽参加支付过程,但只是受托代理,并不承担保证付款的责任。信用证则是银行信用,银行成为买卖双方的保证人,本来由买方承担的责任转由银行来履行。

在我国,国内信用证是一种不可撤销、不可转让的跟单信用证,适用于国内企业之间商品交易的转账结算,不得支取现金。个人之间、个人与企业之间的商品交易或企业之间的非商品交易结算不能使用信用证。国际贸易中的信用证结算则适用信用证的国际惯例和规则。

办理信用证结算业务的金融机构,限于经人民银行批准经营结算业务的商业银行总行以及经商业银行总行批准开办信用证结算业务的分支机构。

1. 信用证当事人及其相互之间的法律关系

信用证结算的当事人包括下列人员：开证申请人、开证行、通知行、受益人、议付行，其中议付行应指定为受益人的开户行。信用证应注明它们的名称和地址。

信用证结算关系包括以下 5 种关系：开证申请人与受益人之间基于订立购销合同而产生的合同关系；开证申请人与开证行之间以开证申请书和承诺书建立起来的委托代理关系；开证行和通知行之间基于合同建立的委托代理关系，通知行依约既可只履行通知义务，也可依约成为保兑行或议付行；通知行与受益人之间的通知关系；开证行与受益人之间的无条件付款关系。

2. 信用证结算的程序

《国内信用证结算办法》就信用证结算的程序，包括开证与通知、议付、付款、单据审核标准等作了明确规定。信用证结算过程比较复杂，一般是开证申请人（买方）先向其开户银行提出开证申请，由银行开出信用证交给受益人所在地（卖方地）银行，卖方地银行收到信用证后，通知卖方按信用证条款发货并准备好相应单据，卖方将全部单据连同信用证一并交给卖方地指定银行，该银行根据信用证条款逐项审核单据无误后，将货款扣除议付利息后交给卖方。卖方地指定银行再将全部单据寄交给开证银行，开证银行经审核无误后偿付货款，并通知买方付款赎单，买方拿已付款的银行单据到货运公司提取货物。

（四）银行卡业务

1. 银行卡及其种类

银行卡是可以直接在 ATM 机上取款、存款或转账使用的支付工具，它具有转账结算、存取现金、消费信用、储蓄和汇兑等多种功能。1999 年中国人民银行颁布的《银行卡业务管理办法》明确了银行卡各方当事人及其相互之间的法律关系，规定了银行卡业务的监督管理问题。

按照不同标准，银行卡可以分为不同的种类。按是否允许透支分类是银行卡的主要分类，即分为信用卡和借记卡。信用卡是银行卡的主要形式，其最显著的特征是允许持卡人在一定额度内进行透支；而借记卡，则不具备透支功能。信用卡按是否向发卡银行交存备用金可分为贷记卡和准贷记卡两类。贷记卡是指发卡银行给予持卡人一定的信用额度，持卡人可在信用额度内先消费、后还款的信用卡；准贷记卡是指持卡人须先按发卡银行要求交存一定金额的备用金，当备用金账户余额不足支付时，可在发卡银行规定的信用额度内透支的信用卡。借记卡按功能不同分为转账卡（含储蓄卡）、专用卡、储值卡。

2. 信用卡业务程序

信用卡的业务程序是指从单位、个人到银行申领信用卡以及到银行如何具体办理有关信用卡各项业务的流程与操作方法，主要包括：受理申请信用卡，并进行审查；存入备用金；建立和发展特约商户；购物、消费存取现金及授权；办理结算，发支付清单；挂失与止付。

3. 银行卡的计息和收费标准

银行卡的计息包括计收利息和计付利息,均按照《金融保险企业财务制度》的规定进行核算。商业银行办理银行卡收单业务按下列标准向商户收取结算手续费:宾馆、餐饮、娱乐、旅游等行业不得低于交易金额的 2%,其他行业不得低于交易金额的 1%。

4. 发卡银行与持卡人之间法律关系

一般来说,信用卡业务可以涉及四个当事人,即发卡机构、持卡人、担保人、特约商户。其中,发卡银行与持卡人是银行卡业务中的基本当事人,也是最重要的当事人。他们之间的法律关系随着银行卡运用方式的不同而有所变化,一般会有以下几种可能性:(1)储蓄或者借款关系。(2)委托关系。持卡人在购物、消费中利用银行卡进行转账结算时,发卡银行与持卡人之间处于一种委托关系,即持卡人自己不与有关的特约商户办理结算事宜,而是将结算事项委托发卡银行去处理。(3)抵押担保关系。若持卡人采用了抵押担保的方式,双方就产生了抵押担保法律关系。

发卡银行和持卡人之间存在众多法律关系,但其内容也就是各自享有的权利和履行的义务,可以分为法定的权利义务和合同约定的权利义务两类。作为银行卡交易的规范性法律文件,1999 年中国人民银行颁布施行的《银行卡业务管理办法》对银行卡交易当事人的权利义务作了具体规定。

### 六、商业银行的接管和终止

(一)商业银行的接管

1. 接管的概念与目的。商业银行的接管是指金融管理机构通过一定的接管组织,按照法定的条件和法定的程序,全面控制和管理商业银行业务活动的行政管理行为。这种接管具有主体特定性、法定性、全面性、内部性等特征。我国《商业银行法》第 64 条第 2 款规定,接管的目的是对被接管的商业银行采取必要措施,以保护存款人的利益,恢复商业银行的正常经营能力。被接管的商业银行的债权债务关系不因接管而变化。

2. 接管的性质。依法通过接管组织对商业银行实施的接管是一种行政措施,接管行为是一种行政行为。其实质是终止被接管商业银行的所有者和经营者对银行行使的经营管理权,被接管银行的法律主体资格并不因接管而丧失。而且,商业银行在接管前的债权债务关系仍由该银行负责;被接管期间的债权债务关系也由该银行负责,而不是由接管组织或决定接管的金融管理机构负责。

3. 接管与条件法律后果。《商业银行法》第 64 条规定,商业银行已经或者可能发生信用危机,严重影响存款人的利益时,国务院银行业监督管理机构可以对该银行实行接管;被接管的商业银行的债权债务关系不因接管而变化。

4. 接管的实施与终止。对商业银行的接管由国务院银行业监督管理机构决定,并组织实施。《商业银行法》第 68 条规定接管终止的三种情形:(1)接管决定规定的期限届满或者国务院银行业监督管理机构决定的接管延期届满;(2)接管期限届满前,该商业银行已恢复正常经营能力;(3)接管期限届满前,该商业银行被合并或者被依法宣告破产。

（二）商业银行的终止

商业银行的终止是指商业银行在组织上的解体和主体资格丧失,亦即从法律上消灭了其独立的人格。《商业银行法》第72条规定,商业银行因解散、被撤销和被宣告破产而终止。

1. 商业银行因解散而终止

商业银行的解散是指依法设立的商业银行因出现银行章程或法律规定的事由致使法人资格消灭的法律行为或法律事实。具体来讲,商业银行解散是指商业银行因分立、合并,或者出现公司章程规定的解散事由而主动申请消灭其主体资格的行为。

《商业银行法》第69条规定,商业银行因分立、合并或者出现公司章程规定的解散事由需要解散的,应当向国务院银行业监督管理机构提出申请,并附解散的理由和支付存款的本金和利息等债务清偿计划,经国务院银行业监督管理机构批准后解散;商业银行解散的,应当依法成立清算组,进行清算,按照清偿计划及时偿还存款本金和利息等债务;国务院银行业监督管理机构监督清算过程。

2. 商业银行因被撤销而终止

商业银行被撤销是指商业银行因为实施了严重违反我国法律法规的行为,严重损害国家、集体、社会公众利益,而依法被国务院银行业监督管理机构勒令停止,强制取消其主体资格的行为。在法律上因被撤销而引起的终止称为强制终止。

《商业银行法》规定了商业银行被撤销的两类事由:一类是第23条规定的:"商业银行及其分支机构自取得营业执照之日起无正当理由超过六个月未开业的,或者开业后自行停业连续六个月以上的,由国务院银行业监督管理机构吊销其经营许可证,并予以公告。"另一类是第74条规定的,商业银行有下列情形之一,情节特别严重或者逾期不改正的,中国人民银行可以建议国务院银行业监督管理机构吊销其经营许可证:一是未经批准办理结汇、售汇业务的;二是未经批准发行金融债券或者到境外借款的;三是提供虚假的或者隐瞒重要事实的财务会计报告、报表和统计报表的;四是拒绝中国人民银行检查监督的。

商业银行被撤销,要经过作出撤销决定、组织清算、注销登记和公告等程序;商业银行被撤销,应当由国务院银行业监督管理机构组织成立清算组,进行清算,以了结商业银行的债权债务关系。撤销清算的结果有两种:一是债务清偿,法人资格终止;二是资不抵债,转入破产还债程序。

3. 商业银行因破产而终止

商业银行破产是指商业银行无力清偿到期债务,经债权人和债务人向人民法院申请宣告破产,以商业银行的全部资产清偿债务的行为。这也属于强制终止的范畴。《商业银行法》第71条规定,商业银行不能支付到期债务,经国务院银行业监督管理机构同意,由人民法院依法宣告其破产。

宣告商业银行破产,只能由人民法院依法实施,其他任何单位和个人均无权宣告商业银行破产。商业银行只要满足不能清偿到期债务、国务院银行业监管机构审查同意、经由人民法院宣告等三个条件,就可被宣告破产。

商业银行破产需要经过申请、受理、公告、和解和整顿、破产宣告、清算、注销登记和注销公告等阶段。商业银行被宣告破产的,由人民法院组织国务院银行业监督管理机构等有关部门和有关人员成立清算组,进行清算。商业银行破产清算时,在支付清算费用、所欠职工工资和劳动保险费用后,应当优先支付个人储蓄存款的本金和利息。

## 第四节 政策性银行

### 一、政策性银行概述

(一)政策性银行的概念

政策性银行是指由政府创立、参股或保证的不以营利为目的,专门为贯彻、配合政府经济政策或产业政策,在特定的业务领域内,直接或间接地从事政策性融资活动,专门经营政策性货币信用业务的银行机构。

在我国,政策性银行成立之前,是由专业银行负担国家政策性金融业务的。1994 年正式启动了国家专业银行向商业银行转轨的改革,并成立了国家开发银行、中国农业发展银行和中国进出口银行等三家政策性银行,承担原来由专业银行办理的政策性金融业务。

(二)政策性银行的特点

政策性银行不同于政府的中央银行,也不同于其他商业银行,它的重要作用在于弥补商业银行在资金配置上的缺陷,从而健全与优化国家金融体系的整体功能。

与其他银行相比,政策性银行具有如下特点:

1. 从资本金的性质看,政策性银行一般由政府财政拨款出资或政府参股设立,由政府控股,与政府保持着密切关系。

2. 从经营宗旨上看,政策性银行不以营利为目标,而以贯彻执行国家的社会经济政策为己任。其主要功能是为国家重点建设和国家产业政策重点扶持行业及区域的发展提供资金融通。

3. 从业务范围上看,政策性银行不能吸收活期存款和公众存款,主要资金来源是政府提供的资本金、各种借入资金和发行政策性金融债券筹措的资金,其资金运用多为长期贷款和资本贷款。

4. 从融资原则上看,政策性银行有其特殊的融资原则,要求其融资对象必须是从其他金融机构不易得到所需资金的条件下,才有资格从政策性银行获得资金;而且,政策性银行提供的全部是中长期信贷资金,贷款利率明显低于商业银行同期同类贷款利率,有的甚至低于筹资成本,但要求按期还本付息。

5. 从信用创造能力看,政策性银行一般不参与信用的创造过程,资金的派生能力较弱。

(三)政策性银行的法律地位

政策性银行是一国银行体系中与商业银行互补、并存的特殊金融机构。政策性银行的经营行为受政府宏观决策与管理支配,与政府之间保持一种依存关系。所以政策性银行不像商业银行那样可以自主经营、自负盈亏、自担风险、自求发展,而是以保本经营、不参与商业银行的竞争为原则。政策性银行特殊的法律地位具体表现在:

1. 政策性银行与政府的关系。政府是政策性银行的坚强后盾,并依法对其进行监督管理和行政领导。政策性银行为政府的经济政策、产业政策、社会政策服务,是政府发展经济、进行宏观管理、干预经济活动的有效工具。

2. 政策性银行与中央银行的关系。政策性银行与中央银行的关系可从以下几方面阐述:从资金方面而言,中央银行向政策性银行提供的再贴现、再贷款或专项基金,构成政策性银行的资金来源之一;从人事管理来看,中央银行和政策性银行实行人事结合,即政策性银行的董事会或其他决策机构、监事机构中有中央银行的代表,中央银行的决策机构中也有政策性银行的代表,二者是一种协调配合的关系;从法定存款准备金的缴纳来看,一些国家的政策性银行仍需向中央银行缴纳存款准备金。

3. 政策性银行与商业银行的关系。政策性银行与商业银行在法律地位上是平等的,政策性银行依法享有某些优惠待遇,但并无凌驾于商业银行之上的权利。政策性银行与商业银行在业务上是一种主辅、互补关系,而非替代竞争关系。政策性银行因受分支机构缺乏的限制,政策性业务的开展往往是间接的,一般是通过商业银行转贷给最后贷款人,所以商业性银行与政策性银行之间有一定程度的配合关系。

4. 政策性银行与服务对象之间的关系。政策性银行与服务对象之间的关系主要体现为信贷关系和投资关系。政策性银行一般以直接或间接的方式向其业务对象提供贷款,从而与业务对象之间形成信贷关系。政策性银行认购投资对象的公司债券或参与股份时,与投资对象直接形成投资关系。政策性银行通过投资关系体现出投资倡导性,表明政府的政策意图和产业取向。

(四)政策性银行的基本职能

1. 政策性银行的一般职能

政策性银行和商业银行一样,具有中介职能。政策性银行的中介职能表现为通过负债业务吸收资金,再通过资产业务把资金投放到规定的项目上。所不同的是,政策性银行一般不接受社会的活期存款,其资金来源多为政府资金或在金融市场上筹集的资金。

2. 政策性银行的特殊职能

政策性银行还具有以下特殊职能：

其一，政策导向性职能，是指政策性银行以直接或间接的资金投放吸引其他金融机构从事符合政策意图的放款，从而发挥其提倡、引导功能。

其二，补充辅助性职能，是指政策性银行的金融活动补充和完善了以商业银行为主的现代金融体系的职能。具体表现在：对投资回收期过长、收益低的项目进行融资补充，对技术市场和市场风险高的领域进行倡导性投资，对于成长中的扶植产业提供优惠利率放款投资。

其三，选择性职能，是指政策性银行对其融资领域或部门具有选择性，不是任意融资。当然，尊重市场机制是进行选择的前提；当市场机制不能有效配置资源时，由政府主导的选择是最佳方式。

其四，服务性职能，指政策性银行作为专业性银行，有精通业务并且具备有丰富实践经验的专业人员，可以为企业提供信息及出谋划策等全方位的服务，显示其服务性职能

（五）组织形式和组织机构

就组织形式而言，我国三大政策性银行都是国务院全资设立的、直属国务院领导的政策性金融机构；在法律形式上，它们都是独立法人。我国的政策性银行主要采取单一制形式，但它们可以委托一些金融机构或设立派出机构办理业务。

在组织机构方面，我国的政策性银行一般设董事会和监事会，实行董事会领导下的行长负责制。行长为法定代表人，董事会是最高决策机构，对国务院负责。正、副董事长由国务院任命，董事由有关部门提名，报国务院批准。

政策性银行对其派出机构、分支机构实行垂直领导。

## 二、国家开发银行

（一）设立宗旨及其任务

国家开发银行是直属国务院领导的政策性金融机构。根据《国务院关于组建国家开发银行的通知》，国家开发银行的设立宗旨是：更有效地集中资金保证国家重点建设，缓解经济发展的"瓶颈"制约，增强国家对固定资产投资的宏观调控能力，进一步深化投融资体制改革。

根据《国家开发银行章程》，其主要任务是：按照国家的法律、法规和方针、政策，筹集和引导社会资金，支持国家基础设施、基础产业和支柱产业大中型基本建设和技术改造等政策性项目及其配套工程的建设，从资金来源上对固定资产投资总量进行控制和调节，优化投资结构，提高投资效益，促进国民经济持续、快速、健康的发展。

（二）注册资本金及资金来源

国家开发银行注册资本为 500 亿元人民币，由财政部核拨。其资金来源主要是：(1)财政部拨付的资本金和重点建设基金；(2)国家开发银行对社会发行的国家担保债券和对

金融机构发行的金融债券,其发债额度由国家计委和人民银行确定;(3)中国人民建设银行吸收存款的一部分。由此可见,国家开发银行可运用的资金主要包括:500亿元的注册资本金,财政贴息资金,发行政策性金融债券,中央银行再贷款,企业存款,外汇筹款。

**(三)国家开发银行的资产业务**

国家开发银行的主要资产业务就是贷款业务,其贷款主要用于支持国家批准的基础设施、基础产业和支柱产业以及重大技术改造和高新技术产业化的项目建设。基础设施项目包括:农业、水利、交通、城建和电信等行业;基础产业项目包括:煤炭、石油、电力、钢铁、化工和医药等行业;支柱产业项目包括:石化、汽车、电子、机械等行业中的政策性项目;其他行业项目包括:环保、高科技产业及轻工、纺织等行业政策性项目。

国家开发银行的资产业务还包括少量的投资业务。1998年1月16日,国家开发银行与瑞士联邦对外经济部共同出资设立了中国第一家中外合作产业投资基金——中瑞合作基金,并于1999年成功投资于首家企业——泰州威德曼高压绝缘有限责任公司,完成了一批项目的前期开发评估和准备工作,并逐步将投资范围扩大到中德合资企业。

### 三、中国农业发展银行

**(一)设立宗旨及主要任务**

中国农业发展银行(简称农发行)是直属国务院领导的政策性金融机构。根据《国务院关于组建中国农业发展银行的通知》,中国农业银行的设立宗旨是:完善农村金融服务体系,更好地贯彻落实国家产业政策和区域发展政策,促进农业和农村经济的健康发展。

根据《中国农业发展银行章程》,中国农业发展银行的主要任务是:按照国家的法律、法规和方针、政策,以国家信用为基础,筹集农业政策性信贷资金,承担国家规定的农业政策性金融业务,代理财政性支农资金的拨付,为农业和农村经济发展服务。

**(二)注册资本金及资金来源**

中国农业发展银行的注册资本为200亿元人民币,其资金来源主要有:注册资本金,财政支农资金,发行金融债券,中央银行再贷款,企业存款,境外筹资等。

**(二)业务范围**

中国农业发展银行信贷资金运用的最主要形式就是发放贷款,为了积极贯彻粮棉油流通政策和农业区域开发与扶贫政策,其信贷资金的绝大部分是用于粮棉油流通领域。

中国农业发展银行经营和办理的具体业务包括:办理由国务院确定、中国人民银行安排资金并由财政部予以贴息的粮食、棉花、油料、猪肉、食糖等主要农副产品的国家专项储备贷款;办理粮、棉、油、肉等农副产品的收购贷款及粮油调销、批发贷款;办理承担国家粮、油等产品政策性加工任务企业的贷款和棉麻系统棉花初加工企业的贷款;办理国务院确定的扶贫贴息贷款、老少边穷地区发展经济贷款、贫困县县办工业贷款、农业综合开发贷款以及其他财政贴息的农业方面的贷款;办理国家确定的小型农、林、牧、水利基本建设和技术改造贷款;办理中央和省级政府的财政支农资金的代理拨付,为各级政府设立的粮食风险基金开立专户并代理拨付;发行金融债券;办理业务范围内开户企事业单位的存款;办理开户企事业单位的结算;境外筹资;办理经国务院和中国人民银行批准的其他业务。

### (四)对粮棉油收购资金贷款的封闭管理

加强粮棉油收购资金贷款管理,实现收购资金贷款封闭运行,是国务院赋予农发行的重要任务,是农发行的建行宗旨和基本职能,也是农发行各项业务经营的核心。简单地说,收购资金封闭运行可以概括表述为"收购多少粮棉,发放多少贷款;卖出多少粮棉,收回多少贷款本息。"收购资金贷款封闭运行应坚持体内循环,专款专用,钱随物走,库贷挂钩,购贷销还,价值同一,依法监督,违规处罚的基本原则。

收购资金贷款封闭运行本身不是目的,其根本目标在于保证收购资金的供应,以此来保护农民利益和生产积极性,支持粮棉油生产和流通的顺利进行。同时,在粮棉油企业依靠自身条件难以具备偿贷能力和保证贷款安全的情况下,农发行只有以收购资金贷款所形成的粮棉油商品物资作保证,以"钱物结合,价值同一,库贷挂钩"为手段,才能最大限度地保证贷款的安全和完整。

## 四、中国进出口银行

### (一)性质和任务

中国进出口银行是直属国务院领导的政策性金融机构,实行自主、保本经营,企业化管理。其任务主要是:为机电产品和成套设备等资本性货物进出口提供政策性金融支持。

中国进出口银行的主要职责是通过办理进出口信贷、进出口信用保险、对外担保、外国政府贷款转贷业务、对外援助优惠贷款业务以及国务院交办的其他业务,贯彻国家产业政策、外经贸政策和金融政策,为扩大我国机电产品、成套设备和高新技术产品进出口和促进对外经济技术合作与交流,提供政策性金融支持。

### (二)注册资本金及资金来源

中国进出口银行的注册资本金是 33.8 亿元,其资金的主要来源包括:注册资本金,国家财政拨付的专项基金,发行金融债券,中央银行再贷款和再贴现,货币市场筹资,外国政府及相关机构贷款,以及其他筹资途径。

### (三)业务范围

中国进出口银行的主要业务范围包括:为机电产品和成套设备等资本性货物进出口提供进出口信贷(卖方信贷、买方信贷);与机电产品出口信贷有关的外国政府贷款、混合贷款、出口信贷的转贷,以及中国政府对外国政府贷款、混合贷款的转贷;国际银行间的贷款,组织或参加国际、国内银团贷款;出口信用保险、出口信贷担保、进出口保险和保理业务;在境内发行金融债券和在境外发行有价证券(不含股票);经批准的外汇经营业务;参加国际进出口银行组织及政策性金融保险组织;进出口业务咨询和项目评审,为对外经济技术合作和贸易提供服务;经国家批准和委托办理的其他业务。

# 第五节　非银行金融机构

## 一、非银行金融机构概述

非银行金融机构是指银行以外的各种经营金融业务的金融机构,包括信用合作社、证券公司、保险公司、信托公司、财务公司、金融租赁公司、邮政储蓄机构、典当行等。

由于各类非银行金融机构经营业务范围不同,经营侧重点不一样,因此它们依法冠以与自己所经营业务范围相适应的名称,如证券公司、信托投资公司、资产管理公司等,而不能冠以"银行"字样。非银行金融机构是我国金融体系的重要组成部分,与银行相互配合和补充,对我国经济发展起着巨大的促进作用。

各类非银行金融机构虽然与银行一样从事金融业务,但由于它们的组织机构、业务规则、监管要求等各不相同,所以国家采取分别立法的方式进行调整和规范。目前,调整非银行金融机构的法律规范,主要由《中国人民银行法》、《商业银行法》、《银行业监督管理法》、《证券法》、《保险法》、《信托法》等中的有关规定构成。此外还包括若干国务院及有关部委的行政法规和部门规章,如中国人民银行于1994年8月发布的《金融机构管理规定》,对金融机构的设立、变更、终止及人民银行的审批权限和程序,许可证管理,资本金及运营资金管理等做出了全面规定;其他还有,1990年10月发布的《农村信用合作社管理暂行规定》,1996年6月发布的《城市信用合作社管理规定》,1997年9月发布的《城市信用合作社管理办法》,2000年6月发布的《企业集团财务公司管理办法》和《金融租赁公司管理办法》,2001年1月发布的《信托投资公司管理办法》,国家经贸委于2001年8月发布的《典当行管理办法》等。

根据本书的体系结构,本章只讲述信用合作社法律制度、邮政储蓄机构法律制度、资产管理公司法律制度等,其他非银行金融机构的法律制度将分别在证券法、保险法、信托法等有关章节中讨论。

## 二、信用合作社

（一）信用合作社及其组织形式的特点

1. 信用合作社的概念

信用合作社是农村信用合作社和城市信用合作社的统称,它们是群众性的合作制金融组织,是对我国银行体系的必要补充和完善,对我国城乡集体企业、个体工商业户和居民个人之间的资金融通起了很好的作用。

2. 信用合作社组织形式的特点

信用合作社作为合作制金融组织,是与股份制不同的产权组织形式,其不同之处表现在:(1)入股方式不同。股份公司一般自上而下控股,下级为上级所拥有;合作制则自下而上参股,上一级机构由下一级机构入股组成,并被下一级机构所拥有,基层社员是最终所有者。(2)经营目标不同。股份制企业以利润最大化为目标;而合作组织的主要目标是为社员服务。(3)管理方式不同。股份制实行"一股一票",大股东控权;合作制实行"一人一票",社员不论入股多少,具有同等权利。(4)分配方式不同。股份制企业的利润主要用于股东分红,积累要量化到某一股份;而合作组织盈利主要用于积累,积累归社员集体所有。

3. 农村信用社与城市信用社在组织机构上的不同之处

农村信用社与城市信用社,在组织机构上,存在以下主要不同:(1)权力机构不同。农村信用社的权力机构是社员代表大会;而城市信用社的权力机构是社员大会。(2)理事会组成上的不同。农村信用社的理事会由 5 名以上理事组成,没有上限的规定并且均由社员担任;城市信用社的理事会由 5~11 名理事组成,可以由非社员担任,但人数不得超过理事会成员的 20%。(3)监事会组成上的不同。农村信用社的监事会由 3 名以上监事组成,而城市信用社要求是 5 名以上。(4)法定代表人不同。农村信用社的法定代表人是主任,城市信用社为理事长。(5)农村信用社在规模较小时,其主任、副主任可由理事长、副理事长兼任;城市信用社的主任和副主任不得由理事长兼任。

(二)城市信用合作社

《城市信用合作社管理办法》规定,城市信用合作社是指依照本办法在城市市区内由城市居民、个体工商户和中小企业法人出资设立的,主要为社员提供服务,具有独立企业法人资格的合作金融组织。

1. 城市信用社的设立条件

设立城市信用社,必须具备下列条件:(1)有 50 个以上的社员,其中企业法人社员不少于 10 个;(2)有符合本办法规定的注册资本最低限额;(3)有符合本办法规定的章程;(4)有具备任职专业知识和业务工作经验的理事长、主任及其他高级管理人员;(5)有健全的组织机构和管理制度;(6)有符合要求的营业场所、安全防范措施和与业务有关的其他设施。

城市信用合作社的注册资本,应该不低于 100 万元人民币。城市信用社不得设立分社、储蓄所、代办所等分支机构。

2. 城市信用社的经营业务

经中国人民银行批准,城市信用社在其所在地可经营下列人民币业务:吸收社员存款;吸收中国人民银行规定限额以下的非社员的公众存款;发放贷款;办理结算业务;办理票据贴现;代收代付款项以及受托代办保险业务;办理经中国人民银行批准的其他业务。要注意的是,随着《银行业监督管理法》的出台,须经批准的业务的审批机构已由人民银行转为银监会。

3. 城市信用社的经营管理

有关城市信用社管理的原则规定主要有：(1)城市信用社实行社员民主管理、一人一票的原则，社员具有平等的表决权、选举权和被选举权；(2)城市信用社应当遵循自主经营、自负盈亏、互利互助、自我约束、自我积累的原则开展各项业务活动；(3)城市信用合作社依法接受银监会的监督管理和联社的行业归口管理。

4. 城市信用社税后利润的分配

城市信用社的利润应在税前弥补上一年度亏损，不足弥补的，可以在5年内延续弥补，5年内不足弥补的，用税后利润弥补。城市信用社缴纳所得税后的利润应按以下顺序分配：首先，弥补被没收的财物损失，支付各项税收的滞纳金和罚款及中国人民银行对因少交或迟交存款准备金的罚息和备付金透支的罚款。其次，弥补城市信用社以前年度亏损。再次，提取法定盈余公积金及公益金，法定盈余公积金按税后利润（减弥补亏损）的10%提取，公益金不得低于税后利润的5%。最后，向社员分配利润。

城市信用社缴纳所得税后的利润，在提取公积金、公益金后，不允许全部用作股金分红，应留出一定比例作为待分配利润，留待以后年度分配。城市信用社的公共积累归城市信用社社员所有。

(三)农村信用合作社

根据《农村信用合作社管理规定》，农村信用社是指经中国人民银行批准设立、由社员入股组成，实行社员民主管理，主要为社员提供金融服务的农村合作金融机构。

1. 农村信用社的设立条件

设立农村信用社应当具备下列条件：(1)有符合本规定的章程；(2)社员一般不少于500个；(3)注册资本金一般不少于100万元人民币；(4)有具备任职资格的管理人员和业务操作人员；(5)有符合要求的营业场所，有安全防范措施和办理业务必需的设施。

农村信用社营业机构按照方便社员、经济核算、便于管理、保证安全的原则设置，并可根据业务需要下设分社、储蓄所，由农村信用社统一核算。分社、储蓄所不具备法人资格，在信用社授权范围内依法、合规开展业务，其民事责任由农村信用社承担。

在注册资本上，要求不低于100万元人民币。农村信用社的理事长、副理事长、主任、副主任及其他主要管理人员不得在党政机关任职，不得兼任其他企事业单位的高级管理人员，不得从事除本职工作以外的其他任何以营利为目的的经营活动。从业人员中必须有60%的人员从事过1年以上的金融工作或具有金融及相关专业大中专学历，从业人员一般不少于5人。

2. 农村信用社的业务范围

经中国人民银行批准，农村信用社可经营下列人民币业务：(1)办理存款、贷款、票据贴现、国内结算业务；(2)办理个人储蓄业务；(3)代理其他银行金融业务；(4)代理收付款项及受托代办保险业务;(5)买卖政府债券;(6)代理发行、代理兑付、承销政府债券;(7)提供保险箱业务;(8)由县联社统一办理资金融通调剂业务;(9)办理经中国人民银行批准的其他业务。

### 3. 农村信用社的经营管理

关于农村信用合作社经营管理活动,已经形成了一系列规范化的制度和规则,主要有:

(1)在贷款管理方面,农村信用社对本社社员的贷款不得低于贷款总额的50%。其贷款应优先满足种养业和农户生产资金需要,资金有余时再支持非社员和农村其他产业。

(2)在资产负债比例管理和资产风险管理方面,农村信用社坚持多存多贷、自求平衡的原则,实行资产负债比例管理和资产风险管理,具体要求有:资本充足率不得低于8%;年末贷款余额与存款余额的比例不得超过80%;流动性资产余额与流动性负债余额的比例不得低于25%;对同一借款人的贷款余额不得超过本农村信用社资本总额的30%。

(3)在财务会计管理方面,农村信用社应按规定向主管机构报送信贷、现金计划及其执行情况,报送统计报表及其他统计资料。农村信用社对所报报表、资料的真实性和准确性负责。农村信用社执行国家统一制定的农村信用社财务会计制度,按照国家有关规定,真实记录并全面反映其业务活动和财务状况,编制年度财务会计报告,及时向主管机构报送会计报表。不得在法定的会计账册外另立会计账册。

(4)在呆坏账准备金方面,农村信用社应当按照国家有关规定,提取呆账准备金和坏账准备金。

(5)在结算管理方面,农村信用社执行中国人民银行统一制定的结算规章制度,按照中国人民银行的规定办理本地和异地结算业务。办理同城结算,可参加中国人民银行组织的同城票据交换和多边结算,也可通过县联社办理。办理异地结算可自由选择开户银行办理。

(6)在存款准备金方面,农村信用社必须按规定缴纳存款准备金。

### 三、邮政储蓄机构

邮政储蓄机构是指经中国人民银行和国家邮电部(现为信息产业部,下同)协商同意,从事储蓄业务的邮政机构。邮政储蓄是指邮政企业办理的储蓄业务,是邮政企业经营的主要基础业务之一。《中华人民共和国邮政法》第12条规定,邮政企业除可以经营国内和国际邮件寄递、国内报刊发行等业务外,还可经营邮政储蓄业务、邮政汇兑业务等。

#### (一)邮政储蓄在我国的发展

邮政办储蓄于1861年首创于英国,此后世界各国纷纷仿效。20世纪初,中华邮政开始办理储蓄业务,称之为邮政储金。新中国成立以后,1951年2月28日中国人民银行与邮电部发出《关于银行委托邮局代理储蓄业务合约的规定》。明确规定:各地邮局可接受人民银行委托,吸收个人及群众团体的储蓄。但由于种种原因,1953 年邮局停办储蓄业务。

根据国务院指示精神,邮电部于 1986 年 2 月在北京、上海、天津、郑州、南京等 12 个城市试办邮政储蓄业务。同年 3 月 19 日,经邮电部与中国人民银行商定,正式签署了《关于开办邮政储蓄的协议》(简称"部行协议")。1986 年 4 月邮政储蓄在全国全面展开。1989 年 11 月 13 日中国人民银行与邮电部又发出了《关于进一步办好邮政储蓄的通知》和《邮政储蓄存款转存办法》等文件,对 1986 年 3 月的部行协议进行了部分修改。1995 年 6 月 23 日,邮电部又发布了《邮电部关于严禁将邮政汇款违章转为邮政储蓄存款的通知》。上述规章成为开展邮政储蓄业务的主要法律依据。此外,邮政储蓄业务还必须遵守《商业银行法》、《储蓄管理条例》等法律、法规的规定。

(二)我国现行邮政储蓄制度的主要内容

1. 邮政储蓄网点的设立。为支持邮政储蓄网点的合理发展,充分利用邮政机构点多、面广、营业时间长等优势,发展储蓄业务,中国人民银行与邮电部《关于进一步办好邮政储蓄的通知》规定,凡具备 2 人以上、有一定业务素质的工作人员和开业条件的邮政机构,均可开办邮政储蓄业务。

2. 邮政储蓄业务的管理。邮政储蓄的业务种类,可比照银行现行的储蓄种类办理;邮政储蓄业务由邮电部统一管理,贯彻国家的金融方针、政策,执行国家统一规定的利率标准,在业务上接受中国人民银行的指导。

3. 邮政储蓄存款转存的规定。邮电部门吸收的储蓄存款(含保值定期储蓄存款)转存人民银行,列入国家信贷计划。邮政机构开办储蓄业务,应当分别在人民银行开立活期存款账户和长期存款账户。

4. 邮政储蓄执行国家统一规定的利率。储户的存款利息由邮电部门支付,人民银行对邮电部门支付转存款的利息,邮电部门获得的利差即为经营收入。

5. 严格依法办理邮政汇款转储蓄存款业务。办理邮政汇款转储蓄存款业务,必须严格遵守"存款自愿,取款自由,存款有息,为储户保密"的原则。不得以任何借口,不经收款人同意将邮政汇款转为邮政储蓄。

6. 严格执行"专款专用"制度。邮政部门必须严格执行"专款专用"制度,严禁储蓄占用汇兑款。开办储蓄业务的局所,必须按规定留足储蓄备付金。用户支取储蓄存款时,不准用汇兑资金垫付,以保证汇兑资金完整。

7. 邮政储蓄卡。邮政储蓄卡(简称绿卡),是国家邮政部门为储户提供金融服务而发行的一种金融交易卡。邮政储蓄卡向城乡居民个人发行,凡在邮政储蓄计算机联网邮局(或邮政储蓄点)开立活期储蓄账户的城乡居民均可凭本人身份证申请使用邮政储蓄卡。其主要功能是能在联网 ATM 和邮政储蓄所存、取款及在联网的 POS 机上进行消费。

### 四、金融资产管理公司

#### (一)金融资产管理公司及其缘起

根据《金融资产管理公司条例》,金融资产管理公司是指经国务院决定设立的收购国有银行不良贷款,管理和处置因收购国有银行不良贷款形成的资产的国有独资非银行金融机构。

20世纪90年代以来,特别是亚洲金融危机后,各国政府普遍对金融机构不良资产问题给予了极大关注。在我国,为了化解金融风险,最大限度地收回、变现不良贷款,推进国有企业改革,在认真分析国内金融问题和吸取国外经验教训的基础上,国务院做出决定,分别于1999年4月和1999年10月成立了四家直属国务院的国有独资金融机构——中国信达资产管理公司、中国华融资产管理公司、中国长城资产管理公司和中国东方资产管理公司,分别管理和处置从建、工、农、中四家国有独资商业银行收购的不良贷款。组建金融资产管理公司,是中国金融体制改革的一项重要举措,对于依法处置国有商业银行的不良资产,防范和化解金融风险,推动国有银行轻装上阵,促进国有企业扭亏脱困和改制发展,以及实现国有经济的战略重组都具有重要意义。

#### (二)金融资产管理公司的性质与任务

金融资产管理公司是一个非银行金融机构,具有独立的法律权利和法律地位,不附属于政府和银行,独立进行业务的运作,独立承担责任,具有极大的自由运作空间。它集权、责、利于一体,是一个独立的市场主体。

金融资产管理公司的任务是收购国有银行不良贷款,管理和处置因收购国有银行不良贷款形成的资产,以最大限度保全资产、减少损失为主要经营目标。

值得注意的是,这里所说的"收购"关系,不同于合同法中的"买卖关系"。一方面,买卖合同是双方当事人意思自治的行为,不允许一方将自己的意志强加于另一方;而金融资产管理公司则是必须收购从国有商业银行剥离出来的不良债权。另一方面,订立买卖合同应当遵循自愿原则和公平原则来确定双方的权利和义务,不能使合同的权利义务显失公平;而金融资产管理公司是在国务院确定的额度内,按照账面价值收购有关贷款本金和相对应的计入损益的应收未收利息。这显然是不公平的,因为不良债权的真实价值与账面价值相差甚远,不少账面上的不良债权实际上已成了呆账、死账,不可能有回收的价值。

#### (三)金融资产管理公司的政策性和商业性

从《金融资产管理公司条例》的规定来看,金融资产管理公司既具有政策性又具有商业性,体现了两者的统一。

1. 政策性的规定

(1)金融资产管理公司按照国务院确定的范围和额度收购国有银行不良贷款;超出确定的范围或者额度收购的,须经国务院专项审批。(2)金融资产管理公司收购不良贷款后,即取得原债权人对债务人的各项权利。原借款合同的债务人、担保人及有关当事人应当继续履行合同规定的义务。(3)财政部等行政机关具有对金融资产管理公司的考核和监督权以及对公司经营目标的确定权。(4)金融资产管理公司免交在收购国有银行不良贷款和承接、处置因收购国有银行不良贷款形成的资产的业务活动中的税收,免交部分行政性收费等规定,都体现了金融资产管理公司的政策性。

2. 商业性的规定

金融资产管理公司对外业务运作以公开、竞争、择优为原则,以招标、拍卖等为主要方式,体现了其运作的商业性,这有利于资产管理公司以高效率商业化手段管理和处置资产。

(四)金融资产管理公司的设立条件

根据《金融资产管理公司条例》,金融资产管理公司的注册资本为人民币 100 亿元,由财政部核拨;金融资产管理公司由中国人民银行颁发《金融机构法人许可证》,并向工商行政管理部门依法办理登记。随着《银行业监督管理法》的实施,中央银行对设立金融机构的审批职能已转至银监会来行使。

(五)金融资产管理公司的业务范围

《金融资产管理公司条例》第 10 条规定,金融资产管理公司在其收购的国有银行不良贷款范围内,管理和处置因收购国有银行不良贷款形成的资产时,可以从事下列业务活动:(1)追偿债务;(2)对所收购的不良贷款形成的资产进行租赁或者以其他形式转让、重组;(3)债权转股权,并对企业阶段性持股;(4)资产管理范围内公司的上市推荐及债券、股票承销;(5)发行金融债券,向金融机构借款;(6)财务及法律咨询,资产及项目评估;(6)中国人民银行、中国证券监督管理委员会批准的其他业务活动。金融资产管理公司可以向中国人民银行申请再贷款。

这一条的规定可以说是金融资产管理公司进行所有业务活动的基石,从收购资产的资金来源到对资产的处置手段,资产管理公司获得了它所需要的相当宽泛的途径,并且可以视情况随时向有关行政监管主管机关申请新的业务活动手段。

(六)金融资产管理公司在收购不良贷款时的权利和义务

在权利方面,金融资产管理公司收购不良贷款后,即取得原债权人对债务人的各项权利。原借款合同的债务人、担保人及有关当事人应当继续履行合同规定的义务。

在义务方面,金融资产管理公司按照国务院确定的范围和额度收购国有银行不良贷款,超出确定的范围或者额度收购的,须经国务院专项审批;应当按照账面价值收购有关贷款本金和相对应的计入损益的应收未收利息。

(七)债权转股权应遵循的基本要求

对于债权转股权问题,《金融资产管理公司条例》在第四章设有专章进行规范:

1. 金融资产管理公司可以将收购国有银行不良贷款取得的债权转为对借款企业的

股权。金融资产管理公司持有的股权,不受本公司净资产额或者注册资本的比例限制。

2. 实施债权转股权,应当贯彻国家产业政策,有利于优化经济结构,促进有关企业的技术进步和产品升级。

3. 实施债权转股权的企业,由国家经济贸易委员会向金融资产管理公司推荐。金融资产管理公司对被推荐的企业进行独立评审,制定企业债权转股权的方案并与企业签订债权转股权协议。债权转股权的方案和协议由国家经济贸易委员会会同财政部、中国人民银行审核,报国务院批准后实施。

4. 实施债权转股权的企业,应当按照现代企业制度的要求,转换经营机制,建立规范的公司法人治理结构,加强企业管理。有关地方人民政府应当帮助企业减员增效、下岗分流,分离企业办社会的职能。

5. 金融资产管理公司的债权转股权后,作为企业的股东,可以派员参加企业董事会、监事会,依法行使股东权利。

6. 金融资产管理公司持有的企业股权,可以按照国家有关规定向境内外投资者转让,也可以由债权转股权企业依法回购。

7. 企业实施债权转股权后,应当按照国家有关规定办理企业产权变更等有关登记。

8. 国家经济贸易委员会负责组织、指导、协调企业债权转股权工作。

(八)向境内外投资者转让股权的规定

金融资产管理公司持有的企业股权,可以按照国家有关规定向境内外投资者转让,也可以由债权转股权企业依法回购。

1. 金融资产管理公司吸收外资参与资产重组与处置的暂行规定第2条指出,资产管理公司可以通过吸收外资对其所拥有的资产进行重组与处置。

2. 向境外投资者转让股权是金融资产管理公司股权退出的两种方式之一。资产管理公司拥有的企业股权包括:资产管理公司对企业实施债转股后取得的股权,资产管理公司对欠债企业进行重组后拥有的股权,资产管理公司以其他方式拥有的股权。

3. 金融资产管理公司可对其拥有的非上市公司的股权进行重组后向境外投资者转让,也可以直接向境外投资者转让其拥有的非上市公司的股权。

(九)金融资产管理公司的优惠政策

1. 金融资产管理公司可以将收购国有银行不良贷款取得的债权转为对借款企业的股权。

2. 金融资产管理公司持有的股权,不受本公司净资产额或者注册资本的比例限制。

3. 金融资产管理公司免交在收购国有银行不良贷款和承接、处置因收购国有银行不良贷款形成的资产的业务活动中的税收,免交工商登记注册费等行政性收费。

4. 金融资产管理公司向其他有限责任公司、股份有限公司投资的,除国务院规定的投资公司和控股公司外,所累计投资额不得超过本公司净资产的50%。

5. 最高人民法院发文规定,金融资产管理公司减半缴纳为处置国有银行不良资产提起诉讼的案件受理费、申请执行费和申请保全费

6. 国家计委[2001]391号文件要求评估、审计、公证、律师等中介机构对于金融资产管理公司收购和处置不良资产过程中涉及的中介服务,应给予适当优惠。

[案例分析]

赵某系一国企退休工人,丧偶,有一子李甲,一女李乙。2004年9月11日,赵某在A银行B市分行C储蓄所存入人民币2万元整,系记名式整存整取一年期储蓄存款,未留印鉴密码。

2005年5月19日,赵某在外出途中遭遇车祸死亡,该笔存款的存折下落不明。第二天,赵某之子李甲前往C储蓄所办理该笔存款的挂失止付手续。李甲在挂失申请书上写明挂失原因系因车祸丢失存折,并提供了其本人身份证,在身份证号码后注明"代"字,其余栏目有储蓄所业务人员代填。该储蓄所向李甲收取了挂失手续费,在挂失申请书上加盖业务公章,并出具挂失申请书第三联给李甲。

2005年5月23日,B市分行审查后认为,该笔挂失缺乏储户本人的身份证,违反银行挂失原则,应立即予以撤销,并向储蓄所发出内部通知。C储蓄所撤销了该挂失申请,但未能及时告知李甲。

2005年9月12日,即该笔存款届满后的第二天,C储蓄所凭取款人所持的存折支付了该笔存款的本息。2005年11月,李甲持挂失申请书向C储蓄所要求支取该笔存款的本金和利息。该储蓄所工作人员告诉李甲应提供财产继承公证书、户口簿等有关证件,同时告知李甲存款已被他人领走。此时,赵某之女李乙也找到该储蓄所,主张自己拥有2万元存款和利息的一半所有权。此后,经多次协商,C储蓄所仍拒绝支付该笔存款本息。为此,李甲和李乙向人民法院起诉,要求A商业银行B市分行支付2万元存款本息,并承担由此造成的经济损失。

问题:

1. 请说明储户与存款机构的权利和义务。

2. 存折遗失后如何办理挂失止付手续?

3. 存款人死亡后继承人如何支取银行存款?

## 练习与思考

**一、名词解释**

中央银行、银行业金融机构、货币政策目标、货币政策工具、公开市场操作、商业银行、政策性银行、银行负债业务、银行资产业务、银行中间业务、政策性银行、银行法律责任。

**二、简述题**

1. 试述中央银行的独立性。

2. 简述我国中央银行的职能。

3. 简述商业银行与客户间的法律关系。

4. 试述商业银行贷款法律制度。

# 第十二章

# 证券法律制度

证券法是调整有价证券的发行、交易以及相关行为的法律规范的总称。我国《证券法》是我国证券市场的基本法,2005 年 10 月 27 日十届全国人大常委会第 18 次会议修订后于 2006 年 1 月 1 日起实施。通过本章学习,应该掌握证券法的概念、调整对象、基本原则等基本理论知识,以及证券公开发行、证券上市交易、上市公司收购、证券市场监管的法律制度,并具有运用证券法律知识从事实务工作、分析证券案件、解决实际问题的实践能力。

## 第一节 证券法概述

### 一、证券法的概念

#### (一)证券法的概念

证券法是调整有价证券的发行、交易以及相关行为的法律规范的总称。我国《证券法》主要是调整资本证券的发行和交易行为的法律规范,其所调整的资本证券的基本形式有两种:一是股权凭证,如股票、证券投资基金份额等;二是债权凭证,如公司债券、金融债券、政府债券等。①

证券法的含义,有广义和狭义之分。广义上,证券法是指有关一切有价证券的法律和法规,包括调整所有货币证券、资本证券和货物证券等有价证券法律关系的法律规范,是各个部门法中有价证券的法律规范的总称。狭义上,证券法是指专门用以调整和规范股

---

① 参见张学森主编:《证券法原理与实务》,经济科学出版社 1999 年版,第 1 页。

票、债券及其衍生品等资本证券法律关系的法律、法规。

《中华人民共和国证券法》（下称《证券法》），于1998年12月29日第九届全国人大常委会第六次会议审议通过，自1999年7月1日开始实施；6年后，于2005年10月27日经过第十届全国人大常委会第十八次会议重新修订，自2006年1月1日起实施。《证券法》是我国证券市场的基本法。可以认为，我国《证券法》首先是形式意义的证券法，同时它又是狭义的证券法的核心和基础。

（二）证券法的渊源

证券法的渊源，即指证券法律规范所赖以表现和存在的具体法律形式，这是一个与证券法的立法模式密切相关的问题。概括起来，我国证券法的渊源包括：法典式的证券法，其他法律、法规，单行证券法规，证券交易场所及证券行业协会的自律规范，等等。

**二、证券法的调整对象**

对于证券法的调整对象，可以从不同的角度予以理解和解释。一方面，证券法的调整对象即证券法律关系，即证券市场行为主体之间在证券市场管理和证券的发行、交易过程中根据证券法的规定所形成的权利义务关系；另一方面，证券法的调整对象可以指其调整范围，它涉及两个问题：一是证券法调整的证券品种，二是证券法调整的证券活动。

从法的一般理论的角度，作为证券法调整对象的证券法律关系，如其他法律关系一样，由证券法律关系的主体、客体和内容三大要素构成，其主体是证券市场的行为主体，其客体即是指证券法所规定的各类证券及其发行、交易和相关的管理活动，其内容则是证券法律关系主体在证券的发行、交易和管理活动中享有的权利、承担的义务。

（一）证券的一般概念

证券是商品经济制度发展和人类配置资源实践的产物。证券的含义十分广泛，在现代市场经济条件下，为人们所普遍接受和使用。

1. 证券的含义。证券的基本含义，指的是一种具有一定票面金额的能够代表、证明或设定对财产的所有权，取得一定收益，并可以自由转让和买卖的书面凭证。证券有广义和狭义的解释，广义上的证券指的是所有的权利证书，狭义上一般仅指有价证券。

2. 证券的分类。广义上的证券，按照其本身能否使所有人或持券人取得一定的经济收益，证券可以分为有价证券和无价证券两种。无价证券是指其本身不能为所有人或持券人带来一定经济收益的证券，如借据、收据、购物券等。有价证券则是指其本身能够使所有人或持券人取得一定经济收入的证券。

3. 资本证券。资本证券（Investment Securities）是指由金融投资或与金融投资有直接联系的活动而产生的证券，它是有价证券的主要形式。所谓金融投资，是指为取得收益而将资本转化为股票、债券、基金份额等金融资产的行为。资本证券的一个突出特点是持券人因对证券本身的拥有而能够取得一定的经济收益。

4. 证券法上的证券。作为证券法调整对象的证券,通常称有价证券,实质上是其中的资本证券。证券法上的证券,一方面,它不包括有价证券中的货币证券如支票、汇票等,也不包括货物证券如提单、仓单等,而主要指其中的资本证券,其范围小于民商法上的有价证券;另一方面,证券法上的有价证券有时也包括民商法上的一些证券之外的、可以表明权利的凭证,如认股权证、证券价款缴款凭证等,这时其范围又大于民商法上的有价证券。

5. 中国证券法上的证券。自 2006 年 1 月 1 日起实施的我国最新修订的《证券法》规定,其所调整的证券范围仅限于资本证券,包括股票、债券、证券投资基金等。

(二)股票

股票作为一种典型的资本证券,是股份有限公司在筹集资本时发行的用以证明投资者的股东身份和所有者权益的股份凭证,它既是反映财产权的有价证券,又是证明股东权的法律凭证,还是股票投资行为的凭证。股票是各国证券法调整的主要对象之一。

股票代表着其持有人(即股东)对股份公司相应份额财产的所有权,同一类别的每一份股票所代表的公司财产所有权是相等的。每个股东所拥有的公司所有权份额的大小,取决于其所持有的股票数量占有公司总股本的比重。股票可以有偿转让,而且一般是通过在法定的交易场所进行买卖。股东能够通过股票转让收回其投资,但却不能要求公司返还其出资,即不能退股。股东与股份公司之间的关系不是债权债务关系,股东是公司的所有者,以其所持股份为限对公司承担责任。

1. 股票的基本特征。(1)不可偿还性;(2)稳定性;(3)收益性;(4)流通性;(5)风险性。股票的风险性是指购买或持有股票存在着预期投资收益不能实现甚至遭到损失的可能性。

2. 股票的主要分类。按照不同的标准,股票可作若干种分类。根据股东承担的风险大小和享受的权利多少为标准,股票可分为普通股和优先股;依照有无记名为标准,股票可分为记名股票和不记名股票;按照有无票面金额为标准,股票可分为有面额股票和无面额股票;根据是否能上市交易为标准,股票又可分为流通股票和非流通股票等。其中,普通股与优先股是最基本、最常见的一种分类方法。

(三)债券

债券是政府、金融机构和工商企业等各类经济主体直接向社会借债筹措资金,向投资者出具的,承诺按一定的利率定期支付利息并到期偿还本金的债权债务凭证。从法律上讲,债券是债权债务关系的证明文件,具有重要的法律意义。有效的债券表明持有人与发行人之间一种债权债务关系的存在,持有人或投资者是债权人,发行人是债务人。

1. 债券的特征

作为一种虚拟资本证券和重要的金融工具,债券主要有如下四个特征:

(1)偿还性。债券一般均依法规定偿还期限,期限届满时,发行人必须按照约定的条件偿还本金并支付利息。

(2)流通性。债券一般都可以在证券市场上自由转让。债券的这种流通性,主要是为满足投资者在债券存续期间提前变现和收回投资的需求。

（3）安全性。债券的安全性是与股票相比较而言的，主要在于：一是债券所具有的利率固定、与发行人经营绩效没有直接联系的特点，使得其收益稳定、风险较小；二是在发行人破产清算时，债券持有人对企业的剩余财产，享有相对于股票持有者的优先索取权。

（4）收益性。债券规定有固定的利率，债券投资者可获得定期或不定期的利息收入；同时，由于债券可以在证券市场上上市流通，投资者可以利用债券在交易市场上价格的涨跌变化，通过高抛低吸买卖债券来赚取差价。

2. 债券的种类

根据发行主体性质的不同，可分为政府债券、公司债券和金融债券。

（1）政府债券。政府债券是政府或政府授权代理机构为筹集建设资金、弥补预算赤字或归还旧债本息而发行的债券，它又可分为中央政府债券、地方政府债券和政府保证债券等，其中以国债为主。

（2）公司债券。公司债券即企业债券，是指公司企业依照法定程序发行的约定在一定期限内还本付息的债券，因其通常是由具有法人资格的公司发行，所以通称公司债券。

可转换公司债券又称股权转换债券，是特殊形式的公司债券。可转换债券与发行人的股权有密切的联系。作为一种融资工具，它具有能够降低筹资成本、又不会立即摊薄每股税后利润的优点，自 20 世纪 80 年代以来在许多国家的证券市场上得到了广泛的应用。

（3）金融债券。金融债券是指由银行和非银行金融机构为筹措资金而发行的债券，实质上它是公司债券的一种。在欧美国家，金融机构发行的债券同样归类为公司债券，而在我国及日本等国家则称为金融债券。相对于普通公司债券，金融债券具有较高的安全性；与银行存款相比，金融债券又有盈利性较高的特点。

（四）证券投资基金

投资基金作为一种利益共享、风险共担的集合投资方式，是随着股票、债券市场的发展而产生的，它已有 100 多年的发展历史，在西方发达国家金融市场十分盛行。投资基金的基本要点是，通过发行基金单位，集中投资者的资金，由基金托管人托管，由基金管理人管理和运用资金，从事股票、债券、外汇、货币等金融工具的投资，以获得投资收益和资本增值。其中，主要投资于股票、债券等金融工具的基金类别即是证券投资基金。

### 三、证券法律关系

证券法律关系是由证券法律规范调整的具有权利义务内容的证券关系，或者说，各种具体的证券关系经证券法律规范调整之后所形成的权利义务关系就是证券法律关系。

（一）证券法律关系概说

1. 证券法律关系的概念

证券法律关系是指证券活动主体在证券发行、交易和管理活动过程中，根据证券法的规定所达成的具体的权利义务关系。也就是说,参与证券市场的人们,在证券的发行、交易和管理活动中发生着多种联系,结成了作为特殊社会关系的各种证券关系,当它们受到证券法律、法规的调整和规范,并赋予相关当事人以一定的权利、义务时,就构成了证券法律关系。

2. 证券法律关系的构成要素

证券法律关系的构成要素是构成证券法律关系的必不可少的组成部分,即其主体、客体和内容。(1)证券法律关系的主体,是指证券法律关系中享有权利和承担义务的自然人、法人或其他组织。或者说,证券法律关系主体是依法享有权利和承担义务的证券活动的参加者,包括证券发行人、证券经营机构、证券投资者、证券交易所、证券登记结算机构、证券交易服务机构、证券行业协会、证券监管机构等;在政府债券的发行法律关系中,政府也是一方主体。(2)证券法律关系的内容,是指证券法律关系主体享有的权利和承担的义务。它体现着证券法律关系主体参加证券活动的行为目的和具体要求,反映着证券法律关系的本质属性。(3)证券法律关系的客体,是指证券法律关系主体所享有的权利和承担的义务所指向的对象。它包括两类,即与证券的发行、交易和管理相关的行为和作为金融工具的证券。在证券市场上,如果只有证券而没有发行、出售和购买的行为,就不可能构成证券法律关系;如果只有监管机构而没有进行监管的具体行为,就不可能构成证券管理法律关系。

3. 证券法律关系的保护

证券法律关系的保护就是证券监管机构和国家司法机关依法对证券法律关系主体进行严格监督管理,促使其正确行使权利、切实履行义务,维护证券市场的正常秩序,保护权利主体的合法权益。在保护证券法律关系方面具有职能的机构有证券监管机构、证券仲裁机构、证券审判机构。

国家对法律关系的保护,最终是通过追究违法者的法律责任来实现的,从而使得法律责任成为法律关系保护的一个重要范畴。证券法律责任是证券市场的行为主体违反证券法规定时应当受到的法律制裁及其法律后果。根据证券违法行为的性质的不同,违法行为人要承担不同的证券法律责任,主要有民事责任、刑事责任和行政责任。

法律责任是任何法律制度得以实现的根本保证,因而我国证券立法十分重视证券法律责任制度的建立和完善。1997年10月1日开始实施的新修订的《刑法》增设了证券犯罪条款,2006年1月1日起实施的新修订的《证券法》在第十一章对证券法律责任作了详细规定,共有47个条款。

(二)证券法律关系的主体

证券法律关系的主体是指在证券法律关系中享有权利和承担义务的自然人、法人或其他组织,即依法享有权利和承担义务的证券活动的参加者。证券法律关系主体的资格是由法律直接规定的,凡依照证券法的规定在证券的发行、交易和管理活动中可以作为当事人的自然人、法人或其他组织,均可成为证券法律关系的主体。在我国,证券法律关系的主体主要包括证券发行人、证券经营机构、证券投资者、证券交易所、证券登记结算机构、证券交易服务机构、证券业协会、证券监管机构等;国家是特殊的证券法律关系的主体,如在国债的发行法律关系中,国家就是主体一方。

（三）证券法律关系的内容

证券法律关系的内容就是证券法律关系主体所享有的权利和承担的义务,即证券法律权利和证券法律义务,它们体现着证券法律关系主体参加证券活动的行为目的和具体要求,反映着证券法律关系的本质属性。

1. 证券法律权利。证券法律权利是证券法律关系主体依法实施证券的发行、交易和管理等行为时所享有的权利,包括证券监管机构和自律组织的证券管理权、其他证券关系主体所享有的证券财产权和证券请求权。

2. 证券法律义务。证券法律关系主体在享有权利的同时,必须承担和履行相应的法律义务。证券法律义务是指证券关系主体根据证券法的规定,为实现其参加证券活动的目的而必须履行的相应的特定的义务。根据证券法的规定,证券法律义务主要包括:依法履行证券管理职责,遵守证券发行、交易的有关法律规定,秉承"三公"原则、诚信原则履行各类证券活动有关的协议,接受证券监管机构和自律组织的监督管理,等等。

（四）证券法律关系的客体

证券法律关系客体是指证券法律关系主体所享有的权利和承担的义务所指向的对象,它包括两类,即与证券的发行、交易和管理相关的行为和作为金融工具的证券。关于我国证券法所调整的证券法律关系的客体,我国《证券法》第 2 条规定:"在中国境内,股票、公司债券和国务院依法认定的其他证券的发行和交易,适用本法。本法未规定的,适用《中华人民共和国公司法》和其他法律、行政法规的规定。""政府债券、证券投资基金份额的上市交易,适用本法;法律、行政法规另有规定的,适用其规定。""证券衍生品种发行、交易的管理办法,由国务院依照本法的原则规定。"

# 第二节　证券监管

## 一、证券市场监管概说

证券市场监管是证券市场监管机构根据证券法律法规,对证券发行、交易以及证券经营机构等市场主体及其行为实施的监督与管理活动。对于证券市场的法律监管,至少应该包括三方面内容:一是证券市场监管机构,包括政府主管机关和证券自律组织;二是证券法律制度,包括国家机关的证券法律、法规和规章,以及证券自律组织的自律规则;三是证券监管方式,包括政府证券主管机关的行政监管和市场自律组织的自律管理。

### 二、国外证券市场的监管制度

世界各国证券法及其监管规则都会与其所处的经济及社会环境相衔接,按照学术界惯常的划分,世界各国证券监管体制大致可分为美国、英国和欧陆三大监管制度体系。其中,美国证券法体系坚持政府监管下的自律管理,英国体系重视自律管理的特殊价值,欧陆法系则重视银行系统在证券监管上的作用与功能。

### 三、我国证券市场监管法律制度

(一)我国证券市场监管体制的演变

在我国证券市场发展早期,证券市场被当作金融市场的组成部分,以中国人民银行为核心的金融管理机构体系当然地被移植到证券市场监管中。1986 年《中华人民共和国银行管理暂行条例》即将审批专业银行和其他金融机构的设置或撤并,以及管理企业股票、债券、有价证券,管理金融市场的职能,明确地赋予中国人民银行。依此,中国人民银行随后发布了《关于企业股票、债券以及其他金融市场业务管理问题的通知》和《关于严格控制股票发行和转让的通知》等一系列规章。

1991 年 4 月,鉴于证券市场在多头管理和分散管理体制下出现黑市交易、操纵交易、内幕交易等严重社会问题,中国人民银行请示国务院批准,成立了由中国人民银行、国家计委、财政部、国家外汇管理局、税务总局等单位共同组成股票市场办公会议制度,代表国务院对证券市场行使日常管理职权。1992 年 6 月,在股票市场办公会议制度基础上,建立了国务院证券管理办公会议制度,其办事机构是中国人民银行的证券管理办公室。

1992 年 10 月,国务院同时成立了国务院证券委员会(以下简称证券委)和中国证监会两个机构。根据国务院 1992 年 12 月 17 日发布的《关于进一步加强证券市场宏观管理的通知》,证券市场管理机构大致分为证券委、证监会、其他政府机构及证券业自律机构。1993 年 4 月 22 日,国务院颁布实施《股票发行与交易管理暂行条例》,规定国务院证券委是全国证券市场的主管机构,中国证监会是证券委的监督管理执行机构。这一监管体制在此后若干年的实践中不断发展和变化。显然,证券委职责更侧重于证券市场的宏观管理,属于对重大事项的非常设议事机构,而证监会侧重于微观管理,彼此之间存在职责上的重叠和交叉。

1998 年,在国务院机构改革中,国务院证券委被撤销,中国人民银行依照《银行法》规定,也不再继续负责证券市场的监管,明确了中国证监会统一集中对我国证券市场实行监管。同年颁布的《证券法》,进一步明确了中国证监会的性质、职权等,从而确立了中国证监会作为我国证券市场主管机构的法定地位。

(二)我国证券监管机构与职责

1. 我国证券监管机构

根据我国《证券法》第 7 条规定,国务院证券监督管理机构依法对全国证券市场实行集中统一监督管理;第 178 条进一步规定,"国务院证券监督管理机构依法对证券市场实行监督管理,维护证券市场秩序,保障其合法运行"。根据我国目前监管体制,国务院证券监管机构即为中国证监会。

对我国证券监管机构的性质问题,《证券法》仅表明证监会是"国务院证券监督管理机构",没有明确究竟属于国务院所属行政单位或事业单位。可以认为,中国证监会不是事业单位,而应当是国务院所属部委,并具有规章制定权。值得注意的是,证监会根据目前规定,仍属于国务院所属事业单位。

2. 证券监管机构的职责

《证券法》第 179 条列举证券监管机构的职责指出,证券监管机构在对证券市场实施监督管理中,履行以下职责:(1)依法制定有关证券市场监督管理的规章、规则,并依法行使审批或者核准权;(2)依法对证券的发行、上市、交易、登记、存管、结算,进行监督管理;(3)依法对证券发行人、上市公司、证券公司、证券投资基金管理公司、证券服务机构、证券交易所、证券登记结算机构的证券业务活动,进行监督管理;(4)依法制定从事证券业务人员的资格标准和行为准则,并监督实施;(5)依法监督检查证券发行、上市和交易的信息公开情况;(6)依法对证券业协会的活动进行指导和监督;(7)依法对违反证券市场监督管理法律、行政法规的行为进行查处;(8)法律、行政法规规定的其他职责。国务院证券监督管理机构可以和其他国家或者地区的证券监督管理机构建立监督管理合作机制,实施跨境监督管理。

3. 证券监管机构的执法措施

为了保证证券监管机构顺利履行法定职责,《证券法》第 180 条规定,国务院证券监督管理机构依法履行职责,有权采取下列措施:(1)对证券发行人、上市公司、证券公司、证券投资基金管理公司、证券服务机构、证券交易所、证券登记结算机构进行现场检查。(2)进入涉嫌违法行为发生场所调查取证。(3)询问当事人和与被调查事件有关的单位和个人,要求其对与被调查事件有关的事项作出说明。(4)查阅、复制与被调查事件有关的财产权登记、通讯记录等资料。(5)查阅、复制当事人和与被调查事件有关的单位和个人的证券交易记录、登记过户记录、财务会计资料及其他相关文件和资料;对可能被转移、隐匿或者毁损的文件和资料,可以予以封存。(6)查询当事人和与被调查事件有关的单位和个人的资金账户、证券账户和银行账户;对有证据证明已经或者可能转移或者隐匿违法资金、证券等涉案财产或者隐匿、伪造、毁损重要证据的,经国务院证券监督管理机构主要负责人批准,可以冻结或者查封。(7)在调查操纵证券市场、内幕交易等重大证券违法行为时,经国务院证券监督管理机构主要负责人批准,可以限制被调查事件当事人的证券买卖,但限制的期限不得超过十五个交易日;案情复杂的,可以延长十五个交易日。

（三）自律性监管机构

自律性监管也称自我管理,与政府监管相对应,是由特定范围的组织成员通过制定章程等规范性文件方式设立的,凭借组织成员赋予的适当权力,对组织成员参与证券发行、交易及相关活动进行监督、检查和处理的管理性行为。因此,证券自律监管属于证券管理性行为。

证券自律监管,是证券市场参与者通过设立自律组织的方式实现的。各国自律组织名称有异,但大体上分为证券业协会和证券交易所两大类。

1. 证券业协会。证券业协会是证券公司或者其他证券业从业机构或个人依法组成的行业性协会。凡是接受和承认证券业协会章程,并具有相应资格的证券公司和证券从业机构或个人,均得申请成为证券业协会的成员。在多数国家证券法中,都有关于证券业协会或类似机构的规定。我国《证券法》专章规定了证券业协会的设立、地位和职责等相关内容,并明确规定证券业协会属于自律性组织。

2. 证券交易所。证券交易所是证券业自我管理的重要形式,在各国证券法中的地位甚至远远高于证券业协会。从国外证券市场发展历史上看,证券交易所是最原始形态的自律管理机构。在有些国家主张自由经济的时期,它几乎发挥着管理证券市场的主要职能,甚至政府监管机构都无法与之抗衡。证券交易所通过制定章程,具体规定证券交易所会员资格的取得、丧失和转让等问题,详细规定证券交易所成员违法或违反章程时的责任,还通过制定证券交易所业务规则和上市规则等,规范证券交易所成员的交易行为。

关于自律监管与政府监管的关系。证券自律机构监管着其成员单位的活动,其本身也是政府监管的对象,自律监管应当始终在政府监管之下存在和发挥作用。

# 第三节　证券发行

## 一、证券发行概述

（一）证券发行的概念

证券发行是指发行人或承销人,以筹集资金为目的,依照法律规定的条件和程序,向社会投资者出售代表一定权利的资本证券的直接融资行为。

证券发行有以下几个特征:第一,证券发行是合乎条件的发行人依法从事的以筹资为目的的商业性行为。第二,证券发行是发行人向社会各类投资者从事的技术性较强的筹资活动。第三,证券发行本质上是指发行人发行资本权利凭证的行为。

（二）证券发行的分类

按照种类的不同,证券发行可分为股票发行、债券发行和和基金证券发行。除此之外,证券发行还可以按照不同的标准,进行多种分类:

1. 公募发行和私募发行

按照发行对象的范围不同,证券发行可分为公开发行和非公开发行两种方式,即公募发行和私募发行。公开发行是指向社会公众发行证券,非公开发行主要是指向一定数量的特定对象发行证券。我国《证券法》第 10 条第 3 款对非公开发行作了规范,即向 200 人以下的特定对象发行证券。

关于公开发行的概念,《证券法》第 10 条第 2 款作了明确界定,有下列情形之一的为公开发行:(1)向不特定对象发行证券的;(2)向特定对象发行证券累计超过 200 人的;(3)法律、行政法规规定的其他发行行为。

2. 溢价发行、平价发行和折价发行

这是按照证券的价值表现形式对证券发行所作分类。(1)平价发行是指面额发行,即发行人以票面金额作为发行价。(2)溢价发行是指发行人按高于面额的价格发行股票。(3)折价发行是指以低于面额的价格出售新股,即按照面额打折后发行股票。我国对折价发行规定得比较严格。

3. 国内发行和国外发行

这是按照发行地点不同所作的分类,国内发行是指发行人在本国境内发行有价证券的方式,如我国的国库券、保值公债、人民币普通股票等的发行;国外发行是指政府、法人在本国境外发行有价证券的方式,如我国在日本发行日元债券、在境外发行欧洲债券、在境外发行人民币特种股票等。

(三)证券发行核准制度

1. 证券发行审核的一般类型

证券发行的审批核准制度,世界各国做法各不相同,但大致上可以分成两类:一种是证券发行核准制,另一种是证券发行的注册制。

(1)证券发行核准制,又称实质管理原则,它是指证券发行不仅以证券和公司的真实状况的充分公开为条件,而且主管机关应予事实公开之前,对已预定发行证券的性质、价值加以判断,以确定该证券是否可以发行,对于认定不符合发行条件的证券,或者在认为对于投资人保护存在危险可能的情况下,主管机关可以不予批准该证券发行,《证券法》规定的我国证券发行的审批管理制度就属于这一类。

(2)证券发行注册制,又称形式审查制度,是指发行人充分、客观地将发行人及拟发行证券的详细资料向证券主管机关提示并申请发行,经证券主管机关实施形式要件审查,认为合格后予以注册,即可公开发行的审核制度。美国证券法就采用这种审批制度,这种制度要求证券发行人在发行证券之前,首先依法向证券交易委员会申请注册,注册申请文件要求公开,如实反映公司状况,不得虚报、漏报,否则有关人员应承担民事责任或者刑事责任。注册制强调公开原则,发行人必须客观、真实、全面地公开披露有关自身及证券的一切资料,供投资者自行了解、判断、选择、决策,政府的职责不在于实质审查并做出判断,而在于对于违反信息公开制度的行为进行纠正,对有关公司给予处罚。

2. 中国证券发行审核制度

按照我国现行法律规定,证券的发行和交易都采取严格的核准制,也就是说,证券等发行和交易必须经过国务院证券监督管理机构和其他有关机构的审查批准,取得相应的许可,才可从事有关的发行和交易,否则便是违法行为,这同世界其他大多数国家实行的注册审查制度是不同的。《证券法》规定:"公开发行证券,必须符合法律、行政法规规定的条件,并依法报经国务院证券监督管理机构或者国务院授权的部门核准;未经依法核准,任何单位和个人不得公开发行证券。"

## 二、股票公开发行制度

### (一)股票发行制度的演进历程

我国股票发行制度大致经历了三个阶段:1990～2000年,我国股票发行带有一定的行政审批性质;2001年3月17日开始,正式实施核准制;2004年2月起,实施保荐制。

1999年7月1日我国《证券法》生效实施,明确要求股票发行制度实施核准制。1999年9月16日证监会发布《股票发行审核委员会条例》,证监会设立股票发行审核委员会。

2000年3月16日,中国证监会根据《证券法》的有关规定,修订并发布了《中国证监会股票发行核准程序》。2001年2月证监会发布《公开发行证券公司信息披露的内容与格式准则——招股说明书》及《股票上市公告书》的公开征求意见稿。3月中旬开始,股票发行核准制正式推行。2001年5月证监会发布《中国证监会股票发行审核委员会关于上市公司新股发行审核工作的指导意见》,发审委委员认为上市公司不符合要求,可以对其发行申请投反对票;发审委委员认为公司信息披露不合规、不充分或申请材料不完整,导致发审委委员无法做出判断,可以对其发行申请投弃权票或提议暂缓表决。

2002年1月24日证监会发布《关于2002年受理公开发行证券申请材料的通知》,指出根据《关于股票发行上市辅导政策有关问题的通知》1997年计划指标企业申请公开发行股票的,应聘请具有主承销商资格的证券公司进行辅导,辅导期为一年。2003年7月,证监会向国内10余家大型券商发放了《公开发行和上市证券保荐管理暂行办法》征求业内意见稿。2003年12月5日中国证监会公布、施行《中国证券监督管理委员会股票发行审核委员会暂行办法》,原《中国证券监督管理委员会股票发行审核委员会条例》同时废止。

2004年1月4日,中国证监会就实施《证券发行上市保荐制度暂行办法》有关事项发出通知,明确规定首批保荐代表人资格。2004年2月1日起《证券发行上市保荐制度暂行办法》正式施行。实施保荐制度,建立市场力量对证券发行上市进行约束的机制,并推动证券发行制度从核准制向注册制转变。

2005年10月27日,最新修订的《证券法》顺利通过,进一步完善证券发行监管体制,强化市场对证券发行行为的约束。

（二）股票公开发行的核准程序

我国股票发行采取核准制，拟公开发行股票的公司按照法定程序，直接向法定的核准机构报送法定文件，对于符合法定条件的，核准机构予以准许。

1. 核准机构

最新修订的《证券法》第10条规定，公开发行证券，必须符合法律、行政法规规定的条件，并依法报经国务院证券监督管理机构或者国务院授权的部门核准；未经依法核准，任何单位和个人不得公开发行证券。第22条规定，国务院证券监督管理机构设发行审核委员会（简称"发审委"），依法审核股票发行申请。发行审核委员会由国务院证券监督管理机构的专业人员和所聘请的该机构外的有关专家组成，以投票方式对股票发行申请进行表决，提出审核意见。

2. 审核程序

根据《股票发行核准程序》，中国证监会对股票发行申请的核准主要有以下几个环节：

（1）受理申请文件。发行人按照中国证监会颁布的《公司公开发行股票申请文件标准格式》制作申请文件，经省级人民政府或国务院有关部门同意后，由主承销商推荐并向中国证监会申报。中国证监会收到申请文件后在5个工作日内作出是否受理的决定。未按规定要求制作申请文件的，不予受理。

（2）初审。中国证监会受理申请文件后，对发行人申请文件的合规性进行初审，并在30日内将初审意见函告发行人及其主承销商。主承销商自收到初审意见之日起10日内将补充完善的申请文件报至中国证监会。中国证监会在初审过程中，将就发行人投资项目是否符合国家产业政策征求国家发展与改革委员会意见，自收到文件后在15个工作日内，将有关意见函告中国证监会。

（3）发审委审核。中国证监会对按初审意见补充完善的申请文件进一步审核，并在受理申请文件后60日内，将初审报告和申请文件提交发审委审核。发审委按国务院批准的工作程序开展审核工作。发审委进行充分讨论后，以投票方式对股票发行申请进行表决，提出审核意见。

（4）核准发行。依据发审委的审核意见，中国证监会对发行人的发行申请作出核准或不予核准的决定。予以核准的，出具核准公开发行的文件。不予核准的，出具书面意见，说明不予核准的理由。中国证监会自受理申请文件到作出决定的期限为3个月。

（5）复议。发行申请未被核准的企业，接到中国证监会书面决定之日起60日内，可提出复议申请。中国证监会收到复议申请后60日内，对复议申请作出决定。

3. 股票发行申请文件

拟发行股票公司提出股票发行申请时，应该提交的主要材料包括：（1）股票发行的申请报告。（2）发起人会议或者股东大会同意公开发行股票的决议。（3）批准设立股份有限公司的文件。(4)营业执照或者筹建登记证明。(5)公司章程或者公司章程草案。(6)招股说明书。(7)资金运行可行性报告或者有关部门同意固定资产投资立项的批准文件。(8)经会计师事务所审计的近3年或者成立以来的财务报告和2名以上注册会计师及其所在事务所签字盖章的审计报告。(9)经两名以上律师及其所在律师事务所就有关事项签字盖章的法律意见书。(10)经2名以上专业评估人员及其所在机构签字盖章的资产评估报告;经2名以上注册会计师及其所在带事务所签字盖章的验资报告;涉及国有资产的,还应当提供国有资产管理部门出具的确认文件。(11)股票发行与承销方案和承销协议。(12)地方政府或者中央企业主管部门要求报送的其他文件。

同时,发行人提交的申请文件,应符合中国证监会颁布的《公司公开发行股票申请文件标准格式》的要求。

**(三)股票公开发行的条件**

我国证券市场的股票公开发行,可以分为设立发行和新股发行。设立发行是指设立股份有限公司采取募集设立方式时的首次股票发行,新股发行是指上市公司为增加股本而发行股票的行为。

**1. 设立发行**

设立股份有限公司公开发行股票,应当符合我国《公司法》、《证券法》以及中国证监会2006年5月17日发布的《首次公开发行股票并上市管理办法》等规定的条件。具体来讲,设立股份有限公司申请公开发行股票,应当符合以下条件:(1)应当有2人以上200人以下为发起人,其中须有半数以上的发起人在中国境内有住所;(2)符合法定要求的公司章程;(3)除法律法规另有规定外,发起人认购的股份不得少于公司股份总数的35%;(4)应当由依法设立的证券公司承销证券,签订承销协议;(5)应当与银行签订代收股款协议,等等。

**2. 新股发行**

公司发行新股包括向原有股东配售股票(简称"配股")和向全体社会公众发售新股(简称"增发")。根据《证券法》第13条规定,公司公开发行新股,应当符合下列条件:(1)具备健全且运行良好的组织机构;(2)具有持续盈利能力,财务状况良好;(3)最近3年财务会计文件无虚假记载,无其他重大违法行为;(4)经国务院批准的国务院证券监督管理机构规定的其他条件。同时,上市公司新股发行还必须符合2006年5月6日中国证监会发布的《上市公司证券发行管理办法》规定的条件。[1]

上市公司非公开发行新股,应当符合经国务院批准的国务院证券监督管理机构规定的条件,并报国务院证券监督管理机构核准。

---

[1] 2006年5月6日,中国证监会发布了《上市公司证券发行管理办法》,自5月8日起施行。该办法第2条规定:"上市公司申请在境内发行证券,适用本办法。本办法所称证券,指下列证券品种:(1)股票;(2)可转换公司债券;(3)中国证监会认可的其他品种。"

### 三、公司债券发行制度

**(一)债券发行的概念**

1. 概念。根据我国《公司法》第 154 条,公司债券是指公司依照法定程序发行、约定在一定期限还本付息的有价证券。

2. 分类。按照发行主体的不同,可以把债券分为政府债券、企业债券和金融债券。政府债券又可分为国家债券、地方政府债券和政府机构债券,企业债券可以分为企业债券和公司债券两种。按照偿还期限长短分类,债券可分为短期债券、中期债券和长期债券,期限分别为一年以内、一年以上七年以下和七年以上。

3. 法律。公司债券的发行,必须遵守 2005 年 10 月 27 日十届全国人大常委会第 18 次会议最新修订的《公司法》、《证券法》等规定。

**(二)公司债券公开发行的审批制度**

根据我国《证券法》第 2 条规定,在我国境内,股票、公司债券和国务院依法认定的其他证券的发行和交易,适用《证券法》;该法未规定的,适用我国《公司法》和其他法律、行政法规的规定。

1. 审核机构。公开发行公司债券必须符合法律、行政法规规定的条件,并依法报经国务院证券监督管理机构或者国务院授权的部门核准;未经依法核准,任何单位和个人不得公开发行证券。

2. 审批程序。申请发行普通公司债券的,首先应当向省级人民政府或国务院授权的部门提出申请,并报送申请材料;经上述机关审查同意后,向国务院主管部门报请审批。

3. 报送文件。《证券法》第 17 条规定,申请公开发行公司债券,应当向国务院授权的部门或者国务院证券监督管理机构报送下列文件:(1)公司营业执照;(2)公司章程;(3)公司债券募集办法;(4)资产评估报告和验资报告;(5)国务院授权的部门或者国务院证券监督管理机构规定的其他文件。

依照《证券法》规定,聘请保荐人的,还应当报送保荐人出具的发行保荐书。

**(三)公司债券的发行条件**

1993 年 8 月国务院颁布的《企业债券管理条例》规定企业债券的发行主体是一切具有法人资格的企业,2005 年 10 月 27 日全国人大最新修订的《证券法》对公司债券的发行和交易做出了规定。在我国,企业债券和公司债券并存的局面还将维持一定的时期,本章中所讨论的债券仅限于公司债券。

1. 公司债券发行的积极条件

我国《公司法》第 154 条规定,公司发行公司债券应当符合我国《证券法》规定的发行条件。《证券法》第 16 条规定了公开发行公司债券的积极条件,包括:(1)股份有限公司的净资产不低于人民币 3 000 万元,有限责任公司的净资产不低于人民币 6 000 万元;(2)累计债券余额不超过公司净资产的40%；(3)最近3年平均可分配利润足以支付公司债券1年的利息；(4)筹集的资金投向符合国家产业政策；(5)债券的利率不超过国务院限定的利率水平；(6)国务院规定的其他条件。公开发行公司债券筹集的资金，必须用于核准的用途，不得用于弥补亏损和非生产性支出。

2. 公司债券发行的消极条件

《证券法》第18条规定，发行人有下列情形之一的，不得再次公开发行公司债券：(1)前一次公开发行的公司债券尚未募足；(2)对已公开发行的公司债券或者其他债务有违约或者延迟支付本息的事实，仍处于继续状态；(3)违反本法规定，改变公开发行公司债券所募资金的用途。

(四)公司债券的发行程序

1. 发行程序

公司债券的发行程序可以分为两个阶段：一是债券发行的准备阶段，主要是以公司内部就发行债券的金额、用途的问题进行研究决策；二是债券发行的实施阶段。

公司债券发行的准备阶段是为发行债券做准备、对有关问题进行研究的阶段，主要工作包括制定发行文件、董事会决议等；在债券发行的实施阶段，主要工作包括债券的信用评级；与承销人谈判，就发行条件达成协议；如果发行债券额巨大，则组成承销团；申报发行及办理各种手续(债券发行申报书，债券发行公告，印刷债券认购申请书)；向公众出售债券。

2. 发行方式

我国《证券法》第28条规定，发行人向不特定对象发行的证券，法律、行政法规规定应当由证券公司承销的，发行人应当同证券公司签订承销协议。证券承销业务采取代销或者包销方式。证券代销是指证券公司代发行人发售证券，在承销期结束时，将未售出的证券全部退还给发行人的承销方式；证券包销是指证券公司将发行人的证券按照协议全部购入或者在承销期结束时将售后剩余证券全部自行购入的承销方式。

我国债券的发行主要采用承购包销方式，即先由某家证券经营机构同发行债券的企业签订一个承销协议，企业准备发行的债券由该机构承销，未能销完部分由该机构购买，如果承销数额较大则成立承销团。具体程序如下：(1)证券承销商在检查发行债券公司的发行章程和其他有关文件的真实性、准确性和完整性后，与企业签订承销协议，明确双方的权利与义务；(2)主承销商和其他分销商签订分销协议；(3)主承销商与其他单位签订的代销协议；(4)开展广泛的宣传活动并利用自己的网络，把债券售给金融机构、企事业单位和个人投资者；(5)在规定的时间内，承销商把所筹款项转入发行人的账户中并扣除有关承销手续费。

(五)可转换公司债券的发行

可转换公司债券是指发行人依照法定程序发行的、在一定期间内依据约定的条件可以转换成股份的公司债券。1997 年 3 月国务院发布《可转换公司债券管理暂行办法》,对可转换公司债券的发行人和企业发行可转换公司债券应具备的条件和程序做出了明确规定。

1. 发行主体

可转换公司债券的发行人是上市公司和国有重点企业。同时,国务院证券委宣布,将选择若干家重点国有企业进行发行可转换公司债券的试点,选择范围为国家确定的 500 家重点国有企业中的未上市公司,上市公司暂不列入试点范围。

2. 发行条件

上市公司发行可转换公司债券,应符合下列条件:(1)最近 3 年连续盈利,而且最近 3 年净资产收益率平均在 10％以上,属于能源、原材料、基础设施类的公司可以略低,但不得低于 7％;(2)可转换公司债券发行后,资产负债率不高于 70％;(3)累计债券余额不超过公司净资产的 40％;(4)募集资金的投向符合国家产业政策;(5)可转换公司债券的利率不高于银行同期存款利率的水平;(6)可转换公司债券的发行额不少于人民币 1 亿元。

国有重点企业发行可转换公司债券,除应当符合上述第(3)、(4)、(5)、(6)项条件外,还应符合下列条件:(1)最近 3 年连续盈利,而且最近 3 年的财务报告已经经过具有从事证券业务资格的会计师事务所审计;(2)有明确、可行的企业改制和发行计划;(3)有可靠的偿债能力,又具有代为清偿债务能力的保证人的担保。同时,有下列情况之一的,不得发行可转换公司债券:前一次发行的债券尚未募足;对已发行的债券有延迟支付本息的事实,而且仍处于继续延迟支付状态。

值得注意的是,中国证监会于 2006 年 5 月 6 日发布、5 月 8 日起施行的《上市公司证券发行管理办法》对上市公司发行可转换公司债券作出了具体规定。

3. 审批要求

企业发行可转换公司债券必须报经有关部门批准,未经批准,不得发行可转换公司债券。上市公司发行可转换公司债券,应经省级人民政府或者国务院有关企业主管部门的推荐,报中国证监会审批;国有重点企业发行可转换公司债券,应当由发行人提出申请,经省级人民政府或者国务院有关企业主管部门的推荐,报中国证监会审批,并抄报国家计委、国家经贸委、中国人民银行、国家国有资产管理局。对符合规定条件的,中国证监会予以批准。

**四、证券承销制度**

(一)证券承销概述

1. 证券承销的概念。证券承销是指发行人向社会公开发行证券时,协议委托依法成立的证券公司代理或承包销售证券的制度。我国《公司法》第 88 条规定,发起人向社会公开募集股份,应当由依法设立的证券公司承销,签订承销协议。《证券法》第 28 条规定,发行人向不特定对象发行的证券,法律、行政法规规定应当由证券公司承销的,发行人应当同证券公司签订承销协议。

2. 证券承销业务采取代销或者包销方式。(1)证券代销是指证券公司代发行人发售证券,在承销期结束时,将未售出的证券全部退还给发行人的承销方式。(2)证券包销是指证券公司将发行人的证券按照协议全部购入或者在承销期结束时将售后剩余证券全部自行购入的承销方式。

(二)证券承销的法律规定

1. 公开发行证券的发行人有权依法自主选择承销的证券公司。证券公司不得以不正当竞争手段招揽证券承销业务。

2. 证券公司承销证券,应当同发行人签订代销或者包销协议,载明下列事项:(1)当事人的名称、住所及法定代表人姓名;(2)代销、包销证券的种类、数量、金额及发行价格;(3)代销、包销的期限及起止日期;(4)代销、包销的付款方式及日期;(5)代销、包销的费用和结算办法;(6)违约责任;(7)国务院证券监督管理机构规定的其他事项。

3. 证券公司承销证券,应当对公开发行募集文件的真实性、准确性、完整性进行核查;发现有虚假记载、误导性陈述或者重大遗漏的,不得进行销售活动;已经销售的,必须立即停止销售活动,并采取纠正措施。

4. 向不特定对象发行的证券票面总值超过人民币5 000万元的,应当由承销团承销。承销团应当由主承销和参与承销的证券公司组成。

5. 证券的代销、包销期限最长不得超过90日。证券公司在代销、包销期内,对所代销、包销的证券应当保证先行出售给认购人,证券公司不得为本公司预留所代销的证券和预先购入并留存所包销的证券。

6. 股票发行采取溢价发行的,其发行价格由发行人与承销的证券公司协商确定。

7. 股票发行采用代销方式,代销期限届满,向投资者出售的股票数量未达到拟公开发行股票数量70%的,为发行失败。发行人应当按照发行价并加算银行同期存款利息返还股票认购人。

8. 公开发行股票,代销、包销期限届满,发行人应当在规定的期限内将股票发行情况报国务院证券监督管理机构备案。

# 第四节 证券交易

## 一、证券交易概述

### (一)证券交易的概念

证券交易,又称证券买卖、证券转让或证券流通,是指证券投资者在证券交易市场依法买卖证券的法律行为。按照交易对象的品种划分,证券交易可以分为股票交易、债券交易、基金交易、其他证券衍生工具交易等。

(二)证券交易市场

证券交易市场,又叫证券流通市场、二级市场或者次级市场,是指已经依法发行的证券进行流通转让的场所。

证券交易市场可以分为集中交易市场、场外交易市场。集中交易市场是指有组织的证券交易市场,即指证券交易所市场。其基本特点是:交易地点固定,参加交易的人员固定。场外交易市场主要包括店头市场、第三市场、第四市场。①

(三)证券交易方式

在世界范围内,随着资本市场的发展和金融工具的创新,证券交易已从过去的现货交易方式为主,逐步发展到现货交易、信用交易、期货交易和期权交易等多种方式并存的局面。我国证券市场是新兴市场,1999 年 12 月通过的《证券法》曾禁止融资融券的信用交易方式,只规定了现货交易方式。2006 年 1 月 1 日开始实施的最新修订的《证券法》取消了这一限制性规定,在第 24 条规定:"证券交易以现货和国务院规定的其他方式进行交易。"

## 二、证券上市的法律规定

(一)证券上市的概念

广义上的证券上市,是指已经发行的证券获准在证券交易市场进行交易;狭义上,证券上市专指已经发行的证券获准在证券交易所挂牌进行交易转让。

我国《证券法》规定的证券上市是狭义的,指已经公开发行的证券获准在证券交易所挂牌交易。《证券法》第 39 条规定,依法公开发行的股票、公司债券及其他证券,应当在依法设立的证券交易所上市交易或者在国务院批准的其他证券交易场所转让。

(二)股票上市的法律规定

1. 股票上市条件。《证券法》第 51 条规定,国家鼓励符合产业政策并符合上市条件的公司股票上市交易。第 50 条规定,股份有限公司申请股票上市,应当符合下列条件:(1)股票经国务院证券监督管理机构核准已公开发行。(2)公司股本总额不少于人民币 3 000万元。(3)公开发行的股份达到公司股份总数的 25％以上;公司股本总额超过人民币 4 亿元的,公开发行股份的比例为 10％以上。(4)公司最近 3 年无重大违法行为,财务会计报告无虚假记载。证券交易所可以规定高于前款规定的上市条件,并报国务院证券监督管理机构批准。

---

① 关于证券的第一、二、三、四市场,参阅周洪钧、张学森著:《国际证券业的规范运作》,上海译文出版社 1996 年版,第 131～146 页。

2. 股票上市报送文件。《证券法》第 52 条规定，申请股票上市交易，应当向证券交易所报送下列文件：(1)上市报告书；(2)申请股票上市的股东大会决议；(3)公司章程；(4)公司营业执照；(5)依法经会计师事务所审计的公司最近 3 年的财务会计报告；(6)法律意见书和上市保荐书；(7)最近一次的招股说明书；(8)证券交易所上市规则规定的其他文件。

3. 股票上市公告事项。《证券法》第 53 条、第 54 条规定，股票上市交易申请经证券交易所审核同意后，签订上市协议的公司应当在规定的期限内公告股票上市的有关文件，并将该文件置备于指定场所供公众查阅。签订上市协议的公司除公告前条规定的文件外，还应当公告下列事项：(1)股票获准在证券交易所交易的日期；(2)持有公司股份最多的前十名股东的名单和持股数额；(3)公司的实际控制人；(4)董事、监事、高级管理人员的姓名及其持有本公司股票和债券的情况。

4. 股票上市交易的暂停。《证券法》第 55 条规定，上市公司有下列情形之一的，由证券交易所决定暂停其股票上市交易：(1)公司股本总额、股权分布等发生变化不再具备上市条件；(2)公司不按照规定公开其财务状况，或者对财务会计报告作虚假记载，可能误导投资者；(3)公司有重大违法行为；(4)公司最近 3 年连续亏损；(5)证券交易所上市规则规定的其他情形。

5. 股票上市交易的终止。《证券法》第 56 条规定，上市公司有下列情形之一的，由证券交易所决定终止其股票上市交易：(1)公司股本总额、股权分布等发生变化不再具备上市条件，在证券交易所规定的期限内仍不能达到上市条件；(2)公司不按照规定公开其财务状况，或者对财务会计报告作虚假记载，且拒绝纠正；(3)公司最近 3 年连续亏损，在其后一个年度内未能恢复盈利；(4)公司解散或者被宣告破产；(5)证券交易所上市规则规定的其他情形。

（三）债券上市的法律规定

1. 公司债券上市交易条件。我国《证券法》第 57 条规定，公司申请公司债券上市交易，应当符合下列条件：(1)公司债券的期限为 1 年以上；(2)公司债券实际发行额不少于人民币 5 000 万元；(3)公司申请债券上市时仍符合法定的公司债券发行条件。

2. 公司债券上市交易报送文件。我国《证券法》第 58 条规定，申请公司债券上市交易，应当向证券交易所报送下列文件：(1)上市报告书；(2)申请公司债券上市的董事会决议；(3)公司章程；(4)公司营业执照；(5)公司债券募集办法；(6)公司债券的实际发行数额；(7)证券交易所上市规则规定的其他文件。申请可转换为股票的公司债券上市交易，还应当报送保荐人出具的上市保荐书。

3. 公司债券上市交易公告文件。《证券法》第 59 条规定，公司债券上市交易申请经证券交易所审核同意后，签订上市协议的公司应当在规定的期限内公告公司债券上市文件及有关文件，并将其申请文件置备于指定场所供公众查阅。

4. 公司债券上市交易的暂停。《证券法》第 60 条规定，公司债券上市交易后，公司有下列情形之一的,由证券交易所决定暂停其公司债券上市交易:(1)公司有重大违法行为;(2)公司情况发生重大变化不符合公司债券上市条件;(3)发行公司债券所募集的资金不按照核准的用途使用;(4)未按照公司债券募集办法履行义务;(5)公司最近2年连续亏损。

5. 公司债券上市交易的终止。《证券法》第61条规定,公司有债券上市交易暂停规定第(1)项、第(4)项所列情形之一经查实后果严重的,或者有第(2)项、第(3)项、第(5)项所列情形之一在限期内未能消除的,由证券交易所决定终止其公司债券上市交易。公司解散或者被宣告破产的,由证券交易所终止其公司债券上市交易。

### 三、证券交易的法律规定

#### (一)证券交易业务

1. 证券经纪业务的含义

证券经纪业务有时也称证券代理业务,是指证券公司通过其设立的营业场所(证券营业部)和在证券交易所的席位,接受投资者的委托,按投资者的合法要求,代理投资者买卖证券的业务。

2. 登记与存管

证券交易一般实行托管交易,每个投资者要从事证券交易,就必须向证券登记结算公司申请开设证券账户。股权登记是指股票发行公司委托证券登记公司将其所有股东拥有的股权进行注册登记。证券存管是指财产保管制度的一种形式,是指合法的证券登记机构为方便证券的交易过户、非交易过户等股权登记变更,以及分红派息、证券挂失等服务,受投资者委托而进行的对证券的代保管。

3. 委托买卖和竞价成交

证券的委托买卖是证券经营机构代理客户的买卖,一般可分为柜台交易形式下的委托买卖和交易所集中交易的委托买卖两种,我国主要是交易所集中交易的委托买卖。

投资者委托买卖股票,应事先开立资金账户和证券账户,存入证券交易所需的资金。之后,投资者就可以在证券营业机构办理委托买卖手续。整个过程是:投资人报单给证券商;证券商通过其场内交易员将委托人买卖指令输入计算机终端;各证券商的场内交易员发出的指令一并输入证券交易所的计算机主机,由主机撮合成交;成交后由证券商代理投资人办理清单、交割和过户手续。用于委托买卖的资金和证券必须是客户本身可以自主支配的资产,未经授权不能将他人的资金用于委托买卖。委托单是委托人和受托人之间的委托合同,是保护双方权益的法律依据。

证券交易的中心环节是竞价成交,证券交易所实行证券交易集中竞价成交,竞价原则是价格优先、时间优先。证券交易所的竞价方式有两种:一是集合竞价,这是每一个证券交易营业日正式开市前的一段时间内的某一时刻,电脑系统根据输入的所有买卖盘的价格、数量进行处理,以产生一个开市时的参考价。二是连续竞价,集合竞价结束后正式开始当天的交易,即开始连续竞价,直到收市。

### 4. 债券交易

债券交易市场的中介机构是指为债券交易双方提供服务的机构。主要有两类:一是专营性证券机构,有证券交易所、证券公司、投资银行;二是兼营性证券机构,包括允许兼营业务的银行和非银行金融机构。一般来说,在债券交易市场上的证券商有两种:证券交易所内的证券商和场外交易市场上的证券商。证券交易所内证券商有三种,即经纪人、交易所自营商、自营经纪人。自营商是自行买卖证券、独立承担风险证券商。自营经纪人是介于自营商和经纪人之间的,兼营证券的自营业务与代客买卖业务,但以代客买卖为主。

### (二)证券回购交易业务

1. 证券回购的概念。证券回购交易是指债券买卖双方在成交的同时,就约定现在的卖方在将来某一约定时间以某一约定价格将卖出的证券从现在的买方手中买回。其实质内容是:债券的持有方以持有的债券作抵押,获得一定期限内的资金使用权,期满后只需归还借贷资金并按约定支付一定的利息;资金贷出方暂时放弃相应的资金的使用权,从而获得融资方的债券抵押权,并于回购期满时归还对方抵押的债券,收回融出资金并获得一定的利息。因此,证券回购交易其实是一种以债券为抵押标的的资金拆借信用行为。

2. 证券回购交易的过程。证券回购业务一般都要通过两次交易来完成,第一次是成交日的交易,第二次是购回日的反向交易。一笔回购涉及两个交易方面、两次交易契约行为。两个交易方面是以券融资方和以资融券方,两次交易契约行为是指开始时的初始交易和回购期满时的回购交易。

### (三)基金交易业务

封闭式基金是一种记名证券,目前已实现无纸化交易,上市封闭式基金的交易是利用股票交易系统进行。投资者持有基金份额全额存入股票账户内,投资者凭本人股票账户即可办理基金买卖。基金交易实行集中公平竞价,成交时电脑自动过户。基金交易以100份(每份面值1元)为一个交易单位,简称1手,实行整数交易。基金交易和清算的其他有关操作事项基本上同股票交易规则相似。

开放式基金是指其资金的形成是不完全固定的,其股份是根据公司净值加上手续费而不断以证券形式发售,共同基金的实施者有义务应受益人的请求随时赎回他所发行的证券。开放式基金的股票不在证券交易所挂牌,其交易完全靠店头市场进行。基金持有者可以随时填单,通过基金公司柜台进行申购或者要求发行公司赎回。开放式基金的手续费远远高于封闭式基金的手续费。

### (四)清算、交割与过户

#### 1. 清算

清算是指证券买卖双方在证券交易所进行的证券买卖成交以后,通过证券交易所将各证券商之间的证券买卖数量和金额分别予以抵消,计算应收应付证券和应收应付金额的一种程序。清算包括资金清算和股票清算两个方面。

证券交易所、证券登记结算公司、证券商、代理银行、异地资金集中清算中心、投资者共同组成了证券市场的清算系统。这些参与者之间不同的清算关系相互连接成了不同的清算模式。一级清算是由登记结算公司同异地资金集中清算中心进行的地区性净额交收;二级清算是各地资金集中清算中心于本地证券商进行的净额交收;三级清算是证券商与投资者进行资金净额交收,其方式有证券商自行办理、银行代理出纳和银行代理交收。

2. 交割

交割是指证券卖方将卖出证券交付买方,买方将买进证券的价款交付买方的行为。证券的成交与交割均由证券商代为完成,所以,证券交割分为证券商和委托人之间的交付、证券商与证券商之间的交付两个阶段。我国目前证券交割上采取 T+1 规则,即证券商与客户应当在证券成交后的下一个营业日办理完毕交割手续。

交割的原则是钱货两清,这是指在办理资金交收的同时完成证券的交割,防止买空卖空的发生,以维护交易双方的正当权益。

3. 过户

所谓过户,指在记名证券的交易中,成交后办理股东变更登记手续,即原所有者(证券交易中的卖方)向新所有者(证券交易中的买方)转移有关证券全部权利的记录手续。证券经交易后需要办理过户手续,这是记名证券的基本特征,它的法律意义在于:办理证券过户手续可以使证券交易的买方获得证券所代表的全部权利,即使有纸化证券遗失或毁损,证券持有人仍可以办理挂失手续,申请补发新的证券,也可以知道所购买的证券是否伪造、变造或已经挂失。

股权(债权)登记变更是指在证券交易中当证券所有权发生变化时,相应地对原有的登记记录进行修改。

(五)证券交易的操作程序

关于证券交易的操作程序,在前面讲述中已经分别说明。归结起来,证券交易的操作程序主要包括:(1)开立账户,包括分别开立资金账户和证券账户;(2)委托,即投资者下达买卖证券的委托指令,每次交易都要分别下达指令;(3)成交,即买卖双方的出价在证券交易所的交易系统中经过竞价后,根据价格优先、时间优先原则,撮合成交;(4)清算与交割;(5)过户。

**四、证券交易的禁止性规定**

证券交易的禁止性行为是指根据我国的证券法律、法规、行政规章的规定,证券市场的参与者在证券交易过程中不得从事的,如果违反则应当依法承担法律责任的行为。

（一）内幕交易行为

1. 内幕交易行为的概念。根据《证券法》规定，内幕交易行为是指证券交易内幕信息的知情人员利用内幕信息进行的证券交易活动。《证券法》第 73 规定，禁止证券交易内幕信息的知情人员利用内幕信息进行证券交易活动。

2. 内幕信息。《证券法》第 75 条规定，证券交易活动中，涉及公司的经营、财务或者对该公司证券的市场价格有重大影响的尚未公开的信息，为内幕信息。具体地讲，下列信息皆属内幕信息：(1)《证券法》第 67 条所列重大事件；①(2)公司分配股利或者增资的计划；(3)公司股权结构的重大变化；(4)公司债务担保的重大变更；(5)公司营业用主要资产的抵押、出售或者报废一次超过该资产的 30%；(6)公司的董事、监事、高级管理人员的行为可能依法承担重大损害赔偿责任；(7)上市公司收购的有关方案；(8)国务院证券监督管理机构认定的对证券交易价格有显著影响的其他重要信息。

3. 内幕信息的知情人。《证券法》第 74 条规定，证券交易内幕信息的知情人包括：(1)发行人的董事、监事、高级管理人员；(2)持有公司百分之五以上股份的股东及其董事、监事、高级管理人员，公司的实际控制人及其董事、监事、高级管理人员；(3)发行人控股的公司及其董事、监事、高级管理人员；(4)由于所任公司职务可以获取公司有关内幕信息的人员；(5)证券监督管理机构工作人员以及由于法定职责对证券的发行、交易进行管理的其他人员；(6)保荐人、承销的证券公司、证券交易所、证券登记结算机构、证券服务机构的有关人员；(7)国务院证券监督管理机构规定的其他人员。

（二）虚假陈述行为

我国《证券法》第 78 条规定，各种传播媒介传播证券市场信息必须真实、客观，禁止误导。禁止国家工作人员、传播媒介从业人员和有关人员编造、传播虚假信息，扰乱证券市场。禁止证券交易所、证券公司、证券登记结算机构、证券服务机构及其从业人员，证券业协会、证券监督管理机构及其工作人员，在证券交易活动中作出虚假陈述或者信息误导。

（三）操纵市场行为

国家禁止任何操纵市场的行为。我国《证券法》第 77 条规定，禁止任何人以下列手段操纵证券市场：(1)单独或者通过合谋，集中资金优势、持股优势或者利用信息优势联合或

---

① 我国《证券法》第 67 条规定，发生可能对上市公司股票交易价格产生较大影响的重大事件，投资者尚未得知时，上市公司应当立即将有关该重大事件的情况向国务院证券监督管理机构和证券交易所报送临时报告，并予公告，说明事件的起因、目前的状态和可能产生的法律后果。下列情况为前款所称重大事件：(1)公司的经营方针和经营范围的重大变化；(2)公司的重大投资行为和重大购置财产的决定；(3)公司订立重要合同，可能对公司的资产、负债、权益和经营成果产生重要影响；(4)公司发生重大债务和未能清偿到期重大债务的违约情况；(5)公司发生重大亏损或者重大损失；(6)公司生产经营的外部条件发生的重大变化；(7)公司的董事、三分之一以上监事或者经理发生变动；(8)持有公司百分之五以上股份的股东或者实际控制人，其持有股份或者控制公司的情况发生较大变化；(9)公司减资、合并、分立、解散及申请破产的决定；(10)涉及公司的重大诉讼，股东大会、董事会决议被依法撤销或者宣告无效；(11)公司涉嫌犯罪被司法机关立案调查，公司董事、监事、高级管理人员涉嫌犯罪被司法机关采取强制措施；(12)国务院证券监督管理机构规定的其他事项。

者连续买卖,操纵证券交易价格或者证券交易量;(2)与他人串通,以事先约定的时间、价格和方式相互进行证券交易,影响证券交易价格或者证券交易量;(3)在自己实际控制的账户之间进行证券交易,影响证券交易价格或者证券交易量;(4)以其他手段操纵证券市场。操纵证券市场行为给投资者造成损失的,行为人应当依法承担赔偿责任。

（四）欺诈客户行为

我国《证券法》第 79 条规定,禁止证券公司及其从业人员从事下列损害客户利益的欺诈行为:(1)违背客户的委托为其买卖证券;(2)不在规定时间内向客户提供交易的书面确认文件;(3)挪用客户所委托买卖的证券或者客户账户上的资金;(4)未经客户的委托,擅自为客户买卖证券,或者假借客户的名义买卖证券;(5)为牟取佣金收入,诱使客户进行不必要的证券买卖;(6)利用传播媒介或者通过其他方式提供、传播虚假或者误导投资者的信息;(7)其他违背客户真实意思表示,损害客户利益的行为。欺诈客户行为给客户造成损失的,行为人应当依法承担赔偿责任。

（五）其他禁止性行为

1. 法人利用他人账户从事证券交易或者出借自己或者他人的证券账户买卖证券。我国《证券法》第 80 条规定,禁止法人非法利用他人账户从事证券交易;禁止法人出借自己或者他人的证券账户。

2. 挪用公款买卖证券。我国《证券法》第 82 条规定,禁止任何人挪用公款买卖证券。

3. 国有企业买卖上市交易股票的规定。我国《证券法》第 83 条规定,国有企业和国有资产控股的企业买卖上市交易的股票,必须遵守国家有关规定。这条规定是从原证券法第 76 条修订而来的,原来的规定是国有企业和国有资产控股的企业不得炒作上市交易的股票。

**五、证券交易制度的新发展**

（一）发行上市保荐制度

为规范证券发行上市行为,提高上市公司质量和证券经营机构执业水平,保护投资者的合法权益,促进证券市场健康发展,我国在证券发行上市实践活动中实行保荐制度。

根据中国证监会于 2003 年 12 月 28 日发布、2004 年 2 月 1 日起实施的《证券发行上市保荐制度暂行办法》(下称"办法"),股份有限公司首次公开发行股票和上市公司发行新股、可转换公司债券,应当聘请具有保荐资格的证券经营机构作为保荐机构,由保荐机构及其保荐代表人对发行人进行辅导,在符合法定要求后向中国证监会推荐,并在证券发行上市后的一定期间内负责对发行人的持续督导工作,承担相应的责任。

1. 保荐机构和保荐代表人资格

保荐机构和保荐代表人是指符合规定的资格和条件,经中国证监会注册登记并列入保荐机构、保荐代表人名单的证券经营机构、个人。

保荐机构应当是综合类证券公司，符合《办法》规定资格条件，并向中国证监会提交自愿履行保荐职责的声明、承诺。《办法》规定了证券经营机构不得注册登记为保荐机构的消极条件：(1)保荐代表人数量少于两名；(2)公司治理结构存在重大缺陷，风险控制制度不健全或者未有效执行；(3)最近24个月因违法违规被中国证监会从名单中去除；(4)中国证监会规定的其他情形。

保荐代表人应当具有证券从业资格、取得执业证书，且符合下列要求，通过所任职的保荐机构向中国证监会提出申请，并提交有关证明文件和声明：(1)具备中国证监会规定的投资银行业务经历；(2)参加中国证监会认可的保荐代表人胜任能力考试且成绩合格；(3)所任职保荐机构出具由董事长或者总经理签名的推荐函；(4)未负有数额较大到期未清偿的债务；(5)最近36个月未因违法违规被中国证监会从名单中去除或者受到中国证监会行政处罚；(6)中国证监会规定的其他要求。

2. 保荐机构的职责

根据《办法》规定，保荐机构的工作主要有以下三个方面：

(1)上市辅导。保荐机构在推荐发行人首次公开发行股票前，应当按照中国证监会的规定对发行人进行辅导。保荐机构推荐其他机构辅导的发行人首次公开发行股票的，应当在推荐前对发行人至少再辅导6个月。

(2)调查核实。保荐机构应当按照法律、行政法规和中国证监会的规定，对发行人及其发起人、大股东、实际控制人以及中介机构及其签名人员的专业意见，进行尽职调查、审慎核查，认为发行人已经符合证券发行上市的各项要求和条件的，向中国证监会提出推荐，并在推荐文件中做出承诺。

(3)持续督导。在其所推荐的证券发行上市之后，保荐机构在规定的期间内应当针对发行人具体情况确定持续督导的内容和重点，并承担下列工作：督导发行人有效执行并完善防止大股东、其他关联方违规占用发行人资源的制度；督导发行人有效执行并完善防止高管人员利用职务之便损害发行人利益的内控制度；督导发行人有效执行并完善保障关联交易公允性和合规性的制度，并对关联交易发表意见；督导发行人履行信息披露的义务，审阅信息披露文件及向中国证监会、证券交易所提交的其他文件；持续关注发行人募集资金的使用、投资项目的实施等承诺事项；持续关注发行人为他人提供担保等事项，并发表意见；中国证监会规定及保荐协议约定的其他工作。

3. 保荐机构和保荐代表人的法律责任

根据《办法》规定，自保荐机构向中国证监会提交推荐文件之日起，保荐机构及其保荐代表人承担相应的责任；保荐机构和保荐代表人没有依法申请注册登记、提交推荐文件、履行持续督导义务等，将分别被处以3个月或6个月、6个月或12个月取消推荐资格，甚至从注册名单中除名的处罚。

同时，中国证监会建立保荐信用监管系统，对保荐机构和保荐代表人进行持续动态的注册登记管理,将其执业情况、违法违规行为、其他不良行为以及对其采取的监管措施等记录予以公布。

（二）股权分置改革

股权分置,是指我国 A 股市场的上市公司股份,按能否在证券交易所上市交易被区分为非流通股和流通股的现象,这是我国经济体制转轨过程中形成的特殊问题。股权分置扭曲资本市场定价机制,制约资源配置功能的有效发挥;公司股价难以对大股东、管理层形成市场化的激励和约束,公司治理缺乏共同的利益基础;资本流动存在非流通股协议转让和流通股竞价交易两种价格,资本运营缺乏市场化操作基础。股权分置不能适应当前资本市场改革开放和稳定发展的要求,必须通过股权分置改革,消除非流通股和流通股的流通制度差异。

上市公司股权分置改革,是通过非流通股股东和流通股股东之间的利益平衡协商机制,消除 A 股市场股份转让制度性差异的过程。股权分置改革是为非流通股可上市交易作出的制度安排,并不以通过资本市场减持国有股份为目的。

1. 法律依据。适用于上市公司股权分置改革工作的法律规定,除《公司法》、《证券法》、《股票发行与交易管理暂行条例》等法律法规外,更为直接和具体的法规、规章和规范性文件包括《国务院关于推进资本市场改革开放和稳定发展的若干意见》(国发[2004]3号,以下简称《若干意见》),证监会、国资委、财政部、人民银行、商务部于 2005 年 8 月 23日发布的《关于上市公司股权分置改革的指导意见》,中国证监会等有关部委以及证券交易所、登记结算公司发布的《上市公司股权分置改革管理办法》(证监发[2005]86 号)、《关于上市公司股权分置改革中国有股股权管理有关问题的通知》(国资发产权[2005]246号)、《关于上市公司股权分置改革涉及外资管理有关问题的通知》(商资发[2005]565号)、《上市公司股权分置改革中相关会计处理暂行规定》(财政部)、《上市公司股权分置改革业务操作指引》、《上市公司股权分置改革说明书格式指引》、《上市公司股权分置改革保荐工作指引》等。

2. 总体要求。上市公司股权分置改革工作,必须遵循国务院《若干意见》提出的“在解决这一问题时要尊重市场规律,有利于市场的稳定和发展,切实保护投资者特别是公众投资者的合法权益”的总体要求,按照市场稳定发展、规则公平统一、方案协商选择、流通股东表决、实施分步有序的操作原则进行,并遵守本通知规定的程序和要求。

3. 改革方案。改革方案应当兼顾全体股东的即期利益和长远利益,有利于公司发展和市场稳定,并可根据公司实际情况,采用控股股东增持股份、上市公司回购股份、预设原非流通股股份实际出售的条件、预设回售价格、认沽权等具有可行性的股价稳定措施。股权分置改革与公司资产重组结合,重组方通过注入优质资产、承担债务等方式,以实现公司盈利能力或者财务状况改善作为对价安排的,其资产重组程序与股权分置改革程序应当遵循本办法和中国证监会的相关规定。非流通股股东应当以书面形式做出忠实履行承诺的声明。

4. 股份出售。改革后公司原非流通股股份的出售,应当遵守下列规定:(1)自改革方案实施之日起,在12个月内不得上市交易或者转让;(2)持有上市公司股份总数5%以上的原非流通股股东,在前项规定期满后,通过证券交易所挂牌交易出售原非流通股股份,出售数量占该公司股份总数的比例在12个月内不得超过5%,在24个月内不得超过10%。原非流通股股东出售所持股份数额较大的,可以采用向特定投资者配售的方式。

5. 保荐机构及资格。保荐机构与公司及其大股东、实际控制人、重要关联方存在下列关联关系的,不得成为该公司股权分置改革的保荐机构:(1)保荐机构及其大股东、实际控制人、重要关联方持有上市公司的股份合计超过7%;(2)上市公司及其大股东、实际控制人、重要关联方持有或者控制保荐机构的股份合计超过7%;(3)保荐机构的保荐代表人或者董事、监事、经理、其他高级管理人员持有上市公司的股份、在上市公司任职等可能影响其公正履行保荐职责的情形。保荐机构应当指定一名保荐代表人具体负责一家公司股权分置改革的保荐工作。该保荐代表人在相关股东会议表决程序未完成前,不得同时负责其他上市公司的股权分置改革保荐工作。保荐机构的法定代表人、保荐代表人应当在保荐意见书上签字,承担相应的法律责任。

6. 保荐职责及责任。保荐机构应当履行下列职责:(1)协助制定改革方案;(2)对改革方案有关事宜进行尽职调查;(3)对改革方案有关文件进行核查验证;(4)对非流通股股东执行对价安排、履行承诺事项的能力发表意见;(5)出具保荐意见书;(6)协助实施改革方案;(7)协助制定和实施稳定股价措施;(8)对相关当事人履行承诺义务进行持续督导。保荐机构及其保荐代表人为股权分置改革提交的相关文件中存在虚假记载、误导性陈述或者重大遗漏的,或者未能履行尽职调查、持续督导义务的,证券交易所对其进行公开谴责,中国证监会责令其改正;情节严重的,将其从保荐机构及保荐代表人名单中去除。

# 第五节 上市公司收购

企业的兼并与收购,通常合称"并购",它是现代公司产权制度的产物,也是公司资产性交易行为的高级形式。

## 一、上市公司收购概述

为依法规范证券市场上的公司购并、资产重组行为,我国《证券法》设专章"上市公司的收购",对上市公司收购的方式、条件、程序、监管等问题作出了专门规定。

### (一)上市公司收购的概念

上市公司收购是指投资者购买股份有限公司已发行上市的股份以达到对其控股或兼并目的的行为。

1. 上市公司收购的含义

一般而言,企业的购并或者并购,包括企业的兼并和收购两个方面。兼并(Merger)是指两家或多家独立的公司企业组成一家公司,通常由一家占优势的公司吸收另外一家或多家公司,优势公司依然保留自己的法人资格和公司实体,被吸收公司则失去法人资格或改变法人实体,仅作为优势公司的一个组成部分存在;收购(Acquisition)是指一家优势公司通过购买另一家公司的股权或资产,达到获得该公司控制权的行为,被收购公司的法人资格和地位并不因此消失。

2. 证券法上的上市公司收购

从我国《证券法》第四章的规定来看,内涵上,上市公司收购包括收购和兼并两个方面的内容,因此可称为上市公司购并(M&A);外延上,它有别于一般性的证券购买和证券投资行为,因为其目的在于谋取目标公司的控制权或经营权;方式上,它有两种,既可以是要约收购,也可以是协议收购;收购范围上,既包括通过证券交易所集中交易收购已上市流通股份,也包括在证券交易所之外以协议方式收购非上市流通股份。

3. 上市公司收购的法律特征

上市公司收购是公司购并的重要形式和组成部分,因为它是以上市公司为目标公司,并必须受到证券法等证券市场法律法规的调整和规范,使得其具有若干特殊性,即有别于一般公司购并的法律特征。

(1)上市公司收购的主体是证券市场上的投资者,具有多元性。我国证券法把上市公司收购的主体规定为"投资者",未作具体的限制性规定。

(2)上市公司收购的目的在于通过收购行为实现对被收购公司的控股或者兼并。这与一般投资者依法在证券市场上买卖股票、赚取买卖差价的目的大为不同。

(3)上市公司收购的对象是上市公司已经依法发行的股份,而不问其是否已上市流通。

(二)上市公司收购的分类和方式

按照不同的标准,上市公司收购可以作不同的分类,表现为不同的收购方式。与我国的公司收购实践较为密切的分类方法主要有以下三种:

1. 部分收购与全面收购

这是按照收购目标公司股份的数量的不同对上市公司收购的分类。一般而言,部分收购是指投资者收购一家上市公司的部分股份的行为,全部收购则是指收购者收购目标公司的全部100%股份或投票权的行为,两者的主要区别在于收购者所取得的目标公司股份数量的不同。

2. 强制收购与自愿收购

以是否构成法律义务为标准,上市公司收购可分为自愿收购和强制收购。强制收购即指收购者在持有目标公司股份达到一定比例时,依法必须向该公司所有股东发出收购该公司其余全部股份的收购要约的收购行为。而自愿收购则是收购者依法自主自愿进行的收购，即在证券法律、法规规定有强制收购制度的国家和地区，收购者在法定的持股比例之下收购目标公司的股份，是否进一步收购或收购到多少比例的股份等，均由收购者自己决定。

### 3. 要约收购与协议收购

根据我国《证券法》第85条规定，投资者可以采取要约收购、协议收购及其他合法方式收购上市公司。要约收购是指收购者在持有目标公司股份达到法定比例时，继续进行收购，并依法通过向目标公司所有股东发出全面收购要约的方式进行的收购；协议收购则是收购者通过同目标公司的股东在场外协商、达成收购协议的方式进行的收购。

### 4. 现金收购、换股收购和混合收购

从收购方支付对价的方式来看，上市公司收购可分为现金收购、换股收购和混合收购。现金收购是指收购人以现金为对价购买上市公司股份的行为；换股收购是指以本公司发行的股份为对价来交换上市公司股份的行为；混合收购是兼用现金和换股两种支付方式购买上市公司股份的收购方式。

### 5. 善意收购、敌意收购、恶意收购、反向收购

（1）善意收购（agreed offer）一般是指被收购公司董事会一致同意向其股东推荐被收购，并在将收购要约推荐给其股东时附上一份由投资银行、证券经纪人等专业顾问提供的关于收购要约是否公平合理的完全独立的建议或说明。在董事会不能达成一致同意意见时，若多数董事同意，则要附上不同意见董事的不同意见及其理由。

（2）敌意收购（hostile bid）是与善意收购相对的一种收购方式，指在目标公司不愿意的情况下，当事人双方采用各种攻防策略、经过收购与反收购的激烈争夺而完成的收购行为。需要指出的是，善意收购和敌意收购均为合法的收购行为。

（3）反向收购（reverse takeover）则是英国公司购并法律规定的善意收购中的一种方式，其基本含义是：一家较小的上市公司主动向一家较大的有意成为上市公司的非上市公司提出收购意向并与之共同达成协议，实施收购行为，从而使该非上市公司成为上市公司，或者达到使得上市公司自身规模获得迅速扩大的目的。

（4）恶意收购则是与善意收购和敌意收购相对应的一种非法的收购行为，是指违反国家有关法律，通过不正当竞争手段，如内幕交易、联手操纵、欺诈行为、散布谣言等，未做充分信息披露而采取突然袭击的形式掌握目标公司的控制权或将其合并，使有关当事人和广大投资者、社会公众的利益受到不正当、不公平损害的收购行为。恶意收购的突出特征是突袭性、掠夺性和欺诈性。

### （三）上市公司收购的一般原则

上市公司收购作为产权流动的一种重要形式，对国民经济的发展具有积极意义，国家依法鼓励和保证公司购并的顺利进行。

1. 目标公司股东公平待遇原则。被购并上市公司股东应得到公平的待遇,这是各国证券立法的核心,也是证券市场"三公"原则在公司购并问题上的集中体现。目标公司股东公平待遇原则要求,在上市公司收购中,目标公司所有股票持有人均需获得公平的待遇,而属于同一类别的股东必须获得同等待遇。

2. 收购者持股披露原则。收购者持股披露是上市公司收购的一项基本原则,其基本内容为:投资者通过证券交易所的证券交易,持有一个上市公司已发行的股份达到一定比例,或达此比例后持股量增加或减少一定比例时,应依法将有关情况予以报告、通知和公告。这一原则在美、日、英等各个国家的公司并购立法中是一致的,所不同的是对于收购者需要进行披露的持股比例的具体规定不尽相同。

3. 强制性要约收购原则。强制性要约收购作为一项法律制度,最早出现于英国《伦敦城收购与合并守则》。其基本内容是,发起人以外的任何投资者,通过证券交易所的证券交易持有一个上市公司已发行的股份的一定比例时,继续进行收购的,必须依法向该上市公司所有股东发出收购要约。这同收购者持股披露制度一样,是一项强制性法律规定。这一制度的立法意图,在于通过限制和规范大股东(收购者)的收购行为,实现对目标公司中小投资者利益的保护,维护证券市场的"三公"原则。我国立法借鉴了国外的经验,《股票发行与交易管理暂行条例》和现行《证券法》均规定了强制性要约收购原则。

### 二、上市公司的要约收购

上市公司的要约收购是收购人依法向目标公司所有股东发出收购要约而进行的收购,它属于强制性收购。从我国证券法的规定来看,要约收购的鲜明特点有:收购人持股比例必须已经达到30％这一触发点,非经有权机关豁免必须发出要约进行全面收购的强制性,收购条件受到法律的严格限定等。我国《证券法》第四章"上市公司的收购"对要约收购作了制度上和程序上的具体规定。

1. 持股情况披露义务。投资者通过证券交易所的证券交易,持有一个上市公司已发行的股份的5％时,应当在该事实发生之日起3日内,向国务院证券监管机构、证券交易所作出书面报告,通知该上市公司,并予以公告;在上述期限内,不得再行买卖该上市公司的股票。之后,其所持有该上市公司已发行的股份比例每增加或者减少5％,应依照前述方法履行进一步的报告和公告义务,在报告期限内和作出报告、公告后2日内,收购者不得再行买卖该上市公司的股票。

2. 强制性收购要约的触发点。发生收购要约义务的原因是任何投资者通过证券交易所的证券交易,持有或者通过协议、其他安排与他人共同持有一个上市公司已发行的股份达到30％时,并且继续进行收购。事实发生之后,除国务院证券监管机构免除其发出收购要约义务者外,作为投资者的收购者应当依法向该上市公司所有股东发出收购上市公司全部或者部分股份的要约。在依法发出收购要约之前,收购人必须事先将上市公司收购报告书报送证券监管机构,并同时提交证券交易所。收购人依法报送上市公司收购报告书之日起15日后,公告其收购要约。收购要约的期限不得少于30日,并不得超过60日。

3. 上市公司收购报告书。向国务院证券监管机构和有关证券交易所报送和提交的上市公司收购报告书,应载明的事项主要有:(1)收购人的名称、住所;(2)收购人关于收购的决定;(3)被收购的上市公司名称;(4)收购目的;(5)收购股份的详细名称和预定收购的股份数额;(6)收购期限、收购价格;(7)收购所需资金额及资金保证;(8)报送上市公司收购报告书时持有被收购公司股份数占该公司已发行的股份总数的比例。

4. 收购要约中提出的各项收购条件,适用于被收购公司的所有股东。在收购要约的有效期限内,收购人不得撤回其收购要约;收购人需要变更收购要约中事项的,必须事先向国务院证券监管机构及证券交易所提出报告,经获准后,予以公告。要约收购的收购人在收购要约期限内,不得卖出被收购公司的股票,也不得采取要约规定以外的形式和超出要约的条件买入被收购公司的股票。

5. 收购期限届满,被收购公司股权分布不符合上市条件的,该上市公司的股票应当由证券交易所依法终止上市交易;其余仍持有被收购公司股票的股东,有权向收购人以收购要约的同等条件出售其股票,收购人应当收购。

6. 收购行为完成后,被收购公司不再具备股份有限公司条件的,应当依法变更企业形式。收购行为完成后,收购人与被收购公司合并,并将该公司解散的,被解散公司的原有股票由收购人依法更换。

7. 在上市公司收购中,收购人持有的被收购的上市公司的股票,在收购行为完成后的12个月内不得转让。

8. 收购行为完成后,收购人应当在15日内将收购情况报告国务院证券监督管理机构和证券交易所,并予公告。

9. 收购上市公司中由国家授权投资的机构持有的股份,应当按照国务院的规定,经有关主管部门批准。

### 三、上市公司的协议收购

根据我国《证券法》规定,上市公司股权协议转让主要是指上市公司的国有股及法人股股权通过协议形式的转让和流通,它实质上是收购人与目标上市公司的股票持有人之间以协议方式进行的股权转让行为,所转让的往往是大宗国有股权,收购人受让股权的目的是为了获得目标上市公司的控制权。

1. 及时报告和公告。以协议方式收购上市公司时,达成协议后,收购人必须在3日内将该收购协议向国务院证券监管机构及证券交易所作出书面报告,并予以公告;收购上市公司的行为结束后,收购人应当在15日内将收购情况报告证券监管机构和证券交易所,并予以公告。这是法律赋予收购人的持股信息披露义务。

2. 协议履行的限制。上市公司收购协议达成后,在尚未公告前,收购双方不得履行收购协议。需要清楚的是,将收购协议向监管机构和交易所进行报告,并不是协议要经过审批。收购协议达成后,便告正式成立,对双方产生约束力。本条的规定,不是对协议内容的限制,而是对协议履行的限制,即收购协议只有经过公告之后,收购事项已为社会公众所知晓时,方可履行。在作出公告前,履行收购协议是违法的,应当承担相应的法律责任。这一规定,可以避免收购双方利用时间差牟取非法利益。

3. 股票保管和资金存放。协议收购的协议双方可以临时委托证券登记结算机构保管协议转让的股票,并将资金存放于指定的银行。这一制度安排,较好地解决了从达成协议到协议履行一段期间中协议股票和资金的存放问题,有利于促进收购协议的履行,推动上市公司协议收购的顺利进行。

4. 股票禁卖。在上市公司收购中,收购人对所持有的被收购的上市公司的股票,在收购行为完成后 12 个月内不得转让。这一规定源于禁止内幕交易制度,有利于创造证券市场的公平交易环境,保护广大公众投资者的合法权益;否则,收购人将有机会运用其信息、持股和资金等方面的优势,进行内幕交易和操纵市场,甚至以收购之名欺诈客户。

5. 采取协议收购方式的,收购人收购或者通过协议、其他安排与他人共同收购一个上市公司已发行的股份达到 30％时,继续进行收购的,应当向该上市公司所有股东发出收购上市公司全部或者部分股份的要约。但是,经国务院证券监督管理机构免除发出要约的除外。

6. 国有股份转让的批准。收购上市公司中由国家授权投资的机构持有的股份,应当按照国务院的规定,经有关主管部门批准。

### 四、国外上市公司收购的法律制度

世界范围内,各个国家关于上市公司收购的法律制度和操作程序不尽一致、各有千秋,值得予以比较、研究和借鉴,一方面可以帮助我们理解上市公司收购的法律机理,另一方面可以促进我国上市公司收购法律制度在实践的基础上不断健全和完善。比较而言,美国、英国和我国香港地区关于上市公司收购的法律规定和操作程序较为完善和具有特点,值得学习、研究和借鉴。[①]

**［案例分析］**

中国证监会于 2000 年对海通证券有限公司违反证券法规的行为进行了调查,认定以下违规事实:

---

① 参见张学森主编:《证券法原理与实务》,经济科学出版社 1999 年版,第 186～209 页。该书对美国、英国和我国香港特区的有关上市公司收购的法律制度和操作程序进行了较为详细具体的叙述。

(1)挪用客户保证金。(2)以他人名义进行股票自营业务。(3)为客户股票交易提供融资。(4)工会买卖股票。(5)违规代理国债回购与返售交易。基于上述违规事实的认定,中国证监会根据《中华人民共和国行政处罚法》第23条和《股票发行与交易管理暂行条例》第71条,对海通证券公司上海业务总部负责人给予警告处分,并责令海通证券自受到处罚决定之日起6个月内清理违规资金,1个月内清理个人股票账户。

问题:

1. 证券法上的欺诈客户行为应如何认定?

2. 试述欺诈客户行为的法律责任。

## 练习与思考

### 一、名词解释

证券法、证券法律关系、资本证券、证券公开发行、证券上市、证券交易、证券回购、证券发行上市保荐制度、可转换公司债券、信息披露、上市公司的要约收购、内幕交易、虚假陈述、操纵市场、欺诈客户、股权分置改革。

### 二、简述题

1. 试述股票公开发行的条件。

2. 简述我国证券交易的禁止性行为。

3. 简述我国上市公司的要约收购制度。

4. 试析我国证券市场监管法律制度。

# 第十三章

# 信托法律制度

信托制度是一种特殊的财产管理制度，它以信任为基础，"受人之托，代人理财"。通过本章学习，掌握信托的概念、特征、种类，明确现代信托的基本理念，把握信托财产独立性的法律特征，明确信托当事人的权利和义务，掌握信托的设立、变更和终止的基本规范，以及信托业法律制度的基本内容。

本章的重点在于信托制度的理念、信托财产的独立性特征和信托行为的合法性要求。

## 第一节　信托法概述

### 一、信托的概念与特征

#### （一）信托的概念

信托（trust）是一种特定的财产管理制度。从字面上看，信托就是信任而委托。如果进一步的概括，就是"得人之信，受人之托，代人理财，履人之嘱"。作为一种财产管理制度，信托从几百年前英国的衡平法创制近代信托制度以来，经过信托活动的实践，逐步形成有关信托关系的基本法律规范。这些规范反映了信托活动的内在要求和基本功能，构成了民事商事法律中的一种特殊的法律概念和法律制度。

关于信托的定义，我国《信托法》第 2 条规定："本法所称信托，是指委托人基于对受托人的信任，将其财产权委托给受托人，由受托人按委托人的意愿以自己的名义，为受益人的利益或者特定目的，进行管理或者处分的行为。"由此分析，我国《信托法》中的信托具有以下含义：

1. 信托是委托人委托受托人管理和处分信托财产的法律行为

我国《信托法》从法律行为的角度出发,把信托的核心含义界定为委托他人管理和处分信托财产的法律行为。具体来讲,这种法律行为又可以分为两部分:一是委托行为,二是管理和处分行为。

委托行为是指委托人为了使受托人能够对自己的财产进行管理和处分,将自己的财产通过信托文件委托给受托人占有的行为。此行为主要通过信托契约或信托遗嘱来实施的,其实质是对受托人进行授权的行为,授权的内容为受托人占有、管理和处分信托财产。委托行为是信托的基础,是管理和处分行为的前提,没有委托人的委托行为,信托是不可能产生和存在的。

管理和处分行为是指受托人依照委托人的授权或信托法的规定,为了达到增值信托财产的目的而对信托财产进行管理或处分的行为。对于受托人而言,进行管理和处分行为既是其一种权利,也是其一项义务。从权利角度说,受托人对信托财产享有排他的管理和处分权,任何人(包括委托人和受益人),对受托人管理和处分信托财产的行为都不得非法干涉;从义务角度说,受托人必须依照信托文件及法律的规定管理和处分信托财产。

2. 信托是基于委托人对受托人的信任而产生的法律关系

民事法律关系产生的基础是当事人之间的信任关系,信托关系也是如此。比较而言,作为信托产生基础的信任关系又有其自身的特点,表现为这种信任关系主要是委托人对受托人的单方信任而不是他们之间的相互信任。这是由信托制度的特质决定的。在信托设计中,委托人将财产交付受托人的目的,是借助于受托人的专业知识和能力来管理信托财产,以使信托财产保值、增值,从而实现受益人的利益。

在信托制度中,信托财产具有高度的独立性。委托人在将财产交付信托形成信托财产之后,就对信托财产失去了直接占有和控制的权利;受益人尽管对信托财产有受益权,但他也无权管理和处分信托财产;信托财产完全由受托人来占有、管理和处分。因此,在信托中,委托人对受托人的信任是极其重要的,是信托产生的基础。只有委托人对受托人产生了信任,委托人才会将其财产委托给受托人管理和处分,否则委托人是不会把财产委托给受托人的。

3. 受托人是以自己的名义来管理和处分信托财产的

在信托体制下,信托财产具有高度的独立性,信托财产不归委托人所有,也不归受益人所有。这样,受托人就不可能以委托人或受益人的名义来管理和处分信托财产。同时,尽管信托财产不归受托人所有,受托人也无权将信托财产归为其固有财产,但依照信托文件和信托法律的规定,受托人是惟一对信托财产享有管理权和处分权的人,其在管理和处分信托财产的时候是以自己的名义来进行的。

受托人以自己的名义管理和处分信托财产的时候,对他人而言,受托人的身份基本上相当于信托财产所有人(当然,我国《信托法》并不承认受托人是信托财产的所有人),他完全有权以所有人的地位来占有、管理和处分信托财产并承担由此产生的法律后果,对其占有、管理和处分信托财产的行为,任何人不得非法干涉,否则即构成对他的侵权。受托人也完全是以自己的名义与第三人就信托财产进行交易的,这是信托的一个重大特征,也是信托和委托(代理)根本不同的地方。

4. 受托人管理和处分信托财产要按委托人的意愿进行

由于信托财产具有独立性,它不是受托人的固有财产,所以受托人不能随心所欲地进行管理和处分信托财产的行为。换句话说,受托人管理和处分信托财产,必须按照委托人的意愿进行,而不能按照自己的意愿任意进行。

受托人按委托人意愿管理和处分信托财产,并不意味着委托人可以任意干涉受托人管理和处分信托财产的行为。受托人要遵照的委托人意愿,必须是在信托成立时就已形成的意愿,这些意愿包含在信托契约或信托遗嘱等信托文件之中,主要体现为信托目的,以及委托人对受托人管理和处分信托财产的一些具体要求。

5. 受托人管理和处分信托财产是为了实现信托目的

信托目的是指委托人希望通过信托所要达到的目的。委托人设立信托的目的不外乎有两个:在私益信托中是为了使受益人受益,以实现受益人的受益权;在公益信托中是为了实现特定公益目的。

受托人管理和处分信托财产的行为,要紧紧围绕信托目的进行。当受托人管理和处分信托财产的行为背离信托目的的时候,受益人有权要求其改正;如果受托人的行为造成受益人的损失,受益人可以要求受托人承担相应的法律责任。

(二)信托的特征

1. 信托有三方当事人。作为一种法律关系,信托有三方当事人,即必须有委托人、受托人和受益人。在信托关系当事人中,受托人是以自己的名义管理、处分信托财产的,这是信托制度的一个特点。

2. 所有权与收益权相分离。信托作为一种法律制度,是基于信托财产之上的所有权、占有处分权和收益权相分离的财产管理制度。所有权与收益权相分离,信托财产的权利主体和利益主体相分离,成为信托制度区别于其他类似财产管理制度的根本特征。

3. 信托财产具有独立性。信托关系一旦设立,信托财产即从委托人、受托人和受益人的自有财产中分离出来,成为一种独立运作的财产;其管理和处分,仅仅服从于信托目的。关于这一特点,我国学者将其概括为财产隔离制度,是信托的独特制度优势。[①]

4. 受托人责任的有限性。信托关系中,受托人责任的有限性源于信托财产的独立性。在信托中,只要受托人在处理信托事务过程中没有违背信托目的和法律规定,即使未能取得信托利益或造成了信托财产的损失,受托人也不以自有财产负个人责任。委托人处理信托事务,只以信托财产为限对外承担有限清偿责任。

---

① 参见张学森:《王连洲:信托业务创新有制度优势》,载《上海证券报》,2005 年 3 月 7 日。

5. 信托关系的连续性。或者称信托存续的连贯性,是指信托不因委托人或者受托人的死亡、丧失民事行为能力、依法解散、被依法撤销或者被宣告破产而终止,也不因受托人的辞任而终止,具有一定的连续性和稳定性。在公益信托中还适用"近似原则",即当公益信托所指定公益目的不能实现或者实现已无意义时,公益信托并不终止,有关管理机关将使信托财产运用于与原公益目的相近似的其他公益事业上。

## 二、信托与相关制度的比较

### (一)信托与代理

代理是指代理人在代理权限内,以被代理人的名义,与第三人实施法律行为,其法律后果由被代理人承担的民事法律制度。

1. 信托和代理具有若干相同之处,主要包括:(1)两者都基于信任而产生,受托人和代理人均处于被信任者的地位。(2)两者都是为了他人的利益而从事活动,受托人为受益人的利益而活动,代理人为本人的利益而活动。(3)两者都可能涉及为他人管理财产问题,只是信托财产是委托人转移给受托人的特定财产。

2. 信托和代理之间的区别表现在:(1)当事人不同。信托有委托人、受托人和受益人三方当事人,而代理只有代理人和被代理人两方。(2)财产权属不同。信托财产的所有权和受益权分离,受托人取得法律上和形式上的所有权,受益人取得信托财产的利益;在代理关系中代理人并不因代理而取得被代理人的财产所有权,代理所涉及的财产的所有权和利益不发生分离,均归属于被代理人。(3)使用的名义不同。在信托中,受托人以自己的名义对外从事活动;而代理中,代理人以被代理人的名义在代理权限内对外活动。(4)被信任者的权限不同。在信托中,除了信托文件和法律另有限制外,受托人具有为实施信托事务所必需的一切权限,委托人和受益人不得随意干涉受托人的活动;在代理中,代理人只能在被代理人授权范围内活动,不得逾越代理权限,而且其行为受到被代理人的严格监督。(5)法律后果的承担主体不同。在信托中,受托人以自己的名义对外活动,并承担由此产生的法律后果;而在代理中,代理人在代理权限内以被代理人名义对外活动,由此产生的法律后果完全由被代理人承担。(6)适用范围不同。信托制度是一种特殊的财产管理制度,因而信托关系以财产管理为核心;而代理制度应用更为广泛,适用于被代理人自愿委托的各种事务,如立约、诉讼、表决等。

### (二)信托与行纪

行纪是大陆法系国家民商法上的一种代客买卖的法律制度,指一方(行纪人)接受他方(委托人)委托,以自己的名义为委托人从事贸易活动,并收取报酬的营业活动。

1. 信托与行纪有若干相同之处,主要有:(1)行纪与信托关系均是基于信任而产生的;(2)两者均涉及到财产的管理与处分;(3)受托人和行纪人均以自己的名义对外活动,并就此活动的法律后果自负责任。

2. 信托与行纪之间的不同主要表现在:(1)当事人不同。行纪关系的当事人只有委托人和行纪人两方,而信托关系有委托人、受托人和受益人三方当事人。(2)成立要件不同。信托必须以信托财产交付给受托人为成立要件,行纪则不以财产交付为成立要件。(3)涉及财产范围不同。行纪所涉及的财产一般限于动产,而信托财产可以是动产、不动产、有价证券、知识产权及其他财产。(4)利益归属不同。信托财产利益归属于受益人而非委托人,而行纪中委托人财产所得利益归属于委托人所有。(5)当事人介入权不同。信托关系中,受托人原则上没有介入权,不得为了自己的利益而买进信托财产或以信托资金购买自己的财产;而行纪关系中,如无特别规定,行纪人具有介入权,可以以一方当事人的身份与委托人实施交易行为。(6)业务活动环节不同。行纪业务是以代客买卖为主的一种特殊的财产交易制度,涉及环节相对单一;而信托事务则涉及活动非常广泛,涉及财产管理、处分、投资、利益分配等各个环节的事务。

（三）信托与寄存保管

信托与寄存保管的共同点是财产都是由委托人转交给受托人(保管人),两者之间的不同点有:(1)在信托关系中,不仅信托财产的占有发生变化,信托财产的名义转为受托人;而寄存保管关系中,保管人只临时占有寄存的财产,并不发生名义上的变化。(2)在信托关系中,受托人要按照信托文件的约定,为了信托目的,对信托财产进行管理、运用和处分;而在寄存保管关系中,保管人仅负有安全保管和返还的义务,而不承担运用、处分财产的义务。

（四）信托与赠与

信托与赠与的共同点是都将财产交付给他人,不同之处在于:(1)财产所有权转移的目的不同;(2)长期规划功能不同;(3)弹性空间大小不同;(4)受益人的存在前提不同;(5)对财产的控制力或影响力不同;(6)受益人/受赠人的法律保护程度不同;(7)赠与是无偿的,信托则可能是无偿的也可能是有偿的。

### 三、信托的种类

在现代社会,信托作为一种财产管理制度,具有特殊性和优越性,适用十分广泛。按照不同的标准,可将信托进行不同的分类。

1. 私益信托和公益信托。根据信托目的性质的不同,可以将信托划分为私益信托和公益信托。私益信托是指委托人出于私益目的(为了自己或其他特定人的利益)而设立的信托,又可分为民事信托和营业信托;相对于私益信托,公益信托是出于发展公共事业的目的而设立的信托,该信托财产只能用于公益事业。

2. 民事信托、营业信托和公益信托。按照受托人的性质和设立信托的具体目的,私益信托可区分为营业信托和非营业信托。营业信托即商事信托,是个人或法人以财产增值为目的,委托营业性信托机构进行财产经营而设立的信托。非营业信托即民事信托,是个人为抚养、扶养、赡养、处理遗产等目的,委托受托人以非营利业务进行财产的管理而设立的信托。

3. 明示信托、默示信托、法定信托。按照信托设立的意思表示的不同,可以分为明示信托、默示信托、法定信托。明示信托是指委托人以明确的意思表示而设立的信托,该明确的意思表示采取信托合同的形式、遗嘱的形式以及其他信托文件的形式;默示信托是指非经委托人的明确的意思表示,而根据对事实和当事人行为的解释产生的信托,这种信托是英美法系衡平法上的一种推定信托;法定信托是指国家法律明令规定当事人必须设立的信托,是因法律的强制规定而产生的信托。

4. 自益信托和他益信托。按照受益人与委托人的关系不同,可以分为自益信托和他益信托。自益信托是指受益人和委托人是同一人,委托人设立信托的目的是为了自己的利益;他益信托是指受益人为第三人,委托人设立信托是为了第三人的利益,委托人与受益人不是同一人。

5. 个别信托和集合信托。按照接受信托的方式不同,可以分为个别信托和集合信托。个别信托是指受托人根据不同的信托合同,对每一个信托分别独立地承诺,分别管理各个委托人的信托财产,即一对一地形成若干个别的信托关系。所谓集合信托,是指受托人在同一条件下,根据定型化的条款,与众多委托人订立信托合同,集合社会大众的资金,依特定目的,对信托财产概括地加以运用,即形成一对多的集合信托关系。

6. 可撤销信托和不可撤销信托。按照信托可否撤销,分为可撤销信托和不可撤销信托。在信托文件中,委托人可以按照信托目的的性质事先作出约定,标明了可撤销条款的,属于可撤销信托;未标明可撤销条款的,或者标明不可撤销条款的,为不可撤销信托。

7. 按照信托财产的种类不同,可以将信托做不同的业务区分,如动产信托、不动产信托、金钱信托、年金信托、有价证券信托、证券投资信托等。

### 四、信托法的概念

#### (一)信托法的概念

信托法(trust law)是调整信托关系的法律规范的总称。信托法有广义和狭义之分,狭义上的信托法是指调整信托基本关系的法律,其内容主要包括信托当事人、信托财产,以及信托的设立、变更、终止等。广义上的信托法除包括狭义的信托法外,还包括信托业法。信托业法是指规范信托机构及其组织、行为、监管的法律,其内容主要包括信托机构的设立、变更、终止,信托机构的业务范围、经营规则及监督管理等。

在世界各个国家和地区,信托法存在两种立法模式:一是合并立法模式,就是将调整信托关系的一般规范与调整信托业的专门规范合并规定在同一部信托法中,如我国香港特区的《受托人法》;二是分别立法模式,即由《信托法》和《信托业法》分别规定信托关系的一般规范和调整信托业的专门规范,如日本、韩国和我国台湾地区都在《信托法》之外制定了专门的《信托业法》。

2001年4月28日九届全国人大常委会第21次会议通过的《中华人民共和国信托法》,是我国调整信托关系的基本法,信托当事人从事民事、商事和公益信托活动,都必须严格遵守。目前,我国调整信托业的法律依据是中国人民银行于2002年5月9日颁布、实施的《信托投资公司管理办法》,属于部门规章。定位于"受托理财金融机构"的中国信托业,在金融体系中应当具有独立的行业地位。中国资产管理市场的规模和发展潜力,已足以支撑信托业作为一个行业的发展。当务之急是,国家立法机关应加快立法进程,早日颁布、实施专门的《信托业法》。

（二）信托法的基本原则

信托法的基本原则是信托立法、执法、司法和守法以及解释信托法必须遵循的指导原则,是一切信托当事人从事信托活动的基本行为准则。我国《信托法》第1条规定:"为了调整信托关系,规范信托行为,保护信托当事人的合法权益,促进信托事业的健康发展,制定本法。"第5条规定,"信托当事人进行信托活动,必须遵守法律、行政法规,遵循自愿、公平和诚实信用原则,不得损害国家利益和社会公共利益。"这两条规定揭示了信托法作为民商法的特别法所必须遵循的基本原则。

1. 促进信托事业健康发展原则。

2. 保护信托当事人合法权益原则。

3. 公平原则。

4. 诚信原则。

5. 合法性原则。

（三）信托法的基本制度

信托作为一种特殊的财产管理模式,具有独到的制度优势。概括起来,我国《信托法》包含了以下基本制度:

第一,信托财产所有权与受益权分离制度。我国《信托法》与世界各国大不一样的一点是,没有明确规定财产的所有权或者财产权属于受托人,而只规定信托财产的经营管理的权利交给了受托人,这是一个很重要的基本原则。我国《信托法》的这一个特征表明,必须要同时兼顾两方面的利益:一是受托人对于财产应该享有的完全分配的权利;另外一方面又要考虑到受益人对于这部分信托财产的本身所获得的利益的保障,而单纯强调某一方面都不符合《信托法》的原则。

第二,信托财产独立制度。信托财产名义上属于受托人,但又和受托人的其他财产不能混合。在国外,如日本的信托银行,或美国的类似机构,都有一个制度,就是信托的财产虽然名义上属于受托人,但是它和受托人的其他财产之间有一堵隔离墙,这二者不能混淆。不论是哪一种信托基金,基金管理人必须把基金的财产和其自身的财产严格区分开;也必须把他所托管的多个基金的财产严格划分开。只有这样,才能保障信托财产的完全独立,避免造成财产的交叉与财产利益混淆。

第三，信托公示制度。信托公示是指通过一定方式将有关财产已设立信托的事实向社会公众予以公布。从而使交易第三方对交易对象是信托财产还是受托人自有财产能充分识别，保证第三方的交易安全和交易效率，确保第三方免受无谓的损失，从而平衡受益人和第三方的利益关系。从立法目的及制度设计上来看，我国《信托法》设立这一原则的目的就是为了平衡前述信托财产独立性原则及受托人有限责任原则可能会引发的第三方利益受损的问题。

第四，受托人有限责任制度。我国《信托法》第37条规定："受托人因处理信托事务所支出的费用、对第三人所负债务，以信托财产承担。受托人以其固有财产先行支付的，对信托财产享有优先受偿的权利。"此即反映了受托人有限责任原则。也就是说，在此类情形下，受托人以信托财产为限对第三人承担有限责任。但如信托财产不足以偿还第三人的债务，信托法没有规定也不可能规定由委托人或者受益人承担剩余的债务。这就意味着，信托设立后，受托人在与他人进行交易时，如果受托人未向第三人明示或未公示登记该信托财产，则完全可能给不知情的第三人带来损害。

**五、信托法律关系**

（一）信托法律关系的概念

法律关系是由法律调整的社会关系，即由法律规范所确认和调整的人与人之间的权利义务关系。所谓信托法律关系，则是指由信托法调整和保护的，在委托人、受托人和受益人之间形成的，以信托当事人的权利、义务为内容的社会关系。实际生活中，人们常把信托法律关系简称为信托关系。

与信托的种类划分相适应，信托法律关系也可以进行若干分类，主要包括：私益信托法律关系和公益信托法律关系，民事信托法律关系和商事信托法律关系，自益信托法律关系和他益信托法律关系，等等。

按照信托财产的种类不同，可以将信托法律关系划分为不同种类，如动产信托法律关系、不动产信托法律关系、金钱信托法律关系、年金信托法律关系、有价证券信托法律关系、证券投资信托法律关系等。

（二）信托法律关系的构成要素

正如法律关系有三个构成要素一样，信托法律关系也是由主体、客体和内容构成。

1. 信托法律关系主体

信托法律关系的主体就是指参加信托法律关系、享有信托权利和承担信托义务的当事人，包括委托人、受托人和受益人。

一般而言，信托当事人的资格在法律上都有规定。关于委托人，个人、法人和其他组织，包括未成年人通过其监护人、不具备法人资格的团体等，都可以成为委托人；关于受益人，法律往往不作限制，只要是具有权利能力的人即可，哪怕其不具有行为能力，所以未成年人都可以成为受益人;关于受托人,法律上往往有资格方面的限制性规定,如未成年人、禁治产人(无行为能力人)和破产者不能成为受托人。在我国,受托人应当是具有完全民事行为能力的自然人、法人;①商业银行在我国境内不得从事信托投资活动。②

2. 信托法律关系客体

信托法律关系的客体是指信托法律关系主体享有的权利和承担的义务所共同指向的对象,也就是信托法律关系所赖以产生和存在的信托财产。一般认为,作为信托法律关系客体的信托财产包括货币、有价证券、动产和不动产等有形财产,以及发明专利权、商标使用权、牌照使用权和其他可转让的有价值的权利等无形财产。我国《信托法》第 14 条规定,法律、行政法规禁止流通的财产不得作为信托财产。

在信托法律关系中,信托财产既包括委托人通过信托行为转移给受托人,并由受托人按照信托目的进行管理和处分的财产,也包括信托受益,即经过管理和处分而获得的财产。

3. 信托法律关系内容

信托法律关系的内容是指信托当事人相互之间的权利和义务,包括委托人的权利、义务,受托人的权利、义务,受益人的权利、义务等。关于信托当事人的权利和义务,本章将另作叙述,在此不作赘述。

(三)信托法律关系的产生、变更和终止

如同其他社会关系,任何法律关系都有一个产生、变更和终止的过程。一定的法律事实出现,就会引起某种法律关系的产生、变更和终止。所谓法律事实,就是指能够引起法律关系产生、变更和终止的客观现象,一般包括事件和行为。

信托法律关系的产生、变更和终止,也是由一定的法律事实引起的;没有一定法律事实的出现,就不会有信托法律关系的产生、变更和终止。而能够引起信托法律关系产生、变更和终止的法律事实,主要是信托法律行为,简称信托行为。研究信托行为制度对于有效规范信托活动,促进我国信托业健康发展,具有重要意义。关于信托法律关系产生、变更和终止的具体制度,本章将另有专节展开阐述。

# 第二节　信托的设立、变更与终止

## 一、信托的设立

### (一)信托行为及其有效要件

信托的设立是指在特定当事人之间确立信托关系的法律行为,就是说,通过一定行为

---

① 我国《信托法》第 24 条规定:"受托人应当是具有完全民事行为能力的自然人、法人。"
② 我国《商业银行法》第 43 条规定:"商业银行在中华人民共和国境内不得从事信托投资和股票业务,不得投资于非自用不动产。"

在有关当事人之间创设信托关系,使这些当事人在法律上分别具有委托人、受托人和受益人的身份。如前所述,信托作为一种基于信任而产生的财产关系,其设立、变更和终止都离不开信托行为。

1. 信托行为

广义上讲,信托行为作为一种民事法律行为,是法律事实之一种,是指信托当事人之间以设立、变更和终止信托权利为目的,以意思表示为要素,依法产生相应法律后果的行为。① 通常认为,信托行为既包括信托的设立行为,又包括信托的变更和终止行为;既包括委托人移转信托财产的行为,又包括受托人对信托财产的管理或处分行为。

狭义的信托行为仅指设立信托的行为,或称信托的设立行为。我国《信托法》第二章对信托的设立行为做出了专章规定。本章所讲的信托行为,是指狭义上的信托行为概念。目前存在于我国社会生活中的种类繁多的民事信托、营业信托和公益信托等,都是基于信托行为而设立的。

2. 信托行为的特征

与一般民事法律行为相比,信托行为具有四个特征:

(1)信托行为必须有合法的信托目的。信托目的是当事人设立信托所要达到的目标,是信托不可缺少的要素之一,它决定着信托财产的管理和运用方式。我国《信托法》第6条规定,设立信托必须有合法的信托目的。

(2)信托行为应当采取书面形式。设立信托一般由委托人与受托人签订信托合同,或者由委托人以遗嘱方式设立遗嘱信托。我国《信托法》第8条第1款规定,设立信托应当采用书面形式,包括信托合同、遗嘱或者法律、行政法规规定的其他书面文件等。

(3)信托行为以意思表示为要件。意思表示是表意人以一定方式,把其希望发生某种法律后果的内在意思表现于外部的行为。意思表示是民事法律行为的要素,也是信托行为的要素,对信托行为的成立和效力具有决定性意义。

(4)信托行为是合法行为。信托法坚持当事人意思自治原则,但当事人的意志自由不是绝对的,它必须以合法性作为产生效力的条件。我国《信托法》第5条规定,信托当事人进行信托活动,必须遵守法律、行政法规,遵循自愿、公平和诚实信用原则,不得损害国家利益和社会公共利益。

3. 信托行为的有效要件

信托行为只有具有必备的有效要件,才能产生法律效力,也才能引起信托关系的设立。信托行为的有效要件是指使已经成立的信托发生完全法律效力所应当具备的条件。根据我国《信托法》有关规定,信托行为的有效要件可以分为一般有效要件和特殊有效要件。

---

① 参见徐孟洲主编:《信托法学》,中国金融出版社 2004 年版,第 61 页。

所谓一般有效要件,是指信托行为作为民事法律行为所应该具备的条件。根据我国《民法通则》第 55 条规定,民事法律行为应当具备三个条件,即行为人具有相应的民事行为能力、意思表示真实、不违反法律或者社会公共利益。相应地,信托行为的一般有效要件包括三项:一是信托行为主体合格;二是意思表示真实;三是内容不违反法律或者社会公共利益。

所谓信托行为的特殊有效要件,是指根据我国《信托法》的有关规定,信托行为作为特殊的民事法律行为所必须具备的有效要件。概括而言,这些要件包括三项:

(1)信托目的的合法。信托作为一种合法行为,其设立的目的必须合法。我国《信托法》第 6 条规定,设立信托必须有合法的信托目的。这意味着,信托当事人不得以信托名义从事任何非法活动。

(2)信托财产确定。设立信托必须有确定的信托财产,这有两层含义:一是当事人设立信托必须针对确定的财产进行,并就该项财产明确权利与责任;二是信托财产是委托人交由受托人管理和处分的财产,所以它必须为委托人合法所有。我国《信托法》第 7 条规定,设立信托,必须有确定的信托财产,并且该信托财产必须是委托人合法所有的财产。

(3)受益人或者受益人范围确定。受益人是享受信托利益的人,信托制度本身是为受益人利益而设计的一种财产管理制度。在私益信托中,无论受益人是一人或者数人,信托行为都必须具体指明;在公益信托中,由于其受益人是不特定的社会公众,无法具体指明,但必须确定受益人的范围。按照我国《信托法》第 11 条规定,受益人或者受益人范围不能确定的,则信托无效。

总之,信托目的的确定性、信托财产的确定性和受益人的确定性,被认为是信托的三大确定性和信托行为有效成立的三大要件,三者缺一不可。[①] 信托行为必须具备这些要件才能发生法律效力,产生预期的法律效果。而且,必须注意,信托的设立(信托行为的成立)与信托的生效(信托行为的生效)是两个不同的概念,后者以前者为前提,但信托成立并不当然生效,已经成立的信托具备了有效要件后才生效,信托关系才得以最终产生。

(二)信托文件的内容和形式

1. 信托文件的内容

对于信托书面文件的内容,我国法律作出了两方面的规定,即信托文件的法定记载事项和信托文件可以载明的其他事项。我国《信托法》第 9 条规定,设立信托,其书面文件应当载明下列事项:(1)信托目的;(2)委托人、受托人的姓名或者名称、住所;(3)受益人或者受益人范围;(4)信托财产的范围、种类及状况;(5)受益人取得信托利益的形式、方法。除前述所列事项外,信托文件还可以载明信托期限、信托财产的管理方法、受托人的报酬、新受托人的选任方式、信托终止事由等事项。

---

① 参见徐孟洲主编:《信托法学》,中国金融出版社 2004 年版,第 72 页。

## 2. 信托文件的形式

我国《信托法》第 8 条规定,设立信托,应当采取书面形式。书面形式包括信托合同、遗嘱或者法律、行政法规规定的其他书面文件等。采取信托合同形式设立信托的,信托合同签订时,信托成立。采取其他书面形式设立信托的,受托人承诺信托时,信托成立。

(1)信托合同。生前信托的设立一般采取信托合同的形式,即由委托人与受托人签订信托合同,形成信托关系。作为一种民事合同或商事合同,信托合同应当遵循合同法的原则和规定:一是信托合同的书面形式,包括合同书、信件、数据电文(电报、电传、传真、电子数据交换和电子邮件)等可以有形地表现所载内容的形式;二是采用书面合同形式的,当事人予以签字或者盖章时信托合同成立,除信托合同另有约定外,信托合同自成立时起产生法律效力;三是对于法律、行政法规规定应当办理批准、登记等手续的信托合同,在依法办理了批准、登记手续时,才发生法律效力。

(2)遗嘱信托。遗嘱信托是相对于生前信托而言的,是信托关系形成的另一种形式。遗嘱信托以委托人的单独行为而设立信托,即采取立遗嘱的形式,它不需要在立遗嘱时就得到被指定的受托人的同意。有效的遗嘱是遗嘱信托是否成立的前提,被指定人是否承诺信托,并不影响遗嘱的效力。遗嘱虽然指定了受托人,但被指定人并不受到遗嘱指定的强制,被指定人是否愿意承诺信托,可以自由选择。当被指定人明确表示承诺该委托时,以遗嘱形式设定的信托才成立。由于遗嘱是在立遗嘱人死亡时才发生效力,因此,依该遗嘱设立的信托视为同时成立,是否生效则有待于受托人的选择。

(3)其他书面形式。设立信托,除采用信托合同和遗嘱的形式外,随着信托业务范围的扩大,信托业务种类的增加,还会出现一些新的设立信托的书面形式。例如,以广大投资者为对象的营业信托,以公布章程的形式或发售受益凭证的形式,将基金的发起、委托和受托关系的确定以及受益事项综合地予以规定,从而形成集团信托。这些书面形式也构成信托关系产生的依据。

### (三)信托公示制度

信托公示是指通过一定方式将有关财产已经设立信托的事实向社会公众予以公布,其功能在于公开信托事实,使第三人对交易对象是信托财产还是受托人自有财产能充分识别,保证第三人的交易安全和交易效率,确保第三人免受损失,从而平衡受益人和第三方的利益关系。这是因为,信托一旦有效设立,信托财产即具有对抗第三人的效力;信托财产具有独立性,名义上虽归属于受托人所有,但实质上不是受托人的财产,它必须与受托人的自有财产相区分;而且,委托人和受托人的债权人原则上不得对信托财产强制执行。

我国《信托法》第 10 条规定:"设立信托,对于信托财产,有关法律、行政法规规定应当办理登记手续的,应当依法办理信托登记。未依照前款规定办理信托登记的,应当补办登记手续;不补办的,该信托不产生效力。"我国《信托法》的这一规定,与其他国家的公示对抗主义不同。我国目前信托法将未履行登记的法律后果归于信托不生效,而其他国家一般规定不登记的法律后果为不得对抗第三人。

应该指出,从我国《信托法》第 10 条规定来看,我国立法上似乎认为信托的生效以财产转移为标志,而且不应该理解为仅限于依法应当办理登记手续的财产。只不过,需要办理登记手续的财产和不需要办理登记手续的财产,在财产交付或财产移转上的表现形式不同而已。因此,信托合同似乎应该理解为实践合同,受托人取得信托财产时信托生效。

## 二、信托的变更与解除

### (一)信托的变更

信托的变更是指他益信托的委托人更换受益人或者处分受益人的信托受益权。我国《信托法》第 51 条规定,设立信托后,有下列情形之一的,委托人可以变更受益人或者处分受益人的信托受益权:(1)受益人对委托人有重大侵权行为;(2)受益人对其他共同受益人有重大侵权行为;(3)经受益人同意;(4)信托文件规定的其他情形。

### (二)信托的解除

所谓信托的解除,指的是在信托存续期间,信托关系当事人基于法律或者信托文件的规定,行使解除权而使信托关系归于消灭。我国《信托法》规定了信托解除的两种情况:

1. 委托人是惟一受益人的,委托人或者其继承人可以解除信托。信托文件另有规定的,从其规定。[①]

2. 根据我国《信托法》第 51 条规定,在委托人可以变更受益人或者处分受益人的信托受益权的四种情形中,有第(1)项、第(2)项、第(4)项所列情形之一的,委托人可以解除信托。

## 三、信托的终止

### (一)信托终止的概念与事由

所谓信托的终止,是指已经有效成立的信托关系因法律或者信托文件规定的事由而归于消灭。信托终止的事由包括:(1)信托文件规定的终止事由发生;(2)信托的存续违反信托目的;(3)信托目的已经实现或者不能实现;(4)信托当事人协商同意;(5)信托被撤销;(6)信托被解除。[②]

我国《信托法》规定,信托不因委托人或者受托人的死亡、丧失民事行为能力、依法解散、被依法撤销或者被宣告破产而终止,也不因受托人的辞任而终止。但信托法或者信托文件另有规定的除外。[③]

---

① 参见《中华人民共和国信托法》第 50 条。
② 参见《中华人民共和国信托法》第 53 条。
③ 参见《中华人民共和国信托法》第 52 条。

(二)信托终止的法律后果

**1. 信托财产的归属**

我国《信托法》第 54 条规定，信托终止的，信托财产归属于信托文件规定的人；信托文件未规定的，按下列顺序确定归属：(1)受益人或者其继承人；(2)委托人或者其继承人。第 55 条规定，信托财产的归属确定后，在该信托财产转移给权利归属人的过程中，信托视为存续，权利归属人视为受益人。

信托终止后，人民法院依据《信托法》第 17 条的规定对原信托财产进行强制执行的，以权利归属人为被执行人。

**2. 受托人的留置权和请求权**

我国《信托法》第 57 条规定，信托终止后，受托人依照本法规定行使请求给付报酬、从信托财产中获得补偿的权利时，可以留置信托财产或者对信托财产的权利归属人提出请求。

**3. 信托事务清算报告**

我国《信托法》第 58 条规定，信托终止的，受托人应当作出处理信托事务的清算报告。受益人或者信托财产的权利归属人对清算报告无异议的，受托人就清算报告所列事项解除责任。但受托人有不正当行为的除外。

# 第三节　信托财产

信托财产(trust property)作为信托法律关系的客体，是信托设立的前提条件，也是信托赖以存在的物质基础，在信托法律关系中居于重要地位。没有信托财产，便无信托可言。从信托的设立看，委托人不将信托财产转移给受托人，信托便无由成立；从信托的运行看，没有信托财产，受托人的活动和受益人的权利便会失去依托；从信托的存续看，若信托财产一旦灭失，则信托自动消灭。

## 一、信托财产的概念

信托财产是指委托人为实现信托目的而交由受托人管理和处分的特定财产。根据我国《信托法》规定，信托财产包括两部分：一是受托人承诺信托而取得的财产；二是受托人因信托财产的管理运用、处分或者其他情形而取得的财产。

同时，信托财产应当是可以合法转让的财产，或者说应当由可以合法流通的财产构成。因此，法律、行政法规禁止流通的财产，不得作为信托财产；[①]法律、行政法规限制流

---

[①] 根据我国现行法律、行政法规的规定，禁止流通物主要包括：(1)专属国家所有的财产，如矿藏、水流、森林、山岭等自然资源，全民所有的博物馆和其他单位的文物藏品等。(2)军用武器、弹药。(3)淫秽的书刊、影片、录像带、录音带、图片等。

通的财产,依法经有关主管部门批准后,可以作为信托财产。[①]

## 二、信托财产的独立性

信托财产最根本的特征在于其独立性。就信托人而言,其一旦将财产交付信托,即丧失对该财产的所有权,从而使信托财产完全独立于信托人的自有财产。

（一）信托财产独立性的涵义

信托财产的独立性是指信托财产一经有效设立,信托财产即从委托人、受托人和受益人的固有财产中分离出来而成为一项独立财产,并不为委托人、受托人和受益人的债权人追索。

（二）信托财产独立性的表现

1. 信托财产独立于委托人的其他财产。信托关系成立后,应当严格区分信托财产与委托人未设立信托的其他财产。我国《信托法》第15条规定,设立信托后,委托人死亡或者依法解散、被依法撤销、被宣告破产时,信托财产按下列规则处理:(1)委托人是惟一受益人的,信托终止,信托财产作为其遗产或者清算财产;(2)委托人不是惟一受益人的,信托存续,信托财产不作为其遗产或者清算财产;但作为共同受益人的委托人死亡或者依法解散、被依法撤销、被宣告破产时,其信托受益权作为其遗产或者清算财产。

2. 信托财产独立于受托人的固有财产。对受托人而言,他虽因信托而取得信托财产的所有权,但由于他并不能享有因行使信托财产所有权而带来的信托利益,故其所承受的各种信托财产必须独立于其自有财产。如果受托人接受不同信托人的委托,其承受不同委托人的信托财产应各自保持相对独立。我国《信托法》第16条规定,信托财产与属于受托人所有的财产(以下简称固有财产)相区别,不得归入受托人的固有财产或者成为固有财产的一部分。受托人死亡或者依法解散、被依法撤销、被宣告破产而终止,信托财产不属于其遗产或者清算财产。

3. 信托财产独立于受益人的财产。受益人虽享有信托财产的利益,但信托财产不属于受益人的自有财产。对受益人而言,他虽然享有信托财产的受益权,但这只是一种利益请求权,在信托法律关系存续期间,受益人并不享有信托财产的所有权,即使信托法律关系终止后,委托人也可通过信托条款将信托财产本金归于自己或第三人,故信托财产也独立于受益人的自有财产。

4. 信托财产抵消的禁止。我国《信托法》第18条规定:(1)受托人管理运用、处分信托财产所产生的债权,不得与其固有财产产生的债务相抵消。(2)受托人管理运用、处分不同委托人的信托财产所产生的债权债务,不得相互抵消。

---

① 根据我国现行法律、行政法规规定,限制流通物主要包括:(1)城乡土地使用权。(2)全民所有的水面、滩涂的使用权。(3)烟草专卖品。(4)麻醉品。(5)探矿权、采矿权。(6)用材林、经济林、薪炭林及其林地、采伐迹地、火烧迹地的林地使用权。(7)国家重点保护野生动物及其产品,等等。

5. 强制执行的禁止及其例外。信托财产的独立性决定了委托人、受托人和受益人的债权人均不能对其进行强制执行,这是一项法律原则。同时,《信托法》第 17 条规定了可以对信托财产强制执行的例外情况:"除因下列情形之一外,对信托财产不得强制执行:(1)设立信托前债权人已对该信托财产享有优先受偿的权利,并依法行使该权利的;(2)受托人处理信托事务所产生债务,债权人要求清偿该债务的;(3)信托财产本身应担负的税款;(4)法律规定的其他情形。"对于违反这一规定而强制执行信托财产的,委托人、受托人或者受益人有权向人民法院提出异议。

# 第四节　信托当事人

信托当事人,即信托法律关系的当事人,是指享有信托权益、承担信托义务的信托关系各主体,包括委托人、受托人和受益人。

## 一、委托人

### (一)委托人的概念和条件

信托关系中的委托人,是指将信托财产委托他人管理和处分的人。或者说,委托人是指通过信托行为,把自己的财产作为信托财产转移给受托人,并委托受托人为自己或自己指定的其他人的利益,对信托财产进行管理或处分,并以此设立信托的人。我国《信托法》第 19 条规定,委托人应当是具有完全民事行为能力的自然人、法人或者依法成立的其他组织。

值得注意的是,在金融信托中的集合信托和实质上属于信托的各种基金中,由相关金融机构设计信托契约并据此销售信托受益凭证的行为,并不能改变这一交易的法律本质,即本质上仍然是由投资者作为委托人设立的信托。

### (二)委托人的权利

根据我国《信托法》的规定,委托人的权利包括:

1. 信托执行情况知情权

我国《信托法》第 20 条规定,委托人有权了解其信托财产的管理运用、处分及收支情况,并有权要求受托人作出说明。委托人有权查阅、抄录或者复制与其信托财产有关的信托账目以及处理信托事务的其他文件。

2. 管理方法调整请求权

我国《信托法》第 21 条规定,因设立信托时未能预见的特别事由,致使信托财产的管理方法不利于实现信托目的或者不符合受益人的利益时,委托人有权要求受托人调整该信托财产的管理方法。

3. 信托财产损失救济权

当信托财产受到损失时,委托人依法享有多项救济权,包括撤销请求权、返还财产请求权、恢复原状请求权及赔偿损失请求权。我国《信托法》第2条规定,受托人违反信托目的处分信托财产或者因违背管理职责、处理信托事务不当致使信托财产受到损失的,委托人有权申请人民法院撤销该处分行为,并有权要求受托人恢复信托财产的原状或者予以赔偿;该信托财产的受让人明知是违反信托目的而接受该财产的,应当予以返还或者予以赔偿。前款规定的申请权,自委托人知道或者应当知道撤销原因之日起一年内不行使的,归于消灭。

4. 受托人解任权

委托人的解任权是针对受托人而言的,包括自行解任和申请解任两种情况。我国《信托法》第23条规定,受托人违反信托目的处分信托财产或者管理运用、处分信托财产有重大过失的,委托人有权依照信托文件的规定解任受托人,或者申请人民法院解任受托人。因此,自行解任是指信托文件中明确约定委托人享有直接解任受托人的权利,体现了当事人意思自治原则;申请解任是指在信托文件中没有明确约定时,委托人向人民法院提出申请,由人民法院决定是否解任受托人。

5. 受托人辞任的同意权

这是指在信托关系存续期间,受托人提出辞任请求时,委托人享有表示同意的权利。我国《信托法》第38条规定,设立信托后,经委托人和受益人同意,受托人可以辞任。本法对公益信托的受托人辞任另有规定的,从其规定。受托人辞任的,在新受托人选出前仍应履行管理信托事务的职责。由于信托的设立是基于当事人之间的高度信任,信托目的能否实现,完全仰赖于受托人的努力。因此,为了保护信托财产安全,避免造成不必要的损失,原则上,非经委托人和受益人同意,受托人不能自行辞任。

6. 新受托人的选任权

我国《信托法》第39条规定了受托人职责终止的六种情形,第40条对新受托人的选任做出了具体规定:受托人职责终止的,依照信托文件规定选任新受托人;信托文件未规定的,由委托人选任;委托人不指定或者无能力指定的,由受益人选任;受益人为无民事行为能力人或者限制民事行为能力人的,依法由其监护人代行选任。

7. 对信托事务处理报告的认可权

我国《信托法》第41条规定,受托人有信托法第39条第1款第(3)项至第(6)项所列情形之一,①职责终止的,应当作出处理信托事务的报告,并向新受托人办理信托财产和信托事务的移交手续。前款报告经委托人或者受益人认可,原受托人就报告中所列事项

---

① 《中华人民共和国信托法》第39条规定:"受托人有下列情形之一的,其职责终止:(1)死亡或者被依法宣告死亡;(2)被依法宣告为无民事行为能力人或者限制民事行为能力人;(3)被依法撤销或者被宣告破产;(4)依法解散或者法定资格丧失;(5)辞任或者被解任;(6)法律、行政法规规定的其他情形。受托人职责终止时,其继承人或者遗产管理人、监护人、清算人应当妥善保管信托财产,协助新受托人接管信托事务。"

解除责任。但原受托人有不正当行为的除外。

8. 特定情况下信托的解除权

信托制度是为了受益人的利益而设计的一种财产管理制度,信托有效成立后,受益权就成为一项独立的权利,原则上委托人无权解除信托。但是,既然信托是由于委托人的信托行为而产生,所以法律也赋予其在特定情况下解除信托的权利。委托人依法行使信托解除权,将直接导致信托的终止。委托人对信托的解除权分为两种情况:一是自益信托情况下,委托人对信托关系的解除权;二是他益信托情况下,委托人对信托关系的解除权。

(1)自益信托的情况。我国《信托法》第 50 条规定了自益信托,委托人是惟一受益人的,委托人或者其继承人可以解除信托。信托文件另有规定的,从其规定。可以认为,在自益信托情况下,委托人与受益人是同一人,委托人享有全部信托利益;也就是说,受托人管理信托财产、处理信托事务,完全是为了委托人的利益;因此,当委托人认为其已经不需要现有信托关系时,他就可以单方面将该信托解除。

(2)他益信托的情况。在他益信托的情况下,受益人是委托人以外的其他人,委托人解除信托势必损害受益人的利益,因此,各国信托法对他益信托情况下委托人解除信托的权利做出了严格的限制,以保护受益人的利益。

9. 就信托财产强制执行向法院主张异议的权利

我国《信托法》第 17 条规定,除法定的四种情形之外,对信托财产不得强制执行;[①]对于违反规定而强制执行信托财产的,委托人、受托人或者受益人有权向人民法院提出异议。

10. 设立信托时保留的权利

无论是在英美法系还是大陆法系,一般都允许委托人在设立信托时为自己保留一定的权利,只是各国法律允许委托人保留的权利的范围和种类有所不同。一般来讲,允许委托人保留的权利包括:(1)要求受托人履行信托义务的请求权;(2)对受托人的指挥权;(3)对受益人的重新指定和更换权;(4)变更信托权;(5)撤销信托权。

我国《信托法》对于委托人可以保留的权利,没有专门规定;但从有些条款规定的内容来看,法律许可委托人以一定方式为自己保留相关的权利。比如,《信托法》第 21 条规定,委托人有权要求受托人调整该信托财产的管理方法;第 23 条规定,委托人有权依照信托文件的规定解任受托人,或者申请人民法院解任受托人;第 33 条规定,受托人应当每年定期将信托财产的管理运用、处分及收支情况报告委托人;第 51 条,委托人可以变更受益人或者处分受益人的信托受益权,也可以解除信托;第 53 条规定,信托文件规定的终止事由

---

① 《中华人民共和国信托法》第 17 条规定:"除因下列情形之一外,对信托财产不得强制执行:(1)设立信托前债权人已对该信托财产享有优先受偿的权利,并依法行使该权利的;(2)受托人处理信托事务所产生债务,债权人要求清偿该债务的;(3)信托财产本身应担负的税款;(4)法律规定的其他情形。对于违反前款规定而强制执行信托财产,委托人、受托人或者受益人有权向人民法院提出异议。"

发生时信托终止。

（三）委托人的义务

信托制度的本质特征在于，委托人提供信托财产，交由受托人进行管理或者处分。因此，对于委托人而言，在信托关系中享有许多权利，而承担较少义务。概括而言，在信托关系中，委托人的义务主要有两项：一是转移信托财产；二是不得违反信托法的规定和信托文件的约定干预或者指挥受托人执行信托事务。

## 二、受托人

### （一）受托人的条件

受托人是指在信托关系中，接受委托人的委托并按照其意愿，以自己的名义，为受益人的利益或者特定目的，执行信托事务，管理和处分信托财产的一方当事人。受托人在信托关系中处于核心地位，是信托关系的最重要的当事人。信托关系的存续，信托事务的处理，信托目的的实现，以及信托功能与作用的发挥，都完全仰赖于受托人。

我国《信托法》第 24 条规定，受托人应当是具有完全民事行为能力的自然人、法人。法律、行政法规对受托人的条件另有规定的，从其规定。

我国信托法不承认宣言信托，因此在我国，受托人不能由委托人担任。我国《信托法》第 43 条规定，受托人可以是受益人，但不得是同一信托的惟一受益人。

关于营业信托的受托人，各个国家和地区的信托法对其资格往往都规定有特殊条件。从事营业信托业务的专门机构，属于非银行金融机构；信托业，与银行、证券和保险一起，构成了金融业的四大支柱产业。在我国，专门从事营业信托业务的金融机构是依法专门成立的信托投资公司。中国人民银行于 2002 年 5 月 9 日根据《信托法》修订、发布的《信托投资公司管理办法》（下称《管理办法》）对信托投资公司的设立、变更和终止，经营范围，经营规则，以及监管和自律等问题做出了具体规定，明确了信托投资公司作为营业信托受托人的资格和条件。

《管理办法》第 2 条规定，本办法所称信托投资公司，是指依照《中华人民共和国公司法》和本办法设立的主要经营信托业务的金融机构。第 4 条规定，本办法所称信托业务，是指信托投资公司以营业和收取报酬为目的，以受托人身份承诺信托和处理信托事务的经营行为。

### （二）受托人的权利

根据信托原理及信托法律规定，受托人所享有的权利主要有：

1. 亲自管理信托财产和处理信托事务的权利。在现代信托关系中，亲自管理信托财产、处理信托事务是受托人的义务，也是受托人的权利。

2. 委托他人代为处理信托事务的权利。当信托文件有规定或者出现不得已事由的时候，受托人有权委托他人代为处理信托事务。我国《信托法》第 30 条规定，受托人应当自己处理信托事务,但信托文件另有规定或者有不得已事由的,可以委托他人代为处理。受托人依法将信托事务委托他人代理的,应当对他人处理信托事务的行为承担责任。

3. 取得报酬的权利。我国《信托法》第 35 条规定,受托人有权依照信托文件的约定取得报酬。信托文件未作事先约定的,经信托当事人协商同意,可以做出补充约定;未作事先约定和补充约定的,不得收取报酬。约定的报酬经信托当事人协商同意,可以增减其数额。由此看来,在我国,事先约定和事后补充约定是受托人取得报酬的前提条件。如果信托文件中没有约定,当事人也不同意向受托人支付报酬的,则受托人无权取得报酬。

从各国的信托实践来看,受托人的取得报酬权一般可以通过三种途径行使:一是直接对信托财产行使;二是对受益人行使;三是对委托人行使。关于我国是否允许受托人直接从信托财产中支取其报酬的问题,《信托法》没有明确规定,但结合第 57 条关于受托人对信托财产留置权的规定来看,应该推定我国是允许的。

4. 费用和损失的补偿请求权。我国《信托法》第 37 条规定,受托人因处理信托事务所支出的费用、对第三人所负债务,以信托财产承担。受托人以其固有财产先行支付的,对信托财产享有优先受偿的权利。受托人违背管理职责或者处理信托事务不当对第三人所负债务或者自己所受到的损失,以其固有财产承担。

5. 辞任权。我国《信托法》第 38 条规定,设立信托后,经委托人和受益人同意,受托人可以辞任。受托人辞任的,在新受托人选出前仍应履行管理信托事务的职责。第 62 条规定,公益信托的设立和确定其受托人,应当经有关公益事业的管理机构(以下简称公益事业管理机构)批准。未经公益事业管理机构的批准,不得以公益信托的名义进行活动。

(三)受托人的义务

在信托关系中,受托人处于核心地位。信托目的的实现,受益人利益的保障,以及信托功能与作用的发挥,都依赖于受托人义务的合理确定和严格履行。在英美法系国家,由于信托历史悠久,而且信托观念深入人心,信托义务(即受托人义务)作为一种特殊的十分严格的民事义务,具有特定含义和特定标准,已经成为民商市领域中各种基于信赖关系而接受委托、委任的人所负有义务的一个标尺,包括各种公司的董事、高级管理人员的义务等,均以此为参照。在大陆法系国家,信托不是其固有制度,信托义务被看作是特定领域的事情;在大陆法系国家的法律传统中,没有关于信托义务的现成的同类义务范畴可以参照,在确定受托人义务时,通常以民法典中关于有报酬、无报酬的委任中受托人的义务作为参照,要求受托人承担善良管理人的忠实义务、注意义务等。

根据我国《信托法》的规定,受托人依法应当承担以下十项义务:

1. 守约义务

这是指受托人按照委托人的意志或信托文件的规定,为受益人最大利益处理信托事务的义务。我国《信托法》第 25 条第 1 款规定,受托人应当遵守信托文件的规定,为受益人的最大利益处理信托事务。

2. 注意义务

即受托人承担对信托财产的诚实、信用、谨慎、有效管理的义务。我国《信托法》第25条第2款规定,受托人管理信托财产,必须恪尽职守,履行诚实、信用、谨慎、有效管理的义务。受托人的注意义务包括诚信义务、谨慎义务和有效管理义务。

3. 忠实义务

忠实义务是指受托人要忠于信托,不谋私利,真诚地处理信托事务,维护信托关系赖以存在的信任基础。我国《信托法》关于忠实义务有三条规定:

(1)不牟取私利的义务。第26条规定,受托人除依照本法规定取得报酬外,不得利用信托财产为自己谋取利益。受托人违反前款规定,利用信托财产为自己谋取利益的,所得利益归入信托财产。

(2)不侵占财产的义务。第27条规定,受托人不得将信托财产转为其固有财产。受托人将信托财产转为其固有财产的,必须恢复该信托财产的原状;造成信托财产损失的,应当承担赔偿责任。

(3)不相互交易的义务。第28条规定,受托人不得将其固有财产与信托财产进行交易或者将不同委托人的信托财产进行相互交易,但信托文件另有规定或者经委托人或者受益人同意,并以公平的市场价格进行交易的除外。受托人违反前款规定,造成信托财产损失的,应当承担赔偿责任。

4. 分别管理义务

这是信托财产独立性特征的具体要求,一方面是受托人应当将自己的固有财产与信托财产分别管理,另一方面是受托人在同时受托管理多个信托财产时应当将各个信托财产分别管理。我国《信托法》第29条规定,受托人必须将信托财产与其固有财产分别管理、分别记账,并将不同委托人的信托财产分别管理、分别记账。

5. 亲自处理义务

亲自管理是指受托人自己直接管理。信托关系的产生,是因为委托人对受托人的信赖,受托人本身所具有的人格、能力、信誉等在其中起着至关重要的作用。因此,原则上,受托人应当亲自处理信托事务,恪尽职守,尽心竭力,不辜负委托人的信赖。我国《信托法》第30条规定,受托人应当自己处理信托事务,但信托文件另有规定或者有不得已事由的,可以委托他人代为处理。受托人依法将信托事务委托他人代理的,应当对他人处理信托事务的行为承担责任。

6. 保存记录义务

我国《信托法》第33条第1款规定,受托人必须保存处理信托事务的完整记录。所谓处理信托事务的完整记录,是指有关信托的财产和物品的收支情况,有关信托的金钱方面的收付情况,处理信托事务的方式,交易对方的情况,等等。而所谓"完整",可以理解为与处理信托事务有关的全部合同、单据、凭证、账户资料等。"保存"是指记录并装订成册,在计算机处理时应有专门存储方式。在这方面,我国会计法、税收法、审计法等有规定的,应严格遵守相关规定。

### 7. 定期报告义务

我国《信托法》第33条第2款规定,受托人应当每年定期将信托财产的管理运用、处分及收支情况,报告委托人和受益人。这一规定,在时间要求上,是每年定期一次或多次报告;在报告的对象上,包括委托人和受益人;在报告的内容方面,有三种要求:一是信托财产的管理运用,是指采取何种管理方式,如受托人自己管理运用或委托他人代理管理运用等。二是处分情况,一般包括事实上的处分和法律上的处分,比如对现金是进行了储蓄、投资实业、证券交易或购买了不动产,对非现金类的财产是进行了拍卖变卖、租赁、承包或进行了业务运营。三是收支情况,指与管理运用信托财产有关的现金、非现金财物的收入、支出的明细和分类记录。

### 8. 保密义务

作为当事人之间财产委托关系的信托关系,一般都会牵涉到委托人及受益人的商业秘密和个人隐私,为避免因泄密造成不应有的损害,维护信托当事人的合法权益,各国信托法往往要求受托人承担依法保密的义务。我国《信托法》第33条第3款规定,受托人对委托人、受益人以及处理信托事务的情况和资料负有依法保密的义务。可以认为,保密的范围包括委托人、受益人以及处理信托事务的情况和资料,内容主要是委托人、受益人的姓名、职业、身份证件、账户账号、设立信托的情况、受益情况等,处理信托事务的情况和资料,等等。

### 9. 支付信托利益义务

委托人基于对受托人的信任,将其财产权委托给受托人,最根本的目的是使受益人获得信托利益。所以,在信托法律关系中,受托人应承担向受益人支付信托利益的义务。我国《信托法》第34条规定,受托人以信托财产为限向受益人承担支付信托利益的义务。这一条规定,既揭示了受托人依法承担向受益人支付信托利益的义务,又规定了受托人只承担有限责任,所以通常被称为受托人的有限责任原则。信托利益是指由信托财产本身及其收益所产生的利益,包括本金及其孳息,例如,金钱本金及其产生的利息,果树及其所结的果实,母畜及所产的奶产品及所产的仔畜,房屋及其出租的租金等。

### 10. 损失赔偿义务

如前所述,由于受托人管理信托财产,必须恪尽职守,承担和履行诚实、信用、谨慎、有效管理的义务,所以当受托人过错导致信托财产受到损失时,理应首先恢复信托财产的原状或者赔偿损失。我国《信托法》第36条规定,受托人违反信托目的处分信托财产或者因违背管理职责、处理信托事务不当致使信托财产受到损失的,在未恢复信托财产的原状或者未予赔偿前,不得请求给付报酬。本条虽然是对受托人请求给付报酬的限制性规定,但实际上也同时明确了受托人违反注意义务、造成信托财产损失时,应当承担恢复原状或者赔偿损失的义务。所谓恢复财产的原状,是指对动产、不动产进行修复、重建或通过依法行使权利使经过法律上的处分的信托财产回复到原来的状态,如已经卖出的予以赎回,已经出租的予以收回等;对确实无法恢复原状的,依照法律或信托文件的规定赔偿损失。赔偿损失是指对信托财产造成的物质上的损耗和金钱上的减少予以弥补,包括直接损失和间接损失都应予以赔偿,但应以合理为限。

（四）共同受托人

1. 共同受托人的概念。我国《信托法》第31条第1款规定,同一信托的受托人有两个以上的,为共同受托人。

2. 共同信托人的行为规则。关于共同信托人的行为规则,我国《信托法》第31条第1款、第3款做了规定:(1)共同受托人应当共同处理信托事务,但信托文件规定对某些具体事务由受托人分别处理的,从其规定。(2)共同受托人共同处理信托事务,意见不一致时,按信托文件规定处理;信托文件未规定的,由委托人、受益人或者其利害关系人决定。

3. 共同受托人的连带责任。关于共同信托人的民事责任,我国《信托法》第32条有两款规定:(1)共同受托人处理信托事务对第三人所负债务,应当承担连带清偿责任。第三人对共同受托人之一所作的意思表示,对其他受托人同样有效。(2)共同受托人之一违反信托目的处分信托财产或者因违背管理职责、处理信托事务不当致使信托财产受到损失的,其他受托人应当承担连带赔偿责任。

（五）受托人职责的终止

1. 受托人职责终止的情形。我国《信托法》第39条第1款规定,受托人有下列情形之一的,其职责终止:(1)死亡或者被依法宣告死亡;(2)被依法宣告为无民事行为能力人或者限制民事行为能力人;(3)被依法撤销或者被宣告破产;(4)依法解散或者法定资格丧失;(5)辞任或者被解任;(6)法律、行政法规规定的其他情形。

2. 信托财产的保管。第39条第2款规定,受托人职责终止时,其继承人或者遗产管理人、监护人、清算人应当妥善保管信托财产,协助新受托人接管信托事务。

3. 新受托人的选任。第40条规定,受托人职责终止的,依照信托文件规定选任新受托人;信托文件未规定的,由委托人选任;委托人不指定或者无能力指定的,由受益人选任;受益人为无民事行为能力人或者限制民事行为能力人的,依法由其监护人代行选任。原受托人处理信托事务的权利和义务,由新受托人承继。

4. 受托人责任的解除。第41条规定,受托人职责终止的,应当作出处理信托事务的报告,并向新受托人办理信托财产和信托事务的移交手续。处理信托事务的报告经委托人或者受益人认可,原受托人就报告中所列事项解除责任。但原受托人有不正当行为的除外。

5. 共同受托人之一职责终止。第42条规定。共同受托人之一职责终止的,信托财产由其他受托人管理和处分。

### 三、受益人

#### (一)受益人的概念

受益人是信托关系的当事人,是在信托中享有信托受益权的人。所谓信托受益权,是指受益人在信托关系中享受信托利益的权利,为受益人所专有。我国《信托法》第43条规定,受益人是在信托中享有信托受益权的人。受益人可以是自然人、法人或者依法成立的其他组织。

一个信托可以有两个以上的受益人。我国《信托法》第45条规定,共同受益人按照信托文件的规定享受信托利益。信托文件对信托利益的分配比例或者分配方法未作规定的,各受益人按照均等的比例享受信托利益。

委托人可以是受益人,也可以是同一信托的惟一受益人。受托人可以是受益人,但不得是同一信托的惟一受益人。

#### (二)受益权的取得

我国《信托法》第44条规定,受益人自信托生效之日起享有信托受益权。信托文件另有规定的,从其规定。

#### (三)受益权的放弃

我国《信托法》第46条规定,受益人可以放弃信托受益权。全体受益人放弃信托受益权的,信托终止。部分受益人放弃信托受益权的,被放弃的信托受益权按下列顺序确定归属:(1)信托文件规定的人;(2)其他受益人;(3)委托人或者其继承人。

#### (四)受益权的行使

根据我国《信托法》第47条、第48条和第49条规定,信托受益权的行使包括以下形式:(1)清偿债务。受益人不能清偿到期债务的,其信托受益权可以用于清偿债务,但法律、行政法规以及信托文件有限制性规定的除外。(2)转让和继承。受益人的信托受益权可以依法转让和继承,但信托文件有限制性规定的除外。(3)行使委托人的部分权利。受益人可以行使委托人享有的信托财产状况的知情权、信托财产管理方法的调整权、信托财产处分不当的撤销请求权等。其中,受益人行使上述权利,与委托人意见不一致时,可以申请人民法院作出裁定;共同受益人之一行使撤销申请权的,人民法院所做出的撤销裁定,对全体共同受益人有效。

## 第五节 公益信托

公益信托具有公益性的特点,涉及公共利益,为了使公益信托活动能够规范进行,保证公益信托目的的实现,我国《信托法》第六章对公益信托适用的特别规范作了专章规定,以加强对公益信托的管理和监督,维护社会公共利益。国家鼓励发展公益信托。

## 一、公益信托的概念和范围

### (一)公益信托的概念

公益信托,又称慈善信托,是指为了公共利益的目的而设立的信托。具体地讲,公益信托是指根据契约或遗嘱等信托文件,委托人将财产或者财产权转移给受托人,受托人管理该项财产,并按信托文件规定,将信托利益用于举办一项或某些公益事业即教育、科技、卫生或社会福利事业等,以实现公共利益目的的信托。公益信托的受益人为不特定的人,即属于信托文件规定的资助范围和资助条件的任何人。

### (二)公益信托的范围

我国《信托法》第 60 条规定,为了下列公共利益目的之一而设立的信托,属于公益信托:(1)救济贫困;(2)救助灾民;(3)扶助残疾人;(4)发展教育、科技、文化、艺术、体育事业;(5)发展医疗卫生事业;(6)发展环境保护事业,维护生态环境;(7)发展其他社会公益事业。

## 二、公益信托的设立、变更和终止

### (一)公益信托的设立

公益信托的设立和确定其受托人,应当经有关公益事业的管理机构(以下简称公益事业管理机构)批准。未经公益事业管理机构的批准,不得以公益信托的名义进行活动。公益事业管理机构对于公益信托活动应当给予支持。公益信托的信托财产及其收益,不得用于非公益目的。

### (二)公益信托的变更

1. 受托人的变更。我国《信托法》第 68 条规定,公益信托的受托人违反信托义务或者无能力履行其职责的,由公益事业管理机构变更受托人。

2. 信托文件条款的变更。《信托法》第 69 条规定,公益信托成立后,发生设立信托时不能预见的情形,公益事业管理机构可以根据信托目的,变更信托文件中的有关条款。

### (三)公益信托的终止

我国《信托法》第 70、71、72、73 条对公益信托终止的有关制度作出了规定。

1. 报告终止事由。公益信托终止的,受托人应当于终止事由发生之日起十五日内,将终止事由和终止日期报告公益事业管理机构。

2. 作出清算报告。公益信托终止的,受托人作出的处理信托事务的清算报告,应当经信托监察人认可后,报公益事业管理机构核准,并由受托人予以公告。

3. 信托财产的处理。公益信托终止,没有信托财产权利归属人或者信托财产权利归属人是不特定的社会公众的,经公益事业管理机构批准,受托人应当将信托财产用于与原公益目的相近似的目的,或者将信托财产转移给具有近似目的的公益组织或者其他公益信托。

公益事业管理机构违反本法规定的,委托人、受托人或者受益人有权向人民法院起诉。

### 三、公益信托的监督管理

（一）信托监察人制度

公益信托的受益人是不特定的社会公众,为了维护公益信托受益人的利益,加强对公益信托活动的监督,保证信托目的的实现,我国《信托法》规定公益信托应当设置信托监察人。信托监察人作为受益人利益的代表,其行使权利只能在受益人的权限范围内行使,而且是以自己的名义对信托实施监督的权利。

我国《信托法》第64、65条规定,公益信托应当设置信托监察人。信托监察人由信托文件规定。信托文件未规定的,由公益事业管理机构指定。信托监察人有权以自己的名义,为维护受益人的利益,提起诉讼或者实施其他法律行为。可见,信托监察人的权利有以下特征:(1)信托监察人作为一个独立的法律主体,行使权利时是以自己的名义进行;(2)作为受益人利益代表的体现,信托监察人行使权利的目的是为了受益人的利益;(3)信托监察人行使权利的方式是进行诉讼或者实施其他法律行为,比如受托人违反信托目的处分信托财产或者因违背管理职责、处理信托事务不当致使信托财产受到损失的,信托监察人有权以自己的名义申请人民法院撤销该处分行为,并有权要求受托人恢复信托财产的原状或者赔偿损失。

（二）公益事业管理机构的监督管理权

由于公益信托事关公共利益,为了保证公益信托目的的实现,维护社会公共利益,国家应当对信托实施过程进行管理和监督,以便督促受托人依照法律和信托文件的规定履行职责,并及时发现信托实施过程中的问题,进行纠正或补救。

在我国,公益事业管理机构依法对公益信托实施监督和管理。根据我国《信托法》有关条款的规定,公益信托管理机构对公益信托的监管职权包括:设立公益信托和确定其受托人的审批权、受托人辞任批准权、受托人变更权、信托业务检查权、信托文件条款变更权、信托文件未规定时信托监察人指定权、信托终止报告和清算报告审查认可权等。

[案例分析]

#### 信托制三权分立管理公共维修资金才是出路

关于住宅公共维修基金的管理问题,我国香港地区和美国引入信托制度的做法,很有特点并卓有成效,发挥了信托制度的优势,值得学习和借鉴。

我国香港地区的维护费和美国的预备金在作用上类似于我国内地的公共维修资金,所选择的是类似信托制的三权分立结构。

我国香港地区的物业管理费是分为日常运营费、预备金或维护费两大部分。日常运营费及预备金构成管理费,预备金一般占管理费的 10% ～ 15%。管理费是定期按月收取的,以一个财政年为结算周期,上一年运营费结余可以转入下一财政年度的预备基金账户,或减少下一年的管理费收取的数额。管理费由业主委员会做预算经业主们通过,业主委员会收取并将管理费存入银行,每个小区开专用基金账户,并定期向业主公布。非日常性的维修资金由业主委员会做出预算,由会计师事务所对预算进行审核后向业主公布,日常的维护超过一定数额,就要启动招投标机制,对外招标采购或施工发包。再由业主委员会聘用的律师事务所向银行发出通知书后,业主委员会方可支取,业主委员会按预算方案和进度支付并记录收支账目,向业主公示,必要时由会计师事务所进行审核。此外,业主委员会的会计要定期与银行对账。

对于欠费问题,不同国家和地区做法不同。在我国香港,追讨欠费可有以下几种方法:一是接触业主,了解情况,并口头劝告他们准时缴交;二是寄挂号信给欠费业主,信内附有业主委员会有权追讨欠款的条文;三是如催缴后仍拒绝缴交,业主委员会可通过律师继续追讨,并将欠费证明交于土地注册处登记(相当于我国内地房产登记部门)。法院下设有小额钱债审裁处,小额钱债审裁处可处理的最高款额为 5 万元,数额超过 5 万至 100 万元之内,须由区法院处理,而款额超过 100 万元,则由高等法院处理。

美国的律师则直接在欠费若干天后通知银行,从即日起计缴滞纳金、律师费、登记费。并由律师事务所通知本人,同时到产权登记机关进行质押登记。直到交足所有欠费后,方可重新撤销产权质押登记。

另外,公共维修资金可以用于增值投资,比如出租一些公共场地,用外立面做广告位出租等。为了保证基金的安全和投资的正确性,制定了极其精细的制度体系。基金的投资性运用要经过业主投票通过方可进行。

我国香港和美国除要求业主委员会每年进行年度预算之外,还要在年度末和季度末对预算概算和实际收支进行比较,业主委员会专业的会计进行日常的财务管理工作。此外,业主委员会委员的工作也要被业主定期进行考核和评估。

可见,我国香港和美国的公共维修资金是由业主委员会管理的,业主作为委托人委托业主委员会管理,由银行保管,由律师和会计师事务所从旁监督,形成一个所有权、经营权、监督权三权制衡的结构,增加了公共维修资金管理的保险程度。

问题:

1. 结合本案例,试述信托制度的法律特征。

2. 作为财产管理手段,凭借其制度优势,信托还可以在哪些领域中应用?

## 练习与思考

### 一、名词解释

信托、信托法、信托财产、信托文件、委托人、受托人、受益人、民事信托、营业信托、公益信托。

### 二、思考题

1. 简述信托及其法律特征。

2. 试述信托财产及其独立性特征。

3. 我国信托设立的基本条件有哪些?

# 第十四章

# 商标法律制度

本章主要介绍商标的概念、特征、种类和作用,商标权的主体、客体和内容,注册商标的申请、审查、核准、期限、续展和终止,商标权的法律保护及对驰名商标、服务商标和产地识别标记的法律保护。

## 第一节　商标法概述

### 一、商标的概念

所谓商标,是指商品生产者或经营者为使自己生产或经营商品或服务与市场上其他生产者或经营者的商品或服务相区别而使用的具有显著性的标志。它是区别不同商品生产者或经营者的一种专用的标志,一般由文字、图形、字母、数字、三维标志和颜色组合及上述要素的组合构成,通常附注在商品或其包装上。传统的商标仅指商品商标,随着第三产业的发展,用于区别不同企业服务的服务标记也成为商标的一部分。

### 二、商标的特征

1. 商标是在商品或服务上使用的标志,具有从属性。商标是附着于商品或服务之上的,有商品或服务才有商标。任何文字、图形、数字、三维标志和颜色组合,都必须与特定的商品或服务相联系,方成为商标,才能起到区分商品或服务的来源的作用。可以说,商标是从属于商品的标志。

2. 商标具有财产属性,具有相对独立性。企业的商标反映其商品的知名度和市场竞争能力,是一种重要的无形资产。其价值不仅可以用有形的财产去衡量,甚至更为重要。

根据 TRIPS 协议第 21 条规定,商标可以离开企业的经营作有价转让。这也印证了商标本身具有独立的价值属性。美国《国际品牌》杂志报道,"可口可乐"的商标价值为 838 亿美元,"麦当劳"商标价值为 262 亿美元。

3. 商标是区别商品来源的标志,具有识别性。这是商标最本质的特征。商品上的标志很多,只有用来区分此商品和彼商品的标志,才是商标。如果使用的商标是一种不具有区别功能的通用标志,就不能获得商标法的保护。

4. 商标具有表示商品质量的属性,具有表彰性。现代商标制度发展表明,商标不仅区别商品或服务的来源,它更能代表某种商品的质量、信誉,从而起到质量保证作用。

### 三、商标的种类

商标随着商品经济的发展越来越丰富。从不同的角度,按不同的标准,商标可分为不同的种类。

**(一)按照商标结构分类**

根据这一标准,商标可以分为文字商标、图形商标、记号商标、组合商标、立体商标、非形象商标等。

1. 文字商标,是指以文字组成的商标。一般地说,除商品通用名称和法律明文禁止使用的文字外,可以自由选择文字作为商标。

2. 图形商标,是指以图形构成的商标。各式各样的图形都可以作图形商标,如花草鱼虫、山川河流等。完全虚构的图形,只要特征显著,也可以作为商标。图形商标的特点是形象生动、直观性强,不受语言文字的限制。

3. 记号商标,是指由某种抽象记号或符号构成的商标,如方形、圆形等。其特点是简单易记,给人留下较深印象。

4. 组合商标,即由文字与图形或记号组合而成的商标。组合商标的特点是图文并茂,引人注目,便于称呼和记忆,因而广泛使用。不过组合商标的文字和图形要一致,如大花猫的图形上不能注上小白兔的文字。

5. 立体商标,是指它以产品的外形或立体包装作为商标。如美国的"可口可乐"即以饮料瓶子及瓶子内放上一朵玫瑰花的造型作注册商标。我国 2001 年修订的《商标法》以"三维标志"的形式规定了立体商标。值得注意的是,由商品自身的性质产生的形状为获得技术效果而需要的商品形状或使商品具有实质性价值的形状,不能获得立体商标注册。但对茅台酒瓶有特色的立体造型,如果并非由自身性质产生的形状、不是具有实质性价值的形状等,则可以考虑以立体商标予以保护。

6. 非形象商标,是指以"音响"、"气味"、"电子数据传输标记"等申请注册的商标。

**(二)按照商标用途分类**

依据这一标准,商标可以分为营业商标、等级商标和保证商标。

1. 营业商标。又称厂标，它是指以生产或经营企业的名称、标记作商标，如"王宝和"黄酒、"雷允上"药店等。

2. 等级商标。它是指同一企业为区别质量、规格不一的同类产品而使用商标。如上海卷烟厂注册的"中华"、"上海"、"双喜"、"牡丹"等。

3. 证明商标。又称保证商标，它是指由对某种商品或服务具有监督能力的组织控制，而由该组织以外的单位或个人使用于其商品或服务上，用以证明该商品或服务的原产地、原料、制造方法、质量或其他特定品质的标记。它为说明某一产品质量而使用。与其他商标不同，证明商标没有专有性，任何具有条件的企业都可以使用。如纯羊毛标志就是国际上驰名的证明商标，现已在130多个国家和地区获准注册。

(三)按照商标使用者分类

根据这一标准，商标可以分为制造商标、销售商标和集体商标。

1. 制造商标。它是表示商品制造者的商标。与厂标一样，旨在说明商标使用者就是商品的生产者。如日本日立公司的"日立"商标。

2. 销售商标。它是商品销售者为销售商品而使用的商标。其目的是用以区分商品的不同经营者，表明某一商品的销售来源。

3. 集体商标。又称团体商标，它是指以团体、协会或其他组织名义注册，供该组织成员在商事活动中使用，以表明使用者在组织中成员资格的标志。集体商标一般不能转让，其作用是向消费者表明使用该商标的组织成员所生产的商品具有共同的特点。

(四)按照商标的特殊性质分类

根据这一标准，商标分为联合商标、防御商标、防伪商标、备用商标、驰名商标等。

1. 联合商标。这是商标所有人在自己生产或销售的相同或类似的商标上注册的几个相互近似的商标，即将与注册商标近似的商标注册于相同或类似商品上而形成的相互联系的商标。它以一个商标为主，称为主商标或正商标。联合商标扩大了注册商标专用权的范围，有利于防止他人仿冒、影射。例如某儿童营养食品厂注册了"娃哈哈"儿童营养液的商标，又将"哈娃娃"、"娃娃哈"，"娃哈娃"都作了注册，几个商标构成了相互联系的联合商标。联合商标可以分别获准注册，但其中每一个商标都不能单独转让，而必须整个联合商标一同转让或许可他人使用。联合商标中每一个商标都具有相对独立性，其中一个商标的撤销或终止，不影响其他商标的效力。

2. 防御商标。又称防护商标，它是商标所有人在非同种或非类似的商品上注册同一商标。注册防御商标的目的在于防止他人利用法律不保护注册商标在非类似商品上的专用权，而在非类似商品上使用其商标。防御商标应是驰名商标或著名商标。

3. 防伪商标。它是指采用特殊工艺制作的、他人难以伪造的商标。如激光全息商标。

4. 备用商标。它是指注册但暂不使用而供备用的商标，具有储备性质。

5. 驰名商标。这种商标是在一定地域内享有很高声誉、为广大消费者熟知的商标。

### 四、商标的作用

商标的作用即商标在商品的生产和交换过程中所具有的价值。商标是商品经济的产物，对商品经济的发展起着积极的促进作用。商标的作用具体体现如下：

（一）区别商品来源

这是商标最基本的作用。从本质上说商标不是区别商品，而是区别不同的商品生产者或经营者，区别商品的来源。商标可以表明使用该商标的商品来源于哪个企业。企业也可以通过商标将自己的商品与他人的商品区别开来，从而引导消费。

（二）标示和保证商品质量

商品信誉的好坏从根本上说是由商品质量决定的，而商品质量的优劣是通过商标作媒体传送给消费者和用户的。一个商标用于某种商品，经过长期反复的使用后，就会在生产者、经营者和消费者心目中成为一定质量的象征。此外，商标也便于质量监督，经注册的商标受法律保护，但质量没有保证者，也会受到相应的制裁，严重者将被注销注册商标。

（三）增强商品竞争能力，促进市场交易

市场上许多驰名商标往往代表名牌商品，具有很强的竞争力。一个有信誉的商标即意味着较高的市场占有率和较强的市场竞争力。企业之间利用商标手段进行公平竞争，无疑有利于增强自己的竞争能力和企业活力，有利于赢得经济效益。

### 五、商标法的概述

所谓商标法，是指调整因商标的注册、使用、管理和保护所产生的各种社会关系的法律规范的总和。商标法的核心内容是对商标权的保护，并以此为基础建立商标管理法律制度。

商标法调整的是因商标活动而产生的各种社会关系，包括国家机关、企事业单位、社会团体、个体工商户以及公民个人之间因商标的注册、使用、管理和保护发生的关系。具体地说包括：

一是调整商标管理机关因实施其管理职能而与商标注册人、使用人之间所发生的纵向关系，如商标注册申请中的审核关系、商标的使用管理关系。

二是调整商标注册人、使用人因商标注册、使用而发生的平等主体之间的社会关系，如注册商标争议人与被争议人之间因商标争议而发生的社会关系，注册商标转让人与受让人因注册商标转让而发生的社会关系。

三是调整各级商标管理机关商标管理方面发生的内部关系，主要表现为对各级商标管理机关的职责加以区分。

四是调整因侵犯商标权行为而发生在被侵权人（商标权人）与侵权人之间的社会关系。

商标法通过对这些社会关系的调整，保护商标专用权和消费者的利益，积极地促进商品的生产和流通。

# 第二节 商标权

## 一、商标权的概念

商标权是商标所有人依法对其注册商标所享有的权利。这种权利是国家商标管理机关按照法定程序,通过核准注册赋予注册商标所有人的一种排他性的权利,受到国家强制力的保护。商标权具有以下法律特征:

(一)专有性

这是指商标注册人对注册商标享有专有使用的权利,其他任何单位或个人未经商标注册人的许可,不得使用该注册商标。《商标法》第3条规定:"经商标局核准注册的商标为注册商标,包括商品商标、服务商标、集体商标和证明商标;商标注册人享有专用权,受法律保护。"商标权的专有性主要体现在:

第一,商标注册人自己有完全的使用权,他人无权加以干涉。

第二,注册人享有"禁止权",即商标注册人有权排除第三者擅自使用其注册商标。

值得注意的是,商标使用权和禁止权的效力在范围上有所不同。商标使用权范围以核准注册的商标和核定使用的商品为限。但商标禁止权的范围却扩展到"类似商品"和"近似商标"上。

(二)地域性

这是指商标所有人享有的商标权,只在授予该项权利的国家有效,在其他国家内不发生法律效力。

(三)时间性

商标权有一定的法定有效期限。有效期届满前可以申请续展注册,到期不续展则商标权的效力自行终止。从实际情况看,由于商标权可以不受次数限制地予以续展,商标权的保护期是可以是无限的。

## 二、商标权的主体

商标权的主体是指依法享有商标权的人,即商标权人。

《商标法》第4条规定:"自然人、法人或其他组织对其生产、制造、加工、拣选或者经销的商品,需要取得商标专用权的,应当向商标局申请注册。自然人、法人或其他组织对其提供的服务项目,需要取得商标专用权的,应当向商标局申请服务商标注册。"此外,《商标法》还规定:外国人或外国企业在中国申请商标注册的,应当按其所属国和中国签订的协议或者共同参加的国际条约办理,或者按对等原则办理;外国人或外国企业在中国申请商标注册和办理其他商标事宜的,应当委托国家认可的具有商标代理资格的组织代理。

值得注意的是,《商标法》第5条规定"两个以上的自然人、法人或其他组织可以共同向商标局申请注册同一商标,共同享有和行使该商标专用权",从而实现了外国人与中国人在申请商标共有上的权利平等。

### 三、商标权的客体

商标权的客体是指商标法律关系中权利和义务共同指向的对象,即注册商标。注册商标,是经过国家商标局核准注册的商标。我国实行商标注册原则。国家设立商标局,主管全国商标统一注册工作,未申请注册的商标一般不能作为商标权的客体。

注册商标的法律意义在于,商标权人对其享有专有使用权,他人不得非法侵害。其经济意义则在于,商标权人可以通过不断提高商品质量培植注册商标信誉,以注册商标作为竞争手段,开拓市场,取得经济效益和社会效益。

（一）申请注册商标的绝对条件

申请注册的商标需要具备一定的条件,包括绝对条件和相对条件。其中绝对条件指商标本身应该具备的条件,相对条件是指它不得与"在先权利"相冲突。商标注册的绝对条件又分积极条件和消极条件两种类型。

1. 积极条件

（1）商标必须具备法定的构成要素

我国《商标法》规定,商标由文字、字母、数字、三维标志和颜色组合而构成。也就是说,我国商标的构成要素是文字、字母、数字、三维标志和颜色组合,至于气味、音响、电子数据等不是商标构成要素。凡是由这些要素组成的商标,在我国都不能核准注册。

（2）商标必须具有显著性特征

我国《商标法》第9条规定,申请注册的商标,应当有显著性特征。这是商标获准注册的一个最普遍的条件。所谓的显著性,是指商标从总体上具有独自特征并能与他人同一种或类似商品的商标区别开来,即商标应具有独特性和可识别性。商标的显著性是商标的本质属性。如果商标缺乏这一特性,商标就会失去存在的意义,对这种标志也没有进行法律保护的必要。

判断商标的显著性,应从商标的颜色、外形、含义等方面进行分析,看是否容易为人们所识别。这种识别功能越强,商标的显著性也就越强。在实践中认定商标的显著性可掌握以下几个标准:

①使用的商标与其依附的商品没有直接联系;

②使用的商标与他人及行业通用、共用的标志相区别;

③使用的商标与指定商品上的标志相区别。

需要指出的是,在有的情况下,商标本身不具有显著性,但在长期使用中却取得了显著性,也可以要求核准注册。美国著名的"可口可乐"商标就是如此。我国《商标法》第11条规定,缺乏显著特征的标志经过使用取得显著特征,并便于识别的,可以作为商标注册。例如商标"五粮液"作为商品通用名称,不具有显著性,但经过长期使用,代表一种品质与独特个性,则具有显著性,可作商标注册。

2. 消极条件

这是指禁止用作商标申请注册的情况。各国商标法都有这方面规定。它主要从商标的实体内容加以规定。我国《商标法》第10条规定,下列标志不能作为商标使用:

(1)同我国的国家名称、国旗、国徽、军旗相同或者近似的,以及同中央国家机关所在地特定地点的名称或者标志性建筑物名称、图形相同的;

(2)同外国的国家名称、国旗、国徽、军旗相同或者近似的;

(3)同政府间国际组织的名称、旗帜、徽记相同或者近似的;

(4)与表明实施控制,予以保证的官方标志,检验印记相同或者近似的;

(5)与"红十字"、"红新月"标志、名称相同或者近似的;

(6)带有民族歧视性的;

(7)夸大宣传并具有欺骗性的;

(8)有害于社会主义道德风尚或者会造成其他不良影响的;

(9)县级以上行政区划的地名或公众知晓的外国地名,但地名具有其他含义的除外,已注册的使用地名的商标继续有效。

除了上述禁止作为商标使用的标志,下列标志不得作为商标注册:

一是仅有商品的通用名称、图形、型号的;

二是仅仅直接表示商品的质量、主要原料、功能、用途、重量、数量及其他特点的;

三是缺乏显著特征的标志。

(二)申请注册商标的相对条件

相对条件指的是申请注册的商标,不得与"在先权利"相冲突。这种条件并不是申请注册的商标自身的条件,而是针对在先权利而言的。排斥商标注册的在先权利有多种,例如作为在先权利的继承权、人身权(如姓名权、名称权和肖像权)、作为在先权利的著作权、外观设计专利权等知识产权。其中最典型的在先权利就是已注册商标的专用权。如果有人在相同或类似商品上已注册了相同或近似的商标,后申请注册的商标就不能获准注册。我国《商标法》第9条、第13条对此做了规定。

商标法的目的之一是要排除商标混同,商标专用权的基本内容就是要排除他人在相同或类似商品上使用相同或近似的商标。所以如果有人在一特定产品上注册了商标,就排除了他人在相同产品或类似产品上再注册相同或近似商标的可能。这里最重要的是如何正确认定"相同商品与类似商品"、"相同商标与近似商标"。

1. 相同商标与近似商标

　　相同商标是指在同一种或者类似商品上的商标,其文字、图形、字母、数字、颜色、三维标志及其组合相同。相同商标是指二者在视觉上基本没有差别的商标。具体又分四种情况:一是商标的文字、图形等完全一样;二是商标的文字、图形不完全一样,但商标名称的读音相同;三是都是由数字组成的商标,只是排列不同或者是数字的文字表达不同;四是组合要素完全一样的标志。根据最高人民法院 2002 年 10 月 16 日颁布实施的《关于审理商标民事纠纷案件适用法律若干问题的解释》规定,商标相同是指被控侵权的商标与原告的注册商标相比较,二者在视觉上基本无差别。

　　商标近似是指被控侵权的商标与原告的注册商标相比较,其文字的字形、读音、含义或者图形的构图及颜色,或者其各要素组合后的整体结构相似,或者其立体形状、颜色组合近似,易使相关公众对商品的来源产生误认或者认为其来源与原告注册商标的商品有特定的联系。一般地说,判断商标是否近似比是否相同困难得多,不过通常可以从以下几个方面把握:一是从外观上判断:近似可以表现为文字的近似、图形的近似,如"大华"与"太华"牌、孔雀图样商标与凤凰图样商标。二是从读音上判断,如"燕牌"与"雁牌"、"雄狮"与"雄师"。三是从意义上判断,如"葵花"与"向阳花"等。判断商标是否近似要考虑商标的文字、图形、读音、名称、所表达的含义等诸多因素。由于商标权人实际使用的商标与注册商标图样及组合不尽相同,在认定商标是否近似时应以注册商标图样为准。

　　认定商标相同或者近似按照以下原则进行:第一,以相关公众的一般注意力为标准,相关公众则是指与商标所标识的某类商品或者服务有关的消费者和与前述商品或者服务的营销有密切关系的其他经营者;第二,既要进行对商标的整体对比,又要进行对商标主要部分的对比,对比应当在对比对象隔离的状态下分别进行;第三,判断商标是否近似,应当考虑请求保护注册商标的显著性和知名度。

　　2. 相同的商品与类似商品

　　相同商品,是指商品的性能、用途、原料等都相同的商品。类似商品,是指在功能、用途、生产部门、销售渠道、消费对象等方面相同,或者相关公众一般认为其存在特定联系、容易造成混淆的商品。类似服务,是指在服务的目的、内容、方式、对象等方面相同,或者相关公众一般认为存在特定联系、容易造成混淆的服务。还应指出,商品与服务之间也可能类似,商品与服务类似则是指商品和服务之间存在特定联系,容易使相关公众混淆。

　　类似商品的判断比相同商品要困难一些。各国的做法也不一样。有的国家明文列出类似商品的名单,有的国家对类似商品的判断交由商标审查员或法官依据以往判例、已注册商标知名度、在使用中引起商品出处混淆可能性大小等因素加以判断。为便于区别不同的商品,很多国家制定了商品分类表。认定类似商品应以商品分类表为基本依据,但也要从商品的性质、用途、原料、产地、交易状态、已注册商标知名度、是否有相同的消费者等方面综合考虑。根据《关于审理商标民事纠纷案件适用律若干问题的解释》的规定,认定商品或者服务是否类似,应当以相关公众对商品或者服务的一般认识综合判断;《商标注册用商品和服务国际分类表》、《类似商品和服务区分类表》可以作为判断类似商品或者服务的参考。

还应指出,如果不符合上述"相对条件"的商标申请获准注册,也并不是一律要予以撤销。为了保护消费者利益,稳定社会经济秩序,对于那些已在消费者心目中无可争议地确立的商标权,即便侵犯了在先权利,也可以予以维持。

（三）必须注册的商标

《商标法》第6条规定:"国家规定必须使用注册商标的商品,必须申请商标注册。未经核准注册的,不得在市场上销售。"《商标法实施条例》未明确规定哪些商品必须使用注册商标,只在第4条中明确指出:国家规定必须使用注册商标的商品,是指法律、行政法规规定的必须使用注册商标的商品。

### 四、商标权的内容

商标权是一个集合概念,包括商标所有权和与此相联系的商标专用权、商标续展权、商标转让权、商标许可使用权、商标诉讼权等权利。

商标所有权是确定商标权归属的依据。商标所有人对其注册的商标享有占有、使用、收益和处分的权利。商标所有权是一种绝对权,商标权中的其他权利都是从商标所有权中派生出的权利。

商标专用权是商标所有人在指定商品上独占性地使用其注册商标的权利。商标专用权是商标权区别于其他有形财产权最主要的法律特征。但应注意,商标专用权的排他效力只限于在同一种商品或类似商品的范围内。

商标续展权是注册商标所有人向商标局申请延长商标保护期限的权利。商标法确认商标权人的这种权利有利于维护商标信誉的持续性,也有利于维护市场经济秩序,充分实现商标法的宗旨。

商标转让权是商标所有人享有转移其商标所有权的权利。商标权的转让是商标权人行使处分权的表现。

商标许可使用权是商标所有人享有的许可他人使用其注册商标的权利。这也是商标权人行使其处分权的一种。这一权利的实质是商标权人对其专用权的自愿限制,但这种限制以获取许可使用费为前提。从世界上绝大多数国家商标立法和国际公约的规定看,商标权人行使这种权利是实现商标权财产价值的一个重要方面。

商标诉讼权是指商标所有人的注册商标受到他人不法侵害时,向法院起诉,要求侵权人承担相应的法律责任的权利。商标诉讼权是实现商标权人权利的法律保障。

### 五、商标权的取得

商标权的取得指按照何种方式和原则取得商标权,根据商标权的取得是否以原商标权人的商标权和意志为依据,可将商标权的取得分为原始取得和继受取得两种方式。

（一）原始取得

原始取得又称直接取得,指商标所有人对其商标所享有的商标权的取得是最初的,它不以原商标权人的商标权及其意志为依据。各国商标法在确认商标权的原始取得上所采取的原则不尽相同。大致可分为以下三种:

1. 使用原则。这是指商标权归属于最先使用商标的商标使用者。采用这一原则的国家,商标注册只在法律上起到声明的作用,不能用于确定商标权的归属。商标的在先使用人可以根据使用在先的事实,请求撤销他人使用在后的注册商标,禁止其他任何人使用其商标。其缺点是,会使注册商标长期处于不稳定状态,实践中弊病较多。因而,采用这一原则的国家极少。

2. 注册原则。这是指按照申请注册的时间先后确定商标权的原始归属。商标权只有通过注册商标人依法向商标主管机构申请注册并获准后方能取得。未注册商标一般不受法律保护。如果商标的在先使用人未及时办理注册手续而被使用在后的人抢先注册,他就无法取得该商标的所有权。其优点是,权利比较稳定,不易发生争议,便于商标管理。所以绝大多数国家实行这一原则。不过应指出,注册原则并不绝对排除使用原则的适用。如我国《商标法》第 29 条规定:"两个或两个以上的商标注册申请人,在同一种商品或类似商品上,以相同或近似的商标在同一天申请注册,初步审定并公告使用在先的商标,驳回其他人的申请,不予公告。"这说明,在以注册原则为主的国家,使用原则也是有一定意义的。

3. 混合原则。即将上述两种原则折中使用的原则。据此,商标权原则上由商标首先注册人享有,但商标的首先使用人可以在规定的期间内提出异议,请求撤销与其在先使用的相同或近似的商标。如期间届满而无人提出异议,商标注册人即取得无可辩驳的商标所有权。适用这一原则的国家有英国、美国、新西兰、奥地利、科威特、叙利亚等国。

（二）继受取得

继受取得又称传来取得。它指的是商标权的取得是以原商标权人的商标权及其意志为依据产生的,这种取得不是最初的取得。继受取得通常有转让与继承两种方式。继受取得以已存在的商标权为前提,商标权的性质、内容、范围都以原有权利为准。

# 第三节　商标注册

## 一、商标注册申请

商标注册的申请是办理商标注册的第一个步骤,也是商标申请人取得商标专用权的前提。

（一）提出商标注册申请应遵循的原则

《商标法》第 20 条规定："商标注册申请人在不同类别的商品上申请注册同一商标的，应按照商品分类表提出注册申请。"这就是"一个商标、一项申请"的原则。申请人只能按照商品分类表请求注册一项注册商标，不能在一项申请中提出注册两件以上的商标。我国已加入《商标国际注册马德里协定》，该协定规定，商标注册必须按类别分别提出申请。同时，这也是 TRIPS 协议的要求。

《商标法》第 19 条规定："申请商标注册的，应当按规定的商品分类表填报使用商标的商品类别和商品名称。"据此，申请人在申请书中应当明确指定在哪一类商品的哪些商品上使用该注册商标。

（二）办理商标注册申请的方式

《商标法》及《商标法实施条例》规定，国内申请商标注册或办理其他商标事宜，既可以委托商标代理组织代理，也可以直接办理。

（三）申请商标注册的手续

商标注册的申请是一种要式法律行为。申请人应向商标局报送商标注册申请人资格证明、商标注册申请书、商标图样，附送有关证明文件，并缴纳申请费。我国《商标法》规定了商标注册申请、变更申请和重新申请三种申请形式，各种申请形式的具体申请手续有所不同。

1. 商标注册申请的文件。商标申请人应提供的申请文件有：商标注册申请书；商标图样；申请注册如果是委托商标代理人办理的，应当附送商标代理人委托书；有关证明文件等。

此外，申请商标注册和办理其他商标事宜，都必须按照规定缴纳费用。

2. 商标注册的另行申请和重新申请。商标注册人如因业务经营需要扩大注册商标的商品范围，不论扩大使用的商品与原注册商标适用的商品是否属于同一种类，都必须另行提出注册申请。另行提出注册申请时，申请人应重新填报商标注册申请书，按商标注册申请手续办理。

《商标法》第 22 条规定："注册商标需要改变其标志的，应当重新提出注册申请。"商标在使用中可能逐渐不适应商品特性和人们消费心理，这时企业就需要对原商标更新，需要重新填报商标注册申请书，办理商标注册等手续。

3. 注册商标变更申请。企业联营、转产、迁移或商标权因继承发生转移等都会使注册商标所有人名义、地址等注册事项发生变化，此时就有必要办理变更申请手续，否则不仅会使变更后的商标所有人的专有权得不到法律保护，而且注册商标有被撤销的可能。变更商标注册人名义或者地址的，商标注册人必须将其全部注册商标一并办理。注册商标变更注册人名义等事项不涉及商标专用权的转让。

（四）商标注册申请的申请日确定

我国对核准商标注册实行申请在先的原则，确立申请日十分重要。一旦发生纠纷，申请日的先后就成为确定商标权的法律依据。根据《商标法实施条例》规定，商标注册的申请日期以商标局收到申请文件的日期为准。

对于两个或两个以上的申请人，在同一种商品或者类似商品上，以相同或者近似的商标在同一天申请注册的，各申请人应在商标局的通知之日起 30 日内提交其申请注册前在先使用该商标的证据。同日使用或者均未使用的，各申请人可以自收到商标局通知之日起 30 日内自行协商，并将书面协议报送商标局；不愿协商或协商不成立，商标局通知各申请人以抽签的方式确定一个申请人，驳回其他的注册申请。商标局已经通知但申请人未加抽签的，视为放弃申请，商标局应当书面通知未参加抽签的申请人。

（五）商标注册申请优先权

《巴黎公约》第 4 条规定了注册商标申请的优先权，时间为六个月；第 11 条要求成员国对在所有成员国内主办或者承认的国际展览会上展出的商品或者服务的商标予以临时保护，这些商标所有人可以要求优先权，时间也为六个月。我国《商标法》规定：

第一，"商标注册申请人自其商标在外国第一次提出商标注册申请之日起六个月内，又在中国就相同商品以同一商标提出商标注册申请的，依照该外国同中国签订的协议或者共同参加的国际条约，或者按照相互承认优先权的原则，可以享有优先权"。"依照前款要求优先权，应当在提出商标注册申请的时候提出书面声明，并且在三个月内提交第一次提出的商标注册申请文件的副本；未提出书面声明或者逾期未提交商标注册申请文件副本的，视为未要求优先权。"

第二，"商标在中国政府主办的或者承认的国际展览会展出之日起六个月内，该商标的注册申请人可以享有优先权"。"依照前款要求优先权的，应当在提出商标注册申请的时候提交展出其商品的展览会名称、在展出商品上使用该商标的证据、展出日期等证明文件；未提出书面声明或者逾期未提交证明文件的，视为未要求优先权。"

## 二、商标注册的审查与核准

（一）商标注册申请的审查原则

商标注册申请的审查实行申请在先的原则，即谁先申请谁就可以获准注册。采用这一原则有利于促使商标使用人尽早申请商标注册，及早获得商标权，并且有利于增强其商标法律意识。

我国《商标法》实行申请在先的原则，但同时以使用在先原则作必要补充。《商标法》第 29 条规定，两个或者两个以上的商标注册申请人，在同一种商品或者类似商品上，以相同或者近似的商标申请注册的，初步审定并公告申请在先的商标；同一天申请的，初步审定并公告使用在先的商标，驳回其他人的申请，不予公告。

（二）商标注册的形式审查和实质审查

对申请注册的商标应当进行审查，但做法不一，包括我国在内的绝大多数国家采用包含了形式审查内容的实质审查制。

1. 形式审查

形式审查又称书面审查，是指商标局收到商标注册申请后，对申请是否具备法定条件和手续进行审查，从而确定是否予以受理。它是商标审查的第一步工作。

形式审查的内容主要有：商标申请人的主体资格是否合法；申请文件、有关证明文件、商标图样是否送齐，手续是否完备；申请注册费是否缴纳；是否符合一件商标一份申请的原则。由商标代理机构代理申请的，还要审查代理手续是否完备。

审查合格的，登记申请日期，编定申请号，正式受理申请，进入实质审查程序。审查不合格的，退回申请或者通知申请人在指定期限内补齐。

2. 实质审查

实质审查主要是审查申请注册商标的文字、图形、字母、数字、三维标志和颜色组合的涵义及其客观效果。它是决定申请注册的商标能否核准初步审定并予以公告的关键环节。

实质审查的内容主要有：商标是否具备法定的构成要素；商标是否具备显著特征；商标是否违反《商标法》第10条、第11条、第12条、第13条、第16条规定的禁用条款；商标是否与他人在同一种或类似商品上已注册的商标、申请在先的商标以及已撤销或注销不满1年的注册商标相同或近似；商标与商品结合在一起，其客观效果如何。实质审查合格的，商标局将予以初步审定，否则驳回其申请。

（三）商标注册的审核程序

商标注册的审核程序是对商标申请进行审查和核准的法定步骤。

1. 商标注册的初步审定和公告

初步审定是指商标局对申请注册的商标进行审查后，认为符合《商标法》的规定，作出初步核准的决定。商标局把初步审定的商标刊登在《商标公告》上，予以公告。初步审定的商标并非正式注册，因而此时申请人尚不享有商标专用权。对此商标还要进行第一次公告，以征询社会公众的意见，特别是与该商标有关联的人的意见。

2. 驳回的商标申请的复审

商标局对申请注册的商标进行实质审查后，认为不符合《商标法》规定的，驳回申请，不予公告，并书面通知申请人。商标局认为商标注册的内容可以修正的，发给审查意见书，限期在收到通知之日起20日内予以修正；未作修正、超过期限修正或者修正后仍不符合《商标法》有关规定的，同样驳回申请，不予公告。如果申请人不服商标局的驳回理由和法律依据，可以在收到驳回通知之日起15日内向商标评审委员会申请复审。商标评审委员会是国家工商行政管理局设立的专门负责处理商标争议事宜的机构。商标评审委员会对驳回申请进行复查审议的程序称之为复审。商标评审委员会还可以对其他商标争议进行复审。

3. 商标异议与异议复审

根据《商标法》第 30 条的规定,对商标局初步审定的商标,自公告之日起 3 个月内,任何人均可以提出异议。提出异议的理由与实质审查的内容一样。

商标异议人或商标注册申请人(被异议人)不服商标局的异议裁定的,则可依法向商标评审委员会申请复审。根据《商标法》第 33 条规定,当事人应在收到异议裁定通知之日起 15 日内,将商标异议复审申请书一式两份交送商标评审委员会申请复审。异议复审的内容可以超越申请驳回后的复审的内容。商标评审委员会受理异议复审后,经过调查和评议即作出决定,并以书面形式通知申请人。当事人对商标评审委员会的决定不服的,可以自收到通知之日起 30 日内向人民法院起诉。人民法院应当通知商标复审程序的对方当事人作为第三人参加诉讼。当事人在法定期限内对商标评审委员会做出的裁定不向人民法院起诉的,裁定生效。经裁定异议不能成立的,予以核准注册,发给商标注册证,并予公告;经裁定异议成立的,不予核准注册。

4. 核准注册

核准注册是商标注册申请人取得商标专用权的决定性环节,也是商标注册审核程序的最后一个阶段。核准注册有三种情况:一是商标注册申请经初步审定公告后 3 个月内无人提出异议,异议期届满后即由商标局直接核准注册;二是商标注册申请经初步审定公告后 3 个月内有人提出异议,经商标局裁定认为异议不成立,异议人未申请复审,商标局即核准注册;三是经商标局对异议裁定后,异议人或被异议人对裁定不服而申请复审,经商标评审委员会裁定异议不成立,30 日内不向人民法院起诉的,商标局依该决定核准注册。

商标获准注册后,商标局即向其注册人颁布商标注册证,在《商标公告》上刊登注册公告。商标注册申请人自其商标核准注册之日起成为商标权人,取得商标专用权。

**三、注册商标的期限**

注册商标的期限是注册商标具有法律效力的期限,也称注册商标的有效期。注册商标的期限与商标权的保护期是一致的。

各国商标法对注册商标的期限都有规定,绝大多数在 10 至 20 年之间。我国《商标法》规定,注册商标的有效期限为 10 年。

关于注册商标的有效期的起算日期,少数国家规定从申请日起算,大多数国家规定从注册之日起算。我国商标权的有效期从核准注册之日起计算。

**四、注册商标的续展**

注册商标的续展是指延长注册商标的有效期,即注册商标有效期延续。注册商标有效期届满之际,当事人需要继续使用该注册商标的,商标所有人可依商标法规定提出续展注册申请。

根据我国《商标法》的规定,注册商标的续展应依法提出续展注册申请。一般应在注册商标有效期届满前 6 个月内办理。如果在这个期限内未提出申请,则可以给予 6 个月的宽展期。宽展期满仍未提出续展注册申请的,注销其注册商标。每次续展注册的有效期为 10 年。

《商标法》对商标人对注册商标续展的次数没有限制,从这个意义上说,商标保护是没有期限的,因而不具时间性,这一点与专利权和著作权不同。

### 五、注册商标的终止

注册商标的终止也称商标权的终止或注册商标的失效,是指注册商标权人由于法定原因导致商标权的丧失,不再受法律保护。商标权的终止包括注册商标被注销和被撤销两种情况。

#### (一)注册商标的注销

注册商标的注销指的是商标局依据商标注册人的申请或期满不请求继续使用注册商标等事宜,依照商标法的规定以注销的形式终止其商标权的法律行为。注册商标的注销一般是注册商标人自愿放弃其商标权的结果。注册商标注销的情形有以下几种:

1. 商标注册人向商标局书面声明放弃注册。如果商标权人已与他人签订了商标使用许可合同,他应该在取得被许可人同意后才能放弃自己的商标权,否则即应承担违约责任。

2. 注册商标有效期届满,宽展期已过,商标注册人仍未提出续展注册申请,或者在宽展期以内提出申请而被商标局驳回的,商标权自行终止。

3. 商标注册人消灭,无继受人或在法律规定的时间内其注册商标未办理转让注册的,该商标权归于消灭。

#### (二)注册商标的撤销

注册商标的撤销是指商标局对注册商标人违反商标法的有关规定以行政强制手段终止其商标权效力的法律行为,是对注册商标人采取的一种行政处罚手段。撤销注册商标后,原商标所有人就丧失了商标所有权。

注册商标的撤销和注销的性质不同,前者是由于商标注册人违反了法律的规定而招致的法律后果,是商标主管部门对其采取的行政惩罚手段或强制行政手段,后者则是由于法律条件的发生或商标注册人自愿放弃商标权的结果。

根据我国《商标法》的规定,注册商标的撤销主要有因使用不当而撤销和因注册不当而撤销等类型。

1. 因使用不当而撤销

商标注册人有下列情况之一,由商标局责令限期改正或者撤销其注册商标:

(1)自行改变注册商标的,自行改变商标注册人名义、地址或者其他注册事项的,自行转让注册商标的;

(2)对注册商标核定使用的商品粗制滥造、以次充好,损害消费者利益的。

2. 因注册不当而撤销

因注册不当而撤销的情形有:

(1)使用"不得作商标使用的标志"注册的;

(2)使用"不得作为注册商标的标志"注册的;

(3)以三维标志注册商标的,但其形状是由商品自身的性质产生的形状,为获得技术效果而需的商品形状或者使商品具有实质性价值的形状;

(4)以虚构、隐瞒事实真相或伪造申请书及有关文字等欺骗手段或不正当手段注册的;

(5)就相同或相类似商品申请注册的商标是复制、模仿或翻译他人未在中国注册的驰名商标的,或就不相同或不相类似商品申请注册的商标是复制、模仿或翻译他人已在中国注册的驰名商标,驰名商标所有人或利害关系人可在注册之日起 5 年内请求撤销,对恶意注册的则不受五年期限的限制;

(6)未经授权,代理人或代表人以自己名义将被代理人或被代表人的商标进行注册的,注册之日起 5 年内可请求撤销;

(7)已注册商标中有商品地理标志,而该商品并非来源于该标志所标示的地区,误导公众,注册之日起 5 年内可请求撤销;

(8)注册的商标损害他人在先权利或以不正当手段抢先注册他人已经使用并有一定影响的商标自注册之日起 5 年内可请求撤销,而对注册不当的商标,既可由商标局依职权主动撤销,也可由其他单位或个人请求商标评审委员会裁定撤销。

商标评审委员会做出维持或撤销注册商标的裁定后,应书面通知有关当事人。当事人对商标评审委员会的裁定不服的,可以自收到通知之日起 30 日内向人民法院起诉。

注册商标无论是因注销还是因撤销而终止的,都不再受法律保护。为维护消费者利益,避免商标混同,我国《商标法》第 46 条规定,注册商标依法被注销或撤销的,自注销或者撤销之日起 1 年内,商标局对与该商标相同或者近似的商标注册申请不予核准注册。

# 第四节　商标权的保护

## 一、商标侵权行为的构成

商标侵权行为是侵犯注册商标专用权的行为,任何未经商标注册人的许可或违反法律规定从事的使商标注册人的商标专用权受到损害的违法行为。

其构成条件是：

1. 有注册商标专用权受到损害的事实发生；

2. 损害行为具有违法性；

3. 违法行为与损害事实之间有因果关系，即损害事实是由违法行为所造成的；

4. 行为人主观上有过错。

**二、商标侵权行为的表现形式**

根据《商标法》第 52 条和《商标法实施条例》第 50 条的规定，商标侵权行为主要有以下几种表现形式：

(1)未经注册商标所有人的许可，在同一种商品或者类似商品上使用与注册商标相同或者近似的商标的行为；

(2)销售侵犯商标专用权的商品；

(3)伪造、擅自制造他人注册商标标识或者销售伪造、擅自制造的注册商标标识的行为；

(4)未经商标注册人同意，更换其注册商标并将该更换商标的商品又投入市场的行为，即反向假冒行为；

(5)在同一种或类似商品上，将与他人注册商标相同或近似的标志作为商品名称或商品装潢使用，误导公众；

(6)故意为侵犯他人注册商标专用权行为提供仓储、运输、邮寄、隐匿等便利条件的行为。

另外，根据人民法院审理商标侵权案件的实践经验，2002 年 10 月 16 日最高人民法院公布实行的《关于商标权民事纠纷案件适用法律的若干问题的解释》第 1 条明确了三种侵犯注册商标专有权的行为，以作为适用《商标法》及《商标法实施条例》相关规定内容的补充。这三种情形包括：：

(1)将与他人注册商标相同或者相近似的文字作为企业的字号，在相同或者类似商品上突出使用，容易使相关公众产生误认的；

(2)复制、模仿、翻译他人注册的驰名商标或其主要部分在不相同或者不相类似的商品上作为商标使用，误导公众，致使该驰名商标注册人的利益可能受到损害的；

(3)将与他人注册商标相同或者相近似的文字注册为域名，并且通过该域名进行相关商品交易的电子商务，容易使相关公众产生误认的。

**三、商标侵权的法律责任**

根据我国《商标法》第 53 条、第 54 条、第 59 条的规定，注册商标专用权一旦受到商标

侵权的侵害,被侵权人可通过以下四种途径获得保护:

1. 当事人自行协商解决;

2. 可以向人民法院提起民事诉讼,追究侵权人的民事责任;

3. 可以请求工商行政管理部门处理,对商标侵权行为进行行政处罚,对处罚决定不服的,可以向人民法院提起行政诉讼;

4. 对商标侵权行为情节严重,构成犯罪的,可以向人民检察院检举、控告,要求司法机关依法追究侵权人的刑事责任。

(一)行政责任

依照《商标法》第53条、第55条规定,对于侵犯商标专用权的行为,任何人可以请求工商行政管理部门处理。工商行政管理机关依照《商标法》、《商标法实施条例》及其他相关规定查处商标侵权行为。

1. 工商行政管理部门的行政查处

县级以上工商行政管理部门根据已经取得的违法嫌疑证据或举报,对涉嫌侵犯他人注册商标专用权的行为进行查处时,可行使下列职权:询问有关当事人,调查与侵犯他人注册商标专用权有关的情况;查阅、复制当事人与侵权活动有关的合同、发票、账簿及其他资料;对当事人涉嫌从事侵犯他人注册商标专用权活动的场所实施现场检查;检查与侵权活动有关的物品,对有证据证明是侵权物品的,可以查封或者扣押。

工商行政管理部门依法行使上述职权时,当事人应协助、配合,不得拒绝、阻挠。另外,工商行政管理机关查处的商标侵权行为,涉嫌商标犯罪的,应当依法移送公安机关立案侦查。

2. 行政处罚

依照《商标法》第54条和《商标法实施条例》第52条,工商行政管理机关可采取如下措施制止商标侵权行为:责令停止侵权;没收、销毁侵权商品;没收、销毁专门用于制造侵权商品、伪造注册商标标识的工具;罚款,罚款的数额为非法经营额3倍以下,非法经营额无法计算的,罚款数额为10万元以下。

另外,工商行政管理机关应被侵权人的请求,可以就商标侵权的赔偿数额进行调解。

(二)民事责任

根据我国《民法通则》第118条的规定,公民、法人的商标专用权遭受假冒侵害的,有权要求停止侵害、消除影响、赔偿损失。根据《商标法》第53条、第56条规定,商标侵权行为的民事责任承担方式为:停止侵害、消除影响、赔偿损失等形式。

赔偿损失,它指侵权人以自己相应价值的财产弥补被侵权人的损失,是商标侵权人承担民事责任的一种主要方式。但由于商标权是一种无形的财产权,侵害商标权造成的无形损害很难计算。

我国《商标法》第56条规定,侵犯商标专用权的赔偿数额,为侵权人在侵权期间因侵权所获得的利润,或者被侵权人在侵权期间因被侵权所受到的损失,包括被侵权人为制止侵权行为所支付的合理开支。侵权人侵权所得利润或被侵权人所受损失难以确定的,由人民法院根据侵权行为的情节判决,给予 50 元以下的赔偿。人民法院在确定赔偿数额时,应当根据侵权行为的性质、期间、后果,商标的声誉,商标使用许可费的数额,商标使用许可的种类、时间、范围及制止侵权行为的合理开支等因素综合确定。

值得注意的是,我国《商标法》在赔偿制度中规定了赔偿豁免制度。第 56 条第 2 款规定,销售不知道是侵犯商标专用权的商品,能证明该商品是自己合法取得并说明提供者的,不承担赔偿责任。这在理论上称之为"善意侵权"。善意侵权制度的确立,有利于充分实现和保护商标权人利益,同时也实现了商标权人与善意侵权人之间的利益平衡。

(三)刑事责任

我国《商标法》第 59 条和《刑法》对侵犯他人注册商标构成犯罪的行为做了规定。这些犯罪行为都侵犯了注册商标专用权,可以将其统称假冒注册商标犯罪。

假冒商标犯罪是以营利或者其他非法利益为目的,违反商标管理法规,故意在相同商品上使用与注册商标相同的商标,包括伪造、擅自制造他人注册商标标识或销售伪造、擅自制造的商标标识以及销售明知是假冒注册商标的商品,获取非法利益数额较大或者有其他严重情节的行为。

1997 年 10 月 1 日施行的《刑法》则确认了三种涉及商标犯罪的违法行为。根据最高人民法院《关于执行〈中华人民共和国刑法〉确定罪名的规定》,商标犯罪违法行为的罪名为:假冒注册商标罪,销售假冒注册商标的商品罪,非法制造、销售非法制造的注册商标标识罪。

根据《刑法》第 213 条至第 215 条规定,未经注册商标所有人许可,在同一种商品上使用与其注册商标相同的商标,情节严重的,处 3 年以下有期徒刑或者拘役,并处或者单处罚金;情节特别严重的,处 3 年以上 7 年以下有期徒刑,并处罚金。销售明知是假冒注册商标的商品,销售金额较大时处 3 年以下有期徒刑或者拘役,并处或者单处罚金;销售金额巨大时处 3 年以上 7 年以下有期徒刑,并处罚金。伪造、擅自制造他人注册商标标识或销售伪造、擅自制造的注册商标标识,情节严重的,处 3 年以下有期徒刑、拘役或者管制,并处或者单处罚金;情节特别严重的,处 3 年以上 7 年以下有期徒刑,并处罚金。

另外,根据《知识产权刑事案件具体应用法律若干问题的解释》的规定,未经注册商标所有人许可,在同一种商品上使用与其注册商标相同的商标,具有下列情形之一的,属于《刑法》第 213 条规定的"情节严重",应当以假冒注册商标罪判处 3 年以下有期徒刑或者拘役,并处或者单处罚金:非法经营数额在五万元以上或者违法所得数额在三万元以上的;假冒两种以上注册商标,非法经营数额在三万元以上或者违法所得数额在两万元以上的;其他情节严重的情形。

具有下列情形之一的,属于《刑法》第 213 条规定的"情节特别严重",应当以假冒注册商标罪判处 3 年以上 7 年以下有期徒刑,并处罚金:非法经营数额在二十五万元以上或者违法所得数额在十五万元以上的;假冒两种以上注册商标,非法经营数额在十五万元以上或者违法所得数额在十万元以上的;其他情节特别严重的情形。

### 四、对驰名商标的法律保护

驰名商标作为商标是一个企业经济实力和产品质量的体现,代表着其国际竞争中的优势地位。每一个驰名商标都是一个企业的巨额财富,当今世界上绝大多数国家都对驰名商标给予特殊保护。

（一）驰名商标的含义及认定

驰名商标是一个国际通用的法律概念,它的英文对译为"Well-Known Trade Mark"。对驰名商标的保护,在《巴黎公约》中就有了规定。该公约所指的驰名商标是在广大公众中享有较高声誉、有较高知名度的商标。

我国在遵守《巴黎公约》和 TRIPS 协议的立法精神和保护要求条件下,参考了其他国家和地区的相关立法,在现行《商标法》中对驰名商标的认定做出了明确规定。

我国《商标法》第 14 条的规定,认定驰名商标应当考虑下列因素:

1. 相关公众对该商标的知晓程度

享有较高的知名度是衡量驰名商标的重要标准。一个知名度越高的商标,其信誉就越高,对顾客的吸引力就越大,该商标就越驰名。驰名商标因为被特定的消费阶层中的多数所熟知,因此具有普遍的社会影响性。

2. 该商标使用的持续时间

为防止企业短期行为,使驰名商标所标识的商品质量长期优质稳定,驰名商标使用必须达到法定的期限。商标所标识的商品使用的时间越长,就越能证明该商标及其所标识的商品的质量是久经考验的,是广大公众长期信任的,应认定为驰名商标。

3. 该商标的宣传工作的持续时间、程度和地理范围

宣传工作的质量直接影响该商标所标识的商品的知名度和销售额。宣传工作持续时间的长短、程度的深浅、范围的大小决定了该商标所标识的商品在某一领域为公众熟悉的程度。如果某一商标所标识的商品在大范围内作长时间细致深入的宣传,可以断定其在这一范围内具有广泛的影响,可以认定为驰名商标。

4. 该商标作为驰名商标受保护的纪录

如果该商标曾以驰名商标被保护过,那么就更有可能被认定为驰名商标。

5. 该商标驰名的其他因素

如该商标所含的经济价值等因素。

（二）对驰名商标的保护

1.《巴黎公约》对驰名商标的保护

《巴黎公约》对于驰名商标的保护，主要体现在其第 6 条规定之中：

(1)本联盟各国承诺，当某一商标已经为本公约受益人所有，且已被有关注册或者使用国主管部门视为在该国驰名时，若另一商标构成对此商标之复制、模仿或者翻译，并足以造成误认，在其本国立法允许之情况下依职权，或者应有关当事人之请求，驳回或者撤销后一商标注册，并禁止其使用于相同或者相似之商品上。当后一商标之基本部分构成对任何此种驰名商标之复制或者模仿，并故意造成误认时，此等规定亦应适用。

(2)对于侵权的商标，自该侵权商标注册之日起至少 5 年内，应允许被侵权商标持有人提出撤销此种商标注册之请求。允许提出禁止使用之期限得由本联盟各成员国规定。

(3)商标的注册或者使用有恶意时，此种撤销注册或禁止使用的请求不应有时间限制。

2. TRIPS 协议对驰名商标的保护

TRIPS 协议在驰名商标保护问题上比《巴黎公约》的规定更进了一步，这表现在：

(1)TRIPS 协议第 16 条第 2 款规定："《巴黎公约》(1967 年文本)第 6 条原则上适用于服务。确定一项商标是否系驰名商标，应考虑相关行业公众对其知晓程度，包括在该成员国地域内宣传该商标而使公众知晓的程度。"也就是说，TRIPS 协议要求各成员在决定商标是否驰名时，应当考虑商标促销在该国产生的知名度；而且，驰名商标也适用于服务商标。

(2)TRIPS 协议第 16 条第 3 款规定："《巴黎公约》(1967 年文本)第 6 条原则上适用于与注册商标的商品或服务不相类似商品或服务，其前提条件是，在类似商品或服务上使用该商标暗示这些商品或服务与注册商标所有人之间存在着某种联系，注册商标所有人的利益有可能因此种使用而受损。"这表明，TRIPS 协议引入了广义混淆和反淡化规则，认为即使是在与注册所标示的商品或服务不相类似的商品或服务上，也不能使用驰名商标。

(3)我国对驰名商标的保护

我国驰名商标保护涉及的主要内容有：

①驰名商标的认定机关

我国驰名商标的认定机关包括国家工商行政管理局和人民法院这两个主体，任何组织和个人不得认定或者采取其他变相方式认定驰名商标。

②驰名商标的认定方式

从 2003 年 4 月 17 日国家工商行政管理总局发布的《地名商标认定和保护规定》以及其他相关的司法解释可以看出，我国驰名商标的认定采取"被动保护、个案认定"的国际通行惯例。

"被动保护、个案认定"的原则，反映了驰名商标的认定不再受主观人为因素控制，而是由市场运作，由当时的市场实际情况反映该商标是驰名还是一般。"被动保护、个案认定"意味着国家工商行政管理部门不再采用通过主动、批量认定驰名商标的方式对我国的驰名商标进行特殊保护,而是当发生了驰名商标侵权纠纷案件时,应权利人的请求,由人民法院(或行政执法机关)对个案商标是否"驰名"进行认定,从而保护权利人的合法权益。

③驰名商标的保护范围

《商标法》第13条规定:"就相同或者类似商品申请注册的商标,是复制、模仿或者翻译他人未在中国注册的驰名商标,容易导致混淆的,不予注册并禁止使用。就不相同或者不相类似商品申请注册的商标,是复制、模仿或者翻译他人已经在中国注册的驰名商标,误导公众,致使该驰名商标注册人的利益可能受到损害的,不予注册并禁止使用。"

**五、服务商标的法律保护**

(一)服务商标的概念

服务商标又称为服务标记,是指使用于服务项目,用以区别自己提供的服务项目与他人提供的相同或类似服务项目的专用标记。其识别对象是服务项目。

(二)服务商标与商品商标的区别

服务商标与传统意义上的商品商标一样,通常是由文字、图形或文字与图形的组合构成。它既是某种服务项目的专用标志,也是代表服务项目提供者的专用标志,具有区别服务出处、表明服务质量的功能。但是,服务商标与商品商标亦有显著的区别:

1. 商标的识别对象不同

商品商标是特定商品的识别标志,标志的是有形的看得见的商品。服务商标表明服务项目本身,是区别不同服务项目提供者的专用标记,标志的是为他人提供的劳务活动。

2. 适用的领域不同

商品商标可适用于所有的商品领域,凡生产、销售商品的行业均可使用商品商标。服务商标的适用领域则受到一定的限制,只能适用于服务行业,即承担社会服务职能的专门性行业,如金融业、保险业、交通运输业、建筑业、旅游业、修理业等。

3. 使用的方式不同

商品商标除广告宣传外,还可直接附着在商品上,随着商品的出售达到宣传的目的;而服务商标则只能通过服务项目提供者的服务行为来显示,通过广告宣传或其他方式来使用。

4. 使用的宣传效果不同

商品商标可以随着商品的流通而广为传播,使消费者易于识别、辨认;而服务是无形的,不像商品那样可以流通,因此,相比较而言,服务商标表明服务出处和保证服务质量的作用不如商品商标之于商品那么强烈。这就决定了服务商标在某种程度上主要依赖于广告宣传来扩大商标的知名度。

### 六、产地识别标记的法律保护

（一）产地识别标记的概念与特点

产地识别标记是货源标记、原产地名称两者的统称，是用一个国家、地区的地理名称来标示某类产品的原产地的一种标志。产地识别标记同样属于工业产权的保护对象。

货源标记又称产源标记，是指表明一种产品或服务来自的国家、地区或者特定地点的标志。它一般由地名、用语或者符号构成，是一种表示商品来源的标记，如"中国制造"、"法国葡萄酒"等。

原产地名称是指用来表明产品所来自的国家、地区或指定地的地理名称，而产品的质量或特点完全或主要取决于原产地的地理环境，包括自然因素和人为因素在内。原产地名称是表明产品原产地的标志，它通常由国家、地区或特定地方名称组成，如景德镇瓷器、湘绣、香槟酒等。

产地识别标记都具有识别商品来源的功能，都属于标志商品产地的地理标记，而且有时两者可以融为一体。但两者并不是相同的概念：第一，货源标记的本质是表明同类商品具有同一性，它只是表明某类产品来源和出处的标志。原产地名称则不仅具备上述特点，它还有保证产品具有特定质量的作用，是产品某种质量的特性的一种说明、标志及保证。第二，货源标记表示的地理范围较大，原产地名称表示的地理范围通常是较小的区域。第三，货源标记不一定适用于特产上，原产地名称则一般适用于特产。

产地识别标记与商标一样，都是表示商品来源的专用标记，其目的在于帮助消费者认牌购货，防止消费者误认。但是，就其基本功能来说，商标表明商品出自于何"人"，它与特定的个体生产经营者相联系；而货源标记或原产地名称表明商品出自于何"地"，它与特定的某类生产经营者相联系。

（二）产地识别标记的法律保护

1. 产地识别标记的国际保护

《巴黎公约》是最早保护产地识别标记的国际性公约。公约要求各成员国对于直接或间接使用虚假的货源标记或原产地名称的行为采取相应的制裁措施，即在进口时扣押商品或在国内扣押商品，或由该国国民采取诉讼等救济手段。

《关于制止产品虚假或欺骗性产地名称马德里协定》作为《巴黎公约》的一个特别协定，对成员国之间制止虚假产地识别标记作了具体规定，其禁止对象为下述两种：

（1）将适用该协定的国家或其某一地区假冒为原产国或原产地，或在产品上使用对原产地产生误认的标志；

（2）在销售或展出产品时所用的招牌、广告等上面使用带有宣传性质的、欺骗公众的原产地标志。

TRIPS 协议也是目前保护货源标记或原产地名称权的重要的国际条约。该协议对

地理标记作了专门规定,要求各缔约方采取以下保护措施:

(1)在商品的名称或介绍中,使用任何手段指明或揭示该商品来源于一个非真实原产地的地域,其方式导致公众对商品地域来源、产生误解的,应予制止。

(2)任何构成《巴黎公约》(1967年文本)第10条第2款所指的不正当竞争行为的使用,即直接或间接使用虚假货源或生产者标记的,应予制止。

(3)如果成员法律允许或应某一利益方的请求,对含有一种地理标记或由该种地域指示构成的商标,该地理标记表明商品并不是原产于所指示的地域;如果存在产生误解的可能,该成员应有权拒绝或撤销该项商标的注册。

(4)某一地理标记虽然在字面上表明该商品的真实国家、地域或地方,但向公众欺骗性地表明该商品来源于另一个国家,该成员应有权拒绝或撤销该项商标的注册。

此外,该协议对葡萄酒、烈性酒的地理标记的附加保护做了规定。

2. 我国对产地识别标记的保护

我国是《巴黎公约》成员国,货源标记或原产地名称权在我国法律中受到保护。我国《反不正当竞争法》第5条第4款禁止经营者伪造产地;第9条禁止经营者利用广告或其他方法对产地作引人误解的虚假宣传。违者即构成不正当竞争行为,应承担相应法律责任。

对于原产地名称,我国《商标法》第3条、第16条分别做了规定。《商标法》第3条规定以证明商标的形式来保护原产地名称,第16条规定以地理标志的形式保护原产地名称。对原产地名称的保护,适用《商标法》有关证明商标的规定。

### [案例分析]

"大明"注册商标于1999年3月被授予商标专用权,核定的使用商品为第七类,包括泵与电机等产品。原商标权人为台州明星机电有限公司。2001年6月28日,经国家商标局核准,"大明"注册商标权人变更为浙江大明机电有限公司。

上海大明泵业有限公司于2001年3月20日在上海市经工商核准注册,经营范围为潜水泵、自吸泵等的生产,该公司的实际生产基地也在浙江台州市。上海大明从2001年3月开始生产,在其产品自吸泵、潜水泵泵体显著位置标注有"上海大明"或"上海大明泵业"字样。其产品外包装箱上的商标为"吉申"。"吉申"商标国家商标局仅受理而未核准授权。

詹某系个体武汉市江汉区春光五金机电经营部业主,其经营品种有标有"上海大明泵业"字样的自吸泵及潜水泵。

浙江大明向法院提起诉讼,请求判决上海大明和詹某停止侵权并赔偿相关损失。

问题:

上海大明泵业有限公司和詹某的行为是否构成对浙江大明机电有限公司的商标权的侵害?

# 练习与思考

## 一、名词解释

商标、营业商标、等级商标、证明商标、制造商标、销售商标、集体商标、联合商标、防御商标、驰名商标、商标法、商标权。

## 二、思考题

1. 简述商标的种类和作用。
2. 简述商标的主体、客体和内容。
3. 简述申请注册商标的绝对条件和消极条件。
4. 简述怎样续展注册商标。
5. 论述对商标权(包括驰名商标、服务商标、产地识别标记)的法律保护。

# 第十五章

# 专利法律制度

本章主要介绍专利和专利法的概念，专利权的主体、客体（发明、实用新型和外观设计）和内容，专利权的取得、行使、期限、终止和无效，以及专利权的法律保护。

## 第一节　专利和专利法概述

### 一、专利的概念和特征

专利法是国家制定的用以调整由发明创造活动而引起的各种社会关系的法律规范的总称。专利的含义有广义和狭义之分。广义的专利，通常有三种含义：一是指专利局授予的专利权；二是指专利权的客体，即取得专利权的发明创造，一般包括发明、实用新型、外观设计三种形式；三是指记载发明创造内容的专利文献。狭义的专利指专利权，也就是说，专利就是专利权的简称。专利法具有以下特征：

其一，专利法是社会规范与科学技术规范相结合的法律规范。专利法是保护发明创造的法律规范。发明创造本身属于科学技术范畴，没有发明创造，也就没有专利法。

其二，专利法既是实体法，又是行政程序法，是以实体法为主、与程序法相结合的法律规范。

其三，专利法采用行政和民事相结合的调整方式。这两种调整方式是相辅相成的。

### 二、专利权的主体

#### （一）专利权主体的概念

专利权的主体即专利权人是指依法享有专利法所规定的权利并承担相应义务的人。

根据我国《专利法》的规定,发明人和设计人及其合法受让人、发明人和设计人工作单位以及外国的单位和个人都可以成为专利权的权利主体。

(二)专利权主体的分类

依照我国专利法的规定,可以成为我国专利权主体的人有以下几种:

1. 职务发明创造人的所在单位

我国《专利法》第6条规定:"执行本单位的任务或者主要是利用本单位的物质技术条件所完成的发明创造为职务发明创造。职务发明创造申请专利的权利属于该单位;申请被批准后,该单位为专利权人。"

所谓执行本单位的任务所完成的发明创造,是指单位的工作人员执行本单位分配的工作任务和本职工作所完成的发明创造,包括工作人员在本职工作中作出的发明创造;履行本单位交付的本职工作之外的任务所作出的发明创造;工作人员在退职、退休或者调动工作后1年内作出的,与其在原单位承担的本职工作或者分配的任务有关的发明创造。主要利用本单位的物质技术条件所完成的发明创造,是指工作人员利用本单位的资金、设备、零部件、原材料或者不对外公开的技术资料等条件所完成的发明创造。

在这种情况下,虽然工作人员完成发明创造不是执行本单位的任务,但由于单位为其完成发明创造提供了主要的或必要的物质条件,如果没有单位为其提供这些条件,发明创造就可能完不成,因此法律规定此种情形下完成的发明创造经申请并取得专利的权利仍属于工作人员所在单位。单位对职务发明创造享有专利申请权和获得专利的权利。

《专利法》第6条中还规定:"利用本单位的物质技术条件所完成的发明创造,单位与发明人或者设计人订有合同,对申请专利的权利和专利权的归属作出约定的,从其约定。"

2. 非职务发明创造的发明人、设计人

非职务发明创造可分为两种情况:一种是单位工作人员所完成的职务发明创造以外的发明创造,既不是执行本单位分配给自己本职工作,也不是履行本单位分配的其他任务,也没有利用本单位的物质技术条件所完成的发明创造,而且,也不是退职、退休、调动工作后1年以内作出的与在原单位所从事的本职工作有关的发明创造。另一种是非单位工作人员所完成的发明创造。依照我国《专利法》第6条的规定,非职务发明创造,申请专利的权利属于发明人或者设计人;申请被批准后,该发明人或者设计人为专利权人。

3. 合法受让人

我国《专利法》第10条规定,专利申请权和专利权可以转让。专利申请权转让后,受让人就受让的发明创造有权申请并获得专利权,成为专利权主体。专利权转让后,原专利权人丧失专利权人资格,受让人成为新的专利权人。

由于合法受让人不是发明创造的发明人、设计人,因此合法受让人在申请专利时,必须提出证据,证明自己有权就发明创造申请专利,同时在申请专利的说明书上注明发明人、设计人的姓名。

4. 外国人

外国人包括具有外国国籍的自然人和法人。我国《专利法》第 18 条规定："在中国没有经常居所或者营业所的外国人、外国企业或者外国其他组织在中国申请专利的,依照其所属国同中国签订的协议或者共同参加的国际条约,或者依照互惠原则,根据本法办理。"外国人在我国申请并获得专利权,成为我国专利权的主体,有以下几种情况:

(1)在我国有经常居所的外国公民和有真实有效的营业所的外国企业或其他组织,享有与中国公民或单位同等的专利申请权和专利权。

(2)在中国境内没有经常居所的外国公民或没有营业所的外国企业或其他组织,如果其所属国与我国签订有双边协议,则依照协议办理;如果其所属国与我国同为某一国际条约的成员国,则依照该国际条约的规定办理。

(3)非双边协议或非国际公约成员国的外国公民、企业或其他组织,并且在我国又无经常居住地或营业所的,能否在我国申请专利并取得专利权,按互惠原则办理。

5. 合作完成或受托完成发明创造的单位或个人

我国专利法规定,两个以上单位或者个人合作完成的发明创造、一个单位或者个人接受其他单位或者个人委托所完成的发明创造,除另有协议的以外,申请专利的权利属于完成或者共同完成的单位或者个人;申请被批准后,申请的单位或者个人为专利权人。

### 三、专利权的客体

专利权的客体是指专利权所保护的对象,即依法应授予专利的发明创造。我国的《专利法》所称的专利包括发明、实用新型和外观设计三种。

(一)发明

1. 发明的概念

《专利法实施细则》第 2 条规定,专利法所称的发明,是指对产品、方法或者其改进所提出的新的技术方案。

2. 发明应具备的条件

作为专利权保护对象的发明,应当具备两方面的条件:

其一,技术性条件。技术性条件包含了三层含义:(1)发明是指利用自然规律在技术上的创造和革新,而不是认识自然规律的理论创新;(2)发明应为解决特定技术课题的新技术方案,而不是单纯地提出课题;(3)作为发明的技术方案必须通过一定的物质形式表现出来,而不单是存在于头脑中的一种构思。

其二,法律性条件。法律性条件主要有以下几项:(1)必须具备新颖性、创造性和实用性;(2)必须符合国家法律、社会道德和公共利益的要求;(3)必须不是国家明文规定不授予专利权的发明。

3. 发明的种类

我国专利法将专利权保护的发明分为三类：

(1)产品发明，指关于新产品或新物质，如机器、设备、装置、工具材料等多种多样的制品的发明。

(2)方法发明，是指人们利用自然规律作用于某一物品或者物质，致使其发生新的部分质变或成为另一种新的物品或者物质的方法的发明。方法发明包括制造方法、化学方法、加工方法、生物方法以及其他方法，如施工方法的发明。

(3)改进发明，是指对已知的产品发明、方法发明所提出的实质性革新的新的技术方案。

(二)实用新型

实用新型是指对产品的形状、构造或者其结合所提出的适于实用的新的技术方案。

1. 实用新型应当具备的条件

实用新型必须是某种产品；实用新型必须是具备一定形状、构造或者其结合的产品；实用新型必须在产业上有直接的实用价值。

1989年12月21日，中国专利局发布了第27号公告，规定对下列各项发明创造不授予实用新型专利权：(1)各种方法、产品的用途；(2)无确定形状的产品，如气态、液态、粉末状、颗粒状的物质或材料；(3)单纯材料替换的产品，以及用不同工艺生产的同样形状、构造的产品；(4)不可移动的建筑物；(5)仅以平面图案设计为特征的产品，如棋、牌等；(6)由两台或两台以上的仪器或设备组成的系统，如电话网络系统、上下水系统、采暖系统、楼房通风空调系统、数据处理系统、轧网机、连铸机等；(7)单纯的线路，如纯电路、电路方框图、气功线路图、液压线路图、逻辑方框图、工作流程图、平面配置图以及实质上仅具有电功能的基本电子电路产品(如放大器、触发器等)；(8)直接作用于人体的电、磁、光、声、放射或与其结合的医疗器具。这一规定从反面以排除的方式进一步说明了什么不是实用新型。

2. 实用新型和发明的区别

实用新型和发明同属专利法保护的发明创造，二者有许多相同之处，但也存在较为明显的区别：

(1)创造性要求不同。与发明专利相比，实用新型的创造性水平较低。我国专利法规定，对发明的创造性要求是，与申请日以前已有技术相比有突出的实质性特点和显著进步，而对实用新型则仅要求其与申请日以前已有技术相比有实质性特点和进步。

(2)保护范围不同。发明专利保护的发明创造包括产品发明、方法发明和改进发明，即除专利法的限制性规定外，任何发明均可获得专利权；而实用新型专利的保护范围仅限于对产品的形状、构造或者其结合所提出的适于实用的新的技术方案，不包括产品的制造方法，也不包括没有固定形状和构造的物质。

(3)授权审批程序不同。根据我国专利法规定，申请实用新型专利的手续比较简便，申请人的申请经主管机关初步审查认为符合专利法要求的，就不再进行实质审查，主管机关可直接作出授权决定;而对发明专利申请要经初步审查、公开和实质审查等程序后方可作出授予专利权的决定,程序较为复杂。

(4)保护期限不同。我国专利法规定实用新型专利权的有效期为10年,发明专利的有效期为20年,均自申请日起计算。

（三）外观设计

外观设计也称工业产品外观设计,是指对产品的形状、图案或者其结合以及色彩与形状、图案的结合所作出的富有美感并适于工业上应用的新设计。作为专利权客体的外观设计,应当具备以下条件:

第一,外观设计是对产品外表所作的设计。

第二,外观设计是对产品的外观、形状、图案等所作的设计。

第三,外观设计能够使人产生美感。

（四）几种不授予专利权的情形

1. 违反法律和社会公德的发明创造。我国《专利法》第5条规定:"对违反国家法律、社会公德或者妨害公共利益的发明创造,不授予专利权。"发明创造违反法律、社会公德或者妨害公共利益,是指该发明创造的目的和主要用途违反法律、社会公德或妨害公共利益,而不是指该发明创造可以被用来实施违法行为或违反社会公德、妨害公共利益的行为。如一种新型的刀具,可以用来解决产生中的问题,也可以被用来杀人,但是,不能因为它可以用来杀人就不授予专利。B超可以用来检查胎儿的性别,为重男轻女的人堕胎提供方便,但是,不能说这项技术本身违反法律和社会公德。

2. 属于专利法规定不能授予专利的科学和技术。《专利法》第25条规定,下列各项不授予专利权:(1)科学发现;(2)智力活动的规则和方法;(3)疾病的诊断和治疗方法;(4)动物和植物品种;(5)用原子核变换方法获得的物质。

上述五种不授予专利权的情形中第4项所列产品的生产方法,可以依专利法的规定授予专利权。另外,按照国务院《植物新品种保护条例》的规定,具备法定条件的植物新品种可以取得植物品种权。

**四、专利权的内容**

（一）专利权人的权利

1. 专利实施权

《专利法》第11条规定:"发明和实用新型专利权被授予后,除本法另有规定的以外,任何单位或者个人未经专利权人许可,都不得实施其专利,即不得为生产经营目的制造、使用、许诺销售、销售、进口其专利产品,或者使用其专利方法以及使用、许诺销售、销售、进口依照该专利方法直接获得的产品。外观设计专利权被授予后,任何单位或者个人未经专利权人许可,都不得实施其专利,即不得为生产经营目的制造、销售、进口其外观设计专利产品。"

产品专利的专利实施权的内容有：(1)制造专利产品的权利；(2)使用专利产品的权利；(3)许诺销售专利产品的权利；(4)销售专利产品的权利；(5)进口权，即除法律另有规定的外，专利权人享有独占进口专利产品的权利，其他人未经许可不得从国外进口该专利产品。

方法专利的专利实施权的内容有：(1)使用专利方法的权利；(2)使用、许诺销售、销售和进口依照专利方法直接获得的产品的权利。

专利方法制造的产品按照专利权人的意志投放市场(包括进口)之后，该批产品的进一步分销和使用即不在专利权人的控制之下，他人的进一步销售和使用不构成侵权。

外观设计专利的专利实施权的内容：(1)制造外观设计专利产品的权利；(2)销售外观设计专利产品的权利；(3)进口外观设计专利产品的权利。

外观设计专利产品按照专利权人的意志投放市场(包括进口)之后，其他人进一步分销的行为不构成对专利权的侵犯。

2. 专利处分权

专利权人有处分自己专利的权利。处分的方式包括：

(1)转让权。专利权人可以自己实施其专利，获取经济利益，也可以依法将专利权转让他人。专利权人转让专利权，一般是通过专利权转让合同来实现的。专利权人也可以通过赠与、投资等方式来转让其专利权。依照专利法的规定，转让专利申请权或专利权的，当事人应当订立书面合同，并向国务院专利行政部门登记，由国务院专利行政部门予以公告。中国单位或者个人向外国人转让专利申请权或者专利权的，必须经国务院对外经济贸易主管部门会同国务院科学技术行政主管部门批准，并订立书面合同，向国务院专利行政部门登记由国务院专利行政部门予以公告。专利申请权或专利权的转让自登记之日起生效。

专利权转让后，原来的专利权人的专利权消灭，受让人成为专利权人。

(2)许可权。专利权人不仅有权自己实施其专利，而且有权许可他人实施其专利。根据我国专利法的规定，任何单位或者个人实施他人专利的，应当与专利权人订立书面实施许可合同，并向专利权人支付专利使用费。被许可人无权允许合同规定以外的任何单位或者个人实施该专利。

3. 专利标记使用权

专利权人有权在其专利产品或该产品的包装上标明专利标记和专利号，也有权要求其他被许可人在销售其专利产品时使用专利标记。

(二)专利权人的义务

1. 实施专利的义务。专利的实施，可以分为两种情形：一是名义上的实施，即专利权人只要有实施专利的意思表示，即使未实际实施，也算履行了实施专利的义务；二是实际的实施,在这种情形下,专利权人只有自己实际制造了其专利产品、使用了其专利方法或者许可他人制造其专利产品或使用其专利方法,才算履行了实施专利的义务。

2. 按期缴纳专利年费的义务。专利年费也称专利维持费,是专利权人自取得专利权当年起,为维持专利权的效力,按规定逐年向专利主管机关所缴纳的费用。专利权人应当自被授予专利权的当年开始缴纳年费。年费的缴纳方式为一年一次。在前一年度期满前一个月缴纳。专利权人希望维持专利权的,必须缴纳年费。专利权人未按时缴纳或者缴纳的数额不足的国务院专利行政部门应当通知专利权人自应当缴纳年费期满之日起 6 个月内补缴,同时缴纳滞纳金;滞纳金的金额按照每超过规定的缴费时间 1 个月,加收当年全额年费的 5% 计算;期满仍未缴纳的,专利权自应当缴纳年费期满之日起终止。

## 第二节　专利权的取得

### 一、取得专利权的条件

一项发明创造要取得专利权,必须具备法律规定的条件,包括实质条件和程序条件。

（一）取得发明专利权和实用新型专利权的实质条件

依照我国《专利法》第 22 条的规定,发明或者实用新型要取得专利权,应同时具备新颖性、创造性和实用性三个条件。

1. 新颖性

我国《专利法》第 22 条规定:"新颖性,是指在申请日以前没有同样的发明或者实用新型在国内外出版物上公开发表过、在国内公开使用过或者以其他方式为公众所知,也没有同样的发明或者实用新型由他人向国务院专利行政部门提出过申请并且记载在申请日以后公布的专利申请文件中。"

判断发明和实用新型的新颖性有以下三条客观标准:

（1）公开标准。公开与否,是确定发明、实用新型是否有新颖性的重要根据。一项发明创造,如果已为人们所公知公用,就不再符合新颖性的要求。公开的形式有以下三种:

①书面公开。即以书面方式公开发明或者实用新型的实质内容。

②使用公开。指以使用方式公开发明或者实用新型的技术内容。

③口头公开。指以语言的方式公布发明或者实用新型的实质内容。

以上三种公开方式是可以相互结合起来进行使用的。但无论是哪种形式的公开或几种形式结合的公开,都必须达到使有关的技术细节处于可能为一般公众所知道、本专业普通技术水平的人员能据以实施的程度,否则,发明或实用新型的内容就不丧失新颖性。

（2）时间标准。即以什么时间为标准来判断发明或者实用新型是否已经公开而丧失新颖性。世界各国判断新颖性的标准可分为三种:

①发明日标准,即以发明创造完成的时间为标准。这是实行发明在先原则的国家所采用的时间标准。依照这种标准,只要该技术在发明创造完成时是新的,尽管到申请时已经成为旧技术,仍应认为该技术具有新颖性。目前美国采用这一标准。

②申请日标准,即以发明创造申请专利的时间作为判断新颖性的标准。这是实行申请在先原则的国家所采用的时间标准。凡是发明或实用新型的实质内容在申请日以前未被公知公用,则具有新颖性。目前世界上大多数国家采用此标准,我国也采用此标准。

③优先权标准。优先权分为国际优先权和本国优先权。

国际优先权是巴黎公约规定的。我国专利法根据巴黎公约的要求,在第 29 条中规定:"申请人自发明或者实用新型在外国第一次提出专利申请之日起十二个月内,或者自外观设计在外国第一次提出专利申请之日起六个月内,又在中国就相同主题提出专利申请的,依照该外国同中国签订的协议或者共同参加的国际条约,或者依照相互承认优先权的原则,可以享有优先权。"因此,在享有优先权的情形下,在规定的时间内又在他国提出申请的,以优先权日为标准判断发明创造是否符合新颖性的要求。

国内优先权是指基于一个本国申请所产生的优先权。我国《专利法》第 29 条第 2 款规定:"申请人自发明或者实用新型在中国第一次提出专利申请之日起十二个月内,又向国务院专利行政部门就相同主题提出专利申请的,可以享有优先权。"

申请人要求优先权的,应当在申请的时候提出书面声明,并且在 3 个月内提交第一次提出的专利申请文件的副本;未提出书面声明或者逾期未提交专利申请文件副本的,视为未要求优先权。

为了鼓励发明创造,促进新技术的尽早公开和交流,我国专利法对新颖性做了必要的例外规定。根据这些规定,申请专利的发明创造有下列情形之一的,不丧失新颖性:

第一,在申请日前 6 个月内,在中国政府主办或者承认的国际展览会上首次展出的。

第二,在申请日前 6 个月内,在规定的学术会议或者技术会议上首次发表的。这种会议是指国务院有关主管部门或全国性学术团体组织召开的学术会议或技术会议。

第三,在申请日前 6 个月内,他人未经申请人同意而泄露其内容的。

以上三种情况下的 6 个月期限,是《巴黎公约》规定的临时保护期。

在上述第一、第二种情形下,申请人在提出专利申请时应当声明,并且自申请日起 2 个月内提交有关国际展览会或者学术会议、技术会议的组织单位出具的有关发明创造已经展出或者发表,以及展出或者发表日期的证明文件。在第三种情形下,专利局在必要时可以要求申请人在指定期限内提交证明文件。

(3)空间标准。空间标准也叫地域标准,即在什么地域内公开才使发明或实用新型丧失新颖性。我国《专利法》第 22 条规定:"新颖性,是指在申请日以前没有同样的发明或者实用新型在国内外出版物上公开发表过、在国内公开使用过或者以其他方式为公众所知,也没有同样的发明或者实用新型由他人向国务院专利行政部门提出过申请并且记载在申请日以后公布的专利申请文件中。"

### 2. 创造性

创造性是指申请专利的发明创造与现有技术相比较必须具有进步性。我国《专利法》第22条规定:"创造性,是指同申请日以前已有的技术相比,该发明有突出的实质性特点和显著的进步,该实用新型有实质性特点和进步。"

对于一项发明而言,凡是对于发明所属技术领域的中等水平的技术人员是非显而易见的,不能直接从现有技术中得出构成该发明的全部必要技术特征的,就应认为该发明具有突出的实质性特点。对于实用新型而言,其创造性是指向申请日以前的已有技术相比较有实质性特点和进步。与发明的创造性相比,其要求相对低一些。实用新型的实质性特点和进步,也是针对所属技术领域内中等水平的技术人员而言的。

### 3. 实用性

实用性是指发明或实用新型能够在产业上应用。我国《专利法》第22条规定:"实用性是指该发明或者实用新型能够制造或者使用,并且能够产生积极效果。"发明创造必须具有实用性,才能取得专利权,这是专利制度本身的内在要求。

发明或实用新型的实用性包括两方面的要求:

①可实施性。申请专利的发明或实用新型,必须能够实用,即能够在产业中具体实施。这种实施必须具有多次再现的可能性,即可以反复实施。

②有益性。有益性即发明或实用新型不仅能够在产业上制造或者使用,而且还要求产生积极的效果,即同已有技术相比,申请专利的发明或实用新型应该能够产生更加有益的效益。

### (二)取得外观设计专利权的实质条件

外观设计是工业品的外表式样。外观设计是指对产品的形状、图案、色彩或者其组合所作出的富有美感并适于工业上应用的新设计。我国《专利法》第23条规定:"授予专利权的外观设计,应当同申请日以前在国内外出版物上公开发表过或者国内公开使用过的外观设计不相同和不相近似,并不得与他人在先取得的合法权利相冲突。"一项外观设计要取得专利权必须具备以下条件:

### 1. 具有新颖性

①新颖性的判断标准。新颖性是外观设计被授予专利权的一个最基本的条件。外观设计的新颖性,是指申请专利的外观设计,同申请日以前国内外出版物上公开发表过或在我国国内公开使用过的外观设计是不相同和不相近似的。如果该外观设计在申请日以前未在出版物上公开发表,虽然在国外已经公开使用,也不影响该外观设计在我国的新颖性。

②临时保护。外观设计新颖性的认定,同样适用我国《专利法》第24条规定的不丧失新颖性的三种情形,即在申请日以前6个月内,外观设计在中国政府主办或承认的国际展

览会上首次展出的,在规定的学术会议或技术会议上首次发表的以及他人未经申请人同意而泄露其内容的,申请人在公开后的 6 个月内提出外观设计专利申请的,不丧失新颖性。

2. 不得与他人在先取得的合法权利相冲突

我国《专利法》第 23 条规定:"不得与他人在先取得的合法权利相冲突。"其主要目的是为了解决实践中出现的外观设计专利权与他人的商标专用权、著作权之间的冲突问题。

3. 富有美感

依照我国《专利法实施细则》的规定,外观设计必须是富有美感的。美感应当通过产品的形状、图案、色彩或其组合表现出来,通过人们的视觉来感受,而不能通过触觉、嗅觉、听觉来感受。

## 二、专利权的申请

发明创造的所有人要想取得专利权,除了必须符合取得专利权的实质条件外,还必须按照专利法的规定提出申请。这是取得专利权的形式条件。

(一)申请发明、实用新型专利权应提交的文件

1. 请求书。请求书是申请人向专利主管机关表示请求授予其发明或实用新型专利权愿望的文件。请求书应当写明发明或者实用新型的名称,发明人或者设计人的姓名,申请人姓名或者名称、地址,以及其他事项。

2. 说明书。说明书是对发明创造的具体内容加以说明的文件。说明书应当将发明创造的内容完整、清楚地表达出来,能为所属技术领域中等技术水平的普通技术人员理解并能据以实施。

3. 权利要求书。权利要求书是申请人请求保护的发明或者实用新型的技术特征的范围,它是申请文件中的核心部分。权利要求书是专利权被授予后确定发明或者实用新型专利权的范围的根据,也是判定他人是否侵权的根据。权利要求书应当说明发明或者实用新型的技术特征,清楚、简要地表述请求保护的范围。

4. 摘要。摘要是说明书内容的简短说明。摘要的目的是为了使任何有关人员迅速获得发明或者实用新型主要内容的情报。说明书摘要应当写明发明或者实用新型的名称和所属技术领域,并清楚地反映所要解决的技术问题、解决该问题的技术方案的要点以及主要用途。

(二)申请外观设计专利权应提交的文件

申请外观设计专利由于外观设计是对产品的形状、图案、色彩或者其结合所作出的设计,很难用书面文字详细地将说明书、权利要求书的内容叙述清楚,因此,申请外观设计专利时所提交的文件与申请发明、实用新型专利也不一样。根据我国专利法及其实施细则的规定,申请外观设计专利,应当提交下列文件:

1. 请求书。申请外观设计专利权的请求书,其性质与申请发明或者实用新型专利权的请求书是一样的。在请求书的内容方面,只要求填写使用外观设计的产品的名称以及该产品所属的类别,而不需填写该外观设计的名称。填写类别时应当按照中国专利局公布的外观设计产品分类表的规定进行。

2. 图片或者照片。申请外观设计专利时,申请人可以就每件外观设计提交不同角度、不同侧面或不同状态的图片或者照片,以清楚地显示请求保护的对象。

在一般情况下,申请外观设计专利,申请人只要提交请求书和图片、照片即可。但是,必要时应当写明对外观设计的简要说明。

（三）申请人要求优先权时应提交的文件

《专利法》第30条规定,申请人要求优先权的,应当在申请的时候提出书面声明并且在3个月内提交第一次提出的专利申请文件的副本;未提出书面声明或者逾期未提交专利申请文件副本的,视为未要求优先权。《专利法实施细则》第32条至第34条规定,办理要求优先权手续的,应当在书面声明中写明第一次提出专利申请(以下称在先申请)的申请日、申请号和受理该申请的国家;书面声明中未写明在先申请的申请日和受理该申请的国家的,视为未提出声明。要求外国优先权的,申请人提交的在先申请文件副本应当经原受理机关证明;提交的证明材料中,在先申请人的姓名或名称与在后申请的申请人的姓名或名称不一致的,应当提交优先权转让证明材料;要求本国优先权的,申请人提交的在先申请文件副本应当由国务院专利行政部门制作。

申请人在一件专利申请中,可以要求一项或多项优先权。要求多项优先权的,优先权期限从最早的优先权日起计算。

（四）专利申请的受理

专利申请的受理,是指国务院专利行政部门接收专利申请人提交的专利申请文件并发给相应凭证的活动。只有专利申请被专利行政部门正式受理了,专利权的授予才有可能。

依照我国专利法及其实施细则的规定,专利申请文件有下列情况之一的,国务院专利行政部门不予受理,并通知申请人:

1. 发明或者实用新型专利申请缺少请求书、说明书(实用新型无附图)和权利要求书的,或者外观设计专利申请缺少请求书、图片或者照片的。

2. 未使用中文的。

3. 不符合《专利法实施细则》第120条第1款规定的,即:"各类申请文件应当打字或者印刷,字迹呈黑色,整齐清晰,并不得涂改。附图应当用制图工具和黑色墨水绘制,线条应当均匀清晰,并不得涂改。"

4. 请求书中缺少申请人姓名或者名称及地址的。

5. 明显不符合《专利法》第18条或者第19条第1款的规定的,即在中国没有经常居所或者营业所的外国人、外国企业或者外国其他组织在我国申请专利，没有依照其所属国同我国签订的协议或者共同参加的国际条约或者依照互惠原则办理；前述单位或个人在我国申请专利和办理其他专利事务，没有委托国务院专利行政部门指定的专利代理机构办理。

6. 专利申请类别（发明、实用新型或者外观设计）不明确或者难以确定的。

依照专利法及其实施细则的规定，国务院专利行政部门收到发明或者实用新型专利申请的请求书、说明书（实用新型必须包括附图）和权利要求书，或者外观设计专利申请的请求书和外观设计的图片或者照片后应当明确申请日、给予申请号并通知申请人。国务院专利行政部门收到专利申请文件之日为申请日。如果申请文件是邮寄的，以寄出的邮戳上的日期为申请日。

### 三、专利权的审查批准

专利权的审查批准，是指专利主管机关受理专利申请后，依法对专利申请进行形式审查和实质审查，从而作出是否授予专利权决定的活动。

我国专利法对发明专利申请与实用新型、外观设计专利申请采用了两种不同的审查批准程序。

#### （一）发明专利的审查授权程序

我国专利法对发明专利申请采取早期公开、请求审查的制度，又叫迟延审查制度。具体步骤如下：

1. 初步审查

指专利主管机关对专利申请所进行的形式审查，其主要目的是查明该申请是否符合专利法关于申请形式要求的规定。一般来讲，初步审查应当审查以下问题：（1）请求书是否采用了规定的格式，书写是否符合要求；（2）说明书和权利要求书的书写是否符合规定格式的要求，说明书写有"附图"的，实际上是否有附图；（3）申请文件是否有摘要；（4）委托专利代理机构代理的，是否有委托书；（5）申请费是否已经缴纳。

除了以上形式问题以外，有些明显的实质性问题，在初步审查中往往也一并予以解决。这些实质性问题包括：（1）申请专利的发明创造是否属于发明范畴；（2）申请专利的发明创造是否明显违反国家法律、社会公德或者妨害公共利益；（3）申请专利的发明创造是否明显属于不授予专利的范畴；（4）申请人对发明是否明显缺乏申请专利的权利；（5）一件申请是否只涉及一件发明或一个总的发明构思的两项以上的发明；（6）申请人是外国人时，是否有资格提出专利申请，是否委托国务院专利行政部门指定的专利代理机构代为办理。

国务院专利行政部门对专利申请形式上存在的问题，应当通知申请人在指定期限内补正；对于明显不符合专利法实质要求或其他要求的，应当通知申请人在指定期限内陈述意见或者补正。申请人无正当理由期满不答复或不补正的,其申请被视为撤回。专利申请经申请人陈述意见或经补正后,仍然不符合要求的,予以驳回。申请被驳回后,申请人如果不服,可以请求专利复审委员会进行复审。

2. 申请的公布

经初步审查认为专利申请符合要求的,专利行政部门应自申请日起满18个月时公布申请案。申请人可以请求早日公布其申请。申请人请求早日公布其发明专利申请的,除经初步审查予以驳回的外,审查机关应当立即将申请予以公布。公布专利申请的方式,我国采用的是在专利公报上登载发明专利申请请求书中记载的著录事项和发明的摘要,另外还出版发明说明书和权利要求书的全文单行本。

3. 请求实质审查

申请案被公布后,申请人应当在自申请日起的3年内,向国务院专利行政部门请求对其发明专利申请进行实质审查。申请人在请求实质审查时,应当提交申请日以前与其发明有关的参考资料。如果申请人已就相同发明在国外申请了专利,还应当在国务院专利行政部门指定的期限内提交有关国家对该申请进行检索的资料或者审查结果的资料。无正当理由逾期不提交的,该申请即被视为撤回。

4. 实质审查

实质审查指国务院专利行政部门根据申请人的请求或依职权对申请专利的发明进行新颖性、创造性和实用性以及其他要件的审查。一般来讲,实质审查主要审查下列问题:(1)申请专利的发明是否是专利法所称的发明;(2)申请专利的发明是否违反国家法律、社会公德或妨害社会公共利益,是否属于不授予专利权的发明;(3)申请专利的发明是否具备新颖性、创造性和实用性;(4)说明书是否已经对发明作了清楚、完整的说明,撰写是否符合要求,附图是否提供;(5)权利要求书的写法是否符合规定;(6)专利申请是否符合一发明一专利的原则;(7)如果申请人对申请已经提出了修改或分案申请,是否超出了原说明书记载的范围;(8)申请人是否提交了《专利法》第36条所规定的资料;(9)申请人是否有权提出发明专利申请;(10)是否有优先权,优先权的主张能否成立。

国务院专利行政部门对发明专利申请进行实质审查没有发现驳回理由的,作出授予专利权的决定。经审查认为不符合专利法规定的,应当通知申请人,要求其在指定的期限内陈述意见,或者对其申请进行修改;无正当理由逾期不答复的,该申请即被视为撤回。经申请人陈述意见或者进行修改后,国务院专利行政部门仍然认为不符合专利法规定的,应当驳回申请。

5. 授权、登记和公告

发明专利申请经国务院专利行政部门进行实质审查后,认为符合专利法有关规定的,应当作出授予发明专利权的决定,发给发明专利证书,同时予以登记和公告。发明专利权自公告之日起生效。国务院专利行政部门发出授予专利权的通知后,申请人应当自收到通知之日起 2 个月内办理登记手续。申请人期满未办理登记手续的,视为放弃取得专利权的权利。

### 6. 复审

如果申请人对国务院专利行政部门驳回其专利申请的决定不服,可以在收到通知之日起 3 个月内向专利复审委员会请求复审。专利复审委员会复审后作出决定并通知专利申请人。对专利复审委员会驳回的复审决定不服的,可以自收到通知之日起 3 个月内向人民法院提起诉讼。

### (二)实用新型和外观设计专利申请的审查授权程序

根据专利法的规定,我国对实用新型和外观设计专利申请采取形式审查的制度。形式审查的内容与审查发明专利申请的内容是一致的。

我国《专利法》第 40 条规定,实用新型和外观设计专利申请经初步审查没有发现驳回理由的,由国务院专利行政部门作出授予实用新型专利权或外观设计专利权的决定,发给相应的专利证书,同时予以登记和公告。实用新型专利权和外观设计专利权自公告之日起生效。

国务院专利行政部门认为申请不符合专利法的要求的,即驳回申请。申请人对专利行政部门驳回申请的决定不服的,可以自收到通知之日起 3 个月内,向专利复审委员会请求复审。对专利复审委员会的复审决定不服的,可以自收到通知之日起 3 个月内向人民法院起诉。

# 第三节　专利权的行使

## 一、专利权行使的条件

专利权的行使是指专利权人依法对专利进行利用和处分以实现其经济利益的行为。专利权的行使须符合以下条件:

### 1. 专利权行使的主体是专利权人

只有专利权人才能依法对被授予专利权的发明创造行使独占制造、使用、许诺销售、销售、进口的权利。专利实施许可合同的被许可人实施专利发明创造,是专利权人行使专利权的方式,被许可人依合同所行使的权利不属于专利权的行使。强制实施和指定实施是由国务院专利行政部门批准或国务院批准的,由此而实施专利的,也不是专利权人对其专利权的行使。

### 2. 专利权的行使只能在取得专利权之后

只有取得了专利权,专利申请人的地位才转变为专利权人。然专利权被授予后,专利权的保护期限自申请日开始计算,但不意味着专利申请人自申请日起就享有专利权。只有在专利权被授予后,专利权人依法对专利所行使的权利,才是专利权的行使。专利未决申请不能成为专利权行使的客体。

3. 专利权行使的内容是依法对专利权进行利用和处分

对专利权的利用,主要是指对专利权的实施,包括专利权人自己实施和许可他人实施;对专利权的处分,是指专利权人依法将专利权转让给他人。转让完成后,受让人成为新的专利权人,原专利权人丧失专利权主体资格。专利权人行使专利权,主要是对专利权进行利用和处分。

### 二、专利权行使的形式

依照我国专利法的规定,专利权人行使专利权的方式主要有以下几种:

(一)专利权转让

专利权转让是专利权人和相对人通过让渡专利权的意思表示的一致而将专利权转让给受让方的法律行为。转让实现后,原专利权即丧失专利权主体资格,受让人成为新的专利权人。专利权的转让,一般都是转让方与受让方通过签订合同来实现的,分为有偿转让合同和专利权赠与合同。专利权人将已经取得之专利权让渡与他人,专利权转让后,原专利权人丧失其专利权主体的身份,受让人成为专利权人。

无论采用哪一种形式来实现专利权的转让,当事人都必须订立书面合同,并向国务院专利行政部门登记,由国务院专利行政部门予以公告。专利权的转让自登记之日起生效。中国单位或个人向外国人转让专利权的,必须经国务院有关主管部门批准。

(二)专利实施许可

专利实施许可是指专利权人与被许可人通过专利实施许可合同许可被许可人在一定的时间和地域范围内使用其专利的法律行为。按照专利实施许可合同,专利权人许可被许可人在约定的范围内实施专利,被许可人则依照约定向专利权人支付专利使用费。依照我国专利法的规定,专利权被授予后,任何单位或者个人实施他人专利的,应当与专利权人订立书面实施许可合同。

根据专利权人许可被许可人实施专利范围的不同,专利实施许可合同可分为:

1. 普通实施许可合同

普通实施许可合同,又称非独占许可合同。这一合同的主要内容是:专利权人许可被许可人在指定地域内实施合同所约定的专利内容,同时,专利权人也有权在同一地域内再许可任何第二人实施该项专利内容,专利权人自己也有权在该地域内实施该项专利内容。

2. 排他实施许可合同

排他实施许可合同,也称独家实施许可合同。这一合同的主要内容是:在一定的地域内,专利权人授予被许可人在合同有效期内对指定的专利内容有排他的使用权;专利权人不得就该专利内容再许可任何第三人实施,但专利权人自己有权在该地域内实施。因此,排他实施所排斥的是专利权人和被许可人以外的任何第三人。

3. 独占实施许可合同

这一合同的主要内容是：在一定的地域内被许可方在合同有效期内对专利权人所许可的专利内容享有独占的使用权。在合同有效期内，专利权人既不能自己在该地域范围内实施该专利，也不得在该地域内再许可任何第三人实施该专利。在授权范围上，独占实施许可合同中被许可人所享有的权利较前两种合同要大得多。独占实施许可合同签订后，专利权人则只是一种名义上的专利权人了，而被许可人在约定范围和时间内实际上处于专利权人的地位。

（三）以专利权作为联营或合伙的投资

依照法律规定，专利权人可以将自己的专利权作为与其他单位进行联营或与他人进行合伙的投入，专利权在联营或合伙中所占的份额，由当事人协商确定。外商到我国设立中外合资、中外合作经营企业时，也可用专利权或其他技术作为合资或合作的投入。

**三、专利实施许可合同的内容**

在专利权行使的三种形式中，专利实施许可在实践中应用最多，而且其内容也较为复杂，虽然每一专利实施许可合同的具体内容应由当事人自行协商确定，但是一般应具备下列内容：

（一）许可使用的性质和内容条款

专利实施许可分为普通实施许可、排他实施许可、独占实施许可三种形式。这三种形式各有其特定的含义，当事人所约定的是哪一种专利实施许可，必须在条款里表述清楚。否则，当事人的权利、义务就无法确定。

许可使用的内容是指专利权人许可被许可人行使专利权中的什么权利。专利权的内容包括制造、使用、销售、许诺销售和进口等权项，许可被许可人使用哪些权利，必须在合同中规定清楚。

（二）专利权有效性保证条款

专利实施许可的前提条件有两点：一是专利权的有效性，二是许可方是合法的专利权人。不具备其中任何一个条件，都可导致专利实施许可合同的无效。签订专利实施许可合同时，许可方应对以上两点作出书面保证。保证的内容包括：在签订专利实施许可合同时，依照国家法律的规定，该项专利权是合法有效的，许可方是该项专利权的正当、合法的专利权人，或者依法（或合同）对该项专利权有签订实施许可合同的权利。

（三）地域及期限条款

专利权是专利权人在一定地域、一定时间内所享有的一种独占权。因此，在签订专利实施许可合同时，一定要考虑到专利权的地域性和时间性。就一项具体的专利实施许可合同来讲，许可方许可被许可方在多大范围内实施专利，必须明确加以约定；专利实施许可的期限也应当在合同中加以明确。

（四）保密条款

专利权人获得专利权是以向社会公开发明创造技术内容为前提的，就专利技术本身来讲，不存在保密问题。但是，在实践中伴随专利实施许可合同，往往有一些非专利技术及其他一些商业秘密等附带转让，这部分技术有时甚至是专利得以实施的不可缺少的组成部分或关键，而它们都是需要保密的。除此之外，在专利实施许可合同谈判中，被许可方时常需要将自己的部分商业秘密告知许可方，对这部分秘密，许可方同样负有保密义务；在专利实施许可合同履行过程中，对被许可方的专利实施情况、经营状况进行保密，同样成为许可方不可推脱的责任。

（五）费用支付条款

专利实施许可合同的费用计价和支付方式可以采用一次总算、提成支付以及入门费加提成支付三种方式。一次总算是由许可方和被许可方于专利权实施许可合同签订时即约定使用费价款总数，而后在合同履行过程中一次总付或分期支付；提成支付是指在被许可的专利实施后，按照专利产品制造的产量、销售额或净利润额的一定比例提成，作为专利实施许可使用费；入门费加提成支付方式是于合同签订时支付一笔使用费，以后再陆续分期支付提成费。究竟采用哪一种方式计算价款支付，应当由许可方和被许可方考虑多种因素（技术先进性程度、被许可方支付能力等）自行协商确定。

（六）资料交付条款

交付技术资料，是许可方承担的一项主要义务。签订专利实施许可合同后，许可方应将与实施专利有关的技术资料交付被许可方，有时许可方还负有对被许可方进行技术培训、技术指导的义务。交付哪些资料、何时交付等内容，必须在合同中明确加以约定。

（七）后续改进条款

技术总是不断向前发展的。就一项发明创造来讲，取得专利权并不等于该发明创造已全部完善。专利实施许可合同签订以后，许可方、被许可方都可能对原发明有新改进，技术上有新发展、新突破。对于这种专利实施许可合同签订后双方或一方对标的所作的后续改进，是否应当相互告知，应当由双方当事人自行确定。

（八）责任条款

责任条款是双方关于专利实施许可合同不能履行、一方当事人违约的责任内容的规定。该条款应当包括以下一些内容：第一，承担违约金或损害赔偿的条件，违约金或损害赔偿额的计算方法；第二，免责条件，合同应当规定，在哪些情况下可以免除合同当事人的责任；第三，变更、解除合同的条件，有过错一方的责任等。如果这些内容不事先规定清楚，纠纷一旦发生，便会造成责任无法或难以确定的局面。

（九）争议解决条款

专利实施许可合同属于技术合同的一种。依照我国《合同法》第128条的规定，专利实施许可合同争议的解决采取"或裁或审"的方式。而争议提交仲裁的依据在于合同中的仲裁条款或双方事后所达成的书面仲裁协议,否则,就只能通过诉讼程序来解决争议。究竟采用哪一种方式来解决将来可能发生的纠纷,许可方同被许可方应事前在合同中明确加以约定,以便纠纷发生时有所遵循。

### 四、专利权行使的限制

专利权是一种排他性极强的垄断性权利,如果对这种权利的行使不加以适当限制,则会对社会公共利益造成损害,不利于推动科学技术和经济的发展。因此,法律必须在专利权人的利益和社会公共利益的保护之间寻求平衡。对专利权人权利的行使加以适当限制,就是寻求这种平衡的基本措施。

法律所限制的不是专利权本身,而是专利权的行使。在一定的条件之下,为了公共利益的目的,法律对专利权人权利的行使加以一定的限制,当这种一定条件消除以后,限制即应取消,专利权恢复圆满状态。

我国专利法规定的限制专利权人权利行使的措施有:

(一)先用权限制

《专利法》第 63 条第 2 项规定,在专利申请日前已经制造相同产品、使用相同方法或者已经做好制造、使用的必要准备,并且仅在原有范围内继续制造、使用的,不视为侵犯专利权。

(二)合理使用限制

合理使用是指非商业性的、不以营利为目的,在科学研究和实验中使用有关专利。《专利法》第 63 条第 4 项规定,专为科学研究和实验而使用有关专利的,不视为侵犯专利权。法律之所以要作这样的规定,其目的在于方便科学研究,以促进科学技术的进步和发展,而且,这种使用也不会损害专利权人的利益。

(三)临时过境权限制

临时过境权是《巴黎公约》所确定的成员方必须承认的权利。其目的在于为国际海、陆、空运输提供方便。所谓临时过境权,是指暂时进入或通过一国领土(领水、领空)的交通工具上,未经许可而使用了该国的专利,不构成对该国专利权的侵犯。我国专利法规定,临时通过中国领陆、领水、领空的外国运输工具,依照其所属国同中国签订的协议或者共同参加的国际条约,或者依照互惠原则,为运输工具自身需要而在其装置和设备中使用有关专利的,不视为侵犯专利权。

(四)专利权用尽原则

专利权用尽原则,也称专利权穷竭原则,是指由专利权人制造、进口或经专利权人许可而制造、进口的专利产品或者依照专利方法直接获得的产品售出后,他人再使用、许诺销售或者销售该产品的,不视为侵犯专利权。根据这一原则,专利权人对其专利产品行使权利只能到其产品售出时为止。专利产品在专利权人的控制下投放市场或进口后,他人如何分销、使用或处理该产品,专利权人再无权干涉。世界各国的专利法都承认这一原则。

（五）强制许可限制

强制许可是指国家专利管理机关依职权许可对具备实施条件的申请者实施发明专利或实用新型专利的行为。世界上绝大多数国家的专利法都确认了这一制度。法律上之所以规定这一制度,其目的在于防止专利权人滥用专利权垄断技术,从而维护国家和社会的利益,促进科学技术的发展。

根据我国专利法的规定,强制许可分为三类：

1. 未能以合理条件取得实施许可权的强制许可

我国《专利法》第48条规定,具备实施条件的单位以合理的条件请求发明或者实用新型专利权人许可实施其专利而未能在合理长的时间内获得这种许可时,国务院专利行政部门根据该单位的申请,可以给予实施该发明专利或者实用新型专利的强制许可。

2. 根据发明创造之间的相互依存关系授予的强制许可

我国《专利法》第50条规定,一项取得专利权的发明或者实用新型比此前已经取得专利权的发明或者实用新型具有显著经济意义的重大技术进步,其实施又有赖于前一发明或者实用新型的实施的,国务院专利行政部门根据后一专利权人的申请,可以给予实施前一发明或者实用新型的强制许可。与此同时,国务院专利行政部门根据前一专利权人的申请,也可以给予实施后一发明或者实用新型的强制许可。

3. 国家出现紧急状态、非常情况或者为了公共利益目的的强制许可

我国《专利法》第49条规定,在国家出现紧急状态或者非常情况时,或者为了公共利益的目的,国务院专利行政部门可以给予实施发明专利或者实用新型专利的强制许可。

（六）指定实施限制

我国《专利法》第14条规定,国有企业事业单位、集体所有制单位及个人的发明专利,对国家利益或者公共利益具有重大意义的,国务院有关主管部门和省、自治区、直辖市人民政府报经国务院批准,可以决定在批准的范围内推广应用,允许指定的单位实施,由实施单位按照国家规定向专利权人支付使用费。这是我国专利法的独创。

# 第四节 专利权的期限、终止和无效

## 一、专利权的期限和终止

专利权的期限即专利权效力的存续期间。专利权被依法授予后,专利权人对其发明创造所享有的是一种独占权。这种独占权是有一定的期限的,期限届满,专利权人的独占

权消灭,作为专利权保护对象的发明创造即进入公有领域,任何人都可以自由利用,既不需要经过许可,也不需要支付费用。世界各国的专利法都规定了长短不一的专利权保护期。

我国专利法规定,发明专利权的期限为20年,实用新型和外观设计专利权的期限为10年,均自申请日起计算。在上述专利权期限中,如果专利权人享有优先权的,专利权的期限自在中国申请之日起计算。

专利权的期限届满后,专利权即消灭,该发明创造即成为社会和人类的公共财富,任何人都可以无偿地对其自由利用。

专利权的终止,是指专利权的法律效力因保护期届满或在期限届满前基于法律规定的事由而归于消灭。前者称为专利权的自然终止,后者是因法律规定的事由而终止。

依照我国专利法的规定,专利权终止的原因主要有:

1. 专利权期限届满

这是专利权终止最一般的原因。法律对专利权规定了一定的期限,期限届满之后专利权即自行消灭,专利权人即失去对该项专利的独占权利。

2. 专利权人没有按照规定缴纳年费

缴纳年费是专利权人的一项基本义务,也是专利权人维持其专利权的必要条件。如果专利权人在规定的时间内没有正当理由而拒绝缴纳专利年费,其专利权就会终止。

依照我国专利法及其实施细则的规定,第一次年费应当于领取专利证书时缴纳,以后每年的年费应当在前一年度期满前1个月内预缴。如果专利权人没有在上述期间内缴纳年费,可在期满之日起6个月内补缴,但是应依法缴纳滞纳金。如果既未按时缴纳又未补缴的,专利权自缴纳年费年度期满之日起终止。

3. 专利权人以书面声明放弃其专利权

对专利权的处分是专利权人依法享有的权利。由于主、客观多方面的原因,专利权人要求放弃其专利权,只要符合法律规定,这种放弃应被允许。我国《专利法》第44条规定,专利权人向国务院专利行政部门书面声明放弃其专利权的,该专利权即自行终止。

4. 专利权因无人继承而终止

专利权人为自然人时,如果专利权人死亡之后没有合法的继承人或受遗赠人,专利权即因无所依归而终止。

## 二、专利权的无效

专利权的无效是指已被授予的专利权因不符合专利法的规定,根据有关单位或者个人的请求,由专利复审委员会复审后宣告专利权无效的情况。

(一)专利权无效的原因

1. 发明创造不具备专利法规定的授予专利权的条件和范围;

2. 专利权人无权申请和取得专利权;

3. 专利申请未充分公开发明创造的内容而被授予了专利权的;

4. 发明或实用新型专利的修改申请超出了原说明书和权利。

（二）宣告专利权无效的程序

凡被授予专利权的发明创造有上述情形之一的,任何单位或个人都可以向专利复审委员会提出专利权无效宣告请求书,请求专利复审委员会宣告该专利权无效。任何单位或个人在提出请求书时,无论是请求宣告全部无效还是部分无效,都必须说明请求无效宣告的理由,否则专利复审委员会对请求不予受理。专利复审委员会否在受理后,应当将专利权无效宣告请求书的副本和有关文件的副本送交专利权人,要求其在指定的期限内陈述意见;专利权人无正当理由期满不答复的,视为无反对意见。专利复审委员会对宣告专利权无效的请求进行审查,并作出专利权无效或有效或部分有效、部分无效的决定,通知请求人和专利权人。对专利权无效宣告或者维持专利权的决定不服的,当事人可以自收到通知之日起 3 个月内向人民法院提起诉讼。

宣告专利权无效的决定,由国务院专利行政部门进行登记和公告。

（三）专利权无效宣告的效力

专利权被宣告无效后,其效力溯及到该专利权被授予之时,即该专利权自始无效。自专利权被宣告无效之日起,该专利权不复存在,任何人都可利用已公开的发明创造,不存在侵犯专利权的问题。宣告专利权无效的决定,对在宣告专利权无效前人民法院作出并已执行的专利侵权的判决、裁定,已经履行或强制执行的专利侵权纠纷处理决定,以及已经履行的专利实施许可合同和专利权转让合同,不具有追溯力。但是因专利权人的恶意给他人造成的损失,应当给予赔偿。如果依上述规定,专利权人或者专利权转让人不向被许可实施专利人或者专利权受让人返还专利使用费或专利权转让费,明显违反公平原则,专利权人或者专利权转让人应当向被许可实施专利人或者专利权受让人返还全部或部分专利使用费或者专利权转让费。

# 第五节　专利权的保护

专利权的保护,是指国家通过行政程序和司法程序保障专利权人在法律许可的范围内对其取得专利权的发明创造的独占实施权的制度。当专利权受到他人不法侵害时,专利权人有权请求国家行政机关或司法机关以国家强制力对侵害行为人予以制裁,责令侵权行为人承担相应的法律责任,从而使自己的权利得到保护。

## 一、专利权的保护范围

专利权的保护范围是指专利权效力所及的发明创造的技术范围,也就是某一发明创造受保护的技术特征和幅度。确定专利权的保护范围是判断专利侵权的前提:只有当被控侵权行为的客体符合专利权的保护范围,才有可能认定侵权成立。

## 二、我国专利权的保护范围

我国专利法根据保护对象的不同,对发明专利、实用新型专利和外观设计专利规定了不同的保护范围。

### (一)发明专利权和实用新型专利权的保护范围

《专利法》第 56 条第 1 款规定,发明或者实用新型专利权的保护范围以其权利要求书的内容为准,说明书及附图可以用于解释权利要求。依照这一规定,我国专利法对发明和实用新型专利权的保护范围是以权利要求书的内容为依据的,而不是以文字或者措辞为准,在一定的条件下,为了搞清权利要求所表示的实质内容,应当参考和研究说明书以及附图,以了解发明或者实用新型的目的、作用和技术特征。

### (二)外观设计专利权的保护范围

《专利法》第 56 条第 2 款规定,外观设计专利权的保护范围以表示在图片或者照片中的该外观设计专利产品为准。依照这一规定,我国专利法对外观设计专利权的保护范围限制于表示在图片或者照片中的外观设计,而且还必须是申请专利时指定的产品上使用的外观设计。

## 三、侵犯专利权的行为

### (一)侵犯专利权的行为的构成要件

依照我国专利法的规定,构成侵犯专利权的行为,必须具备下列条件:

1. 受到不法侵害的是合法有效的专利权;
2. 未经专利权人的许可而实施了专利权人的专利;
3. 行为人以营利为目的。

### (二)侵犯专利权行为的种类

侵犯专利权的行为应以违反法律的明确规定为前提。根据《专利法》第 11 条、第 58 条、第 59 条和第 63 条的规定,以下行为属于侵犯专利权的行为:

1. 发明和实用新型专利权被授予后,既无法律根据,又未经专利权人许可,而直接实施专利,即为生产经营目的而制造、使用、许诺销售、销售、进口其专利产品,或者使用其专利方法以及使用、许诺销售、销售、进口依照该专利方法直接获得的产品的行为。

2. 外观设计专利权被授予后,未经专利权人许可为生产经营目的而制造、销售、进口其外观设计专利产品的行为。

3. 假冒他人专利的行为,即未经专利权人许可,在其产品或产品包装上标注专利权人的专利标志或专利号,或在广告或其他宣传材料中使用他人的专利号,或在合同中使用他人的专利号,使人误认为所涉及的技术是他人的专利技术的行为;以及伪造或者变造他人的专利证书、专利文件或专利申请文件的行为。

4. 冒充专利的行为,即以非专利产品冒充专利产品,或者以非专利方法冒充专利方法的行为。

5. 销售专利产品的行为。《专利法》第 63 条第 2 款规定,为生产经营目的使用或者销售不知道是未经专利权人许可而制造并售出的专利产品或者依照专利方法直接获得的产品,能证明其产品合法来源的,不承担赔偿责任。

### 四、不属于侵犯专利权的行为

《专利法》第 63 条的规定,下列行为不属于侵犯专利的行为:

1. 专利权人制造、进口或者经专利权人许可而制造、进口的专利产品或者依照专利方法直接获得的产品售出后,使用、许诺销售或者销售该产品的;

2. 在专利申请日前已经制造相同产品、使用相同方法或者已经做好制造、使用的必要准备,并且仅在原有范围内继续制造、使用的;

3. 临时通过中国领陆、领水、领空的外国运输工具,依照其所属国同中国签订的协议或者共同参加的国际公约,或者依照互惠原则,为运输工具自身需要而在其装置和设备中使用有关专利的;

4. 专为科学研究和实验而使用有关专利的。

### 五、专利权的保护方法

#### (一)行政保护

行政保护是指专利主管机关依照行政职权对侵犯专利权的行为依法进行处理,以保护专利权人权利的活动。

为进一步完善我国专利保护中的行政程序,2000 年修改后专利法在以下方面作出了更有利于专利行政管理和行政执法工作的规定:(1)明确了省、自治区、直辖市人民政府管理专利工作职能。(2)地方管理专利工作的部门有权对是否侵犯专利权进行认定,以及在认定侵权行为成立时有权责令侵权人立即停止侵权行为。(3)强化了管理专利工作部门在维护市场经济秩序方面的职能。

我国《专利法》第 58 条规定,假冒他人专利的,除依法承担民事责任外,由管理专利工作的部门责令改正并予公告,没收违法所得,可以并处违法所得 3 倍以下的罚款,没有违法所得的,可以处 5 万元以下的罚款;构成犯罪的,依法追究刑事责任。第 59 条规定以非专利产品冒充专利产品、以非专利方法冒充专利方法的,由管理专利工作的部门责令改正并予公告,可以处 5 万元以下的罚款。

（二）民事保护

这是指通过民事诉讼程序来实现专利权保护的方式。行为人承担民事责任的方式有：

1. 停止侵权

如果行为人未经专利权人的许可，以营利为目的实施了专利，而且侵权行为尚在继续进行中，专利权人或其利害关系人就可以要求其停止侵权行为。

2. 赔偿损失

这是指由侵权人赔偿专利权人及其利害关系人因其侵权行为所遭受到的损失。只要行为人实施了侵犯专利权的行为，除依照法律规定可以不承担赔偿责任的以外，无论其是否从侵权行为中获得利益，专利权人都有权要求其赔偿损失。

专利侵权损害赔偿额的计算是个十分复杂的问题。各国的做法不尽相同。大体说来，其计算标准有：

（1）以专利权人因侵权行为受到的实际经济损失作损失赔偿额；

（2）以侵权人因侵权行为获得的全部利润作损失赔偿额；

（3）以不低于专利许可使用费的合理数额作赔偿损失额。

3. 消除影响

我国《专利法》第 61 条规定，专利权人或利害关系人有证据证明他人正在实施或者即将实施侵犯其专利权的行为，如不及时制止将会使其合法权益受到难以弥补的损害的，可以在起诉前向人民法院申请采取责令停止有关行为和财产保全的措施。

专利权人请求法院保护专利权的诉讼时效期间为 2 年，自专利权人或者利害关系人知道或者应当知道侵权行为之日起计算。超过 2 年起诉的，按最高人民法院《若干规定》第 23 条的规定。如果起诉时侵权行为仍在继续，在专利权的有效期内，法院应当判决被告停止侵权行为，损害赔偿的数额应当自权利人起诉之日起向前推 2 年计算。

（三）刑事保护

依照我国专利法的规定，假冒他人专利，情节严重，构成犯罪的，依法追究刑事责任。我国《刑法》第 216 条规定，假冒他人专利，情节严重的，处 3 年以下有期徒刑或者拘役并处或者单处罚金。单位犯本罪的，对单位判处罚金，并对其直接负责的主管人员和其他直接责任人员，依照自然人犯本罪的规定处罚。

民事保护、行政保护和刑事保护是三种独立的保护方式，三者互不排斥，互相配合，共同为保护专利权服务。

[案例分析]

2003 年 11 月，甲电话公司向中国专利局提出了 A 型电话机的外观设计专利，获得批准。2005 年 8 月，甲公司发现乙电话公司生产并销售的 B 型电话机的外观设计与本公司生产、销售的电话机的外观十分近似,于是致函乙公司,要求其停止侵权行为,并赔偿损失。乙公司复信,承认其电话外观与甲公司相似,但对赔偿一事只字未提。甲公司向人民法院提起诉讼,要求乙公司承担侵犯专处权的法律责任。乙公司被起诉后,聘请了律师,该律师经过大量艰苦的工作,发现 2003 年 7 月甲公司在某公开杂志上发表了 A 型电话机的图片。2005 年 10 月 9 日,携带该杂志赶到中国专利局,向专利复审委员会提交了请求宣告甲公司 A 型电话外观专利权无效的请求书。

问题:

甲公司 A 型电话机的外观设计专利权是否有效? 乙公司的行为是否侵犯了其专利权?

## 练习与思考

### 一、名词解释

专利、职务发明、发明、实用新型、外观设计、新颖性、创造性、实用性。

### 二、思考题

1. 简述职务发明和非职务发明。

2. 简述专利的三性。

3. 简述如何申请并取得专利权。

4. 简述如何正确行使专利权。

5. 论述对专利权的侵权行为的表现形式及相应的法律制裁。

6. 比较取得发明、实用新型、外观设计专利的条件。

# 第十六章

# 国际经济法

国际经济法的涵盖范围非常广泛,本章主要介绍国际经济法的基本理论与原则和国际经济法的相关部门法,包括国际货物买卖、国际货物运输与保险、国际贸易支付、国际投资、国际金融和国际税收等法律。通过对本章的学习,基本了解和掌握国际经济法的基本理论和体系,以及相关部门法的主要内容。

WTO 法律制度是国际经济法的重要组成部分,内容主要包括 WTO 的建构、协议框架和原则等。本章重点介绍 WTO 的三个主要协议,即 GATT、GATS 和 TRIPS 协议,以及 WTO 的争端解决机制。通过对本章的学习,了解 WTO 的体系、框架和争端解决机制,基本掌握 WTO 三个主要协议的主要内容。

## 第一节 国际经济法概述

### 一、国际经济法的概念、渊源和基本原则

#### (一)国际经济法的概念

国际经济法是调整国际经济活动和经济关系的各种法律规范的总称。国际经济法是第二次世界大战后形成并发展起来的一门综合性的独立的新兴法律部门,尤其是随着近来经济全球化的迅速发展和我国加入世界贸易组织,国际经济法在我国整个法律体系中的地位愈显突出,并对我国的对外贸易、国际交往乃至我国经济的整体发展发挥着愈来愈重要的作用。

国际经济法所调整的国际经济关系的主体包括自然人、法人、国家和国际组织。其所调整的国际经济关系,既包括广义的国际法上的关系(如各种国际贸易关系),也包括国内

法上的关系(如各国对本国主体从事国际贸易的管制的法律关系);既包括国际公法上的关系(如各国在国际经济交往中的权利义务关系),也包括国际私法上的关系(如商事组织之间的国际买卖合同关系)。国际经济法所调整的国际经济法律关系大致可包括以下几个方面:与国际货物贸易有关的法律制度(如国际货物买卖、国际货物运输和保险、国际贸易支付)、国际服务贸易法律制度、与国际知识产权保护有关的法律制度、国际投资法律制度、国际金融法律制度、国际税收法律制度、世界贸易组织法律制度,以及国际经济贸易争议解决的法律制度等。

国际经济法不同于狭义的国际法。广义的国际法包括国际经济法和狭义的国际法。狭义的国际法,或我国学科意义上的国际法,是调整国家与国家之间、国家与政府间国际组织之间权利义务关系的法律,其所调整的国际关系主要是国家间的政治、外交、军事等非经济关系,如国际法主体法、领土法、国际海洋法、国际空间法、条约法等。而国际经济法调整的是国际经济关系,且主体范围更为广泛,包括法人和自然人。

国际经济法亦不同于国际私法。国际私法主要调整涉外民商事法律关系的法律冲突和适用问题,即使是广义上的国际私法,调整范围至多包括平等的民商事主体之间的经济贸易关系,其主体基本为自然人和法人。而国际经济法调整的核心是国际经济关系,既包括横向的国际经济关系,也包括纵向的国际经济关系,但一般不涉及与民商事主体的资格和身份相关的法律关系,而且其主体范围还包括国家和国际组织。

(二)国际经济法的法律渊源

国际经济法的法律渊源主要包括国际条约、国际商业惯例和国内立法。

1. 国际条约。国际条约是国家、国际组织为确定彼此间权利义务所达成的协议。国际条约是国际经济法的主要渊源,其对缔约国具有约束力。在国际经济领域,国际条约的覆盖范围相当广泛,如调整国际货物买卖的《联合国国际货物销售合同公约》,调整海上货物运输的《海牙公约》,调整各国贸易政策和法规的《关税与贸易总协定》,保护工业产权的《巴黎公约》等。

2. 国际商业惯例。国际商业惯例是在长期的国际经济贸易交往中,经过反复实践、长期适用而逐步形成的习惯性规则。目前在世界上有广泛影响的国际商业惯例大都由非政府间国际组织整理编纂而成,如由国际商会(ICC)制定的《国际贸易术语解释通则》(INCOTERMS2000),其所包含的 FOB、CIF 等贸易术语,在国际货物买卖中被广泛采用。国际商业惯例本质上属于不成文法、民间立法,但在司法实践中,其对相关贸易的法律效力被各国法律和司法机构所广泛承认。

3. 国内立法。各国国内立法,包括成文法和判例法,是国际经济法的主要渊源之一。在国际经济贸易实践中,因为没有相关的国际条约或国际惯例,或因其适用范围有限,很多国际经济贸易问题,需要且也只能按国内法解决。

（三）国际经济法的基本原则

国际经济法的基本原则是构成国际经济法的基础，对于构建国际经济法的各项具体法律制度和规范具有指导意义。根据 1974 年联合国大会通过的《各国经济权利和义务宪章》，国际经济法的基本原则可归纳为以下三项：

1. 经济主权和国家对自然资源永久主权原则。即指每个国家对其全部财富、自然资源和经济活动享有永久主权，自由地行使此项权利。该原则是各国从事和管理国际经济贸易活动的最基本原则。

2. 公平互利原则。即指所有国家在法律上一律平等，平等参与各项国际经济活动，公平分享由此产生的利益。这一原则也体现为，在具体的经济贸易实践中，当事人在平等、自愿的基础上互享利益。

3. 国际合作和发展原则。即指各个国家在相互尊重主权的原则下，积极展开国际合作，以谋求人类社会的共同发展。

## 二、国际贸易法

（一）国际货物买卖法

1. 概述

（1）概念和立法。国际货物买卖法，是指调整国际货物买卖关系的法律规范的总称。其中，"货物"一般指有形的动产，"国际"是指货物跨越一国国境。在调整国际货物买卖的国际条约中，目前影响最为广泛的是《联合国国际货物销售合同公约》（United Nations Convention on Contracts for the International Sales of Goods，以下简称《销售合同公约》）。《销售合同公约》由联合国国际贸易法委员会主持起草，于 1980 年在维也纳外交会议上通过，1988 年 1 月 1 日起正式生效。截至 2005 年年底，全世界共有 67 个国家批准加入了该公约，中国是该公约的创始成员国之一。本节主要介绍《销售合同公约》对国际货物买卖合同的法律规定。

（2）《销售合同公约》的适用范围。《销售合同公约》分为四个部分：第一部分为公约的适用范围及一般规定，第二部分为合同的成立，第三部分为货物买卖，第四部分为最后条款。根据公约规定，《销售合同公约》适用于营业地在不同国家的当事人之间订立的货物买卖合同，但下列买卖不适用公约：①购买仅供私人、家人或家庭使用的货物买卖；②以拍卖方式进行的买卖；③根据法律执行令状或其他令状的买卖；④股票、公债、投资证券、流通票据和货币的买卖；⑤船舶、船只、气垫船或飞机的买卖；⑥电力的买卖。同时，《销售合同公约》的适用范围仅限于国际货物买卖双方因合同所产生的权利义务关系，不涉及合同的效力或惯例的效力、合同对所售货物所有权可能产生的影响和销售的货物引起的人身伤害的责任问题。公约的适用也不具有强制性，允许当事人协议排除公约的适用或改变公约任何条款的效力。

2. 国际货物买卖合同的成立

国际货物买卖合同通过要约和承诺的方式成立。

(1)要约(Offer)

①要约的概念。《销售合同公约》规定："向一个或一个以上特定的人提出的订立合同的建议,如果十分确定并且表明发价人在得到接受时承受约束的意旨,即构成发价。"发出要约的一方称为要约人(Offeror),接受要约的一方称为受要约人(Offeree)。公约规定,向非特定的人发出的建议仅为要约邀请,但发出建议的人明确地表示了相反的意向的除外。

②要约的生效。要约于送达受要约人时生效。

③要约的撤回(Withdrawal)。要约可以撤回,但撤回的通知须在要约到达受要约人之前或同时到达受要约人。

④要约的撤销(Revocation)。要约可以撤销,但撤销的通知须在受要约人发出承诺通知之前到达受要约人。《销售合同公约》规定,下列两种要约为不可撤销的要约:(1)要约写明接受要约的期限或以其他方式表示要约是不可撤销的;(2)受要约人有理由信赖该项要约是不可撤销的,而且受要约人已本着对该项要约的信赖行事。

(2)承诺(Acceptance)

①承诺的概念。《销售合同公约》规定:"被发价人声明或做出其他行为表示同意一项发价,即是接受,缄默或不行动本身不等于接受。"一项有效的承诺一般应具备下列条件:承诺须由受要约人作出;承诺要表明对要约内容的同意;承诺须在要约规定的有效期内作出。承诺可以以口头或书面的方式作出,也可以用行为的方式,但沉默和不作为不构成承诺。

②承诺的生效和撤回。《销售合同公约》对于承诺的生效时间采用"到达主义"理论,即规定承诺于承诺通知送达要约人时生效。承诺可以撤回,撤回的通知应在承诺到达生效之前或同时到达要约人。承诺生效,合同成立。

③附条件的承诺。《销售合同公约》规定,对要约表示接受,但载有添加、限制或其他更改的答复,视为对要约的拒绝,并构成反要约。但如果所附条件不构成对要约内容的实质性变更,仍构成有效的承诺,除非要约人及时反对。

3. 国际货物买卖合同买卖双方的义务

(1)卖方的义务。根据《销售合同公约》的规定,卖方必须按照合同和本公约的规定,交付货物,移交与货物有关的单据并转移货物的所有权。公约对卖方义务有较为详尽的规定。

①交付货物。卖方必须按照合同规定的地点、时间和方式完成交付货物的义务。如果合同没有规定具体的交货地点,同时又涉及到货物运输的,当卖方把货物交给第一承运人时即完成交货义务。合同没有规定交货时间的,卖方应在合同订立后一段合理时间内

交付货物。

②卖方对货物的品质担保和权利担保。品质担保,即卖方所交付的货物,在数量、质量、规格、包装及货物的使用用途等方面须与合同和公约相符。权利担保,即卖方所交付的货物原则上必须是第三方不能提出任何权利或要求的货物。

③移交与货物有关的单据。卖方必须按照合同所规定的时间、地点和方式移交与货物有关的单据。

(2)买方的义务。根据《销售合同公约》的规定,买方的主要义务是支付货款和受领货物。

①支付货款。买方应当按照合同规定,在规定的时间、地点,按规定的方式、步骤支付货款。

②受领货物。买方应当采取一切理应采取的行动,以便于卖方交付货物,并及时接收货物。

4. 违约与救济方法

(1)违约。违约是指合同当事人没有履行或没有全部履行其合同义务的行为。当事人应当对自己的违约行为承担违约责任。《销售合同公约》对违约责任采取无过错原则。

《销售合同公约》规定了根本违约制度。根本违约是指一方当事人违反合同的结果,使另一方当事人蒙受损害,以至于实际上剥夺了他根据合同规定有权期待得到的东西。一方当事人的行为构成根本违约,另一方当事人有权解除合同。

(2)救济方法。根据《销售合同公约》的规定,买卖双方均可采取的违约救济方法主要有三种:

①实际履行。实际履行是指一方当事人违约时,另一方当事人有权请求法院判决对方实际履行其合同规定的特定义务。实际履行是大陆法系国家规定的一种主要的救济方法,但在英美法系国家,其只是一种例外的救济方法。公约在这个问题上采取了调和的办法,即原则上守约方享有此一救济权利,但法院没有义务根据公约作出判决,除非法院依照其本国的法律对不属于公约范围的类似案件愿意这样做。

②宣告合同无效。宣告合同无效即宣告合同解除,终止合同效力。根据《销售合同公约》的规定,宣告合同无效应以一方当事人的行为构成根本违约为前提。

③损害赔偿。损害赔偿即违约方应当赔偿守约方因违约而造成的实际损失。《销售合同公约》规定,一方当事人违反合同应付的损害赔偿额,应与另一方当事人因他违反合同而遭受的包括利润在内的损失额相等。同时,公约要求损失要具有"可预见性",即这种损害赔偿不得超过违反合同一方在订立合同时,依照他当时已知道或理应知道的事实和情况,对违反合同预料到或理应预料到的可能损失。

(3)免责条件。根据《销售合同公约》规定,当事人对不履行义务,不负责任,如果他能证明此种不履行义务,是由于某种非他所能控制的障碍,而且对于这种障碍,没有理由预期他在订立合同时能考虑到或能避免或克服它或它的后果。这个规定，理论上通常称为不可抗力。不可抗力只是免除违约方损害赔偿的义务，不影响守约方行使其他的救济权利，如宣告合同无效。

5. 风险转移

买卖合同中的风险，是指货物的意外灭损。《销售合同公约》规定，货物在风险移转到买方承担后遗失或损坏，买方支付价款的义务并不因此解除，除非这种遗失或损坏是由于卖方的行为或不行为所造成。

对于风险转移的时间或条件，双方当事人在合同中有特别约定的，按特别约定；如果没有约定，公约原则规定，卖方交付货物的地点为风险转移的节点。

（二）国际海上货物运输

1. 国际海上货物运输法

（1）概述。国际货物运输是国际服务贸易的一种，亦与国际货物买卖密切相关。国际货物运输包括国际海上货物运输、国际航空货物运输、国际铁（公）路货物运输和国际多式联运等。本节仅介绍其中最为重要的国际海上货物运输。

国际海上货物运输，是指承运人收取运费，承担将货物由海上从一国港口运往另一国港口的运输方式。海上货物运输又可分为提单运输和租船运输。关于提单运输，目前国际上有三个公约，即1924年通过的《海牙规则》（Hague Rules，全称为《统一提单的若干法律规则的国际公约》），1968年通过的《维斯比规则》（Visby Rules，全称为《修改统一提单的若干法律规则的国际公约的议定书》），以及1978年通过的《汉堡规则》（Hamburg Rules，全称为《联合国海上货物运输公约》）。其中，《维斯比规则》因为是对《海牙规则》的修改，故又称《海牙—维斯比规则》，该规则在国际海上货物运输中影响最为广泛，本节亦主要以《海牙—维斯比规则》为基础介绍海上货物运输法律。我国不是上述公约的成员国，但我国《海商法》的制定主要借鉴了上述公约的成果。

（2）提单。提单运输，又称班轮运输或杂货运输，是指承运人为众多货主的货物分别签发提单，并按规定的船期和航线完成货物运输的方式。提单是其中最为重要的单据。

提单是一种用以证明海上货物运输合同和货物已由承运人接收或装船，以及承运人保证凭以交付货物的单据。提单有三个作用：第一，提单是海上货物运输合同的证明。提单在承运人与托运人之间，只是作为运输合同的初步证据，可以被其他合同证据所推翻；但提单一旦由善意的第三人持有，提单在承运人与第三人之间就成了终结性证据，亦可以认为就是运输合同本身。第二，提单是承运人接收货物或货物已装船的收据。第三，提单是承运人保证向收货人交付货物的物权凭证。

在提单的种类中，最为重要的是清洁提单。清洁提单是指在提单上关于货物的表面状况没有不良批注，即货物装船时表面状况良好。在跟单信用证交易中，清洁提单是要求信用证受益人提示的必备单据。

(3)承运人的义务和责任。根据《海牙—维斯比规则》的规定,承运人在提单运输中主要有两项义务:一是承运人尽谨慎职责保证船舶适航。其具体含义包括:在开航前和开航时船舶处于适航状态,能够应付航程中的一般海难;配备的船员合格、充足;船舶适合货物的运送和保管。二是承运人适当和谨慎地装载、搬运、积载、运送、保管、照料和卸载货物。

承运人因未尽义务造成货物的灭损,应当负赔偿责任。凡属于未申报价值的货物,承运人承担的最高赔偿限额为每件或每单位 10 000 金法郎,或毛重每公斤 30 金法郎,两者中以较高的数额为准。同时,《海牙—维斯比规则》规定了承运人的 17 项免责条款,其中第一项免责条款在实践中备受争议,即承运人对其代理人或雇员在驾驶船舶或管理船舶中的过失导致的货物灭损可以免责。

2. 国际海上货物运输保险法

(1)概念。海上货物运输保险合同,是指由被保险人支付保险费,保险人按照合同规定的承保范围,对被保险人遭受保险事故造成保险标的的损失和产生的责任负责赔偿的合同。目前,国际上没有统一的国际海上货物运输保险法,保险合同关系一般由国内法调整。

(2)海上货物运输保险的基本原则。

其一,保险利益原则。保险利益,又称"可保利益",是指投保人或被保险人对保险标的所具有的合法的利害关系。如果被保险人对保险标的没有保险利益,保险合同无效。

其二,最大诚实信用原则。最大诚实信用原则是指保险合同当事人应当以诚实信用为基础订立和履行保险合同。该原则主要体现为被保险人的告知义务和保证义务。如果被保险人对保险标的的实际情况隐瞒不报或申报不实,保险人可以拒绝承担保险义务或解除合同。

其三,损失补偿原则。损失补偿原则是指保险事故发生而使被保险人遭受损失时,保险人必须在保险责任范围内对被保险人所受的实际损失进行补偿。

其四,近因原则。近因原则是指保险赔偿责任发生时,被保险人应当说明保险事故的发生与保险标的的损失之间有直接的因果关系,即近因关系。

(3)海上货物运输保险合同的订立。和其他合同一样,海上货物运输保险合同的订立可以分为两步:要约和承诺。一般先由投保人填写投保单提出投保申请,称要约;经保险人同意后,签发保险单或保险凭证表示承诺,保险合同即告成立。

(4)保险标的的损失。海上货物运输保险合同的保险标的因保险事故遭受损失时,根据损失的程度可以分为两类:全部损失和部分损失。

其一,全部损失。全部损失是指保险标的遭受保险事故,全部毁坏,失去原有价值。全部损失又可分为实际全损和推定全损。实际全损是指保险标的发生保险事故后灭失或者受到严重损坏完全失去原有形体、效用或不能再归被保险人所有。对于实际全损,保险人按照保险标的的全损给以赔偿。推定全损是指保险标的的实际全损已不可避免,或者恢复、修复受损保险标的的费用接近或超过原有价值。对于推定全损，被保险人可以按下列方式处理：①被保险人选择按实际全损要求赔偿，但应当向保险人委付保险标的；②被保险人选择按部分损失要求赔偿，保险标的的所有权仍归被保险人所有。

其二，部分损失。部分损失即除了全部损失外的一切损失。部分损失可分为共同海损和单独海损。共同海损是指海上运输中，船舶、货物遭到共同危险，船长为了解除共同危险有意识地采取合理的救难措施，因而导致的特别损失和额外费用。共同海损由各受益人分摊。单独海损是指除共同海损外，因自然灾害或意外事故直接造成的船、货损失。单独海损由被保险人按保险合同向保险人单独要求理赔。

（5）海上货物运输保险合同的基本险别。根据各国通例，海上货物运输保险条款中的险别分为主险和附加险。下面以中国人民保险公司海洋运输货物保险条款为例，简单介绍海上保险的基本险别。

其一，主险。主险又称基本险，是可以独立投保的险别，主要承保海上风险所造成的货物损失。主险通常分为平安险、水渍险和一切险。①平安险，原意为"单独海损不赔"，即保险人不负责单独海损的赔偿责任，只承保由于海损事故和自然灾害造成的全部损失以及特定意外事故。平安险是海上货物运输保险中，保险人责任最小的一种险别，实践中较少使用。②水渍险，原意为"单独海损负责"，即除承保平安险的各项责任外，负责单独海损的赔偿，但水渍险只是对自然灾害、运输工具发生意外事故造成的保险货物的部分损失负责。③一切险，即除承保平安险和水渍险的各项损失外，还承保由于外来原因所致的保险货物的全部或部分损失。一切险包括一般附加险所承保的货物损失，但不包括特别附加险和特殊附加险。

其二，附加险。附加险是在平安险和水渍险的基础上加保的险别，附加险不能独立承保，必须附加于主险下加保。附加险通常又可分为一般附加险、特别附加险和特殊附加险。①一般附加险，主要包括偷窃、提货不着险；淡水雨淋险；短量险；混杂、玷污险；渗漏险；碰损、破碎险；串味险；受潮受热险；钩损险；包装破裂险；锈损险等。②特别附加险，主要包括进口关税险；舱面险；拒收险；虫损险等。③特殊附加险，主要包括战争险和罢工险。

### （三）国际贸易支付

#### 1. 概述

国际贸易支付，是指因国际间的货物贸易而发生的以货币表示的债权、债务的清偿行为。相比较于国内贸易支付，国际贸易支付牵涉到较为复杂的问题，比如货币的选择、汇率变动风险、外汇管制风险、法律适用的复杂性和不确定性等问题。

国际贸易支付工具包括货币和票据。在货币的选择上，当事人需注意货币是否可以自由兑换、货币的币值是否稳定等问题。票据支付则包括汇票、本票和支票，在国际贸易实践中，最常用的是汇票。

国际贸易的支付方式包括三种,即汇付、托收和信用证。

2. 汇付(Remittance)

汇付是指汇款人将货款交与银行,由银行根据汇款指示汇交给收款人的一种付款方式。汇付方式是一种买方通过银行向卖方直接付款的方式,卖方能否收到货款,完全取决于买方的商业信用,因此在实践中只有双方当事人在充分信任的基础上,才会采用汇付方式付款,或者用以支付小额款项。

汇付一般涉及四个当事人,即付款人、收款人、汇出行和汇入行。汇出行是接受付款人的委托办理汇款业务的银行,通常是进口地银行;汇入行是接受汇出行委托向收款人解付款项的银行,通常为出口地银行。

根据汇款的方式,汇付可分为信汇、电汇和票汇三种。信汇是指汇出行应付款人的要求,将支付授权书通过邮寄方式寄给汇入行,指示汇入行解付款项。信汇费用低,但速度慢。电汇与信汇基本相同,只是采用了速度较快的电报或电传方式通知汇入行解付款项。票汇是指汇出行开立银行汇票交与付款人,由付款人将汇票寄交收款人,收款人凭汇票向付款银行收款。

3. 托收(Collection)

托收是指出口方(债权人)向进口方(债务人)开立商业汇票,委托银行向进口方收取货款的一种结算方式。关于托收规则,目前较有影响的国际惯例是由国际商会制定的《托收统一规则》(Uniform Rules of Collection,国际商会第 522 号出版物,简称 URC522)。

托收一般涉及四方当事人,即委托人、托收行、代收行和付款人。托收的通常程序如下:首先委托人(出口方或卖方)开立以进口方或买方为付款人的商业汇票,并附随提单、保险单等相关单据交与银行(托收行)申请托收;其次,托收行寄交汇票和单据给进口地代收行委托代收;再次,代收行通知付款人付款赎单;最后,在付款人付款后或承兑汇票后,托收行将单据交与收款人,所得货款通过托收行解付给委托人。

根据托收是否附随单据,托收可以分为两类:光票托收和跟单托收。贸易实践中,多为跟单托收。跟单托收,根据付款的时间和条件,又可分为付款交单和承兑交单。付款交单(Documents against Payment,D/P),是指在买方付款后,代收行方将单据交给买方。买方凭单据到时提货。承兑交单(Documents against Acceptance,D/A),是指买方对汇票进行承兑后,代收行即将单据交与买方。在付款日期到来时,买方始向代收行支付货款。承兑交单的实质目的,主要能使买方在收到货物后方始决定是否付款。

托收,其本质上与汇付一样,属于商业信用。卖方能否得到货款取决于买方的信用。而且在跟单托收中,卖方处于相对不利的地位,因为卖方往往在货物装船后还不能确信是否能得到货款。

4. 信用证(Letter of Credit,L/C)

其一,概述。信用证,是指开证银行应开证申请人的申请签发的,在满足信用证的条件下,凭信用证规定的单据向受益人付款的一项书面凭证。信用证产生的目的,主要是使贸易中买卖双方在付款、收货方面达到一个平衡,即卖方能够在货物装船前确信能得到货款的支付,而买方在付款后能得到提货的物权凭证。规范信用证的规则,目前世界上影响最为广泛的是国际商会制定的《跟单信用证统一惯例》(Uniform Customs and Practice for Documentary Credits, 1993 Revision,国际商会第 500 号出版物,简称为 UCP500)。包括我国在内的世界上 180 多个国家和地区的银行采用该惯例来处理信用证业务。

信用证付款的基础是银行信用。银行一旦开立信用证,就相当于做出了一个独立的付款承诺,尤其是针对不可撤销的信用证,只要受益人交付了符合信用证规定的单据,银行就负有无条件付款的义务,即使出现开证申请人突然破产的情况,银行也必须承担第一付款人的责任。这也是信用证支付方式与上述前两种支付方式的根本区别。

在信用证交易中,核心的当事人有三个,即开证申请人、开证银行和受益人,此外还包括通知行、议付行、保兑行等。

其二,信用证的运作程序。下面结合国际货物买卖,简单介绍信用证的流程。

(1)买卖双方订立买卖合同,并在合同中规定货款采用信用证支付方式。

(2)买方(开证申请人)向当地银行(开证行)提出开证申请。

(3)开证行根据开证申请书的内容,开出以卖方为受益人的信用证,并寄交卖方所在地银行(一般为通知行)。

(4)通知行将信用证交与卖方。

(5)卖方审核信用证和合同相符后,按信用证规定装运货物,并取得信用证要求的各项单据,开立汇票。

(6)卖方在信用证有效期内向当地银行(议付行)提示单证,请求付款。议付行审核单据无误后,向卖方支付款项。

(7)议付行付款后,将所有单证寄交开证行,行使追索。

(8)开证行审单无误后,偿付给议付行,然后通知买方付款赎单。

(9)买方付款赎单后,凭单据到期向承运人提货。

其三,信用证交易的原则。

(1)信用证独立原则。围绕信用证,三方核心当事人存在三类法律关系:开证申请人和受益人是买卖关系,买方按时开出正确的信用证是买方的合同义务,买卖合同是信用证交易的基础关系;开证申请人与开证行是委托和偿付关系;开证行和受益人是付款关系。信用证交易的核心是信用证和银行。银行信用证一旦开出,就与基础买卖关系相脱离。只要受益人提示的单据是符合信用证规定的,银行有义务也有权利付款,而不管买卖的货物是否有瑕疵;银行只要尽到了检查单据的义务,付款是正当的,就有权利向开证申请人追偿。银行只关心单据,无需关心买卖合同。

(2)严格相符原则。即受益人提示的单据必须与信用证的要求严格相符,所谓"单据和单据相符,单据与信用证相符",否则银行有权拒绝付款。银行检验单据,也应该严格遵守严格相符原则,否则付款就是不正当的,可能丧失向开证申请人的追偿权。但银行只检验单据的表面正确性,不负责单据的实质真实性。信用证是属于典型的单据交易。

### 三、国际投资法

#### (一)国际投资概述

国际投资是资本国际流动的主要形式,是投资者为获取预期收益而从事的跨国或境外的资本交易活动。这里的资本,包括有形资本和无形资本,如资金、机器设备、劳动力、债权、知识产权、有价证券等。第二次世界大战以后,国际投资迅速发展,尤其是20世纪90年代以来,随着全球经济一体化的完成,跨国投资活动日趋活跃,全球投资额也逐年上升。

国际投资按不同的标准可以有不同的分类:(1)按投资者主体的不同,可分为政府投资和私人投资,政府投资的投资者通常是指外国的政府和国际经济组织,私人投资的投资者则包括一国国内的公司、企业或其他经济组织和个人;(2)按投资时间的长短,可分为短期投资和长期投资;(3)按投资的形式和性质,可分为直接投资和间接投资,其中政府投资多为间接投资,而私人则多为直接投资。广义的国际投资包括国际直接投资和国际间接投资,而狭义的国际投资仅指国际私人直接投资。国际私人直接投资是资本跨国流动的主要形式。

国际直接投资,是指一国投资者将资本投入另一国的经济实体,参与和控制该经济实体的经营管理,并根据该经济实体的经营状况取得相应投资收益的活动。国际直接投资的主要方式有:

(1)设立境外分支机构。这是国际直接投资的最简单模式,即投资者在资本输入国按照当地法律设立分公司或其他分支机构。从法律上讲,分支机构不具有独立的法人资格,其主要业务活动由总公司决定,其资产完全由总公司投入,其生产经营活动引起的法律后果最终由总公司承担。

(2)在境外新建企业。新建企业的主要形式有:其一,独资经营企业,或称独资子公司,即资本完全归外国投资者所有的企业。其二,合资经营企业,即指一个或多个外国投资者与资本输入国的政府、法人或自然人按法定或约定的比例,共同经营特定业务,共同分享利润,共同承担亏损的企业。其三,合作经营企业,即外国投资者与资本输入国投资主体为实现特定的商业目的,根据合同的约定投资和经营,并依照合同的约定分享权益、分担风险与亏损的企业。合作经营企业的组织形式较为灵活,其经营管理和盈亏分配基本由双方当事人协议决定。

(3)国际合作开发。即外国投资者和资本输入国共同开发该国自然资源的一种国际合作形式,通常由资本输入国同外国投资者签订协议,特许外国投资者在资本输入国指定的开发区域,在一定年限内,同该国合作,进行勘探、开发自然资源,并共同生产,按约定比例,承担风险,分享利润。

(4)跨国并购。主要包括兼并、合并和收购的三种方式。兼并,又称吞并,跨国兼并即指外国投资者企业通过法定方式完全收购资本输入国企业,该企业注销,而外国投资者企业保留;跨国合并,即两国或两国以上企业通过法定方式重组,组成一个新的企业,原企业注销。跨国收购,是指外国投资者企业在证券市场上购买资本输入国企业的股票或资产从而获得对该企业的控股权。

(5)BOT 投资方式。BOT 是英文 Build(建设)—Operate(经营)—Transfer(移交)的缩写。主要是指外国投资者通过特许协议取得资本输入国政府对其参与该国某一项基础设施项目的建设与经营的许可,在规定的期限内由该投资者负责特定项目的筹资、建设和经营,并通过对该项目的经营活动收取使用费或服务费用于回收投资并获取利润,协议期满时则向资本输入国政府移交该设施的所有权。

(二)国际投资法的主要内容

广义的国际投资法是指调整国际投资关系的法律规范的总称。本节介绍的国际投资法是指狭义的国际投资法,即调整国际私人直接投资关系的法律规范的总称。国际投资法的法律渊源主要包括国内立法和国际条约,此外还包括一些国际惯例。国内立法又可分为资本输入国的外国投资法和资本输出国的对外投资法。

1. 资本输入国的外国投资法

资本输入国的外国投资法是指资本输入国通过国内立法程序所制定的各种有关调整外国私人直接投资关系的法律规范的总称。各国外国投资法主要围绕对外国投资的鼓励、限制、保护、监督管理等几方面展开,内容主要包括外资的定义和资本构成、投资范围和投资比例、外国投资的审批、对外资经营活动的管理、对外国投资的鼓励与优惠等方面。相比较而言,发展中国家的外资立法比较注意制定有关投资审批、外汇管制、税收征管等法律规范,而发达国家的外资立法则比较注意有关环境保护、反托拉斯等法律规范。

2. 资本输出国的对外投资法

资本输出国的对外投资法是指资本输出国为维护本国经济和社会利益而制定的有关保护、鼓励和管制本国私人对外投资的法律规范的总称。一般而言,对外投资法主要是以对海外投资的鼓励和保护为主要内容,如税收优惠、资金援助、海外投资保险等。

海外投资保险,是指资本输出国对本国的海外投资者在国外可能遇到的政治风险,提供的保证或保险。海外投资保险,有别于一般的民间保险,是一种政府保证,由政府机构或国有公司承保,其对象仅限于符合特定条件的海外私人直接投资。所承保的政治风险主要包括外汇险(东道国禁止外汇兑换的风险和禁止投资者将正当收益自由兑换成外汇并转移出境的风险)、征收险(东道国政府实行国有化或征收而使投资者遭受损失的风险)和战争与内乱险(由于战争、革命、暴动和内乱等原因致使投资者在东道国的财产遭到损失的风险)三种。在发生保险事故时,投保人有权要求承保人根据保险合同支付保险金。承保人在支付保险金后,代位取得投保人有关投资的一切权利,向东道国索赔。

3. 关于国际投资的国际条约

规范国际投资的国际条约包括双边国际条约和多边国际条约。多边国际条约目前主要包括《多边投资担保机构公约》和《与贸易有关的投资措施协议》。

(1)双边国际条约。双边国际条约包括两大类型,即友好通商航海条约和双边投资协定。双边投资协定又可分为美国式的投资保证协定和德国式的促进和保护投资协定。友好通商航海条约是缔约国之间为解决两国间的商务问题而签订的双边条约,这类条约的最初含义是全面建立和发展国家间商人往来和经济合作的协议,并非保护国际投资的专门性条约。美国最早采用此类条约。但第二次世界大战以后,随着国际投资的迅速发展,友好通商航海条约因其宽泛性、模糊性和保护力度差等原因,美国在20世纪60年代以后不再缔结此类条约,而代之以双边投资保证协定。双边投资保证协定,由美国首创并推行,其内容主要是纳入海外投资保险制度。促进和保护投资协定是欧洲发达国家与发展中国家之间签订的双边投资保护协定,以德国为典型,其内容更为详尽,保护范围更为广泛。

(2)《多边投资担保机构公约》。该公约于1985年10月,由世界银行年会正式通过,并于1988年生效。我国于1988年批准加入该公约。公约设立了"多边投资担保机构"(以下简称机构)。机构的主要业务是为国际私人直接投资提供政治风险担保。该机构承保的风险范围包括:其一,货币汇兑、转移险,即货币兑换和转移出东道国的风险,不包括货币贬值的风险。其二,战争和内乱险,即机构对东道国领土内的任何军事行动或内乱提供担保,此种风险,机构向投资者支付赔偿金后,一般不能向东道国索赔。其三,违约险,主要是为了在一些以东道国为合同一方的特别许可合同中,当东道国政府违约,而外国投资者无法得到司法救济时,为了保护投资者利益,由机构负责赔偿后,再向东道国政府索赔。其四,征收和类似措施险。东道国政府采取立法或行政手段,剥夺外国投资者对其投资的所有权、控股权或从中取得大量收益时产生的风险。其五,其他非商业风险。主要包括罢工、针对外国投资者的恐怖行为等。

(3)《与贸易有关的投资措施协议》。《与贸易有关的投资措施协议》(简称 TRIMs 协议),是世界贸易组织(WTO)法律框架中的一个协议。TRIMs 协议中的与贸易有关的投资措施是指由东道国政府通过政策法令直接或间接实施的与货物贸易有关的对贸易产生限制和扭曲作用的投资措施。TRIMs 协议的目的旨在防止那些措施,以便利国内外投资,逐步实现贸易自由化。TRIMs 协议也仅限于适用上述与贸易有关的投资措施。

TRIMs 协议的核心内容是关于国民待遇和取消数量限制的问题,即对于违背关贸总协定国民待遇原则和普遍取消数量限制义务的投资措施,都应禁止。

违反国民待遇原则的与贸易有关的投资措施包括:其一,当地成分要求,即要求企业购买或适用最低限度的国产品或任何国内来源的产品;其二,贸易平衡要求,即要求企业购买或使用的进口产品数量或价值与企业出口当地产品的数量或价值相联系。

违反普遍取消数量限制义务的与贸易有关的投资措施包括:其一,贸易平衡要求,即总体上限制企业当地生产所需或与当地生产相关的产品的进口,或要求企业进口产品数量或价值以企业出口当地产品的数量或价值为限;其二,外汇平衡要求,即将企业可使用的外汇限制在与该企业外汇流入相关的水平;其三,国内销售要求,即限制企业出口或供出口的产品销售。除此以外,TRIMs 协议基本适用关贸总协定的其他一般规定。

### 四、国际金融法

(一)国际金融法概述

国际金融法是调整国际间货币金融交易关系的法律规范的总和。国际间货币金融交易关系包括国际间货币法律关系和国际资金融通法律关系,前者因国际货币管理活动而产生,如货币的兑换、流动、汇率等法律问题,后者因跨国金融交易活动而产生,如国际贸易融资、国际贷款融资、国际证券融资、国际租赁融资等法律问题。本节主要介绍国际融资法律制度。

国际金融法的主体,既包括国家、地区和国际组织,也包括从事国际金融活动的自然人、法人和其他经济组织。国际金融法的客体包括货币,如本国货币、外国货币和其他货币单位(如特别提款权),也包括货币资产,如政府公债、债券、证券,存款单、票据、信用证等。

(二)国际金融组织和政府贷款的法律制度

1. 国际金融组织贷款的法律制度

全球性国际金融组织主要包括国际货币基金组织和世界银行集团。

(1)国际货币基金组织。为建立稳定的世界货币秩序和加强国际间货币合作,1944年 7 月,美、英、法、苏、中等 44 国代表,在美国新罕布什尔州布雷顿森林召开了联合国货币金融会议,简称布雷顿森林会议。会议通过了《国际货币基金协定》和《国际复兴开发银行协定》。根据协定,于 1945 年 12 月在美国首都华盛顿成立了国际货币基金组织(IMF,以下简称基金组织)。基金组织设立的宗旨主要有促进国际间货币合作、促进国际贸易、促进汇率稳定、调整国际收支失衡等。基金组织的主要职能之一是在成员国的国际收支手段短缺时,以特定方式提供必要的金融资助或贷款,以调整其国际收支不平衡,稳定货币关系。基金组织的贷款对象仅限于成员国政府,不对私人企业组织贷款。基金组织对成员国的贷款通常被称为成员国对基金的"提款权"。成员方在遇到国际收支平衡困难时,有权按规定用本国货币向基金组织购买他国货币或特别提款权。该提款国承担以后用外汇或特别提款权购回其本国货币的义务。根据基金组织贷款实践,成员方对于基金资金的提取主要分为一般提款权和特别提款权。一般提款权是基金组织对成员方的一种基本贷款,用于解决成员方一般国际收支逆差的短期资金需要。特别提款权(SDR)是基金组织为补充国际储备不足而创设的向成员方发行的一种国际储备资产,是基金组织成员方按各国认缴份额比例而分配的一种使用资金的权利。成员方分得的特别提款权只是一种账面资产,可以作为成员方的国际储备归还基金组织贷款,以及在成员方之间作为支付工具,但不能作为现实的货币用于国际贸易支付。

(2)世界银行集团。世界银行集团包括三家金融机构(即国际复兴开发银行、国际开发协会、国际金融公司)和两家非金融机构(即解决投资争议国际中心和多边投资担保机构)。世界银行集团的三家金融机构均属于联合国专门机构。国际复兴开发银行,简称世界银行,其贷款对象限于成员方政府或由成员方政府提供担保的公私部门,贷款必须用于世界银行确认的特定项目。世界银行只向确定不能以合理条件从其他渠道取得资金且有偿还能力的成员国提供贷款。世界银行贷款通常在协议中排除任何国内法的适用,主张协议的国际性效力,要求适用国际法原则和仲裁管辖方式。国际开发协会主要向低收入的发展中国家提供长期优惠贷款,允许借款国以本国货币偿还。国际金融公司主要向发展中国家成员国的私人企业提供贷款,不需要政府提供担保。

2. 政府贷款的法律制度

政府贷款是一国政府向另一国政府提供的具有经济开发援助性质的优惠贷款。政府贷款通常依据国家间的双边协定或双边关系提供,属政治性贷款,较少受商业原则支配,一旦产生纠纷,多数通过协商解决。政府贷款主要用以项目贷款。

(三)国际商业银行贷款的法律制度

国际商业银行贷款是指分属于不同国家的商业银行贷款人和借款人之间的贷款。此类贷款的贷款人往往是一国的大型商业银行或大型跨国银行,而借款人可以是各国的银行、公私企业、政府机构、国际机构等。国际商业银行贷款主要以银团贷款和项目贷款为代表。

1. 国际商业银团贷款

国际商业银团贷款,又称"辛迪加贷款",是指数家各国银行联合起来,组成一个银行集团,按统一的贷款条件向同一借款人提供贷款的贷款方式。银团贷款有利于筹集资金、分散贷款风险,主要用于中长期巨额贷款。其贷款步骤可分为:(1)选择牵头银行;(2)征求参加银行;(3)谈判贷款条件,签订贷款协议。国际银团贷款可以分为直接式银团贷款和间接式银团贷款两种方式。直接式银团贷款是指在牵头银行的组织下,各个贷款银行分别和借款人签订贷款协议,按照规定的统一条件向借款人发放贷款。一般各个贷款银行之间不负连带责任。间接式银团贷款是指由牵头银行单独与借款人签订贷款协议,向借款人提供贷款,然后由牵头银行把参与贷款权分别转让给各参与银行。他们之间的权利义务关系往往取决于转让贷款参与权的方式。

2. 国际项目贷款

国际项目贷款是指境外银行对境内某一特定的工程项目发放的贷款,以项目建成后的经济收益还本付息。项目贷款主要应用于大型工程项目。国际项目贷款可以由一家银行承担,但通常采用银团贷款。国际项目贷款与传统的国际商业贷款有较大区别,主要有:(1)贷款对象不同。传统的国际商业贷款,贷款人将资金直接贷给借款人(即项目的主办人)用于项目建设,贷款人看重的是借款人的信用;在项目贷款中,贷款人是向为项目建设而专门设立的项目公司贷款,项目主办人是项目公司的股东,但主办人和项目公司是独立的法律实体,承担还款义务的是项目公司而非主办人,贷款人看重的是项目的价值。(2)还款来源不同。传统商业贷款依赖借款人的所有资产信用,而项目贷款依赖项目建成后的经济收益。(3)贷款担保方式不同。传统国际商业贷款以银行或政府提供的信用担保居多,而项目贷款通常以项目资产和收益设定担保。

(四)国际证券融资的法律制度

国际证券是指证券发行人在国际证券市场上发行并流通的,依发行地所在国货币或其他可兑换货币为面值的证券。国际证券既是国际间接投资的重要手段,也是国际融资的重要手段。国际证券主要包括:(1)国际股票,即各国股份公司在境外发行并交易的股票;(2)国际债券,即一国政府机构、金融机构、工商业组织或国际金融组织在国际金融市场上发行的债券,如外国债券和欧洲债券;(3)国际投资基金凭证,即一国投资基金向外国投资者发行并表明投资者在投资基金中份额的凭证。

国际证券的发行方式包括私募发行和公募发行。私募发行是指证券发行人直接向特定投资者销售证券的发行方式,该证券不得进入公开的证券市场流通、买卖。国际证券的私募发行主要对象是机构投资者,如投资银行、投资基金会等机构。一般各国法律对私募发行的法律管制较为宽松。公募发行是指证券发行人公开向社会公众推销证券的证券发行方式,该证券可以在公开的证券市场流通、买卖。一般各国对公募发行有较为严格的法律要求,如在发行主体资格、发行程序、信息公开制度等方面。

**五、国际税法**

(一)国际税法概述

国际税法是调整国家之间以及国家与跨国纳税人之间税收征纳关系的法律规范的总称。在国际税收法律关系中,往往存在两个或两个以上的征税主体,即两国或多个国家对同一纳税人行使税收管辖权,因此国际税法的基本宗旨是实现对跨国征税对象的公平合理的税收权益分配关系,促进国际贸易的发展。

调整国际税收关系的法律渊源主要以国内法为主,其国际法渊源的主要形式为国际税收协定。国际税收协定是指国家之间主要以解决国际双重征税而达成的书面协议。目前,世界上还没有一个全球性的关于国际税收的国际条约。各国多以双边条约的形式签订国际税收协定。

(二)税收管辖权

税收管辖权是一国政府行使征税的权力,是国家主权的体现。绝大多数国家都采用属人原则和属地原则行使税收管辖权。

1. 属人性质税收管辖权

属人性质税收管辖权包含居民税收管辖权和国籍税收管辖权。国籍税收管辖权是指征税国与纳税人之间以国籍身份为连接因素的税收管辖权,即征税国对具有本国国籍的公民的来源于世界范围的一切所得或财产享有征税权,而不论该公民是否与征税国具有实际的经济利益关系。国籍税收管辖权因其不合理性,只有少数国家采用。居民税收管辖权是指征税国根据纳税人在本国境内存有税收居所这一连接因素行使征税权。国际法上的居民纳税人包括自然人和法人。在确定居民身份的标准上,主要包括下列几种情况:

(1)自然人居民身份的确认标准。各国通常采用以下两种标准:住所标准和居所标准。住所通常是指永久性、固定性的居住场所,采用国家如法国。居所一般指非永久性质的居住场所。居所标准通常与居住期限相结合,居住满一定期限即为该国居民。采用国家如英国。很多国家(包括中国)采用住所与居住期限相结合的混合标准。

(2)法人居民身份的确认标准。主要有以下几种:其一,法人注册成立地标准。采用国家如美国。其二,法人实际管理和控制中心所在地标准。所谓管理和控制中心一般指法人董事会所在地点。采用国家如英国。其三,法人总机构所在地标准。总机构一般指负责管理和控制法人的日常经营业务活动的中心机构,如总公司。采用国家如日本。我国对于外商投资企业也采用该标准。

2. 属地性质税收管辖权

属地性质税收管辖权是指征税国基于征税对象与本国存在地域上的连接因素而行使的征税权。该管辖权在实践中主要体现为收入来源地税收管辖权,即征税国对跨国纳税人在其来源于本国境内的所得行使征税权。收入来源地税收管辖权主要针对于非居民纳税人,对其来源于本国境内的营业所得、投资所得、劳务所得和财产所得进行征税。

(三)国际双重征税及其解决办法

国际双重征税,又称国际重复征税,是指不同征税主体对某一征税对象或税收来源同时进行两次或两次以上的征税。国际双重征税主要源于各国税收管辖权的普遍化和居民税收管辖权与收入来源地税收管辖权之间的冲突。国际双重征税加重了纳税人的税收负担,违反税负公平的税收原则,引发国家之间在税收关系上的矛盾,对纳税人从事跨国经济活动带来消极影响,从而影响全球经济的发展。因此,各国政府努力采取措施防止或消除国际双重征税。

各国解决国际双重征税的办法主要有:(1)免税法。即征税国政府对本国居民纳税人来源于境外的所得或财产,在一定条件下免予征税。(2)抵免法。又称外国税收抵免,即指征税国政府对本国居民纳税人的全球所得作为应纳税额计算其应征税款时,允许其将境外所得或财产已向来源地国缴纳的税款从本国的应纳税额中抵免。(3)减税法。指征税国对本国居民纳税人的境外所得,单独适用较低的税率征税或按一定比例减征税款。其中,抵免法是各国解决国际双重征税的主要方法。

# 第二节　WTO 法律规则

## 一、WTO 概述

### (一)世界贸易组织的产生

世界贸易组织(World Trade Organization ,以下简称 WTO)的前身是《关税与贸易总协定》(General Agreement on Tariff and Trade,以下简称 GATT)。GATT 是第二次世界大战结束后,美、英、法、中等 23 个国家政府于 1947 年 10 月签订的旨在降低关税、减少贸易壁垒的有关关税和贸易政策的多边国际协定。GATT 虽然从没有正式生效,长期"临时"适用,但在其运作过程中,逐步成为了一个管理全球贸易的事实上的国际组织,并对于促使各国减让关税、消除贸易障碍、促进世界贸易自由化起到了巨大的作用。

1986 年 9 月 15 日,GATT 第八回合谈判"乌拉圭回合"开始,经过历时八年的谈判,谈判成果巨大,并最终于 1994 年 4 月 15 日,107 个参加方国家和地区政府代表签署了最后文件和《建立世界贸易组织的马拉喀什协议》(Marrakesh Agreement Establishing the World Trade Organization,以下简称《WTO 协议》)。1995 年 1 月 1 日,《WTO 协议》生效,WTO 正式成立,取代 GATT 成为管理世界贸易的国际组织。2001 年 12 月 11 日,中国正式加入 WTO。截至 2005 年 12 月,WTO 共有 149 个成员国家和地区。

WTO 不同于 GATT,GATT 只是一个事实上的准国际组织,建立在一个临时生效的国际协定的基础之上,而 WTO 是一个具有独立的国际法人资格的永久性的国际组织;GATT 的调整范围只局限于传统的货物贸易,而 WTO 的调整范围不仅扩展了 GATT 的货物贸易范围,而且还扩展到服务贸易、知识产权保护和国际投资措施等方面;并且相比较于 GATT 的争端解决机制,WTO 的争端解决机制更为完善、更为有效。

### (二)WTO 的宗旨和职能

1. WTO 的宗旨。根据《WTO 协议》的规定,WTO 的基本宗旨是通过建立一个开放、健全和持久的多边贸易体制,提高人类生活水平,保证充分就业和有效需求的大幅稳定增长,以及扩大货物和服务的生产与贸易,按照可持续发展的目标,考虑对世界资源的最佳利用,保护环境并提高和完善环境保护的手段,积极努力确保发展中国家特别是其中的最不发达国家,在国际贸易增长中获得与其经济发展需要相当的份额。

2. WTO 的职能。为实现 WTO 的各项宗旨,WTO 包含以下五个职能:(1)促进乌拉圭回合各项法律文件以及今后可能达成的各项新协议的实施、管理和运作;(2)为各成员就协议范围内的问题和 WTO 授权范围内的新议题进行进一步谈判提供场所;(3)负责解决 WTO 成员间存在的分歧和争端;(4)负责定期审议 WTO 的贸易政策;(5)通过合适的途径同国际货币基金组织和世界银行进行合作,以实现全球经济决策的更大一致性。

(三)WTO 的组织机构

根据《WTO 协议》,WTO 建立了相应的组织机构,主要有:部长级会议、总理事会、各分理事会、各委员会、总干事和秘书处等。

1. 部长级会议和总理事会。部长级会议是 WTO 的最高决策机构,主要由所有成员方主管对外经济贸易的部长或副部长或其全权代表组成,可以就任何多边贸易协议所涉及的所有问题做出决定,可以说其是 WTO 的立法机构。部长级会议至少每两年举行一次。

总理事会是 WTO 的常设机构和执行机关,成员包括所有成员方代表。通常,总理事会每年召开六次左右。总理事会还有两项特定任务,即召集争端解决机构和贸易政策评审机构会议。这两个机构分别负责 WTO 的争端解决和贸易政策审议,会议较为频繁。

部长级会议和总理事会的表决制度采用一成员一票制,不采取加权投票制。

2. 三个理事会和六个委员会。总理事会下设货物贸易理事会、服务贸易理事会和知识产权理事会。三个理事会分别行使《货物贸易多边协议》、《服务贸易总协定》和《与贸易有关的知识产权协议》规定的职能,以及总理事会赋予的其他职能。

此外,总理事会还下设六个委员会,即贸易与环境委员会,贸易与发展委员会,最不发达国家小组委员会,国际收支平衡限制委员会,预算、财务和管理委员会以及区域贸易协定委员会。它们负责履行《WTO 协议》和多边贸易协定赋予的各项职能。另外,还有两个根据《民用航空器贸易协议》和《政府采购协议》而设立的民用航空器委员会和政府采购委员会,该两个委员会不是总理事会的附属机构,只对协议签约方开放,但在 WTO 内部运作,定期向总理事会通报。

3. 其他机构。其他机构主要包括上述理事会和委员会下属的各专门工作委员会或工作组。如货物贸易理事会下设有 11 个专门工作委员会处理有关的具体议题。

4. 总干事和秘书处。WTO 下设秘书处,由部长级会议任命的总干事和若干副总干事领导。总干事是 WTO 的行政主管,负责秘书处工作,主持各种谈判,履行部长级会议授权的各项职责。

(四)WTO 的法律框架

乌拉圭回合达成的一揽子协议构成了 WTO 的法律框架。这一法律框架主要由《WTO 协议》及其四个附件组成。

1.《WTO 协议》

《WTO 协议》是 WTO 的宪章性文件,是 WTO 的基本法。该协议共 16 条,主要规定了 WTO 的地位、范围、宗旨、职能、WTO 的决策程序、WTO 与其他国际组织的关系、成员方的加入等纲领性制度。

2. 附件 1A:有关货物贸易的多边协议

附件 1 包含 A、B、C 三个部分。附件 1A 主要包括:(1)《1994 年关税与贸易总协定》(以下简称《GATT1994》);(2)《农业协议》;(3)《实施卫生和植物卫生检疫措施协议》;(4)《纺织品与服装协议》;(5)《技术性贸易壁垒协议》;(6)《与贸易有关的投资措施协议》;(7)《反倾销措施协议》;(8)《海关估价协议》;(9)《装船前检验协议》;(10)《原产地规则协议》;(11)《进口许可程序协议》;(12)《补贴与反补贴措施协议》;(13)《保障措施协议》。内容涉及关税与非关税的各个方面,大大加强了货物贸易领域的多边规则。

3. 附件 1B:《服务贸易总协定》

WTO 第一次将国际服务贸易纳入多边贸易体制的调整范围,除《服务贸易总协定》外,附件 1B 也包括在服务贸易领域已经达成的有关国际服务贸易方面的协议。

4. 附件 1C:《与贸易有关的知识产权协议》

该协议扩大了知识产权的范围,明确了知识产权的效力、取得和保护及相关程序,以及争端的防止和解决。

5. 附件 2:关于争端解决机制的法律

这是乌拉圭回合多边贸易谈判的又一重要成果,使 WTO 拥有一个结构上更健全、程序上更严格的争端解决机制。

6. 附件 3:贸易政策审议机制

WTO 定期对成员方的贸易政策、立法程序和实际做法及其对多边贸易体制的影响进行审议并提出相应意见或建议。该机制要求各成员方的贸易政策及实践保持透明,并通过透明度促进各成员方遵守 WTO 规则。

7. 附件 4:诸边贸易协议

WTO 的诸边贸易协议有四个:《民用航空器贸易协议》、《政府采购协议》、《国际奶制品协议》和《国际牛肉协议》。后两个协议已于 1997 年 12 月 31 日终止。诸边贸易协议不属于乌拉圭回合一揽子协议的范围,只对签约方有约束力,成员方可以自愿选择参加。

## 二、货物贸易多边协议

### (一)《GATT1994》的基本原则

有关货物贸易的多边协议中的 13 项协议中,GATT 无疑处于核心地位。GATT 规定的各项多边货物贸易规则则集中体现在 GATT 的各项基本原则上。这些原则主要包括:最惠国待遇原则、国民待遇原则、透明度原则,此外还包括关税减让原则、禁止数量限制原则、互惠原则等。上述原则构成了 GATT 的核心,其中最惠国待遇原则和国民待遇原则亦是 WTO 的核心原则即非歧视原则的具体体现。同时,这些原则大都存在适用的例外。这些例外减损了原则适用的实际功效,但这也是为了适应国际贸易的复杂环境,协调各国的贸易冲突。

### 1. 最惠国待遇原则

最惠国待遇原则是 GATT 的基石,是指成员方(GATT 中又称为缔约方)在经济交往中给予另一成员方国民的待遇不得低于其于现在或将来给予任何第三方(包括成员方和非成员方国家)国民的待遇。GATT 第一条规定:"在对进出口货物征收的关税和费用方面;在对进出口货物国际支付转账所征收的关税和费用方面;在征收上述关税和费用的方法方面;在与进出口货物相联系的规章手续方面以及在本协定第 3 条第 2 款及第 4 款所述事项方面,缔约方给予原产于或运往任何其他国家的任何产品的利益、优惠、特权或豁免应当立即无条件地给予原产于或运往所有其他缔约方境内的类似的产品。"GATT 的最惠国待遇是无条件、无补偿性并自动地适用于各成员方的一种无差别待遇制度。

但最惠国待遇原则也存在一些例外规则,主要有:(1)关税同盟和自由贸易区。即其内部成员之间相互给予的优惠可以不给予 WTO 的其他成员。(2)普遍优惠制。即发达国家对发展中国家出口的初级商品,给予的普遍的、非歧视和非互惠的优惠待遇。(3)边境贸易。即成员方为便利边境贸易而给予毗连国家的优惠。

### 2. 国民待遇原则

国民待遇原则是指一国在经济活动和民事权利方面给予外国国民不低于给予本国国民所享有的待遇。在 GATT 中,国民待遇的含义是指,一成员方的产品输入到另一成员方境内时,进口方不应直接或间接地对该产品征收高于本国相同或类似产品的国内税和国内费用,以及在执行国内法规方面实行差别待遇。实行国民待遇原则的目的是为了保证外国进口商品在进口国市场上取得与该进口国的本国产品同等的法律地位,防止进口国利用国内相关的法规、规定作为贸易保护的手段。

国民待遇原则的例外主要有:(1)政府采购。即成员方政府在政府采购时,可以在对本国商品和进口商品、本国供应商和外国供应商的选择上实行差别待遇,优先选择本国商品或本国供应商。(2)政府对国内生产商的特殊补贴,如改善企业生产环境等。(3)GATT 的"一般例外"。一般例外,也是 GATT 全体原则的例外,根据 GATT 第 20 条的规定,成员方可以在为维护公共道德,保障人类和动植物的生命或健康,保护可能用竭的天然资源,保护本国具有艺术、历史或考古价值的文物等方面采取特别措施,不受GATT 原则的约束。在国民待遇问题上,成员方即可依据上述原因对进口商品实行差别待遇。(4)安全例外。即成员方可以依据维护国家基本安全利益实行差别待遇。这项例外亦可以涵盖其他原则。

### 3. 透明度原则

透明度是 GATT 的三个主要目标(贸易自由化、透明度和稳定性)之一。GATT 的透明度原则要求,各成员方对于其有效实施的关于对海外产品的分类和估价,关于关税、税收或其他费用的征收率,关于对进出口货物及其支付转账的规定、限制和禁止,以及关于影响进出口货物的销售、分配、运输、保险、仓储、检验、展览、加工、混合或其他利用的法律、条例、司法判决和具有一般适用性的行政决定,都应迅速公布,以使各成员方政府和贸易商熟悉这些规定。成员方之间缔结的影响国际贸易的有效协定也应公布。透明度原则旨在使所有成员方及其国民在相互充分了解双方有关贸易的法律法规及双边贸易协议的前提下,开展贸易活动,并促使各成员遵守 WTO 的各项协议,消除隐蔽的贸易壁垒。

(二)其他有关货物贸易的多边协议

除 GATT 外,其他 12 项有关货物贸易的多边协议可以分为三类:

1. 行业或产品协议

(1)《农业协议》(Agreement on Agriculture)。农产品是多边贸易谈判中利益冲突最为尖锐的一个领域。该协议的目的是为了实质性减少对农业的补贴和保护,从而纠正和防止世界农产品市场的各种限制和竞争扭曲。协议通过各成员方在市场准入、国内支持及补贴方面的承诺,制定了一个长期的农产品开放计划。协议对发达国家和发展中国家实行区别对待,并对农产品进口依赖国有专门规定。协议规定发达国家用六年时间、发展中国家用十年时间逐步实现关税减让,在六年时间内降低出口补贴。

(2)《纺织品与服装协议》(Agreement on Textiles and Clothing)。该协议规定自1995 年起十年内取消纺织品和服装的进口限制。协议也规定了成员方可以在一定条件下采取过渡性保障措施。协议还建立了一个纺织品监督机构,专门负责监督和管理各成员方对本协议的实施。

2. 规范非关税壁垒的协议

(1)《实施卫生和植物卫生检疫措施协议》(Agreement on the Application of Sanitary and Phytosanitary Measures)。该协议规范食品卫生及动植物卫生。协议规定,各成员方有权在不违反本协议的前提下实施卫生检疫措施,制定自己的卫生检疫标准。协议要求各成员方尽量采用国际标准,但又承认成员方可以在科学的基础上制定高于国际标准的国内卫生检疫标准,但该标准必须相互通报,不得使之成为隐蔽的贸易壁垒。

(2)《技术性贸易壁垒协议》(Agreement on Technical Barriers to Trade)。本协议针对各国政府基于安全、健康或环境保护为理由制定的强制性的产品技术规章而制定的,协议要求成员方应保证技术规章的制定、通过和适用,其目的和效用不应对国际贸易造成不必要的障碍。

(3)《与贸易有关的投资措施协议》(Agreement on Trade Related Investment Measures)。协议旨在防止成员方利用关于投资条件的国内法规定,对国际投资贸易实行事实上的限制。

(4)《反倾销措施协议》(Agreement on Implementation of Article VI of GATT1994)。倾销是国际贸易中的一种不正当竞争行为,各国对该行为一般都加以管制,由于不同国家依据国内法对倾销的认定,采取反倾销措施的条件和程序有所不同,因而国内反倾销措施有可能成为抵制外国产品进口、实行贸易保护的手段。本协议旨在通过规范各成员对倾销商品进口的反应,使这种被允许的进口抵制或限制在公平合理的基础上进行,不至于构成正常国际贸易的阻碍。《反倾销措施协议》的主要内容包括:①倾销的认定。《GATT1994》第六条规定,一国产品以低于正常价格进入另一国市场,如果因此对某一缔约方领土内已经建立的某项工业造成实质性的损害或实质损害威胁,或对某一国国内工业的新建产生实质性阻碍,就构成倾销。②立案调查。进口国主管当局应严格审查申请方的资格,申请方的产品总产量必须达到国内该产业生产总量的 25%,并且其中反对提出反倾销申请的类似产品生产者产量不超过总产量的 50%。在决定立案调查后,进口国主管当局应通知有关出口方和出口国政府,以备答复。调查应在一年内完成,特殊情况可以延长六个月。③临时措施和价格承诺。如果调查表明基本构成倾销,主管当局可以在开始调查 60 天后公告实施临时反倾销措施,亦可称为"初裁",向进口商征收临时附加税或保证金,临时措施最长适用时间不超过 6 个月。初裁作出后,被控倾销的出口商与进口国主管当局可以在自愿基础上签订价格承诺协议,出口商承诺提高出口价格、消除工业损害。如果进口国主管当局接受承诺,应停止调查。④征收反倾销税。进口国主管当局如果作出认定倾销的终裁,其可以采取征收反倾销税的措施。反倾销税向进口商征收,税率不得超过倾销幅度,征税期限为五年。

(5)《海关估价协议》(Agreement on Implementation of Article VII of GATT1994)。该协议旨在杜绝进口国运用国内法的海关估价规则而导致的关税的实质性增加。对进口货物的估价标准实质影响关税的额度。协议对各种估价标准作了详细的解释,并要求各成员方保证使其法律、法规和规章符合协议规定。

(6)《装船前检验协议》(Agreement on Preshipment Inspection)。装船前检验是指进口国政府机构或其授权机构根据一定的程序,在该货物出口国领土内对进口货物有关事项进行的检验活动,因为适用于装船前检验程序的商品只有通过了检验才能放行,所以该检验可能成为进口国的贸易壁垒。为规范进口成员方政府的装船前检验规则,本协议主要规定了装船前检验国的义务,包括非歧视检验义务、透明度义务、保护商业秘密义务、避免延误检验义务等方面。

(7)《原产地规则协议》(Agreement on Rules of Origin)。在国际贸易实践中,原产地被当作保护本国产品、决定特惠待遇以及辅助其他贸易管理的工具,成员方有可能利用原产地规则作为实施贸易保护和不合理差别待遇的贸易壁垒工具。本协议旨在建立一种公平合理、具有透明度、可预见性和一贯性的原产地规则框架,以促进国际贸易的正常发展。

(8)《进口许可程序协议》(Agreement on Import Licensing Procedures)。进口许可证作为一种非关税措施,可以合理使用,但必须贯彻透明度原则和非歧视原则,不得阻碍国际贸易的正常流通。

(9)《补贴与反补贴措施协议》(Agreement on Subsidies and Countervailing Measures）。补贴是一种常见的阻碍公平贸易的保护措施，是政府主导的一种不公平竞争行为。补贴通常是指出口国政府对出口商品的生产、加工、销售给予的奖励或财政支持。补贴的方式种类繁多。根据补贴的性质和危害程度，本协议将补贴分为禁止使用的补贴、可申诉的补贴和不可申诉的补贴三种，三种补贴区别对待。对于补贴产品的进口，进口国可以采取反补贴措施，征收反补贴税，用以抵消出口国对该产品补贴所起到的激励作用。反补贴税向进口商征收。此外，协议禁止出口补贴的规定有条件地不适用最不发达国家和人均国民生产总值不足1 000美元的发展中国家。

3. 贸易保障措施协议

《保障措施协议》（Agreement on Safeguards）。由于不可预见的进口激增对国内产业造成严重损害或产生严重损害威胁，协议规定成员方可以利用保障措施，如实行配额限制或征收特别关税等，来保护国内某种产业免受此种损害或损害威胁。协议详细规定了临时性保障措施、严重损害的确认、保障措施的补偿以及发展中国家的优惠待遇等方面。保障措施有效期不应超过四年，除非有持续实施的必要，可以延长到八年。如果八年后仍有必要继续实施保障措施，成员方必须至少等两年以后再可实施。协议为监督本协议的执行设立了保障措施委员会。

### 三、《服务贸易总协定》

#### （一）概述

《服务贸易总协定》（General Agreement on Trade in Service，以下简称 GATS），是与GATT 平行的独立的多边贸易协定。协定全部内容可以分为三个部分：第一部分是框架协议，共 6 个部分 39 个条文，规定了 GATS 的一般概念、原则和规则，成员方基本权利和义务，是 GATS 的主体和实质部分；第二部分是成员方的服务贸易承诺清单，即承诺减让表，规定成员方承诺开放的本国服务业部门，具体承担的关于国民待遇和市场准入的义务以及限制条件；第三部分是框架协议的八个附件，规定了某些重要服务贸易部门的多边自由化规则。

根据 GATS 第一条规定，GATS 的适用范围是指："本协定适用于各成员影响服务贸易的所有措施。"这些措施是指各成员有关服务贸易的国内法律法规及政策，既包括中央政府颁布的法规政策，也包括地方政府所采取的措施，甚至还包括经政府授权的非政府机构所采取的措施。

#### （二）服务贸易的定义和范围

根据 GATS 第一条第二款的规定，服务贸易是指：（1）跨境交付，即"自一成员领土向任何其他成员领土提供服务"。该服务方式是一国服务者向另一国服务消费者直接提供跨国服务，是服务本身的跨国界移动，如将服务信息通过电信网络或信件提供给另一成员国服务消费者。（2）境外消费，即"在一成员领土内向任何其他成员的服务消费者提供服务"。该服务方式是服务消费者的跨国移动,如一成员国民到另一成员国接受医疗服务。(3)商业存在,即"一成员的服务提供者通过在任何其他成员领土内的商业存在提供服务"。商业存在是指投资建立的服务经营机构,如一成员国公司通过在另一成员国内设立分支机构提供服务。(4)自然人流动,即"一成员的服务提供者通过在任何其他成员领土内的自然人存在提供服务"。如一成员国公司向设在另一成员国的分支机构派遣管理人员。

服务贸易的范围是以 GATS 的服务贸易减让表所列明的服务部门为准,具体包括:(1)商务服务。指发生在商业活动中的服务提供,主要包括六类服务:专业服务(如法律服务、会计服务、工程设计服务等)、计算机服务(如硬件安装、软件开发等)、研究和开发服务、不动产服务、设备租赁服务、其他服务。(2)通讯服务。主要包括邮政服务、快递服务和电信服务三大块。(3)建筑服务。包括工程建筑从设计、选址到施工的整个服务过程。(4)销售服务。主要包括批发零售服务、与销售有关的代理服务、特许经营服务等。(5)教育服务。包括高等教育、中等教育、初等教育、学前教育、继续教育、特殊教育等教育服务。(6)环境服务。包括污水处理、废物处理、卫生等服务。(7)金融服务。主要指银行、保险和其他金融服务。(8)健康和社会服务。指医疗服务、健康服务和社会服务。(9)旅游及相关服务。指饭店、旅行所提供的住宿、餐饮、导游等服务。(10)文化、娱乐及体育服务。该服务不包括广播、电影、电视在内的文化、娱乐、新闻、图书馆、体育服务等。(11)交通运输服务。包括海上运输、航空运输、铁路运输、公路运输和其他运输服务。(12)其他服务。

(三)GATS 的基本原则和制度

1. 市场准入原则。市场准入,即开放市场,允许外国服务及资本进入本国国内市场。市场准入是服务贸易谈判的核心问题。GATS 规定,各成员应当给予其他成员的服务和服务提供者以不低于其在开放服务市场的减让表中已经承诺的待遇。GATS 实行逐步的有保留的市场准入,各成员采用在减让表中列明的方式确定开放服务业的范围,承担市场准入义务。同时,GATS 规定,各成员在承担市场准入义务的部门中,原则上不能采取数量限制的措施阻碍服务贸易发展。

2. 最惠国待遇原则。GATS 规定:"关于本协定涵盖的任何措施,每一成员对于任何其他成员的服务或服务提供者,应当立即和无条件地给予不低于其给予任何其他国家同类服务和服务提供者的待遇。"

3. 国民待遇原则。GATS 规定:"对于列入减让表的部门,在遵守其中所列任何条件和资格的前提下,每一成员在影响服务提供的所有措施方面给予任何其他成员的服务和服务提供者的待遇,不得低于其给予本国同类服务和服务提供者的待遇。"

4. 透明度原则。GATS 规定,各成员应在协定实施前公布影响本协定实施的相关法律、法规和措施,并且每年应把所采用的新法规或对现有法律的修改通知其他成员。

5. 垄断和专营服务提供者。GATS 允许各成员建立和维持国家垄断服务,但其行为不得损害其他成员的服务提供者按最惠国待遇、市场准入、国民待遇规定所享有的权利。

### 四、与贸易有关的知识产权协议

（一）知识产权的国际保护和《与贸易有关的知识产权协议》

从 1883 年缔结的《巴黎公约》至 1995 年《WTO 协议》生效，世界各国已经缔结了数十个有关知识产权的国际公约，其涉及的范围涵盖了知识产权的各大领域，如工业产权、著作权（版权）、邻接权、商标与专利的国际注册等，其中最为重要的是《巴黎公约》和《伯尔尼公约》。此外，还于 1970 年成立了世界知识产权组织（World Intellectual Property Organization，简称 WIPO），进一步加强和协调各国在知识产权保护领域的国际合作。

《保护工业产权巴黎公约》（Paris Convention for the Protection of Industrial Property，以下简称《巴黎公约》），于 1883 年 3 月在法国首都巴黎缔结。自 1884 年生效以来，《巴黎公约》先后经过六次修订，目前绝大多数国家接受的是 1967 年的斯德哥尔摩文本，即最后修订文本。我国于 1985 年加入该公约。《巴黎公约》不仅是知识产权领域第一个世界多边公约，而且也是成员国最为广泛、在工业产权领域影响最大的公约。《巴黎公约》主要规定了：公约保护的工业产权范围（专利、实用新型、外观设计、商标、服务标记、厂商名称、货源标记或原产地名称、制止不正当竞争的权利）、工业产权保护的基本原则和制度（如国民待遇原则、优先权原则、各国工业产权独立原则等）、工业产权保护的一些最低标准等。

《保护文学艺术作品国际公约》（Berne Convention for the Protection of Literary and Artistic Works，以下简称《伯尔尼公约》），于 1886 年 9 月在瑞士首都伯尔尼缔结，目前被广泛采用的是 1971 年巴黎文本。我国于 1992 年加入该公约。《伯尔尼公约》是著作权保护领域影响最大的国际公约。公约主要规定了：公约保护的作品范围（一切文学、科学和艺术领域内的一切成果）、著作权保护的基本原则（如国民待遇原则、自动保护原则、独立保护原则）、著作权权利内容（包含经济权利和精神权利）、著作权保护期限等。

然而，从 20 世纪 70 年代开始，随着世界科技的迅速发展，知识产权交易在国际贸易中的比重快速增长，因此需要提高知识产权保护的水平和国际统一性。而原有的国际公约大都存在保护标准偏低、保护内容不够具体、公约缺乏强制效力等缺点，因此 GATT 多边贸易谈判最终将知识产权保护列入议题。经过多年艰苦谈判，于 1991 年 12 月初步达成《与贸易有关的知识产权协议》（Agreement on Trade-Related Aspects of Intellectual Property Rights，以下简称 TRIPS 协议），并最终纳入 WTO 的协议框架。TRIPS 协议是一个高标准、严要求的协议，它的生效标志着知识产权的国际保护进入一个崭新阶段。

（二）TRIPS 协议概述

TRIPS 协议由 7 个部分 73 个条款构成，包括一般规定与基本原则，关于知识产权的效力、范围及使用的标准，知识产权的执法，知识产权的获得与维护及相关程序，争端的防止和解决,过渡安排和机构安排。同时,TRIPS 协议在第二、第三和第四部分的具体规定中纳入四个国际公约的规定,具体为:(1)《巴黎公约》1967 年斯德哥尔摩文本第 1 条至第12 条以及第 19 条;(2)《伯尔尼公约》1971 年巴黎文本第 1 条至第 21 条以及公约的附件(但第 6 条之 2 关于精神权利的规定除外);(3)《保护表演者、唱片制作者和广播组织的国际公约》(以下简称《罗马公约》);(4)《关于集成电路的知识产权条约》第 2 条至第 7 条(但第 6 条第 3 款关于强制许可的规定除外),以及第 12 条和第 16 条第 3 款。

TRIPS 协议的宗旨是促进对知识产权的充分、有效的保护,以减少对国际贸易的扭曲和阻力,同时保证知识产权执法的措施与程序不至于成为合法贸易的障碍。TRIPS 协议规定了各成员应当遵守的普遍义务,即"各成员应使本协议的各项规定生效",这意味着各成员政府必须毫无保留地在其领域内,通过立法、行政和司法实施,使 TRIPS 协议成为有效的法律制度。TRIPS 协议允许各成员在不违反本协议的前提下制定实施比 TRIPS 协议要求更广泛的知识产权保护。

TRIPS 协议规定,各成员应当向其他成员方提供国民待遇和最惠国待遇。

(三)TRIPS 协议保护的知识产权

TRIPS 协议保护的知识产权范围包括:版权和相关权利、商标、地理标志、工业设计、专利、集成电路布图设计、对未披露信息的保护和协议许可中对反竞争行为的控制,共八项。

1. 版权和相关权利

TRIPS 协议明确规定成员应遵守《伯尔尼公约》第 1 条至第 21 条及其附录的规定,但第 6 条之二除外,即 TRIPS 协议不要求成员保护著作权中的精神权利。对于作品,TRIPS 协议强调著作权保护的是思想的表述方式,而非思想本身。同时,TRIPS 协议对《伯尔尼公约》对著作权的保护范围作了补充,具体为:(1)将计算机程序和具有独创性的数据汇编明确作为著作权作品的范畴;(2)增加了计算机程序和电影作品的出租权;(3)进一步明确作品的保护期限,即除摄影作品或实用艺术作品外,如果一作品的保护期限不以自然人的寿命作为计算基础,则保护期不得少于自该作品发表当年年终之日起 50 年,如未发表,则不少于自作品创作完成当年年终之日起 50 年。

TRIPS 协议对著作权相关权利(著作权邻接权)的规定基本上参照了《罗马公约》的规定。同时规定,对表演者和录制者的保护期限,应从录制或表演当年年底起算 50 年,对广播组织者的保护期限,应为广播当年年底起算 20 年。

2. 商标

TRIPS 协议对商标作了一个明确的定义,即任何能够将一企业的商品或服务区别于其他企业的商品或服务的标记或标记组合为商标,包括个人名字、字母、数字、图形和颜色的组合以及任何这些标记的组合。TRIPS 协议允许各成员可以将商标的"视觉可感知"性作为商标注册的条件,这也就意味各成员没有义务为声音商标、气味商标等非视觉商标提供注册。在拒绝注册的理由上，TRIPS协议承认《巴黎公约》的相关规定，同时强调各成员不应把商标的实际使用作为注册的条件。TRIPS协议要求各成员给予相关当事人请求撤销注册和提出异议的权利，并明确混淆的可能作为认定商标侵权中商标类似和商品或服务类似的条件。

对于驰名商标的保护，TRIPS协议在《巴黎公约》的基础上，扩大了对驰名商标的保护。驰名商标扩展到服务商标，规定了驰名商标的部分认定标准，即各成员应考虑到该商标在相关部门为公众所了解的程度，包括该商标因宣传而在该有关成员获得的知名度。同时，对驰名商标的侵权认定上，TRIPS协议将驰名商标的保护范围扩展至不相类似的商品或服务上，只要该商品或服务会构成联想的可能，即只要该侵权商标在商品或服务上的使用会表明该商品或服务与驰名商标注册所有人之间存在着联系，且这种使用有可能损害注册商标所有人的利益，就构成混淆的可能，构成侵权。

TRIPS协议规定，商标的保护期不得少于7年，允许续展，续展次数不受限制。TRIPS协议允许商标注册所有人将商标与商标从属的经营分离而单独转让，这意味TRIPS协议肯定商标是一项独立的财产。

3. 地理标志

TRIPS协议所称的地理标志是指，表明某一商品来源于一成员的领土或该领土内的一个地区或地方的标志，而该商品所具有的质量、声誉或其他特性实质上归因于其地理来源。根据TRIPS协议，各成员有义务为地理标志提供法律保护，使有利害关系的相关当事人能够阻止他人使用任何方式明示或暗示相关商品来源于一个非其真实原产地的地理区域，从而在该货物的地理来源方面误导公众的行为，以及《巴黎公约》所规定的其他不公平竞争行为。同时，鉴于对葡萄酒和烈酒地理标志保护的特殊性和重要性，TRIPS协议对此规定比较详细。

4. 工业设计

TRIPS协议要求各成员对独立创作的、具有新颖性或原创性的工业设计提供法律保护。各成员可以规定，该保护不延及实质上由于技术或功能的考虑而产生的设计。这意味TRIPS协议要求保护的主要是工业品的外观设计，可以不包括专利发明意义上的实用新型。

受保护的工业设计权利人有权阻止第三方为商业目的未经其同意而生产、销售或进口含有受保护设计的复制品或实质上是复制的商品。

工业设计的保护期至少为10年。

5. 专利

TRIPS协议对专利有较为详细的规定。

(1)可授予专利的客体。专利应可授予所有技术领域的任何具有新颖性、创造性和实用性的发明，包括产品发明和方法发明。并且各成员不应因发明地点、发明的技术领域和产品是否进口等因素,在专利保护上实行差别待遇。这一规定明确了以前较有争议的药品和化学物质的专利保护问题,但为了照顾发展中国家利益,TRIPS协议在第70条规定了一些有条件的过渡性安排机制。同时,TRIPS协议规定了授予专利权的几种例外:其一,各成员有权出于维护公共秩序或道德,包括保护人类、动物或植物的生命或健康或避免严重损害环境的必要,不授予某些发明的专利权;其二,人体或动物体的诊断、治疗和外科手术方法;其三,除微生物外的植物和动物,及其繁殖的生物工艺。但成员应对植物新品种提供其他的法律保护。

(2)专利权的内容。TRIPS协议主要规定了专利权人的排他性权利和转让权。如果专利是产品时,专利权人有权阻止第三方未经其同意而进行制造、使用、销售或为这些目的而进口该产品;如果专利是方法发明,专利权人有权阻止第三方未经其同意而使用该方法,或使用、销售或为这些目的而进口以此方法直接获得的产品。TRIPS协议允许各成员对专利权加以限制,包括专利实施的强制许可,但这些措施不能损害专利权人的合法权利,并对强制许可作了严格的限定。专利的保护期限不得少于20年,自申请之日起算。

### 6. 集成电路布图设计

集成电路技术是微电子技术的核心,广泛应用于许多领域。集成电路俗称半导体芯片,其布图设计主要是指电路中众元件的三维配置。在TRIPS协议之前,在世界知识产权组织的主持下,于1989年缔结了《关于集成电路的知识产权条约》,该条约至今还未生效。但TRIPS协议要求各成员遵守《关于集成电路的知识产权条约》中的相关规定,对集成电路布图设计提供法律保护,至于保护的法律,根据条约的规定,可以通过专门的法律,也可以通过版权、专利、实用新型、工业品外观设计、反不正当竞争的法律予以保护。同时TRIPS协议对该条约作了补充规定:(1)扩大权利保护范围。不仅保护集成电路布图设计本身,也包括含有受保护的集成电路布图设计的产品;(2)将集成电路布图设计的保护期限扩展至10年,从申请日或商业应用之日起算。但无论是否已经申请或商业应用,从该设计产生之日起15年后,法律不再保护。(3)许可善意侵权行为。即当善意侵权人收到权利人关于产品侵权的通知后,仍可就其现有存货或订单采取任何行为,但有义务向权利人支付报酬。

### 7. 对未披露信息的保护

未披露信息,通常又称为商业秘密,根据TRIPS协议的规定,其要得到法律保护须具备三个条件:(1)信息具有秘密性,即该信息尚不为通常处理该信息的人所普遍知晓,或不易被他们获得;(2)信息具有商业价值;(3)合法控制信息的人对信息采取了合理的保密措施。未披露信息的合法控制人或权利人有权制止他人未经其许可,以违反诚实信用的方式公开、获得或使用该保密信息。同时,TRIPS协议规定,对于由于工作关系获取上述信息的政府部门应负有保密义务。

### 8. 协议许可中对反竞争行为的控制

　　TRIPS 协议允许,各成员可以对那些在协议许可中,在特殊情况下构成对知识产权的滥用并导致对相关市场上的竞争产生不利影响的做法或协议条款,在立法上做出明确规定。此项规定,旨在通过国内立法防止知识产权滥用和因此导致的反市场竞争行为。TRIPS 协议没有明确定义协议许可中的反竞争行为,仅举三例,即协议许可中的排他性返授条款、阻止对协议许可提出效力异议的条款和强制性一揽子许可。

　　(四)知识产权的执法

　　知识产权的执法,是 TRIPS 协议的重要内容之一,也是 TRIPS 协议区别于其他知识产权条约的一个重要方面。主要内容有:

　　1. 一般义务。TRIPS 协议要求各成员应保证按照协议规定的要求,在国内法中提供知识产权保护的执法程序,以有效打击任何侵犯 TRIPS 协议所保护的知识产权的行为,其中应包括及时阻止侵权的救济措施和遏制进一步侵权的救济措施。TRIPS 协议亦要求各成员的执法程序应当公平、公正、合理,不应有不必要的复杂、费时和过高的费用,并应防止执法程序本身的滥用而成为正常贸易的障碍。

　　2. 民事和行政程序及救济。TRIPS 协议要求各成员应向权利持有人提供有关知识产权执法的民事司法程序,并明确了部分诉讼权利,如被告有权及时得到足够详细的通知、双方委托代理人的权利、举证的权利、陈述的权利等。侵权救济的形式包括禁令、损害赔偿和其他救济措施,其中损害赔偿应当包括为诉讼支出的合理的律师费用。

　　3. 临时措施。TRIPS 协议规定,各成员的司法机关有权在侵权行为发生之初采取临时措施,以制止侵权行为继续进行或保护与侵权有关的证据。

　　4. 关于边境措施的特殊要求。TRIPS 协议规定,权利持有人如果有适当的证据怀疑侵犯商标权的货物有可能进口,可以书面向进口国主管当局提出申请,要求海关暂停放行涉嫌侵权的货物。申请人应提供担保,如因申请错误造成进口方损失,申请人应负责赔偿。

　　5. 刑事程序。TRIPS 协议要求各成员,至少对那些具有商业规模的假冒商标和盗版的故意侵权行为,应当规定刑事程序和刑事处罚。刑事处罚包括监禁和罚金,以及其他扣押、没收、销毁侵权产品等方式。

## 五、WTO 争端解决机制

(一)概述

　　WTO 争端解决机制是 WTO 体系中具有核心作用的机制,它对于妥善地解决 WTO 各成员方在履行 WTO 规则过程中所产生的争端,保证 WTO 各项协议和规则的履行,维护 WTO 的正常运作及其各成员依据 WTO 各项协议所享有的各项权利,进而保障多边贸易体制的可预见性和可靠性,发挥着重要的作用。

　　WTO 争端解决机制主要建立在 GATT 争端解决机制的基础之上,尤其是 GATT 的

第22条和第23条的规定。不过,WTO争端解决机制的最主要的法律渊源是于1994年乌拉圭回合所达成的《关于争端解决规则与程序的谅解》(The Understanding on Rules and Procedures Governing the Settlement of Disputes,以下简称DSU)。DSU是《WTO协议》的重要组成部分,对全体WTO成员具有约束力。WTO负责争端解决的机构主要有三个:争端解决机构(Dispute Settlement Body,以下简称DSB)、专家组和上诉机构。其中,DSB是WTO根据DSU专门设立的解决争端的专门机构,由总理事会负责召开会议,其职能是负责争端解决,组成专家组,采用专家组和上诉机构的报告,监督专家组和上诉机构的建议和裁定的执行,以及授权中止关税减让和相关协议下的义务。WTO争端解决机制的最大特点是采用"反向一致"的决策程序,即WTO争端解决的各项程序几乎都是自动通过的,如对于专家组的成立和专家组或上诉机构的报告,只要没有全体成员一致反对,专家组即可成立或报告即获通过。

(二)WTO争端解决程序

WTO争端解决程序包含如下几个步骤:

1. 磋商程序

如果WTO成员认为其在WTO某协议下的权利由于另一成员所实施的法律或相关措施而受到损失,该成员应当以书面形式向对方提出磋商请求。对方应当在收到该请求的10日内与申请方进行磋商,以便达成双方满意的解决方法。成员提出的磋商请求,应当向DSB通报,并应说明提出请求的理由,包括造成争端所涉及的措施和法律依据。收到磋商请求的一方如果自收到该请求之日起10日内未做出答复,或在此后30日内或双方约定的期限内未能进行磋商,或者在60日内通过磋商未能解决争议,申请方即可请求DSB设立专家组解决争端。如果磋商成功,该争端解决程序即告结束。

2. 专家组解决争端的程序

磋商失败后,申请方即可申请成立专家组。申请须以书面形式提出,申请书中必须明确双方就争端是否经过磋商,并提供一份足以明确阐述申诉主张的法律依据概要。专家组至迟应在设立专家组的请求列入DSB正式程序后的下一次会议上决定成立,除非DSB一致同意不设专家组。专家组一般由三名成员组成,特殊情况下可由五人组成。其成员为资深的政府或非政府人员,他们以个人身份任职,而非以政府代表或任何组织的代表参加专家组工作,DSB亦禁止各成员就专家组审议事项向他们作出指示或影响他们。专家组成员一般由WTO总干事指定,反对指定人选的一方必须提出令人信服的理由。

专家组应当按照DSU规定的权限,对审理案件作出客观的评价,认定案件的事实和证据,并最终向DSB提出建议或裁决的报告。报告应当在专家组成立后六个月内提出,但如果案件紧急(如易腐烂货物),报告应在三个月内提出。如果案件复杂,专家组可向DSB申请延长报告期限,但最迟必须在九个月内完成报告。其间,争端双方有权全面参与专家组对案件的审议,此外,他们还可就争端继续进行磋商并达成和解。

专家组向 DSB 提交报告后,该报告应同时迅速向各成员方分发。专家组报告应在报告分发给各成员方 20 天以后 60 天以内通过,除非争端一方提出上诉或 DSB 一致同意不通过该报告。

### 3. 上诉机构程序

上诉机构是在 DSB 内设立的常设机构,由七名来自 WTO 不同成员方的国民组成,成员任期四年,可以连任一次。上诉机构成员应当具有法律、国际贸易和相关协议方面的知识,是公认的权威人士,他们不从属于任何政府,并在 WTO 成员中具有广泛的代表性。对于上诉案件,由三名成员组成上诉庭审理,其他成员应当了解上诉案件审理的进展情况。

上诉机构只对专家组报告中所涉及的法律问题和专家组对法律问题作出的解释进行审理,其职能是确认、修改或者推翻专家组对争端作出的法律上的认定和结论,并做出裁决。截至 2004 年初,专家组作出的 81 份报告中,共有 58 份由争端方向上诉机构提出上诉。上诉机构的裁定报告应当在争端一方正式通知提出上诉决定之日起 60 天内作出,如果不能在该期限内作出,上诉机构应当向 DSB 通报延期的理由和期限,但最长不能超过 90 天。上诉机构的报告应当在该报告向各成员方发布后的 30 天以内由 DSB 通过,并由争端各方无条件接受,除非 DSB 一致决议不通过该报告。

### (三)报告的执行

### 1. 履行

在 DSB 通过报告后,被裁定违反协议或义务的败诉方应当迅速履行 DSB 的各项建议和裁决。在通过报告后的 30 天内,败诉方应在 DSB 会议上通报其履行建议或裁决的安排。如果立即履行不可行,败诉方应确定合理的履行期限,但该期限须经 DSB 的同意;如果上述期限未获 DSB 同意,争端各方在报告通过后 45 天内通过协议达成一致同意的期限;如果没有达成协议,在报告通过后 90 天内,争端各方交由仲裁来决定合理的履行期限,该期限不应超过报告通过后 15 个月。

DSB 监督报告的执行情况。任何一个成员在任何时候都可以在 DSB 会议上就执行提出询问。在履行合理期限确定日起六个月后,执行问题应当列入 DSB 的议事日程,直至该问题解决。

### 2. 补偿

如果败诉方在合理期限内没有履行 DSB 的建议或裁决,申请方可以要求对方补偿。双方经谈判达成双方均可接受的补偿协议。如果在合理期限届满后 20 天内,双方不能达成补偿协议,申请方可请求 DSB 授权中止对败诉方的相关协议的减让或其他义务。

### 3. 报复

在双方达不成补偿协议的情况下,经 DSB 授权,申请方对败诉方实施贸易报复。授权报复的范围是中止与利益丧失或减损程度相当的减让或其他义务。一般申请方首先确定由专家组或上诉机构认定违背协议、使利益受到损害或丧失的部门，然后针对相同部门中止减让或其他义务；如果不可行，则可寻求同一协议下其他部门的减让或其他义务；如果还不可行，而且情况十分严重，则可寻求另一协议下的减让或其他义务。败诉方如果对中止减让的范围或程序有异议，可请求由仲裁确定。

需要明确的是，对败诉方要求补偿和中止减让的报复，并不免除败诉方纠正其与WTO规则不符的措施。

4. 仲裁

对报告执行中的争端，双方可申请仲裁解决。WTO的仲裁是作为争端解决的一种选择性方法，主要用于专家组或上诉机构建议或裁决的执行程序，其包括两种情况：其一，争端双方对履行建议或裁决的合理期限不能达成一致；其二，争端一方对中止减让的范围、原则或程序有异议。提交仲裁，争端双方须就申请仲裁、仲裁规则和程序达成一致协议，并同意遵守仲裁裁决。仲裁裁决后，裁决结果应通知DSB以及相关理事会。

## ［案例分析］

案例一：上海A出口公司与香港B公司签订一份买卖合同，成交商品价值为418 816美元。A公司向B公司卖断此批产品。合同规定：商品均以三夹板箱盛放，每箱净重10公斤，两箱一捆，外套麻包。中国香港B公司如期通过中国银行香港分行开出不可撤销跟单信用证，信用证中的包装条款为：商品均以三夹板箱盛放，每箱净重10公斤，两箱一捆。对于合同与信用证关于包装的不同规定，A公司保证安全收汇，严格按照信用证规定的条款办理，只装箱打捆，没有外套麻包。"锦江"轮将该批货物5 000捆运抵香港。A公司持全套单据交中国银行上海银行办理收汇，该行对单据审核后未提出任何异议，因信用证付款期限为提单签发后60天，不做押汇，中国银行上海分行将全套单据寄交开证行，开证行也未提出任何不同意见。但货物运出之后的第一天起，B公司数次来函，称包装不符要求，重新打包的费用和仓储费应由A公司负担，并进而表示了退货主张。A公司认为在信用证条件下应凭信用证来履行义务。在这种情况下，B公司又通知开证行"单据不符"，A公司立即复电主张单据相符。

问题：

1. 在成交合同与信用证的规定不相符合时，当事人应依合同还是依据信用证行事？

2. 根据《跟单信用证统一惯例》(UCP500)的规定，谈谈本案应如何处理？原因何在？

案例二：1990年我国某机械进出口公司向一法国商人出售机床一批。法商又将该机床转售美国及一些欧洲国家。机床进入美国后，美国的进口商被起诉侵犯了美国有效的专利权。法院令被告赔偿专利人损失，随后美国进口商向法国出口商追索，法国商人又找我方索赔。

问题：

1. 试分析我方是否应该承担责任？为什么？

2. 根据《联合国国际货物买卖合同公约》规定，试述国际货物贸易中卖方对货物所有权担保义务的免除问题。

案例三：新巴塞尔协议框架及其三大支柱

1988年的巴塞尔协议主要针对的是信用风险，旨在通过实施资本充足率标准来强化国际银行系统的稳定性，消除因各国资本要求不同而产生的不公平竞争。过去10多年来，巴塞尔协议已经成为国际银行业竞争规则和国际惯例。

近年来，随着科技和商业活动的发展，金融创新一日千里，资本市场之间的联系更加紧密，银行风险管理水平大大提高。尤其是大型综合性银行可以不断调整资产组合，使其既不违反现行的资本标准，又能在金融市场进行套利。这些变化导致该协议在部分发达国家已名存实亡。巴林银行倒闭事件表明，仅仅依靠资本充足率标准不足以保障银行系统的稳定。

针对国际金融领域的变化，1999年6月，巴塞尔委员会决定对巴塞尔协议进行修订。新协议提出了一个能对风险计量更敏感、并与当前市场状况相一致的新资本标准，明确将市场风险和经营风险纳入风险资本的计算和监管框架，并要求银行对风险资料进行更多的公开披露，从而使市场约束机制成为监管的有益补充。此外，在计算信用风险的标准法中，新协议采用评级公司的评级结果确定风险权重，废除以往以经合组织成员确定风险权重的做法，同时允许风险管理水平较高的银行使用自己的内部评级体系计算资本充足率。

新巴塞尔协议公布后，国际上褒贬不一。在总体上肯定的同时，国际货币基金组织认为，新协议应当设定一个适用于全球各类银行的最低标准，从而使新协议能在新兴市场或发展中国家中得以推广运用。世界银行认为新协议中包含了许多极为复杂的风险管理技术，对监管当局的监管水平也提出非常高的要求，因此，世界银行极力主张进一步简化新协议。

尽管新巴塞尔协议在制定过程中第一次征求了发展中国家的意见，并几次推迟准备实施的时间，但其对象仍然主要是在国际上活跃的大银行机构，各国均认为新协议不适合中小银行的情况。美联储认为，新协议只适用于美国大约20家大型综合性银行。美国银行协会认为美国大部分银行是社区银行或从事传统业务的一般性银行，这类银行不必执行新协议。国际货币基金组织在对各国执行巴塞尔核心原则的情况进行评估后指出，发展中国家实施巴塞尔协议应有自己的规划，根据自己的国情量力而行，绝不是实行就好，不实行就不好。

新巴塞尔协议框架具有三大支柱，具体包括：其一，对银行提出了最低资本要求，即最低资本充足率达到8%。目的是使银行对风险更敏感，使其运作更有效。其二，加大对银行监管的力度。监管者通过监测决定银行内部能否合理运行，并对其提出改进的方案。其三，对银行实行更严格的市场约束。要求银行提高信息的透明度，使外界对它的财务、管理等有更好的了解。

关于第一个支柱，即银行的最低资本金的问题。在新框架中，委员会认为"压倒一切的目标是促进国际金融体系的安全与稳健"，而充足的资本水平被认为是服务于这一目标的中心因素。因此，对资本充足比率提出最低要求仍然是新框架的基础，被称为第一大支柱。1988年的巴塞尔协议首次提出了关于银行资本充足率的概念，这使银行的监管者对各商业银行的资本有了一个衡量的标准。这对全球100多个协议成员方来说，是很成功的，通过这个标准反映出了各商业银行的资本状况。但是它也有不足的地方。具体来说，就是简化了信用风险的判断。各银行根据自身的商业贷款量决定自身的资本量，却忽视了偿债人的资本量。同时，以前的协议对信用风险的划分不细，而实际上世界不同资本量所面临的风险是不一样的。银行近年来在金融创新、控制资本方面的努力也受到了旧协议的限制。新协议对此增加了两个方面的要求。第一是要求各银行建立自己的内部风险评估机制,特别是大的银行,要求他们运用自己的内部评级系统,决定自己对资本的需求。但这一定要在严格的监管之下进行。目前有些银行已经做到了这一点,但更多的银行并没有类似的体制。另外,委员会提出了一个统一的方案,即"标准化方案",建议各银行借用外部评级机构特别是专业评级机构对贷款企业进行评级,根据评级决定银行面临的风险有多大,并为此准备多少的风险准备金。一些企业在贷款时,由于没有经过担保和抵押,在发生财务危机时会在还款方面发生困难。通过评级银行可以降低自己的风险,事先预备相应的准备金。资本充足率仍将是国际银行业监管的重要角色。新协议进一步明确了资本金的重要地位。

第二个支柱是加大对银行监管的力度,监管约束第一次被纳入资本框架之中,其基本原则是要求监管机构应该根据银行的风险状况和外部经营环境,要求银行保持高于最低水平的资本充足率,对银行的资本充足率有严格的控制,确保银行有严格的内部体制,有效管理自己的资本需求。银行应参照其承担风险的大小,建立起关于资本充足整体状况的内部评价机制,并制定维持资本充足水平的战略;同时监管者有责任为银行提供每个单独项目的监管。监管者的责任包括决定银行管理者和董事会是否有能力决定自己的资本需求,是否对不同的风险有不同的应对方法。监管当局应对银行资本下滑的情况及早进行干预。

第三个方面是市场对银行业的约束。新框架第一次引入了市场约束机制,让市场力量来促使银行稳健、高效地经营以及保持充足的资本水平。新框架指出,稳健的、经营良好的银行可以以更为有利的价格和条件从投资者、债权人、存款人及其他交易对手那里获得资金,而风险程度高的银行在市场中则处于不利地位,它们必须支付更高的风险溢价、提供额外的担保或采取其他安全措施。市场的奖惩机制有利于促使银行更有效地分配资金和控制风险。新的巴塞尔协议要求市场对金融体系的安全进行监管,要求银行及时披露信息。加大透明度,也就是要求银行提供及时、可靠、全面、准确的信息,以便市场参与者据此做出判断。新框架指出,银行应及时公开披露包括资本结构、风险敞口、资本充足比率、对资本的内部评价机制以及风险管理战略等在内的信息,披露的频率为至少一年一次。委员会还将于1999年底之前公布有关信息披露的指导文件。通过新的巴塞尔框架协议,市场能够对银行的约束更加有利。

问题:

1. 试析新巴塞尔协议的三个支柱。
2. 试述新巴塞尔协议框架对我国金融业的影响。

# 练习与思考

## 一、名词解释

国际经济法、国际贸易惯例、根本违约、国际直接投资、居民税收管辖权、最惠国待遇、透明度原则、倾销、地理标志、市场准入、与贸易有关的投资措施。

## 二、简述题

1. 简述国际经济法的法律渊源。
2. 简述提单的作用。
3. 简述信用证交易的法律原则。
4. 简述国际项目贷款与一般商业贷款的区别。

5. 简述 GATT 的原则。
6. 简述 GATS 对服务贸易的界定。
7. 简述 TRIPS 协议涵盖的知识产权。
8. 简述 WTO 的争端解决程序。

## 第十七章

# 诉讼与仲裁法律制度

本章主要介绍我国的民事诉讼法律制度及民商事仲裁法律制度,内容主要包括民事诉讼的基本原则、管辖、诉讼参加人、审判程序和涉外民事诉讼程序等,以及仲裁的基本原则和特点、仲裁机构、仲裁协议、仲裁程序、仲裁裁决的撤销和执行,以及涉外仲裁。通过对本章的学习,了解民事诉讼和仲裁的基本原理和制度,掌握有关民事诉讼基本程序规定、仲裁的基本规则、程序等基本内容。

## 第一节 诉讼法律制度

### 一、诉讼法律制度概述

(一)诉讼的概念

诉讼是指国家机关在当事人和其他诉讼参与人的参加下,为裁判或以其他方式解决案件而进行的活动。根据案件的不同性质,诉讼主要可以分为刑事诉讼、民事诉讼和行政诉讼。

刑事诉讼,是指人民法院为追究被告人刑事责任而进行的活动,其内容是查明和认定刑事被告人是否有犯罪行为,如果有犯罪行为,应处以何种刑罚的问题。目前,我国的刑事诉讼法主要是指,于1979年7月1日第五届全国人民代表大会第二次会议通过的《中华人民共和国刑事诉讼法》,该法于1996年3月7日第八届全国人民代表大会第四次会议修订。

行政诉讼,是指人民法院在当事人和其他诉讼参与人的参加下,依照法定权限和程序解决因行政管理相对人不服行政机关的行政行为而引起的行政争议所进行的活动。目前,我国的行政诉讼法主要是指,于 1989 年 4 月 4 日第七届全国人民代表大会第二次会议通过的《中华人民共和国行政诉讼法》。

民事诉讼,是指人民法院在当事人和其他诉讼参与人的参加下,审理和解决民事案件而进行的活动。

本章所讲述的诉讼,只介绍我国的民事诉讼法律制度。

（二）民事诉讼法

民事诉讼法,是指由国家制定的、规范法院与民事诉讼参与人诉讼活动,调整法院与诉讼参与人法律关系的法律规范的总和。目前,我国的民事诉讼法律规范主要是指现行的《中华人民共和国民事诉讼法》(以下简称《民事诉讼法》),该法于 1991 年 4 月 9 日由第七届全国人民代表大会第四次会议通过。其他重要的民事诉讼法律规范,还包括最高人民法院《关于适用〈中华人民共和国民事诉讼法〉若干问题的意见》。

1. 民事诉讼法的主要任务

民事诉讼法的任务,是保护当事人行使诉讼权利,保证人民法院查明事实,分清是非,正确适用法律,及时审理民事案件,确认民事权利义务关系,制裁民事违法行为,保护当事人的合法权益,教育公民自觉遵守法律,维护社会秩序、经济秩序,保障社会主义建设事业顺利进行。

2. 民事诉讼法的适用范围

根据我国《民事诉讼法》,人民法院受理公民之间、法人之间、其他组织之间以及他们相互之间因财产关系和人身关系提起的民事诉讼,适用该法的规定。

3. 民事诉讼法的基本原则

民事诉讼法的基本原则,是指在民事诉讼的整个过程中,对民事诉讼活动起指导作用的基本准则。民事诉讼法的基本原则包括共有原则和特有原则。共有原则,诸如民事审判独立原则、检察监督原则等。特有原则包含以下几点:

（1）当事人诉讼权利平等原则。我国《民事诉讼法》第 8 条规定:"民事诉讼当事人有平等的诉讼权利。人民法院审理民事案件,应当保障和便利当事人行使诉讼权利,对当事人在适用法律上一律平等。"这项原则包含两层含义:其一,当事人诉讼地位平等,平等地享有诉讼权利,承担诉讼义务;其二,对当事人在适用法律上一律平等。

（2）调解原则。我国《民事诉讼法》第 9 条规定:"人民法院审理民事案件,应当根据自愿和合法的原则进行调解;调解不成的,应当及时判决。"人民法院受理案件后,应当重视调解解决,但调解应当在当事人自愿和合法的基础上进行。调解不是民事诉讼的必经程序,人民法院审理案件时,不能滥用调解,久调不决。

（3）辩论原则。我国《民事诉讼法》第 12 条规定:"人民法院审理民事案件时,当事人有权进行辩论。"当事人有权就案件事实和争议问题,各自陈述自己的主张和依据,互相进行反驳和答辩,以维护自己的合法权益。

（4）处分原则。我国《民事诉讼法》第12条规定："当事人有权在法律规定的范围内处分自己的民事权利和诉讼权利。"民事法律关系强调平等、自愿。在诉讼过程中，当事人可以在法律规定的范围内，改变甚至放弃自己的民事权利和诉讼权利。

（5）支持起诉原则。我国民事诉讼法规定，机关、社会团体、企业事业单位对损害国家、集体或者个人民事权益的行为，可以支持受损害的单位或者个人向人民法院起诉。

（6）同等原则和对待原则。这项原则主要体现在涉外民事诉讼中。我国民事诉讼法规定，外国人、无国籍人、外国企业和组织在人民法院起诉、应诉，同我国公民、法人和其他组织有同等的诉讼权利义务。外国法院对我国公民、法人和其他组织的民事诉讼权利加以限制的，人民法院对该国公民、企业和组织的民事诉讼权利，实行对等原则。

## 二、管辖

### （一）管辖的概念

民事诉讼中的管辖，是指各级人民法院和同级人民法院之间受理第一审民事案件的分工和权限。管辖是当事人开始诉讼首先要面临的问题，正确选择管辖是使诉讼合法、公正、顺利进行的关键。当事人应当向有管辖权的人民法院起诉。根据我国民事诉讼法的规定，管辖主要可以分为级别管辖、地域管辖、移送管辖和指定管辖四类。本节只介绍级别管辖和地域管辖。

### （二）级别管辖

级别管辖，是指各级人民法院之间受理第一审民事案件的分工和权限。在我国，人民法院分为四级，即基层人民法院、中级人民法院、高级人民法院和最高人民法院。确立级别管辖的原则，主要以案件的性质、案件的难易程度和案件的影响范围为标准。根据我国民事诉讼法，各级人民法院管辖第一审民事案件的具体规定如下：

1. 基层人民法院管辖第一审民事案件，但民事诉讼法另有规定的除外。基层人民法院是我国等级最低但数量最多、分布最广的人民法院，大多数案件都由基层人民法院管辖。

2. 中级人民法院管辖下列第一审民事案件：（1）重大涉外案件；（2）在本辖区有重大影响的案件；（3）最高人民法院确定由中级人民法院管辖的案件。

目前，由最高人民法院确定由中级人民法院管辖的案件主要有：（1）海事、海商案件；（2）专利纠纷案件；（3）重大的涉港、澳、台民事案件；（4）诉讼标的金额大或者单位属省、自治区、直辖市以上的经济纠纷案件。

3. 高级人民法院管辖在本辖区有重大影响的第一审民事案件。

4. 最高人民法院管辖下列第一审民事案件：（1）在全国有重大影响的案件；（2）认为应当由本院审理的案件。最高人民法院是国家的最高审判机关，由其一审的民事案件数量很少，而且实行一审终审。

（三）地域管辖

地域管辖,是指确定同级人民法院之间在各自的辖区审理第一审民事案件的分工和权限。根据我国民事诉讼法,地域管辖又可分为一般地域管辖、特殊地域管辖、专属管辖、共同(选择)管辖和协议管辖。

1. 一般地域管辖

一般地域管辖,是指根据当事人的住所地来确定案件诉讼管辖法院。一般地域管辖实行"原告就被告"的原则,即案件由被告住所地的人民法院管辖。被告为自然人的,住所地是指被告的户籍所在地。但被告住所地与经常居住地不一致的,案件由被告经常居住地的人民法院管辖。经常居住地是指公民离开住所至起诉时已经连续居住满一年的地方,但公民住院就医的地方除外。被告为法人或其他组织的,住所地是指法人或其他组织的主要办事机构所在地或主要营业地。

在诉讼实践中,为了方便案件的审理,根据我国民事诉讼法的规定,存在一些"原告就被告"原则的例外,如对不在中华人民共和国领域内居住的人提起的有关身份关系的诉讼或者对下落不明或者宣告失踪的人提起的有关身份关系的诉讼等,案件由原告住所地人民法院管辖。

2. 特殊地域管辖

特殊地域管辖,又称特别管辖,是指不仅以被告住所地,而且以引起诉讼的法律事实的所在地,诉讼标的物所在地来确定案件的管辖法院。特殊地域管辖的主要情形有:

(1)因合同纠纷提起的诉讼,由被告住所地或者合同履行地人民法院管辖。

(2)因保险合同纠纷提起的诉讼,由被告住所地或者保险标的物所在地人民法院管辖。

(3)因票据纠纷提起的诉讼,由票据支付地或者被告住所地人民法院管辖。

(4)因铁路、公路、水上、航空运输和联合运输合同纠纷提起的诉讼,由运输始发地、目的地或者被告住所地人民法院管辖。

(5)因侵权行为提起的诉讼,由侵权行为地或者被告住所地人民法院管辖。

(6)因铁路、公路、水上和航空事故请求损害赔偿提起的诉讼,由事故发生地或者车辆、船舶最先到达地、航空器最先降落地或者被告住所地人民法院管辖。

(7)因船舶碰撞或者其他海事损害事故请求损害赔偿提起的诉讼,由碰撞发生地、碰撞船舶最先到达地、加害船舶被扣留地或者被告住所地人民法院管辖。

(8)因海难救助费用提起的诉讼,由救助地或者被救助船舶最先到达地人民法院管辖。

(9)因共同海损提起的诉讼,由船舶最先到达地、共同海损理算地或者航程终止地的人民法院管辖。

3. 专属管辖

专属管辖,是指法律规定某些特别的案件只能由特定人民法院管辖。专属管辖是排他性管辖,当事人不能以协议方式排除专属管辖或选择其他人民法院管辖。我国民事诉讼法规定,下列案件由规定的人民法院管辖:

(1)因不动产纠纷提起的诉讼,由不动产所在地人民法院管辖;

(2)因港口作业中发生纠纷提起的诉讼,由港口所在地人民法院管辖;

(3)因继承遗产纠纷提起的诉讼,由被继承人死亡时住所地或者主要遗产所在地人民法院管辖。

### 4.共同管辖与选择管辖

共同管辖与选择管辖实际上是一个问题的两个方面。共同管辖,是指对同一案件两个或两个以上的人民法院都有管辖权;选择管辖则指当两个以上的人民法院对案件都有管辖权时,当事人可以选择向其中一个人民法院起诉。在诉讼实践中,如果原告向两个以上有管辖权的人民法院起诉的,由最先立案的人民法院管辖。

### 5.协议管辖

协议管辖,又称约定管辖,是指合同双方当事人在纠纷发生前或发生后,以协议的方式选择管辖法院。协议管辖不同于选择管辖,须具备以下条件:

(1)协议管辖只能适用于合同纠纷;

(2)协议管辖必须采用书面形式,而且协议中必须选择确定单一的管辖法院;

(3)当事人协议选择的管辖范围只限于被告住所地、合同履行地、合同签订地、原告住所地、标的物所在地人民法院;

(4)协议管辖不得违反级别管辖和专属管辖的规定。

### (四)管辖权异议

管辖权异议,是指当事人向受诉人民法院提出的认为该院对案件没有管辖权的主张。管辖权异议是当事人一项重要的诉讼权利,对于维护当事人的合法权益,保证案件得以公正审理具有重要的意义。

人民法院受理案件后,当事人对管辖权有异议的,应当在提交答辩状期间提出。人民法院对当事人提出的异议,应当审查。异议成立的,裁定将案件移送有管辖权的人民法院;异议不成立的,裁定驳回。

## 三、回避

### (一)回避的概念

回避是指与案件有一定利害关系的审判人员和其他有关人员,应退出本案的审理或诉讼活动的审判制度。回避制度的设立,是为了保证案件的公正审理。

根据我国民事诉讼法,适用回避的人员包括:审判人员、书记员、翻译人员、鉴定人、勘验人等。

（二）适用回避的情形

我国民事诉讼法规定，具有下列情形之一的，审判人员或其他有关人员应当予以回避：（1）是本案当事人或者当事人、诉讼代理人的近亲属；（2）与本案有利害关系；（3）与本案当事人有其他关系，可能影响对案件公正审理的。

（三）回避的程序

回避的提出，可以由当事人提出申请，也可以是回避的有关人员主动提出。

当事人提出回避申请，应当在案件开始审理时提出，并说明理由；回避事由在案件开始审理后知道的，也可以在法庭辩论终结前提出。回避申请，当事人可以以口头或书面方式提出。

人民法院对当事人提出的回避申请，应当在申请提出的三日内，以口头或者书面形式作出决定。被申请回避的人员在人民法院作出是否回避的决定前，应当暂停参与本案的工作，但案件需要采取紧急措施的除外。

人民法院作出决定后，申请人对决定不服的，可以在接到决定时申请复议一次。复议期间，被申请回避的人员，不停止参与本案的工作。人民法院对复议申请，应当在三日内作出复议决定，并通知复议申请人。

### 四、诉讼参加人

（一）当事人

1. 当事人的概念

民事诉讼中的当事人，是指因民事权利义务发生纠纷，以自己的名义进行诉讼，并受人民法院裁判约束的利害关系人。当事人有广义和狭义之分，广义的当事人包括原告和被告、共同诉讼人、诉讼代表人和第三人；狭义的当事人仅指原告和被告。

2. 当事人的诉讼权利

当事人在诉讼过程中享有广泛的诉讼权利：

（1）提起诉讼和反驳诉讼的权利。公民、法人和其他组织，在其民事权益受到侵犯时，享有请求司法保护的权利，有权向人民法院提起民事诉讼；被告则有反驳诉讼和提起反诉的权利。

（2）委托诉讼代理人的权利。当事人有权委托诉讼代理人协助其进行诉讼活动。

（3）申请回避的权利。

（4）收集、提供证据的权利。当事人有权向有关单位和个人收集证据，并在诉讼中向人民法院提供证据证明自己的主张。对可能灭失或今后难以取得的证据，当事人还有权要求人民法院采取证据保全措施。

（5）查阅卷宗材料的权利。当事人有权查阅本案有关材料，有权复制本案有关材料和法律文书。

(6)进行陈述、质证和辩论的权利。当事人在诉讼中有权陈述自己的主张,有权对证据进行质证,有权通过辩论反驳对方的主张和论证自己的主张。

(7)请求调解的权利。当事人有权请求法庭对案件进行调解。

(8)自行和解的权利。当事人双方在案件判决前有权通过相互协商进行和解,以终结诉讼。

(9)提起上述的权利。当事人有权对一审判决和裁定,依法向上一级人民法院提起上述。

(10)申请执行的权利。负有义务的一方当事人拒不履行已经生效的裁判,另一方当事人有权向人民法院申请强制执行。

3. 当事人的诉讼义务

当事人应当履行的诉讼义务主要有:依法行使诉讼权利;遵守法庭秩序;自觉履行已经生效的判决书、裁定书和调解书。

(二)共同诉讼人

1. 共同诉讼的概念

共同诉讼是指当事人一方或双方为两人以上的诉讼。在民事诉讼理论中,原告方为两人以上的称为积极的共同诉讼,被告方为两人以上的称为消极的共同诉讼,原被告均为两人以上的称为混合的共同诉讼。在共同诉讼中,居于相同诉讼地位的当事人称为共同诉讼人。共同诉讼,根据诉讼标的性质的不同,可以分为必要的共同诉讼和普通的共同诉讼。

2. 必要的共同诉讼

必要的共同诉讼,是指共同诉讼人有着共同的诉讼标的,人民法院必须合并审理的诉讼。所谓共同的诉讼标的,一般包括两种情况:(1)共同诉讼人对诉讼标的具有共同的权利或义务,如共同共有人因共有财产受侵犯而起诉。(2)基于同一事实或法律上的原因,共同诉讼人之间产生了共同的权利或义务,如共同被告方数人因共同侵权而被起诉。

必要共同诉讼是不可分之诉,全体共同诉讼人应当一同起诉或应诉,人民法院亦必须合并审理。在诉讼实务中,如果只有部分必要共同诉讼人起诉或应诉,人民法院可以根据诉讼当事人的申请,也可以依职权追加其余的共同诉讼人参加诉讼。在必要的共同诉讼中,共同诉讼人中一人的诉讼行为,经其他共同诉讼人承认的,对其他共同诉讼人发生效力。

3. 普通的共同诉讼

普通的共同诉讼,是指当事人一方或者双方为两人以上,其诉讼标的属同一种类,经当事人同意,人民法院认为可以合并审理的诉讼。构成普通共同诉讼,须具备下列条件:

(1)几个独立的诉讼,其诉讼标的属于同一种类。如某企业排放污染物,致甲、乙、丙三家农户的农作物受损,三家农户分别提起诉讼。

(2)上述诉讼归同一人民法院管辖,适用同一诉讼程序。

(3)人民法院认为可以合并审理,且当事人同意合并审理。

在普通共同诉讼中,因共同诉讼人对诉讼标的没有共同的权利或义务,他们的诉讼行为相互独立,其中一人的诉讼行为对其他共同诉讼人不发生效力。

(三)诉讼代表人

诉讼代表人,是指在人数众多的共同诉讼中,为方便诉讼,而在共同诉讼人中确定的,代表该方进行诉讼的人。在诉讼实务中,人数众多一般指共同诉讼人人数为 10 人以上。根据我国民事诉讼法的规定,诉讼代表人可以分为两种,即人数确定的诉讼代表人和人数不确定的诉讼代表人。

人数确定的诉讼代表人,是指由起诉时人数确定的众多的共同诉讼人推选出来作为代表,代替全体共同诉讼人参加诉讼的人。

人数不确定的诉讼代表人,是指起诉时一方共同诉讼人的人数尚难确定,基于该方当事人的推选或依照法律程序确定代表人,由其代表进行诉讼的人。在该诉讼中,诉讼代表人首先应该由已向人民法院登记权利的那部分共同诉讼人推选;如果推选不成,由人民法院和已登记权利的共同诉讼人协商确定;协商不成,由人民法院指定。人民法院对人数不确定的代表人诉讼作出裁判后,裁判的拘束力仅及于参加登记的权利人,对于未参加登记的权利人没有直接的拘束力,但有预决效力,即如果未登记的权利人在诉讼时效期间内,以相同的事实和理由提起诉讼的,对其直接适用该裁判。

在代表人诉讼中,诉讼代表人的诉讼行为,原则上对被代表的全体当事人产生法律效力,但其变更、放弃诉讼请求或承认对方当事人的诉讼请求、与对方当事人达成和解或调解协议等,必须经被代表的当事人同意。

(四)第三人

1. 第三人的概念

民事诉讼中的第三人,是指对他人之间的诉讼标的有独立的请求权,或者虽然没有独立请求权,但案件的处理结果与其有法律上的利害关系,而参加他人之间已经开始的诉讼的人。根据我国民事诉讼法,第三人可以分为有独立请求权的第三人和无独立请求权的第三人。

2. 有独立请求权的第三人

有独立请求权的第三人,是指对他人之间的诉讼标的,主张独立的请求权,而参加到原、被告之间正在进行的诉讼的人。在该诉讼中,第三人既不同意原告的主张,也不同意被告的主张,而是认为他们的诉讼行为损害了他的利益,从而对诉讼标的提出自己独立的主张。第三人以起诉的方式参加诉讼,并将本诉的原告和被告作为被告,而自己在诉讼中享有原告的诉讼权利。人民法院对有独立请求权的第三人参加的诉讼,应与本诉合并审理,并合一判决。

### 3. 无独立请求权的第三人

无独立请求权的第三人,是指对他人之间的诉讼标的虽然没有独立的请求权,但案件的裁判结果与其有法律上的利害关系,而参加诉讼的人。第三人与案件的裁判结果有法律上的利害关系,通常是由于第三人与诉讼当事人一方有某种法律关系,而该法律关系又与发生诉讼的法律关系有密切的联系,法院对后一法律关系的裁判会直接影响到前一法律关系中当事人的权利义务,第三人为此参加诉讼维护自身利益。

无独立请求权的第三人,在诉讼中一般处于辅助人的地位,依附于被参加的一方当事人进行诉讼。第三人虽然享有一定的诉讼权利,但不享有处分实体权利有关的诉讼权利,不能提起独立的诉讼,无权申请撤诉,无权放弃或变更诉讼请求。无独立请求权的第三人可以自己主动申请参加诉讼,也可以由人民法院通知其参加诉讼。

### (五)诉讼代理人

民事诉讼代理人,是指依据法律规定或者当事人的授权,在民事诉讼中为当事人的利益进行诉讼活动的人。诉讼代理人以被代理人的名义在代理权限范围内实施诉讼行为,该行为的法律后果由被代理人承担。根据代理权产生原因的不同,可以将诉讼代理人分为三类,即委托诉讼代理人、法定诉讼代理人和指定诉讼代理人。在诉讼实践中,委托诉讼代理人是最常见、最重要的一种。

委托诉讼代理人,是指受诉讼当事人或法定代理人的委托而代为进行诉讼活动的人。我国民事诉讼法规定,当事人、法定代理人可以委托一至二人作为诉讼代理人。律师、当事人的近亲属、有关的社会团体或者所在单位推荐的人、经人民法院许可的其他公民,都可以被委托为诉讼代理人。

委托他人代为诉讼,必须向人民法院提交由委托人签名或者盖章的授权委托书。授权委托书必须记明委托事项和权限。诉讼代理人代为承认、放弃、变更诉讼请求,进行和解,提起反诉或者上诉,必须有委托人的特别授权。

## 五、民事诉讼证据

### (一)证据的概念和特征

民事诉讼证据,是指能够证明案件真实情况的事实材料。当事人发生纠纷,诉诸法院,提出自己的权利主张,必须提供相关证据。民事诉讼证据具有以下特征:

1. 证据的客观性。证据必须是客观存在的事实材料。

2. 证据的关联性。证据必须与案件事实存在内在的联系,能够证明待证案件事实的全部或一部。

3. 证据的合法性。证据应当依照法定要求和法定程序取得,违反法律规定收集的证据材料不能作为民事诉讼的证据。

（二）证据的种类

根据我国民事诉讼法的规定，民事诉讼的证据主要有下列七种：

1. 书证。书证是指以文字、符号、图案等表示的内容来证明案件事实的书面材料。诉讼实践中，常见的书证如：合同书、证明书、信函、票据、各类证书、各类单据、图纸等。当事人向人民法院提交书证，应当提交原件。提交原件确有困难的，可以提交复印件、照片、副本、节录本等。

2. 物证。物证是指以自己存在的形态、质量、规格、特征等来证明案件事实的物品或痕迹。与书证不同的是，书证主要以其记载的文字内容来证明案件事实，而物证则以其存在的状态来证明案件事实。常见的物证如：在侵权案件中，被损坏的所有物、侵犯商标权的产品等。当事人提交物证，应当提交原物。提交原物确有困难的，可以提交复制品、照片等。

3. 视听资料。视听资料是指以声音、图像及其他视听信息来证明案件事实的录像带、录音带、计算机储存的资料等信息材料。视听资料具有信息量大、内容直观等优点，但同时又有易被伪造、篡改等缺点。因此，人民法院对视听资料，应当辨别真伪，并结合本案的其他证据，审查确定能否作为认定事实的根据。

4. 证人证言。证人证言是指当事人之外了解案件有关情况的人，向人民法院所作的有关案件事实的陈述。我国民事诉讼法规定，凡是知道案件情况的单位和个人，都有义务出庭作证，但不能正确表达意志的人不能作证。证人确有困难不能出庭的，经人民法院许可，可以提交书面证言，书面证言应当在庭审中，由审判人员当庭宣读。

5. 当事人陈述。当事人陈述是指当事人就案件事实所作的陈述。当事人是案件事实的亲历者，其对案件的陈述本应该最为真实、最为全面，但由于案件的裁判结果与当事人有直接的利害关系，其陈述就可能存在一定的虚假性和片面性。因此人民法院对当事人的陈述，应当结合本案的其他证据，来审查确定能否作为认定事实的根据。

6. 鉴定结论。鉴定结论是指鉴定人运用自己的专业知识对案件的专门性问题经分析、鉴别后所作的结论性意见。人民法院对需要鉴定的问题，应当交由法定鉴定部门鉴定；没有法定鉴定部门的，由人民法院指定的鉴定部门鉴定。鉴定结束，鉴定部门和鉴定人应当提出书面鉴定结论，在鉴定书上签名或者盖章。

7. 勘验笔录。勘验笔录是指勘验人员对被勘验的现场或物品所作的记录。我国民事诉讼法规定，勘验人勘验物证或者现场，必须出示人民法院的证件，并邀请当地基层组织或者当事人所在单位派人参加。有关单位和个人根据人民法院的通知，有义务保护现场，协助勘验工作。勘验人应当将勘验结果制作成笔录，由勘验人、当事人和被邀参加人签名或者盖章。

（三）举证责任

举证责任，是指当事人对自己提出的主张，有提供证据加以证明的责任。我国《民事诉讼法》规定："当事人对自己提出的主张,有责任提供证据。"在民事诉讼中,通常采用"谁主张,谁举证"的原则,这意味着,诉讼中的当事人,包括原告、被告、第三人等,都有责任对自己的主张提供证据加以证明。不能举证或举证不充分,往往导致当事人的主张不能成立。

就举证顺序而言,通常是原告首先对自己提出的主张进行举证,然后由被告反驳并对反驳意见进行举证。但在有些案件中,由原告首先承担举证责任,存有困难或者显失公平,因而我国民事诉讼法规定,在一定条件下实行举证责任倒置,即对原告提出的侵权事实,被告否认的,由被告负担举证责任,如果被告举证失败,则应承担败诉的法律后果。根据我国民事诉讼法,举证责任倒置主要适用于一些特殊的侵权案件,主要包括:(1)因产品制造方法发明专利引起的专利侵权诉讼;(2)因高度危险作业致人损害的侵权诉讼;(3)因环境污染引起的损害赔偿诉讼;(4)建筑物或者其他设施以及建筑物上的搁置物、悬挂物发生倒塌、脱落、坠落致人损害的侵权诉讼;(5)饲养动物致人损害的侵权诉讼;(6)有关法律规定由被告承担举证责任的。

(四)证据保全

证据保全,是指在证据可能灭失或者以后难以取得的情况下,人民法院对证据进行保护而采取的一项措施。证据保全通常由当事人向人民法院提出申请,但在有些情况下,人民法院也可以主动采取保全措施。在诉讼实践中,当事人应该对证据的保存和保护予以充分的重视,防止证据的灭失。

### 六、财产保全和先予执行

(一)财产保全

1. 财产保全的概念和种类

财产保全,是指有关财产存在被转移、隐匿、毁灭等可能,从而导致人民法院将来的判决可能难以执行或不能执行,因而人民法院对有关财产采取保护的一种强制措施。财产保全对于保护诉讼参与人的合法权益,维护人民法院判决的权威性具有重要的意义。依据采取财产保全措施时间的不同,财产保全可以分为诉讼保全和诉前保全。

(1)诉讼保全。诉讼保全是指在当事人起诉以后,在诉讼过程中,对于可能因当事人一方的行为或者其他原因,使判决不能执行或者难以执行的案件,人民法院根据当事人的申请或者依职权决定对有关财产采取保护的强制措施。采取诉讼保全,应当具备下列条件:存在各种主客观原因可能使人民法院的判决将来难以执行或不能执行;采取保全措施,可以根据当事人的申请,如果当事人没有申请,人民法院在必要的时候也可以依职权进行;人民法院采取财产保全措施,可以责令申请人提供担保;申请人不提供担保的,驳回申请。

(2)诉前保全。诉前保全是指在当事人起诉前,因情况紧急,不立即申请财产保全将会使其合法权益受到难以弥补的损害,人民法院根据利害关系人的申请对有关财产采取保护的强制措施。诉前保全应当具备下列条件:因案件情况紧急,不立即申请财产保全将会使权利人的合法权益受到难以弥补的损害;人民法院采取诉前保全必须因利害关系人的申请;申请人应当提供担保,不提供担保的,人民法院驳回申请。

2. 财产保全的范围和措施

根据我国民事诉讼法的规定,财产保全仅限于请求的范围或与本案有关的财物。一般而言,采取保全措施的财产价值与诉讼请求相当。

采取财产保全的措施有:查封、扣押、冻结或法律规定的其他办法。

3. 财产保全的程序

对于申请人的申请,如果是诉前保全,人民法院必须在接受申请后四十八小时内作出裁定;如果是诉讼保全,情况紧急的,人民法院也必须在四十八小时内作出裁定。申请符合法定条件的,人民法院应当裁定采取财产保全,并在作出裁定后,立即开始执行。人民法院要求申请人提供担保,申请人不提供的,应当驳回申请。

当事人对财产保全的裁定不服的,可以申请复议一次,但复议期间不停止裁定的执行。

申请人在人民法院采取保全措施后十五日内不起诉的,人民法院应当解除财产保全。被申请人提供担保的,人民法院也应当解除财产保全。

如果申请人申请有错误的,申请人应当赔偿被申请人因财产保全所遭受的损失。

(二)先予执行

1. 先予执行的概念和条件

先予执行,是指人民法院在判决生效之前,为解决权利人生活或生产经营的急迫需要,依权利人申请,依法裁定义务人预先履行义务的制度。人民法院裁定先予执行,应当符合下列条件:

(1)当事人之间权利义务关系明确。

(2)权利人生活困难或生产急需,不先予执行将严重影响其正常生活或生产。

(3)被申请人有履行能力。

人民法院可以责令申请人提供担保,申请人不提供担保的,驳回申请。

2. 先予执行的适用范围

根据我国民事诉讼法的规定,对下列案件,人民法院可以裁定先予执行:

(1)追索赡养费、扶养费、抚育费、抚恤金、医疗费用的案件。

(2)追索劳动报酬的案件。

(3)其他因情况紧急需要先予执行的案件。

3. 先予执行的程序

人民法院裁定先予执行必须有权利人的书面申请,不能主动裁定先予执行。对于符合条件的申请,人民法院应当及时作出先予执行的裁定,裁定生效后立即执行。裁定作出后,当事人对裁定不服的,可以申请复议一次,但复议期间不停止裁定的执行。

案件判决生效后,如果申请人胜诉的,先予执行的财物应当在判决书中予以说明,并在被申请人给付的金额中予以扣除;如果申请人败诉,先予执行的财物应予返还,并赔偿被申请人因先予执行遭受的财产损失。

### 七、民事审判程序

#### (一)第一审普通程序

第一审普通程序,是指人民法院审理第一审民事案件所通常适用的程序。它是我国民事诉讼的基础性程序,应用最广泛,也是民事审判程序中最完整、最系统的程序。在简易程序、特别程序和二审程序中,除有特别规定的以外,都适用第一审普通程序的有关规定。第一审普通程序主要包括:起诉与受理、审理前的准备、开庭审理等阶段。

1. 起诉与受理

起诉,是指当事人为了维护自己的合法权益,向人民法院提起诉讼,请求人民法院按照法定程序进行审判的行为。起诉是人民法院对民事案件行使审判权的前提。

根据我国民事诉讼法的规定,起诉必须符合下列条件:(1)原告是与本案有直接利害关系的公民、法人和其他组织;(2)有明确的被告;(3)有具体的诉讼请求和事实、理由;(4)属于人民法院受理民事诉讼的范围和受诉人民法院管辖。

当事人起诉应当向人民法院递交起诉状,并按照被告人数提出副本。如果当事人书写起诉状确有困难的,可以口头起诉,由人民法院记入笔录,并告知对方当事人。起诉状应当记明下列事项:(1)当事人的姓名、性别、年龄、民族、职业、工作单位和住所,法人或者其他组织的名称、住所和法定代表人或者主要负责人的姓名、职务;(2)诉讼请求和所根据的事实与理由;(3)证据和证据来源,证人姓名和住所。

受理,是指人民法院通过对当事人的起诉进行审查,认为符合法定条件的,决定立案审理的行为。人民法院收到起诉状或者口头起诉后,应当进行审查,认为符合起诉条件的,应当在七日内立案,并通知当事人;认为不符合起诉条件的,应当在七日内裁定不予受理,并说明理由。原告对人民法院不予受理的裁定不服的,可以在收到裁定书之日起十日内向上一级人民法院提起上诉。

2. 审理前的准备

审理前的准备,是指人民法院在案件受理后、开庭审理前,为保证庭审的顺利进行所作的各项准备工作。审理前的准备是案件审判的必经程序,对于保障诉讼的正常进行具有重要的意义。根据我国民事诉讼法,审理前的准备工作主要有:

(1)送达起诉状及答辩状副本。人民法院应当在立案之日起五日内将起诉状副本发送被告,被告在收到之日起十五日内提出答辩状。如果被告提出答辩状的,人民法院应当在收到之日起五日内将答辩状副本发送原告。被告不提出答辩状的,不影响人民法院审理。

(2)告知当事人诉讼权利义务及合议庭组成人员。对于决定受理的案件,人民法院应当在受理案件通知书和应诉通知书中向当事人告知有关的诉讼权利和诉讼义务,以利于诉讼的正常进行。合议庭组成人员确定后,人民法院应当在三日内告知当事人,以便当事人及时行使申请回避权。

(3)审阅诉讼材料,调查收集必要的证据。办案的审判人员通过审阅诉讼材料,初步了解案情,掌握诉讼争议的问题,确定当事人提供的证据是否充分,确定是否需要人民法院调查收集必要的证据,查阅掌握有关法律及一些相关专业知识等,为开庭审理做好充分的准备。在调查收集证据的过程中,人民法院认为有关问题需要人民法院勘验或者委托鉴定的,应当进行勘验或者委托鉴定。在必要时,受诉人民法院可以委托外地人民法院调查。

3. 开庭审理

开庭审理,是指在人民法院审判人员的主持下,在当事人和其他诉讼参与人的参加下,依照法定程序,对案件进行审理的全部诉讼过程。开庭审理是第一审普通程序的中心环节。

人民法院开庭审理民事案件,除涉及国家秘密、个人隐私或者法律另有规定的以外,应当公开进行。但离婚案件,涉及商业秘密的案件,当事人申请不公开审理的,可以不公开审理。

开庭审理主要有以下几个阶段组成:

(1)开庭审理前的准备。人民法院审理民事案件,应当在开庭三日前用传票通知当事人,用出庭通知书送达其他诉讼参与人。对于公开审理的案件,人民法院应当在开庭三日前公告当事人姓名、案由和开庭的时间、地点。

(2)宣布开庭。首先由书记员查明当事人和其他诉讼参与人是否到庭,并宣布法庭纪律。之后,由审判长核对当事人,并宣布案由,宣布审判人员、书记员名单,告知当事人有关的诉讼权利和义务,询问当事人是否提出回避申请。

(3)法庭调查。法庭调查的主要任务是核对事实和审查证据。法庭调查按照下列顺序进行:当事人陈述;告知证人的权利义务,证人作证,宣读未到庭的证人证言;出示书证、物证和视听资料;宣读鉴定结论;宣读勘验笔录。法庭调查中,当事人可以提出新的证据。同时,当事人经法庭许可,可以向证人、鉴定人、勘验人发问。当事人要求重新进行调查、鉴定或者勘验的,是否准许,由人民法院决定。

(4)法庭辩论。法庭辩论是当事人行使辩论权的集中体现。通过当事人对案件争议事实和法律问题的辩驳和论证,进一步查明案件事实,为人民法院正确适用法律、作出裁判打下基础。法庭辩论按照下列顺序进行:原告及其诉讼代理人发言;被告及其诉讼代理人答辩;第三人及其诉讼代理人发言或者答辩;互相辩论。法庭辩论终结,原告、被告及第三人依先后顺序发表最后意见。

(5)评议和宣判。法庭辩论终结后,由审判长宣布休庭,合议庭组成人员进入评议室对案件进行评议。评议完毕,由审判长宣布继续开庭,宣告判决结果。无论案件是否公开审理,宣告判决一律公开进行。当庭宣判的,应当在十日内发送判决书;定期宣判的,宣判后立即发给判决书。在宣告判决时,人民法院必须告知当事人上诉权利、上诉期限和上诉的法院。

在开庭审理中,案件能够调解的,人民法院可以进行调解,调解不成的,应当及时判决。如果当事人缺席审理的,如下处理:原告经传票传唤,无正当理由拒不到庭的,或者未经法庭许可中途退庭的,可以按撤诉处理;被告经传票传唤,无正当理由拒不到庭的,或者未经法庭许可中途退庭的,人民法院可以缺席判决。

此外,人民法院对诉讼过程中有关程序问题和其他必须及时解决的问题可以做出裁定。除不予受理、管辖权异议和驳回起诉的裁定可以允许当事人上诉的以外,其他裁定一经宣布或送达,立即生效。

人民法院适用普通程序审理的案件,应当在立案之日起六个月内审结。有特殊情况需要延长的,由本院院长批准,可以延长六个月;还需要延长的,报请上级人民法院批准。

(二)简易程序

简易程序,是指基层人民法院和其派出法庭审理简单民事案件所适用的程序。简易程序是独立的第一审程序,相对于普通程序而言,在诉讼程序方面作了简化,可以说是简化的普通程序。简易程序的设立,对于便利人民群众诉讼、提高人民法院办案效率,具有重要意义。

适用简易程序的法院,只能是基层人民法院和其派出法庭。而且简易程序只能适用于案件事实清楚、权利义务关系明确、争议不大的简单的民事案件。

适用简易程序的案件,原告可以口头起诉。当事人双方也可以同时到基层人民法院或者它派出的法庭,请求解决纠纷。基层人民法院或者它派出的法庭可以当即审理,也可以另定日期审理。案件审理采用独任审判制,由审判员一人独任审理。审理程序简单,不受普通程序有关规定的限制。

适用简易程序审理的案件,人民法院应当在立案之日起三个月内审结。

(三)特别程序

特别程序,是指人民法院审理几类特殊的非民事权益争议案件所适用的程序。根据我国民事诉讼法的规定,适用特别程序审理的案件可以分为两类,即选民资格案件和非讼案件。非讼案件包括:宣告失踪或宣告死亡案件,认定公民无民事行为能力或限制民事行为能力案件和认定财产无主案件。

适用特别程序审理的案件,实行一审终审制,判决书一经送达立即生效,当事人不得上诉。除选民资格案件或者重大、疑难的非讼案件，必须由审判员组成合议庭审理外，其他案件由审判员一人独任审理。

人民法院审理选民资格案件，必须在选举日前审结，其他非讼案件，应当在立案之日起30日内或公告期满后30日内审结。

（四）第二审程序

第二审程序，又称上诉审程序，是指当事人不服第一审裁判，在上诉期内提出上诉，由上一级人民法院对案件进行审理的程序。第二审程序并不是民事诉讼的必经程序，其因当事人的上诉而发生。第二审程序包括上诉的提起与受理、上诉案件的审理、上诉案件的裁判等阶段。

1. 上诉的提起与受理

当事人不服人民法院的第一审判决或裁定，有权向上一级人民法院提起上诉。当事人不服判决的上诉期间为十五日，不服裁定的上诉期间为十日，均自裁判文书送达之日起算。当事人逾期不上诉，一审判决或裁定即发生法律效力，案件诉讼亦告终结。

当事人提起上诉应当递交上诉状。上诉状的内容应当包括：当事人的姓名，法人的名称及其法定代表人的姓名或者其他组织的名称及其主要负责人的姓名；原审人民法院名称、案件的编号和案由；上诉的请求和理由。上诉状应当通过原审人民法院提出，如果当事人直接向第二审人民法院上诉的，第二审人民法院应当在五日内将上诉状移交原审人民法院。

原审人民法院收到当事人的上诉状后，应当在五日内将上诉状副本送达对方当事人，对方当事人应当在收到之日起十五日内提出答辩状。如果对方当事人不提出答辩状的，不影响人民法院审理。原审人民法院收到上诉状、答辩状后，应当在五日内连同全部案卷和证据，报送第二审人民法院。

2. 上诉案件的审理

第二审人民法院审理上诉案件，应当组成合议庭，并对上诉请求的有关事实和适用法律进行审查。根据我国民事诉讼法的相关规定，上诉案件的审理应当围绕上诉人的上诉请求进行，但判决违反法律的禁止性规定、侵害社会公共利益或者他人权益的除外。合议庭对上诉案件应当开庭审理，但经过阅卷和调查，询问当事人，在事实核对清楚后，合议庭认为不需要开庭审理的，也可以径行判决、裁定。上诉案件宣判之前，上诉人可以撤回上诉，是否准许，由第二审人民法院裁定。

3. 上诉案件的裁判

第二审人民法院对上诉案件，经过审理，按照下列情形，分别处理：

（1）原判决认定事实清楚，适用法律正确的，判决驳回上诉，维持原判决；

（2）原判决适用法律错误的，依法改判；

（3）原判决认定事实错误，或者原判决认定事实不清，证据不足，裁定撤销原判决，发

回原审人民法院重审,或者查清事实后改判;

(4)原判决违反法定程序,可能影响案件正确判决的,裁定撤销原判决,发回原审人民法院重审。

当事人对重审案件的判决、裁定,可以上诉。

上诉案件的审理,第二审人民法院可以进行调解。当事人达成调解协议的,人民法院应当制作成调解书,并经送达生效后,原审人民法院的判决即被视为撤销。

当事人不服判决的上诉案件审理,人民法院应当在第二审立案之日起三个月内审结。有特殊情况需要延长的,由本院院长批准。人民法院审理对裁定的上诉案件,应当在第二审立案之日起三十日内作出终审裁定。

第二审人民法院的判决、裁定,是终审的判决、裁定,当事人不得再行上诉。

(五)审判监督程序

1. 审判监督程序的概念

审判监督程序,又称再审程序,是指对于已经发生法律效力的判决、裁定、调解书,发现确有错误的,人民法院依法对案件进行重新审理的程序。审判监督程序是诉讼程序的特殊阶段,是"实事求是"原则在审判工作中的体现,其目的在于纠正错误的裁判,保护当事人的合法权益,维护法律的公正。

2. 审判监督程序的提起

根据我国民事诉讼法的规定,提起审判监督程序的原因有:

(1)人民法院提起再审。各级人民法院院长对本院已经发生法律效力的判决、裁定,发现确有错误,认为需要再审的,应当提交审判委员会讨论决定是否再审。最高人民法院对地方各级人民法院已经发生法律效力的判决、裁定,上级人民法院对下级人民法院已经发生法律效力的判决、裁定,发现确有错误的,有权提审或者指令下级人民法院再审。

(2)当事人申请再审。当事人对已经发生法律效力的判决、裁定,认为有错误的,可以向原审人民法院或者上一级人民法院申请再审。但对已经发生法律效力的解除婚姻关系的判决,当事人不得申请再审。申请再审,当事人应当在判决、裁定发生法律效力后两年内提出。当事人申请再审必须具备法定的事实和理由。我国民事诉讼法规定,当事人申请符合下列情形之一的,人民法院应当再审:①有新的证据,足以推翻原判决、裁定的;②原判决、裁定认定事实的主要证据不足的;③原判决,裁定适用法律确有错误的;④人民法院违反法定程序,可能影响案件正确判决、裁定的;⑤审判人员在审理该案件时有贪污受贿、徇私舞弊、枉法裁判行为的。对于已经发生法律效力的调解书,当事人如果提出证据证明调解违反自愿原则或者调解协议的内容违反法律的,也可以申请再审,人民法院经审查认为属实的,应当再审。

(3)人民检察院提出抗诉引起再审。人民检察院是我国的法律监督机关,有权亦有职责对人民法院的民事审判活动实行法律监督。根据我国民事诉讼法的规定,最高人民检察院对各级人民法院已经发生法律效力的判决、裁定,上级人民检察院对下级人民法院已经发生法律效力的判决、裁定,发现有下列情形之一的,应当按照审判监督程序提出抗诉:①原判决、裁定认定事实的主要证据不足的;②原判决、裁定适用法律确有错误的;③人民法院违反法定程序,可能影响案件正确判决、裁定的;④审判人员在审理该案件时有贪污受贿、徇私舞弊、枉法裁判行为的。对于人民检察院提出抗诉的案件,人民法院应当再审。

3. 再审案件的审理

按照审判监督程序决定再审的案件,人民法院首先应该裁定中止原判决的执行。再审法院审理再审案件,如果原生效的判决、裁定是由第一审法院作出的,按照第一审程序审理,所作的裁判,当事人可以上诉;如果原判决、裁定是由第二审法院作出的,或者上级人民法院按照审判监督程序提审的案件,按照第二审程序审理,所作的裁判是终审裁判,当事人不得上诉。审理再审案件,再审法院应当另行组成合议庭。

(六)督促程序

督促程序,是指人民法院根据债权人的申请,依法向债务人发出支付令,督促债务人履行给付义务的一种非讼程序。随着我国经济的迅速发展,债权债务纠纷大量增加,对于其中一些债权债务关系明确的案件,适用督促程序,有利于减轻当事人和人民法院的诉讼负担。

根据我国民事诉讼法的规定,债权人向有管辖权的基层人民法院申请支付令,须符合下列条件:(1)债权人申请给付的范围,仅限于给付金钱和有价证券;(2)债权人与债务人没有其他债务纠纷的;(3)支付令能够送达债务人的。同时,申请书应当写明请求给付金钱或者有价证券的数量和所根据的事实、证据。

债权人提出申请后,人民法院应当在五日内通知债权人是否受理。申请不成立的,人民法院裁定予以驳回。人民法院受理申请后,经审查认为债权债务关系明确、合法的,应当在受理之日起十五日内向债务人发出支付令。债务人应当自收到支付令之日起十五日内清偿债务,或者向人民法院提出书面异议。债务人不提出异议又不履行支付令的,债权人可以向人民法院申请执行。如果债务人提出书面异议的,人民法院应当裁定终结督促程序,支付令自行失效,债权人可以通过起诉来解决其与债务人之间的纠纷。

(七)公示催告程序

公示催告程序,是指人民法院根据丧失票据的当事人的申请,以公告方式催促利害关系人及时申报权利,否则宣告票据无效的一种非讼程序。公示催告程序的设立主要是为了保护丧失票据的票据持有人的合法权益。

根据我国民事诉讼法的规定,依法可以背书转让的票据持有人,因票据被盗、遗失或者灭失,可以向票据支付地的基层人民法院申请公示催告。人民法院决定受理申请,应当同时通知支付人停止支付,并在三日内发出公告,催促利害关系人申报权利。公示催告的期间,由人民法院根据情况决定,但不得少于六十日。公示催告期间,转让票据权利的行为无效。

利害关系人应当在公示催告期间向人民法院申报。人民法院收到利害关系人的申报后,应当裁定终结公示催告程序,并通知申请人和支付人。申请人或者申报人就其票据权利纠纷可以向人民法院起诉。如果没有人申报的,人民法院应当根据申请人的申请,作出除权判决,宣告票据无效。判决应当公告,并通知支付人。自判决公告之日起,申请人有权向支付人请求支付。利害关系人因正当理由不能在判决前向人民法院申报的,自知道或者应当知道判决公告之日起一年内,可以向作出判决的人民法院起诉,请求撤销除权判决。

(八)企业法人破产还债程序

企业法人破产还债程序,是指人民法院审理非全民所有制企业法人破产还债案件所适用的程序。我国民事诉讼法规定,企业法人因严重亏损,无力清偿到期债务,企业法人的债权人可以向人民法院申请宣告该企业法人(或称债务人)破产还债,债务人自己也可以向人民法院申请宣告破产还债。

人民法院裁定宣告进入破产还债程序后,应当在十日内通知债务人和已知的债权人,并发出公告。债权人应当在收到通知后三十日内,未收到通知的债权人应当自公告之日起三个月内,向人民法院申报债权。债权人逾期未申报债权的,即视为放弃债权。登记在册的全体债权人可以组成债权人会议,负责讨论通过破产财产的处理和分配方案或者和解协议。人民法院组织有关机关和有关人员成立清算组织。清算组织负责破产财产的保管、清理、估价、处理和分配,并可以依法代表破产企业进行必要的民事活动。

债务人的财产,除担保财产外,列入破产还债的财产,其中包括担保财产的价款超过其所担保的债务数额的部分。破产财产优先拨付破产费用后,按照下列顺序清偿:(1)破产企业所欠职工工资和劳动保险费用;(2)破产企业所欠税款;(3)破产债权。破产财产不足清偿同一顺序的清偿要求的,按照比例分配。

(九)执行程序

1. 执行程序的概念

执行程序,是指人民法院对已经发生法律效力的民事判决、裁定、调解书和其他法律文书,负有义务履行的当事人拒不履行时,依法强制其履行的程序。执行程序不是民事诉讼的必经程序,只有在当事人不自觉履行法律文书所确定的义务时方始发生。执行程序,可以说是诉讼当事人和其他权利人实现其合法权益的最终途径,同时对于维护社会的正常秩序和国家法律的严肃性亦具有重要意义。

2. 执行根据和执行的法院

作为执行根据的法律文书主要包括两类:(1)人民法院发生法律效力的民事判决书、裁定书、调解书、支付令,以及刑事判决、裁定中的财产部分;(2)由有关机关制作的依法可以向人民法院申请执行的其他法律文书,如仲裁机构的裁决书、调解书,公证机关依法赋予强制执行效力的债权文书等。上述第一项法律文书由原第一审人民法院执行,第二项法律文书由被执行人所在地或执行财产所在地的人民法院执行。

### 3. 执行的申请

当事人拒绝履行发生法律效力的法律文书,对方当事人可以向有管辖权的人民法院申请执行,人民法院应当执行。申请执行的期限,双方或者一方当事人是公民的为一年,双方是法人或者其他组织的为六个月。上述期限,从法律文书规定履行期间的最后一日起计算;法律文书规定分期履行的,从规定的每次履行期间的最后一日起计算。

### 4. 执行措施

执行措施,是指人民法院依照法定程序,强制执行生效的法律文书的方法和手段。根据我国民事诉讼法的规定,执行措施主要有:(1)查询、冻结、划拨被执行人的存款;(2)扣留、提取被执行人的收入;(3)查封、扣押、拍卖、变卖被执行人的财产;(4)搜查被执行人的财产;(5)强制被执行人交付法律文书制定的财务或者票证;(6)强制被执行人迁出房屋或退出土地;(7)强制被执行人履行法律文书指定的行为;(8)办理财产权证照转移手续;(9)强制被执行人支付迟延履行期间债务利息及迟延履行金。

### 5. 执行异议和执行和解

在执行过程中,案外人对执行标的提出异议的,人民法院应当按照法定程序进行审查。理由不成立的,予以驳回;理由成立的,人民法院中止执行。如果发现法院的判决、裁定确有错误,按照审判监督程序处理。

在执行过程中,双方当事人可以自行和解。和解达成协议的,人民法院执行员应当将协议内容记入笔录,由双方当事人签名或者盖章。如果一方当事人不履行和解协议的,人民法院可以根据对方当事人的申请,恢复对原法律文书的执行。

### 6. 执行中止和执行终结

我国民事诉讼法规定,有下列情形之一的,人民法院应当裁定中止执行:(1)申请人表示可以延期执行的;(2)案外人对执行标的提出确有理由的异议的;(3)作为一方当事人的公民死亡,需要等待继承人继承权利或者承担义务的;(4)作为一方当事人的法人或者其他组织终止,尚未确定权利义务承受人的;(5)人民法院认为应当中止执行的其他情形。中止的情形消失后,人民法院应当恢复执行。

有下列情形之一的,人民法院应当裁定终结执行:(1)申请人撤销申请的;(2)据以执行的法律文书被撤销的;(3)作为被执行人的公民死亡,无遗产可供执行,又无义务承担人的;(4)追索赡养费、扶养费、抚育费案件的权利人死亡的;(5)作为被执行人的公民因生活困难无力偿还借款,无收入来源,又丧失劳动能力的;(6)人民法院认为应当终结执行的其他情形。

人民法院中止和终结执行的裁定,送达当事人后立即生效。

### 八、涉外民事诉讼程序的特别规定

**(一)涉外民事诉讼程序概述**

涉外民事诉讼程序,是人民法院审理指含有涉外因素的民事案件所适用的程序。所谓涉外因素是指:诉讼当事人一方或双方是外国人、无国籍人、外国企业或组织;引起当事人之间民事法律关系产生、变更、消灭的法律事实发生在外国;诉讼当事人争议的标的物在外国。具有上述因素之一的民事诉讼,就是涉外民事诉讼。对于涉外民事诉讼程序,我国民事诉讼法针对涉外民事诉讼的一些特殊情况作了一些特别规定,因此,人民法院审理涉外民事案件时,有特别规定的,适用特别规定;没有特别规定的,适用民事诉讼法的其他规定。

涉外民事诉讼程序的一般原则包括:(1)适用我国民事诉讼法的原则;(2)适用我国缔结或参加的国际条约的原则;(3)司法豁免原则;(4)委托中国律师代理诉讼的原则;(5)使用我国通用的语言、文字原则。涉外民事诉讼程序的一般原则,是国家主权原则的体现。

**(二)涉外民事诉讼管辖**

为了便于人民法院审理涉外民事诉讼案件,便于当事人进行诉讼活动,并在尊重国家主权和参照国际惯例的前提下,我国民事诉讼法对涉外民事诉讼的管辖作了专门规定。

因合同纠纷或者其他财产权益纠纷,对在中华人民共和国领域内没有住所的被告提起的诉讼,如果合同在中华人民共和国领域内签订或者履行,或者诉讼标的物在中华人民共和国领域内,或者被告在中华人民共和国领域内有可供扣押的财产,或者被告在中华人民共和国领域内设有代表机构,可以由合同签订地、合同履行地、诉讼标的物所在地、可供扣押财产所在地、侵权行为地或者代表机构住所地人民法院管辖。

对于涉外合同或者涉外财产权益纠纷的案件,我国民事诉讼法允许当事人协议选择管辖,即可以用书面协议选择与争议有实际联系的地点的法院管辖。如果当事人选择中华人民共和国人民法院管辖的,不得违反民事诉讼法关于级别管辖和专属管辖的规定。但同时,对于因在中华人民共和国履行中外合资经营企业合同、中外合作经营企业合同、中外合作勘探开发自然资源合同发生纠纷提起的诉讼案件,只能由中华人民共和国人民法院管辖,即属于专属管辖,不允许当事人协议选择外国法院管辖。

如果一方当事人向我国人民法院提起诉讼,被告方对人民法院管辖不提出异议,并应诉答辩的,视为承认该人民法院是有管辖权的法院。

**(三)涉外民事诉讼的期间**

在涉外民事诉讼程序中,如果当事人在我国领域内有住所的,适用民事诉讼法关于期间的一般规定。如果当事人在我国领域内没有住所的,我国民事诉讼法作了一些特别规定,具体为:

1. 被告在中华人民共和国领域内没有住所的,人民法院应当将起诉状副本送达被告,并通知被告在收到起诉状副本后三十日内提出答辩状。被告申请延期的,是否准许,由人民法院决定。

2. 在中华人民共和国领域内没有住所的当事人,不服第一审人民法院判决、裁定的,有权在判决书、裁定书送达之日起三十日内提起上诉。被上诉人在收到上诉状副本后,应当在三十日内提出答辩状。如果当事人不能在法定期间提起上诉或者提出答辩状,申请延期的,是否准许,由人民法院决定。

# 第二节  仲裁法律制度

## 一、仲裁法概述

### (一)仲裁与仲裁法

仲裁是指纠纷当事人双方根据事前或事后达成的仲裁协议,自愿将纠纷提交给仲裁机构审理,由仲裁机构作出对争议双方均有约束力的裁决的一种解决纠纷的法律制度。

仲裁是国际上通行的、一种最为重要的替代司法诉讼的争议解决方式。随着我国经济的迅速发展,市民自治观念的增强,仲裁机构受理案件的数量越来越多,受理案件的范围也越来越广泛。仲裁制度在争议解决领域正在发挥其愈来愈重要的作用。

1949 年 10 月新中国成立以后,我国建立了涉外仲裁制度。涉外仲裁机构由民间性商会,即中国国际贸易促进会(中国国际商会)组建。相对规范的国内仲裁制度则产生于20 世纪 80 年代初。当时,国内仲裁和涉外仲裁是各自独立的体系。1994 年 8 月 31 日,第八届全国人民代表大大常务委员会通过了《中华人民共和国仲裁法》(以下简称《仲裁法》),该法于 1995 年 9 月 1 日起施行。《仲裁法》的制定,标志着我国仲裁制度的崭新开始,并且对于统一和完善中国仲裁法律制度,规范仲裁机构和仲裁程序,保护当事人在仲裁中的合法权益,促进社会主义市场经济的健康发展,有着十分重要的意义。

仲裁的应用范围非常广泛,除民商事领域外,还应用于其他方面,如我国常见的劳动争议仲裁、行政争议仲裁等。本章所讲述的仲裁,主要以《仲裁法》为依据,介绍解决财产权益纠纷的民商事仲裁。

### (二)仲裁的特点

作为解决民商事纠纷的一种方式,仲裁不同于协商、调解和诉讼,主要具有以下特点:

1. 自愿性。当事人之间的纠纷是否提交仲裁、交与谁仲裁、仲裁庭组成人员的产生、仲裁适用的程序规则等,都可以由当事人在自愿的基础上协商确定。仲裁充分体现当事人意思自治的原则。

2. 专业性。提交仲裁的民商事纠纷经常会涉及复杂的法律问题和各行业领域的专业性问题,而仲裁机构聘任的仲裁员一般都是各行各业的专家,因此对于解决上述纠纷,他们具有一定的专业优势,从而亦能保证仲裁的专业权威性。

3. 灵活性。仲裁程序的灵活性很大,当事人甚至可以自定程序,很多环节可以被简化。

4. 保密性。仲裁以不公开审理为原则,并且各国有关的仲裁法律和仲裁规则都规定了仲裁员以及仲裁秘书人员的保密义务,所以当事人的保密意愿在仲裁中可以得到充分的尊重。

5. 快捷性。仲裁实行一裁终局制,不同于诉讼的两审终审制,因此有利于当事人之间纠纷的快速解决。

6. 经济性。仲裁的保密性、快捷性等特点,加上仲裁收费一般低于诉讼收费,因而能有效地降低当事人解决纠纷的费用,减少可能发生的损失。

上述特点充分体现了仲裁的优点,也是吸引纠纷当事人选择仲裁的重要原因。

(三)仲裁法的基本原则

1. 当事人意思自治原则。这一原则通常也称为当事人自愿原则,亦是仲裁法最基本的原则。自愿原则在仲裁中主要体现为:其一,是否采取仲裁方式解决纠纷,须由当事人自愿协商决定,即当事人应当自愿达成仲裁协议。没有仲裁协议,一方申请仲裁的,仲裁委员会不予受理;有仲裁协议,一方向法院起诉的,法院不予受理。其二,当事人将纠纷提交哪一个仲裁委员会仲裁,亦由当事人自愿协商决定。仲裁不实行级别管辖和地域管辖。

2. 以事实为根据,以法律为准绳原则。这一原则是我国法制建设的一项基本原则,也是仲裁法的基本原则。我国仲裁法规定,仲裁应当根据事实,符合法律规定,公平合理地解决纠纷。

3. 独立仲裁原则。仲裁独立是仲裁公正的重要保障。仲裁法规定,仲裁依法独立进行,不受行政机关、社会团体和个人的干涉。仲裁委员会独立于行政机关,与行政机关没有隶属关系。仲裁委员会之间也没有隶属关系。独立仲裁原则还体现在,仲裁庭审理案件的时候,亦不受仲裁机构的干涉。

4. 一裁终局原则。一裁终局原则是世界各国普遍接受的仲裁原则。我国仲裁法规定,仲裁裁决作出后,即发生法律效力,当事人就同一纠纷再申请仲裁或者向人民法院起诉,仲裁委员会或者人民法院不予受理。裁决生效后,当事人应当履行裁决,一方当事人不履行裁决的,另一方当事人可以向人民法院申请执行,受申请的人民法院应当执行。一裁终局原则既体现了仲裁快捷的特点,又保证了仲裁裁决的权威性和有效性。

(四)仲裁范围

我国《仲裁法》第2条、第3条规定,平等主体的公民、法人和其他组织之间发生的合同纠纷和其他财产权益纠纷,可以仲裁。下列纠纷不能仲裁:(1)婚姻、收养、监护、扶养、继承纠纷;(2)依法应当由行政机关处理的行政争议。

《仲裁法》的调整范围是平等民事主体之间的民商事纠纷。劳动合同纠纷和农业承包合同纠纷因其特殊性,不适用《仲裁法》。

## 二、仲裁机构

### (一)仲裁委员会

仲裁委员会是我国受理仲裁案件的民间性常设机构。仲裁委员会属于民间组织,与行政机构没有隶属关系,各仲裁委员会之间也没有隶属关系。

我国《仲裁法》规定,仲裁委员会可以在直辖市和省、自治区人民政府所在地的市设立,也可以根据需要在其他设区的市设立。仲裁委员会不按行政区划层层设立。设立仲裁委员会,应当经省、自治区、直辖市的司法行政部门登记。

仲裁委员会应当具备下列条件:(1)有自己的名称、住所和章程;(2)有必要的财产;(3)有该委员会的组成人员;(4)有聘任的仲裁员。

仲裁委员会由主任一人、副主任二至四人和委员七至十一人组成,其组成人员必须由法律、经济贸易方面的专家和有实际工作经验的人员担任,其中法律、经济贸易专家不得少于三分之二。

### (二)仲裁员

仲裁员是仲裁委员会聘任的从事仲裁工作的人员。对于仲裁员的资格要求,仲裁员首先在思想品德方面要公道正派,同时还要有较高的业务水平。我国《仲裁法》对仲裁员的业务水平有具体的要求:(1)从事仲裁工作满八年的;(2)从事律师工作满八年的;(3)曾任审判员满八年的;(4)从事法律研究、教学工作并具有高级职称的;(5)具有法律知识、从事经济贸易等专业工作并具有高级职称或者具有同等专业水平的。

仲裁委员应当按照不同专业设立仲裁员名册,供当事人选择。

### (三)中国仲裁协会

中国仲裁协会是社会团体法人,是仲裁委员会的自律性组织。仲裁委员会是中国仲裁协会的会员。中国仲裁协会的章程由全国会员大会制定。中国仲裁协会的职责主要有:(1)根据章程对仲裁委员会及其组成人员、仲裁员的违纪行为进行监督。(2)依照本法和民事诉讼法的有关规定制定仲裁规则。

## 三、仲裁协议

### (一)仲裁协议概述

仲裁协议是指双方当事人自愿把他们之间发生或者将来可能发生的财产性权益争议提交仲裁解决的协议。仲裁协议是当事人申请仲裁、仲裁委员会受理仲裁申请的重要依据。在仲裁实践中,仲裁协议可以分为两类:(1)仲裁条款,即指当事人在合同中订立的以仲裁方式解决争议的条款。(2)仲裁协议书,即指在争议发生之前或之后,双方当事人订立的同意将争议提交仲裁的一种独立协议。仲裁协议书,无论形式上还是内容上,都属于独立的合同。

仲裁条款和仲裁协议书,当事人都应当以书面形式订立。

(二)仲裁协议的基本内容

仲裁协议的基本内容,是指一份完整、有效的仲裁协议应当具备的约定事项。我国《仲裁法》第16条规定,仲裁协议应当具有下列内容:(1)请求仲裁的意思表示。在仲裁协议中,当事人应明确表示愿意将争议提交仲裁解决。(2)仲裁事项。即当事人提交仲裁的争议范围。(3)选定的仲裁委员会。当事人应明确选定具体的仲裁委员会。

仲裁协议对仲裁事项或者仲裁委员会没有约定或者约定不明确的,当事人可以补充协议;达不成补充协议的,仲裁协议无效。

(三)仲裁协议的无效

根据我国仲裁法,仲裁协议应当采用书面形式,并且必须具备三项内容。同时我国仲裁法亦规定,有下列情形之一的,仲裁协议无效:(1)约定的仲裁事项越出法律规定的仲裁范围的;(2)无民事行为能力人或者限制民事行为能力人订立仲裁协议的;(3)一方采取胁迫手段,迫使对方订立的仲裁协议的。

在仲裁实践中,如果当事人对仲裁协议的效力有异议的,可以请求仲裁委员会作出决定或者请求人民法院作出裁定。一方请求仲裁委员会作出决定,另一方请求法院作出裁定的,由人民法院裁定。当事人对仲裁协议的效力有异议,应当在仲裁庭首次开庭前提出。

在仲裁实践中,还需注意的是,双方当事人已经达成仲裁协议,一方向人民法院起诉却没有声明有仲裁协议,人民法院受理后,另一方应当在首次开庭前提交仲裁协议,人民法院收到仲裁协议后应当驳回起诉,但仲裁协议无效的除外;如果另一方在首次开庭前未对人民法院受理该案提出异议,则视为放弃仲裁协议,人民法院应当继续审理。

(四)仲裁协议的独立性

从合同理论上而言,仲裁协议是从属于主合同的从合同,主合同的效力会影响从合同的效力,但仲裁协议具有独立性。我国《仲裁法》规定,仲裁协议独立存在,合同的变更、解除、终止或者无效,不影响仲裁协议的效力。而且在仲裁实践中,主合同未成立或未生效一般也不影响仲裁协议的效力。

**四、仲裁程序**

(一)申请和受理

1. 申请

当事人向仲裁委员会申请仲裁,应当符合下列条件:(1)有仲裁协议;(2)有具体的仲裁请求和事实、理由;(3)属于仲裁委员会的受理范围。

当事人申请仲裁,应当向仲裁委员会递交仲裁协议、仲裁申请书及副本。仲裁申请书应当载明下列事项：(1)当事人的姓名、性别、年龄、职业、工作单位和住所，法人或者其他组织的名称、住所和法定代表人或者主要负责人的姓名、职务；(2)仲裁请求和所根据的事实、理由；(3)证据和证据来源、证人的姓名和住所。

当事人提交仲裁申请书，应当按对方当事人的人数和组成仲裁庭的仲裁员人数，备具副本。

### 2. 受理与不予受理

仲裁委员会收到仲裁申请书之日起五日内，认为符合受理条件的，应当受理，并通知当事人；认为不符合受理条件的，应当书面通知当事人不予受理，并说明理由。

### 3. 送达与答辩

仲裁委员会受理仲裁申请后，应当在仲裁规则规定的期限内将仲裁规则和仲裁员名册送达申请人，并将仲裁申请书副本和仲裁规则、仲裁员名册送达被申请人。被申请人收到仲裁申请书副本后，应当在仲裁规则规定的期限内向仲裁委员会提交答辩书。仲裁委员会收到答辩书后，应当在仲裁规则规定的期限内将答辩书副本送达申请人。被申请人未提交答辩书的，不影响仲裁程序的进行。

### (二)财产保全

财产保全是指在仲裁庭仲裁前，为保证调解或裁决能够付诸实现，而通过人民法院对当事人的财物采取的一些强制措施。财产保全旨在保护当事人的合法权益，维护裁决的权威性。我国《仲裁法》规定，一方当事人因另一方当事人的行为或者其他原因，可能使裁决不能执行或者难以执行的，可以申请财产保全。当事人申请财产保全的，仲裁委员会应当将当事人的申请依照民事诉讼法的有关规定提交人民法院。

申请财产保全，当事人可以在申请仲裁时同时提出，也可以在仲裁裁决作出前的任何阶段提出。财产保全申请只能由仲裁委员会提交人民法院，而非仲裁庭，当事人也不能直接向人民法院申请。人民法院受理申请后，依据民事诉讼法的相关规定，作出财产保全的裁定并采取财产保全措施。

申请财产保全，如果申请有错误的，申请人应当赔偿被申请人因财产保全所遭受的损失。

### (三)仲裁庭的组成

我国《仲裁法》规定，仲裁庭可以由三名仲裁员或者一名仲裁员组成。仲裁庭的组成形式因此可以分为合议仲裁庭和独任仲裁庭。当事人双方可以约定由合议仲裁庭或独任仲裁庭来审理案件。

合议仲裁庭，简称合议庭，由三名仲裁员组成，设首席仲裁员。当事人约定由合议庭审理案件时，应当各自选定或者各自委托仲裁委员会主任指定一名仲裁员，第三名仲裁员由当事人共同选定或者共同委托仲裁委员会主任指定。第三名仲裁员为首席仲裁员。独任仲裁庭，由一名仲裁员组成，由当事人共同选定或者共同委托仲裁委员会主任指定仲裁员。

如果当事人没有在仲裁规则规定的期限内约定仲裁庭的组成方式或者选定仲裁员的,由仲裁委员会主任指定。

仲裁庭组成后,仲裁委员会应当将仲裁庭的组成情况书面通知当事人。

(四)回避

仲裁中的回避是指与本案或者本案当事人有利害关系的仲裁员以及其他相关人员不参加本案仲裁活动的制度。回避制度旨在保障仲裁公正,防止枉法裁判。我国《仲裁法》规定,仲裁员有下列情形之一的,必须回避,当事人也有权提出回避申请:(1)是本案当事人或者当事人、代理人的近亲属;(2)与本案有利害关系;(3)与本案当事人、代理人有其他关系,可能影响公正仲裁的;(4)私自会见当事人、代理人,或者接受当事人、代理人的请客送礼的。

当事人提出回避申请,应当说明理由,在首次开庭前提出。回避事由在首次开庭后知道的,可以在最后一次开庭终结前提出。

(五)开庭

1. 开庭原则

我国《仲裁法》规定,仲裁应当开庭进行。当事人协议不开庭的,仲裁庭可以根据仲裁申请书、答辩书以及其他材料作出裁决。开庭可分为公开开庭和不公开开庭,仲裁以不公开开庭为原则。当事人协议公开的,可以公开进行,但涉及国家秘密的除外。

2. 开庭通知

仲裁庭开庭仲裁案件的,仲裁委员会应当在仲裁规则规定的期限内将开庭日期通知双方当事人。当事人有正当理由的,可以在仲裁规则规定的期限内请求延期开庭。是否延期,由仲裁庭决定。

申请人经书面通知,无正当理由不到庭或者未经仲裁庭许可中途退庭的,可以视为撤回仲裁申请。被申请人经书面通知,无正当理由不到庭或者未经仲裁庭许可中途退庭的,可以缺席裁决。

3. 开庭的一般程序

(1)宣布开庭。开庭仲裁,由首席仲裁员或者独任仲裁员宣布案由和开庭;核对当事人;宣布仲裁庭组成人员和记录员名单;告知当事人有关的仲裁权利义务;询问当事人是否提出回避申请。

(2)庭审调查。仲裁庭通常按照下列顺序进行庭审调查:申请人陈述仲裁请求、事实和理由;被申请人进行答辩或提出反请求;双方代理人阐述代理意见;证人作证或宣读未到庭的证人证言、出示证据、当事人双方相互质证。

(3)庭审辩论。当事人在仲裁过程中有权进行辩论,就争议的事实、证据和法律适用等问题阐明自己的意见。辩论终结时,首席仲裁员或者独任仲裁员应当征询当事人的最后意见。

**(六)证据**

当事人应当对自己的主张提供证据,证据包括八种:(1)书证。书证应当提供原件。提交原件确有困难的,可以提交副本、复印件。(2)物证。物证应当提交原物。提交原物确有困难的,可以提交复制品、照片。(3)视听资料。(4)证人证言。知道案件情况的人有义务出庭作证。(5)当事人的陈述。(6)现场笔录。(7)勘验笔录。(8)鉴定结论。我国仲裁法规定,仲裁庭对专门性问题认为需要鉴定的,可以交由当事人约定的鉴定部门鉴定,也可以由仲裁庭指定的鉴定部门鉴定。根据当事人的请求或者仲裁庭的要求,鉴定部门应当派鉴定人参加开庭。当事人经仲裁庭许可,可以向鉴定人提问。

证据应当在开庭时出示,当事人可以质证。

仲裁中,仲裁庭有权调查收集证据。对于当事人不能收集的证据,或者仲裁庭认为有必要收集的证据,仲裁庭可以自行收集。

在证据可能灭失或者以后难以取得的情况下,当事人可以申请证据保全。当事人向仲裁委员会申请证据保全的,仲裁委员会应当将当事人的申请提交证据所在地的基层人民法院,由人民法院做出裁定,采取证据保全措施。

**(七)和解、调解和裁决**

**1. 和解**

我国仲裁法规定,当事人申请仲裁后,可以自行和解。达成和解协议的,可以请求仲裁庭根据和解协议作出裁决书,也可以撤回仲裁申请。当事人达成和解协议,撤回仲裁申请后反悔的,可以根据原仲裁协议重新申请仲裁。

**2. 调解**

仲裁调解,即在仲裁员主持下,双方当事人协商解决纠纷。我国仲裁法规定,仲裁庭在作出裁决前,可以先行调解。当事人自愿调解的,仲裁庭应当调解。调解不成的,应当及时作出裁决。

调解达成协议的,仲裁庭应当制作调解书或者根据协议的结果制作裁决书。调解书与裁决书具有同等法律效力。调解书经双方当事人签收后,即发生法律效力。在调解书签收前当事人反悔的,仲裁庭应当及时作出裁决。

**3. 裁决**

我国仲裁法规定,裁决应当按照多数仲裁员的意见作出,少数仲裁员的不同意见可以记入笔录。仲裁庭不能形成多数意见时,裁决应当按照首席仲裁员的意见作出。作出裁决书后,对裁决持不同意见的仲裁员,可以签名,也可以不签名。

仲裁庭在仲裁纠纷时,其中一部分事实已经清楚,可以就该部分先行裁决。

裁决书自作出之日起发生法律效力。

### 五、仲裁裁决的撤销

(一)申请撤销仲裁裁决的概念

申请撤销仲裁裁决,是指对已经发生法律效力的仲裁裁决,当事人有证据证明裁决违反仲裁法规定的,可以向人民法院申请撤销裁决,人民法院经审查核实,裁定撤销裁决。由于仲裁实行一裁终局的制度,仲裁裁决一经作出,即发生法律效力。但在仲裁实践中,有些裁决可能因各种原因会出现偏差或错误,从而给当事人权益带来不利后果。申请撤销仲裁裁决制度,既是对仲裁的监督,确保仲裁裁决的合法性、正确性,同时也完善了我国仲裁制度。

(二)撤销仲裁裁决的申请

我国仲裁法规定,当事人提出证据证明裁决有下列情形之一的,可以向仲裁委员会所在地的中级人民法院申请撤销仲裁裁决:(1)没有仲裁协议的;(2)裁决的事项不属于仲裁协议的范围或者仲裁委员会无权仲裁的;(3)仲裁庭的组成或者仲裁的程序违反法定程序的;(4)裁决所根据的证据是伪造的;(5)对方当事人隐瞒了足以影响公正裁决的证据的;(6)仲裁员在仲裁该案时有索贿受贿、徇私舞弊、枉法裁决行为的。

此外,人民法院认定该裁决违背社会公共利益的,应当裁定撤销裁决。

当事人申请撤销裁决的,应当自收到裁决书之日起六个月内提出。

(三)人民法院对撤销仲裁裁决申请的处理

人民法院受理当事人撤销仲裁裁决的申请后,应当组成合议庭进行审查,并在受理申请之日起两个月内作出撤销裁决或者驳回申请的裁定。

人民法院经审查核实,认定仲裁裁决具有法定可被撤销条件的,应当裁定撤销裁决。仲裁裁决一旦被撤销,当事人就其纠纷想再通过仲裁方式解决的,必须重新签订仲裁协议。

人民法院受理撤销裁决的申请后,认为可以由仲裁庭重新仲裁的,通知仲裁庭在一定期限内重新仲裁,并裁定中止撤销程序。仲裁庭拒绝重新仲裁的,人民法院应当裁定恢复撤销程序。

### 六、仲裁裁决的执行

(一)申请执行仲裁裁决

仲裁裁决生效后,当事人应当自觉履行裁决。如果一方当事人不履行的,另一方当事人可以依照我国民事诉讼法的有关规定向人民法院申请执行。受申请的人民法院应当执行。根据我国民事诉讼法的规定,仲裁裁决由被执行人所在地或者被执行人财产所在地的人民法院执行。

（二）仲裁裁决的不予执行

人民法院接到当事人的执行申请后,应当及时执行裁决,保障当事人的合法权益。但是,如果被申请人提出证据证明裁决有法定不予执行的情形的,人民法院组成合议庭经审查核实,裁定不予执行。根据我国民事诉讼法规定,仲裁裁决有下列情形之一的,被申请人可以请求人民法院不予执行:(1)当事人在合同中没有订有仲裁条款或者事后没有达成书面仲裁协议的;(2)裁决的事项不属于仲裁协议的范围或者仲裁机构无权仲裁的;(3)仲裁庭的组成或者仲裁的程序违反法定程序的;(4)认定事实的主要证据不足的;(5)适用法律确有错误的;(6)仲裁员在仲裁该案时有贪污受贿、徇私舞弊、枉法裁决行为的。此外,人民法院认定执行该仲裁裁决违背社会公共利益的,裁定不予执行。

（三）仲裁裁决执行的中止和终结

一方当事人申请执行裁决,另一方当事人申请撤销裁决的,人民法院应当裁定中止执行。

人民法院裁定撤销裁决的,应当裁定终结执行。撤销裁决的申请被裁定驳回的,人民法院应当裁定恢复执行。

## 七、涉外仲裁

（一）涉外仲裁的概念

涉外仲裁是指含有涉外因素的仲裁。我国《仲裁法》规定的涉外仲裁适用于涉外的经济贸易、运输和海事中发生的纠纷,因此涉外仲裁通常又称为国际商事仲裁。

（二）涉外仲裁机构

我国仲裁法规定,涉外仲裁委员会可以由中国国际商会组织设立。目前,我国设有两个涉外仲裁委员会,分别是中国国际经济贸易仲裁委员会和中国海事仲裁委员会。两者均由中国国际商会建立。中国国际经济贸易仲裁委员会,其受案范围包括国际商事交易中发生的一切争议。该仲裁委员会设在北京,并分别在上海市和深圳市设有两个仲裁委员会分会。中国海事仲裁委员会主要受理涉外海事争议。

涉外仲裁委员会由主任一人、副主任若干人和委员若干人组成。涉外仲裁委员会的主任、副主任和委员可以由中国国际商会聘任。

涉外仲裁委员会可以从具有法律、经济贸易、科学技术等专门知识的外籍人士中聘任仲裁员。

（三）涉外仲裁程序

涉外仲裁程序基本适用我国《仲裁法》关于国内仲裁的程序规定,包括涉外仲裁的申请和受理、仲裁庭的组成、开庭和裁决等。

涉外仲裁的当事人申请证据保全的,涉外仲裁委员会应当将当事人的申请提交证据所在地的中级人民法院。

涉外仲裁的仲裁庭可以将开庭情况记入笔录，或者作出笔录要点，笔录要点可以由当事人和其他仲裁参与人签字或者盖章。

（四）涉外仲裁裁决的撤销和执行

根据我国民事诉讼法的相关规定，当事人提出证据证明涉外仲裁裁决违反法律规定的，可以向人民法院申请撤销或不予执行，人民法院组成合议庭经审查核实，裁定撤销或不予执行。

涉外仲裁委员会作出的发生法律效力的仲裁裁决，当事人请求执行的，如果被执行人或者其财产不在中华人民共和国领域内，应当由当事人直接向有管辖权的外国法院申请承认和执行。

[案例分析]

一、诉讼案例分析

2004 年 6 月，A 县个体户王某驾驶一辆装有化学原料的车辆途径 B 县时，由于 C 县李某驾驶的汽车超速且越道行驶，王某为躲避碰撞紧急转弯，导致车辆侧翻。由于该车辆并非装运该化学原料的专用车辆，且超载严重，以致化学原料大量外泄，严重污染了农户丁某的田地，导致大批经济作物死亡，损失达十几万元。为此丁某准备起诉要求王某赔偿。因为 B 县基层人民法院的两名审判员曾经与丁某有过过节，丁某于是向 B 市的中级人民法院提起诉讼，中级人民法院没有受理，告知丁某应向基层人民法院提起诉讼。于是，丁某又向 B 县基层人民法院起诉，B 县基层人民法院认为对该案没有管辖权，指示丁某应向被告王某所在地的 A 县基层人民法院起诉。丁某不解。

问题：

1. B 市中级人民法院的做法是否正确？

2. B 县基层人民法院对该案是否有管辖权？

3. 有管辖权的人民法院受理案件后，通知李某参加诉讼。李某在该案中处于何种诉讼地位？

二、仲裁案例分析

海星电脑公司和长阳贸易公司在 2004 年 7 月签订了一份买卖电脑和配件的合同。双方在买卖合同中加入了仲裁条款，规定：因履行本合同发生的争议，由双方协商解决；协商解决不了的，请有关仲裁委员会仲裁解决。2004 年 10 月，双方就电脑和配件的质量问题发生争议。长阳贸易公司向公司所在地的 A 市仲裁委员会递交了仲裁申请书申请仲裁，但海星电脑公司拒绝仲裁。后双方经过协商，重新订立了一份仲裁协议，商定将此合同争议提交 B 市的仲裁委员会仲裁。2004 年 12 月，长阳贸易公司因故未提交仲裁，而向合同履行地的 C 市人民法院提起诉讼。起诉时，长阳贸易公司未说明先前达成的仲裁协议，法院受理了本案，并依法向海星电脑公司送达了起诉状副本，海星电脑公司向法院提交了答辩状。法院经审理，判决被告海星电脑公司败诉，被告不服提起上诉，理由是双方事先订有仲裁协议，法院判决无效。

问题：

1. 买卖合同中，双方订立的仲裁条款是否有效？

2. 争议发生后，双方订立的仲裁协议是否有效？

3. 海星电脑公司的上诉理由是否成立？

## 练习与思考

### 一、名词解释

原告就被告、先予执行、第三人、举证责任倒置、公示催告程序、一裁终局、仲裁协议、仲裁裁决的不予执行。

### 二、简述题

1. 简述地域管辖的种类。
2. 简述诉讼保全和诉前保全的联系与区别。
3. 简述审判监督程序提起的原因。
4. 简述我国仲裁的特点。
5. 简述无效仲裁协议的表现情形。
6. 简述申请撤销仲裁裁决的法定理由。

# 参考文献

孙国华:《法学基础理论》,法律出版社 1982 年版。

张文显:《法理学》,高等教育出版社、北京大学出版社 1999 年版。

刘作翔:《法理学》,社会科学文献出版社 2005 年版。

史尚宽:《民法总论》,中国政法大学出版社 2000 年版。

佟　柔:《中国民法》,法律出版社 2001 年版。

江　平:《民商法原理》,中国财政经济出版社 1999 年版。

江　平:《民法学》,中国政法大学出版社 2000 年版。

王利明:《民法》,中国人民大学出版社 2000 年版。

李开国:《民法基本问题研究》,法律出版社 1997 年版。

彭万林:《民法学》,法律出版社 2000 年版。

杨立新:《民法》,中国人民大学出版社 2005 年版。

王保树:《经济法原理》,社会科学文献出版社 1999 年版。

史际春:《经济法》,法律出版社 2003 年版。

顾功耘:《经济法》,高等教育出版社 2004 年版。

吴志攀:《金融法概论》(第四版),北京大学出版社 2000 年版。

强　力:《金融法》,法律出版社 2004 年版。

刘美林:《市场经济法律概论》,科学技术文献出版社 2003 年版。

田立军:《市场经济法律教程》,复旦大学出版社 2005 年版。

王建敏:《市场经济与宏观调控法研究》,经济科学出版社 2005 年版。

蔡永明:《环境与资源保护法学》,人民法院出版社 2004 年版。

罗荣等:《经济法教程》,华南理工大学出版社 2005 年版。

曾宪义:《破产法》,中国人民大学出版社 2002 年版。

沈贵明:《破产法学》,郑州大学出版社 2004 年版。

齐树洁:《破产法研究》,厦门大学出版社 2004 年版。

江　平:《新编公司法教程》,法律出版社 2003 年版。

王保树:《中国公司法修改草案建议稿件》,社会科学文献出版社 2004 年版。

刘瑞复:《企业法学通论》,北京大学出版社 2005 年版。

甘培忠:《企业与公司法学》,北京大学出版社 2004 年版。

张士元:《企业法》,法律出版社 2005 年版。

郭明瑞、房绍坤:《新合同法原理》,中国人民大学出版社 2000 年版。

刘东根、李元、尹正友:《经济法》,中国法制出版社 2005 年版。

曾咏梅、王峰:《经济法》,武汉大学出版社 2003 年版。

刘隆亨:《银行金融法学》(第五版),北京大学出版社 2005 年版。

徐孟洲:《金融法学案例教程》,知识产权出版社 2003 年版。

张学森:《证券法原理与实务》,经济科学出版社 1999 年版。

唐　波:《新编金融法学》,北京大学出版社 2005 年版。

朱崇实:《金融法教程》(第二版),法律出版社 2005 年版。

徐冬根:《国际金融法律与实务研究》,上海财经大学出版社 2000 年版。

殷少平:《金融法》,中国人民大学出版社 2005 年版。

刘次邦、郑曙光:《金融法》,人民法院出版社、中国社会科学出版社 2004 年版。

谢怀栻:《票据法概论》,法律出版社 1990 年版。

卞耀武、何永坚:《中华人民共和国票据法讲话》,世界图书出版公司 1998 年版。

武靖人、袁祝杰:《中国担保法律与实务》,中信出版社 1997 年版。

徐孟洲:《信托法学》,中国金融出版社 2004 年版。

高西庆、陈大刚:《证券法学案例教程》,知识产权出版社 2005 年版。

李玉泉:《保险法学案例教程》,知识产权出版社 2005 年版。

张学森:《创业板市场上市与投资战略》,经济科学出版社 2000 年版。

吕春燕:《经济法律原理与实务》,清华大学出版社 2003 年版。

郑成思:《知识产权法》(第二版),法律出版社 2004 年版。

刘春田:《知识产权法(论点·法规·案例)》,法律出版社 2004 年版。

吴汉东、刘剑文:《知识产权法学》(第二版),北京大学出版社 2005 年版。

李颖怡:《知识产权法》(第二版),中山大学出版社 2005 年版。

冯晓青、杨利华:《知识产权法学》,中国大百科全书出版社 2005 年版。

徐亮译:《知识产权法》,武汉大学出版社 2003 年版。

沈仁干:《著作权法概论》,商务印书馆 2003 年版。

韩　松:《知识产权法》,中国人民大学出版社 2003 年版。

王振清:《知识产权法理与判决研究》,人民法院出版社 2005 年版。

程永顺:《知识产权法律保护教程》,知识产权出版社 2005 年版。

郭　禾:《知识产权法》(第二版),中国人民大学出版社 2005 年版。

张燕强:《知识产权法原理与实务》,上海财经大学出版社 2005 年版。

曹建明、周洪钧、王虎华:《国际公法学》,法律出版社 1998 年版。

曹建明、贺小勇:《世界贸易组织》,法律出版社 2004 年版。

朱榄叶:《国际经济法学》,北京大学出版社 2005 年版。

刘光溪、张学森:《WTO 英文选读》,经济科学出版社 2002 年版。

薛荣久:《世界贸易组织(WTO)教程》,对外经济贸易大学出版社 2003 年版。

# 后 记

为满足高等院校经济与管理专业(包括 MBA 等)"经济法"课程教学的需要,我们编写了这本《经济法》教材。本书的编写和出版,既考虑了非法律专业学生或者读者知识结构的特点和需要,又考虑到经济管理专业"经济法"课程建设的特殊情况和实际需要。本书除可用作高校教材外,也可以作为广大经济与管理专业理论与实务工作者以及法学理论和法律实务工作者的参考资料。

本书由张学森担任主编,并总体策划、提出大纲、组织编写。各位作者及撰稿分工如下:张学森(前言、第一[合作]、十一、十二、十三、十六[案例分析]章),沈洁(第一章第一、三节,第二、三章),张薇(第一章第二节),林安民(第四、八、九、十章),赵莉(第五、六、七章),王玥(第十四、十五章),孔晓波(第十六、十七章)。全书最后由张学森、林安民负责统稿、修改、定稿。

本书的编写得到了华东政法学院、复旦大学、上海交通大学、同济大学、华东师范大学、上海财经大学、上海外国语大学、上海大学、上海海事大学、上海金融学院、上海外贸学院,以及上海社会科学院法学所、上海市法学会等高校、研究机构专家、学者的大力支持,在此表示衷心感谢。最后,感谢上海财经大学出版社责任编辑刘光本博士所付出的辛勤劳动。

由于水平有限、时间仓促,不足甚至错讹之处在所难免,敬请读者不吝赐教。

作 者
2006 年 7 月 18 日